Читайте романы п

Сериал «Любительн

Крутые на
За всем
Дама с
Дантисты то
Эта горькая сладкая месть   Белый конь на принце
Жена моего мужа   Любовница египетской мумии
Несекретные материалы   Лебединое озеро Ихтиандра
Контрольный поцелуй   Тормоза для блудного мужа
Бассейн с крокодилами   Мыльная сказка Шахерезады
Спят усталые игрушки   Гений страшной красоты
Вынос дела   Шесть соток для Робинзона
Хобби гадкого утенка   Пальцы китайские веером
Домик тетушки лжи   Медовое путешествие втроем
Привидение в кроссовках   Приват-танец мисс Марпл
Улыбка 45-го калибра   Самовар с шампанским
Бенефис мартовской кошки   Аполлон на миллион
Полет над гнездом Индюшки   Сон дядюшки Фрейда
Уха из золотой рыбки   Штамп на сердце женщины-вамп
Жаба с кошельком   Свидание под мантией
Гарпия с пропеллером   Другая жизнь оборотня
Доллары царя Гороха   Ночной клуб на Лысой горе
Камин для Снегурочки   Родословная до седьмого полена
Экстрим на сером волке   Последняя гастроль госпожи Удачи
Стилист для снежного человека   Дневник пакостей Снежинки
Компот из запретного плода   Годовой абонемент на тот свет
Небо в рублях   Змеиный гаджет
Досье на Крошку Че   Царевич с плохим резюме
Ромео с большой дороги   Ошибка мыльного пузыря
Лягушка Баскервилей   Пиявка голубых кровей
Личное дело Женщины-кошки   Темные предки светлой детки
Метро до Африки   Мокрое дело водяного
Фейсконтроль на главную роль   Вакантное место райской птички

Сериал «Евлампия Романова. Следствие ведет дилетант»:

Маникюр для покойника   Брачный контракт кентавра
Покер с акулой   Император деревни Гадюкино
Сволочь ненаглядная   Бабочка в гипсе
Гадюка в сиропе   Ночная жизнь моей свекрови
Обед у людоеда   Королева без башни
Созвездие жадных псов   В постели с Кинг-Конгом
Канкан на поминках   Черный список дела Мазая
Прогноз гадостей на завтра   Костюм Адама для Евы
Хождение под мухой   Добрый доктор Айболит
Фиговый листочек от кутюр   Огнетушитель Прометея
Камасутра для Микки-Мауса   Белочка во сне и наяву
Квазимодо на шпильках   Матрешка в перьях
Но-шпа на троих   Маскарад любовных утех
Синий мопс счастья   Шуры-муры с призраком
Принцесса на Кириешках   Корпоратив королевской династии
Лампа разыскивает Алладина   Имидж напрокат
Любовь-морковь и третий лишний   Гороскоп птицы Феникс
Безумная кепка Мономаха   Пряник с черной икрой
Фигура легкого эпатажа   Пятизвездочный теремок
Бутик ежовых рукавиц   Коррида на раздевание
Золушка в шоколаде   Леди Несовершенство
Нежный супруг олигарха   Гиблое место в ипотеку
Фанера Милосская   Большой куш нищей герцогини
Фэн-шуй без тормозов   Жираф — гроза пингвинов
Шопинг в воздушном замке   Вещий сон Храпунцель

Сериал «Виола Тараканова. В мире преступных страстей»:

Черт из табакерки	Летучий самозванец
Три мешка хитростей	Фея с золотыми зубами
Чудовище без красавицы	Приданое лохматой обезьяны
Урожай ядовитых ягодок	Страстная ночь в зоопарке
Чудеса в кастрюльке	Замок храпящей красавицы
Скелет из пробирки	Дьявол носит лапти
Микстура от косоглазия	Путеводитель по Лукоморью
Филе из Золотого Петушка	Фанатка голого короля
Главбух и полцарства в придачу	Ночной кошмар Железного Любовника
Концерт для Колобка с оркестром	Кнопка управления мужем
Фокус-покус от Василисы Ужасной	Завещание рождественской утки
	Ужас на крыльях ночи
Любимые забавы папы Карло	Магия госпожи Метелицы
Муха в самолете	Три желания женщины-мечты
Кекс в большом городе	Вставная челюсть Щелкунчика
Билет на ковер-вертолет	В когтях у сказки
Монстры из хорошей семьи	Инкогнито с Бродвея
Каникулы в Простофилино	Закон молодильного яблочка
Зимнее лето весны	Гимназия неблагородных девиц
Хеппи-энд для Дездемоны	Вечный двигатель маразма
Стриптиз Жар-птицы	Бинокль для всевидящего ока
Муму с аквалангом	Блеск и нищета инстаграма
Горячая любовь снеговика	Милашка на вираже
Человек-невидимка в стразах	Козлёнок Алёнушка

Сериал «Джентльмен сыска Иван Подушкин»:

Букет прекрасных дам	Продюсер козьей морды
Бриллиант мутной воды	Смех и грех Ивана-царевича
Инстинкт Бабы-Яги	Тайная связь его величества
13 несчастий Геракла	Судьба найдет на сеновале
Али-Баба и сорок разбойниц	Авоська с Алмазным фондом
Надувная женщина для Казановы	Коронный номер мистера Х
	Астральное тело холостяка
Тушканчик в бигудях	Кто в чемодане живет?
Рыбка по имени Зайка	Блог проказника домового
Две невесты на одно место	Гнездо перелетного сфинкса
Сафари на черепашку	Венец безбрачия белого кролика
Яблоко Монте-Кристо	Архитектор пряничного домика
Пикник на острове сокровищ	Особа королевских ролей
Мачо чужой мечты	Глазастая ушастая беда
Верхом на «Титанике»	Иван Грозный на Мальдивах
Ангел на метле	

Сериал «Татьяна Сергеева. Детектив на диете»:

Старуха Кристи - отдыхает!	Сбылась мечта бегемота
Диета для трех поросят	Бабки царя Соломона
Инь, янь и всякая дрянь	Любовное зелье колдуна-болтуна
Микроб без комплексов	Бермудский треугольник черной вдовы
Идеальное тело Пятачка	Вулкан страстей наивной незабудки
Дед Снегур и Морозочка	Страсти-мордасти рогоносца
Золотое правило Трехпудовочки	Львиная доля серой мышки
Агент 013	Оберег от испанской страсти
Рваные валенки мадам Помпадур	Запасной выход из комы
Дедушка на выданье	Шоколадное пугало
Шекспир курит в сторонке	Мохнатая лапа Герасима
Версаль под хохлому	Черная жемчужина раздора
Всем сестрам по мозгам	Золотая середина ослика Иа
Фуа-гра из топора	Лазурный берег болота
Толстушка под прикрытием	

Сериал «Любимица фортуны Степанида Козлова»:

Развесистая клюква Голливуда	Лунатик исчезает в полночь
Живая вода мертвой царевны	Мачеха в хрустальных галошах
Женихи воскресают по пятницам	Бизнес-план трех богатырей
Клеопатра с парашютом	Голое платье звезды
Дворец со съехавшей крышей	Презентация ящика Пандоры
Княжна с тараканами	Вредная волшебная палочка
Укротитель Медузы горгоны	Хип-хоп маленьких лебедей
Хищный аленький цветочек	

Дарья ДОНЦОВА

- Годовой абонемент на тот свет

- Белочка во сне и наяву

Москва
2022

УДК 821.161.1-312.4
ББК 84(2Рос=Рус)6-44
Д67

Оформление серии *В. Щербакова*

Донцова, Дарья Аркадьевна.

Д67 Годовой абонемент на тот свет; Белочка во сне и наяву / Дарья Донцова. — Москва : Эксмо, 2022. — 672 с.

ISBN 978-5-04-161091-3

«Годовой абонемент на тот свет»

В жизни у Даши — головокружительные перемены! Полковник Дегтярев вышел на пенсию и решил открыть свое детективное агентство прямо на дому. И конечно же, пригласил Дашу на работу. Тут и первое дело подвернулось... Зинаиде Львовне Комаровой названивает некая молодая особа и представляется ее внучкой Варей. Только бессовестные хулиганки могут опуститься до такого цинизма! Ведь настоящей внучки Вари нет уже много лет. Пропала девочка еще в первом классе. Сказала учительнице, что за ней пришли, и бесследно исчезла. Варина мама в это время находилась у дантиста и никак не могла забрать дочь из школы. Следствие так и не выяснило, кто похитил девочку. Так чего же теперь добивается неизвестная нахалка, терроризируя Зинаиду Львовну по телефону? Дегтярев и Васильева с энтузиазмом погрузились в расследование семейных тайн Комаровых, но то, что удалось им раскопать в результате, не помещается ни в какие рамки!

«Белочка во сне и наяву»

Стоило мне, Евлампии Романовой, отвести приемную дочку Кису на утренник в костюме белки, как тут же случился форс-мажор: местный пьяница принял ее за легендарную «белочку» и чуть не отправился в мир иной от ужаса. Дурацкое происшествие совершенно некстати: ведь меня ждут на новом месте работы! Да-да, теперь я — секретарь дизайнерского бюро. Естественно, вовсе не любовь к красивым интерьерам привела меня туда, а новое расследование. Моя знакомая Лена Гвоздева упросила помочь ее дочери Насте, которую обвинили в краже безумно дорогого кольца у хозяйки бюро Нины Зуевой. Слишком много в этом деле нестыковок, создается впечатление, будто Настену подставили. Но кому и зачем это нужно?.. Едва устроившись на службу, я поехала к клиенту — грубияну и самодуру Фомину. И в тот же вечер его обнаружили мертвым! Ох и странные дела творятся в этом бюро, теперь ни за какие коврижки не уйду отсюда, пока во всем не разберусь!

УДК 821.161.1-312.4
ББК 84(2Рос=Рус)6-44

ISBN 978-5-04-161091-3

© Донцова Д.А., 2022
© Оформление. ООО «Издательство «Эксмо», 2022

● Годовой абонемент
на тот свет

ГЛАВА 1

«Если вы решили говорить всем одну правду, только правду и ничего, кроме правды, то через неделю станете безработным, холостым, всеми не любимым и никем не уважаемым».

Я украдкой посмотрела на мужчину, который только что сказал эту фразу парню лет восемнадцати-двадцати.

— Папа, это же эксперимент для курсовой работы, — ответил тот, — бабушка в курсе, что я целый месяц буду правдорезом. Так, бабусик?

Пожилая дама, сидевшая по левую руку от студента, закивала:

— Да, да! Мальчик меня предупредил. Никаких обид с моей стороны.

— Не желаю участвовать в его дурацких затеях, — отрезал отец. — Зинаида Львовна, я знаю, что для Павла у тебя отказа нет, но ему в голову часто приходят отвратительные идеи.

— Илюша, он ребенок, — попыталась урезонить сына мать, — и не он решил не врать месяц никому даже по мелкой ерунде, это задание научного руководителя, сбор материала для курсовой.

— Если сей идиотизм придумал не студент-балбес, а преподаватель, то он сошел с ума, — возмутился Илья, — и Павел — не младенец. Я в его возрасте пошел торговать в ларек, чтобы семью кормить. Не в вузе штаны протирал. Ящики с водкой, пивом таскал. Тухлых кур в растворе марганцовки полоскал, потом из них народу шаурму строгал. Метался между окошком, где сигареты, газировку и подобную чухню продавал, и грилем, в котором дохлятина жарилась. Две очереди одновременно обслуживал. В шесть утра начинал пахать, в районе двух-трех ночи заканчивал. Не спал, не ел. Зато ты, мама, не сидела у метро на ящиках, не торговала книгами из домашней библиотеки, как тогда все делали, не голодала. А почему? Да потому, что твой сын, вчерашний школьник, знал: он единственный мужик в семье. Я осознавал ответственность за тебя. А Павел? У твоего любимчика в голове одни гулянки, беготня по кафе, приятели, девки. Теперь еще и совершенно идиотская идея говорить всем правду!

— Илюша, — попыталась утихомирить сына Зинаида Львовна, — я уже тебе объяснила: это идея не мальчика...

— Мальчика! — повторил Илья и еще сильнее разозлился. — Пойди в туалет и вытри ему задницу. Тьфу! У тебя давление зашкалило, а внук, детина здоровенная, не мог бабку к врачу отвезти! Пришлось мне все бросить и самому сюда переть! Сижу, как идиот, у кабинета, дела стоят! А все почему? Да потому, что Павел не пришей к спине ботинок!

— Абсолютно несправедливая претензия, — возразил юноша. — Как мне Зину в медцентр доставить, если машины нет? У бабушкиной тачки вчера какая-то фигня сломалась, ее в сервис отогнали. На метро ехать невозможно, душно там, воняет, одни понаехавшие в вагонах сидят. И от станции сюда полчаса пешком идти.

— Такси возьми, — огрызнулся отец.

— Денег нет, — заныл Павел, — ты мне на карточку ничего не кинул. И автомобиль мне не купил. Что делать? На спине Зину нести?

Илья схватил мать за плечо.

— Слышала? Я ему тачку не приобрел и карту не пополнил! А от метро бабке долго идти! Помнишь, как ты ногу сломала, а?

Дама молча кивнула.

— В кошельке у меня тогда дуля была, — заорал сын, — ни копейки в кармане. Что в ларьке заработал, то семья сожрала! Я на унитаз пахал! Еще не раскрутился. И бабах! Ты решила зимой на каблуках покрасоваться. Что делать-то? Я побежал к соседу, продал ему за бесценок видик, на который год копил и чуть от счастья не окочурился, когда его наконец купил. Заплатил Косте из пятнадцатой квартиры, он извозом тогда промышлял, и отвез тебя в Склифосовского! Врачу и медсестрам в карман сунул, получила ты отдельную палату, доктора, фрукты, соки! А этот! Своего авто у него нет? И не будет! Карточка не пополнилась рублями? Вот тебе!

Отец сложил фигуру из трех пальцев и сунул парню под нос, потом вскочил и пошел по коридору, говоря на ходу:

— Мне пора. В офисе народ ждет.Ариведерчи!

— Илюша, ты куда? — занервничала дама.

Сын притормозил и обернулся.

— На работу, мама! Вам всем на красивую житуху деньги ковать.

— Но как я домой вернусь? — обомлела дама.

— Внучок любимый позаботится, — ответил сын. — Что ты сказала, когда Павел аттестат со всеми тройками получил? «Илья, пристрой ребенка в вуз. Заплати за обучение. Ты остался неучем, только десять классов окончил. Знаешь, как мне перед подругами стыдно? Я за Павлика не хочу краснеть». Вона как! Я тогда промолчал, а сейчас скажу правду! Возьму пример со своего сына! Слушай, мама, правду, одну только правду и ничего, кроме правды. Ты из-за меня перед приятельницами-дурами краской заливаешься?

Глаза дамы сузились.

— Ладно, я тоже буду честна. Вера, дочь Кати, кандидат наук, философ, книгу написала. У Нины сын тоже диссертацию защитил, преподает в МГУ. А ты даже простого высшего образования не получил. Конечно, мне не очень приятно признавать, что ты не ровня детям подруг. Сижу, краснею, когда они о научных трудах своих отпрысков сообщают.

Илья живо вернулся к матери.

— ...! Верка, распрекрасная, кандидат наук, книгу написала? Нацарапала одну брошюру и умоляла ее в моих магазинах на кассе выложить. Авось кто-нибудь купит. Ага! Третий год ее опус пылится, никому не нужен. Зарплата у нее! Кошку не прокормить! Екатерина у тебя вечно в долгу. Она доченьке деньги подсовывает, а то великая философиня от голода помрет. Про мужика, захребетника, с двумя левыми руками и зарплатой двадцать тысяч, очень умного сыночка Нины, я даже говорить не хочу. А ты счет шубам потеряла, черная икра тебе надоела, в своем «Бентли» тебе не мягко ездить. Значит, я, все-все в клюве несущий в семью, не интеллигентный хмырь? А Павлик расчудесный, который задницу себе сам подтереть не способен, получит диплом, интеллихентом станет, лучше отца типа окажется? А хрен вам! Конец! Я дерьмо? Отлично! Неча от говна ждать, что оно розами запахнет. За сына больше в вуз не плачу. Денег ему не даю. Домой меня не ждите. Никогда. Зря, мать, ты решила мне правду сказать. Ох, зря! Теперь жри свою правду, не подавись! А ну, дай сюда! Верни трубку! Сам себе все покупай.

Отец выхватил у сына новый, самый дорогой айфон, помчался к лифту, вскочил в кабину и был таков.

— Бабушка, — плаксиво протянул парень, — и что теперь делать?

— Не расстраивайся, детонька, — попросила Зинаида и начала говорить по своему сотовому: — Настя, ты где? Понятно. О нет! Все в полном порядке, никаких проблем, кроме крошечной незадачи: нам с Павликом не на чем ехать домой. Ну... Илюшу спешно вызвали в офис. Денег он мне на такси не оставил. А я, как обычно, дома кошелек забыла. Павлуша...

— Не надо врать, — возмутился внук и отнял у нее трубку. — Ма! Отец взбесился! Обматерил нас! Да ни за что! Нет, я не спорил с ним! Вообще с Зиной беседовал о своей курсовой. А он влез! Дебил! Завел, как обычно, про свою трудную юность и удрал. На меня разозлился. Это я его заставлял в ларьке пахать? Чего он вечно ко мне приматывается?!

Дверь кабинета открылась, появилась медсестра.

— Дарья Васильева?

Я встала.

Она сделала рукой приглашающий жест, я вошла в кабинет и увидела серьезного мужчину лет пятидесяти.

— Садитесь, меня зовут Игорь Николаевич. На что жалуетесь? — скороговоркой осведомился он.

— У нас в семье младенец, — начала я, — сейчас март, погода противная, все вокруг болеют, кашляют, чихают. Дочь и зять общаются с большим количеством народа. Мой муж тоже. А...

На секунду я примолкла не зная, как лучше представить Дегтярева, но тут же сообразила:

— ...мой брат полковник полиции, у него в кабинете часто бывают асоциальные личности. Что можно сделать, чтобы никто в нашей семье не захворал, не принес малышке заразу? Посоветуйте что-нибудь.

Доктор почесал подбородок.

— «Посоветовать что-нибудь» не могу. Надо знать состояние здоровья членов семьи.

— Прекрасное у всех здоровье, — заверила я, — ни у кого ничего не болит.

— Охо-хо, — протянул эскулап, — недавно я выписывал справку о смерти одной своей больной. Так вот она ни на что не жаловалась. Даже не чихала. После проведенного обследования выяснилось, что у нее очень тяжелое заболевание. Конечно, я начал лечение, но, увы! Слишком поздно она пришла. Давно проходили диспансеризацию?

Я призадумалась.

— Точно не помню. Лет десять-пятнадцать назад.

— Нельзя так безответственно относиться к своему здоровью, — укорил меня Игорь Николаевич. — Давайте для начала померяем давление, посмотрим горлышко, ну а дальше уж решим.

Спустя короткое время хозяин кабинета стал заполнять разные бланки.

— Сдадите анализы, МРТ, КТ, посетите лора, окулиста, гинеколога, онколога, невропатолога, психиатра...

— Последнего зачем? — изумилась я. — Шизофрения воздушно-капельным путем не передается, она незаразна.

Игорь Николаевич взглянул на меня поверх очков.

— Ну до сих пор точно не известно, каким образом безумие можно заполучить. И генетику еще никто не отменял.

— В моей родне нет психов, — уперлась я.

— Тысяча девятнадцатый год помните? — поинтересовался доктор.

— Конечно, нет, — засмеялась я, — родилась я значительно позже. И очень надеюсь, что не выгляжу тысячелетней женщиной.

— Если вы появились на свет, значит, ваши предки жили от сотворения мира. Нельзя с уверенностью говорить: среди моих пращуров нет шизофреников, — заметил врач. — Вам это не приходило в голову?

— Нет, — призналась я.

— Подумайте об этом, — посоветовал терапевт, вручая мне кипу листочков. — Запишитесь на ресепшене. Когда вы и члены вашей семьи обойдете всех специалистов, милости прошу ко мне. По результатам обследований мы детально поговорим.

ГЛАВА 2

Женщина в регистратуре что-то посмотрела в компьютере.

— Кардиолог может принять вас завтра в восемь утра.

— Нет, спасибо, — отказалась я, — мне лучше на вечер.

— До Нового года осталось только время до десяти.

— Так первое января уже миновало, — хихикнула я, — весна пришла. Март.

— Но январь опять настанет, — парировала администратор.

Я опешила.

— У врача запись до следующего декабря? — растерялась я.

— Михаил Борисович гений, — воскликнула администратор, — к нему со всей России и из-за границы едут. Занимайте среду, а то вообще к нему не попадете! Приехать надо к семи сорока пяти.

Я быстро произвела в уме подсчеты, поняла, что встать придется в пять, малодушно сказала:

— Я подумаю, — и отошла от окошка.

— Девушка, — раздался тихий голос.

Я повернула голову. Охранник у двери кивнул, я подошла к нему.

— Вы меня звали?

— Вас по кругу отправили? — спросил парень.

— Простите? — не поняла я.

— Костя, — представился юноша, — не женат!

И что сказать ему в ответ на это заявление?

— Добрый день. Дарья, замужем.

— Вечно так, — пригорюнился секьюрити, — если кто посимпатичнее, то уже при мужике. Я надеялся, что вы свободны.

— Еще встретите свою судьбу, — улыбнулась я, — какие ваши годы.

— Двадцать пять уже, — вздохнул Константин.

Я решила утешить «жениха»:

— Я стара для вас.

— Эх, когда у бабы деньги есть, на возраст внимания обращать не стоит, — сказал охранник, — но вы мне понравились не потому, что дорого одеты и в клинику пришли, куда бедный человек не сунется, просто вы похожи на мою маму. Не сложились у нас близкие отношения, но все равно по секрету вам скажу.

Константин огляделся по сторонам и зашептал:

— Из-за дороговизны народу тут почти нет. Вот главврач и велел докторам: «Если кто на прием пришел, пишите направления во все кабинеты. Объ-

16 ясняйте: «При любой проблеме необходимо пройти полное обследование». Ну и пускают посетителя по кругу. МРТ, КТ, разные специалисты, в лаборатории кучу анализов надо сдать.

— Могла бы вам поверить, — остановила я Константина, — но насчет посетителей вы ошибаетесь. У кардиолога только утро осталось, исключительно на среду. Весь год занят.

Секьюрити кашлянул:

— Верка на ресепшене всегда врет. Мало кто хочет спозаранку приходить. Пенсионерское время! В муниципальной поликлинике оно нарасхват. Но сюда те, кто на подачку от государства существует, не ходят. Здесь только богатые, знаменитые. Они хотят в обед приехать. А утро куда девать? Вот Верка и брешет про забитый график. Вы заболели? Что-то серьезное?

— Нет, не хочу вирус подцепить, у нас в доме маленькая девочка. Думала, здесь посоветуют что-нибудь повышающее иммунитет, — ответила я.

— И зачем вам тогда МРТ, КТ делать, а их точно назначили, — не в бровь, а в глаз угодил парень.

— Верно, — согласилась я, — честно говоря, мне совершенно не хочется бегать по всем кабинетам.

— И не надо, — прошептал Костя. — Где машину оставили?

— На вашей парковке, — ответила я.

— Доезжайте до метро, сверните направо, — затараторил парень, — увидите аптеку «Сила природы». Там за прилавком стоит Надежда Васильевна. Мне в подземке ездить приходится, потому что я никак удачно не женюсь. А там каждый второй с соплями, на работу наши люди любят нездоровыми ходить. Но я даже не кашлянул за весь год. Надежда шикарно подбирает нужные препараты. У нее есть специальный аппарат. За две тысячи все о своем здоровье узнаете. Она не мошенница. На стене диплом висит. Идите к ней, скажите: «Костя отправил».

В некий магический прибор, который мигом расскажет о состоянии моего здоровья, я не поверила. Но мысль купить витамины и принимать их показалась мне здравой.

Я поспешила к гардеробу.

— Дарья, — закричала администратор, — что вы решили?

— Спасибо, в восемь утра я никак не могу, — отказалась я, — приду через год, когда у кардиолога нормальное время найдется.

— Вам повезло, — донеслось от стойки, — только что клиентка на завтра на час дня отказалась. Записываю?

— Не надо, — отвергла я предложение.

— Ну вы такой везунчик, — закурлыкала тетушка, — послезавтра сию секунду образовалось время в девятнадцать!

Константин стал корчиться от смеха, а я выбежала на улицу, села в машину, добралась до метро, свернула направо и увидела вывеску: «Аптека «Сила природы». Надежда Васильевна была на месте.

— Что вы хотите? — спросила она.

— Витамины, которые уберегут всю семью от разных вирусов. У нас дома маленький ребенок, — объяснила я.

— Лена, — крикнула провизор, — постой за прилавком, сделаю даме диагностику.

— Не надо, — поспешила отказаться я, — хватит и таблеток.

Надежда Васильевна показала на большой стеклянный шкаф.

— Видите? Он весь забит иммуноповышающими препаратами. Какой вам нужен?

Я молчала.

— Диагностика позволит подобрать наиболее подходящее вам средство, — вещала фармацевт. — Это не дорого. Но, если у вас сложности с финансами, то я бесплатно проведу обследование. Нет проблем. Людям надо помогать.

Надежда Васильевна начала мне нравиться.

— Деньги есть, — уточнила я.

Провизор подняла прилавок и вышла в зал для покупателей.

— Пойдемте, нам в левую дверь.

На этот раз я очутилась в крохотной комнатке, где стоял компьютер. Мне велели держать две ручки, от которых к ноутбуку шли провода, потыкали в разные части моих ладоней палочкой. Потом фармацевт торжественно заявила:

— Вы в отличной форме. Есть мигрень, но от нее витаминов нет.

— Как вы догадались? — поразилась я.

Наталья показала на ноутбук.

— Это он, волшебник. Лучше всего вам подойдут собачки. Сейчас выдам их.

— Большое спасибо, но у нас в доме много животных, — осторожно заявила я, когда мы вернулись в общий зал.

Провизор встала за прилавок.

— Не собиралась предлагать вам щенят.

На прилавке появилась коробочка, на ней было по-французски написано: «Волшебная свора».

— Внутри таблетки в виде псов, — улыбнулась Надежда, — если в доме есть маленькие дети, то спрячьте упаковку как можно дальше, они могут за один присест слопать все содержимое. Как их принимать? По цвету. Внутри есть табличка. Например, в понедельник — фиолетовый. Утром в этот день недели принимаете, — Надежда Васильевна показала на картинку на упаковке, — вот она, собачка-баклажан. Тело на «синенький» похоже. На завтра — псина-тыква. Лучше купите вариант подешевле, — посоветовала провизор, — от дорогого он по качеству не отличается. Просто таблетки не рассортированы по цвету, сами разделите и сэкономите.

— И правда просто! — обрадовалась я. — Очень наглядно. Сколько с меня?

— Вот и хорошо! С вас за все, включая диагностику, три тысячи, — подвела итог милая женщина, — это если неразделенные таблетки. И шесть, если купите расфасованные.

— Зачем зря платить? — решила я.

Расплатилась, села в машину, уже хотела ехать, и тут мой айпад на сиденье звякнул. Мне прилетело письмо, которое меня очень удивило. Послание отправил Юра, муж Маши. Почему Юрец не написал мне в ватсап?

Я нажала пальцем на экран и увидела текст: «Дашуля! Твой телефон находится по адресу: поселок Зеленый Берег, улица Овощная, дом двенадцать. У Зинаиды Львовны Комаровой. Ты сидела перед кабинетом врача, положила трубку на свободный стул и, не взяв ее, ушла на прием. А Зинаида унесла твой мобильный, решив, что он принадлежит ей. Только дома она поняла свою ошибку. Ее внук нашел в избранных контактах мой номер. Поскольку позвонить тебе нет возможности, отправляю письмо. Очень надеюсь, что ты не оставила планшетник в кафе, не потеряла его и прочитаешь послание до того, как перевернешь весь автомобиль или медцентр в поисках трубки. Юрец. Муж Маши, папа Дусеньки. Это на тот случай, если ты не вспомнишь, кто я такой. P. S. Адрес поселка Зеленый Берег. Помнишь ресторан на Новорижском шоссе, где на тебя официантка кофе пролила? Сразу за ним поверни налево, и через два километра увидишь ворота. Пропуск заказан. Карту я не отправил. Зачем она тебе? История с кофе — прекрасный навигатор.

Я закрыла айпад. Дашутка, ты, как всегда, молодец! Бросила дорогой айфон, подарок на Новый год от того же Юрца, и уехала. Тебе повезло, что трубка попала в руки честной Зинаиды Львовны, а Павел сообразил, как открыть мой телефон. Правда, пароль у меня — четыре единицы. Коря себя за рассеянность, я выехала на проспект и легла на курс.

ГЛАВА 3

— Дорогая Дашенька! — зачастила пожилая дама, когда горничная ввела меня в комнату. — Сможете ли вы когда-нибудь простить меня?

— Уважаемая Зинаида Львовна, я должна вас поблагодарить, — ответила я, — оставила трубку на стуле! Вот же рассеянная с улицы Бассейной.

— А я-то, старая дура! Схватила чужую вещь, решила, что она моя, — корила себя Комарова.

— Я давно получила медаль «Растеряха десятилетия», — улыбнулась я, — не счесть моих зонтиков, оставленных в разных гардеробах, аэропортах, туалетах.

— Зачем в сортире зонт? — изумился Павел, пивший кофе.

— Я обычно держу его в руке, — вздохнула я, — вешаю сумку на крючок, остальное кладу на бачок унитаза. А потом ухожу! Хорошо еще, если ридикюль не оставлю.

— Ох, случалось со мной и такое, — призналась Зинаида.

— Повезло, что айфон попал к вам, а Павел догадался связаться с Юрием. Спасибо вашему внуку.

— Хватит словесных благодарностей, помогите мне материально, — буркнул парень.

— Паша! — возмутилась бабушка. — Что ты несешь?

— Шутка юмора, Зинуля, — успокоил ее внук.

— Давайте выпьем чаю, — предложила хозяйка, — ох, у меня даже голова закружилась.

Павел встал и пошел к двери.

— Сейчас заварю чай.

— Внук очень заботливый, — сказала Зинаида Львовна, — понял, что мне нехорошо, и сам на кухню отправился. Хотя, замечу, он, как большинство мужчин, терпеть не может хлопотать по хозяйству.

— У вас проблема с давлением? — сочувствующе спросила я.

— Слава богу, нет, — ответила Зинаида, — я на редкость здоровый человек. Врачи, когда видят в паспорте мою дату рождения, всегда удивляются. Мне не тридцать лет, а давление как у космонавта. Просто я нервничаю немного. И погода меняется.

Мы поговорили с хозяйкой о капризах природы. Потом в комнату вошел с громадным подносом Павел. И стал методично размещать на столе блюдо с пирогом, вазу с конфетами, варенье, сахар, мед, двухэтажную подставку с пирожными. И две уже наполненные чашки.

— Попробуйте чай, — попросила хозяйка, — уверена, вы никогда такой не пили. Удивительное дело, мне в последнее время кофе просто опротивел, он приобрел странный вкус! Пью его теперь только утром. А еще неделю назад постоянно угощалась капучино.

Я послушно сделала глоток и сказала:

— Марко Поло. Черный. Фирма «Марьяж Фрер». Париж.

— О-о-о! — изумилась Зинаида. — Вы первая, кто стопроцентно попал в точку.

— До того как купить дом в предместье Парижа, мы жили неподалеку от собора Сен-Сюльпис, одного из самых старых в столице Франции, — пояснила я, — фирменный магазин «Марьяж Фрер» находится в нескольких минутах ходьбы оттуда, там есть кафе, мое любимое.

— Идти надо мимо аптеки, — неожиданно подхватила Зинаида, — и салона, где работает очень приятный мужчина лет пятидесяти...

— Марк, — перебила ее я. — Вы живете где-то рядом? Вот это совпадение.

— Улица Мазарини, — улыбнулась Зинаида.

— О-о-о! — обрадовалась я. — Там прекрасный итальянский ресторан.

— Ну я пошел, — сказал Павел, — у вас и без меня найдется тема для разговора.

— Позови мать, хочу познакомить ее с Дашенькой, — велела бабушка. — Где она? Чем занимается?

— Или дома, или в мастерской, — пожал плечами внук, — или уехала, как обычно, ерундень покупать, деньги тратить. Ща ее карточка гавкнется, но отец на меня орать будет! На жену он пасть не открывает, а куда дерьмо деть, которое внутри кипит? На меня вылить.

— Павел! — возмутилась Зинаида Львовна. — Как ты себя ведешь!

— Просто говорю правду, — заявил внук, — одну правду и только правду. Провожу исследования для курсовой. Мать фигней занимается.

Бабушка пришла в негодование:

— Нет, вы только его послушайте!

— Правда мало кому нравится, — прищурился Паша и повернулся ко мне: — Муттер никогда ничего не делала. Всем говорила: «Я сына воспитываю». Мозг мне через уши до окончания школы высасывала. Хорошо хоть, я ее редко видел.

Зинаида хлопнула ладонью по столу.

— Павел!

— Что? — прикинулся непонимающим внук. — Хочешь сказать, что я вру?

— Тебе достались прекрасные заботливые родители... — завела Зинаида Львовна.

Внучок скрестил руки на груди.

— Бабкинс! Сообщаю правду! Только правду! Мамахен никогда со мной не сидела. Она шаталась по разным местам, а ты ее называла — шалава!

У Зинаиды Львовны в прямом смысле слова отпала челюсть, а Паша продолжал:

— Чтобы папахен ее на работу не выпер, мамахен вечно соловьем заливалась: «Мальчик сложный, проблемный, я постоянно им занимаюсь, нельзя его ни на секунду оставить!» Ага! Щаз! Зайдет в детскую, надает мне оплеух, заорет: «Учись хорошо» — и в гости! Или в театр! Или в загранку, Ле Бон Марше в Париже потрошить. Я часто забывал, как муттер выглядит! Няньки со мной возились.

— Как тебе не стыдно! — возмутилась бабушка.

— Да ни на секунду, — хмыкнул внучок, — это тебе должно быть стыдно. Я говорю правду, а ты лжешь. И чего? Бабкинс! Где я соврал? Теперь, когда я студент и говорить, что меня воспитывать надо, уже нельзя, мамахен стала сапожником.

Я подумала, что ослышалась.

— Сапожником?

— Ой, — махнула рукой Зинаида, — не слушайте Павлика. Настя — дизайнер обуви, делает очень красивые туфельки. Вот, посмотрите.

Хозяйка дома легко подняла ногу почти на уровень своего носа. Я увидела замшевую тапочку высотой до щиколотки, ее носок украшали разноцветные бусины, которые складывались в инициалы «М» и «З».

— Наша фамилия Комаровы, — начала объяснять пожилая дама. — Как вы думаете, почему около «З», первой буквы моего имени, стоит «М»?

— Не знаю, — призналась я.

— «М» — это «мама», — улыбнулась хозяйка, — мама Зина. Правда, домашние тапочки восхитительны? Самая необходимая вещь для холодного времени года!

Меня творение рук незнакомой Анастасии не восхитило. Тапки как тапки. Таких везде полно, стоят недорого. А вот высоко задранная нога хозяйки меня впечатлила, поэтому я не удержалась от возгласа:

— У вас такая растяжка! Наверное, вы занимались балетом?

Потом спохватилась и добавила:

— У Анастасии золотые руки! Очень оригинальную обувь сделала. Прямо восторг.

Павел закатил глаза.

— Правильно мой научный руководитель сказал, что все постоянно врут, каждый день по много раз. Прожить даже один день без брехни никто не может. А я взялся доказать, что это осуществимо. Месяц без лжи проведу! Дарья, мамахенские тапки вам не понравились! И ясно почему. Маманька их берет в магазе, потом всякую ерунду на них наклеивает. А бабкинс набрехала, что она в восторге от «М» и «З», мама Зина! Аха-ха! Муттер и бабкинс друг друга ваще не переваривают. Мамахен имела в виду не «мама Зина», а «мозгоед Зина».

— Паша! — попыталась остановить оголтело честного внука бабушка. — Прекрати!

— Нет, — с детским упрямством возразил студент, — слушайте правду! Че матерь с обувью проделывает? Купит туфли задешево. Дерьмо для всех! Не бренд! И давай их облагораживать! Стразами украсит, бантики приляпает. Жуть жуткая! Бе-е! Тошнилово. Дизайнер-фигайнер!

— О господи, — простонала Зинаида. — Ну почему ты видишь повсюду только плохое?

— А где хорошее? — ухмыльнулся Павел.

— Настину обувь взял на реализацию торговый центр «Удача», — сказала Зинаида Львовна, — за пару недель там продали все, что твоя мама сделала. Сейчас она новую коллекцию готовит! Летнюю!

Павел схватился за живот.

— Ой! Погибаю от ржачки! Бабкинс! Наивняк! Кто владелец адского места «Удача»? Дебильной конюшни с дерьмовым товаром по нереальной цене?

— Откуда мне знать? — поморщилась дама.

— Так папашкин лучший друган Никита Сорокин, — объяснил внук. — Твой сынишка вечно мне орет: «Сам всего добивайся, помогать мажору не желаю». А жене дорожку расчистил! Слышал я, как он с Никитой говорил в кабинете. Папаня ему: «Настена взялась ботинки мастерить. Она теперь модельер!» Никита в ответ: «Ну и супер! Лишь бы чем-нибудь занималась». Отец дальше: «Возьми ее творение на реализацию. Сам все куплю. Пусть вдохновится и дальше работает. Устрою потом показ ее коллекции». Сорокин заржал: «Не вопрос. Но как предложить, чтоб она не допетрила, что это ты устроил? О! Придумал. У нее инстаграм есть? Ща гляну. Точно! Вот она! Супер! Выставила несколько туфель. Е! Да их даже пьяный слон не купит!»

Паша довольно заржал.

— Про пьяного слона — сильно сказано. Сорокин какой-то бабени звякнул. Велел в инстаграме маманьки восторг выразить, предложить модельерше фиговой ее говнодавами торговать. Бабкинс, я все понятно объяснил?

Зинаида Львовна растерялась и не сразу ответила. А мне надоело слушать студента, который восхищался собой, честным, и я сказала:

— Павел! Кроме желания говорить исключительно правду, у человека должно еще быть сострадание, милосердие и понимание, что словом можно убить. Если больной человек, которому осталось жить пару дней, спросит: «Я умру?» — что ты ему ответишь, а?

— Вот-вот на тот свет уедешь, — заржал юноша, — поэтому завещание составь, квартиру кому хочешь отдай, а то после твоей смерти родня пересрется. Ну я пошел!

Теперь дар речи потеряла я.

ГЛАВА 4

— Дашенька, — смущенно пробормотала Зинаида Львовна, — Пашенька чудесный мальчик. Добрый!

— Угу, — промычала я.

— Понятно, что он так никогда тяжелобольному не скажет, — продолжала она оправдывать злого и глупого внука, — это просто подростковый эпатаж! Все мы в молодости были бунтарями!

Я постаралась сохранить на лице вежливую улыбку, и тут у Зинаиды зазвонил телефон. Она схватила трубку.

— Алло! Опять! Вы мне надоели! Мерзавка!

Пожилая дама швырнула мобильный на пол и закрыла лицо ладонями.

— Вас кто-то обижает? — спросила я.

Зинаида опустила руки.

— Я слышала о существовании телефонных хулиганов. Набирают чей-то номер, любой, и задают глупый вопрос. В основном этим дети занимаются. Но эта особа! Откуда она узнала? Хотя мы не скрывали, но и всем не рассказывали. Давно ведь беда случилась. Кто о ней, кроме нас, помнить может? Понимаю, надо сообщить Никите Сорокину. Он из бывших полицейских, давний друг Ильи, самый близкий. Лет пятнадцать назад Кита ранили, пуля засела в таком месте, что ее нельзя было удалить. Сорокин как на бомбе сидел, не знал, когда и что с ним случится, если она вдруг сдвинется. Но он очень сильный человек, я помню его совсем маленьким мальчиком. Мы жили на одной лестничной клетке, отца и матери у паренька не было, его воспитывала Тонечка, тетя. Куда родители малыша подевались, я никогда не спрашивала. Кит рос воспитанным, аккуратным, учился прекрасно. Но, когда ему исполнилось двенадцать лет, Антонину машина задавила. Сироту отправили в интернат. Будто мало ему горя отмерили, так он еще и единственной родни лишился. Я договорилась с директрисой детдома, душевная оказалась женщина, она разрешила мне Никиту на выходные забирать. Парнишка был золотой! Ни разу не пожаловался на судьбу, не плакал, не хныкал. Досталось ему! Когда его из полиции убрали, я думала, не дай бог, пить начнет. Дело всей жизни потерял. Но нет! Никита в бизнес ушел, сейчас владеет сетью магазинов.

— Сорокин работал с Александром Михайловичем Дегтяревым, — пробормотала я.

— Верно, — удивилась Зинаида. — Откуда вы знаете?

— Дегтярев мой близкий друг, — пояснила я, — мы живем в одном доме. Сразу скажу: я состою в счастливом браке с профессором Маневиным. С полковником мы только друзья и никогда ни в какие другие отношения не вступали. Никита у нас порой гостит. Правда, сейчас реже, чем во время службы в полиции.

Зинаида раскрыла объятия.

— Вы Даша Васильева? Владелица особняка в Ложкине?

— Да, — подтвердила я.

— Господи, я же вас прекрасно заочно знаю! — обрадовалась пожилая дама. — Кит часто рассказывает о ваших собаках, о том, как вы... э... любите читать детективы.

Я рассмеялась.

— Зинаида Львовна, Павел призывал вас говорить правду. Сдается мне, вы хотели сказать: «...о том, как Дарья вечно пытается сама заняться расследованием и доводит полковника до потери пульса». Вас беспокоит телефонный террорист?

Хозяйка молча кивнула.

— Не надо на него кричать... — начала я.

— Мне звонит женщина, — поправила Комарова.

— Пол подлого человека значения не имеет, — отмахнулась я, — номер телефона сохранился? Хотя это глупый вопрос. Ясное дело, он не определяется. Но зря мерзавцы полагают, что, скрыв данные, можно совершать любые пакости. Побеседуйте с Никитой, он быстро найдет мерзавца. Мало ему не покажется!

Пожилая дама потупилась.

— Понимаю, что об этом лучше всего сообщить Киту. Но я не могу.

— Почему? — удивилась я.

Зинаида всхлипнула.

— Он тут же доложит Илюше. А сын уже один раз пережил этот кошмар, во второй не надо.

— Это шантаж! — осенило меня. — Кто-то требует денег?

Комарова неожиданно улыбнулась:

— Я веду простую жизнь. Меня нечем шантажировать. Один муж. Никаких любовников. После смерти Павла Ильича мне пришлось выйти на работу. Я преподавала в школе домоводство, разной ерундой занималась. Кое-как держалась на плаву. Вот Павлуша обижен на отца за то, что тот его захребетником величает. Это некрасиво, конечно. Думаю, он Павлику завидует, у того веселая студенческая жизнь, а Илья с ранних лет работать пошел. Нет, хулиганка не требует денег.

Все намного хуже, чем некая моя тайна, которая выплыла на свет божий. Да и кому я интересна? Я не певица, не знаменитость, обычная женщина. Особа, которая уже не первый раз мне трезвонит, врет, что она Варя, моя внучка! Но девочка пропала. Это страшная история. Простите, вам все это не интересно.

— Расскажите, — попросила я, — иногда надо выговориться.

Зинаида словно ждала моих слов, она начала рассказ.

Замуж она вышла рано, ее избранником стал Павел Ильич Комаров, далеко не молодой доктор наук, математик, который жил в своем мире. Он был состоятельным человеком, владельцем огромных хором в центре Москвы, которые получил от родителей в наследство. Три комнаты в них целиком занимала библиотека.

Узнав, с кем Зина решила соединить свою судьбу, ее родственники были шокированы. Близкие и друзья восприняли идею брака в штыки, проводили с ней беседы, говорили ей всякое-разное. «Твой избранник дожил до седых волос, но ни разу не женился, наверное, он импотент», — воскликнула одна из подруг. «Да он просто спит с мужиками», — заявляла другая. «Зина, опомнись, ему лет как самой старой черепахе, — зудела соседка, — тебе его придется в инвалидной коляске возить, горшок за ним выносить. С ума сошла? Оглянись, вокруг полно молодых ребят!» Но девушка никого не слушала, она любила Павла Ильича.

Свадьба Зины походила на похороны. Близкие не стали игнорировать торжество, пришли в ресторан. Как требуют приличия, они принесли букеты, подарки, говорили нужные слова. Но выражение их лиц...

А Зина была очень счастлива. Ее жизнь превратилась в радостное служение супругу, который вопреки злым прогнозам не был импотентом, не интересовался мальчиками, много зарабатывал и, как умел, демонстрировал супруге свою любовь. Не один год после похода в загс супруги прожили бездетными, а потом, о радость, на свет появился Илюша.

ГЛАВА 5

На семидесятилетие профессора, которое семья праздновала в ресторане с размахом, собралось много людей. Все говорили тосты, в конце концов с места подняли Зину. Жена юбиляра в полной тишине произнесла:

— У меня самый лучший муж на свете. Спасибо ему за все. Я получаю от него столько счастья, что его хватило бы на десятерых женщин.

Через год Павел Ильич скончался, просто заснул и не проснулся. Как прошли похороны, поминки, вдова не помнила, нашлись люди, которые все организовали, им просто дали денег. На девять дней народу собралось мало. А сороковины отмечали только Зина и ее сын-школьник. Она не думала о том, где взять деньги, всегда просто запускала руку в коробку, которая стояла у мужа в кабинете, и продолжала это делать, став вдовой. В один отнюдь не прекрасный день жестянка вдруг опустела. Зиночка растерялась. Ей как-то не пришло в голову, что раз нет супруга, то и его зарплаты нет. А тут оказалось: не на что батон хлеба купить. И что делать? Зина пошла работать, нанялась в школу библиотекарем, потом стала вести уроки домоводства. Денег платили мало, общение с детьми не радовало. Теперь Зине приходилось экономить на всем. Она часто плакала по ночам. Поверьте, это были черные-пречерные годы. А Илья тем временем рос, перешел в выпускной класс. И решил поднимать свой бизнес.

Он быстро продал все ценное, что имел: велосипед, часы, магнитофон, взял в аренду ларек и стал торговать всякой всячиной.

Шло время, Илья начал зарабатывать приличные деньги, открыл несколько магазинов. Жизнь устаканилась. В ней даже появилась радость. У Ильи случилась любовь с Настей, с девочкой-умницей, золотой медалисткой. Она окончила институт легкой промышленности, хотела стать конструктором одежды. Настенька прекрасно шила, вязала, строчила обновки Илье. Зинаида поняла — дело явно идет к свадьбе, и спросила у сына:

— Тебе нравится Настя?

— Ну да, — ответил Илюша.

— Не торопись с женитьбой, — попросила мать.

Парень удивился.

— Почему?

— Ты только недавно стал прибыль получать, — пустилась в объяснения Зинаида Львовна, — мы едва голову из нищеты высунули. Какая семья? Ее содержать надо! И вдруг ребенок родится? Наследник — дорогое удовольствие.

— Детей планируют, — заметил Илья, — можно прибегнуть к разным способам.

— Вот и прибегни, — отрезала Зина.

Через полгода Илья сказал матери:

— Настя беременна.

— Как? — не сдержала недовольства Зинаида. — Вы не предохранялись? Вот уж беспечность!

— Похоже, ты совсем не рада, — заметил Илья.

Зинаида опомнилась.

— Что ты! Я счастлива! Просто сразу подумала об организации свадьбы. Надо поторопиться с женитьбой, а то у Насти живот появится. Неудобно: белое платье, фата — и беременная.

— Можно сшить наряд не в талию, — отмахнулся жених.

— Не об одежде думаю, о людях, — уточнила Зина, — начнут судачить, что невеста до свадьбы в койку легла.

Илья рассмеялся.

— Мать! Мы не в девятнадцатом веке живем.

— Все равно, давай поторопимся, — не сдалась будущая свекровь.

Пара расписалась, когда у Насти шла десятая неделя беременности. И дальше потекла семейная жизнь. В положенный срок на свет появился сын Паша. Илья днями и ночами носился по Москве и области, поднимал бизнес. Настя еще не получила диплом, а он ей был необходим, невестке пришлось ходить на занятия, сдавать зачеты, экзамены. Угадайте с трех раз, на чьих руках оказался младенец? Павликом занялась Зина. Через несколько лет родилась Варя, вот ей наняли няню,

Зина одна с двумя не могла управиться. Варенька пошла в первый класс. А потом случилось страшное.

Утром Илья отвез дочь в гимназию и занялся своими делами. Настя, как обычно, встала около полудня и заперлась в своей ванной. Зина в районе часа дня отправилась прошвырнуться по магазинам, она хотела купить себе удобные туфли. Выбор обуви — дело непростое, Комарова проходила целый день, устала. Около восьми вечера она приехала домой, не чуя под собой ног, вошла в квартиру и столкнулась с горничной Миленой, которая собралась уходить. Несмотря на стабильное финансовое положение, у Комаровых не было штата прислуги. Илью раздражало постоянное присутствие в доме посторонних людей. Водителей не было, все, включая Зинаиду, сами сидели за рулем. Если нужен водитель, то Илья присылал кого-то из тех, кто обслуживал его офис, или член семьи садился в такси. Няня и домработница Милена были приходящими, не жили в квартире, не оставались на ночь.

— Все поужинали? — привычно осведомилась хозяйка.

— А никого нет, — ответила горничная. — Анастасия договорилась пойти к дантисту. Она позавчера вас предупредила, что с двух часов дня до ночи у протезиста просидит. Просила вас забрать Варю из школы, она не сможет это сделать.

— Боже! Совсем забыла! — ахнула Зинаида Львовна.

И бросилась в гимназию. Там никого не было. Зинаида позвонила учительнице. Та ответила:

— Варю забрала мама.

Зина выдохнула и поспешила домой.

В квартире никого не оказалось. Зинаида удивилась, и тут вернулась невестка, бледная до синевы.

— Что с тобой? — спросила свекровь.

— Боже, — простонала Настя, — обточка зубов — это ужас! Весь день сидела в кресле с открытым ртом. Так тяжело, думала, что умру!

— Где Варя? — перебила ее Зина.

Невестка перестала жаловаться.

— Ее дома нет? Значит, она в школе!

— Там сказали: «Ее забрала мать»! Я подумала, что ты только что взяла дочку, мы просто разминулись, — обомлела бабушка.

— Я? — поразилась Настя. — Еще позавчера просила тебя забрать вечером девочку. Предупредила: иду к стоматологу надолго. Устану, измучаюсь.

Зина бросилась опять звонить учительнице. Та, узнав, что Вари нет дома, перепугалась, но ничего нового не сообщила. В ее изложении ситуация выглядела так. Занятия в классе Вари завершились в полдень. Дети отправились на прогулку, обед ждал их в полвторого, минут через пятнадцать после выхода на улицу ученица Комарова подбежала к педагогу со словами:

— За мной пришла Настя. Можно я пойду?

— Конечно, — согласилась преподавательница, которая знала мать Вари.

Все, больше Варю никто не видел, она исчезла навсегда.

Зинаида Львовна прервала рассказ и отвернулась к окну.

— Имя «Настя» распространенное, — сказала я, — возможно, малышка отправилась с кем-то, кого так же звали. Классная руководительница подошла к той женщине?

— Нет, — вздохнула Зина, — не удосужилась. Я связалась с Никитой, он тогда служил в милиции. Сорокин всех на ноги поднял. Результат — ноль. Стояла теплая погода, группы продленного дня гуляли в парке, который прилегал к школе. Дети взяли с собой портфели. Не все оставались на продленке. Периодически кто-то из ребят подходил к учителям и кричал:

— Мама пришла. Я побежал.

— Иди, иди, — отвечали те.

Преподаватели устали, хотели пообщаться, отвлечься от работы. Как потом выяснилось, они всегда нарушали правила, не проверяли, с кем уходит ребенок. Верили на слово ученикам. Лень им было вставать, проверять.

Зинаида Львовна резко выпрямилась.

— Варюша как сквозь землю провалилась. Ее никто не видел. Ни дежурная в метро, ни продавщицы газет, мороженого, чьи ларьки стояли в парке. Я обегала с фото девочки весь район, опросила тех, кто постоянно там гулял: собачников, мам-нянь с детьми. Никто ничего сказать не мог! Опросили всю школу: детей, педагогов, родителей. Трясли подружек Вари. Проверили Анастасию, хоть я не сомневалась, что невестка ни при чем. Стоматолог подтвердил: в то время, когда Варя с какой-то Настей непонятно куда ушла, ее мать сидела в кресле под бормашиной. Вот так.

— Ужас, — выдохнула я.

— Когда говорят, что у кого-то умер ребенок, — сказала Зинаида, — мне становится бесконечно жалко эту семью. Но потом я думаю: они хоть знают, что с бедняжкой! А я... до сих пор надеюсь... вдруг откроется дверь и появится Варюша с ранцем за спиной: «Бабулечка, я кушать хочу». Хотя какой ранец! Она уже окончила бы школу. Кто-то очень жестоко шутит со мной. Я не самый добрый человек на свете. Могу разозлиться, вспылить, наговорить всякого. Слабое оправдание: первая я не начинаю скандалить. Но вот ответить могу, хотя очень стараюсь держать себя в руках. Может, я когда-то женщину, которая Варюшу увела, чем-то обидела? Прошло много лет! Я понимаю — Вари нет. И вдруг! Телефон! Звонит уже не впервые, женский голос говорит: «Бабуля, это Варя. Хочу спросить, как дома дела?» Я сразу бросаю трубку. Все.

ГЛАВА 6

— Спрашивает «Как дома дела?», — повторил Дегтярев.

Я кивнула.

— Именно так. Зинаида сказала, что поисками занимался Никита. А вы тогда работали вместе. Помнишь дело о пропаже Варвары Комаровой?

Полковник поморщился.

— Нет. Много лет прошло. Запрошу документы в архиве.

— Странно, что звонить стали сейчас, — пробормотала я, — может, Зинаида прибегала к помощи разных якобы специалистов? Вроде ясновидящих. И кто-то из них начал хулиганить?

Дегтярев встал с дивана.

— С момента пропажи девочки прошло много лет. Разного рода мошенники, колдуны, гадалки, экстрасенсы, которые обещают найти пропавшего человека, — вся эта шушера обычно суетится, когда только случилась беда. В первые дни и недели они атакуют родственников. В конце концов пострадавшие понимают: эти не помогут. И перестают реагировать на предложения: «Отыщу вашего родственника стопроцентно, дорого...» К сожалению, если сразу сказать матери-отцу: «Не связывайтесь с подлецами», услышишь весьма неприятные слова о неспособности полиции хоть что-то сделать. А вот колдун, он точно найдет.

Дегтярев махнул рукой:

— Но я не занимаюсь и не занимался поиском пропавших. Никита тогда не в моем отделе работал. Выкуп просили?

— Зинаида Львовна ни слова о требовании денег не сказала, — протянула я.

— Если Комарова ничего не сообщила о выкупе, то не факт, что о нем не говорили. Зинаиде угрожают? — спросил полковник.

— Похоже, нет, — ответила я. — «Варя» просто хочет узнать, как дела. Денег не просит, в семью не лезет. Только побеседовать желает.

— Эге. Потом она скажет: «Я угодила в рабство», — буркнул Дегтярев, — а теперь, значит, освободилась или сбежала. Конечно, всякое бывает, однако не очень верится в подобное. Давай поступим так: я раздобуду старое дело, потом поговорю с Зинаидой.

Я обомлела:

— Что ты сделаешь?

У Александра Михайловича затрезвонил телефон, он схватил трубку.

В комнату Дегтярева заглянул Юра:

— Даша, тебя ищет Собачкин. Поскольку ты не подходишь, он на городской звякнул.

Я посмотрела на Дегтярева, который молча слушал кого-то, и поспешила на первый этаж.

— Чем ты занимаешься? — с места в карьер стал возмущаться Сеня. — Почему не отвечаешь?

— С полковником разговаривала, а моя трубка в столовой осталась, — принялась оправдываться я.

— А! Тогда ты в курсе, — обрадовался Сеня. — Ну, согласна?

— На что? — спросила я.

— На все!

— Звучит заманчиво, — хихикнула я, — но хочется все же выяснить: «все» — это что?

— Александр Михайлович босс, — зачастил Сеня, — я его зам, Кузя, понятно, техотдел. Ты оперативный работник. Пока так. Дальше — как пойдет.

— Ничего не понимаю, — пробормотала я. — Почему ты заместитель Дегтярева? А куда денется Коля?

— Ты о ком? — удивился Сеня.

И тут меня осенило:

— Ты на дне рождения у Толи? Угостился по полной? Вроде не хотел идти.

— И не пошел, — заявил приятель. — О! На кухне что-то шипит. Елы! Каша! Геркулес!

Раздалось несколько коротких гудков, и звук пропал.

Ничего не понимая, я вернулась в комнату к Дегтяреву и услышала, как он говорит кому-то по телефону:

— Да, счастлив до умопомрачения. Наконец от идиота избавился. Прямо праздник! Все! Потом поговорим.

Поскольку ласковым словом «идиот» в последние несколько лет толстяк называет только одного человека, я обрадовалась:

— Твоего начальника уволили!

— Нет, — хмыкнул полковник, — он остался и расцвел розой. Убрали меня.

— Тебя перевели? — спросила я. — Куда?

— На пенсию, — расцвел Александр Михайлович.

Я открыла рот. Потом закрыла. Снова открыла и промычала:

— Э-э-э-э-э...

— Перестань! — велел толстяк. — Я давно знал, что это случится. Подготовился. Просто буду делать то же самое в другом месте.

— Где? — отмерла я.

— Создам детективное агентство, — заявил Александр Михайлович.

У меня опять парализовало голосовые связки. Несколько лет назад у Дегтярева появился молодой ретивый начальник, который решил полностью изменить работу всех подведомственных ему структур. Действовал он по принципу большевиков: «Мы наш, мы новый мир построим...» — и стал увольнять опытных сотрудников. Зачем избавляться от тех, кто давно занимается поимкой преступников и делает это весьма успешно? Так они не современные, не пишут молодому начальнику электронные письма, а лезут в кабинет с разговорами. Не хотят по выходным коллективно бегать по полю с игрушечными автоматами, и плевать им на день «Единства сотрудников», который придумала новая шишка. «Старички» и психотерапевта дружно проигнорировали. А вот в ФБР все непременно ходят к душеведу. Новый начальник брал с американских коллег пример. И ладно бы «дедушки» молча саботировали мероприятия резвого самодержца. Так нет же! У них языки были без костей. О чем они рассказывали? Вот вам одна история. Когда новый начальничек впервые зашел в прозекторскую и увидел на столе симпатичного утопленника, который несколько суток провел в воде, то зажал нос, попятился... и тут к нему подошел Леня с лотком в руке. Медэксперт начал что-то говорить, но до конца высказаться не успел, потому что новоиспеченный шеф рухнул в обморок. Конечно, Леониду надо было по-тихому привести босса в чувство и молчать о его конфузе. Но Ленька мигом разнес новость по подразделению. А через несколько месяцев ушел со службы. Нет, его никто не гнал. Леня гениальный патологоанатом, он может разобраться в любом, даже очень сложном случае. Но эксперт не любит заниматься пустяками, он всегда говорит: «Если человек подавился куском хлеба, с этим прекрасно разберется мой ученик. Начну разбрасываться по мелочам, закопаюсь в работе, которая и студенту по плечу. А что-то очень сложное достанется практиканту, и беда случится! Все знают, что мне не стоит давать что-то простое». Но после того как Ленька во всех буфетах в лицах изобразил уход шефа в астрал, его завалили пустяками. В результате он потерял самообладание и швырнул начальнику на стол заявление об уходе. Справедливости ради замечу: этот трюк Румянцев проделывал и раньше, но прежний шеф Владимир Андреевич разрывал его заяву на мелкие кусочки и говорил:

— Леня, не истери! Я что, по-твоему, дурак, гениального специалиста отпущу? Ступай в морг, работай! Леня, нам без тебя никак!

Вероятно, Ленька ждал похожих слов от нового босса, а тот мигом подмахнул бумагу и торжественно произнес:

— Жаль расставаться с вами. Но раз уж вам невмоготу, то я не имею права вас задерживать.

Так вот, когда Леня очутился на улице, я пришла к Дегтяреву с предложением:

— Есть идея. Хочу открыть детективное агентство. Но мне, никогда не служившей в МВД, лицензию не дадут. Ты постоянно жалуешься, что босс глупец, работать с ним невозможно. И вообще у тебя на носу пенсия. Оформи агентство на себя, станешь моим начальником. Подобрался прекрасный коллектив: Собачкин, Кузя, Леня и я. Сам кого-нибудь еще приведешь! Начнем с малым коллективом, а там, глядишь, расширимся.

Все, что сказал мне в тот день Дегтярев, я здесь привести не могу. Если кратко, то суть его выступления такова: частные детективы — поголовно неудачники, которые занимаются выслеживанием неверных супругов. Этих «Шерлоков» выперли из полиции за пьянку, глупость и лень. Александр Михайлович скорей застрелится, чем займется любительщиной. Кузя и Собачкин — два дилетанта, но считают себя мегапрофессионалами. Леня, спору нет, хороший эксперт, однако характер у него такой, что в морге все кактусы завяли. Дарья — шебутная, безумная дамочка, работать с ней согласится только мужик без головного и спинного мозга. И вообще, его, Дегтярева, никогда не отправят на пенсию, потому что замены ему не найти. Второго такого умного, проницательного полицейского на свете нет. И не будет. Никогда!

Я ушла от Дегтярева в расстроенных чувствах, с обострением комплекса неполноценности. И вдруг! Он говорит сейчас прямо противоположное: Сеня, Кузя, Леня и даже я — замечательные люди, из которых Дегтярев воспитает спецов экстра-класса. Александру Михайловичу придется потратить уйму нервов и сил, но все вышеперечисленные заткнут за пояс любого профессионала.

— Прямо сейчас беремся за дело. Находим бабу, которая издевается над Зинаидой Львовной, — вещал тем временем толстяк.

— Подожди, — остановила я его, — так с бухты-барахты нельзя, нужна лицензия, регистрация агентства.

Толстяк взял со столика папку.

— Уже все готово, подписано, можешь изучить. С моими связями я за пять секунд все оформил.

В полном обалдении я прочитала бумаги и поинтересовалась:

— Почему такое странное название у агентства?

Александр Михайлович мигом вскочил на боевого коня и стал размахивать саблей.

— Я сам его придумал. Оно полностью отвечает главной идее агентства.

Я вздохнула. Интересно, какая у нас главная идея?

— Концепт агентства переворачивает сознание человека, — пел явно с чужого голоса Дегтярев, — перелопачивает его мозг.

Перед моим мысленным взором возник мужик лет сорока, держа в руках лопату, он подошел ко мне. Через секунду лопата оказалась внутри моей черепной коробки. И стала медленно поворачиваться.

— Оцени тонкость и красоту названия, — курлыкал полковник.

Я потрясла головой и перевела взгляд на папку.

— Агентство «Тюх»! Это аббревиатура?

— Читать умеешь? — мигом взлетел на метле полковник. — Не тюх! Нюх!

Я заморгала.

— Нюх?

— Да!

Мое удивление не уменьшилось.

— Но почему так?

Дегтярев набрал полную грудь воздуха.

— В советские годы милиционеров обзывали «легавыми», потому что они, как быстролапые охотничьи собаки, нацеленные на поиск дичи, всегда бежали по следу. Не отставали, пока не находили преступника. Чуешь?

— Нет, — призналась я. — А что чуять надо?

— Легавые — собаки — нюх! — гордо провозгласил толстяк. — Отличное название. Оно демонстрирует нашу приверженность лучшим традициям советских лет и...

— Но здесь написано «Тюх», — прервала я Дегтярева.

Тот закатил глаза.

— Читать разучилась?

— Кто писал бумагу? — задала я свой вопрос. — Ты нанимал адвоката?

— Вот еще, — фыркнул полковник. — Отдать большие деньги? За что? Сам справился! Да там делать нечего! Конечно, кто другой год бы справки собирал. А я только зашел в кадры, и девочки все сделали.

— Прочитай внимательно. Обрати внимание на зарегистрированное название агентства, — попросила я.

— Нюх! — отрезал Дегтярев. — Коротко, емко, с тонким юмором, который привлечет народ. У других, глупых лентяев, названия вроде «Поиск», «Детектив», «Сыщик», а у меня — «Нюх». Сразу ясно: это агентство лучшее из лучших, сотрудники разнюхают даже цвет наволочек в гареме эмира бухарского.

И тут в комнату вошла Маша.

— Мусик, ты купила нам какое-нибудь средство, чтобы не принести в дом заразу?

— Да, — кивнула я, — большую семейную упаковку. Сейчас всем раздам. Сделай одолжение, на журнальном столике лежит документ, прочитай его.

Маруся взяла листок и вскоре воскликнула:

— О! Детективное агентство! У вас получится. Вот только... Мусик!

Манюня замолчала.

— Говори, не стесняйся, — велела я. — Что не так?

— Только не обижайся, — пробормотала Маша, — понимаю, ты хотела пошутить. Но помнишь советский мультик про капитана Врунгеля? «Как вы лодку назовете, так она и поплывет». На мой взгляд, наименование фирме нужно подобрать попроще, потенциальный клиент сразу должен понять, чем сотрудники занимаются. Недавно я видела в магазине упаковку, на ней было написано: «Динозавры». Находись она в отделе игрушек, удивления не вызвала бы. Но коробка лежала в холодильнике в отделе замороженных продуктов. И что там оказалось? Пельмени!

— Вот оно, лишнее доказательство моей правоты, — обрадовался полковник. — Название привлекло! Мимо пачки со словом «Пельмешки» пройдешь. Сколько штук ты купила?

Маруся засмеялась.

— У меня в голове вопрос возник: вкусняшки слепили из какого-то диплодока, чьи останки обнаружили в вечной мерзлоте? С какой радости «Динозавры»? Зачем производитель изгаляется таким образом? Почему не написал «Пельмешки»? Небось барахло выпустил, иначе зачем идиотским наименованием потребителя привлекает!

Между прочим, мы вообще готовые пельмени не покупаем. И уж точно мне в голову не придет нечто из тираннозавра сляпанное приобрести. И зеленый горошек с названием «Страстная ночь» я не прихвачу. И йогурт «Радость кисоньки-мурлысоньки» в магазине оставлю! Разве я кошка? У пиар-службы креатив обострился. Туалетная бумага «Нежный цыпленок»! Мусик, прости за откровенность, понимаю, что ты хотела как лучше! Но клиенты в сыскное агентство «Тюх» не побегут. У меня сразу всплывает в голове детская песенка: «Тюх-тюх, чух-чух, раскалился наш утюг и сломался. Ух-ух-тюх-тюх». Еще паровоз на ум приходит. Ты забыла, что есть слово «тюха»? Нужен мне детектив тюха? Неповоротливый увалень с двумя левыми руками? Навряд ли.

— Там напечатано «Нюх»! — взвыл полковник.

— «Тюх», — возразила Маша.

Дегтярев выхватил у Маруси документ, а я удрала на первый этаж. Манюня — единственный человек на свете, который может остановить истерику полковника, купировать его гнев. Думаю, Александр Михайлович, который сам готовил документ, просто не туда потыкал пальцем, и вместо «Нюх» получилось то, что получилось. Поздно пить боржоми. Название зарегистрировано. Значит, у нас агентство «Тюх». Может, еще сделать логотип: паровоз образца тысяча восемьсот тридцать третьего года, тот, что придумали отец и сын Черепановы. Слоган написать: «Едем медленно, но уверенно».

— Дарья напутала, — раздался со второго этажа вопль Дегтярева, — поменяла название, когда бумагу читала! У меня точно было — «Нюх»!

Ну вот, главное — найти того, кто так напортачил.

Хихикая, я вынула из сумки упаковку с лекарством и начала изучать инструкцию.

«Вы приобрели самое лучшее средство для повышения иммунитета детей, взрослых, стариков, собак, кошек и других животных». Похоже, производители считают детей, взрослых и стариков зверушками. Но не будем придираться к фразе. Что там дальше? «Вы купили экономичную упаковку. Ради уменьшения цены мы не разделили содержимое. Для удобства пользования нужно разложить таблетки по цветам. Советуем поместить все разновидности в плотно закрывающиеся емкости. И каждый вечер принимать по 1 штуке до ужина! Стакан воды...» Следовало перевернуть страницу, но я решила остановиться. И так все ясно. Выпейте стакан воды. Далее, как водится, пойдет реклама. Странно, что инструкция начинается с описания того, как принимать витамины. Обычно об этом сообщается в конце, чтобы человек хоть одним глазом да прочел рекламу.

Я вскрыла пакет из фольги и приуныла. Ну и ну! Фигурки все перемешаны. Помнится, бабушка усаживала маленькую Дашу перебирать гречку. Во времена моего детства крупа продавалась грязной, с мышиным пометом и кусками непонятно откуда взявшегося дерева.

— Почему Саша кричит? — спросил Феликс, входя в столовую.

Я рассказала мужу про агентство.

— Тюх, нюх, — вздохнул супруг, — смысла негодовать нет. Что сделано, то сделано. Если о вас появятся положительные отзывы, название роли не играет. Мы же ходим в стоматологическую клинику «Голливуд». И аналогия с голливудской улыбкой не всем в голову приходит. Но мы только там лечим зубы, потому что врачи в клинике прекрасные, а владелец, протезист Аркадий Залманович Темкин, истинный гений. Что в коробочке? Лего? Очень мелкие детали, Дунечке нельзя их давать, еще проглотит.

— Поесть дадут? — поинтересовался Юра, садясь за стол.

— Через пять минут, — крикнула из кухни Нина. — Дуняша только что заснула! Надо подождать Машеньку с полковником.

— Не надо, — сказал Юра, — Александр Михайлович раскричался, Маруся пытается его утихомирить. Сразу у нее не получится. Чем ты занимаешься? Пазл складываешь?

— Витамины сортирую, — вздохнула я, — надо было купить не смесь, а каждый по отдельности. Да аптекарша посоветовала взять подешевле!

Юра улыбнулся:

— Не стоит приобретать лекарства по скидке.

— Товар не уцененный, — объяснила я, — просто витамины не расфасованы. Вот вам по штучке. Написано: их принимают вечером.

Феликс взял одну «собачку».

— Странно, обычно всякие добавки употребляют по утрам.

Я помахала инструкцией.

— А здесь специально указали: проглотить надо перед ужином, потом обязательно выпить стакан минералки.

— Хорошо, — согласился Маневин, положил в рот витаминку и запил водой.

— Ну как? — спросила я.

— Слишком сладкая, — поморщился муж и опустошил еще один стакан, — такое ощущение, что слопал бочку меда.

— Ты, наверное, съел что-то соленое, — предположила я.

— Удивительно, что небольшая пилюля вызвала такой эффект. Винни Пух, который опустошил все ульи в округе, не испытывал такой жажды, — заявил мой профессор и залпом осушил еще одну бутылку.

В столовую спустились Маша и полковник.

— Саша, ты заболел? — забеспокоился Маневин. — Весь красный, потный!

— Все нормально, — сказала Маша и сделала страшные глаза.

Юра посмотрел на нее.

— Понял, нам не стоит спрашивать Александра Михайловича, почему он похож на помидор, который парился в бане! Ой!

Я бросила взгляд на лицо Маруси и поняла, почему Юрец испугался. Думаю, жена ему потом наедине объяснит, что кое-что не стоит объявлять во всеуслышание.

— Запеканочка, — пропела Нина, вынося из кухни блюдо. — Господи! Что с вами?

ГЛАВА 7

— Все отлично, — сказала Манюня, — нет повода для беспокойства!

— Ой! Прямо жуткий вид, — пролепетала Пантина, — живот размером с гору!

Я решила вмешаться:

— Полковник никогда не отличался стройностью. Он крупный мужчина. Но он представитель сильного пола и не должен походить на комара!

— Зря подлизываешься, — мрачно сказал Дегтярев, — потом поговорим, обсудим кое-что тет-в-тет! Лоб в лоб. Между прочим, за последний год от постоянной нервотрепки, из-за отсутствия спокойствия что дома, что на службе я здорово похудел! Весы показали потерю четырехсот граммов.

— Кое-кто, наверное, не пописал перед тем, как взвеситься, — заявила Нина, — весы надо использовать утром после посещения туалета, не выпив ни граммулечки воды. А еще нужно выдохнуть воздух, тогда есть шанс увидеть не катастрофически жуткую цифру. Лучше взвешиваться после душа, когда вся грязь смоется. Но волосы надо высушить, мокрые очень тяжелые!

— Чтобы не разжиреть, ешьте поменьше на ночь, — заявил Юра.

Он положил себе на тарелку здоровенный кусок запеканки, щедро полил его жирной рыночной сметаной и продолжил:

— На мой взгляд, полковник выглядит прекрасно. Тощий слон не кузнечик. Лично мне слон нравится больше насекомого. А то, что Дегтярев

сейчас цвета бешеного огнетушителя, так...
Ой! Маруся, ты меня по ноге стукнула.

— Прости, милый, нечаянно задела, — сквозь зубы процедила жена.

— Слон дома — беда! — поддержала пустой разговор Нина. — Вот кузнечик полезен, он издает мелодию, от которой убегают мыши.

— Да ну? — поразилась Маша. — Впервые о таком слышу.

— В Интернете можно кузнечковую музыку скачать, — уточнила Пантина, — найду и покажу.

— Отлично, я африканский слон, — рявкнул Дегтярев, — с огромным, как кажется Нине, брюхом. Что еще приятного сообщите?

— Александр Михайлович, я не о вас говорила, когда упомянула про живот, — возразила Нина.

— Чудесная отмаза! — мигом разгневался толстяк. — Я всегда приказываю людям: говорите мне правду! Одну правду и только правду!

Я сразу вспомнила студента Пашу. Ох, не понравится Дегтяреву, если у нас дома такая личность появится.

Александр Михайлович продолжал:

— Я готов обсуждать любые проблемы открыто! Могу критично к себе относиться.

Я уставилась в тарелку. Ну-ну, только скажи полковнику что-то идущее вразрез с его мнением, жив не будешь.

— Не о вас говорила, — остановила Дегтярева Нина, — а о профессоре! Ваше пузечко, как всегда, бешеным арбузом торчит, пуговичка на пупке расстегнута. А Феликс стройный, как он ухитрился за столь короткое время омячиться?

— О... что? — переспросил Юра.

— Омячиться, — повторила Нина, — стать похожим на мяч. Хотя нет, сейчас уже на воздушный шар. Ой! Феликс стремительно толстеет! Прямо распухает, как тесто!

Я посмотрела на мужа и ахнула.

— Что это?

— Ух ты! — восхитился Юра. — Живот у него больше, чем у Маруси на девятом месяце.

Я вскочила.

— Ты заболел? Тебе плохо? Температура! Скорей несите градусник! Дегтярев, тащи твой аппарат для измерения давления. Быстрее!

Домашние забегали, как тараканы, испуганные внезапно вспыхнувшим на кухне светом.

Я взяла мужа под руку, довела его до дивана и уложила.

— Как твое самочувствие?

— М-м-м, — простонал супруг.

— Инсульт! — заголосила Пантина. — Речь пропала. Бегу вызывать «Скорую».

Маша кинулась к профессору:

— Феликс, улыбнись!

Он скорчил гримасу.

В глазах Манюни метнулось беспокойство, но она включила профессионала.

— Нет ни малейшего повода для волнения!

— Да, да, да, — зачастил за спиной Маруси ее муж, — лечат все, даже то, что у тебя. И мы все-все-все купим!

— Здоровье за деньги не приобретешь, — заявил Дегтярев, подавая мне целых три тонометра.

В глазах Маши засверкали молнии, но Дегтярев их не заметил. Юра же решил приободрить Маневина:

— Глупости! Мы купим для тебя лучшую инвалидную коляску, лифт, который поднимет ее на второй этаж. Мы выучим язык глухонемых, никогда тебя не бросим!

Лицо Феликса стало бледнеть.

— Никакого инсульта нет и в помине, — зачастила я, — по глазам вижу, со здоровьем у него полный порядок. Сейчас давление померим, и все будет отлично.

Маша навертела на руку Феликса манжету и вскоре молча показала пальцем на аппарат. Двести восемьдесят на двести восемьдесят!

Я чуть не упала. Но Маруся сохранила спокойствие.

— Надо повторить.

Через минуту показания изменились. Триста на двести восемьдесят. У меня подогнулись колени.

— Где ты взял эту фигню? — налетела на Дегтярева Маруся.

— В ванной, — ответил тот.

— Когда в последний раз пользовался прибором? — осведомилась Маша, засовывая в рот Феликсу градусник, который ей подала Нина.

— Лет пять назад, — задумчиво протянул Александр Михайлович, — потом уронил его и больше не брал. Вот еще один аппарат.

— Зачем принес неработающий тонометр? — простонала Манюня, хватая другой черный мешочек. — Нина, посмотрите в аптечке, какие у нас есть лекарства! Только быстро. Сейчас поглядим! О! Муся! Глянь.

Я заставила себя посмотреть на экран: двадцать на десять!

— Что случилось с этим тонометром? — ледяным тоном спросила Маша. — Он тоже рухнул с высоты?

Толстяк начал объяснять:

— После того как тот упал, я купил новый, поставил его в ванной на пол.

— Почему на пол? — удивилась я.

— Чтобы не разбился, — ответил Александр Михайлович, — один уже кокнулся, хватит. И...

Толстяк замолчал.

— Дальше, — потребовала Маша.

— Наступил на него случайно, — признался Дегтярев, — внутри что-то хрустнуло!

— Зачем принес неисправные тонометры? — зашипела Маша.

— Ты попросила! — раздалось в ответ.

Маруся выдернула изо рта Маневина градусник.

— Сорок восемь! Ерунда какая-то. У нас в доме хоть что-нибудь работает?

— Конечно, — отозвалась из холла Нина, — холодильник, кофеварка, котел отопления, слава богу, в порядке.

— Если посадить Феликса на котел и напоить его капучино, лучше ему не станет, — заорал полковник. — В доме бардак! Разруха! Нет хозяйки! Заболеть нельзя! А если свалился, то ничего не пашет! «Скорую» вызвали?

— Нет, — ответила Нина.

— Да почему? — затопал ногами Дегтярев.

— Лекарства ищу!
— Какие?
— Маша сказала: любые.
— И? Они есть?
— Да!

Пантина возникла в столовой с коробкой из-под моих туфель.

— Вот! Сироп от кашля, покупали для Хуча, когда он под дождем промок и простыл. Мазь левомеколь. Она потребовалась Афине, ей дверью хвост прищемили. Йод, зеленка, марганцовка, горчичники, капли в нос. Есть отдельная аптечка Дуняши, но она у ребят в спальне.

— Всем привет! — произнес мужской голос.

Я повернулась к двери, увидела Леню и кинулась ему на шею.

— Любимый!
— Что случилось? — спросил эксперт.
— Феликсу плохо, — зашептала я, — живот огромный.
— Асцит? — предположил патологоанатом.
— Пожалуйста, посмотри на него, — взмолилась я. — Нина, срочно вызовите «Скорую».
— Нет проблем, — сказал Леня, — только в машину за чемоданом сгоняю.

ГЛАВА 8

Вымыв тщательно руки, Леня прямо в ванной натянул перчатки, потом посадил на голову обруч, опустил на лицо пластиковый экран...

— Эй! Здесь не вскрытие, — напомнила я.

— Автопилот сработал, — фыркнул эксперт, снял защиту и порысил в столовую.

— Звоню в «Скорую», — крикнула ему в спину Нина, — «ждите ответа» талдычат.

Я решила рассказать другу, что случилось.

— У Феликса давление при последнем измерении было двадцать на десять.

— Он труп, — коротко сказал Леня, усаживаясь около профессора, — или аппарат квакнулся. Второе в нашем случае вероятнее. Феликс вполне симпатично выглядит.

— А живот? — возмутилась я.

— Хм, — протянул Леня. — Что он жрал?

— Ничего, — ответила я, — только собирался ужинать.

— И что приготовили?

— Творожную запеканку с курагой, — отрапортовала Пантина.

— Надеюсь, кусочек для меня остался, — облизнулся эксперт.

— Человек умирает, а ты про еду, — возмутился Юра.

— На погибающего профессор не похож, — констатировал Румянцев, — давайте температуру померим.

Маша снова засунула в рот Маневина градусник.

— Витамины! — осенило меня.

— Какие? — деловито осведомился Леня.

— Для повышения сопротивляемости организма инфекциям и вирусам, — подсказал Юра, — не хотим Дуняше грипп принести.

— Прививку надо сделать, — посоветовал эксперт. — М-м-м, как запеканочка пахнет.

— Поселок Ложкино! — заорала в трубку Нина.

Леня взял со стола инструкцию к витаминам и начал ее изучать.

— Не Мошкино, Ложкино, — надрывалась Нина, — разуйте уши!

Несмотря на беспокойство, которое камнем лежало на сердце, мне стало смешно. Интересно, как выглядят разутые уши и во что они были обуты?

— Не Кошкино! — вопила Нина. — Ложкино! Чем вы едите? Нет, не Вилкино! Не Ножкино! Пальцево? Вы руками жрете? Во! Верно, машина нужна сюда. Как можно быстрее! Ну народ! Мошкино, Кошкино! Они с трудом поняли, куда надо ехать.

— Руководство читали? — спросил Леня.

— Конечно, — кивнула я, — одну штучку нужно принять вечером. Запить стаканом воды.

Леня потряс перед моим носом книжечкой.

— Не сомневаюсь! Кое-кто просмотрел только первую страницу! На вторую не заглянул.

— Какой смысл тратить время на рекламу? — пожала я плечами.

Леонид сунул мне руководство.

— Огласи вслух! Вот с этой строки.

Я покорно принялась читать:

— «Каждый вечер принимайте по одной штуке до ужина. Стакан воды...»

Я остановилась.

— Дальше, — приказал эксперт.

— Текст на страничке закончился, — объяснила я.

— Ты дошла до слов «стакан воды» и отложила инструкцию? — не отставал Румянцев.

Я молча кивнула.

— Сделай одолжение, — промурлыкал эксперт, — дочитай предложение до конца.

— Если тебе так хочется, возражать не стану, — вздохнула я. — Не понимаю только, чем это поможет Феликсу. «Стакан воды...

Я перевернула страничку.

— ...ни в коем случае пить нельзя. После употребления «собачки» категорически запрещается принимать жидкую пищу или воду в течение суток. Чай, сок, кофе, суп тоже вызовут активное разбухание средства. Оно увеличится в объеме, заполнит всю брюшную полость. И чем больше вы выпьете жидкости, тем сильнее будет эффект».

— Ничего себе! — ахнула Маша. — Впервые о таком слышу. Если невозможно пить-есть двадцать четыре часа, то как принять следующую дозу? Мусик! Тебе всучили нечто непотребное.

— Любезные мои, — тоном лектора завел Леонид, — иммунитет человека — тонкий инструмент, далеко не до конца изученный. Нет лекарств, которые могут его повысить, потому что никто пока не знает, как и зачем его поднимать. Единственное, что могу посоветовать: не курить, заниматься физкультурой, не пережирать, обливаться холодной водой, не унывать. А от вирусов купите мазь в нос. Она простая, давно изобретена. А еще лучше прививка от гриппа плюс здоровый образ жизни!

— У Маневина нет инсульта, — заликовала я. — А как ему опять стать стройным?

— Содержимое желудка может эвакуироваться двумя путями, — забубнил Леонид, — или опуститься, или подняться. Используя лексикон вашей Нины, сообщу: выход либо через задние, либо через передние ворота. До нижних все доберется через несколько часов. До верхних намного быстрее.

— Ой, Феликс до сих пор градусник во рту держит, — опомнилась я и поспешила к дивану. — Милый, ты слышал, о чем мы говорили?

Муж покачал головой.

— Подушка, — догадалась я, — ты лежишь неудобно, голова в середину провалилась, а боковые части поднялись и закрыли тебе уши.

— Феликс, садись, — закричал что есть мочи Юра.

Профессор приподнялся.

— Полный порядок, — заорала Маша, — ты здоров. Живот скоро исчезнет.

— Все проходит, — философски заметил Леня.

— Отдай градусник, — велела Маша. — О! Сорок девять и два! Кто ему опять запихнул сломанный термометр?

— Не помню, — соврала я.

— Градусник в порядке, — возразил Леня, рассматривая прибор, — только он для животных.

— Точно, — засмеялась Маша, — вот же я какая, забыла, что сама вчера этот термометр в попу

Хучу засовывала. А сегодня не сообразила, что в руках держу. И почему собачий прибор оказался в человеческой аптечке?

— Я нашла его в гостиной утром, — пояснила Нина, — и на место положила.

— Вымыли? — спросила Маша.

— Зачем? — пожала плечами Нина. — Нет, просто сунула в коробку.

— Так он в попе Хуча побывал! — возмутилась Маша. — В нашем доме все всегда вверх дном.

— А не надо собачьи термометры расшвыривать, — вставил словечко Дегтярев.

Маневин подпрыгнул и кинулся в туалет.

— О! — подвел черту беседе Леня. — Опять используя словарный запас Нины, отмечу: верхний выход заработал! Вот и славно, теперь мы можем спокойно побеседовать об агентстве «Нюх». Нам нужен офис!

— «Нюх» теперь «Тюх», — хихикнула Маруся.

— Помещение есть, — тут же перевел беседу на другую тему полковник.

— Правда? Дорогое? — поинтересовался Леня. — Далеко от нас? В каком районе?

— Дармовое, — заявил полковник, — мы ни копейки не заплатим.

— По бартеру, — догадался эксперт, — но тут сразу возникает несколько проблем. Мне нужна лаборатория, вода, газ, ну и так далее. И что от нас потребуют в ответ? Я не верю в человеческую бескорыстность.

Дегтярев нахмурился:

— Кто шеф?

— Вы, — ответил Леня.

— Помещение двухэтажное, — завел полковник, — конечно, лабораторию придется оборудовать, предстоят траты на ее оснащение. Остальные кабинеты готовы. Между прочим, на моем месте теперь сидит Коля Разломов.

— Здорово! — обрадовался Леня.

— Мы с ним уже договорились работать в тандеме, — объяснил полковник. — Коля в нашем агентстве теперь внештатный сотрудник, по-тихому заплатим ему денежки. А у меня останется все, что как у начальника было: доступ в базы, ну и так далее.

— Супер! — восхитился эксперт. — Шеф, вы мозг! А где находится офис? Адрес?

Дегтярев показал рукой на эркер:

— Там!

— Понятно, что не здесь, — улыбнулся Леня, — не в столовой.

— Посмотри в окно, — приказал Александр Михайлович. — Что ты видишь?

— Двор, — заявил Леня, — снег, сугробы. Слева гараж.

— А справа? — проявил нетерпение полковник.

— Деревья!

— За ними что?! — потерял самообладание Дегтярев.

Леня всмотрелся вдаль.

— Плохо видно. Темно. А фонари не горят.

— Гараж ты разглядел, — окончательно разозлился полковник.

— Нет, — признался эксперт, — просто знаю, что он там есть!

— За елями находится гостевой дом, — пришла я на помощь приятелю, — ты туда никогда не заходил. Не знаю, зачем мы его построили, который год он пустует. Если кто приезжает пожить, то всегда селится здесь на первом этаже. Помещение в саду зря пропадает. Когда мы купили участок в Ложкине, я, наивная, поверила дизайнеру, что нам необходимо здание для гостей. Сейчас понимаю: меня просто развели на лишние траты. Ой, лучше не вспоминать про прораба, про обман со счетами. Хотя домик получился милый, расположен вдали от основного здания, к нему можно попасть через отдельную калитку. Тот, кто обоснуется в нем, может жить, не встречаясь с хозяевами. И, что очень удобно, наш участок последний на улице, дальше соседей нет. Зато там есть небольшая площадка, которую можно использовать в качестве парковки.

— Прекрасное место! — воскликнул Дегтярев. — И это наш офис!

Я обомлела, Маша тоже не нашлась что сказать, стало тихо. Из санузла вышел Феликс.

Я встряхнулась и поспешила к мужу.

— Как ты себя чувствуешь?

— Хорошо, — сказал Маневин, — прости, дорогая, больше не стану принимать лекарство, которое ты купила. Оно меня чуть не задушило.

— Даша просто не прочитала инструкцию, — сдал меня Леня, — в ней написано: ни в коем случае не пить воду после приема таблетки.

— Да ну? Правда? — удивился супруг. — Милая, ты не изучила как следует руководство?

И тут весьма вовремя зазвонил мой телефон. Бросив скороговоркой:

— Прошу меня извинить, дело очень важное, — я схватила трубку со стола и кинулась в спальню, слушая на ходу юношеский голос.

— Это я, Павел! Вы сегодня приезжали к нам. Прислуга ушла. Один я тут с бабушкой. А ей очень плохо! Прямо совсем! Вызвал «Скорую», а ее нет! Помогите! Пожалуйста!

Потом он закричал:

— Врачи приехали! — и отсоединился.

Я вошла в спальню, решила лечь спать, подошла к кровати и вздрогнула. По подушке растеклось большое пятно крови. Понадобилось время, чтобы понять: это или Мафи, или Афина утащила втихаря со стола кусок пирога с вишневой начинкой и решила с комфортом полакомиться им. Из груди вырвался стон, я отправилась в кладовку за чистым бельем.

ГЛАВА 9

Звонок вонзился в голову, как горячий гвоздь в кусок масла. Я села на кровати, не открывая глаз, нашарила на тумбочке трубку и спросила:

— Кто там?

— Помогите, — зарыдали в ответ, — пожалуйста! Мне очень страшно! Боюсь! Они телефоны выключили!

Я разлепила веки и увидела часы — четыре утра.

— Приезжайте ко мне, — плакал кто-то, — приезжайте!

Я потрясла головой.

— Вы кто?

— Павлик!

— Кто? — не сообразила я.

— Паша!!! Внук Зинаиды Львовны!

Я проснулась.

— Доброе утро.

— Помогите!

— Что случилось?

— Зина умерла!

Только неожиданностью звонка можно объяснить мой следующий на редкость глупый вопрос:

— Совсем?

— Да, да, да, совсем, — забился в истерике парень, — я один тут. То есть мы с бабушкой. Но ее нет! Вернее, она есть! Но это не она! Пожалуйста! Сделайте что-нибудь.

— Хорошо, я приеду, — пообещала я.

— Скорей, а то я с ума сойду, мне плохо, — зарыдал парень, — боюсь покойников.

Я хотела сказать, что опасаться надо живых, мертвый ничего плохого тебе не сделает, но вовремя прикусила язык и начала одеваться. Сейчас раннее утро, народ еще не едет на работу, я потрачу на путь минимальное время.

Зевая и поеживаясь, я добежала до гаража, села в машину и быстро добралась до особняка Комаровых. В нем горели все окна, во дворе сияли фонари.

— Родители вернулись? — спросила я у Павла, когда тот открыл дверь.

— Нет, — всхлипнул он. — Почему вы так решили?

— Свет везде горит, — пояснила я, снимая угги.

— При свете не так страшно, — признался Павел.

— Давай сядем где-нибудь и спокойно поговорим, — предложила я.

— В столовой, — сказал студент. — Хотите кофе?

— Не откажусь, — ответила я. — Редко пью его, но сейчас прямо надо капучино.

— Умеете машину включать? — спросила Паша, когда мы вошли в кухню.

— Кофейную? — удивилась я. — Надо на кнопку нажать.

— Сварите нам тогда, — протянул Павел.

Я посмотрела на него.

— А сам почему не хочешь?

— Не умею. Не мужское это дело — готовкой заниматься, для грязной работы прислуга есть. Сделайте кофе, — выпалил Паша.

На пару секунд я замерла, потом подошла к агрегату, точь-в-точь такой стоит и у нас. Павел пребывает в стрессе, не понимает, что нагрубил женщине, которая сорвалась в четыре утра с постели, чтобы ему помочь. Да мне и не трудно ткнуть пальцем в нужную картинку на фасаде прибора.

— Расскажи, что случилось? — попросила я, входя в столовую с чашками в руках.

— Отец офигел, — возмутился Павел, — придрался ко мне безо всякого повода. У него с бизнесом сейчас плохо, вот он и истерит. Визжит, как идиот: «Тратите много денег! Сократите расходы!»

Вчера он приперся совсем поздно, чуть меня не убил, с порога завопил: «Я проверил счета! Ты сегодня потратил двадцать тысяч!» Я уточнил: «Рублей. Не евро. Разве это много?» Он вроде успокоился, уже без ора спросил: «Куда деньги дел?»

Павел отхлебнул кофе и поморщился:

— Фу! Дрянь прямо. Надо побольше кофе класть. И не сладкий.

— Сахар нужно самому положить, — пояснила я.

— Вы прямо как отец, — возмутился Павел, — он тоже вечно визжит: сделай сам.

Я молча слушала избалованного мажора. Почему одни дети вырастают умными, трудолюбивыми, любят родителей, всех членов семьи, стараются помочь тем, кому плохо, а другие становятся махровыми эгоистами, считают, что все обязаны поить их шоколадом, да еще жалуются, что приготовили невкусный напиток? Наличие или отсутствие денег в семье никак не влияет на ситуацию. Я знаю людей, которые родились с золотой ложкой во рту, с пеленок их обслуживали няньки, горничные, в школу возили на машине, исполняли любые их желания, летом отправляли в Италию-Испанию, но они выросли работящими и самостоятельными. Не надо думать, что в обеспеченной семье всегда вырастает такой, как Паша. Но и мысль о том, что бедность кует гения, человека высоких моральных принципов, тоже неверна. До сегодняшнего утра в моем рейтинге людей, с которыми мне не хотелось пить вместе чай, находился Федор Глазов. Федя учился на одни двойки, воровал у детей все, что видел, врал как дышал, принес массу горя родителям, пил, принимал наркотики, женился столько раз, что я и не помню. В придачу он завел армию детей, с которыми не общается. К сорока двум годам он вдруг бросил нюхать и жевать всякую пакость, в очередной раз завел семью, которая оказалась на удивление крепкой, родил мальчика, неожиданно полюбил малыша и воспитывает его. Мать, которая в свое время заработала из-за похождений сыночка пару инфарктов, и отец-инвалид теперь не могут нарадоваться на Феденьку. Не пьет! Ура! Не хватается за кокаин!!! Ура! Ура! Какой чудесный мальчик! Он занимается своим сыном! Ура! Ура! Ура! Родители помалкивают о том, что Федя нигде не работает, его жена тоже. Содержат сыночка, невестку, внука, покупают продукты, одевают малыша. Феденька клянется предкам в любви и отбирает у них пенсию плюс весь дополнительный заработок. Да, да, пожилая пара не бездельничает. Мать, учительница, бегает день-деньской по частным урокам. Отец — кондитер, печет дома торты на заказ.

А самая уважаемая мной девушка родилась в семье, где, кроме матери, никого не было. Девочка ходила в обносках с чужого плеча, ее за бедность травили одноклассники, они смеялись над рваными туфлями и застиранными платьями. Но девочка не обращала внимания на злость окружающих. Она окончила школу с золотой медалью, ухитрилась без блата поступить в МГУ, заработала там красный диплом. Сейчас Елена — успешный адвокат, она окружила свою маму заботой, закидала шубами, возит ее за границу.

Под стать ей Юрий, сын олигарха, тот в детстве горя не знал, но родительские деньги его не испортили. Юра — компьютерщик, зарабатывает столько, что потратить не может. Не в деньгах дело, не в златом тельце. А в чем? Нет у меня ответа на сей вопрос.

Сегодня Федор свалился с высшей ступени рейтинга людей, которые вызывают у меня брезгливость. Его место занял Паша.

Парень тем временем рассказывал, что стряслось вчера вечером в их доме. Поскольку большая часть его речи была посвящена тому, какой у него злой, жадный отец и глупая, невнимательная к сыну мать, я передам содержание беседы вкратце.

Илья потребовал от сына ответа, куда тот дел двадцать тысяч рублей. Павел удивился: отчитываться за копейки?! Ну поел в ресторане с приятелями, угостил всех. Было бы о чем говорить! Не два десятка тысяч евро спустил! Маленькую сумму в деревянных.

Отец невероятно разозлился и рявкнул:

— Если сам не заработал, не смей даже десять рублей ерундой называть.

Павел обозвал его скрягой, высказал ему все, что думает о родительской жадности, и привел в пример своего одногруппника, которому добрый папенька купил «Бентли», вручил кредитку и только радуется, если сыночек сотую пару ботинок ценой в троллейбус себе покупает.

И тут началось такое! Анастасия, как всегда, не вышла в столовую, чем-то занималась на своей половине, небось тапки стразами оклеивала. Зинаида Львовна попыталась утихомирить сына и внука. Куда там! Илья отвесил Паше затрещину. Тот кинулся на отца с кулаками, повалил его на пол. В драке победил Павел. Илья кое-как встал и направился к двери. Молча.

— Так тебе и надо! — завопил ему в спину сын. — Жлоб! Подавись своими деньгами, не нужны они мне.

Илья остановился, обернулся и сказал матери:

— Вот оно, твое воспитание! Сколько раз ты говорила парню: «Твой отец высшее образование получать не захотел, лень ему учиться, достичь чего-то. На тебя надеюсь, хочу, чтобы все мои подруги и соседи знали: в нашей семье есть приличный умный мальчик, который институт окончил, родню не опозорил». Я знал, что он дерьмом в результате вырастет.

И у бабушки, которая всегда владела собой, снесло крышу. Она налетела на сына, высказала тому в очередной раз, что думает о нем, неудачнике без высшего образования, скупердяе, который затравил родного сынишку.

Илья ушел. Зинаида свалилась на диван. Паша поправил одежду, сел смотреть телевизор, потребовал от горничной подать кофе, итальянское масло, французский сыр. Примерно через час, когда он слопал очередной бутерброд с дорогим санкционным продуктом, в гостиную вернулся Илья и спокойно произнес:

— До меня наконец дошло: ни сын, ни мать своего кормильца-поильца не уважают, любви к нему не испытывают. Но это не мешает им пользоваться моими деньгами. Может, я жлоб, но уж точно не мазохист. Мы с женой сейчас улетаем.

— Куда? — оторопела мать. — Ночь скоро.

— Зачем тебе знать место нашего пребывания? — усмехнулся Илья. — Прощай, дорогая родня. Живите тут как хотите, но без меня. И, соответственно, без моих денег! Все!

Павел и Зинаида обомлели, а Илья ушел. Спустя минуту со двора раздался шум мотора.

Зина всплеснула руками:

— Что теперь с нами будет?

— Ой, да ладно, — засмеялся Павел. — Отец всегда истерит. Жлоб. Все разговоры у него только о бабле. К утру успокоится! Эй, кто-нибудь, тащите чай! Да откройте коробку макарон от Лодере из их фирменного магазина!

Прислуга не отозвалась.

— Ау! — заорал Павел. — Лентяйки!

Нет ответа.

Чертыхаясь во весь голос, парень соизволил сам пойти на кухню.

ГЛАВА 10

Там не было ни одного человека. Кухарка непонятно куда подевалась. Паша вернулся в столовую, и тут ему на телефон посыпались эсэмэски. Первая из банка: «Уведомляем вас, что кредитные карты Павла Комарова закрыты и более не обслуживаются». «Митрофанушка» разинул рот, и тут прилетело новое сообщение: «Администрация поселка оповещает о решении законного владельца дома и участка выселить Павла Ильича Комарова по истечении четырнадцати дней после получения данного извещения по месту его регистрации в городе Москва. Если в указанный срок жилплощадь не освободится, будут отключены вода, газ, электричество и последует вызов соответствующих органов для принудительного выселения на основании статьи...

— Это что? — завизжал Паша, не дочитав до конца.

Зинаида Львовна молча смотрела в свой телефон, и тут Павел получил новое послание, на сей раз от отца. «Наглый щенок, который живет на всем готовом, никогда не целовал руку, дающую ему хлеб. Но он посмел поднять руку на того, кто его кормит. Счета закрыты, из поселка тебя выселят. Прислуга уволена. Живи за счет своего труда».

Парень растерялся. Он не ожидал от отца столь резких действий и не знал, что делать.

Пожилая дама схватилась за сердце и рухнула на диван. Внук перепугался, но догадался позвонить в «Скорую». Вызывать пришлось не врачей из дорогой платной клиники, а муниципальную помощь. Но доктора все не ехали, Зинаида начала задыхаться, Паша запаниковал и связался со своими друзьями, стал спрашивать, что делать. Те посоветовали обратиться в коммерческую службу, Паша признался:

— Денег нет, отец заблокировал карты.

Друзья тут же прекратили разговор. Павел набрал номер лучшего друга отца и понял — он заблокирован. Недоросль в испуге стал рыться в своих контактах, потом схватил телефон бабушки и наткнулся на мой номер, который Зина записала при нашем с ней расставании. Павел соединился со мной, и тут прикатил минивэн с красным крестом. Суровый доктор померил Зинаиде Львовне давление, сделал какой-то укол, пробурчал:

— Утром обязательно обратитесь в поликлинику, — и смылся.

Бабушка заснула. Внук ушел в свою комнату, стал играть на айпаде в очередную стратегию, хотел купить монет, привычно ткнул пальцем в нужную строку, ввел пароль и получил ответ: «Карта заблокирована». Паша выругался, хотел выпить в кровати чаю, нажал на звонок. На вызов никто не явился. Привычное комфортное, беззаботное существование развалилось на глазах. Юноше пришлось самому топать на кухню. Путь лежал через гостиную, где на диване спала бабушка. Паша мимоходом взглянул на Зинаиду Львовну и перепугался. Та лежала с открытыми глазами, ртом, не моргала, не отвечала на вопросы, которые принялся задавать ей он. Павел кинулся опять вызывать врачей. На сей раз они прикатили почти сразу, теперь в дом вошли двое молодых мужчин.

Врач сел около Зинаиды, крякнул, потом сказал:

— Валера, смерть до прибытия.

Санитар полез в сумку.

— Она умерла? — попятился Паша.

— Да, — сказал доктор, — не трогайте тело.

— Что мне с ней делать? — затрясся внук.

— Ничего, — пожал плечами врач, — решение примет полиция.

— Полиция! — повторил барчук. — Зачем она?

— В случае смерти до прибытия врачей мы обязаны вызвать полицейских, — пояснил санитар, — таковы правила. Да вы не переживайте, женщина пожилая, наверное, с букетом болезней, гипертония. Похоже, ее инсульт разбил.

— Нет, — возразил Павел, — она была здорова, недавно обследование проходила.

— Тем более, — подчеркнул врач, — подозрительная смерть. Не перемещайте труп. Ждите. К вам приедут.

— Я должен остаться с ней? — попятился Павел. — Нет, нет, увезите ее. Куда-нибудь. Я не могу... мне страшно.

Врач усмехнулся:

— Нас живые ждут.

И медики удалились, оставив на столе какие-то заполненные бланки.

Вот такая история.

— Помогите мне, — канючил Паша, — отец вернется, заплатит вам! Непременно!

Я посмотрела на него.

— Я не работаю в конторе ритуальных услуг. Примчалась, потому что пожалела тебя. Если речь зашла о деньгах, то я лучше отправлюсь домой. Готова помочь, но не ищу заработок.

— Нет, нет, — всхлипнул «Митрофанушка», — не уходите! Умоляю!

Я вынула телефон.

— Продиктуй контакт отца.

Вскоре из трубки донеслось:

— Номер не обслуживается.

Я решила не сдаваться, попыталась соединиться с Анастасией и услышала то же самое.

— Они сменили сим-карты, — разрыдался Павел, — бабку надо хоронить. Денег нет! Я выкинусь из окна.

Парень, рыдая, бросился в коридор. Я пошла за ним.

— Павел, перестань. Мы найдем твоих родителей!

— Как? — взвыл он.

Я снова взялась за мобильный.

— Сеня, доброе утро. Да, слегка рановато. Записывай адрес и приезжай.

Ждать Собачкина пришлось минут двадцать. Все это время Павел провел, лежа на диване, оплакивая отсутствие денег, жалуясь на отвратительного отца, который ему достался. Когда Сеня наконец появился, я безмерно обрадовалась.

— Слава богу, ты пришел! Еле-еле сдержалась, чтобы не стукнуть парня!

— Объясни, что случилось, — попросил приятель.

Пришлось быстро обрисовать ситуацию.

— М-да, — крякнул Собачкин, — посиди-ка тут, я посмотрю на покойную.

— Зачем? — удивилась я. — Врачи вызвали полицию.

Сеня молча ушел, и вскоре из комнаты, где лежало тело, послышался его громкий голос:

— Алло! Олег? Срочно пришли «Скорую» из своего медцентра. Адрес отправлю. Поторопись. Плохая совсем.

Я помчалась в комнату.
— Зинаида жива?

Семен, сидевший рядом с Комаровой, кивнул.
— Да. Но она еле дышит.

— Врачи, — растерялась я, — они же признали ее мертвой.

Собачкин почесал затылок:
— Случается такое. Сто вызовов в день. Устали. Предрассветный час, а в это время особенно спать хочется. Равнодушие. Желание побыстрей уехать. Масса причин для ошибки. Откуда их вызвали?

— Не знаю, — ответила я, подходя к столику. — Павел до меня в «Скорую» звонил. Тут какие-то бумаги. Может, там указано. «Муниципальный центр реабилитации после родов Лукашкина. Деревня Вилкино. Выезд «Скорой» бесплатный».

— Отлично, — хмыкнул Сеня, — мегапрофи прибыли. И название знатное: «Муниципальный центр реабилитации после родов Лукашкина». Значит, Лукашкин произвел на свет дитя, и для скорой поправки роженика, роженицей ведь его не назовешь, возвели сие медучреждение.

Я помчалась к Павлу.

— Кто дал тебе телефон «Скорой», которая констатировала смерть бабушки?

— Рекламу сунули в почту, она на столе лежала, — простонал парень.

— Почему ты не обратился к тем, кто первый раз приехал, укол бабушке сделал? — налетела я на внучка.

Тот наконец сел.

— Муниципалы! Приперлись через год после звонка! То ли лука, то ли чеснока нажрались! Воняли. В помощи отказали.

— То есть? — спросил успевший тоже войти в комнату Сеня. — Сейчас государственная «Скорая» работает очень хорошо.

— Ты мне сообщил, что Зинаиде сделали инъекцию, — напомнила я.

— Всего-то! Один дерьмовый укол, — закончил Паша. — Меня... послали. Я попросил таблетку от депрессии. Не дали, ответили: «Лучший способ с депрессухой справиться — работать побольше!» Гады! Чтобы я еще раз к ним обратился! Да никогда. Нашел рекламу и позвонил.

— Отличный тебе совет умные врачи, не те, что Лукашкина реабилитируют, дали, — сказал Сеня, — надо им воспользоваться. Вопросов больше не имею. Ждем машину, поместим Зинаиду в хорошее место.

— Денег нет, — завыл Павел и вновь упал лицом в подушку.

— Разве я сказал о деньгах? — удивился Собачкин. — По ОМС ее уложим. Бесплатно.

— За бесплатно в России даже дерьма не дадут! — отрезал Паша. — В нашей стране все, что без денег, — то говно! Не в Европе живем! На помойке цивилизации.

— Эге, — бормотнул Сеня, — кстати, в большинстве стран Европы муниципальная «Скорая» на дом не выезжает. Нет у больного денег? Топай с аппендицитом сам в госпиталь.

ГЛАВА 11

Когда Зинаиду Львовну увезли врачи, мы с Сеней тоже направились к двери.

— Куда вы? — запаниковал Павел.

— Домой, — пояснил Сеня, — поспать уже не получится, займусь работой. Дел по горло. Дашенция, нам надо офис оборудовать.

Я тяжело вздохнула, не стоит говорить Сене все, что я думаю о замечательной идее Дегтярева устроить в Ложкине офис для сыскного агентства. Конечно, это удобно, не надо кататься в Москву и сидеть там в ожидании клиентов. И экономически выгодно, денег за аренду не заплатим. Но два плюса забиваются большим количеством минусов. В поселке пропускная система, просто так мимо вывески со словом «Тюх» не проедешь. А многие люди принимают спонтанные решения: увидел название — и его осенило: «О, надо проверить, не изменяет ли мне жена!» На городском транспорте до нас не добраться, у заказчика непременно должна быть машина. В гостевом доме есть телефон, но номер тот же, что и в нашем коттедже. Если начнут звонить клиенты, то Пантина будет поднимать трубку в основном доме, а Дегтярев тоже ее схватит. Толстяк мигом начнет злиться и ворчать. На участке появятся посторонние, что мне совсем не нравится. Понятия не имею, кто и зачем обратится к частным детективам. А мы привыкли к ощущению безопасности. Коляска с Дунечкой спокойно стоит во дворе, пока девочка спит. И есть у нас собака Мафи, шкодница-негодница, она готова в любой момент удрать со двора и носиться, задрав хвост, по поселку. Поймать ее — проблема. Надо как-то убедить Дегтярева найти место в городе. Вернее, нужно уговорить его согласиться на тот вариант, который нарою я.

— Стойте! — закричал Паша. — Я еду с вами.

Я притормозила и оглянулась:

— Извини, я не в город.

— Я не собирался в Москву, — сказал отпрыск Ильи.

— Направляюсь в Ложкино, — продолжала я, — если нам по пути, то я тебя подвезу.

— Конечно, по пути, — обрадовался Павел. — Можете полчасика подождать? Надо кое-что сложить!

— Хотите уехать жить в другое место? — уточнил Собачкин.

— А вам в кайф оставаться там, где жрать нечего? — скорчил гримасу недоросль и ушел.

Сеня почесал макушку:

— Дашута, я поехал смотреть офис. Жду тебя.

Я села в холле в кресло.

— Найди Илью и Анастасию.

— Ладно, — пообещал приятель, — небось они воспользовались самолетом. Все пассажиры регистрируются, найду, куда они улетели, скорей всего, рванули за границу. Просмотрю там дорогие отели, сомнительно, что супруги поселились в хостеле. Ну я пошел.

Я зевнула, начала засыпать, и тут меня весьма грубо потрясли. Глаза открылись, у кресла стоял Павел.

— Поехали скорей, тут очень плохо, — пожаловался он, — я есть хочу!

Я посмотрела на три громадных чемодана, которые возвышались около парня.

— Это твои?

— А чьи еще? — скривился Павел. — Вот любят женщины задавать глупые вопросы.

Я решила не реагировать на грубые слова:

— У меня небольшой багажник.

Павел захихикал:

— У вас нет багажника, но он есть в вашей машине.

Замечание справедливое, но мне стало неприятно.

— Есть заднее сиденье, — продолжал Павел, — неохота в эту жуть возвращаться. Я взял вещи самой первой необходимости.

Я еще раз окинула взглядом три огромных чемодана. Однако у юноши немало «первого необходимого».

Удивительно, но его багаж влез в мою «букашку», я села за руль.

— Где тебя высадить?

Павел молча показал рукой на дорогу. Я поехала по направлению к Ложкину. Сначала подумала, что друзья, которые собрались приютить недоросля, живут в поселках Вилкино или Тарелкино. У жителей поселений своеобразное чувство юмора. Кстати, рядом есть еще Чашкино и Ножкино. Но младший Комаров не проронил ни слова, когда я ехала мимо поселков. Мне пришло в голову, что надо высадить его в деревне Опушкино, но и ее мы миновали молча и в конце концов очутились у шлагбаума Ложкина.

— Тебе сюда? — не выдержала я.
— А вам куда? — поинтересовался юноша.
— Я живу здесь.
— Ну так и мне туда же, — высказался Паша.
И лишь тогда меня осенило.
— Объясни, к кому ты едешь?
— К вам! — буркнул студент.
Я опешила, а парень продолжал:
— У меня нет денег. Не могу же я остаться в доме, где нет прислуги. А у вас точно есть гостевое помещение.

Верно! Только оно сейчас превращается в офис агентства «Тюх».

— Что смотрите на меня? — заныл Паша. — Вы хоть понимаете, какой стресс я пережил? Ужас! Нервная система в клочья! Как жить одному? Без денег? А? Не желаете меня пригласить? Мне что, убираться вон? Да? Идти назад? С чемоданами? Да? Хотите, чтобы я умер? Давайте, пинайте меня под зад коленом! Вот вы какая! С виду ласковая, а на самом деле злая!

— Прекрати истерику, — поморщилась я, — ладно, временно останешься у нас, пока твои отец с матерью не вернутся.

Павел поджал губы и ничего не сказал. Мы въехали в поселок и вскоре очутились у дома.

— Наконец-то! — закричал Дегтярев, который стоял во дворе. — Сейчас приедут клипальщики.

— Кто? — поразилась я. — Никогда не слышала о таких специалистах. Чем они занимаются?

— Кто у тебя в машине? — ушел от ответа полковник.

— Павел Комаров, — представила я гостя.

Толстяк прищурился:

— Так!

Из дома выглянула Нина.

— Дашенька, куда вы подевались?

— Уже вернулась, — улыбнулась я, — будьте любезны, покажите Павлу комнату с эркером. Он у нас день-другой поживет.

— С радостью! — воскликнула Пантина. — Пойдемте, Пашенька.

Парень молча двинулся к крыльцу.

— Чемоданы! — напомнила я.

— Их же принесут, — бросил на ходу гость.

— Кто? — удивился полковник.

Паша остановился.

— Ну не знаю! Охрана, водитель, управляющий. Мужик для черной работы.

— У нас только одна помощница по хозяйству, — пояснила я.

Нина помахала рукой.

— Вот она я!

Младший Комаров издал протяжный вздох.

— Мне что, самому багаж переть?

— Могу помочь, — вызвалась Пантина.

Юноша скорчил мину, но вернулся к «букашке».

— Весьма избалованный тип, — констатировал полковник, когда Комаров вкатил в дом последний кофр, — похоже, он ждал, что хозяева потащат его хабар. О! Клипальщики прибыли.

Я повернула голову и увидела ярко-красный микроавтобус с надписями синего цвета. «Ваш клип в день обращения», «Рекламодатели номер один в Европе», «Вы платите, мы делаем вас звездой».

— Клипальщики! Те, кто снимает клипы, — осенило меня. — Зачем они нам?

— Идиотский вопрос, — мигом разозлился толстяк, — сделают ролик, мы везде его разместим.

— Где? — уточнила я.

— В Интернете, на телевидении, — гордо заявил Дегтярев, — на радио.

Я подавила смех. В особенности на радиостанции обрадуются предложению демонстрировать видео.

— И нечего крючиться, — фыркнул Дегтярев, — сейчас на всех частотах есть онлайн-трансляция программ.

— Здрасте, — заорал парень в зеленой дубленке, подходя к нам. — Энрике к вашим услугам. Что делаем? Кто поет?

— Рекламу делаем, — засуетился Дегтярев. — Пошли в офис.

— Супериссимо, — закричал Энрике, — народ, вылезай. Приехали по адресу. Заблудились чуток. Искали Ложкино, навигатор примчал в Вилкино, а рядом Чашкино, Ножкино!

— Еще Тарелкино! Сюр прямо, — вздохнула девушка, секунду назад выпрыгнувшая из микроавтобуса. — Амалия.

— Даша, — представилась я.

— Саша, — сказал Дегтярев.

Я чуть не упала. Саша?! Ну и ну!

Послышался грохот.

Из машины вылез толстый мужик лет шестидесяти и принялся вытаскивать какие-то палки, мешки, железные сундуки, черные чемоданы.

— Колян, неси хабар, куда заказчик велит, — распорядился Энрике.

И тут из дома выбежала Афина, на ее спине сидел Гектор. Сзади ковылял мопс Хуч.

Амалия бросилась вперед:

— Собачки! Какие милые!

— Хорошенькая, — заявил ворон.

— Он разговаривает, — пришла в восторг Амалия.

— И глупая, — добавил Гектор.

— Ой, заинька, — зааплодировала девушка. — А как их всех зовут? Вау! Еще песик! Иди сюда! Такой миленький, кудрявенький!

— Это Черри, она плохо слышит, — пояснила я, глядя, как Николай вносит в гостевой дом то, что вытащил из автобуса.

Из двери выглянула Мафи.

— Ой! Еще песенька! — обрадовалась Амалия.

— Э, нет! — воскликнула я. — Марш домой.

Мафизла исчезла. Я захлопнула дверь.

— Несправедливо, однако, — укорила меня создательница клипов, — все гуляют, а ту, симпатичненькую, вы прогнали. Ей обидно.

— Идите сюда! — закричал Дегтярев и открыл дверь коттеджа. — Сейчас расскажу, что надо делать.

ГЛАВА 12

Когда Дегтярев замолчал, я окинула взглядом помещение. На первом этаже висят светло-бежевые шторы, на полу нет ковра. Левый угол занимает кухня: несколько шкафчиков, холодильник, посудомойка, стиральная машина. А справа расположена гостиная, она же столовая с круглым столом, шестью стульями, двумя удобными диванами и таким же количеством кресел. Еще есть буфет с посудой, консоль с настольной лампой, на стенах висят пара картин и несколько полок с книгами.

— Ваш офис? — уточнил Энрике.
— Да, — ответил полковник, — дом стоит уединенно, никто посторонний не сможет подслушать разговоры. Абсолютное соблюдение тайны гарантировано.
— М-да, — протянул Энрике.
— Вам не нравится? — поняла я.

Парень сложил руки на груди.

— Интерьер должен быть по вкусу хозяину. Моя задача — снять смотрибельный ролик.
— Вы нас наняли, — перебила его Амалия, — за деньги. Хотите, чтобы Интернет заинтересовался рекламой?
— Естественно, — ответил Дегтярев.

Амалия села на стул.

— Энрике деликатный, а я хамка, поэтому говорю честно! Вообще стараюсь не лгать!

Я опустилась в кресло. Ну вот, еще одна любительница резать правду-матку.

— Есть два варианта, — продолжала Амалия, — мы делаем так, как желает заказчик. Его сценарий, интерьер, концепт. В этом случае с клиентом мы не спорим. Что ему в голову пришло, то и выполняем. Из бюджета ни на копейку не выбиваемся. Размещаем готовый продукт там, где вам пообещали. Чмок-чмок, расстались счастливыми. Но толку от такой работы ноль. Никто вам не позвонит. Второй вариант. Делаем то, что считаем нужным. Привлекаем тех, кого мы сами выберем. Вы с нами не спорите, ничего не требуете, отдаетесь на волю профессионалов. Бюджет поплывет, ясный пень, в сторону увеличения. Расстанемся почти врагами. Что вы выбираете?

— Дураков нет, конечно, первый вариант, — возвестил полковник.

— А в чем подвох? — осведомилась я. — Зачем вы сказали про повышение оплаты и испорченные отношения?

— Я честно изложила развитие событий, — заявила Амалия. — Что касаемо подвоха! Первый вариант всегда кажется заказчику предпочтительным, но... Дегтярев, вы профессиональный сыщик?

— Да, — ответил Александр Михайлович. — Не хвалясь, поясню: я лучший в России, нет, в Европе.

Я отвела глаза в сторону. Хорошо, что толстяк не объявил себя номером один среди ищеек земного шара.

Амалия показала пальцем на Энрике.

— Представьте, что его убили у меня дома. Вы, Дегтярев, приехали, решили заняться поиском преступника. И тут я заявляю: «Ну уж нет, сама найду убийцу, вы ни фига не соображаете. Меня слушайте! Я детективы Смоляковой читала, сериалы смотрела! Отлично справлюсь!» Ваша реакция?

— Деточка, — усмехнулся Александр Михайлович, — ваш вопрос поражает своей глупостью. Книги и кино мало похожи на действительность. Оставьте работу профессионалам, сами ступайте суп варить!

— Согласна, — кивнула Амалия. — Почему тогда вы решили, что сможете сами справиться с рекламой? Вы профи?

— Нет, — ответила я, — лучше мы прибегнем к вашей помощи. Пусть бюджет немного подрастет, но зато на выходе получим достойный продукт.

— О! — зааплодировал Энрике.

— Здесь решения принимаю я, — покраснел толстяк.

— Кто платит? — прищурилась Амалия. — На кого договорчик пишем?

Дегтярев скуксился, я подняла руку.

— Я плачу.

— Отлично, — сказала Амалия и показала пальцем на Александра Михайловича, потом взглянула на Сеню, который сидел молча.

— Ваши голоса совещательные. Ее решающий. Кто монеты отсчитывает, с тем и танцуем.

— Мы принимаем решение коллегиально, у нас равное партнерство, — поспешила заявить я, мне очень не понравилось выражение лица полковника. — А что мы получим за то, что согласились работать по-вашему?

— Согласилась ты, — подчеркнул Дегтярев.

— Чумовой контекст! — объяснил Энрике. — Народ наперегонки кинется сюда, даже в этот хм... офис!

— Чем этот дом плох? — взвился полковник.

— Кроме того, что до него неделю на лошадях и месяц на велике надо добираться? — абсолютно серьезно осведомилась Амалия. — Интерьер тут деревенский, будто сейчас год рождения моей мамы. Думаете, клиент выбирает агентство, узнав, кто там работает? Умный человек — да. Но люди в своей массе состоят из идиотов. Увидят буфет, м-да, и сразу убегут: не современно. Подумают: здесь старые пни работают, какой от мумий толк. Между прочим, в городе частных детективов — как блох на собаке.

— У наших псов нет блох, — обиделась я.

— И чем плоха обстановка? — засверкал очами полковник. — Дом обставлялся мной! Я собирался здесь жить, но быстро понял, что без меня в большом особняке все разваливается, плохо, когда постоянного хозяйского глаза нет!

Я спрятала улыбку. Действительно, толстяк сначала предполагал жить отдельно от всех, жаловался, что в особняке шумно, а у него напряженная умственная работа. И на самом деле он поехал со мной в мебельный магазин, показал пальцем на первые попавшиеся предметы и заявил:

— Берем.

На мои просьбы походить, повыбирать, не хватать то, что у дверей стоит, понятно, что это не самое лучшее, я услышала львиный рык:

— Все! Нет времени на ерунду!

Дегтярев ни в чем не соврал, он и правда жил в гостевом доме целых... три часа. Потом сообразил: обед-завтрак-ужин, чай-булочки и прочее к нему сами не прилетят. Придется идти к нам. Полковник нехотя выбрался на улицу, а после ужина в тот день полил дождь. Толстяк решил лечь спать в пустой комнате на втором этаже. Ну не идти же ему под зонтиком триста метров до своей избушки. Далеко, темно, мокро. Скажу по секрету: в той комнате планировалась спальня Манюни, в то время еще школьницы. Но мы недавно въехали, не успели разобрать вещи, не купили мебель в детскую. Маруся устроилась в другом месте, там уже стоял диван. Александр Михайлович поставил в предполагаемой спальне Мани раскладушку, он искренне решил провести там только одну ночь. И поселился навсегда. Маруся получила во владение мансарду, гостевой дом остался без хозяина.

— Нужен другой интерьер, — продолжала Амалия. — Здесь дешевый ширпотреб. Народ посмотрит рекламу и решит: «Фу-у! Детективы — пенсионеры. Они по месяцу со стула вставать будут!» Поэтому я предлагаю...

Полковник встал.

— Так! Ясно! Дарья, поехали!

— Куда? — спросила я.

— В торговый центр! За новой мебелью! Вперед, — скомандовал толстяк.

— Погодите, — попытался остановить его Энрике, — у нас есть...

— То, что есть у вас, — ваше, — отмахнулся Дегтярев. — И как я не замечал убогость обстановки? Просто ужас, а не интерьер. Молодой деятельный человек, такой, как я, должен окружать себя современными вещами.

ГЛАВА 13

В большой магазин на шоссе неподалеку от Москвы полковник влетел как снаряд.

— Где у вас самая модная мебель? — накинулся он на молодую женщину в синем платье.

Та попятилась.

— В гостиной.

— Как туда пройти? — не успокаивался толстяк.

Я дернула его за рукав, но Александр Михайлович отмахнулся от меня, как от назойливой мухи, и повторил вопрос:

— Как попасть в гостиную?

Тетка начала озираться.

— Отвечайте! — тоном следователя потребовал Дегтярев. — Говорите правду!

— Н-н-на метро, — прозаикалась бедняжка.

Я отошла в сторону и сделала вид, что не имею ни малейшего отношения к мужику, который пристал к покупательнице.

— Где оно? — продолжал толстяк.

— Что? Кто? — пискнула тетка.

— Метро это!

— В городе!

Полковник разозлился:

— А тот где находится?

Незнакомка совсем растерялась и показала пальцем в сторону выхода.

— Ну там!
— На улице? — уточнил полковник.
— Да.

Я молча слушала диалог, который мог бы стать украшением любой пьесы абсурда.

— Город не в торговом центре?
— Нет.
— Значит, мне надо выйти?
— Ага.
— Как он называется?
— Город?
— Ну да!
— М-м-москва!
— Оригинально. Только идиот такое мог придумать! «Город Москва», и в нем гостиная, где у вас самая лучшая мебель?
— Да.
— На каком этаже?
— Что?
— О господи! Гостиная! На какой этаж мне надо подняться?
— Зачем вам знать? — спросила тетка.

Дегтярев закатил глаза.

— Женщины! Светильники разума! Очаги логики! Зачем я вас расспрашиваю? Понимаете?
— Нет!
— Дарья!
— Чем я могу помочь? — отозвалась я.
— Объясни ей, что мне нужна самая лучшая мебель, — заголосил Дегтярев.

— Ой! — пробормотала незнакомка. — Хотите ее купить?

— Конечно, — подтвердил полковник.

— Послушай... — начала я.

— Нет! — взвился толстяк. — Это не жизнь, а один сплошной стресс! Замолчи. Не спорь. Прикуси язык! Не мешай! Мне нужна самая лучшая мебель. Фу! Голова закружилась! С бабами так трудно общаться! Сто раз скажешь, не поймут. На сто первый сообразят, да не запомнят. Уф-ф! Так как город называется?

— Коля, — закричала женщина, кидаясь к здоровенному мужику, который вышел из туалета.

— Что случилось, Тань? — спросил тот.

— Он хочет взять нашу мебель! — сообщила жена.

— Мебель? — повторил муж. — Че ты несешь?

— Он спросил: «Где у вас самая лучшая?» — голосила супруга.

— У нас? — переспросил дядька. — Ну, друг, в гостиной, чтобы люди видели достаток в доме. И ковер там. А занавески ваще супер. На зависть соседям.

— Так я же ответила, — захныкала тетка, — а он стал приматываться: «Дайте адрес, она мне нужна, заберу ее!»

У Николая отвалилась нижняя челюсть.

— Заберет?

— Не слушайте, она чушь несет, — возмутился полковник, — я не говорил «заберу». Куплю.

— За деньги? — деловито осведомился Коля.

И тут к нашей живописной группе подбежала девочка лет двенадцати, она толкала перед собой тележку, набитую разной всячиной.

— Мам! Пап! Долго вас ждать? Пошли пописать и пропали. Я есть хочу!

— Погоди, Катюха, — велел родитель, — не мешай взрослым дела обсуждать. Стой тихо. Так мебель за деньги вам нужна?

В глазах полковника вспыхнул огонь.

— Нет. За крабовые палочки!

— Бартер, што ль? И на какой ляд мне тонна палочек.

— Шутка, — пояснил полковник.

— А-а-а, — протянул Николай, — юморист, однако. Ежели за деньги, то могу отдать. За пол-лимона. Все. Вместе с ковром.

— Он бабушкин, — возмутилась Таня, — это мое приданое, Катюше достанется.

— Мусь! На фига мне эта рванина? — высказалась дочь. — А че вы продаете?

— Мебель из гостиной, — ответила мамаша.

Я стояла молча, мне стало интересно, насколько глубоко и далеко может распространиться маразм.

— Супер! — обрадовалась девочка. — Нашелся дурак, который увезет дрова времен египетских пирамид.

— Сначала я хочу посмотреть на мебель, — заявил полковник.

— Не вопрос, — кивнул Коля, — пошли на стоянку.

— Зачем? — осведомился полковник.

— Так мебля в гостиной дома, а он в Медведкове, — пояснил Коля.

— Медведково? — изумился толстяк. — Но это не здесь, не в магазине! На другом конце Москвы.

Воцарилась тишина. Я открыла рот, но девочка оказалась проворнее.

— Дядя, вы решили мебель купить?

— Да, — подтвердил Дегтярев, — самую лучшую.

— А че тогда к моей маме пристали?

Я восхитилась. Ну наконец-то в хоре безумных прозвучал голосок разума.

— Так она продавец, — пояснил Дегтярев. — Вон, они все тут в синих платьях ходят. Я спросил: «Где у вас самая модная мебель?» Торговка ответила: «В гостиной!»

Коля и Таня синхронно заморгали, я не выдержала, рассмеялась и плотно сцепила зубы. Теперь я издавала звук, похожий на хрюканье.

— Подыхаю! — расхохоталась Катя. — Мам! Я предупреждала тебя, когда Муська в уродское платье в магазе вцепилась: не бери, в них тока картофаном торговать!

— Дорогая вещь! — возразила мамаша. — Я восемь тысяч отдала.

— А результат? — веселилась дочь. — Оглянись! Дядька ваще тормоз, но он прав! Тут продавщицы в них одеты.

Дегтярев моргнул.

— Это твоя мать?

— Суперски сообразили!

— Она не работает здесь?

— Не-а!

— Зачем тогда в форму влезла? — пошел вразнос полковник. — Людей путает! Покупатели раздетыми не ходят.

— Жарко в шубе, — стала оправдываться Таня, — вон доха на ручке тележки висит. Дорогая. Норка.

— Кошка крашеная, — усмехнулась девочка, — у папани денег на другую нет. Разобрались? А?

Катя показала пальцем на полковника.

— Ему ваша мебель не нужна. Он новую хочет. Да?

— Да, — кивнул толстяк.

— Мам! Накинь свою кошатину, а то еще кто-нибудь привяжется, — посоветовала Катя, — и пошли пожрем!

Таня, Коля и их дочь двинулись в сторону ресторана.

— Почему ты не остановила меня? — возмутился полковник.

— Пыталась изо всех сил, — ответила я, — но ты не давал мне договорить.

— Никакой от тебя пользы, один вред, — махнул рукой Дегтярев. — Кем надо быть, чтобы подумать, что человек хочет забрать мебель из квартиры?

А кем надо быть, чтобы подумать, что гостиная — это название магазина, который находится в молле «Москва»?

Я набрала полную грудь воздуха.

— Ты спросил у женщины: «Где у вас самая лучшая мебель?» Вот она и ответила: «В гостиной».

— «У вас», то есть в вашем торговом центре, — вдруг спокойно уточнил полковник.

— Таня здесь не работает, — засмеялась я, — тебя ввело в заблуждение синее платье, такие здесь и впрямь служащие носят. Пошли!

Александр Михайлович вздохнул:

— У фонтана посижу.

— Что случилось? — спросила я. — Тебе плохо?

Дегтярев опустил голову.

— Старею. Медленно соображаю. Забываю кое-что. Сегодня утром два раза позавтракал. Нина удивилась: «Опять за тостики взялись, не наелись?» А у меня из головы вылетело, что я уже поел. Правильно меня с работы уволили. Кому безумец нужен?

Мне стало жаль полковника. Никто из нас с годами не становится моложе, но лить слезы о горькой судьбе толстяка нельзя. Надо его приободрить.

— Ты не дряхлый! По три раза ужинаешь постоянно, много лет подряд. И всегда помнил только о работе, про домашние дела вечно забываешь. И вообще, ты выглядишь на тридцать лет.

— Правда? — обрадовался полковник.

— Даже моложе, — в порыве вдохновения соврала я. — Пошли мебель выбирать.

И тут на мой телефон прилетело сообщение от Семена. Я вслух прочитала его:

— «Возвращайтесь. Энрике и Амалия договорились. Нам напрокат дадут кабинет».

— Не хочу снимать ролик в интерьере публичного дома, — закапризничал Дегтярев.

— В отличие от тебя, я никогда не посещала подобные заведения, — заметила я, — но снимок мне нравится.

Полковник взглянул через мое плечо на экран и пробормотал:

— Ну ничего! Ладно, едем домой.

Мы вышли из торгового центра, сели в машину, я хотела отпустить педаль газа, но тут кто-то постучал в окно двери водителя. Я повернулась, увидела Колю и нажала на кнопку. Стекло опустилось.

Николай сунул в салон руку.

— Во! Моя визитка. Решите купить нашу обстановку, звоните. Отдам со скидкой. Плюс ковер в придачу.

— Большое спасибо, — поблагодарила я, — непременно.

ГЛАВА 14

На следующий день утром мы сидели на совещании, которое созвал Дегтярев.

— Поскольку клипчатники пока не привезли мебель, воспользуемся тем, что есть, — потер руки толстяк.

Я потупилась. Клипчатники! Александр Михайлович теперь решил так называть Энрике и Амалию.

— Итак, начнем! — заявил полковник.

— Что? — спросила я.

— Работу над делом! — ответил Дегтярев.

— Каким? — удивилась я. — У нас пока нет клиентов.

Семен легонько пнул меня под столом ногой, Александр Михайлович закатил глаза.

— Давайте сразу расставим точки над буквами. Я главный, я паровоз. Вы вагоны. Со мной не спорят, не возражают постоянно, не перебивают. Заказчик есть.

— Кто? — спросила я.

— Ну и как работать, если на каждом слове тебя перебивают? — возмутился толстяк.

— Извини, — пробормотала я, — молчу, как рыба об лед.

— Очень в этом сомневаюсь, — пробурчал Александр Михайлович, — прикусить язык ты не способна, но попробуй хоть пару минут держать его на привязи. Наш клиент Павел Комаров.

— Отлично! — подпрыгнула я. — Для начала у него нет денег на оплату детективов. И потом...

На сей раз Семен лягнул меня под столом что есть силы, я ойкнула и притихла.

— Продолжаю, — отчеканил полковник, — вчера мне не спалось. Наш гость тоже никак не мог уснуть. Мы с ним побеседовали, обсудили кое-какие вопросы, — продолжал полковник. — Да! Денег у Павла нет. Но он очень любит бабушку и хочет выяснить, кто довел ее до больницы. По поводу того, что ей кто-то звонил, он ничего не знает. Комарова внуку ничего не сообщала. Учитывая, как Павел нежно относится к пожилой женщине, я решил разобраться в этом вопросе. Итак, какая баба звонила Зинаиде Львовне, прикидывалась ее покойной внучкой?

Я отвернулась к окну. Сомневаюсь, что Павлик может кого-нибудь любить, кроме самого себя. И очень хорошо понимаю, что полковника отправили на пенсию, а он не умеет сидеть сложа руки. С ранней юности Александр Михайлович служил в органах, вся его жизнь там. У него нет никакого хобби. Рыбалка, охота, возня в гараже, занятия спортом — все это не для него. Его с трудом выпихивали в отпуск, и слова «выходной» он не знал. И вдруг! Ехать на работу не надо! Для многих мужчин избавление от ежедневного труда, возможность вставать в полдень, медленно завтракать, смотреть телевизор, общаться с приятелями — огромное счастье, они мечтают уйти на пенсию. Настроение им портит только то, что она мизерная, прожить на нее невозможно и придется все же где-то пахать. А для полковника отставка — крушение всей его жизни. Голову на отсечение даю, что он сам рассказал Павлу про звонки бабке и предложил заняться поисками подлой особы, которая прикидывалась несчастной Варей.

— Да, денег у Павла нет, — повторил толстяк, — но мы тоже пока никому не известны. Об агентстве никто не слышал. В рекламных целях многие фирмы делают бесплатно ремонт, дарят товары. А мы найдем эту «Варю», о нас напишут газеты, клиенты толпой побегут в «Дегтярев-Плаза».

— Куда? — оторопела я.

— Я решил теперь так называть наше сыскное бюро, — улыбнулся Александр Михайлович. — Моя фамилия прекрасно знакома полицейским по всей стране. Она привлечет массу заказчиков.

— Контора уже зарегистрирована как «Тюх», — напомнила я.

Александр Михайлович начал багроветь:

— Ну и что? Это псевдоним!

— Псевдоним агентства? — уточнила я.

— В документах может быть указано одно название, а на вывеске — другое, — встал на защиту полковника Леня. — «Дегтярев-Плаза» — совсем неплохо. Красиво. Загадочно.

— Слово «плаза», как правило, ставят в названиях гостиниц и торговых центров, — вздохнула я. — Оно испанское и означает открытое общественное пространство.

— И прекрасно нам подходит, — сказал Александр Михайлович, — мы — открытое пространство для клиентов. Займемся делом. Кузя, что ты накопал на Зинаиду Львовну? Ау! Кузя!

— Ничего пока на нее нет, — пробормотал компьютерный гений. — Правда, я пошарил только по верхам, глубоко нырнуть не успел. Добропорядочная гражданка. Ни в чем дурном не замечена. Внучке едва исполнилось семь, когда она пропала. Девочку пытались искать, но она как в воду канула. Предположили, что ребенок попал в руки сексуального маньяка или педофила, а тот убил малышку. Выкупа за нее не требовали. Тело не нашли.

— Спрятать мертвеца не проблема, — вздохнул Семен, — отвезли в лес куда подальше, закопали в чаще, и все! Жаль ребенка.

— Нет тела, нет дела, — произнес Александр Михайлович, — даже если человека по прошествии нескольких лет признали умершим, то все равно остается шанс, что он жив. Вдруг Варвара не погибла?

— Фантастика, — не согласился Леонид.

— Ирина Коготкова, — сказал полковник, — помнишь ее?

— Такое забудешь, — пробурчал эксперт. — Но! Ирина сбежала из дома в шестнадцать лет, уехала на другой конец страны. Категорически не желала, чтобы ее нашли, никогда не звонила родителям. Ее случайно обнаружили спустя много лет после того, как признали умершей. В шестнадцать лет у человека уже есть паспорт, он может где-то работать. Варя — маленькая девочка, домашняя, не любительница кататься на поездах, никогда не проявляла склонности к бродяжничеству.

— Марусева Антонина Васильевна, — вдруг произнес Кузя.

— Кто это? — удивился Семен.

— Я просмотрел входящие звонки на мобильный Зинаиды Львовны, — отрапортовал компьютерных дел мастер. — У Комаровой, как и у многих пожилых людей, не очень большой круг общения. Она беседовала с сыном, внуком, невесткой. Звонила раз в месяц в салон «Альтосенсо», это название парикмахерской. Наверное, там стриглась-красилась. Иногда обращалась в медцентр. Разговоры с Ильей, примерно четыре-пять раз в неделю, очень короткие. Ну это логично. Зачем долго беседовать с тем, с кем живешь в одном доме? С невесткой она болтала и того меньше, иногда по месяцу ее не набирала. Но этот факт не свидетельствует о плохих отношениях. Женщины постоянно виделись дома. Вот Павлу бабушка звонила несколько раз в день. Представляю, как он злился. «Котик, ты надел шапку? На улице холодно!»

Кузя усмехнулся и продолжил:

— А еще Зинаида часто общалась с Вероникой Гавриловной Матвеевой. Наверное, это ее подруга. Все разговоры Комаровой длились не более пяти-семи минут. Она редкая женщина, способная недолго общаться по телефону. Осенью прошлого года, а конкретно десятого октября, ей позвонила Антонина Васильевна Марусева. — Кузя оторвался от ноутбука. — Ранее она не общалась с Комаровой.

— Какая-то старая знакомая вспомнила про Зинаиду, — пожал плечами Дегтярев, — ничего удивительного.

— Я тоже так решил сначала, — согласился Кузя, — но потом она же десятого ноября сделала звонок. И в декабре, январе, феврале тоже. Какое у нас вчера было число?

— Десятое марта, — ответила я, — в районе четырех я находилась в доме Комаровых, когда Зинаиде позвонили.

— О! — поднял указательный палец компьютерный гуру. — Я посмотрел дату исчезновения Вари. Кто скажет, какого числа она пропала?

— Десятого октября, — мигом ответил Леня.

— В яблочко! — похвалил Кузя. — Вот я и подумал: неспроста Марусева выбрала эту дату. Она знает, что случилось этого числа. Беседа длилась минуту с небольшим.

— Так, — протянул полковник, — странно.

— На мой взгляд — нет, — возразила я. — Кто-то задумал довести Комарову до больницы и добился успеха. Она жива?

— Пока да, — ответил Сеня, — но надо самим поговорить с врачом, выяснить, что с ней, по телефону справок не дают.

— И правильно делают, — отрезал Дегтярев, — но, говоря «странно», я имел в виду то, что женщина открыто воспользовалась своим телефоном.

— Скрытый номер легко рассекретить, — тут же встрепенулся Кузя.

— Тебе да, обычному человеку это сложнее, надо специальную программу установить, — сказал Семен. — Сомневаюсь, что Зинаида способна на хакерство!

— Зато у ее сына есть деньги и обширные связи, — протянул Леня. — Почему он не вычислил Антонину и не дал ей по шапке?

— Наверное, мать не сообщила сыну о звонках, — пробормотала я.

— Вот это по-настоящему странно, — встрепенулся Семен.

— Бессмысленный разговор, — остановил Собачкина полковник, — вернется Илья, мы спросим, знает ли он о том, что его мать стала жертвой телефонного хулигана. Кстати, выяснили, где супруги?

— Чета Комаровых пределы России не покидала, — отрапортовал Кузя, — границу они не пересекали. Внутренними авиарейсами не воспользовалась. На поезда, как международные, так и внутренние, не садились. Я сделал вывод, что они где-то тут, в Подмосковье. Или в городах, куда можно на машине добраться, — Питере, Новгороде, Пскове и тому подобных. Илья — человек со средствами, он в хостеле не поселится. Скорей всего, он снял хороший номер в отеле. Ищу сейчас Комаровых в самых дорогих гостиницах.

— Можно снять квартиру, дом, — подсказала я, — надо побыстрее найти супругов. Вдруг с Зинаидой Львовной что-нибудь нехорошее случится?

— Стараюсь как могу, — буркнул Кузя, — но, если люди поехали на машине, а потом нашли себе жилье у кого-либо, тут я бессилен. На автомобиль билет не покупают, в частном секторе постояльцев не регистрируют.

— Кузя, Марусева — она кто? — спросила я.

— Женщина, — ответил повелитель ноутбуков.

— Правда? — съязвила я. — А я думала, что Антонина — мужчина в расцвете сил.

— Я имел в виду, что она нигде не работает, — пояснил Кузя.

Я встала.

— Съезжу к Антонине. Дай мне ее адрес.

Дегтярев постучал карандашом по столу.

— Задания раздаю я и только я! Итак! Кузя работает в Интернете. Семен едет в медцентр, беседует с врачами. Леня отправится в дом Комаровых, изучит комнату, в которой стало плохо Зинаиде. Дарья наведается к Антонине.

Я поспешила на выход. Ох, не просто с Дегтяревым, полковник постоянно подчеркивает, что он самый главный!

ГЛАВА 15

Марусева жила в центре Москвы. Если кто-нибудь думает, что неподалеку от храма Христа Спасителя расположены только элитные дома, то он ошибается. В кривых арбатских переулках до сих пор сохранились здания с коммуналками.

Я открыла дверь подъезда и чуть не задохнулась. Похоже, все кошки мира писают тут. В ту же секунду мимо моих ног прошмыгнула серая тень и бросилась вниз по ступенькам в подвал. Я достала телефон и еще раз посмотрела на адрес, который мне прислал Кузя. Дом пятнадцать, квартира один.

Лифта в грязном вонючем подъезде не было. Я, стараясь не дышать, поднялась на второй этаж. А ведь подъезд-то ранее выглядел красиво. Сохранились мраморные ступени с креплениями для прутьев, в прежние времена они придерживали ковровую дорожку. Резные деревянные части перил опирались на причудливую чугунную опору, я разглядела орнамент из птиц, деревьев, фруктов. Да и окна хороши, вместо прозрачных стекол в них витражи. Если отмыть подъезд, привести его в порядок, он станет прекрасным. Но, похоже, жильцам безразличен интерьер. На втором этаже «аромат» отходов жизнедеятельности кошек сменился благоуханием гниющего мусора. На площадке были две квартиры, около двери одной стояло несколько помойных пластмассовых ведер, самых дешевых. Возле второй находился один контейнер, дорогой, никелированный, но веяло от него тоже не розами.

Я взглянула на створку с надписью, сделанной мелом, «Звонить только тем, к кому пришел». Рядом висели четыре таблички: «Косырев — 1 з.», «Пунькин — 2 з.», «Николаев — 3 з.», «Павлов — стучать долго». Апартаменты напротив радовали глаз дорогой дверью из натурального дуба, на которой висела табличка «Академик Кыштанов». Я растерялась, где же первая квартира? Я решила узнать у аборигенов и позвонила в дверь ученого.

— Кто там? — спросил из домофона женский голос.

— Простите, пожалуйста, подскажите, где в этом подъезде находится первая квартира? — попросила я.

— Вы не к академику Кыштанову? — осведомилось сопрано.

— Нет. Ищу Антонину Васильевну Марусеву, — ответила я.

— ...! Нечего трезвонить занятым людям ...! ...! Пошла на ...! Надоели ...! — заорали из динамика. — ...! Чтоб вам, тварям, сдохнуть!

Я отпрыгнула в сторону, предполагала, что академик — интеллигентный человек, ответит мне вежливо. С другой стороны, возможно, я сейчас общалась с кем-то из прислуги. Правда, странно, что у ученого работают такие люди.

За спиной послышался скрип, из коммунальной квартиры высунулась старушка.

— Девочка, ты кого ищешь?

— Первую квартиру, бабушка, — ответила я.

— А-а-а! Так она в подвале, — пояснила пожилая женщина, — но не бей ноги, не ходи.

Умерла Тоня, жилье закрыли. Никто там селиться не хочет.

— Марусева скончалась? — удивилась я.

— Царствие ей небесное, прости, Господи, ей все грехи. Наверное, да, — перекрестилась пенсионерка. — Погоди, ты, часом, не Хрюша?

Я подошла к двери поближе.

— Нет.

— Ох, простите, — спохватилась старушка, — глаза не молодые, лампочки у нас экономные, вы худенькая, вот я и приняла вас за школьницу. Теперь разглядела. Поди, мы одногодки!

Лично мне приятнее казаться подростком, чем пенсионеркой. Я сняла капюшон.

— Ах ты! Не сердись на старую кошелку, — смутилась бабуля. — Совсем еще молодая женщина. Надо очки заказать. Уж лет десять собираюсь к окулисту, да все никак. Ты не Варюша!

Я услышала знакомое имя и спросила:

— Кто такая Варюша?

— Варюша-Хрюша, — грустно улыбнулась бабушка, — дочка Антонины. Охо-хо, работала она всю жизнь. Бедно, конечно, жила, но чистенько. Зачем тебе Тоня понадобилась?

Я колебалась секунду, потом попросила:

— Давайте поговорим не на лестнице.

— О чем? — поинтересовалась старуха.

Я улыбнулась:

— Меня зовут Даша, я работаю частным детективом.

— Ой! Ну как в кино! — восхитилась моя собеседница. — Прямо мой любимый сериал «Ищейка». Рада знакомству. Ольга Федоровна.

— Антонина Васильевна несколько раз звонила одной женщине, — продолжала я, — называлась Варей.

— И что? — вдруг сурово спросила Ольга Федоровна.

— У дамы, с которой общалась Марусева, много лет назад пропала внучка Варя, — объяснила я, — и вдруг ей стала трезвонить женщина и говорить: «Я твоя внучка». Бедной бабушке, которая не могла забыть ребенка, стало плохо.

— Тоня-то при чем? — не поняла бабуля.

— Аноним пользовался ее телефонным номером, — сказала я.

— Ты откуда знаешь? — поразилась Ольга Федоровна.

Я вздохнула.

— Долго объяснять, просто поверьте: женщина, которая пугала мою клиентку, звонила с номера Марусевой.

— Тоня была не способна на подлость, — отрезала пенсионерка. — Я хорошо ее знала, — вздохнула Ольга Федоровна, выходя на площадку, — несчастная у бедолаги была жизнь. Мать дворником служила, ей поэтому квартиру дали в подвале. Тоня в этом доме всю жизнь провела. Мамаша за воротник крепко заливала, про дочь не помнила. Тоню из восьмого класса за двойки в ПТУ[1] выперли. У нее и на эту оценку-то знаний не было. Да и откуда им взяться? Отца нет, мать вечно в водке купается. На парикмахера Тоня выучилась. Но не дай бог к ней попасть. Обе руки

---

[1] ПТУ — профессионально-техническое училище.

левые. Куда ни устраивалась, через месяц выгоняли. Только солдат ей стричь. Потом ей повезло, нанялась домработницей к приличным людям, а заодно и няней в семье стала. Я обо всем позже узнала. Антонина вдруг пропала, я не видела ее, вечером иду, а из ее полуподвала свет не пробивается. Куда подевалась? Я решила, что она замуж вышла. Тоня не красавица, не умница, но и такие мужчин находят. Долго ее не было в доме. Потом — ба! Во дворе с коляской гуляет. Любопытничать нехорошо, но я спросила:

— Тебя поздравить с наследником можно?

Она поправила:

— Девочка родилась.

Я поинтересовалась:

— У мужа живешь?

Марусева смутилась.

— Нет. Работала няней, хозяева квартиру мне сняли рядом со своей. Чтобы я могла их детей к себе забирать, когда они поздно возвращаются. Ну и... вот как-то...

— От хозяина родила! — осенило меня.

Тоня отвернулась и промолчала. Скрытная была очень. Да и без слов понятно. Не один год служила, в комфорте жила, а потом вернулась назад в подвал, и ребенок с ней. Девочке по виду было месяцев десять. Поймала хозяйка супруга с любовницей и выгнала ее. Потом Тоня техничкой в школе работала, полы в поликлинике районной мыла, общественные туалеты чистила. Однажды смотрю: Варю какая-то тетка выводит из дома. Я подошла, спросила:

— Куда вы ведете ребенка?

Та ответила:

— Не ваше дело.

Я возмутилась:

— Если не ответите, милицию вызову.

И услышала:

— Мать умерла, малышку в интернат определят. Вот и вся история.

— Не помните, у кого Антонина в горничных состояла? — поинтересовалась я.

— Помнить не помню давно ничего. Все записываю. Сейчас вернусь, — пообещала Ольга Федоровна и скрылась в квартире.

Я осталась на лестнице, минуты шли, старушка не появлялась. В конце концов я забеспокоилась, и тут Ольга Федоровна вновь появилась передо мной.

— Дневники веду, каждый день записываю. Много лет уже. Вот нашла, — радостно заявила она. — Тоня, когда на работу устроилась, очень обрадовалась, мы с ней сели чай пить. Вот написано: «Торт ели вафельный».

Я перебила пожилую женщину:

— Как звали нанимателя Антонины?

— Комарова Зинаида Львовна, — возвестила Ольга Федоровна.

ГЛАВА 16

— Варюша-Хрюша? — повторил Семен, и тут раздался оглушительный звук, словно взорвалась граната.

Я подпрыгнула на сиденье.

— Ой, мама! Сеня! Ты жив?

— Да, — прозвучало из трубки, — а что со мной случиться может?

— Все что угодно с тобой могло случиться, — вздохнула я, — так загрохотало!

— Я чихнул, — пояснил Сеня. — Как можно испугаться простого «апчхи»? Почему она Варюша-Хрюша?

— Это детское прозвище. У девочки была любимая игрушка, плюшевая свинка Хрюша. Она ее всегда в ручонке держала. Ну и сама стала Варюшей-Хрюшей, — пояснила я. — Ты где?

— Поехал в больницу поговорить с врачом Комаровой и застрял тут, — сердито ответил Собачкин, — больше часа в коридоре маюсь. Доктор занят, его к какому-то больному вызвали. Ты в каких краях?

— В районе Старого Арбата, — ответила я.

— Отлично, — обрадовался Сеня, — сбрасываю тебе адрес, «Школа аромата», быстренько дуй туда.

— Зачем? — спросила я.

— Там учат составлять духи, — зачастил Собачкин, — владелица заведения Вероника Гавриловна Матвеева. Судя по количеству звонков к ней, Зинаида Львовна и она — близкие подруги. Я договорился с Матвеевой о встрече. Вероника попросила прибыть точно к назначенному часу, у нее будет перерыв между занятиями. Я застрял в клинике, а ты там рядом.

— Можешь не продолжать, — остановила я Сеню, — жду эсэмэску.

«Школа аромата» и впрямь оказалась неподалеку. Я вошла в холл и тут же попала в объятия полной брюнетки, с головы до ног обвешанной бусами и браслетами. На каждом пальце у нее сверкало по кольцу. Ярко-красное платье незнакомки украшали пуговицы-стразы. В волосах переливалась масса заколок в виде бабочек, собачек, кошечек — все из якобы золота, усыпанного камнями. На ногах были туфельки со здоровенными пряжками, которые слепили глаза неистовым сверканием «бриллиантов». Завершающим штрихом был пояс цвета начищенной медной кастрюли. Стоит ли говорить, чем он был украшен? Чтобы обрести тонкую талию, администратор утянулась до предела и стала похожа на песочные часы.

— Как же я рада вас видеть! — закричала она. — Здрасте, здрасте. Очень вовремя! У нас весенняя скидка. Курс «Мой парфюм» теперь длится в два раза дольше, цена намного ниже. Чудесный подарок!

— А... — начала я.

— Ясно, — не дала мне договорить брюнетка, — вы еще не определились! Как удачненько пришли! Как вовремя. У нас перерыв между лекциями.

Я опять предприняла попытку объяснить, с какой целью посетила заведение.

— Мне...

— Хочется все увидеть своими глазами, — пришла в еще больший восторг незнакомка. — Как вас звать, лапочка?

— Да...

— Даша! — закричала брюнетка. — Ах, ах, ах! Чудесно. Дашечка, Дашута... прелестно.

— Но...

— Конечно, солнышко! Вы не знали, что надо переодеваться, вот вам номерок, на нем указан шкафчик. Жду вас, Дашулечка, здесь, никуда не денусь. Марфа Гавриловна я. Отчество не обязательно, лучше просто Марфа. Нам сюда.

Тетенька схватила меня за руку и повела по коридору, тараторя, как обезумевшая сорока:

— Комбинезончик наденете, ботинки — и сюда. Отправимся на экскурсию. Вот дверца, плиз!

Марфа распахнула дверь, и в ту же секунду в ее кармане зазвонил телефон.

— Где он? — занервничала дама, шаря в кармане.

Я воспользовалась ее замешательством и выпалила:

— Я пришла на встречу к Веронике Гавриловне.

Трубка перестала звонить.

— Ну что за люди! — возмутилась Марфа. — Дзынь-дзынь два раза — и отсоединились! Простите, вы что-то хотели? Туалет?

— Веронику Гавриловну, — скороговоркой выпалила я.

Лицо Марфы расплылось в улыбке.

— Моя сестра владелица школы, а я управляющая! И...

Я поняла, что красотка вновь утопит меня в потоке слов, и решила бесцеремонно перекричать ее.

— У нас деловое свидание, я не хочу записываться на занятия.

Марфа молча поднесла телефон к уху.

— Вероника, пришла Даша. Не ждешь? А вас не хотят видеть.

— Дарья! — крикнула я. — Васильева. Не Даша. Дарья.

— Дарья она, — повторила управляющая. — Хорошо.

Она показала рукой в сторону левого коридора.

— Ступайте до конца, прямиком в дверь упретесь. Не могу вас отвести. Вдруг кто-нибудь из настоящих клиентов появится? Я обязана его любовью окутать. Между прочим, без моих денег Вероника «Школу аромата» не открыла бы. Не надо считать меня кем-то вроде поломойки. Я совладелица. Ясно?

В первую секунду я не поняла, как реагировать на страстную речь Марфы, и тут дверь открылась, впуская девушку в зеленом пальто.

Марфа ринулась к ней со всех ног.

— Солнышко, рада вас видеть.

Я выдохнула, добралась до двери с табличкой «В. Матвеева» и постучала в нее.

— Да, — раздалось из кабинета.

Я вошла и увидела даму в черном безо всяких украшений. Она молча смотрела на меня.

— Добрый день, меня зовут Дарья, — представилась я.

— Вероника, — проронила владелица учебного заведения.

— К сожалению, Семен, который договорился с вами о встрече, задержался, — сказала я.

— Да.

— Я вместо него приехала.

— Да.

Мне стало понятно, что Вероника и Марфа — две противоположности, их надо перемешать, разделить, и получатся две нормальные тетки.

— Вы знаете Зинаиду Львовну Комарову? — начала я беседу.
— Нет.
— Но вы с ней по телефону общаетесь!
— Да.
— И не знаете ее?
— Нет.
— Никогда не встречались?
— Нет.
— Не виделись?
— Виделись.

Я набрала полную грудь воздуха.

— Простите, не понимаю. Вы постоянно беседуете по телефону, но не знаете друг друга. На вопрос: «Не встречались?» — вы ответили: «Нет», а потом сказали: «Виделись». Зинаида Львовна в больнице, состояние ее тяжелое. Заболела она после разговоров с одной женщиной. Мы ищем эту даму. Увидев, как часто вы беседуете с Комаровой по телефону, мы решили, что вы и Зинаида Львовна близкие подруги.

— Нет.

— Почему тогда вы все время общаетесь? — удивилась я.

— По учебе. Нельзя никого знать. Даже себя не знаешь. Это философия.

Я собрала в кулак все свое терпение.

— Вероника Гавриловна, Зинаиде Львовне совсем плохо.

— Да.
— Много лет назад у нее пропала внучка. Сейчас кто-то звонит Комаровой и называется ее именем.
— Да.
— Так вы слышали об этой истории?
— Нет.
— Зинаида Львовна ничего вам не говорила?
— Нет.

У меня лопнуло терпение. Чтобы не сказать странной даме слова, о которых потом пожалею, я встала.
— Спасибо за беседу.
— Да.
— До свидания.
— До свидания, — эхом повторила хозяйка кабинета.

Вне себя от злости я вышла в коридор и увидела Марфу со сладкой улыбкой на устах.

ГЛАВА 17

— Поговорили? — вкрадчиво осведомилась управляющая.
— Ваша сестра не очень разговорчива, — не выдержала я.
— Кто тут Марфа? — раздался пронзительный голос.

Матвеева, мигом забыв обо мне, ринулась на зов. Я медленно пошла за ней. Нет уж, пусть Собачкин сам беседует с очаровательными сестричками. У меня на них не хватает терпения.

В холле я увидела женщину в черном пуховике, сразу поняла, какая фирма выпустила его и вроде неприметные сумку и сапоги тоже.

— Если вы еще раз позвоните моей матери... — угрожающе сказала дама.

— Душенька, как вас зовут? Давайте покажу вам нашу школу, — стала привычно щебетать Марфа, — у нас потрясающее предложение...

Посетительница вынула телефон.

— Мальчики! У меня проблема.

Дверь на улицу распахнулась, появились двое парней в темных брюках и просторных куртках. Куртки были расстегнуты, из-под них виднелись лацканы пиджаков, белые рубашки и темные галстуки.

— Она меня перебивает, — пожаловалась дама.

Один из охранников придвинулся к ресепшен и четко произнес:

— Нельзя прерывать Эмму Леонидовну.

— Не буду, — пискнула Марфа.

Дама кивнула.

— Мудрое решение. Если еще раз какая-нибудь вонючка из вашего притона наркоманов попытается связаться с моей мамой, чтобы втянуть ее в свою секту, то!..

Дама прищурилась.

— Одна моя просьба мужу — и ваша шарашкина контора взлетает на воздух. Понятно?

— Кто ваша мамочка? — проблеяла Марфа.

Дама положила на стойку визитку.

— Она больше сюда не придет. Конец истории! Ясно?

Марфа кивнула, посетительница вышла на улицу, я бросилась за ней.

— Эмма Леонидовна!

Дама остановилась, окинула меня взглядом и сказала:

— Слушаю.

Охранники уставились на меня холодными глазами.

— Все в порядке, — махнула рукой их хозяйка. — Чем могу помочь?

Я начала вдохновенно врать:

— Моя тетя, уже не очень молодая, стала посещать эту школу...

Эмма вскинула брови.

— Мерзавцы! Что вы о них знаете?

— Ничего, — честно ответила я, — кроме того что сообщает на ресепшен Марфа. Но она говорит без умолку. В потоке ее слов невозможно ничего понять.

— Речь рекой льется, но в результате тебе ничего не сказали, — усмехнулась Эмма.

— Точно, — обрадовалась я, — извините, я случайно услышала ваши слова про мать и поэтому рискнула вас остановить. Тетя моя попала в больницу. Она себя прекрасно чувствовала, а после занятий в «Школе аромата» заболела.

Эмма показала на небольшой ресторанчик, который располагался в соседнем доме.

— На улице холодно. Давайте выпьем кофе. Я про болото, где мошенники сидят, много интересного выяснила. У нас с вами одинаковые пуховики.

— Купила его в Париже прошлой весной на распродаже, — призналась я, — приближалось лето. Но он кушать не просит, висит в гардеробной. Жаба душила его зимой за полную стоимость приобретать.

Эмма рассмеялась:

— Аналогично. Только я свою обновку в стоке отрыла. И ведь есть деньги, а кошелек не могу расстегнуть. Госпожа Бородкина жадная!

— Не жадная, а рачительная, — поправила я, — меня более чем скромный достаток в детстве приучил к аккуратному обращению с деньгами.

Эмма открыла дверь ресторана.

— Как вас зовут?

— Даша Васильева, — представилась я.

— Отлично, сейчас выпьем кофейку, — улыбнулась Бородкина.

Мы устроились за столиком, и Эмма начала разговор:

— Алевтина, моя мама, день и ночь работала. Одна меня поднимала, муж куда-то пропал, когда я родилась. Образования у нее особого не было, поэтому трудилась за копейки. Мама мечтала, чтобы я в университет поступила, диссертацию защитила, замуж выгодно вышла. Я ее программу выполнила. Глеб, супруг мой, тещу обожает, мамой называет. Он бизнесмен, проблем с деньгами у нас нет, сразу сказал матери: «Хватит за две копейки в регистратуре поликлиники сидеть. Увольняйся». Мама чирикнула: «А моя зарплата? А пенсия?» Но с Глебом спорить даже я не берусь. Аля осела дома. Сначала она в восторге была, спала до десяти, ходила по театрам, концертам, выставкам. Года два так было. Потом ей культурная жизнь приелась, оказалось, что приличных коллективов с талантливыми актерами мало. В кино то убийства, то секс, то черти скачут по экрану, а ей это не нравится. Певцы разочаровали, телевизор опротивел. И что делать? Глеб купил ей компьютер, нанял человека, тот объяснил, как им пользоваться. Мамуля вдохновилась. Сейчас она в Сети свободно плавает, инстаграм завела, какие-то конкурсы устраивает. И слава богу, пусть чем хочет занимается, только не тоскует. Потом она вдруг сказала: «В Москве есть «Школа аромата», там учат делать духи, мыло, шампуни. Очень хочется позаниматься». Глеб обрадовался: «Мама! Конечно! Сделаете нам с Эммой эксклюзивный парфюм! Суперидея». Аля стала слушать лекции, потом зарегистрировалась на семинары, на какие-то мастер-классы. Нам бы тогда насторожиться. Но повода не было. Мы с мужем только радовались. Мама помолодела, глаза блестят, веселая, песни под нос напевает, энергии через край.

Эмма сделала глоток кофе.

— Сейчас, вспоминая, я удивляюсь нашей с супругом наивности. И ведь все могло очень далеко зайти, если бы не Игорь Федорович, массажист. Беляев к нам много лет ходит, мы его обожаем. Он настоящий врач, с дипломом. Не слесарь, который пару недель на курсы походил и, вуаля, теперь любого клиента задорого берет. Руки у Игорька золотые, характер прекрасный. Веселый, добрый мужик с большой семьей: жена, дети, внуки. Собачник, что для нас важно, поскольку у самих псов полон дом. Воцерковленный, а мы по воскресеньям всегда в храме. Беляев очень деликатный человек, никогда не проявляет любопытства, не пристает с вопросами. На мой взгляд, Игорь образец врача. И вдруг пару недель назад он спросил:

— Эмма, чем у Алевтины в ванной пахнет?

Я ни на секунду не забеспокоилась.

— Игорек, уж прости, я понятия не имею. Дом у нас, сам знаешь, несколько километров. Мама решила жить на первом этаже в левом флигеле, сказала: «Дети, не хочу никого обременять. И сама стесняться не намерена. Сделайте мне спальню, кухню, ванную. Люблю в халате кофе утром пить. А в общую столовую одеваться надо. Подружки приедут, Глеб их смутит. Надо жить рядом, но отдельно». Муж оборудовал ей в особняке четыре комнаты, веранду и все остальное. Вход у нее отдельный, с улицы. Мама прекрасно все продумала. Мы друг другу не мешаем, общаемся, когда хотим, а не потому, что в столовую спустилась, а там родня тусуется. Я к мамуле частенько забегаю, но в ванную к ней давно не заглядывала. А что там?

Игорь забубнил:

— Только не подумайте...

Я его остановила:

— Говори прямо.

Беляев опять вопрос задает:

— У Али горничная была. Куда она подевалась? Сейчас в ее квартире другая девушка массажный стол расставляла.

Я удивилась, но объяснила:

— Марина прекрасно работала, но в последнее время у нее проблемы начались.

Врач меня перебил:

— Плохое настроение, плаксивость, нежелание ничего делать, обидчивость? Усталость? Аппетит пропал?

Я поразилась.

— Да. Как ты догадался? Неужели Марина жаловалась? Это безобразие. Знаешь, за что ее уволили? Она посмела Але истерику закатить. Мама велела шторы опустить, а прислуга стала спорить: «Еще светло». Мамуля ей вежливо повторила: «Пожалуйста, задерните занавески». Она никогда ни на кого голос не повышает, обвинить ее в грубости невозможно. Скорее уж мать излишне мягкая! Марина сдернула на пол одну портьеру и начала орать. Мама испугалась, вызвала «Скорую», скандалистку увезли. Ясное дело, она лишилась места.

— То-то мне запах показался знакомым, — поморщился Игорь, — у нас в части трое ребят от Бурманджи с ума сошли.

Эмма вернула на блюдце пустую чашку.

— Я ничего не поняла. Бурманджа? Это кто? Или что?

Игорь рассказал такую историю.

ГЛАВА 18

Беляеву не повезло. Мединститут он окончил, когда всех дипломников забирали в армию. Властных покровителей парень не имел, связей в Министерстве обороны тоже. Зато был полон желания послужить на благо родине, о чем и сообщил в военкомате, заявив:

— Отправьте меня в самые сложные условия. Я врач!

Члены призывной комиссии переглянулись, и Игорек поехал на поезде с малой скоростью. Состав привез «зеленого» доктора на край географии, где расквартировалась воинская часть. Игорь, искрившийся патриотизмом, нахлебался там опыта половниками. Военный городок окружали села. До ближайшей больницы часа четыре езды по бездорожью. Был вертолет. Но он то ломался, то не хватало бензина, то дул боковой ветер. Погода в медвежьем углу не отличалась спокойным характером. Зимой снега наваливало выше крыш, сугробы ломали заборы. Весной и осенью шли дожди, слякоть. Летом жара, комары, мошка.

— Эй, вертолет нужен, — надрывался в микрофон Игорь.

— Че у тебя? — сквозь скрип и помехи слышалось в ответ.

— Роженица, двойня, кесарево, — рапортовал вчерашний выпускник.

— Сломался, зараза, — вопили из динамика, — разберись как-нибудь. Зря, что ли, тебя учили?

Через год Игорь превратился в доктора-многостаночника. Принять роды в погребе, куда в недобрый час спустилась беременная, а назад не вылезла? Легко. Загипсовать сломанную руку-ногу? Вообще пустяк! Удалить аппендикс? Да пожалуйста!

К молодому доктору шли не только военные, ехала вся округа. Игорь научился мастерски рвать зубы. Анестезии, понятно, не было, но парень много лет занимался штангой. Сила у него в руках была богатырская, клыки выдергивал за пару секунд. Одновременно он стал и заправским ветеринаром. Зашивал собак, на которых напал волк, ставил на лапы лаек и кошек после укуса клеща, сам бодяжил для них уколы. И вот что странно: все мохнатые пациенты, несмотря на отсутствие лекарств, выздоравливали от инъекции, которую нахимичил парень. Один раз он пришил крыло здоровенной птице, которая свалилась прямо с неба к его ногам. Произошло это во дворе медпункта, где местный батюшка усаживал в телегу свою жену, которая накануне родила ему сына.

— Жалко-то как, — сказал священник, глядя на несчастное создание, которое пыталось взлететь.

Игорь почесал в затылке и подумал: чем сия тварь отличается от человека? Вместо рук у нее крылья! И приладил их на место. Удивительно, но птица смогла летать и стала возвращаться к доктору, чтобы поесть. У Игоря были воистину чудо-руки.

Как-то раз ночью к нему примчалась бабушка Елена и зашептала:

— Милок, сделай что-нибудь! Степан мой, растудысь дурака старого в колено, с ума сошел!

— На самом деле он разум потерял или чего натворил? — остановил ее Игорь, который еще исполнял роль психотерапевта всея округи.

— И то и другое, — объяснила старушка. — Бурманджой они с Петькой побаловались, идиоты! Седина в бороду, лысина в макушку, черт в башку! Тьфу, сил нет с ним! Петька, лось, проблевался и спит. А мой дурень помирает совсем.

— Что такое Бурманджа? — спросил Игорь.

— Тсс, — зашептала бабуля, — ее у нас давно запретили. Еще кто донесет на моего дурака! Народ завистливый, а у нас сарай новый, да крыша на нем не рубероидная. Шифер положили. Пошли скорей к нам, по дороге растолкую.

Пока они шли в деревню, баба Лена ввела доктора в курс дела. В лесу есть растение, местные называют его Бурманджой. Имя оно получило по фамилии человека, который несколько столетий назад набрел в чаще на странные «дудки», похожие на тростник. Деревенское предание о нем гласило: Степан Бурманджа жил беднее церковной мыши, в лес он потопал собирать хворост. Да только там уже побродили другие и все унесли, а деревья валить нельзя, они барские. Нет, можно было спилить березу, нарубить дров на зиму, но пришлось бы заплатить хозяину. Бурманджа впустую шатался меж елок, загрустил, и вдруг — поле «дудок», да еще высохших. Мужик обрадовался, наломал «тростника», сделал запас на зиму и стал в холода топить им печь.

В середине зимы соседи заметили, что никто из семьи Бурманджи не выходит во двор, встревожились и толкнулись в дом. Хозяин, его два брата, жена, невестка — все оказались мертвыми. Началось расследование, в ходе которого выяснилось, что сухие «дудки», которые окрестили Бурманджой, при сгорании издают приятный аромат, им хочется наслаждаться. Человек сидит у печки, вдыхает дым, забывает о еде, питье, не моется, не ложится спать и в конце концов умирает от истощения. Если же стебли сварить, то получится замечательное кушанье с тонким ароматом. Вот только есть его нельзя, полакомишься пару раз и превратишься в существо, которое по злобности круче Бабы-яги.

Бурманджа хорош со всех сторон, и запах чудесный, и вкус прекрасный, и вместо дров его можно использовать, и как чай заваривать. Но любое общение с растением заканчивается плачевно.

«Дудки» запретили трогать еще в царские времена. Но разве русский народ можно запугать? В особенности если он, народ этот, хочет отдохнуть от трудов праведных со стаканом в руке. Кто из местных первым догадался делать на «тростнике» настойку, сельская летопись умалчивает. Население живо подхватило инициативу, стало использовать Бурманджу для изготовления наливок. Выяснилось, что от их употребления эффект как от удара сковородкой по темечку, а похмелья нет. Затем придумали «дудки» мелко рубить, соединять с табаком, и все местное население разом обрело экстрасенсорные способности, мужики и бабы стали видеть своих умерших родственников, общаться с ними, запросто беседовать с чертями, дружить с водяным и Бабой-ягой.

Деревни стали вымирать. В шестидесятые годы двадцатого века местные власти наконец-то обратили внимание на Бурманджу. Растение причислили к наркотикам и запретили. Но попробуйте отнять у людей забаву, которой баловались еще прапрапрадеды. Да у каждой хозяйки в селах был свой, переходящий из поколения в поколение рецепт настойки с «дудками», свой способ производства мыла с ними, а порошком из них хорошо посыпать свининку перед тем, как запечь. Гости потом трое суток пляшут без отдыха.

Эмма прервалась, потом спросила:

— Ясно? Наверное, нет необходимости рассказывать далее.

— Вашей маме в «Школе аромата» предложили наркотическое растение? — предположила я.

— Точно! — воскликнула Бородкина. — Она попробовала составить собственный аромат, но все не то получалось. Забава вовсе недешевая, составляющие духов очень дороги. У матери улетали немалые деньги, но она так воодушевилась, прямо расцвела, поэтому язык не поворачивался сказать ей: «Мама, ты тратишь тысячи евро в месяц на лабуду». Муж ее обожает, он ей все купит. За месяц до того, как Игорь мне про Бурманджу рассказал, мама наконец сделала парфюм, дала мне понюхать. Я удивилась, тонкий, изысканный аромат, намного интереснее, чем у некоторых раскрученных брендов. Я совершенно искренне похвалила маму, она сказала: «Ерунда! Я еще лучше могу. Знаю, как сделать нечто отпадное». Помнится, меня сленговое выражение насмешило и обрадовало. Мама реально молодела на глазах. А она продолжала: «Жаль только, что все составляющие очень дороги». Я поинтересовалась: «Что ты хочешь использовать?» Она ответила: «Понадобится набор эфирных масел: кедр, кипарис, ландыш, чайное дерево, еще кое-что. Но самое дорогое мускус! Оторопь берет, сколько он стоит! Три с половиной тысячи евро пять миллилитров, а мне надо десять.

Я чуть не упала:

— Сколько?

Мама испугалась:

— Нет, нет, я не прошу его покупать.

Цена меня ошарашила. Спустя какое-то время к нам приехал Антон, близкий друг моего мужа, владелец магазинов косметики. Глеб задержался в офисе, я развлекала Тошу в столовой одна и рассказала ему об увлечении матери.

— Ну и хорошо, пусть фигней занимается, — обрадовался Антон. — Хуже нет родительницы, которая ничем не увлекается. Я завидую тебе. У моей мамани одно развлечение: бегать по врачам, болячки у себя искать. Доктора мигом понимают: эту обуть можно — и давай муттер в уши дуть: «У вас с микроэлементами беда! Ой-ой! Совсем плохо, надо срочно лечь в реабилитационный центр. Но только в наш». И буклеты подсовывают. Маман летит домой с воплем: «Срочно! Туда! Завтра». Я понимаю, что доктор процент от центра получает, но как с Марьей Антоновной спорить? И как я буду выглядеть в этой дискуссии? Я кто? Жлоб, который родной матери денег на лечение пожалел? Вот я и лезу за кошельком. Ты радуйся, что Алино хобби дешевое!

— Дешевое? — повторила Эмма и озвучила цены.

Антон рассмеялся:

— Зая! Мускус давно искусственный! Кабаргу[1] ради него только браконьеры убивают, ни одна

---

[1] К а б а р г а — оленевидное животное, издавна ценилось за железу, которая вырабатывает мускус.

солидная фирма с ними не свяжется. Во-первых, это запредельно дорого, во-вторых, «зеленые» узнают, такой кипеж поднимут в прессе! Мускус сейчас делают или из нефти, или растительный. Цена его за пять миллилитров примерно три с половиной доллара. Что там еще Але нужно было?

— Чайное дерево, — пробормотала Эмма.

— Меньше доллара за тот же объем, — воскликнул Антон, — примерно восемьдесят центов. Кедр и кипарис стоят столько же, разница копейки.

— Ландыш, — добавила Бородкина.

Тоша почесал кончик носа.

— Все те же миллилитры — три доллара и еще чуть-чуть. Если мы возьмем шестьдесят миллилитров любых эфирных масел, добавим к ним сто миллилитров этилового спирта, триста пятьдесят парфюмерной воды, то у нас получится двести пятьдесят миллилитров духов. Цена им при производстве — где-то около шести долларов за соточку, то есть за сто миллилитров. В магазине они в разы дороже, к стоимости присоединяются затраты на рекламу, аренду помещения, прибыль производителя и так далее. Но я тебе говорю о профессионалах. В мире полно теток, которые развлекаются, бодяжа парфюм. Они не используют много масел, не умеют их сочетать, не знают, как правильно собрать аромат. Зайки за копейки себе чудесную вонючку делают. Родню, подруг одаривают, все их великими парфюмерами считают, нахваливают. Они еще и в Интернете приторговывают. Да, конечно, существуют духи за немереные цены. Но, лапа моя, они для особых клиентов и делаются под заказ. Кто же уникальные составляющие даст бабам из самодеятельности? Алю тупо облапошили!

Эмма поморщилась:

— Похоже, в этой школе все не так просто. Они выискивают обеспеченных женщин, не очень умных, опаивают их наркотой и начинают раздевать! Маму я отправила в Германию, там есть прекрасный центр. У нашего приятеля супруга от безделья и больших денег стала смысл жизни искать, попала в секту, отписала ее главе свою однушку, в которой до брака жила. Хорошо, что у Леши орда юристов за делами бдит, подарок мерзавцу они сразу обнаружили. Алексей бабу свою дурную за шкирку — и в Германию. Через три месяца она вернулась тихая, руками разводит, извиняется, спрашивает: «И как это я в идиотку превратилась?»

Я хотела ей ответить: «Так от лени, дорогая. Ты более пятнадцати лет палец о палец не ударила, на все мои советы пойти работать, отвечала: «Некогда мне, дом веду, детей воспитываю». Ага! Штат горничных у нее, четыре няни. Цирк просто. Дьявол знает, чем занять пустую голову.

ГЛАВА 19

Сев в машину, я позвонила Семену, начала:

— Похоже, Зинаида Львовна связалась не с теми людьми...

Но высказаться до конца не успела, Собачкин перебил меня:

— Нашли Илью и Анастасию.

— Отлично, — обрадовалась я. — Где?

— Совсем недалеко от дома, — сообщил Сеня. — Тарелкино знаешь?

— Конечно, — ответила я.

— Комаров там снял дом, — пояснил Собачкин, — уже давно.

— Зачем ему понадобился чужой особняк, если есть собственный? — удивилась я.

— Приезжай в Тарелкино, — попросил Сеня, — улица Еловая, дом пять.

— И почему в поселках улицы почти всегда одинаково называются? — хмыкнула я. — Сосновая, Цветочная, Центральная, Тихая... Ой, как хорошо.

— Чему ты радуешься? — спросил приятель.

— Родители недоросля нашлись. Павел от нас уедет, — объяснила я.

— Боюсь, он останется в Ложкине надолго, — отрезал Сеня.

— Илья так зол на отпрыска, что не желает его видеть? — приуныла я.

— В другом дело.

— В чем?

— Приезжай, на месте побеседуем.

— Уже лечу, хоть намекни, что происходит, — заныла я.

— Анастасия умерла, Илья помещен в ту же клинику, где лежит Зинаида, — скороговоркой ввел меня в курс дела Семен.

— На них напали? — оторопела я. — Грабители?

— Нет, жду, — сказал Сеня и отсоединился.

Ничего не понимая и радуясь тому, что на дороге нет пробок, я долетела до Тарелкина в рекордно короткий срок, нашла седьмой участок и позвонила в домофон.

Калитку открыли безо всяких вопросов. На пороге особняка меня ждала дама в коричневом платье. Для горничной она выглядела слишком пожилой, для экономки слишком дорого одетой.

— Вы Дарья? — почему-то шепотом спросила она.

— Да, — тихо ответила я, косясь на минивэн с надписью «Полиция».

— Проходите, вас ждут, — пробормотала дама, — сюда, налево.

Я очутилась в большой комнате, где сидели Семен и несколько незнакомых мне мужчин.

— Что случилось? — забыв поздороваться, налетела я на Собачкина.

— Илья в реанимации. Анастасия в морге, — ответил приятель.

— Уже знаю, — отмахнулась я. — Что здесь произошло?

— Давайте я объясню, — сказал мужчина в синем свитере. — Я Трифон Мамаев, приехал по вызову Семена и по приказу Николая Юрьевича Разломова.

— Дарья, — представилась я.

— Хорошо вас знаю, правда, заочно, — кивнул Трифон.

Я улыбнулась в ответ. Коля занял место Дегтярева, значит, сей Трифон служит теперь в его отделе. И работает он недавно, потому что я ни разу о нем не слышала. А вот обо мне, похоже, в большом здании, где находился кабинет полковника, до сих пор судачат.

— Несколько лет назад Илья снял дом у госпожи Синевой... — начал Трифон.

— Зачем? — удивилась я.

— Он любит тишину, одиночество, — раздался из холла женский голос.

— Галина Петровна, идите к нам, — позвал Семен.

В комнате появилась дама, которая встретила меня на пороге.

— Простите, не хотела вам мешать.

— Так все наоборот, — возразил Трифон, — вы хозяйка, а мы у вас под ногами путаемся. Можете повторить для Дарьи то, что нам рассказали?

— Слово в слово — нет, — испугалась владелица дома.

— Важен смысл, — приободрил ее Сеня.

Галина Петровна сложила руки. Так делают оперные певицы, когда собираются петь.

— Да вы садитесь, — предложил Трифон.

Галина опустилась на стул и завела рассказ.

Огромный участок с роскошным домом, коттеджем, гаражом, хозпостройками и садом купил ее зять.

Синева не хотела мешать молодой семье, поэтому поселилась в гостевом доме. Жили все хорошо и счастливо, и вдруг дочь Галины взбрыкнула, бросила супруга, ушла к другому мужчине. Новый ее избранник гол как сокол, зато хорош собой, молод. Он работает стриптизером!

Узнав, на кого Елена променяла пусть не особенно красивого, не юного, но со всех сторон положительного мужа, который без возражений давал жене деньги на все прихоти и содержал тещу, Галина схватилась за голову и высказала неразумной дочери все, что думает об альфонсах и парнях, которые зарабатывают, раздеваясь перед публикой.

— Ты ничего не понимаешь, — взвилась Елена, — стриптиз — это искусство.

— Разврат, — отрезала Галина, — жиголо привык к женским восторгам, сопровождает богатых особ на вечеринках, летает с ними в командировки. Опомнись, дочь, вернись к Алексею Ивановичу, упади на колени. Он тебя простит. И будем жить как раньше.

— Если тебе пузатый старик нравится, то сама с ним и спи, — гаркнула Лена, — а меня от потного деда в постели тошнит!

Мирный разговор перешел в скандал. Лена крикнула:

— Ах так! Ты мне больше не мать!

— А ты мне не дочь, — не осталась в долгу Галина.

Вот так и поговорили.

Алексей Иванович развелся с Еленой и улетел в свой дом на Женевском озере.

Галина осталась жить в коттедже. Ей было некуда идти. В старой московской двушке, где Синева ранее ютилась с дочкой, теперь жили Лена и ее новый муж.

Спустя месяц после отъезда Алексей Иванович позвонил бывшей теще и сказал:

— Галчонок! Ни о чем не беспокойся. Живи, как жила. Никто тебя не выселит. Но есть одно условие: никогда не пускай в дом Елену.

Ни под каким видом, ни в какой компании, ни с каким-либо очередным мужем.

Через пару лет бизнесмен умер. Участок, дом и все остальное он оставил бывшей теще. Отдельной строкой в завещании указывалось: если Галина решит поселить у себя дочь, оплата коммунальных услуг и налога на недвижимость немедленно прекратится.

— Алексей Иванович оставил немалую сумму, чтобы вы жили, не тратя ни копейки на обслуживание недвижимости, — пояснил адвокат, — если Елена вернется в коттедж, выплаты прекратятся.

Но Галина не собиралась общаться с дочкой, которая променяла родную мать на жиголо.

ГЛАВА 20

Синева жила в прекрасных условиях, не тратя ни копейки на жилье. Вот только Алексей Иванович не оставил теще средств на еду и приобретение всего нужного. У владелицы роскошного особняка порой не хватало денег на хлеб. Можно было продать поместье. Да только дорогие усадьбы — неликвидный товар, нового хозяина они порой ждут десятилетиями. Галина сначала приуныла, но быстро нашла выход из положения. Она перебралась опять в гостевой дом, а особняк сдала Илье.

Со съемщиком хозяйке повезло сказочно. Комаров приезжал пару раз в неделю по будням, всегда один, заходил в дом и... далее тишина. Илья не приводил компаний, не пил, не курил, не использовал особняк для встреч с любовницами. Любую мужскую слабость Синева была готова простить. Но зачем, имея собственный прекрасный дом, нанимать в пяти минутах езды от него еще один? Понятно, если дом служит для тайных встреч или гулянок. Но что там делает Илья? Синева терялась в догадках. А потом она увидела по телевизору репортаж о человеке, который устроил на своей даче нарколабораторию и сгорел вместе с ней. Что-то там у парня взорвалось. Галина всполошилась. Вдруг Комаров занимается чем-то подобным? В конце концов она набралась смелости и спросила у жильца, зачем ему особняк.

Илья спокойно ответил:

— Для отдыха. Каждый день вокруг меня вертится тьма народа, с девяти утра до позднего вечера я постоянно решаю разные проблемы. Вернусь домой, там мама, супруга, сын. Женщины не работают, увидят меня и нападают с разговорами и вопросами. У нас с Настей общая спальня. Чтобы восстановиться физически, мне надо поехать в фитнес-зал. Побегаю там со штангой — и снова огурец. Душевно оклематься не так легко. Для внутренней реабилитации необходимы тишина и одиночество. Если я приеду домой и запрусь в кабинете, ничего не получится. Я кожей ощущаю: вокруг много людей. То, что они не лезут в комнату, положение не спасает. Спущусь в столовую, а мать и жена с обиженным видом хором заявляют: «Приехал и опять работаешь!» Я не высыпаюсь, с годами стал уставать от супруги в постели. Пытался Настю отселить, но она рыдает: «Ты меня разлюбил». Надо было сразу после свадьбы ей объяснить: спим отдельно. Но вы же понимаете, первое время страсть пылает. Когда у меня накапливается моральная усталость, я становлюсь злым, срываюсь на семье. А на ком еще? Не на партнерах же по бизнесу зло вымещать! Война дома — гиблое дело, но как ее избежать? И мне мысль пришла! Снял ваш особняк, приезжаю сюда, спокойно ем что с собой прихватил, телевизор смотрю, могу поспать. Главное, я один! Один! Потом отправляюсь в семейное гнездо. Вы не волнуйтесь, ничем дурным я не занимаюсь.

Галина Петровна успокоилась. И вдруг! Илья позвонил ей и скороговоркой сказал:

— Скоро я приеду не один, со своей женой. Сказал ей, что снял особняк неделю назад. Сделайте одолжение, зайдите в ванную на втором этаже, спальню, на кухню, в столовую, уберите все следы моего пребывания. Халат, тапочки, зубную пасту, все куда-нибудь деньте. Настя должна думать, что я в доме не жил.

— Можете на меня рассчитывать, — пообещала Синева и выполнила его поручение, через некоторое время из окна кухни своего домика увидела, как два человека, один из которых нес чемодан, а второй катил здоровенную багажную сумку на колесах, прошли от гаража к особняку и скрылись в нем. Вскоре вспыхнул свет в столовой, во всех комнатах на первом этаже и в спальнях на втором.

Галина выпила чаю, посмотрела телевизор и легла спать. Ночью она пошла в туалет, потом зарулила на кухню попить, глянула в окно... Особняк сиял люстрами, как рождественская ель гирляндами. Синева не встревожилась. Мало ли чем Илья с женой занимается!

Но утром, когда взошло мартовское солнце и стало светло, свет по-прежнему горел.

Галина Петровна занервничала и после обеда решила зайти к жильцам, взяла банку домашнего варенья и, решив под благовидным предлогом сказать чете Комаровых: «Вот, хочу вас угостить вкусным джемом», направилась в особняк.

Хозяйка прервала повествование и закрыла ладонью глаза.

— Боже! Я не могу описать этот кошмар! Мне плохо.

— Василий Павлович, — крикнул Трифон.

В комнату заглянул мужчина в комбинезоне и перчатках.

— Я тут.

— Это наш замечательный доктор Коркосов, — нараспев произнес Мамаев, — у него есть волшебные уколы и капли.

Эксперт мигом понял, чего от него хотят, и предложил:

— Галина Петровна, пойдемте со мной.

Синева разрыдалась.

— Ну-ну, не надо, — загудел Василий, уводя ее, — сейчас настоечки выпьем.

— На втором этаже разгром, — пояснил Семен, — пока мы думаем, что его устроила Анастасия. У супругов из-за чего-то вспыхнула ссора. Жена налетела на Илью, расцарапала ему лицо, в одной из спален пошвыряла на пол статуэтки, сбросила с кровати постельное белье, сорвала занавеску. Потом кинулась в холл, разорвала подушки! На минутку, они гобеленовые. На втором этаже две спальни, между ними огромный тридцатиметровый холл. Первый владелец дома превратил его в библиотеку: стеллажи, торшер, два кресла, столик. На креслах подушки. Обе погибли в руках Насти.

— Уничтожить думки трудно, — заметила я, — а с гобеленовыми даже наша Афина не сразу справится. Возможно, буйствовал Илья.

— Нет, — сказал Василий, вновь появляясь в столовой, — я слышал ваш разговор из коридора, у Ильи на руках оборонительные раны. Муж закрывался от обезумевший бабы. Она не руками ткань рвала, полосовала ножом. На правой ладони Насти есть след от рукоятки ножа. Характерная отметина для тех, кто лезвием типа охотничьего работает. Она появляется, если человек изо всей силы во что-то острие втыкает.

— Она с собой принесла холодное оружие, — протянул Трифон, — налицо умысел.

— Ты не заметил, что в одной из комнат целый арсенал оружия есть? — удивился эксперт.

— Точно, — воскликнул Трифон, — ковер, а на нем сабли, клинки. Хозяйка сообщила, что зятю часто режуще-колющие предметы дарили. Они считаются достойным презентом для настоящего мужчины. Да только не стоит дома запас холодного оружия держать.

— Пока картина выглядит так, — начал Василий, — супруги вошли в дом. Никакого скандала...

— А как ты догадался, что они не стали ссориться с порога? — прищурился Мамаев. — Есть какие-то улики?

— Отсутствуют следы драки, — уточнил Коркосов, — аккуратно поставлена обувь, верхняя одежда висит на вешалках, в столовой чашки, Анастасия пила чай, на одной след губной помады, муж налил себе кофе. Похоже, они о чем-то беседовали. Около места, где устроилась жена, валяется несколько бумажных салфеток. На них следы макияжа. Анализ еще не делали, но я отважусь предположить. Сейчас я излагаю не заключение эксперта, просто мыслю вслух. Похоже, жена рыдала, у них что-то стряслось. Поэтому Илья привел Настю в свое убежище, они не могли находиться в своем доме. Бизнесмен рассекретил свое тайное место отдыха. Думаю, нечто совсем уж плохое произошло.

— Верно, — кивнула я. — Илью довел до истерики наглый сын. Отец долго терпел его хамство, лень, а тут не выдержал и принял крутые меры. Еще он разозлился на мать, которая вечно его упрекала в отсутствии высшего образования. Анастасия небось умоляла супруга простить сына, поэтому рыдала.

— Мы можем только догадываться о причинах скандала, — остановил меня Сеня. — Я поднимался наверх. Там пейзаж после битвы! «О, поле, поле, кто тебя усеял мертвыми костями»[1].

— Женщина в ярости намного страшнее мужчины, — отметил Василий, — голову бабам, простите, Дарья, не вас в виду имею, сносит капитально. Илья оборонялся.

— Но Анастасия мертва, а муж жив, — воскликнула я. — Он не сдержался и ответил ей?

---

[1] А. С. Пушкин, «Руслан и Людмила».

Коркосов поморщился.

— На мой взгляд, опять подчеркиваю: это не отчет эксперта, просто беседа...

— Да говори уже, — перебил его Мамаев.

— Интересная мизансценка складывается, — начал рассуждать эксперт, — баба лютует. Крушит одну спальню, потом принимается за подушки в библиотеке. Там много всякой мелочи, на полках стояли разные фигурки. Снести их на пол, разбить — плевое дело. Торшер легко сбить. В конце концов, книги покидать, разорвать — тоже не трудно. Но Анастасия зациклилась на подушках. Она была одета в красный мохеровый пуловер и серую юбку. Муж был в коричневом свитере и синих брюках. Я внимательно осмотрел кресла. На них помяты сиденья, там найдены волокна. На одном — красные и серые, на другом — коричневые и синие. О чем нам это говорит?

— Супруги сидели в холле, — ответила я.

— Похоже на то, — кивнул Василий, — возможно, у Анастасии прошел пик истерики, она устала. Это частая реакция на стресс, в особенности у женщин. Сначала они взрываются, как петарда, потом пшик — все потухло, скукожилось. Илья усадил супругу, некоторое время они, наверное, что-то обсуждали. Затем Илья пошел в спальню, не в ту, которую громила жена, а в другую. Зачем? Возможно, хотел уложить Настю и сам собрался лечь. Ночевать в разгроме не собирался. Комаров вошел в ванную, встал лицом к окну, оно там занавешено тюлем. Принципиальная деталь. Не будь занавески, он мог бы увидеть в темном окне отражение жены, которая появилась сзади, и обернуться. Он стоял спиной к двери. Анастасия очень тихо босиком вошла в санузел и ударила Илью что есть силы ножом под лопатку.

— Ого! — воскликнул Сеня. — Она была без обуви?!

— Тапочки остались у кресла, — кивнул Коркосов, — рана, похоже, нанесена тем же ножом, которым подушки как капусту нашинковали.

— Хотела убить мужа, — обомлела я, — подкралась, как тать в ночи.

— Моего медицинского образования не хватает для понимания заковыристого словечка «тать», — хмыкнул эксперт. — Предполагаю, что это «разбойник». Налицо умысел. Тапочки-то она скинула!

— Она могла сидеть на кресле поджав ноги, — попыталась я защитить Анастасию, — тогда вполне объяснимо, почему тапки остались на полу.

— Хорошая идея с ногами, — заметил Коркосов.

— Возможно, что-то Насте в голову ударило, — продолжала я, — она под влиянием минуты схватила нож. Он лежал рядом, она им гобелен крушила. Первая истерика завершилась, муж и жена пришли в библиотеку, поговорили. Потом у Анастасии случился второй приступ бешенства, она бросилась следом за супругом и воткнула в него нож. Она не замышляла убийства.

— Просто со всей дури в мужика клинок всадила, — прищурился Трифон, — ласковая такая, нежная, трепетная дамочка. Сама упала и умерла. Труп ее около раненого мужа нашли.

Думаю, у нее инфаркт или инсульт... Не защищай ее. Покойники неподсудны. Родственникам повезло, им не надо писать: «Мать, жена, бабка за убийство сидела».

— Есть Павел, — возразила я, — для сына имеет значение, мать сознательно решила его отца убить или просто не справилась с нервами. Я все равно думаю, что Анастасия не кралась! Просто босиком шла.

Василий с интересом посмотрел на меня.

— Слышал о вас, Дарья. Вас трудно переубедить. Но я попытаюсь. Вбеги супруга в ванную, Илья непременно обернулся бы. Любой человек производит при движении шум, сопит, пыхтит, а если бежит, то звуки еще громче. Ты стоишь у окна, перед глазами занавеска, сзади шаги. Твои действия?

— Обернусь, — честно ответила я.

— И большинство людей поступят так же, — поддакнул Семен.

— Не стану спорить, поскольку с этим согласен, — прогудел Коркосов, — а муж не пошевелился. Почему? Убийца шла босиком, старалась действовать бесшумно.

— Как вы узнали, что Илья не менял позы? — продолжила я спор.

— Дашенция, у него рана под лопаткой, — напомнил Сеня, — согласись, глупо сначала встать лицом к бабе, у которой резак в руке, а потом подставить ей свою спину.

— Комаров упал вперед торсом и лицом на широкий подоконник, — добавил Василий.

ГЛАВА 21

— Значит, Илья жив? — спросил Дегтярев.

Я отвернулась к окну. Март месяц непредсказуем. Вчера светило солнце, сегодня с утра небо заволокло серыми, похожими на грязное ватное одеяло тучами, сыплется противный мелкий снег и тает, не успев упасть на землю.

— Да, — ответил Семен, — врачи удивляются. По идее, нож должен был прямо в сердце угодить. Похоже, фурия туда целилась, но лезвие мимо прошло. Неприятная рана, но жизни Комарова угрозы нет.

— То, что ранить сердце можно, пырнув человека под лопатку, обычные граждане не знают, — сказал Дегтярев, — для обывателя сердце — это орган слева чуть пониже ключицы. У Анастасии нет медицинского образования. Она воткнула нож наугад. М-да. Илья везунчик.

— Можно ли так сказать о мужчине, у которого мать в реанимации, жена в морге, сын идиот, а он сам прооперирован после нападения супруги? — пробормотал Кузя.

— Сам мог в холодильнике оказаться, — подчеркнул Сеня.

— Илья в сознании? — спросил Александр Михайлович.

— Да, — кивнул Семен, — но беседовать с ним не разрешают. Зинаида Львовна тоже постепенно улучшается. Мать и сын стабильны.

— Павлу сообщили о том, что случилось с родителями? — не умолкал полковник.

— Полной правды я ему не сказала, — призналась я, — обошлась облегченной версией.

— Какой? — удивился толстяк.

— Будто родители сняли дом, там оказались скользкие полы, они упали. Настя сломала шею, Илья...

— ...рухнул спиной на нож, который совершенно случайно торчал из паркета, но остался жив, — перебил меня Дегтярев, — восхитительная версия.

— Про кинжал ты сказал, — нахмурилась я, — в моей версии оба родителя просто не устояли на мокром, покрытом плиткой полу, упали. Мама умерла, отец остался жив.

— И какова реакция недоросля? — полюбопытствовал Сеня.

— Он сказал, что у него нет денег на похороны и поминки, причитал: «Как мне поехать в город?»

— Навестить отца и бабушку? — предположил полковник.

— Нет, — вздохнула я, — у него там какие-то дела. Я вызвала такси. Не особенно Паша опечалился, узнав о кончине матери.

— Экзотический фрукт, однако, — скривился Собачкин, — эгоизм и нарциссизм в аптекарски чистых взвесях.

— Здрасте! — закричал веселый голос. — А вот и мы.

— Амалия? — удивилась я.

— Да! Мы же обещали сегодня мебель привезти и клип снять, — заверещала девушка. — Энрике!

— Тут, — прокряхтели из коридора, — стол тащу. Письменный.

— Эдак и надорваться можно, — предостерег Сеня, встал и направился к двери. — Подожди, помогу.

— Один справлюсь, ты лучше шкаф возьми, — ответил Энрике, — мне одновременно и то и другое не упереть.

— Вот это самомнение, — удивился Кузя, — мне и в голову не придет, что я могу зараз два здоровенных деревянных ящика перетащить. Да еще один с тумбой, а второй с полками и дверцами.

— Они нетяжелые, но габаритные, — успокоил нас Энрике, материализуясь в офисе.

— А где стол? — удивилась я, глядя на длинный широкий лист, который держал парень.

— Так вот он! — возвестил молодой человек и поставил ношу.

Я заморгала. Я вижу стол, но он ненастоящий, это большая фотография, которую наклеили или напечатали на картоне.

— Шкаф в придачу, — добавил Семен, внося еще одно фото.

— Книжные полки, — закричала Амалия. — Александр Михайлович, Даша, помогите, там еще полно всего.

— Мебель не деревянная? — изумился полковник, до которого лишь сейчас дошла истина.

— Бутафория! — подтвердил Энрике.

— Зачем нам дубовые чушки? — затараторила Амалия. — Громоздкие, не модные, их только старухи любят. У современных молодых людей все из пластика!

— Или картона, — не выдержала я.

— Значит, Дарья — старая бабка, — радостно воскликнул Кузя, — у нее весь дом, где семья живет, обставлен белорусской мебелью, которую на заказ делали. Мне нравится, солидно смотрится.

— Качество хорошее, — кивнула я, — массив, много лет мебель живет в Ложкине, а как новая.

Амалия покраснела.

— Ну я имела в виду, что...

Фантазия девицы иссякла. По мне, так если сморозил глупость, надо просто сказать: «Простите, болтаю сама не знаю что».

— А как за ним сидеть? — повернул разговор в другое русло полковник.

Амалия засуетилась.

— Джастин момент!

Полковник сдвинул брови.

— Насчет участия в моем клипе иностранного актера уговора не было.

Амалия, успевшая схватить в зоне кухни табуретку, поставила ее на пол.

— Не российский актер? Мы с ними не работаем. Вернее, пока наши клиенты обходятся отечественными знаменитостями. Но если пожелаете, добудем вам кого угодно из Голливуда.

— Не хочу басурмана, — рявкнул полковник.

— Почему тогда завели речь о зарубежном исполнителе? — спросила Амалия и вышла в коридор.

— Имя Джастин, — объяснил полковник, — Джастин... забыл фамилию.

Я стала тихо отступать к выходу. Дашенька, главное, не начни ржать, как лошадь.

— Да, «Джастин» весьма популярно в США, — высказался Энрике, — полковник решил, что выражение «джастин момент» — это чье-то имя. Похоже на Джастин Тимберлейк, Джастин Бибер.

— Джастин Пипер, — повторил Дегтярев, который так и не понял свою ошибку.

Толстяк определенно хотел продолжить, но тут Амалия внесла нечто совсем уж странное, услышала последние слова Александра Михайловича и выпучила глаза.

— Джастин Пипер, — еще раз повторил полковник.

— Бибер, — поправил Энрике.

— Да вы знаете, сколько он стоит? — поразилась девушка. — Впрочем, если вы готовы платить миллионы...

— Стоп, — скомандовала я, — никто эстрадного певца звать не собирается.

— Ну почему, — закапризничал Дегтярев, — у меня родился сценарий.

— Очень интересно, поделитесь с нами, — попросил Энрике, — подчас незамысловатую голову заказчика пронзает молния креатива.

ГЛАВА 22

— Я сижу в кабинете, — начал излагать полковник, — вдруг входит известный певец или актриса, вроде Кати Петровой, только иностранная.

Энрике сел на табуретку.

— Вас ист дас Катя Петрова?

— Неужели вы не знаете? — удивился Дегтярев. — Катя Петрова! Она еще пела «Мы с флагом весело пойдем...», дальше не помню. Та-ра-рам! Когда я срочную службу проходил, мы всегда под нее маршировали на плацу.

Все уставились на полковника, потом Энрике с Амалией перевели взгляд на меня.

— Никогда не служила в армии, — заговорила я, — и про Катю Петрову не знаю.

— Наверное, певица уже прекратила активную концертную деятельность, — заметил деликатный Энрике.

— Если она вообще еще жива, то сейчас стала мумией, — добавила отнюдь не деликатная Амалия. — Значит, вы хотите пригласить звезду?

— Да, да, — кивнул Дегтярев, — времени у меня на развлечения нет, телевизор я смотрю редко, театр не посещал... некоторое время.

Я издала смешок. Некоторое время? Да толстяк на моей памяти храм Мельпомены посетил всего один раз, да и то потому, что там убили главного режиссера!

Александр Михайлович повысил голос:

— Не знаю нынешних кумиров. Подберите того, кто всем нравится. Желательно, чтобы недорого за съемку взял. Лучше по бартеру.

— Что вы предлагаете в качестве бартера? — деловито осведомился Энрике. — Товары, услуги? Варенье, печенье, мытье окон.

— Неужели не ясно, — вскипел полковник, — расследование. Если кто-то убьет тещу звезды, мы бесплатно найдем преступника!

— Ежели некий человек придушит маменьку моего Костика, я буду его разыскивать только с одной целью: вручить бутылку и расцеловать парня, — заявила Амалия.

— Идея понятна, — сказал Энрике, — будет вам знаменитость из телевизора.

— Отлично, — потер руки Дегтярев. — Когда начнем работу?

Режиссер вынул телефон.

— Екатерина? Заказ для рекламного ролика. Размещение по моим адресам. Селебрити с воплем. Частный детектив. Вау! Отпад! Моментик. Ща перезвоню.

Парень положил трубку в карман и посмотрел на полковника.

— Завтра вы готовы снимать? У звезды случайно выдалось свободное время, отменили чей-то день рождения. Если не можете, то следующее окно у группы восемнадцатого ноября.

— Но сейчас март! — изумился Дегтярев.

— Гастрольный график расписывается на пару лет вперед, — пояснил Энрике, — вам же нужна звезда. А у них всегда так. Можно опустить планку, позвать не тех, кто в телике изгаляется, а кого-нибудь из обычных.

Я скрыла ухмылку. Помню, помню, как меня записывали в клинике к врачу на раннее утро.

— Нет, нет, нет! Мне нужна самая яркая знаменитость, — сказал полковник, — завтра так завтра.

Энрике кивнул.

— Супер. Значит, оставляем здесь декорации и смываемся до съемок. Райдер нужен.

— Райдер? — не понял полковник.

— Список разных необходимых звезде для съемок вещей, — расшифровала загадочное слово Амалия.

— И что он может попросить? — занервничал Дегтярев.

— Все, — хихикнула девушка, — без ограничений! Например, Вилли-Билли-Милли всегда просят принести в гримерку пять кило помидоров.

— Их можно купить, — обрадовался Александр Михайлович. — Я уж подумал, что барабаны ему нужны, гитары...

— Нет, инструменты у них свои, — улыбнулся Энрике. — Райдер — это требования к гостинице, номеру, еде, машине. Кое у кого аллергия на цветы, поэтому они указывают: никаких лилий в букетах. Сколько бутылок воды поставить в гримваген, ну и так далее. За все, что куплено по райдеру, платит принимающая сторона, из гонорара артиста сумма не вычитается.

Александр Михайлович повеселел.

— Отель не нужен, машина у него, наверное, своя. А помидоры и газировка — невелик расход.

— Райдер пришлю, как только его получу, — пообещал Энрике, и бойкая парочка умчалась.

— У нас будет самая лучшая реклама, — ликовал полковник, — народ валом в «Дегтярев-Плаза» пойдет! Я попросил одного человека мне помочь, он много чего в Интернете может. Благодарный оказался. Сразу согласился, помнит, как я его из беды выручил. Теперь вернемся к расследованию. Что мы выяснили новенького?

Кузя кашлянул.

— «Школа аромата» существует не первый год, ни в чем криминальном они не замечены. Учатся там в основном бабы. За все годы было только несколько мужчин-студентов. Вот я и подумал: кто мог воспользоваться телефоном, который оформлен на Веронику Матвееву? Напрашивается ответ: сама хозяйка. Я знаю, что приобрести городской номер для фирмы дорого и хлопотно. А сотовая связь — дело простое, поэтому многие маленькие конторы заводят себе мобильный контакт, который записывают на кого-нибудь из администрации. Трубка лежит на стойке, администратор может отойти в туалет или за кофе. Надо только выждать удобный момент, и болтай от души не за свои деньги. Еще вариант. Вероятно, тот, кто прикинулся Варей, состоит в близких отношениях с Марфой, она разрешает этому человеку пользоваться сотовым. Почему я говорю о Марфе, а не о ком-то другом?

Кузя сделал паузу и продолжил:

— В «Школе аромата» минимум сотрудников. Владелицей является Вероника Гавриловна. Ее единокровная сестра Марфа... Все понимают, что такое единокровная?

— У них один отец, но разные матери, — ответила я, — общая кровь. Когда женщина рожает от разных мужчин, дети называются единоутробными.

— Кузя, ты здесь не самый умный, — хмыкнул Семен. — Просто расскажи, что выяснил.

— Марфа управляющая, — продолжил компьютерный гений. — Все.

— То есть как это все? — удивилась я. — А педагоги? Уборщица?

— Все, — повторил Кузя, — наверное, они убирают сами или нанимают кого-нибудь с улицы за наличный расчет.

— Постой, а кто там преподает? — в свою очередь, спросил Сеня.

— Приглашенные учителя. Несколько лет подряд преподавала Армания фон Диорелло, председатель международной ассоциации независимых парфюмеров-веганов.

— Да ну? — изумился Семен. — Кто объяснит, при чем тут вегетарианство?

— Дай договорить, и вопросы не понадобятся, — остановил Собачкина Кузя. — У них есть сайт. Там сообщается, что они против убийства животных в угоду парфюмерной промышленности, ассоциация использует в работе только синтетические или растительные материалы.

— Знавал я мужика, который отказывался есть бананы и все остальное, потому что фрукты живые, они мучаются, когда с них шкуру сдирают. Говорил: апельсин надо сначала на пол бросить, убить, а уж потом ошкуривать, — хмыкнул Сеня.

— Убить — это очень гуманно, по-вегански! — крякнул Дегтярев. — Лишим жизни и сожрем. Что за бред?!

— С Зинаиды Львовны кучу денег в «Школе аромата» за составляющие для духов слупили, — вставила я свое словечко, — на самом деле они дешевые. И, возможно, в учебном заведении используют растение Бурманджа, оно как наркотик.

Кузя отмахнулся от меня, словно от мухи, и продолжил:

— Президент организации — Армания фон Диорелло, генеральный секретарь — Джулия де Гар. У Армании есть инстаграм, он зарегистрирован на Анну Денисову. Информацию эту видит администрация соцсети, но она не доступна простым пользователям. После проверки выяснилось, что Анне Константиновне за сорок, она работала воспитательницей в детском саду. Несколько лет назад она отлупила полотенцем маленькую девочку, потому что та в тихий час скакала по кровати. Денисову выгнали с волчьим билетом. Вскоре агрессивная бабенка завела инстаграм, представилась Арманией фон Диорелло, стала постить рецепты, как составлять духи, варить мыло, делать в домашних условиях тушь, помаду и прочую фигню. Сегодня таких парфюмеров тьма. Денисова же оказалась одной из первых, поэтому сняла сливки, тетушки-девушки к ней потоком потянулись. Сейчас у Анны репутация гуру, она устраивает конкурсы, читает лекции, у нее полтора миллиона подписчиков. Совместно с Джулией де Гар создала ассоциацию. Она официально не зарегистрирована, это просто страница в Сети, которую может открыть каждый, но название красивое, однако.

— Джулия де Гар — плод фантазии Анны? Такой же, как Армания фон Диорелло? — предположил Семен.

— Нет, — возразил Кузя. — У Денисовой есть младшая сестра Юлия. Разница в возрасте у них минимальная, всего один год. Юля работала стюардессой, познакомилась с французом Альбером де Гаром, вышла замуж, уехала жить в городок Овер-сюр-Уаз. Простите мой парижский прононс.

— Ты прекрасно справился с трудным названием, — похвалила я Кузю, — это маленькое поселение недалеко от Парижа. Минут за сорок до него от столицы доедешь. Там всегда много туристов, их привлекает гостиница, в которой провел последние месяцы жизни и умер художник Ван Гог.

— Юлия по всем правилам поменяла имя на Джулию, — уточнил компьютерный волшебник, — офранцузилась пятнадцать лет назад, давно владеет парикмахерской, торгует мылом, шампунем, духами.

— Сестры Денисовы дурят тех, кто решил заниматься в «Школе аромата», — подытожила я.

— Ну почему? — возразил Кузя. — Анна может научить состряпать мыло или какую-нибудь воду во флаконе. Но сейчас в «Школе аромата» кроме нее есть учитель Евгений Сидорович Калинин, химик. Я порылся в документах школы и нашел нечто интересное.

ГЛАВА 23

— Они жульничают с налогами? — предположил Сеня.

Наше компьютерное чудо схватилось за бутылку с водой.

— Этого вопроса я не касался, но, похоже, ты прав. Анне денег по ведомости не выписывают. Она якобы бесплатно ведет группу, чтобы научить людей чему-то полезному. Вот такая добрая госпожа Диорелло.

Дегтярев забегал по комнате.

— Зарплата в конверте — давно известная фенька.

— Курс лекций рассчитан на три месяца, оплата за него такая смешная, что и говорить не о чем, — сказал Кузя.

— Ясно, — кивнул Сеня, — официально указывают две тысячи рублей, из этой прибыли платят налоги. Остальную сумму студенты отдают налом по-тихому.

— Возможно, — согласился властелин компьютеров, — но это недоказуемо, ученики, понятное дело, на каждый триместр набираются новые. Но с осени прошлого года и по сей день знаниями парфюмера овладевают пять постоянных учеников: Федор Борисович Урусов...

— Мужчина? — перебил Сеня.

Я повернулась к Собачкину.

— Видишь ли, среди величайших парфюмеров мира большинство — представители сильного пола.

— Но они не ходят на примитивные бабские курсы! — воскликнул полковник.

У меня возникла версия.

— Возможно, Федор влюбился в преподавательницу.

— Любовь! Морковь! Кровь, — замогильным голосом прогудел Кузя, — дамы обожают страсти-мордасти. Не спорю, мужчины тоже способны на сильное чувство. Но может ли пылать страстью покойник?

— Так, — сказал полковник. — Урусов умер?

— Да, — подтвердил повелитель ноутбуков, — весной прошлого года. До этого тяжело болел, последние четырнадцать месяцев провел в хосписе «Голубой свет».

— Ммм, — промычал Дегтярев, — мертвецу самопальный одеколон не нужен.

Собачкин побарабанил пальцами по столу.

— И я того же мнения. Хочется у Урусова узнать, как он ожил? Может, поделится с нами секретом?

— Я не завершил доклад, — рассердился Кузя, — говорил о пяти учениках, которые стали фанатами «Школы аромата». Один восставший из гроба Урусов. Кто остальные? Весьма обеспеченные дамы. Для нас интересна одна из них. Кто?

— Не тяни кота за хвост, говори, — потребовал Александр Михайлович.

Компьютерщик обвел всех торжествующим взглядом.

— Зинаида Львовна Комарова!

— Та-там! — пропел Семен. — Круг замкнулся!

Полковник забегал по комнате.

— Ты прав! Это интересно! Весьма! Надо для начала поговорить с парнем!

— Ему по паспорту за семьдесят, — уточнил Кузя, — он отнюдь не юноша.

— Но и не девочка, — отбил подачу Дегтярев, — нужно найти повод, чтобы, с одной стороны, вызвать ожившего Федора Борисовича на откровенность. А с другой — раньше времени его не спугнуть.

Кузя выпрямился.

— Я тоже навострил уши, когда узнал, что Урусов мертв. Полез изучать его биографию. Ничего особенного не нашел. Родился, учился, женился, развелся. У него была дочь. После того как стал одиноким, отношений не оформлял. Всю жизнь прожил в одной квартире, куда его из роддома мать принесла. Трудился автослесарем, в советские годы, наверное, хорошо зарабатывал, клиенты в карман деньги совали, чтобы побыстрее им машину починил, потом начал пить. Виртуозное владение бутылкой стало причиной крушения семьи. Супруга Федора продемонстрировала судье фото синяков, справки из травмпунктов, куда обращалась после побоев, и обрела свободу. Бывший супруг продолжал заливать за галстук, потерял работу, непонятно чем занимался, вышел на пенсию, заболел, перенес несколько операций, получил инвалидность, в конце концов умер. Бездарно прожитая жизнь! Про то, что Урусов скончался в хосписе, я уже говорил. И меня осенило: где находились документы больного, его вещи? Да у него в комнате или в местной камере хранения. Кто мог украсть паспорт? Персонал или посетитель, который приходил навестить родственника. У меня есть фото фальшивого Урусова.

— Откуда? — восхитилась я.

Кузя погладил один из своих ноутбуков.

— От лучшего друга человека. Всем студентам заведения выдают пропуска. На сайте у них написано: «Вам предстоит работать с уникальными, очень дорогими материалами. Их стоимость порой достигает тысячи евро за один миллилитр.

Чтобы избежать проникновения посторонних в святая святых школы, в научно-исследовательскую лабораторию, сотрудники и учащиеся всегда должны иметь при себе пропуск в виде бейджа». Открыть их бухгалтерию оказалось проще, чем пирожок с мясом съесть. Что-то я, однако, проголодался! Извините, я отвлекся. Слушатели заполняют анкету: паспортные данные, возраст, чем интересуются, ну и все прочее. Простой опросник, к нему прилагается фото. Знакомьтесь, вот лже-Федя.

Кузя повернул лэптоп экраном к нам.

— Очки, борода, усы, бритый череп, — перечислила я, — красавец.

— Попытка замаскировать внешность, — усмехнулся Дегтярев.

— Очень просто, но работает, — оценил старания Феди Собачкин, — отсутствие волос здорово меняет человека.

— На каждого хитреца есть своя программа, — потер руки Кузьма, — элементарно назад отыграть. Снимаем очки, убираем кусты с морды. Не знаю, какая прическа у фигуранта ранее была. Примерю на него обычную стрижку. Получите якобы Урусова. Пусть Даша возьмет снимки красавчика, натуральные, плюс фото, где он Федора Борисовича изображает, и едет в хоспис. Прямо сейчас. Покажет его морду лица местному начальству да поинтересуется: «У вас был кто-нибудь похожий?»

— Наверное, там есть часы приема, — заколебалась я, — медицинские учреждения работают строго по графику.

Кузя постучал себя ладонью по груди.

— У тебя есть умный друг! Я обо всем договорился. Дашуту ждет главврач Елена Борисовна Жданова. Ты представитель организации «Книга в помощь», хочешь помочь хоспису организовать библиотеку.

— Прекрасная идея, — одобрила я, вставая. — Почему она мне самой в голову не пришла? Надо на самом деле им привезти литературу. Побежала за сумкой.

Я вышла из гостевого дома и пошла по дорожке к особняку, говоря по дороге в трубку:

— Олег! Еду в хоспис. Мне нужны книги твоего издательства в подарок больным. Спасибо, заеду через час.

Очень довольная тем, что мой приятель, владелец издательского холдинга, прикажет своим сотрудникам приготовить для меня разные издания, я схватила сумку, села в машину, помчалась в издательство, припарковалась во дворе и ахнула. Два парня выкатили здоровенные тележки, набитые до отказа книгами.

— Ох, и ничего себе! — вырвалось у меня.

— Не беспокойтесь, — сказал один рабочий, — сейчас все аккуратненько погрузим.

— Вдруг в «букашку» не войдут, — занервничала я.

— Утрамбуются, куда денутся, — заметил другой сотрудник.

— Моя бабушка, если весь рафинад из коробки в сахарницу не влезал, трясла ее, и куски чудесным образом укладывались, — продолжил первый. — Если книги сразу не влезут, мы поднимем ва́шу колымажку, потрясем из стороны в сторону, и все распределится. Согласен, Колян?

— Да как чихнуть, — подхватил Николай, — я сто раз от пола отжимаюсь, влегкую автомобиль потрясу.

ГЛАВА 24

— Книги? — обрадовалась Елена Борисовна и осведомилась: — Они только для больных? Или остальным тоже можно читать? Персоналу?

— Конечно, — улыбнулась я, — у вас, наверное, в основном женщины работают, поэтому я выбрала авторов на свой вкус. Татьяну Полякову, Татьяну Устинову, Миладу Смолякову...

— Ой, как я их всех люблю, — по-детски восхитилась Жданова, — девочки наши в очередь выстроятся. И единственный мальчик. Прямо не знаю, как вас благодарить. Нам не часто подарки достаются. Звезды любят по детдомам ездить, в хоспис неохотно заглядывают. Я их понимаю. Дети веселые, у них вся жизнь впереди. А у наших подопечных дни на земле заканчиваются. Малышу можно сказать: «Учись хорошо, слушайся учителя, получишь профессию, найдешь свое место в жизни, многого добьешься». А умирающего чем ободрить? Не умеют люди с нашими пациентами беседовать, теряются.

Я решила осторожно перейти к нужной теме:
— Вы сказали: «И единственный мальчик». Среди врачей есть мужчина?

— Доктора, медсестры — женщины, — объяснила Жданова, — а санитар у нас Мирон. Очень хороший человек, вся тяжелая физическая работа на нем. Не хотят к нам парни идти, зарплата маленькая, служба трудная морально. Мирон — воцерковленный человек, он сюда не за деньгами пришел. Когда нанимался, сказал: «До сорока лет я был безобразником, натворил грехов! Потом вразумился, сейчас хочу людям помогать, авось Господь за это меня помилует. Сколько мне заплатите, за то и спасибо. Семьи нет, я только за себя отвечаю, а мне много не надо». Каждый день думаю: где мне второго Мирона найти?

— Может, объявление дать? — предложила я.

Елена поставила передо мной чашку с чаем.

— Я уже наняла один раз красавчика. Он откликнулся на сообщение на нашем сайте. Странно в моем возрасте быть столь наивной. Обычно я очень придирчива к подбору сотрудников, проверяю их со всех сторон. Да в хосписе случился просто Армагеддон! Заболели восемь сотрудников, включая Мирона! Вы же понимаете, кто у нас лежит, люди на грани между жизнью и смертью. Им достаточно легкого насморка, чтобы уйти на тот свет. Поэтому я без устали внушаю персоналу: «Если только заскребет в горле, оставайтесь дома. Не нужен бюллетень. Если грипп подцепили, ОРВИ, отлежитесь — и выходите на службу. Зарплата вам будет начисляться как здоровым. Лист нетрудоспособности оформляйте только в случае операции или затяжной болезни. И всегда делайте прививку от гриппа». Я людей знаю, и они меня изучили, понимают, что со мной надо беседовать честно. Нужен лишний выходной по семейным обстоятельствам? Приди ко мне, откровенно расскажи, в чем дело, не ври. Свадьба у подруги, муж пригласил в ресторан, день рождения у матери — я все пойму, отпущу, за тебя другие отработают. А ты за них, когда им лишний денек понадобится. Но лгать нельзя! И вот! Восемь человек свалились! Я сначала запаниковала, потом обзвонила наших пенсионерок, кто ранее в хосписе служил, и попросила: «Девочки, выручайте. Беда, молодежь хилая слегла!» И они все явились, безотказные мои. Одной семьдесят два, другая на год моложе, третьей и четвертой по шестьдесят девять. Бойкие, отлично с обязанностями справляются, приглашаю их на время отпусков сотрудниц. Но поднять больного бабулькам не по силам. Мирон лежал с высокой температурой. И тут прилетает на сайт сообщение: «Я, Фомин Игорь Борисович, медбрат...»

Моя сумка издала тихое жужжание.

— Простите, — извинилась я и вынула сотовый, — мама беспокоит, она очень волнуется, если я не отвечаю. Да, мамочка.

— Привет, доченька, — захихикал Кузя, — отвлекаю тебя по важному поводу. Мужик, который использует паспорт Урусова, на самом деле Гайкин Афанасий Емельянович. Окончил медучилище, работал медбратом в разных местах, отовсюду уходил по собственному желанию. Но думаю, в реальности его гнали вон за воровство. Потому что потом мужика посадили за кражу вещей и денег пациентов клиники, где он состоял в штате. Отсидел, вышел и исчез. Жена с ним развелась очень давно, слышать о бывшем супруге не желает. Имел десятиметровку в коммуналке, ее расселил банкир, всем выдал по квартире. Гайкину тоже досталась своя норка. Так он ее продал и пропал. Несколько лет о нем ничего не было известно, потом мужик вдруг прописывается в двухкомнатной квартире. Где он ее взял? Сейчас ищу ответ на сей вопрос. Ну, все, доченька, не забудь шапку надеть и штаны с начесом под юбку. Инфу про Гайкина тебе на ватсап кидаю.

— Спасибо, мамочка, и тебе хорошего дня, — ответила я, потом посмотрела на Елену. — Извините!

— Отлично вас понимаю, — улыбнулась Жданова, — мне мамуля утром звякнула, велела шапку надеть и панталоны с начесом.

Я рассмеялась.

Главврач развела руками.

— Мама — такая мама. Раньше я злилась на нее, что с глупостями ко взрослой дочери пристает. А семь лет назад у нее инсульт случился, так я теперь каждому ее звонку радуюсь. Шапку? Штаны? Все натяну, только живи, мамуля. Значит, сбросил на сайт Фомин Игорь Борисович заявление о приеме на работу. Медбрат, есть все документы. Работал в частной клинике. Я пригласила его на беседу. Спросила: «У нас маленькие оклады, на прежнем месте вы намного больше получали, почему ушли?» Он ответил: «Устал от богатых пациентов. Большинство из них женщины, они по докторам от скуки шляются. Мне с такими не интересно. Я в храм хожу, хочу людям помогать. Деньги меня не волнуют, бобылем живу, мне много не надо. Есть один свитер? Прекрасно. Зачем второй?»

Жданова вздохнула.

— Следовало его тщательно проверить. А я, дурочка, обрадовалась! Второй Мирон пришел! Да еще положение пиковое, народ слег, старухи надрываются. Предложила Фомину: «Можете прямо сейчас на работу выйти? Если да, оформлю вас задним числом, получится, что вы сегодня полный день трудились. Деньги вам заплатят». Он в ответ: «Да рубли — не главное. Основное — людям помочь». Мы на него одно время нарадоваться не могли. Потом Мирон ко мне пришел.

— Елена Борисовна, Фомин не воцерковленный, он не ходит в храм.

Я отмахнулась:

— Сама раз в году в церковь на Пасху заглядываю. Душно там, стоять надо долго, старухи сердитые вокруг. Иди работай!

Мирон не ушел.

— Так вы и не утверждаете, что верующая. А он соловьем поет, как Бога любит, а сам в среду и пятницу колбасу жрет.

Я рассердилась:

— Претензии к его работе есть?

Мирон покачал головой. Я отрезала:

— Если человек нормально трудится, то пусть он сосиски хоть с утра до ночи лопает! Конец! Не появляйся в моем кабинете больше с этими разговорами!

Жданова нахмурилась:

— Дарья, вы же не из благотворительной организации?

— Книги вам привезла, — напомнила я, — много разных.

— Огромное спасибо, — поблагодарила главврач, — но ни один, даже добрый, человек не станет долго слушать песню про какого-то медбрата. Зачем она ему? А у вас в глазах светится неподдельный интерес. Вы кто?

— Дарья Васильева, — вздохнула я, — частное детективное агентство. Лихо вы меня раскусили.

— Мой муж служит в полиции, — пояснила Елена Борисовна, — я кухарка следователя, набралась от него ума. Что вам от меня надо?

— Меня интересуют мужчины, которые у вас сейчас работают, — призналась я, — или служили раньше.

— Некоторое время назад несколько сотрудниц, получив зарплату, сразу побежали в торговый центр, — сказала главврач, — они всем сообщили: «Хотим купить себе кое-что на осень!» Вернулись в слезах, их обворовали в магазине. Никто тогда на Фомина не подумал. Он был на работе, девочки в магазине. Затем умер больной, его жена устроила скандал. У покойного пропала ценная семейная икона, семнадцатый век. Ее ему на тумбочку супруга поставила, и крест с груди исчез, золотой, вместе с цепью. Медсестра, которую я прекрасно знаю, честная, положительная женщина, клялась, что образ и все, что умершему принадлежало, она отнесла в кладовую. Мы так всегда делаем. И все исчезло. Крайне неприятная история. Но потом случилась огромная беда.

Жданова горестно вздохнула.

— Благотворитель нам на Рождество пожертвовал большую сумму. Он владелец большого бизнеса, похоронил мать, та от тяжелой болезни умерла. Сын стал помогать хосписам. Нам выделил миллион. Я чуть от радости не скончалась, почти все проблемы теперь решу. Положила деньги в сейф, уехала домой. Утром открываю железный шкаф — а там пусто!

Елена схватила со стола бутылку с водой.

— Конечно, я вызвала полицию. И что выяснилось? Фомин Игорь Борисович давно умер, жил в интернате для престарелых. На работу к нам нанялся неизвестно кто. Это все, что я про него знаю. Ужасно себя чувствую. Когда правда наружу выплыла, девочки, которых в магазине обворовали, вспомнили, что Игорь им в торговом центре повстречался, сказал:

— Пену для бритья ищу.

Они внимания этому факту не придали. Теперь думают: Игорь знал, что у всех зарплата была при себе, это он медсестер обокрал. В кладовую ему элементарно войти, никто этому не удивится, он мог легко икону унести.

Я вынула из сумки айпад и показала собеседнице фото.

— Кого-нибудь узнаете?

— Бородатый — Фомин, — воскликнула она.

— Федор Борисович Урусов... — начала я, но Елена не дала мне договорить, она простонала:

— О нет! Вас наняла Маргарита Алексеевна! Ну за что она мне! За какие грехи досталась?

— Кто это? — удивилась я.

Лицо главврача разгладилось.

— Так вас не эта сумасшедшая сюда прислала?

— Нет, — честно сказала я, — меня интересует исключительно медбрат Фомин и господин Урусов.

— Последний поступил к нам в ужасном состоянии, — принялась объяснять Жданова, — неухоженный лежачий больной: пролежни, сильное истощение. По документам одинокий. Давно когда-то у него была жена Елена Ивановна, дочь Маргарита. Развелся, ребенка с младенчества не видел, участия в ее воспитании не принимал, денег не давал. Я все не сразу узнала. Когда Урусов умер, встал вопрос о его похоронах. А у него в карточке был телефон с пометкой: «Бывшая жена Елена Ивановна». Я и подумала: дай-ка позвоню. Иногда супруги развелись, но хорошие отношения сохранили. Надо сообщить женщине о кончине Федора Борисовича. Набрала номер! Ох, лучше бы мне этого не делать!

— Родные отказались помочь с погребением? — предположила я. — Нахамили вам?

Жданова передернулась.

— Я представилась, попросила Елену Ивановну и услышала удивленное:

— Мама давно умерла.

Я спросила:

— Вы член семьи Федора Борисовича Урусова? Дальше произошел неприятный диалог.

— А зачем вам это знать?

— Он умер.

— И что?

— Мы ищем кого-нибудь из родных.

— А-а-а! Положено его похоронить! Закапывайте!

— Вы кто?

— Отстаньте.

— Я не с Маргаритой разговариваю?

— Ну с ней. И что?

— Федор Борисович ваш отец, он заслужил отдельную могилу на кладбище.

Собеседница закричала:

— В сознательном возрасте я никогда господина Урусова не видела. Не разговаривала с ним, ни копейки от него не получала. Мама вышла замуж, меня воспитывал отчим дядя Леша, вот он мне родной отец. Федора Борисовича я знать не знаю и знать не хочу. Вам государство денег на погребение даст, не оставите труп непохороненным.

И отсоединилась.

— Неприятная беседа, но злость и обида Маргариты понятны, — вздохнула я, — она росла без отца, наверное, у матери не хватало денег, девочка хлебнула нищеты.

— А вот и нет! — покраснела Елена. — Сейчас все расскажу. Поймете, какой человек меня мучает!

ГЛАВА 25

— Значит, Гайкин — это Фомин, и он же Урусов, — развеселился Собачкин, — ай да молодец дядя!

— Подожди, самое интересное я не успела рассказать, — остановила я Сеню. — Ты где?

— Дома.

— У нас или у себя?

— Дегтярев решил офис к завтрашней съемке подготовить, — вздохнул Сеня. — Кузя первым смылся, я за ним. Удрал, пока полковник ковер искал.

— Ковер? — изумилась я.

— Это такая фигня, которую на пол стелят, — уточнил Сеня.

— Зачем ему ковер? — недоумевала я.

Собачкин расхохотался.

— Шикарный вопрос! Цитирую нашего шефа: «Офис должен выглядеть красиво».

У меня не нашлось слов.

— Рули к нам, — распорядился Сеня. — Когда появишься?

— Уже тут, — отрапортовала я, — во дворе паркуюсь. Когда я вопрос, где ты находишься, задала, уже проехала Опушково и, не сворачивая в Ложкино, к вам подалась. Подожди, у меня второй звонок. Алло.

— Сколько у вас стоит номер? — спросил противный гнусавый голос. — На двоих!

— Вы ошиблись, — ответила я, выходя из своей «букашки».

— Гостиница?

— Нет.

— Тогда зачем вы отвечаете? — прогундосил мужик и отсоединился.

Я рассмеялась, странные люди встречаются. Почему я завела разговор с незнакомцем, да потому, что он мне позвонил. И я не виновата, что он не туда пальцем ткнул.

— Веселая такая, — отметил Сеня, — выкладывай, что тебя позабавило.

Я сняла куртку и повесила ее на вешалку.

— Моя улыбка адресована дядечке, который ошибся номером. Историю с медбратом я тебе по телефону по дороге рассказала. Про Маргариту сообщить не успела.

— Садись и начинай, — приказал Семен, — а я чай заварю. Тебе какой?

— Горячий и крепкий, — отмахнулась я. — Елена Ивановна Урусова после развода с мужем недолго горевала, вышла замуж. Новый супруг Алексей Петрович Пенкин удочерил ее дочь. Соответственно, девочка стала Пенкиной Маргаритой Алексеевной. Отчим, увы, умер, когда Рита поступила в училище. Она получила диплом театрального декоратора, но ни в один театр ее не взяли. Пенкина работает в брачном агентстве, устраивает свадьбы. Всю информацию мне дала Жданова, которая в надежде, что Рита займется похоронами отца, изучила ее соцсети и лишь потом обратилась к ней. Дочь наотрез отказалась от хлопот по погребению родителя. Ситуация показалась главврачу исчерпанной. Ан нет!

Спустя пару месяцев после того, как тело Урусова нашло свое упокоение в общей могиле под табличкой с номером, Маргарита приехала к Ждановой и накинулась на нее с требованием отдать ей вещи покойного.

Елена спокойно пояснила:

— В документах господина Урусова была пометка о бывшей жене и дочери. Я позвонила вам с сообщением о его кончине. Вы отказались проводить отца в последний путь. Я навела справки, узнала, что вас официально усыновил второй муж матери, и более не звонила.

— Но я его дочь! — возмутилась Рита. — Отдайте папино имущество! Немедленно.

— По документам вы госпожа Пенкина Маргарита Алексеевна, — возразила Елена, — Федор Урусов вам никто, поэтому вы не имеете права на его наследство.

— О чем вы говорите! — воскликнула старшая медсестра Катя, которая до того момента молча присутствовала при беседе. — Да у пациента были только те вещи, которые мы купили. Привезли бедолагу в дранье, тело в язвах, даже ботинок нормальных у него не было! Зубная щетка, мыло, шампунь, пижама, спортивные тапки — все от хосписа.

— Эту дрянь выкиньте, — взвизгнула Рита, — отдайте мне паспорт и ключи от квартиры.

— Паспорт, как и положено по закону, отдан в загс, — сказала Жданова. — Полагаю, что он утилизирован.

— Гады! — завопила Маргарита. — Кто разрешил вам распоряжаться имуществом моего покойного папочки? Где ключи?

Главврач еще раз напомнила скандалистке, что та отказалась хоронить своего «любимого папочку», и формально была права. Ведь юридически отцом Риты с детства являлся Алексей Пенкин.

— Не уйду, пока не вернете ключи, — твердила Рита.

Кое-как Елене Борисовне удалось объяснить скандалистке, что вещи Урусова уничтожены, а что с жильем, главврач не знает. Маргарита ушла. Но через две недели вернулась и потребовала опись всего, что было у отца в комнате. Ей дали короткий список.

— Тут не указаны ключи! — заорала доченька.
— Значит, их не было, — парировала Жданова.
— Воры, гады, сволочи, — завизжала Маргарита. — Попляшете у меня! Имею армию знакомых! Министров! Генералов! Я до президента дойду.

Потом она отвесила главе хосписа оплеуху и начала громить кабинет. Персонал затолкал хулиганку в кладовку. Дверь заперли и позвонили в полицию.

Через два дня Ждановой вызвали в местное отделение. Олег Петрович, его начальник, близкий знакомый Елены, загудел:

— Дело такое. Пенкина хотела на тебя заявление накатать.
— С какой стати? — опешила главврач.
— Вещи отца ей не вернули, избили, в чулан запихнули, — перечислил Олег.

Елена рассказала, как на самом деле обстояло дело.

— Я-то тебе верю, — сказал начальник, — но Пенкина села бумагу строчить, а ты никаких претензий не предъявляла. Появится она еще раз, мигом звони мне и составляй кляузу.

— Сомневаюсь, что Рита опять заявится, — отреагировала главврач и ошиблась.

Правда, теперь Маргарита подкараулила Жданову во дворе хосписа, схватила ее за плечи, начала трясти и вопить:

— Гадина! Отняла квартиру папочки! Он ее перед смертью подарил твоему любовнику!

Далее из уст прекрасной дамы полилась нецензурная брань.

Елена человек не самого робкого десятка, она здорова физически, но Маргарита, похоже, окончательно сошла с ума. А все, кто имел дело с психиатрическими больными, знают: они в момент стресса обретают нечеловеческую силу. Хорошо, что к одному из больных приехали сыновья, они оттащили Риту от главврача. Маргарита вывернулась из рук парней и убежала. Жданова, помня совет Олега, пошла в полицию и написала заявление.

Я остановилась и перевела дух.

— Вот такая прелестная история.

— Настоящий Урусов мог ходить? — неожиданно спросил Кузя.

Я удивилась вопросу.

— Да. Главврач упомянула, что он слег за пару дней до смерти.

— Гулял?

— Конечно, — кивнула я. — Жданова похвасталась своим парком. Хоспис получил здание бывшей психиатрической лечебницы. Она функционировала с начала двадцатого века до перестройки. Потом прекратила работу. А в царские, затем советские времена считалось, что у клиники должен быть большой участок. Лес, сад, парк, чтобы больные дышали свежим воздухом. Поэтому у хосписа прекрасная территория.

Кузя потянулся.

— Понятно, как он поступил.

— Кто? — спросила я.

— Гайкин, Фомин, лже-Урусов, — перечислил властелин компьютеров, — уж не знаю, что медбрат напел настоящему Федору, который лежал в хосписе, но он уговорил его подарить ему свою двушку. Незадолго до смерти Урусова был составлен акт дарения. Все абсолютно законно, с предъявлением паспортов, с печатями и подписями. Истинный Федор Борисович вручил свои апартаменты Афанасию Емельяновичу Гайкину. А тот выставил их на продажу.

У Собачкина зазвонил телефон.

— Где вы? — спросил Семен в трубку. — А! Ясно, проскочили перекресток. Давайте назад до указателя «Ложкино — пять километров», там направо и прямо. Упретесь в мой дом.

— Кого вы ждете? — полюбопытствовала я.

— Гайкина Афанасия Емельяновича, — с недрогнувшим лицом отрапортовал Кузя, — хотим у него фатерку купить. Но, знаешь, мы странная семья, попросили продавца к нам приехать. Капризничаем. Ща все тебе объясним.

ГЛАВА 26

— Добрый день, — произнес симпатичный, хорошо одетый мужчина, входя в комнату.

— Здрасте, — хором сказали мы с Кузей.

— Это моя жена... — начал Собачкин.

Я помахала рукой.

— Даша.

— У компа сидит мой брат, — продолжал Семен.

— Кузьма, — мрачно представился наш укротитель мышки, не отрывая взора от экрана.

— Значит, у вас две комнаты, — сказал Сеня. — Дорогая, тебе этого хватит?

— Ну... не знаю, — протянула я, — может, и нет, надо смотреть.

— Ваш муж заверил, что согласен купить без просмотра! — занервничал Афанасий.

— Не волнуйтесь, — утешил его Сеня, — жена просто вредничает. Ей нужна мастерская, платья она шьет. Двух помещений ей хватит за глаза. В одном манекен, иголки-нитки, не знаю, чего еще ей надо. Во втором она заказчиков будет принимать. Какой залог?

— Пятьдесят тысяч, — потребовал Гайкин.

— Не хочу, — топнула я ногой.

— Почему? — надулся Собачкин.

Я нашла прекрасный аргумент:

— Ездила во двор, смотрела на дом. Люди сказали, что в той двушке хозяин умер! Я не хочу каждый день там находиться.

— Федор Борисович скончался в хосписе, — сказал чистую правду Афанасий, — ваш супруг это знает. Я его предупредил: нужен масштабный ремонт, поэтому цена за жилье ниже той, которую другие выставляют.

Я прищурилась:

— Вас зовут Афанасий Гайкин? Муж сообщил мне ваше имя до вашего приезда.

— Верно, — улыбнулся гость.

— Удивительно, я занимаюсь в «Школе аромата», а там учится человек, невероятно похожий на вас! Одно лицо! Голос, походка, осанка — все тютелька в тютельку. Можно подумать, что он ваш близнец, — сказала я.

— Могу назвать не один случай, когда человек встречает своего двойника, — меланхолично заметил Кузя. — Лично меня поразило не внешнее сходство. Афанасий Емельянович!

— Весь внимание, друг мой, — нараспев произнес гость.

— Апартаменты, которые вы продаете, подарены вам Федором Борисовичем Урусовым. Щедрый человек. Он умер, так?

— К моему глубочайшему сожалению, да, — ответил мошенник, — у него не было никого, кроме меня.

— Посмотрите на экран, — велел Кузя, — там несколько фото. Первое — Гайкина Афанасия Емельяновича. Второе — Фомина Игоря Борисовича, медбрата в хосписе, где провел остаток своей жизни господин Урусов. Вот вам третий снимок Федора Борисовича, его нам любезно главврач предоставила. В архиве медучреждения есть видеоотчет о праздновании Нового года, к пациентам пригласили Деда Мороза. И замыкает галерею опять изображение Федора Урусова, того, что сейчас обучается ремеслу парфюмера. Теперь внимательно окинем взглядом нашего гостя. Возьмем фото Игоря Фомина и Федора Урусова, четвертое в нашем списке. И...

Лица на экране начали стремительно меняться.

— Простая забава, — усмехнулся Кузьма, — сейчас даже дети ею увлекаются. Изменим прическу, снимем очки, ну и так далее. И кто у нас получился?

— Повсюду Афанасий Гайкин, — возвестила я, — везде он, кроме третьего снимка, который прислала из архива Жданова. Там другой человек, судя по виду, он серьезно болен.

Я добавила:

— Урусов умер в хосписе. Все сотрудники знают о его смерти.

— Прикинь, а? — рассмеялся компьютерных дел мастер. — Скончался бедолага. Потом воскрес и пошел учиться одеколон бодяжить!

Афанасий вскочил и бросился к двери.

— Она заперта, — мирно сообщил Сеня, — сломать или открыть ее без ключа невозможно. К окнам бежать не стоит. Стекла бронированные, изготовлены по спецзаказу. Добрый день еще раз, вы в детективном агентстве.

— Не в полиции, — уточнил Кузя.

— Ответите на наши вопросы, и мы вас отпустим, — пообещал Собачкин.

— Я должен верить людям, которые прикинулись покупателями, а оказались сыскными собаками? — спросил Гайкин.

— Придется рискнуть, — ответил Кузя, — другого выхода нет. Если вы откажетесь, мы спустим вас в подвал, вызовем наших друзей, они тут неподалеку живут. В полиции служат. Вот они имеют полное право вас задержать до выяснения личности.

Афанасий рассмеялся.

— Думаете, я пойду в подпол?

— Зачем ходить? — по-прежнему тихим голосом спросил Кузя. — Нажму на кнопку, и вы мигом туда провалитесь. У нас тут полная автоматизация. Хотите эспрессо? Айн, цвай, драй!

Кофемашина загудела, зажурчала и налила в чашку темно-коричневую жидкость. В воздухе запахло кофе. Через секунду сами собой задернулись шторы.

— Не люблю, когда в окнах темень, — пояснил укротитель ноутбуков. — Почему кофейком не угощаетесь? А! Не хотите идти за ним, боитесь на минус первый этаж угодить. Лады. Эй, сюда!

Кузя свистнул. Из-под дивана, который стоял у стены, выползла мохнатая собачка. Я изумилась. Кофемашина Сени управляется с помощью пульта, который он сейчас спрятал в карман. Шторы тоже можно двигать удаленно. Это для меня не новость. Но у ребят появился пес! Впервые его вижу и никогда о нем не слышала!

— Полкан! — скомандовал Кузя. — Как дела?

— Хорошо, хозяин, — ответил пес.

Я пришла в полный восторг. Да это игрушка! Очень здорово сделана, не отличишь от настоящей болонки.

— Подай гостю эспрессо, — приказал Кузя.

Собака подкатила к кофемашине, встала на задние лапы, подняла голову... Я обалдела. Изо рта чудо-игрушки выдвинулись большие щипцы, такими продавцы в парижских кондитерских берут с витрины куски пирога или торта.

Держа чашку, «собачка» подъехала к гостю и замерла.

— Возьмите, — зевнул Кузя.

Гайкин взял чашку.

— Полкан, свободен! — скомандовал компьютерщик.

«Псинка» мигом исчезла под диваном.

— У нас тут все эдакое, — заговорил Сеня, — не как у людей. Подвал удобный, стены, пол, потолок шумоизолированы. В реальности подпол — это сейф. Потом мы дезинфекцию вызываем, и конец истории.

— Да я вас не боюсь, — хмыкнул Гайкин.

— Как хотите, — пожал плечами Сеня. — Даша, уходи, ты не любишь смотреть, как люди в подвал ухаются.

— Погодите-ка, — прервала я Собачкина, — налетели на человека, ничего ему не объяснили. Нас не интересует ситуация с квартирой.

— Вон оно как, — протянул Гайкин, — кстати, паспорт у меня главврач проверила. Там черным по белому указано: «Фомин».

— Но у вас же несколько удостоверений личности, — заметил Сеня, — и дарственную следовало оформить на подлинный паспорт, а не на фальшивый.

— Каким образом вы уговорили Урусова вместо прогулки в саду сходить к нотариусу, — продолжила я, — как объяснили ему, почему в реальности у медбрата Игоря Фомина в паспорте написано Афанасий Гайкин, пусть останется на вашей совести, равным образом как и украденная зарплата медсестер и вещи больных, которые куда-то подевались. Нас интересует «Школа аромата». Зачем вы там учитесь, да еще так долго?

— Ответ «хочу стать парфюмером» не прокатает? — спросил собеседник.

— Ни на секунду, — заверила я, — только правда.

— И что я получу за откровенность? — поинтересовался Афанасий.

— Свободу, — коротко ответил Сеня, — уедете без задержки.

— Хм! — пробурчал Гайкин. — Ребята, я просто ловчила.

— Это мы уже поняли, — отрезал Кузя.

— Работаю один.

— Весьма предусмотрительно, — согласился Собачкин.

— Ни семьи, ни детей нет.

— Ну, обзавестись женой никогда не поздно, — приободрила я мошенника.

— Один раз я обжегся, больше не хочу, — рявкнул Гайкин, — все бабы сволочи.

— Не все, — заспорил Сеня.

— До единой, — отрубил мошенник, — только приоткрой душу, залезут в нее, нагадят, растопчут дерьмо. И тебя же виноватым выставят. «Изменила мужу потому, что он на меня внимания не обращал, в кинотеатр не водил, домой угрюмый возвращался!» Ёклмн! Отличное оправдание!

— О загадочной женской душе и стервозности характера представительниц слабого пола поговорим потом. А сейчас про «Школу аромата», пожалуйста, — попросила я. — Вас заинтересовала Зинаида Львовна? Зачем вам Комарова?

— Комарова, — повторил Гайкин. — М-да! Интересная особа! Я просьбу одну ее выполнил. Она вас интересует?

— Скажем иначе, мы хотим кое-что узнать о даме, — улыбнулась я, — а вы, похоже, о ней хорошо осведомлены.

— Не очень, — возразил Гайкин, — вообще-то это странная история. О'кей. Меняю откровенный рассказ на свою свободу. Если обманете меня, не отпустите, а мое повествование где-то использовать решите, то знайте, слова мои просто бла-бла. Легко от них откажусь, заявлю: пошутил-соврал. И все. Вы ничего не сделаете. Ясно?

— Конечно, — подтвердил Собачкин, — замечано. Приступайте.

— Спрашивайте, — ухмыльнулся гость.

— Что вы по просьбе Зинаиды сделали? — задала я вопрос.

— Девочку спящую отвез из Москвы в область и отдал ее мужику, — выпалил мошенник.

ГЛАВА 27

На секунду в комнате повисла тишина, потом Сеня спросил:

— Кто и что попросил вас сделать? Повторите, пожалуйста.

— Зинаида велела спящую девочку отвезти в Подмосковье и отдать мужику, — повторил Гайкин.

— Можете назвать дату, когда выполнили поручение? — ожила я.

— Десятое октября, в мой день рождения, — ответил Гайкин. — Помню, я проснулся и думаю, как на душе тошно! Ба! Именины ж у меня. Ни подарков, ни торта, ни гостей. Стал вспоминать, сколько мне стукнуло. Во! Юбилей! Круглая дата! Где мой орден от президента? Встал, умылся, водички из-под крана вместо шампанского хлебнул и попер в пешеходный переход. Понадеялся, что в особый день и год мне повезет.

— Почему Зинаида выбрала именно вас для столь деликатного поручения? — осведомился Собачкин. — Вы водили близкое знакомство? Дружили?

Мошенник скорчил гримасу.

— Сегодня вы в десны целуетесь, а завтра разругались. Разве есть гарантия, что с кем-то на всю жизнь рядом останешься? Даже мать сына выгнать может, чего уж от посторонних ждать? Разосрешься с друганом, и мигом тайна твоя из очка выплывет. Нет. Для такого дела совсем чужой нужен.

Я справилась с изумлением.

— Как вы с Зинаидой познакомились?

— Случайно, — пояснил Афанасий. — Я в сложном материальном положении оказался. Сплошные проблемы навалились, бытовые, но из-за отсутствия денег неразрешимые. Я хотел честно жить, а как закон не нарушить, если работы нет? Туда-сюда не один день тыркался. Нигде был не нужен! Дал от отчаяния объявление в бесплатную газету. Точно его содержания не помню, что-то вроде: «Выполню любое поручение за разумную плату. Жду вас каждый день в подземном переходе с двенадцати до семи вечера на улице Беркутова, у выхода из метро, у ларька с газетами. Синяя

шапка, черная куртка. Ваня-помощник».
И стал туда ходить, как на службу. Никто не появлялся, я расстроился. И тут женщина, которая журналами торговала, спросила:

— Чего маячишь? Спереть у меня что-то решил?

Я с ней ругаться не стал, мирно ответил:

— Я не ворую. Работу ищу.

И рассказал про объявление. Баба поинтересовалась:

— Прямо на любую службу готов?

Я подтвердил:

— Что ни попросят, все выполню.

Она спросила:

— Украдешь, если велят?

Пришлось ее вежливо послать.

— Если есть для меня работа, говорите. А просто так любопытничать не надо. Не от хорошей жизни тут прыгаю.

Тетка оказалась отзывчивой. Кофейку мне налила, пирогом угостила, взяла надо мной шефство. Я прыгал в переходе, на что надеялся, непонятно. Десятого октября решил, что мне сегодня точно повезет, день рождения все-таки. И точно! Подошла женщина в плаще. Волосы у нее были темные, завитушками, на носу очки от солнца, сумка, туфли, платок на плечах. Помада на губах красная, лицо круглое, напудренное. Видно, что ухоженная, не бедная, в перчатках она была, в светлых. Я подумал: брезгливая, не хочет в метро ничего руками трогать. Голос приятный, спокойный. Иногда кашляла.

— А как вы про голос узнали, если она мимо прошла? — не выдержала я.

Афанасий цокнул языком.

— Ну бабы! Вечно перебивают! Договорить не дадут.

Я смутилась и замолчала, Гайкин продолжал:

— Она вроде мимо безо всякого интереса протопала, потом я услышал звук: псс-ссс-ссс. И повернулся. Гляжу, тетка мне рукой машет, подзывает. Я к ней, она быстро вперед — и к метро. Там народу! Лом! Испугался я, что потеряю женщину, но не упустил ее из виду. Она меня завела в тихий переулок в подворотню, спрашивает:

— Баба из ларька сказала, ты все сделать можешь. Это правда?

Я предупредил:

— Убивать никого не стану.

— И не надо, — ответила она. — Слушай! Меня зовут Мария Ивановна Кузнецова. А тебя как?

Я сказал:

— Николай Петрович Иванов.

— Через два часа приходи на стоянку у торгового центра. Видишь его? Вон там, слева. Найдешь машину по описанию, ключ возьмешь под бампером, документы в бардачке. На заднем сиденье, завернутый в одеяло, спит ребенок. Не проснется, ему дали лекарство. Отвезешь его по адресу, который я тебе назову, отдашь ребенка мужчине. Он сам к тебе подойдет. Машину вернешь на стоянку, ключ сунешь туда, где взял. Все.

И продиктовала нужную информацию. Дала задаток. Пообещала, что остальные деньги завтра отдаст, позвонит мне. Записала номер моего домашнего телефона. Мобильного у меня тогда по бедности не было. Я ее поручение выполнил.

Нашел тачку, сел. Сзади кто-то лицом к спинке лежал, в одеяло почти весь завернутый, только макушка торчала. В бардачке документы, права с фоткой. Я сразу бабу узнал. Зинаида Львовна Комарова. Умора! Мне она представилась Марией Ивановной Кузнецовой. Конечно, я ей ни на секунду не поверил. Но говорить «врете, дамочка» не стал. Зачем? Мне бабки были нужны. Мария Ивановна она? Да на здоровье. Хоть Физдипекла Афиногеновна. По барабану мне. Только плати. И бумс! Документики. Очень по-бабски: имя придумала другое, а то, что в правах настоящее указано, не дотумкала. Отвез я ребенка. Мужик его забрал. Машину я отогнал на парковку. Ушел. Сплошной гутен морген, танцен битте! Стал ждать ее звонка. Тишина. День, другой, третий. И что делать? На аванс, который баба дала, я вместо убогой комнатки квартиру снял, отдал все. Думал, жилье нужнее еды, на жрачку я заработаю. Ну и на остальную часть башлей рассчитывал. Ага! Кука с маком! Разозлился я круто. Решил Зинаиду Львовну найти! У меня был тогда приятель, из полиции за пьянку вылетел, но связи у алкаша остались. Решил к нему поехать. Сначала на метро пер, потом на автобусе. Вышел, смотрю, подземный переход так далеко, что его и не видно. Побежал через проспект. И очнулся в больнице. Оказалось, меня парень сбил. Вот повезло!

— Да уж! — хмыкнула я. — Невероятная удача.

— Я не шучу, — в который раз осадил меня мошенник, — это была самая крупная везуха за всю жизнь. Светофора там не было. Но оказалось, что я бежал по зебре. Дождь шел, грязи полно на дороге, разметка полустерлась, я ее не заметил. Понимаете? Я аккуратный пешеход получился. Сшиб меня мажор пьяный, ваще никакой. Его папаша, долларами, как гусь яблоками, нафаршированный, в палату прибежал: «Проси, чего хочешь! Только не гони волну. В полиции я все уладил. Пожалей парня, он от несчастной любви за бутылку схватился». Я ему объяснил: «Жить негде, работу не могу найти, в кармане мыши насрали, да на их дерьмо хлебушка не купишь. Хоть бы тачка была, таксовать мог бы». Олигарх давай мне одеяло поправлять, подушку взбивать. «Лежи, ни о чем не думай! Все решу». Я получил машину, деньжат корзину, квартиру, которую на несколько лет мне сняли. Нет худа без добра. Ну и живу с той поры, как умею.

— Больше Зинаиду Львовну не искали? — поинтересовался Кузя.

Афанасий поднял пустую чашку.

— Нет! Подумал: если ребенка вот так, неизвестно с кем, отправили, дело нечисто. Лучше мне помалкивать, а то главным виновником стану. Плесканите-ка мне заварочки в чашку. И пока я на вытяжке лежал, злость ушла. Отходчивый я, чем всегда бабы пользуются. В первый момент кипятком бурлю, ору, ругаюсь. Потом пар выпущу, выдохну и думаю: оно мне надо — с дурой отношения выяснять? Да пошла она! Просто над собой посмеялся, эх, облапошила тебя, Афанасий, бабень. На деньги кинула, зато ты опыт приобрел. Идиотка Зинка окончательная, не назвалась, телефона своего не оставила, очки темные здоровенные не сняла, лицо измазюкала краской, напудрилась. Решила, что замаскировалась. А потом машину свою дала, в ней доверенность, документы — везде ее имя стоит. Ну кто она после этого? Коза! А ты, дружок, козел!

— Мужчину, который девочку унес, можете описать? — спросил Сеня.

Афанасий прикрыл один глаз.

— Обычный! В бейсболке. Борода, усы. Лица я не рассмотрел. Сверху козырек, снизу волосы торчали. В очках темных был.

— Что он сказал? — продолжал допрос Собачкин.

Мошенник скривился.

— А ничего. Молчал. Не хотел, чтобы я голос его слышал. На пустыре мы встретились, там с одной стороны помойка, с другой — лес. Он из-за деревьев вышел, посмотрел на машину, приблизился, сделал жест рукой, типа отвали. Я отошел. Он опять махнул, иди, мол, подальше. Когда я к лесу отодвинулся, он в салон залез. Некоторое время там сидел.

— Ничего особенного в его облике не заметили? — безо всякой надежды на положительный ответ осведомилась я.

— Руки у него были грязные, — неожиданно сказал аферист, — но не как у бомжа, пальцы темно-желтые, выше цвет был побледнее, а за запястьями уже нормальный. На зоне мужик сидел, наверное, кожу красил, сумки шил. Вот поэтому у него такие грабли и были. Чего он, придурок, перчатки не натянул?! Бородатый из машины вылез, потом ребенка в одеяле вытащил и унес.

— Куда? — поинтересовалась я.

— Ну ты и спросила! — заржал Гайкин. — Я его не спрашивал. Мне неинтересно. Хотел поскорей тачку вернуть, пенендзы получить. А мне фиг!

— Адрес поселка помните? — не отставал от него Сеня.

— Колтыково, Московская область. Проехать надо было не через городок, а по окружной, на свалке ждать.

Кузя потер глаза кулаками и заговорил:

— Ну и память у вас. Верблюжья. Другой мигом забыл бы.

Гайкин отхлебнул чаю, который я налила в его чашку.

— Так не каждый день юбилей, не постоянно меня обманывают с баблом, и поручение такое я один раз за всю жизнь выполнил.

— Имя, фамилию человека, который унес ребенка, назовете? — спросил Сеня.

— Ну чем ты слушаешь? — возмутился Гайкин. — Сколько раз повторять! Он молчал, я тоже! Бейсболка, очки, борода. Кудрявые или прямые волосы на роже росли, не помню, цвет вроде темный, точнее не скажу. И не надо это вам, потому что он ребенка куда-то отпер, бейсболку, очки снял, бородищу фальшивую сорвал. Простые феньки, но работают. Все! Теперь я могу уходить?

— Мы только начали. Зачем вы в «Школу аромата» ходите? — поинтересовался Сеня.

ГЛАВА 28

— Бабушка сама организовала похищение внучки? — уточнил Дегтярев. — Зачем? Или почему?

Собачкин сел в кресло.

— Вопросы дня. Пока нет ответов. Пол ребенка Афанасий не знает, но десятое октября плюс Зинаида Львовна... Думаю, в машине спала Варя.

— Какого черта Гайкин в парфюмеры подался? — не утихал полковник.

— Тут своя история, которую он нам тоже изложил, — вздохнула я, — у него сейчас есть любовница, Марфа Матвеева, сестра владелицы сего учебного заведения. Гайкин ей не своим именем назвался, представился Федором Борисовичем Урусовым.

— Паспорт он из вещей покойного спер? — догадался толстяк. — А главврач хосписа как-то с загсом договорилась, не сдала документ. По-тихому все прошло. Шито-крыто?

— Про действия администрации сего учреждения мы ничего не знаем, — пояснил Сеня. — А вот с остальным вы попали в точку. Гайкин рассчитывал кредит взять в магазине. Но там, куда он обратился, представительница банка удивилась: «Вы свой паспорт предъявили? На фото никак не похожи. Да и возраст человека на снимке весьма почтенный».

— Я просто хорошо выгляжу, — попытался отшутиться аферист.

Но женщина предупредила:

— Прямо сейчас уходите, или я вызываю полицию.

Гайкин схватил бордовую книжечку.

— Ой! Я случайно взял паспорт старшего брата!

— Вот и уносите, — каменным голосом посоветовала тетка.

Афанасий больше не рискнул ходить за ссудой, но паспорт Урусова сберег. Спустя некоторое время Гайкин свел знакомство с Марфой, которая в первый же день встречи рассказала ему о себе все. Она несчастна, полна любви, которую ей не на кого выплеснуть. Ее все тиранили, сначала одноклассники, потом взрослые подруги, Матвеева вечно пыталась угодить людям, шла им навстречу, выполняла любые их просьбы. Но ей садились на шею, ее использовали. Марфа обычно долго терпела потребительское отношение к себе, потом закипала и рвала отношения. Вот только с сестрой Вероникой разбежаться не получается, у них общий бизнес. Дело организовала Ника, помогал ей любовник, химик по образованию. И он же предложил организовать семинар для слушателей, готовых платить большие деньги. Ника, конечно, одобрила план сожителя, в школе стали проводить занятия для избранных. Стоят они в разы дороже обычных. И на официальном сайте об этих уроках сообщений нет.

— Что они там делают? — перебил меня Дегтярев.

— Приворотное зелье, — улыбнулась я, — духи — «приманиватель мужа», туалетную воду для онемения свекрови.

— Это работает? — развеселился полковник. — От их воды только тещи голоса лишаются или другие гражданки тоже? Если это на всех действует, то прямо замечательная штука, закажу такую. Целый ящик куплю! Есть кому подарить.

— Мы пока в этом не уверены, но, похоже, на семинарах для богатых используют наркотические вещества, — вмешался Сеня.

— Вероника, владелица школы, возможно, находится под воздействием препаратов. Когда я беседовала с ней, создалось впечатление, что я пинаю кусок ваты, никакой живой реакции, — сказала я, — и Эмма, с которой мы в холле школы встретились, уверена, что ее матери давали растительный галлюциноген Бурманджи. Что там у них творится?

— Так и я не понял, с какой целью Гайкин «учится», — повысил голос Александр Михайлович. — Не умеешь докладывать!

Я посмотрела на Сеню, пусть он говорит, мной полковник всегда недоволен.

Собачкин продолжил:

— На ресепшен школы можно купить составляющие для духов. Ученик оставляет заявку, ему подбирают необходимое. Дерут при этом бессовестные деньги. Марфа следит за тем, чтобы в лаборатории были полные склянки. Она знает, какое примерно количество расходного материала в неделю уходит. И вдруг! Бац! Только Матвеева наполнила пузырьки, они мигом стали пустыми. Ну и что ей в голову пришло?

— Кто-то их тырит, — пропел Кузя.

Сеня вынул из кармана пачку бумажных платков.

— Марфа попросила своего любовника изобразить ученика и проследить за тетками. Хотела знать, кто из них ворюга. Нечистая на руку баба явно из тайной группы, потому что только на занятиях богатых учениц пропадали разные растворы. В группе всего пять человек, они занимаются более полугода вместе. А по документам просто посещают обычные занятия. Про них мы уже вскользь говорили. А теперь подробнее. Кузя!

Компьютерщик уставился в ноутбук.

— Зинаида Львовна Комарова. Не стану объяснять, кто она. Роза Михайловна Свистун — мать олигарха Льва Свистуна. Александра Ивановна Мирская, жена владельца сети кинотеатров. Софья Михайловна Близниковская — дочь владельца сотен нежилых помещений. И наш любимый Федор Урусов. Все, кроме последнего, богаты, на своих прихотях не экономят. Бодяжат вонючую фигню. Это выражение Гайкина, который по приказу Марфы изображал обеспеченного мужика, решившего одеколон мастерить. Марфа купила любовнику дорогую одежду, ботинки. Афанасий достойно выглядел, не миллиардер, конечно, но представитель крепкого среднего бизнеса.

— Гайкин здоровый, не старый человек, но его после занятий иногда шатало, словно он спиртного хлебнул, — добавила я, — и дамы порой выглядели как пьяные. Марфа велела любовнику непременно вычислить «несуна». Гайкин нашел нечистого на руку человека. Но Марфе о нем не сообщил, соврал, что пока не разобрался. Угадай с трех раз, кто вор?

— Зинаида Львовна! — гаркнул толстяк.

— Нет, — обрадовалась я ошибке полковника, — растворы тырит Евгений Калинин, преподаватель ведьминских наук. Зинаида Львовна — честная студентка. Вот только зачем ей понадобилось приворотное зелье?

— Чтобы мужа найти, — заржал во весь голос Кузя, — сыграть свадьбу мумий!

— Фу, — возмутилась я, — сам когда-нибудь состаришься. Очень некорректно так говорить. Все, кто кричит про сорокалетних старух, и не заметят, как сами ими станут. Комарова не юная девочка, но и не развалина, она хорошо выглядит, следит за собой. Однако Гайкин не узнал даму, которая его обманула. Зинаида-то при встрече сделала все, чтобы ее настоящую внешность он не разглядел. К ученице все обращались просто «Зина». Не очень распространенное в наше время имя, но и не редкое. Комарова тоже не встревожилась, увидев Афанасия, он здорово изменился со дня их встречи, мошенников жизнь не красит. Аферист представился ей Николаем Ивановым. С Федором Урусовым у Комаровой не было никаких дел. Спустя время аферист узнал отчество, фамилию Зинаиды и сообразил, кто она. Да уж, кто-то на небесах любит пошутить, и этот кто-то снова привел Гайкина к обманщице. Поняв, кто такая Зина, Гайкин не мог решить, как ему действовать. Поэтому промолчал про то, что вор — Евгений Калинин.

— А почему он не сказал Марфе про нечистого на руку педагога? — перебил меня Дегтярев.

— Он хотел выложить любовнице правду, но случайно услышал, как Комарова и Калинин беседуют, — заговорил вместо меня Сеня. — Зинаида задержалась после занятий. Гайкин понял, что она хочет поговорить с Евгением, попрощался и покинул кабинет. Но далеко не ушел, затаился за дверью, стал незримым свидетелем их диалога. Он решил во что бы то ни стало получить должок от Зины, следил за ней, собирал информацию для шантажа. Комарова спросила у Калинина:

— Когда мы встретимся?
— Можно завтра днем, — предложил тот.
— Отлично.
— Жду на нашем месте.
— А у вас готов чай?
— Конечно. Только вот еще отсюда прихвачу чуток.

До ушей Афанасия донеслось деликатное позвякивание. Он понял: Евгений открыл одну из склянок и отливает часть содержимого.

— Много взял! Вдруг заметят, — занервничала Зинаида.
— Ерунда! Всегда можно сказать, что студентки разлили.
— И то верно! В четырнадцать?
— Лучше в полдень.
— Согласна. Только сделайте побольше заварки.
— Непременно.
— Отлично! Ну, я поехала.

Гайкин на цыпочках поспешил по коридору к мужскому туалету и шмыгнул туда. Афанасий испытывал душевный подъем, он понял, что Зинаида и Евгений готовят какую-то пакость, и решил проследить за криминальной парочкой.

— Удалось? — включился в мой рассказ полковник.

— Не очень, — усмехнулась я, — адреса, где встречались заговорщики, Афанасий не знал. Он только выяснил, где живет Комарова, ее данные есть в компьютере. Но ехать к ней поостерегся. Да и что он ей скажет? «Вы велели мне когда-то давным-давно автомобиль со спящим ребенком отогнать?» И где доказательства? Афанасия больше обрадовал мобильный телефон Зинаиды, который тоже был в ее анкете. Гайкин его записал и стал думать, какую гадость он может сделать Зине за то, что она не доплатила ему денег. В голове роились всякие идеи, но ничего толкового на ум не приходило.

— Что такое? — вдруг воскликнул полковник.

ГЛАВА 29

— Где? — спросила я.

Александр Михайлович показал на свой айпад.

— Некий «Золотой зонг» прислал странное письмо. Может, это не мне? Адресом ошибся?

— Какой текст? — полюбопытствовал Сеня.

— Минеральная вода «Свет в колодце» без газа, десять бутылок, — зачитал толстяк, — персики свежие — три кило, клубника испанская нового урожая — двенадцать упаковок. Мясная нарезка — все французского производства, ничего российского. Салат из помидоров, огурцов, авокадо, креветки с оливковым маслом из Греции. Только оттуда, в Москве не покупать. У нас сплошное дерьмо. Сок из банана. Фреш.

Леша, который не отличается разговорчивостью и до сих пор сидел молча, удивился:

— Банан нельзя выжать.

— Читаю, что написано, — буркнул Дегтярев, — в письме сто восемь пунктов. Подушки на диван темно-синие, наволочки х/б, плед бордовый, шерсть натуральная. Мыло... О! Круг на унитаз! Исключительно дерево, цвет — дуб лесной. Никакого освежителя воздуха. Опахало из перьев живого павлина.

— Наверное, хозяйка составила список покупок, отправила перечень домработнице, а он случайно попал к тебе, — предположила я.

— Опахало из живого павлина, — повторил Кузя, бегая пальцами по клавиатуре одного из своих ноутбуков, — тяжела жизнь птички, из которой оперенье выдирают.

— Павлины постоянно теряют часть своего роскошного хвоста, — успокоила я компьютерного гуру, — мы с маленькой Машей любили ходить в зоопарк. Видели в вольере для птиц «глазастые» перышки.

— Да, Марусенька в детстве обожала походы со мной по зверушкам, — предался воспоминаниям Дегтярев, — каждое воскресенье мы ехали на метро до станции «Маяковская», я покупал ей петушка на палочке.

Я закатила глаза. Когда у Маши и Юры родилась Дусенька, Александр Михайлович стал утверждать, что провожал когда-то Манюню в школу, отвозил ее регулярно на занятия музыкой, балетом, водил в разные кружки. На самом деле полковник всегда пропадал на работе. Танцами Манечка не увлекалась, школу, где учат сольфеджио, не посещала. А чтобы попасть в зоопарк, нужно добраться на метро до остановки «Баррикадная» или «Краснопресненская». Возле «Маяковской» зверинцев и в помине нет. И самое интересное: Александр Михайлович не врет, он абсолютно уверен, что именно так и обстояли дела: и зоопарк посещали, и на фортепьяно пьесу «К Элизе» Марусечка исполняла.

— Забудьте о письме, — воскликнул Кузя, — пока вы фигню читали, я решил посмотреть, может, Зинаиду что-то связывает с Колтыковом. И опля! Знаете, кто ее родители?

— Нет, — ответил Дегтярев. — Зачем они нам? Небось давно умерли.

— Комарова в девичестве Маркина, — заговорил Кузя, — ее отец был крупный военачальник. Обычная для тех лет история. Лев Николаевич, будущий папаша Зинаиды, в самом конце тридцатых годов прошлого века женился на Ольге Петровне. В начале сороковых у них родилась дочь Галина. Прожили супруги вместе недолго, муж ушел воевать и, слава богу, вернулся домой. У его жены был дом в Колтыкове, там все и жили, улица Красногвардейская, двадцать. Но вот поворот! Через несколько лет у генерала Маркина появляется еще одна девочка, Зинаида. Ее мать не Ольга, а Екатерина Филимоновна Поликарпова, москвичка, которая всю войну служила в госпитале медсестрой. А у Маркина было несколько ранений. Похоже, у Кати и Левы завязался военно-полевой роман, она его за муки полюбила, а он ее — за состраданье к ним. В конце сороковых такое часто случалось, боевая подруга оказывалась милее верной жены, которая ждала воина дома. Генерал развелся, женился на Екатерине, перебрался жить в столицу. Старая семья осталась в Колтыкове. Спустя несколько лет Ольга умерла, генерал оформил опеку над старшей дочкой. Галина Львовна жива до сих пор, несмотря на почтенный возраст, преподает в школе английский язык. Замуж официально не выходила. Как вам эта история?

— Порой бывшая жена дружит со своей сменщицей, — пробормотал Сеня, — правда, это случается очень редко.

— Кузя, ты гений, — воскликнула я, — что, если Зинаида не похищала внучку?

— Здрасте тебе, — мигом рассердился Дегтярев. — Зачем Гайкину врать? Нафантазируй он, что из проруби человека спас, мотивация лжи ясна: он хочет героем быть. Но признаваться в доставке спящего ребенка в подмосковный городок! Тут какая ему выгода?

Я сказала:

— Мы все считали Комарову лгуньей. Врет не моргнув глазом, что девочка похищена, а сама-то ее отправила из Москвы, да еще столь странным образом. Но вдруг Зинаида спасла девочку?

— От кого? — удивился Сеня.

— Не знаю, — отмахнулась я, — возможно, был некий человек, он что-то требовал от Ильи, не получил желаемое, в порыве гнева пригрозил: «Убью Варю, тогда поплачешь!» Зинаида испугалась, решила отправить внучку куда-нибудь подальше от столицы. Но негодяй мог найти ребенка. Поэтому она и придумала версию с похищением. Зина прекрасно знает, где дочь сына, а все остальные считают ее умершей, поэтому нет опасности для жизни Вари.

— Бесконтрольное чтение книг Смоляковой сделало твою фантазию буйной, — развеселился толстяк.

— Идея Даши кажется мне интересной, — неожиданно встал на мою защиту Леня, — по крайней мере, она хоть как-то объясняет, зачем бабушке ребенка красть. Она спрятала Варю от преступника. Это логично.

— Ничего логичного не вижу, — отмахнулся Дегтярев, — пусть Дарья права. Девочку где-то укрыли. И что? Она теперь уже взрослая и до сих пор в подполье? Кто может столько лет охотиться на Варю?

— Иногда преступники десятилетиями стерегут жертву, — возразила я.

— Вспомним дело Олега Бурмакина, — подхватил Леня, — он убил в драке Игоря, двадцатипятилетнего сына Андрея Филиппова. Андрей поклялся лишить жизни дочь Бурмакина. За девочкой год милиция следила. Ей тогда едва пять исполнилось. Но Филиппов никаких попыток нанести вред малышке не предпринимал. Все решили, что он от горя свихнулся, на самом деле не собирался ребенку ничего плохого делать. Через два десятилетия, день в день с убийством Игоря, безутешный отец задушил Аню Бурмакину. Затем Филиппов сам явился в полицию и заявил:

— Готов сесть в тюрьму. Я отомстил. Долго ждал, хотел, чтобы гад понял, как тяжело потерять ребенка, которого четверть века растил.

— Это редкий случай, — надулся Дегтярев. — И вы забыли, что Зинаида Львовна, когда ей кто-то позвонил, прикидываясь покойной внучкой, устроила при Дарье истерику. Значит, она не рассказала правду ни сыну, ни невестке? Но и сама не общается с Варей? Не знает, где она?

— А вот и неверно, — заспорила я, — думаю, Зинаида Львовна прекрасно знает местонахождение Вари. Она понимает, что ей звонит аферистка. В чем смысл поведения злоумышленницы? На мой взгляд, тут возможны две версии. Человек, из-за угроз которого Комарова спрятала внучку, каким-то образом выяснил, что Варю не похищали, Зинаида ее спрятала, и нанял бабу, которая звонит Зине и хулиганит. Заказчик надеется, что Зинаида поедет к внучке, чтобы ее предупредить. За пожилой дамой проследят и узнают адрес, где живет Варя. Или какая-то женщина недавно выяснила правду про Варю и терроризирует пожилую даму. Номер, с которого звонит хулиганка, зарегистрирован на Антонину Васильевну Марусеву. А я узнала, что та работала у Зинаиды Львовны помощницей по хозяйству. Прислуга часто бывает в курсе семейных тайн, могла услышать разговор, который был не предназначен для посторонних, увидеть то, что не следует. У Антонины была дочь, Варюша-Хрюша. Марусева умерла, девочку сдали в детдом. Но мать могла рассказать ей правду.

— О том, что Зинаида сама похитила Варю? — перебил меня Дегтярев. — Ну, знаешь ли, о «похищении» своей внучки никто никому сообщать не станет. Значит, ты считаешь, что Варя понятия не имеет, кто она? А Зинаида не знает, что внучку отправили в интернат? Здорово бабка ребенка спасла, он на гособеспечение попал.

— Номер телефона, с которого звонят, принадлежит бывшей домработнице Зинаиды, — уперлась я, — не думаю, что это простое совпадение.

— В то, что Афанасий Гайкин неожиданно столкнулся с Комаровой в «Школе аромата», я верю, — прогудел Кузя, глядя на экран ноутбука, — знаю, как люди порой сталкиваются друг с другом в разных местах. Что же касается Варюши-Хрюши, то у Антонины была дочь Варя Журкина.

— Вот! — обрадовалась я. — Она и есть якобы похищенная внучка Зины!

Кузя уставился на меня.

— Может ли дочь быть на четыре года младше отца?

— Зачем спрашивать глупость? — фыркнула я. — Конечно, нет.

Кузя повернул ко мне свой ноутбук.

— Внимание на экран. Дата появления на свет дочери Антонины.

— Она ненамного младше Ильи, — протянула я, — но как в руки аферистки попала симка Марусевой? Ее без паспорта не купишь.

— Святая наивность, — протянул Сеня, — если захотеть, можно все провернуть! Маленькие проблемы решаются за маленькие деньги, а большие проблемы — за большие деньги. Открыла кошелек и получила телефон Марусевой.

— Что-то здесь не так, — настаивала я, — насчет денег я согласна, но! Зачем использовать телефон покойной? Возьми любой номер, оформи на вымышленное лицо, и конец истории.

— Надо съездить в Колтыково, — переменил тему беседы Семен.

Дегтярев сдвинул брови.

— Телефон! Кто на время совещания не отключил звонок? Безобразие! Сто раз говорено: ставьте сотовые на вибрацию! Да еще не музыка, а собачий лай! Немедленно отключить. Кто хозяин трубки? Чей айфон надрывается?

— Мой, — призналась я. — Алло!

— У вас есть свободные места? — спросил женский голос.

— Вы ошиблись номером, — ответила я.

— Да? Извините!

Я убрала звук и положила трубку в карман.

— Она в школе, — доложил Кузя.

Я вздрогнула.

— Кто?

— Галина Львовна Маркина, — уточнил наш компьютерный гений, — если сейчас выехать, то по бетонке доберешься до Колтыкова за час с небольшим.

— Вот и отправляйся, — велел Дегтярев.

Я встала.

— Хорошо.

— А я займусь тайной группой «Школы аромата», — заявил Сеня. — Интересно, что они там ведьмачат? Почему так тщательно шифруются? Как, шеф, можно?

Александр Михайлович кивнул.

— В составе учениц — тетушки-наркоманки, — предположил Кузя, — варят кашу из растения со странным названием Бурманджа и лакомятся.

ГЛАВА 30

— Добрый день, подскажите, где можно найти Галину Львовну? — осведомилась я, заглядывая в учительскую.

Стройная женщина, стоявшая спиной к двери, обернулась. Мне стало понятно, что ей лет шестьдесят.

— Если ищете Маркину, то это я, — звонким молодым голосом ответила она.

Я вошла в комнату. Галина Львовна Маркина — не самое редкое сочетание имени и фамилии. Возможно, в гимназии работают две полные тезки.

— Хочу побеседовать с преподавателем английского языка, — уточнила я.

— Слушаю вас, — сказала учительница.

— Это вы? — поразилась я.

— Да, — подтвердила педагог. — Что вас смутило?

— Думала, что Галина Львовна брюнетка, — глупо соврала я.

Ну не говорить же правду: вам под восемьдесят, а выглядите вы максимум на шестьдесят.

— В молодости моя шевелюра была каштанового цвета, — без улыбки ответила Галина. —

Я вся внимание. Какая проблема привела вас сюда? Хорошо знаю родителей учеников, но вы не из них.

Прикидываться кем-то не имело смысла. Я вынула новенькое удостоверение.

— Частное детективное агентство, — прочитала Маркина. — Ни разу не сталкивалась с людьми вашей профессии. И считала, что в подобных местах служат исключительно мужчины. Хотя читала, будто женщины ныне и подводные лодки водят. Что случилось?

— У вас есть сестра, — начала я.

— Единокровная. Зинаида Львовна Маркина, — кивнула собеседница. — Так в чем дело?

Я рассказала о звонках женщины, которая называет себя Варей. Потом услышала из коридора звонок и предложила:

— Может, побеседуем в другом месте? Сейчас сюда ваши коллеги войдут. А разговор не для чужих ушей. Давайте пойдем в какое-нибудь кафе?

— Есть предложение получше, — сказала Галина, вставая, — следуйте за мной.

Мы с ней вышли в коридор, поднялись на второй этаж и вошли в класс.

— Это мой кабинет, — пояснила Маркина, — здесь нас никто не побеспокоит. Вот безобразники!

Она сгребла со своего стола несколько оберток от конфет.

— Ребята, — улыбнулась я.

— Жеребята, — вздохнула Галина, — последний урок сегодня проводила у одиннадцатиклассников. Конфеты принесла Надя Гордеева, у нее день рождения, вот и угощала всех, меня тоже. В классе есть Герман Радов, у него диабет первого типа, инсулин и все прочее. Хороший мальчик, но редкостный негативист, абсолютно не воспринимает никаких советов взрослых, все знает сам.

Я села за парту.

— У меня тоже есть знакомый мальчик, правда, его недавно по возрасту отправили на пенсию, он точь-в-точь как Герман. Отметает любое чужое мнение. Наверное, такое поведение свойственно многим мужчинам.

— У вашего пожилого ребенка как со здоровьем? — неожиданно спросила Галина.

Я принялась загибать пальцы:

— Лишний вес, повышенные давление и холестерин. Но все, кроме килограммов, регулируется таблетками. Вот с аппетитом бороться трудно.

— А у Радова диабет, — напомнила Маркина, — у него разумная мать, не посадила сына на жесткую диету. Знаю, она разрешает ему и пирожное, и пиццу, но, конечно, не каждый день. Вчера Герману исполнилось семнадцать. Он принес подносы с пирожными, Алевтина Петровна меня предупредила:

— Гераше можно одно съесть.

Раз мать разрешила, я пас! Сегодня у Нади был праздник, конфеты. Смотрю, у Германа две штуки. Я их отняла, он вспыхнул:

— Не имеете права отбирать, это ущемление прав ребенка.

Нынче все дети юристы. Я ответила: «В школе ты находишься под моей ответственностью.

Алевтина Петровна вчера предупредила, что сладкое ты можешь съесть. А сегодня она не звонила. Свяжись с мамой, если она даст «добро», я верну лакомство. Иначе никак». И что? Я ушла, забыла конфеты на столе. Вот уверена — это Радов их слопал.

— Может, он поговорил с матерью и получил от нее разрешение, — предположила я, — вам не о чем беспокоиться.

— Нет, — возразила Галина, — сотовые во время учебного дня запрещены. Телефоны сдаются утром классному руководителю, естественно, я разрешаю позвонить, если повод серьезный. Но конфеты — ерунда, Гера трубку не просил. Очень надеюсь, что плохо ему не станет. Так зачем я вам нужна?

— Вы дружите с Зинаидой Львовной? — спросила я.

— Вы имеете в виду мою сестру? — уточнила Галина.

Я кивнула.

— Екатерина Филимоновна стала любовницей моего отца, — заговорила Галина, — мама никогда не осуждала ее, потому что сама была не без греха. Пять лет — большой срок для ожидания супруга, война была долгая, а Ольга молодая, у нее появился кавалер. Когда законный муж вернулся, супруги попытались возобновить брак. Но у них ничего не получилось. Папа ушел к Екатерине, родилась Зина. Мама никогда не запрещала бывшему супругу видеться со мной. Она всегда вела себя интеллигентно. Моя мама рано умерла. Меня ждал интернат, и тогда отец оформил надо мной опеку. Екатерина Филимоновна не возражала. Я поселилась у них в доме. Квартира была огромная, двухэтажная, по тем временам редкость невероятная. Генеральский паек, полно солдат, которые исполняли роль прислуги. Я никому не мешала, делиться последним куском хлеба со мной никому не приходилось. Хотя многие женщины, живя в достатке, никогда в свою семью ребенка-сироту от первого брака мужа не примут. Катя была доброй. Она старалась мне маму заменить. Вот Зина вредничала, ревновала родителей, но она была маленькая, я старше, поэтому внимания на проделки сестры не обращала. Близости между нами не возникло, мешала разница в годах. И, признаюсь, теплых чувств к Зинаиде я не испытывала. Хитрости, жеманства, умения изображать несчастную козу у нее было в достатке. Артистических способностей на пятерых хватало.

Галина встала и начала ходить по классу.

— Кстати, ее талант лицедея Илье передался. Ну да это неинтересно. Лукавить не стану, я Зине отчаянно завидовала. У нее есть мама, да еще ласковая, добрая. А у меня-то нет. Не подумайте, что Катя обижала меня. Нет! Но были нюансы. На обед Зине куриную ножку давали, мне крылышко. Ей новое платье из секции ГУМа, где отоваривались большие начальники. Мне одежду покупали в обычном магазине. И во всем так. У Зинаиды спальня на втором этаже, двадцать метров с гаком, балкон. У меня на первом, размером поменьше и темная из-за деревьев. Я не принадлежала к противным детям, которые макароны в тарелке у себя и у брата пересчитывают, а потом канючат: «У него на одну штуку больше». Я была старшеклассницей, отлично понимала: родного ребенка всегда больше любят. Спасибо, что меня в интернат не сбагрили. Кстати, репетитора по английскому наняли только мне, Зине он тогда был без надобности, и в иняз папа меня устроил. И деньги мне в кошелек клали, делами моими интересовались. Но на дне моей души жила обида, скорее я сетовала на судьбу, а не на мачеху, она хорошая женщина. Отец и Катя умерли, когда я уже окончила институт. Сначала ушел папа, а через пару месяцев его жену инсульт разбил. Везу мачеху в «Скорой», она шепчет, речь еще у нее не отнялась, но язык заплетался: «Галя, ты сильная, умная, не бросай Зину. Поклянись, что поможешь сестре». Я пообещала заботиться о младшенькой. Катя прошептала: «Спасибо. Ты хорошая девочка. Прости, что не любила тебя». И замолчала. Умерла она через три дня. Похороны, поминки, все я устраивала. Зина рыдала, мне не помогала. Но я ей замечаний не делала, у нее же мама скончалась. Сама через это прошла, правда, моложе сестры была, но в истерику не впала, у гроба стояла, сцепив зубы. Девять дней миновало, сорок, Зина в институт не идет, ничего не делает. Я в огромном доме осталась за домработницу и за всех остальных. Денег нет. Моей зарплаты молодого специалиста еле-еле на коммуналку хватало. А кушать-то хочется! Вот и пришла мне в голову идея: здоровенные апартаменты сдать, а нам с Зиной переселиться в Колтыково. Сразу легче жить стало, завелись деньжата, пусть маленькие. Время шло, Зина замуж удачно вышла, родился Илья, она уехала к Павлу Ильичу. Но мы связи не теряли, общались постоянно.

ГЛАВА 31

Галина скрестила руки на груди.

— Когда мальчику четыре года исполнилось, я заметила, что он совсем не похож на отца. Ничем! Ни внешностью, ни характером, весь в Зину удался. Но это же неудивительно. Дети часто на одного родителя смахивают, потом меняются. Затем на свет явилась Алина. Илья, помнится, день и ночь напролет орал, не спал, зато аппетит у него был зверский, постоянно ел и не толстел. Наверное, потому, что бегал много, вертелся, прыгал. Девочка же была тихая, апатичная, могла полдня продремать, ничего не ела, но все равно была пухленькой. Потом случилась трагедия. Я, к сожалению, уехала на море в Феодосию. Не сразу стала учительницей, работала тогда в одной военной организации. Меня на лето отправили в Крым директором пионерского лагеря, который при моей службе был. Я обрадовалась. Девяносто дней на море, на всем готовом. Еда, проживание — ни копейки не потрачу, да еще зарплату дадут. Работать с детьми мне всегда нравилось, общий язык легко с любым ребенком находила. Вот счастье! Взяла Илью и укатила. Времена давние, мобильных не было, компьютеров тоже. Чтобы в Москву позвонить, надо было рулить в Феодосию, лагерь не в городе располагался, а в двадцати километрах от него. Почту к нам не носили. Полный отрыв от цивилизации, что мне особенно нравилось. Домой мы с Ильей вернулись в конце августа. Я мальчика к сестре привезла, смотрю, Зина сильно похудела, прямо прозрачная стала. Я испугалась:

— Ты заболела?

Она шепотом:

— Я нет.

Ее ответ обусловил мой следующий вопрос:

— А кто болен?

Зинаида зарыдала:

— Алина умерла. Менингит.

Вот ужас! Досталось Зине горя полной чашей. Да еще, представляете, она наедине с бедой осталась. Я в пионерлагере. Павлу Ильичу дали путевку в Карловы Вары, желудок у него болел. В советское время мужа с женой редко за рубеж вместе отправляли. Один из пары всегда оставался дома, был гарантом возвращения супруга. Правда, в Чехословакию могли семье поездку разрешить, и Комаров мог бы кого надо об этом попросить. Но Алина была маленькой, вот Зина и не полетела. Это сестра мне потом рассказала. Да я думаю, что Павел не очень хотел со своим самоваром и пряниками в Тулу катить. Он был хорошим человеком, щедрым, содержал семью, не пил, не курил. Но мужского эгоизма у Комарова было море бездонное. Он любил тишину, покой, абсолютно не занимался детьми, терпеть не мог шум, гам. Отец давал деньги на покупки для Ильи, но сказки ему на ночь не читал, никуда его не водил. Я была твердо уверена: Павел три четверти своей жизни провел как хотел, брака ни с кем не оформлял. А когда понял, что нужна супруга, которая о нем, старике, позаботится, стал подыскивать себе жену. И столкнулся с проблемами. Ровесницы Павлу были не нужны, зачем ему старухи? Те, кому тридцать-сорок, как правило, разведены, с детьми. Кормить чужого подростка? Восемнадцатилетние девицы на далеко не юного Ромео даже не посмотрят, он для них ископаемое. И вдруг! Зинаида. Юная, симпатичная, активная, да еще влюбилась в него. Зинуля искала второго папу с деньгами, Павел — жену-няньку. Сошлись два эгоиста и на удивление стали жить счастливо. Зина, лицемерка с артистическим талантом, ловко прикидывалась, что любит Павла. На всех праздниках мужу осанну пела, как ни приду к ним в гости, Зинуля вокруг супруга хлопочет, чай ему несет, сама заваривает. А он снисходил до жены, сердце у него по-прежнему было холодное. Шубы покупал, зарплату ей отдавал, но никогда не жалел, не утешал жену. Все вокруг считали их брак идеальным, и он таковым являлся, потому что у Зины и Павла оправдались их ожидания, каждый обрел что хотел. Но любовью там и не пахло. Когда Алина умерла, Зина была совсем одна в квартире. Подруг, кроме меня, у нее не было. И вот тут мне впервые стало ее по-настоящему жалко. Страшно представить, что пережила мать, устраивая похороны младенца. Правда, она попыталась связаться со мной, отправила телеграмму в Феодосию. Но ее в пионерлагерь не доставили. Куда депеша делась, почему не вручили адресату — ответа на эти вопросы мне искать не хотелось.

Зина больше детей не рожала. И ясно почему, боялась: вдруг ребенок опять умрет. Одному чаду всегда не просто, родители возлагают на него все надежды. Зина видела сына ученым, профессором на кафедре, доктором наук. А парень после кончины отца стал в ларьке торговать. Какие мать ему скандалы закатывала! Оперы! Музыка разная, либретто всегда одинаковое. Илья приносит деньги:

— На, мамочка! Здесь на еду и оплату счетов.

Та трагическим тоном:

— Опять в своей будке сидел?

Сын молчит. Зинаида со слезами на глазах:

— Для чего тебя учили музыке, иностранным языкам? Чтобы пиво мужикам продавал? Позор. Стыдно во двор выйти! Соседи точно думают: «Да уж, у Зинаиды-то сынок — несчастье семьи».

Галина села к столу.

— И так постоянно. Заело пластинку.

— Но деньги она у Ильи брала, — заметила я.

— О! В точку, — обрадовалась собеседница. — Один раз я сказала ей: «Не одобряешь способ Илюшиного заработка?» Зинаида на своего конька села: «Позор. В нашей семье торгаш! Сигареты, пиво! Перед людьми стыдно». Я говорю: «Уверена, что соседи тебе все поголовно завидуют. Они с детьми-захребетниками живут. Их интеллигентные дочки-сыночки читают с утра до ночи толстые книги, на службу не ходят, все учатся. А родители бутылки пустые на помойке собирают. У тебя дома позор ходячий, но ты в шоколаде, вкусно ешь, не думаешь, где копеек на хлеб взять, знаешь — Илья принесет. Будь последовательна. Раз парень занимается стыдным делом, то и деньги у него стыдные, не бери их». Она возмутилась:

— Думай, что говоришь! Павел Ильич умер, я одна с парнем осталась. Еле-еле работу нашла, платят мало.

Я отбила мяч:

— А ты тоже соображай, что несешь. Илье обидно слышать, как мать чужих отпрысков хвалит, а его пинает.

Но Зинаида не дрогнула.

— Илье надо поступить в вуз, потом защитить кандидатскую.

— А кормить вас кто будет? — осведомилась я. — Кто денежку притащит, тебе в ладошку положит? Сейчас ты сидишь передо мной в новом платье, в красивых туфлях. Их тебе в магазине подарили? Нет? Кто ж тебе денег-то дал?

У Зины ответа не нашлось. Вроде не глупая женщина, но патологически от общественного мнения зависимая. Скажет ей кто в трамвае: «Вот дура! Нацепила красную юбку. Неприлично такую носить». Зина сконфузится, прибежит домой, юбку забросит куда подальше, больше ее не тронет. Переубеждать ее, что она прекрасно сидит, цвет такой сейчас самый модный, на дворе лето, время ярких вещей, бесполезно, я для нее не авторитет. А идиот с улицы — глашатай истины. Чужие у нее всегда правы. Свои — дураки. А свадьба!

Галина рассмеялась.

— Илюша позвонил мне и сообщил:

— Тетя Галиночка, я женюсь!

На мой взгляд, в его возрасте рано было вериги брака на шею вешать. Правда, Илюша на ноги встал, молодой, а деньги приличные зарабатывать стал, сам уже в ларьке не сидел. Я давай его поздравлять, расспрашивать, кто у нас невеста, ну и, конечно, поинтересовалась:

— Что вам подарить?

Он ответил:

— Все есть. В квартире я ремонт затеял, поэтому гуляем в ресторане.

В назначенный час я приехала, привезла комплект постельного белья, ничего другого в голову не пришло. Народу было человек пятьдесят. На мужчинах малиновые пиджаки, на шеях золотые цепи, на пальцах перстни. Типаж известен?

Я кивнула:

— Первые богатые люди, бизнесмены, создавшие свои фирмы в начале девяностых. У них своя мода была. Женщинам даже летом надлежало щеголять в шубах, в бане сидеть в лабутенах на самых высоких каблуках, на рынок идти в пудовых бриллиантах, шофера и домработницу подзывать: «Пст, сюда живо». А мужчинам предписывалось ездить на джипе размером с троллейбус, часы на двух запястьях носить, передвигаться в кольце охраны. Они были в большинстве очень молоды.

— Вот такие там и собрались, — сказала Галя, — возраст у них был до тридцати. Еще я, Зинаида и ее подруга Лида. Сестра моя как увидела приятелей сына, так и села. Все они не интеллигенты, не кандидаты наук! Невеста ее шокировала. Настя была в платье, похожем на торт в стразах. Оно горело, переливалось. В прическе шпильки с драгоценными камнями, на макушке диадема, на шее ожерелье, на запястьях браслеты, на всех пальцах кольца. Очень нескромно. Лиду же перекосило от зависти, она мигом заявила:

— Зина! Вот уж не ожидала от Илюши! Он вроде хорошо воспитан, но посмотри на его ботинки! На каблуках камни блестят. Какой ужас! Неприлично свое богатство демонстрировать, когда у меня денег на масло не хватает.

Мне и смешно, и за Илюшу обидно стало, поэтому я высказалась от души:

— Лидия Андреевна, Илья у вас ничего не украл. И масла много в вашем возрасте жрать вредно.

Бабу прямо затошнило, правда, есть и пить она за троих стала. Зинаида же сидела, словно уксусу хлебнула, ни к одному блюду не притронулась. За нее тосты поднимали, танцевать звали. Но мать новобрачного застыла статуей скорби и укора. Неинтеллигентно у сына народ гуляет. Вот Лида считает, что это неприлично. Свадьба же пела, плясала, какие-то конкурсы дурацкие устраивали. Кто-то напился, упал в бассейн в глубине участка. Гости обрадовались, почти все в чем были в воду попрыгали. Торт вынесли, букет молодая жена швыряла, подвязку с ее ноги жених зубами стягивал. Я так хохотала, что скулы заболели. Подарков горы! С конвертом никого. Когда у людей проблем с деньгами нет, им ассигнации не преподносят, дарят картины, скульптуры, драгоценности, антиквариат, пледы из натурального меха. Короче, повеселились от души. Молодых усадили в белый лимузин, они уехали в Шереметьево, оттуда улетели отдыхать. Я через день приехала к Зине, а у той все лицо в слезах.

Оказывается, вчера к ней заглянула Лида и говорит:

— Вот моя дочь Катя и Леша свадьбу играли. Это пример всем. Отметили торжество в кафе у дома. Позвали шесть человек. Никакого платья из занавески со стразами у невесты. Красивый голубой костюм, она его потом долго носила. Выпили по бокалу шампанского. Все было тихо, мирно, играла симфоническая музыка, диск мы с собой принесли. Пирожные подали, чай. Никакого купеческого пятиярусного торта. Вот тебе правильная свадебка. Мне ни за дочку, ни за зятя перед людьми не стыдно. Не выпендривались. Не орали. Подарили им конвертики. Суммы приличные, но небольшие. Очень неинтеллигентно золотые вазы преподносить, бриллиантами сверкать. Фу! Твой Илья новый русский, вор, всех нас, простых честных людей, ограбил, нищими сделал. Ужас, Зина, как ты с ним живешь?!

Ясное дело, моя сестрица в рыданиях забилась. Как же! Лида ее осудила. А то, что все гости сына от свадьбы были в восторге, Зину не радовало. Для нее Лида авторитет. Она же подруга и соседка! Понимаете? Сейчас всем во дворе растреплет, что Илья новый русский гад.

Я кивнула:

— К сожалению, зависимые от чужого мнения люди встречаются часто. А кое-кто рад сказать соседу пакость, испортить настроение или праздник. Это зависть, которая прикрывается выражением: «Так себя не ведут». По-настоящему воспитанные люди никогда не станут выражать

свое недовольство на чьей-то свадьбе, тем более демонстрировать его матери жениха.
Они будут улыбаться, поздравлять молодых, веселиться, потому что им с детства внушали: дружить надо с теми, кто тебе близок по духу, а по отношению к остальным проявлять вежливость, нельзя никого осуждать, порицать, раздавать, когда не просят, советы, считать, что все обязаны жить, как ты. А если чувствуешь себя чужим на празднике, молча, не привлекая к себе внимания, уйди.

ГЛАВА 32

— Нормальная позиция, — сказала Галина, — жаль, не все ее разделяют.

— Вы были в тесном контакте с Зинаидой, — продолжала я. — Но сейчас общение прервали. Или я ошибаюсь?

Маркина развела руками.

— Не я тому причина. Мне не очень хочется рассказывать, почему наши отношения прервались. Мы даже с Новым годом друг друга не поздравляем.

— Пропала девочка, внучка Зины, — напомнила я, — а сейчас, спустя не один год после ее исчезновения, кто-то звонит и прикидывается Варей. На момент пропажи малышка только пошла в школу. Сейчас она, наверное, гимназию уже оканчивает. Если, конечно, жива. Может, вы знаете что-то о девочке?

— Обладай я информацией, сразу бы ее вам сообщила, — вздохнула Галина.

— Человек, который увез Варю, передал ее мужчине на окраине Колтыкова, — продолжала я, — внешность его он описал так: борода, усы, очки.

— Ясно, — пробормотала Галина.

— Единственное, что известно: у незнакомца были грязные руки. По-особому испачканные. Пальцы темно-желтого цвета, который переходил на внешнюю сторону кисти, становился светлее и исчезал, не дойдя до запястья. Возможно, он служил на каком-то предприятии, где имел дело с красками и по непонятной причине не пользовался перчатками. Колтыково не очень велико. Можете предположить, кто это?

Галина подошла к окну и встала к нему лицом. Через пару секунд она обернулась.

— Простите. Учительская привычка. Подчас дети зададут вопрос, на который не сразу ответ найдешь, а порой и не знаешь его. Я в такой момент всегда смотрю на улицу, нет желания, чтобы класс знал, что я в замешательстве. Сейчас автопилот сработал. Краска? Но в Колтыкове никакого производства нет, ранее ферма большая была. А теперь тут особняки дорогие, доярки и рабочие в прислугу подались.

— Можно работать в Москве, а жить здесь, — возразила я, — не так уж далеко ездить. У вас большой круг общения, вдруг у кого-то из родителей такие руки?

Галина оперлась спиной о подоконник.

— На собрания и вообще в школу приходят в основном мамы. Папы — редкие гости. Девочку, как вы говорите, увезли десять лет назад. Думаете, я помню, какие у кого тогда были пальцы? Конечно же, нет!

Но я решила не сдаваться:

— Люди годами работают в одном месте. Может, сейчас у кого-то такие руки?

— Нет, — мгновенно заявила Галина, потом добавила: — Знаете, иногда женщина звонит в салон и спрашивает: «Хочу постричься, покраситься, сделать прическу».

И слышит в ответ: «Конечно, конечно, мы очень вам рады».

Естественно, потенциальная клиентка задает вопрос: «Сколько мне примерно придется заплатить?»

Администратор сообщает цену. «Так дорого!» — ахают в трубке.

И тут девушка на ресепшен заявляет: «Наш салон элитный. В нем работают лучшие мастера Москвы, победители конкурсов, и соответственно у нас состоятельные клиенты. Никого к себе на веревке не тащим. Сюда ходят те, кому названную сумму легко оплатить».

Ничего обидного вроде вам не сказали, но интонация! Фраза произносится так, что становится ясно: ты нищета жалкая, иди туда, где обслуживают убогих. То, что я сейчас вам сообщу, не имеет ни малейшего отношения к такому разговору. Хотя мне придется те же слова употребить, не считайте меня снобкой, но наша школа элитная, платная. Деньги за месяц обучения надо отдать немалые. Цену специально подняли, чтобы поставить шлагбаум перед детьми из низших социальных слоев. На соседней улице работает якобы бесплатное общеобразовательное заведение. Почему якобы? Там тоже деньги дерут: на туалетную бумагу, шторы, цветы, учителям на подарки. Ведь один презент на всех не купишь, каждому вручить надо. А праздников-то! Новый год, Рождество, Пасха, Восьмое марта, и это я только перечислять начала. Ну да, все как будто по желанию, можете и не платить. Ага! И как к ребенку, родители у которого жлобы, преподаватели относиться будут? То-то и оно. Бесплатное учреждение тоже платное. А мы только ежемесячный взнос берем, больше ничего. Подарки у нас запрещены.

Я устала слушать ненужные сведения.

— Простите, не понимаю, какое отношение ваша школа имеет к рукам мужчины?

— У нас нет отцов, которые сами что-то красят, — решилась наконец сказать Галина, — люди их уровня нанимают рабочих. Сильный пол вообще делится на две части: одни все мастерят сами и превращают жену в прислугу, другие получают большие деньги и нанимают рабочих и горничных.

Я посмотрела на длинный шкаф в стене и встала.

— Спасибо. Поеду. Ох!

— Что случилось? — спросила Галина.

— Голова кружится, — прошептала я, садясь за парту.

— Сейчас в учительскую сбегаю, водички принесу, — засуетилась Галина и ушла.

Когда она исчезла, я вскочила, подбежала к стене и отодвинула створку шкафа. Как я и предполагала, внутри стоял тощий паренек.

— Ты Герман? — поинтересовалась я. — Любитель конфет?

— Да, — шепнул подросток. — Как вы догадались, что я здесь спрятался?

— Ты прищемил дверцей край своих брюк, — ответила я. — Сначала, когда я увидела кусок ткани, подумала, что это тряпка какая-то. Но пару минут назад дверь чуть приоткрылась, ткань исчезла, дверца закрылась. Парень, ты дурачок! У тебя диабет первого типа, а ты лопаешь тайком конфеты. Хочешь в реанимацию загреметь? Назло училке заболеть решил?

— Нет, — сказал Гера. — Нат, вылезай!

Из-за спины паренька высунулась очень худенькая девочка.

— Здрасте.

— Наташка их сожрала, — вздохнул Радов. — Мы тут остались после того, как все ушли. Жаба не должна была сюда вернуться! Она всегда потом внизу тусит. Думали, мы одни тут посидим, занятия у нас закончились.

— Очень ласково ты учительницу называешь, — заметила я. — Но вы уже достаточно взрослые, чтобы понять: подслушивать чужие беседы некрасиво.

Девочка покраснела, мальчик нахмурился.

— Мы любим друг друга.

— Светлое чувство — прекрасно, — одобрила я, — но оно не оправдывает ваше поведение. Если я правильно поняла, уроки у вас завершились.

— Ага, — кивнула Наташа, — здорово получилось, математичка гриппом заболела.

— Просто восторг, — без улыбки сказала я, — невероятное везение! Училка слегла. Непонятно только, зачем прятаться в классе, когда можно выйти на улицу и там делать что хочешь!

— Нам нельзя дружить, — угрюмо произнес Герман. — Как вас зовут?

— Дарья, — представилась я.

— Тетя Даша, — зашептала Наташа, — Жаба сейчас вернется, если она узнает, что мы тут вдвоем сидели, жуткая беда случится! Герку из России вышлют. Я вообще-то в Москве учусь. Мы вам все объясним. Вы приходите в кафе «Котлета-картошка» на дороге. Мы знаем, у кого такие руки, вроде как грязные. Можем вас к нему отвести, но сейчас нам бежать надо.

— Хорошо, — кивнула я. — Как твоя фамилия?

— Радова, — сказала девочка. — А зачем вам?

— Чтобы найти тебя, если обманешь и не придешь на место встречи, — ответила я.

Из коридора послышался стук каблуков. Герман бросился к окну, мгновенно распахнул его, и парочка мигом испарилась.

Все произошло с такой молниеносной быстротой, что я не успела напомнить детям, что кабинет находится на втором этаже, перепугалась, кинулась к окну, выглянула и перевела дух. Слева от окна шла пожарная лестница. А школьники уже умчались.

— Вам совсем плохо? — воскликнула за моей спиной Галина.

Я обернулась.

— Прошу прощения за то, что без спроса впустила свежий воздух в комнату. Все хорошо. Наверное, мне от духоты дурно стало. Спасибо, что за водой сходили.

ГЛАВА 33

— Юное поколение тебя обмануло или они пришли в харчевню? — поинтересовался Дегтярев, когда я завершила первую часть своего рассказа. — Кулебяка сегодня удалась! Возьми еще кусочек!

— У-у-у, — коротко взвыла Афина и облизнулась.

Мафи положила лапы на колени полковнику и преданно заглянула ему в глаза. Мопс Хуч шумно сглотнул слюну, даже апатичная пуделиха Черри завертела хвостом и принялась повизгивать.

— Отстаньте, цыгане, — велел полковник, — ничего никому не дам... апчхи!

Чихает толстяк оглушительно, на этот раз он не изменил своей традиции. Под потолком зазвенела висюльками хрустальная люстра. Рука Дегтярева, которой он за секунду до того, как издать громоподобный звук, взял блюдо с пирогом, дрогнула. Блюдо накренилось, куски пирога с мясом съехали на пол.

Собаки, не веря своему счастью, кинулись к добыче и мигом слопали подарок, свалившийся им на голову в прямом смысле слова.

— Безобразие! — осерчал Александр Михайлович. — Неужели нельзя купить нормальный сервиз? Такой, чтобы еда по тарелке не каталась! Повторяю свой вопрос. Что подростки рассказали? Или они тебя обманули, не явились на встречу?

Я налила себе кофе.

— Пришли. И рассказали семейную историю. Прямо Ромео и Джульетта. Только по фамилии Радовы.

— Они близкие родственники? — уточнил полковник.

Я сделала глоток.

— Все не просто. Жили-были два брата: Павел и Николай. У Паши родились дочка Катя и сын Игорь, у Николая — Таня и Никита. Пока понятно?

— Ничего сложного, — заметил Леня, подбирая пальцем крошки со своей тарелки. — Может, собаки не все слопали? Я бы доел пирог и с пола. Не осталось чего на паркете?

Я посмотрела вниз.

— Стая никогда еду не оставляет. Сегодня все как всегда, пол вылизан. Продолжаю. Катя и Никита полюбили друг друга. Кузен и кузина — опасное родство, как говорили в прежние времена. Двоюродным братом с сестрой нельзя играть свадьбу.

— Велик риск появления на свет больного потомства, — кивнул Леонид. — Наши предки ничего не знали о генетике, но жизненный опыт им подсказывал, что в такой семье часто нездоровые дети рождаются.

— Но Катя и Никита наплевали на здравый смысл, поругались с родней, расписались и уехали жить в Колтыково, — продолжала я. — Через десять лет после свадьбы Никита заболел. Что с ним стряслось, местный врач не мог установить. Никита стал плохо ходить, потом не смог наклоняться, у него постепенно отказали руки, ноги, и он умер, не дожив до сорока лет. Но до того, как Никита заболел, Катя успела родить троих детей: Андрея, Анну и Евгения. Первенец и девочка были здоровы. Евгений же в детстве стал хромать, как Никита, у него болела спина. Испуганная мать не обратилась в местную больницу, она начала искать доктора в Москве и нашла специалиста, который поставил диагноз: фибродисплазия.

— Ух ты! — воскликнул Леня. — Конкретно не повезло бедняге.

— Это не лечится? — спросил Дегтярев.

Эксперт отложил вилку.

— Очень тяжелое инвалидизирующее заболевание, крайне редкое. Еще оно называется болезнью Мюнхеймера или «болезнью второго скелета». Мышцы человека превращаются в кости. Ушибы, небольшие ранки не поддаются лечению, на их месте появляются костные образования. Из-за редкости фибродисплазию путают с раком, проводят химиотерапию, но больному становится только хуже. Как правило, недуг диагностируется в очень раннем возрасте, в девяносто пяти случаях из ста в младенчестве. Фибродисплазия не лечится. Нет лекарств. Операцию сделать невозможно. Человек превращается в статую.

— Жуть, — поежился Сеня, — а как она передается? Это вообще не лечится?

— Никак, — повторил Леня, — медленно, но верно больной умирает. Скорость развития болезни непредсказуема. Одни могут окостенеть за пару лет, другие дожить до девяноста и более, всего лишь прихрамывая. Загадочный недуг, который поражает ничтожно малое число людей, не заразен, он наследственный. Зачастую у носителей мутирующего гена болезнь никак себя не проявляет. Но после травмы, вирусного заражения, хирургического вмешательства она может стартовать. Обычные врачи, в особенности в маленьких городах, деревнях о болезни не слышали, они ставят диагноз: артрит, коксартроз. Пытаются лечить человека, да толку ноль. У Радовых где-то в прошлом были родственники с болезнью Мюнхеймера. Недуг потом не давал о себе знать и ожил в близкородственном браке.

Я перебила Леню:

— У Евгения не острая форма заболевания, он просто хромал, жаловался на боли в руке, спине, но жив до сих пор. Передвигается сам, работает.

Леонид взял сахарницу.

— Чем он занимается?

— Пишет картины, — ответила я, — подожди, дай сначала дорасскажу родословную Радовых. У Екатерины трое детей: Анна, Андрей, Евгений. Все благополучно завели семьи с детьми. Отпрыски Анны нам не нужны. Интересует потомство братьев. У Андрея есть дочь Наташа, у Евгения сын Герман. И у них вспыхнул роман.

Леонид насыпал в чашку сахар.

— Елы-палы! У детей случилась любовь-морковь! Представляю восторг родителей! И в особенности бабушки, которая сама состояла в браке с двоюродным братом.

Я смахнула со скатерти крошки.

— Они не обрадовались. Наташа и Гера в детстве дружили, часто проводили время вместе. Евгений, богатый человек, построил в Колтыкове огромный дом, прямо усадьбу. Его брат Андрей менее удачлив и не имеет больших финансовых возможностей, он работает шофером у какого-то бизнесмена. Евгений же — известный живописец, картины его охотно покупают в России, но еще лучше они продаются за рубежом. Кое-кто может возгордиться из-за славы, денег, успеха. Но с Женей этого не случилось. Он содержит всю семью, брату и сестре построил дома около своего особняка, оплачивает счета, отправил детей Андрея и Анны вместе со своим Германом в платную гимназию. И все шло хорошо, пока Наташа и Гера не поняли, что жить друг без друга не могут.

Старшие Радовы не сообщали младшим о семейном недуге. Когда на свет появился Герман, его отец Евгений сказал родственникам, включая мать Екатерину:

— Не стоит нам пугать малышей, которыми пополнится семья. Исполнится им восемнадцать лет, вот тогда сообщим правду.

— А я бы и вовсе ее не говорила, — возразила Анна. — Зачем? Болезнь не лечится. Молодежь испугается. При каждом неприятном ощущении в теле — ногу подвернут, например, — они будут думать: «Вот она! Пришла ко мне».

Анну поддержал Андрей:

— Согласен с Анютой. Если постоянно думать, что вот-вот недуг стартует, он точно к тебе привалит.

— Болячка есть не у каждого, — вставила свое слово Екатерина, — Анна и Андрюша здоровы. А у Жени легкая форма. Она ему не мешает жить и за бабами гонять.

Андрей и Аня рассмеялись. На семейном совете не присутствовали жены братьев. Поэтому родня могла позубоскалить. Евгений никак не мог считаться верным супругом, он часто изменял своей жене Вале, но скрывал от нее походы налево.

Радовы приняли решение не пугать молодежь и ни словом не обмолвились младшему поколению о семейной болезни. Жизнь потекла дальше. А потом пришла беда, подкралась с той стороны, откуда не ждали. Однажды вечером у Евгения заболела голова. Стояло лето, даже в позднее время было тепло, художник решил прогуляться по лесу, дошел до старой, никому не принадлежавшей сторожки в лесу, и тут хлынул ливень. Евгений распахнул дверь, вошел в домик и увидел старую кровать, а на ней Германа и Наташу. Угадайте, чем занимались кузен и кузина?

Мальчику исполнилось шестнадцать, девочке пятнадцать. Рановато для постельных утех. В отличие от сконфуженных подростков, Евгений хорошо знал семейную историю, понимал, чем грозят такие отношения, и прямо в сторожке объяснил детям, почему им никогда нельзя быть вместе. Невозможно! Семейный недуг уже один раз ожил из-за близкородственного брака. Не так-то много времени прошло с тех пор, не столетия, кровь не успела разбавиться.

Подростки притихли. Евгений понял: они испугались, оставил ребят в избушке, пришел домой и сообщил все родным. Андрей схватился за голову и побежал вразумить дочь.

Наутро Герман сказал отцу:

— Я говорил с бабушкой. Зря ты нас вчера ругал. Мы с Наташей ничем не рискуем, здоровые на свет появились, но у нас могут родиться больные дети.

— Да, с очень большой вероятностью, — подтвердил художник, — ты прав, болезнь Мюнхеймера стартует в детском возрасте, вы пока здоровы. Но нет стопроцентной уверенности, что мутирующий ген не оживет в дальнейшем. Вы обязаны прервать связь!

— Бабушка считает иначе! — заявил Герман. — Она сказала: «Раз уж вы любите друг друга, соблюдайте осторожность, тщательно предохраняйтесь».

Евгений грязно выругался и кинулся к матери. В семье разразился грандиозный скандал. По мнению Андрея, Ани и Жени, их мать сошла с ума, она решила поощрять кровосмесительные отношения, в результате которых в доме может появиться абсолютно больной ребенок.

Дети нападали на Екатерину, та отбивалась:

— Ничего страшного не случится. Они не родные брат и сестра. Двоюродные. Возраст юный, скоро они надоедят друг другу. Многие сестры с братьями проходят стадию сексуальных отношений. И что? Потом все утихает, шалуны благополучно обзаводятся семьями. А вот если сейчас мы разрушим их любовь, то будет беда. Запретный плод сладок. Дети почувствуют себя гонимыми, будут встречаться исподтишка. Давайте оставим их в покое. Купим девочке противозачаточные таблетки, Гере презервативы, и все тихо завершится.

Но ее дети решили иначе. Евгений купил Андрею с семьей квартиру в Москве, и брат увез Нату в столицу. Ребятам категорически запретили видеться. Андрей и Женя теперь общались только по телефону. За Германом и Наташей они следили как могли. Но разве в наше время, когда у ребят есть телефоны, компьютеры, можно уследить за детьми? Отнять гаджеты не представляется возможным. Ладно, мобильники можно изъять. А ноутбук? Он необходим для выполнения школьных заданий. Герман и Ната вели себя умно, они сделали вид, что подчинились взрослым, ушли в подполье, и, как предсказывала бабушка, их любовь разгорелась только жарче. Неделю назад Андрей улетел в командировку. Его жена подхватила ротавирус и свалилась в койку с высокой температурой. Мать отправила дочь пожить к Нине, своей лучшей подруге, которой ни словом не обмолвилась о романе ее дочери с двоюродным братом, только сказала:

— Не спускай с девочки глаз, она влюбилась в неподходящего парня...

А Ната с самым честным видом соврала Нине, что ее класс едет на экскурсию в Подмосковье, и помчалась к Герману.

— Ну и ну, — покачал головой Сеня. — А у кого руки-то грязные? Зачем ты так долго и упорно рассказываешь историю, которая не имеет никакого отношения к исчезновению Вари?

— Ошибаешься, — возразила я, — именно в этой семейной саге и зарыта отгадка. Правда, придется еще поработать, но мне уже ясно...

И тут у Дегтярева зазвонил телефон.

— Кто там? — осведомился полковник. — А! Идем.

Александр Михайлович встал.

— Приехали клипатеры. Сейчас и звезда прибудет. Двигаем на съемку.

— Клипатеры, — повторила я, — забавное словечко.

— Клипмахеры, — выдал свой вариант Семен.

— Клипатчики, — дополнил Леня.

— Все неправы, — сказал Кузя, — в Интернете написано: клипмейкеры.

— И чем это слово отличается от клипмахера? — спросил Собачкин.

— То, что ты сказал, похоже на парикмахера, — парировал Леня.

Я молча пошла в прихожую. Как ни назови Энрике и Амалию, ничего от этого не изменится. Ох, чует мое сердце, получится у них нечто эпохальное! Радует лишь одно — что денег на то, чтобы запустить рекламу по телевизору, у нас нет. Значит, жуть зеленую мало кто увидит!

ГЛАВА 34

— Отлично получилось, — ликовал Энрике, оглядывая офис, обставленный картонной мебелью, — красота такая! Аж глаза ломит.

— Сразу видно, что стол, кресла и все прочее фальшивые, — пробурчал Сеня.

— Это потому, что вы рядом стоите, — объяснила Амалия, — а в кадре шикарно смотрится. Мы не впервые такие декорации используем. Александр Михайлович, садитесь за стол, там специально табуретка стоит.

Полковник, сопя, устроился на сиденье.

— Жестко и неудобно.

— Не всю жизнь вам сидеть, — отмахнулась Амалия. — А где райдерское?

— Захват? — напрягся толстяк.

Энрике кашлянул.

— Нет. Мы уже объясняли: райдер — это список того, что требует знаменитость для работы.

— Я его не получал, — ответил полковник.

— Но я выслала вам перечень, — возразила Амалия.

— Говорю же: не получал, — повторил Александр Михайлович.

Девушка открыла айпад.

— Странно. Вот письмо в отправленных. Посмотрите.

Дегтярев взглянул на экран:

— Эту белиберду я видел.

— Мы решили, что кто-то ошибся адресом, — сказала я, заглядывая через плечо Александра Михайловича.

— Круг на унитаз, исключительно дерево, цвет — дуб лесной, — зачитал толстяк. — Это что, условия работы звезды? Да какая ему разница, на чем сидеть во время... э... ну...

Полковник беспомощно взглянул на меня.

— Процесса дефекации, — подсказала я.

— Или, как говорит мой трехлетний сын, «покака», — уточнил Леня. — Ладно, такое количество еды еще можно объяснить прожорливостью. Но опахало из перьев павлина? Живого! Зачем оно звезде, опахало? Что, у нас на дворе жаркий август? Кондиционер сломался?

Дегтярев пересел на настоящий стул, который сиротливо притулился в углу.

— Прошу всех сохранять спокойствие. Есть мысли насчет дурацкого списка. Мои умные размышления.

Я про себя хихикнула. Александр Михайлович мог не добавлять прилагательное к существительному. Я давно поняла: все мысли полковника гениальны.

— Что такое этот ваш райдер? — вещал тем временем Александр Михайлович. — Список того, что знаменитость съесть-выпить хочет. Дарья, нарежь ему бутеров с колбасой. В кофемашинке полно зерен, сахар в наличии, даже печенье есть. Чего еще надо?

— Тук-тук. Мы здесь, — закричала вновь Амалия, возникая на пороге, — и с нами Леонардо! Группа «Билл-Милл»!

— Кто? — удивился Дегтярев. — Вы мне написали, что звезду зовут Марк!

— Тсс, — зашипела девушка, — если Лео услышит, что его пригласили на замену, то обидится и уедет.

— На замену? — повторил Сеня. — Того, кто заказал опахало из павлина, не будет?

— Тсс, — нервно прошептала создательница клипов, — ни слова об этом. Леонардо нам лучше подходит. Он интеллигент, а не оторва голимая, берет денег столько же, сколько и тот, о ком даже думать противно, приезжает со своим коллективом.

— Здорово, что мы не кинулись опахало искать, — шепнула я Собачкину.

— Когда я срочную служил, — еле слышно ответил Сеня, — наш сержант твердил: «Отдали тебе приказ? Велели срочно котлы на кухне мыть?

Не спеши, потяни время. Не суетись, приказ отменят. Через час прибегут и заорут: «Грузи котлы, их увозят». Торопливость никогда не полезна.

— Мы по адресу попали? — спросила девушка в черном пуховике.

— Частные детективы тут сидят? — осведомилась вторая, одетая точно так же.

— Все верно, — заверил Энрике, который шел за незнакомками, — знакомьтесь, люди! Жозефина, победительница конкурса красоты.

— Хай! — помахала рукой первая гостья.

— Так, все молчат, — прогудел полковник, — никакого хая!

— Хай — это здрасте по-американски, — объяснила Амалия.

— Она из Штатов? — удивился Дегтярев. — А лицо наше, рязанское.

— Я русская, — уточнила Жозефина.

— Зачем тогда хайкаешь? — пробурчал толстяк. — Добрый день!

— А я Черри, — представилась вторая девица, — лауреат премии «Красота года».

Я прикусила губу. Не стоит говорить девушке, что у нас в доме есть пуделиха, ее тезка.

— С какого боку они красавицы? — снова зашептал мне в ухо Сеня, наблюдая, как Жозефина и Черри снимают пуховики. — Без слез не взглянешь!

— Где у вас можно загримироваться? — поинтересовалась Жозефина.

— И переодеться в сценический костюм, — добавила Черри.

— Пойдемте на второй этаж, — предложила я, — там есть ванная и несколько комнат.

Устроив красавиц, я спустилась вниз и увидела парня с фиолетовыми волосами, накрашенными губами, одетого в розовый спортивный костюм, расшитый цветами. Он стоял у окна и молча наблюдал за Энрике и Амалией, а те бились в творческом экстазе.

— Александр Михайлович, садитесь, — велел режиссер, — за письменный стол.

Дегтярев покорно устроился на табуретке. В ту же секунду Амалия притащила картонную спинку трона и попросила:

— Приподнимитесь.

— То сядь, то встань, — недовольно пробурчал толстяк.

— Ты сам заказал рекламу, — вздохнула я, — теперь терпи.

— Сценарий таков, — затараторил Энрике, — клиент работает за столом. Распахивается дверь, вбегает Леопольд.

— У Леонардо это прекрасно получится, — старательно выделяя имя, перебила его Амалия. — Леонардо прекрасный артист!

Но Энрике не слушал Амалию, он пел как влюбленный менестрель, забыв обо всем на свете.

— Леопольд садится у стола, открывает рот...

— Леонардо чудесный исполнитель, — заорала Амалия.

— Появляется Жозефина с криком: «Помогите!» — вещал дальше Энрике. — Леопольд в замешательстве.

Я не выдержала, подошла к режиссеру и дернула его за джинсовую жилетку. Парень моргнул и уставился на меня.

— В чем дело?
— Нашего многоуважаемого гостя зовут Леонардо, — выкрикнула я.
— И что?
— А вы твердите — Леопольд, — объяснила я и повернулась к звезде. — Простите, пожалуйста, Энрике не хотел вас обидеть или выказать пренебрежение. Просто он...

Я растерялась. Что «просто он»? Тупой представитель человечества, который не способен запомнить имя?

— Все в порядке, — пробасила знаменитость, — мне, типа, до одного места, как героя в клипе зовут. Леонардо, Леонидо, Леопольд, Леопопель... Ваще без разницы. Объясыните, типа, че делать, и все будет крутяк!

Я улыбнулась. Звезда решила, что режиссер путает имя по сценарию. Но тогда возникает вопрос! Моя улыбка стала еще слаще.

— Простите, пожалуйста, как мне к вам обращаться? Невежливо именовать известного актера, как действующее лицо клипа!

— Можно Ржавчина, — представился тот.
— Ржавчина? — повторила я. — А в паспорте у вас что?
— В каком? — поинтересовалась в свою очередь звезда. — У меня их три.
— В российском, — уточнила я и услышала:
— Марк Аврелий.

Я открыла рот, потом закрыла. К нам явился древнеримский император.

— Император, — тут же договорил «розовый костюм».

Я попятилась к выходу. Километрах в двадцати от Ложкина, в деревне Башково, находится психиатрическая клиника. Оно конечно, далеко пешком шагать, да еще в слякотную мартовскую погоду. Но далеко-то по шоссе, а через лес значительно ближе. «Император» явно сбежал из поднадзорной палаты.

— Марк Аврелий Император был мой псевдоним, — продолжала звезда, — потом я документы переделал.

— Хватит болтать, — остановил нас Энрике, — давайте снимать.

ГЛАВА 35

— Александр Михайлович, сидите прямо, — скомандовала Амалия, — у вас под... э... задницей держатель спинки кресла. Если вы приподниметесь, он упадет. Ясно?

— М-м-м, — пробормотал полковник, — да.

— Облокотитесь о стол, не опираясь о него, — продолжала девушка.

— Это как? — изумился толстяк.

— Изобразите, что пишете!

— Не понимаю, — покраснел полковник.

— Сейчас покажу, — пообещала Амалия, — только сяду на табуретку вместо вас.

Полковник встал, спинка трона упала. Девушка положила ее на пол и устроилась на табуретке в позе пишущего человека.

— Видите, вот так. Только я руки на имитацию стола не положила. На пару сантиметров выше их держу. Ручку в пальцах зажала и вожу ею слева направо! Изображаю процесс письма.

— Глупость! — заорал Дегтярев. — Любой дурак сразу поймет, что я идиот.

— Нет, что вы идиот, за несколько минут понятно не станет, — утешил его Энрике, — мы снимем так, что зритель не усомнится: детектив работает.

— Почему мне нельзя просто писать! — возмутился полковник.

— Потому что стола в реальности нет. Некуда положить бумагу, — терпеливо объяснила Амалия, — мы уже обсуждали с вами возможность использования настоящей мебели. Это невыгодно. Декорации в разы дешевле, а на экране никакой разницы нет.

— М-м-м, я понял, — прокряхтел Дегтярев, — а как... э... Лео... Андрелий, Апрелий сидеть будет?

— Леопольд профессионал, — сказал Энрике, — давайте репетнем посадку. Алекс! Полковник! Я вас зову!

— Алекс — это я? — уточнил толстяк.

— По сценарию — да, — вывернулся Энрике.

— Нет, — отрезал Дегтярев, — извольте вернуть мое честное имя.

— Желание заказчика — головная боль режиссера, кошмар пиарщика, — выпалила Амалия, — спорить не станем. Занимайте место на троне.

Полковник устроился на табуретке и сложил руки так, как показывала Амалия.

Она зааплодировала.

— Восхитительно, замечательно, прекрасно работать с человеком, который мигом сечет, что от него надо! Жозефина, Черри, вы готовы?

— Да, — закричали девицы.

Похоже, они стояли на лестнице.

— Отличненько-клубничненько, — пропел Энрике. — Александр Михайлович! Все артисты, кроме вас, получили сценарий, выучили роли, знают, как действовать.

— Мне почему рукопись не дали? — возмутился полковник.

— Они профи, вы дилетант, будете стараться, изображать владельца сыскного бюро. Получится фальшиво. Нам нужна ваша живая реакция на происходящее, — пояснил режиссер, — не сдерживайте эмоции. Хочется выругаться? На здоровье. Желаете кому-то вмазать? С дорогой душой! Представьте, что вы в комнате один, работаете с документами. Входит... э... ну... Лео! И понеслось! Ведите себя естественно. Камера всегда видит фальшь и увеличивает ее.

— Обычно, когда я сижу за столом, не держу руки на весу, — вздохнул Александр Михайлович.

— Ну это небольшая фальсификация ради сохранения целости кошелька, — подсказала Амалия.

— Погнали! — велел Энрике и встал за камеру.

Амалия хлопнула в ладоши.

— Мотор, — скомандовал режиссер, — пишем. Тишина в студии!

Амалия надела наушники, схватила длинную палку, на конце которой висело нечто, более всего смахивающее на облезлую кошку, и подняла ее над головой полковника.

— Энрике, звук в кадре?

— Нет, так держи, — велел парень, — полковник пишет!

Дегтярев выпучил глаза и принялся с лихорадочной скоростью водить рукой туда-сюда. На лице его возникло выражение двоечника, который пытается угодить злой училке.

В кадр вошла звезда. Марк Аврелий сделал вид, что сел на стул, который стоял напротив Дегтярева. Но на самом деле он не опустился на сиденье, замер на небольшом расстоянии от картонной мебели.

— Добрый день! — громко произнес полковник. — Раз вы пришли в «Дегтярев-Плаза», то находитесь в беде. Мы вам поможем. В чем проблема?

— Надька, любовница, подговорила меня жену убить! — заявил Лео, он же Марк Аврелий.

В глазах полковника загорелся неподдельный интерес.

— Так. Дальше.

— Я задушил бабу! — признался клиент.

Толстяк крякнул.

— И что вы от меня хотите?

Лео понизил голос:

— Он исчез.

— Кто? — спросил полковник.

— Труп! Жены!

— Куда?

— Так это вам узнать надо, — запыхтел клиент. — Значит, я ее... упс!..

Лео сделал движение руками, словно выжимает полотенце.

— И пошел накатить стаканчик! Перенервничал!

— Убить жену первый раз волнительно, — согласился полковник, — продолжайте.

— Опрокинул дринк, вернулся, а бабы нет, — прошептал Лео, — ушла огородами.

— Мертвая? — уточнил толстяк.

— Неживая, — согласился клиент.

— Куда она направилась?

— Фиг ее знает. Найдите жену. То есть труп! — взмолился муж.

— Он врет, — заорали из коридора, — брешет, старый кобель.

В комнату вбежали Жозефина и Черри. Обе девицы были в коротких вечерних платьях с декольте до колен. Одежду щедро усыпали разноцветные каменья. На ногах у красоток были туфли, смахивающие на копыта, у тезки нашей пуделихи — красные с черным бантом на мыске. У ее коллеги — черные с красным бантом.

— Вот ты где! — завизжала Жозефина, сняла одну туфлю и стукнула ею Лео по голове.

Звезда упала, по полу начала разливаться кровавая лужа.

— А-а-а! Ты его убила! Моего законного мужа, — затопала «копытами» Черри, — я беременна от него. Мой ребенок остался без отца!

— Сделаем анализ ДНК! — завизжала Жозефина. — В программе Балахова! Врешь!..

Девицы начали драться. Лео лежал неподвижно. Жозефина сдернула с Черри парик. Та не осталась в долгу, подняла ногу и стукнула обидчицу каблуком в лоб.

Я восхитилась растяжкой красавицы. Дегтярев сидел с широко раскрытыми глазами. Жозефина рухнула рядом с Лео. Черри встала над ней и заорала:

— Я Черри! Черри я! Отомстила за себя! Муж-мерзавец и его любовница мертвы. Что делать, Александр Михайлович? Помогите мне. Ищу защиты у вашего детективного агентства «Дегтярев-Плаза». Не молчите!

Полковник решил встать и по привычке оперся руками о стол. Картонная декорация мигом сложилась и рухнула на «трупы». Следом за фальшивым столом бухнулся и сам полковник. Падая, он толкнул Черри, та, не устояв на «копытах», шлепнулась слева от «мертвецов». Наш бравый полицейский очутился в том же положении, но справа. Жозефина приподняла голову, запустила пальцы в свое декольте, порылась там, выудила нечто красное, поднесла его ко рту и надула. Я уставилась на воздушный шарик: на нем сверкала яркая надпись «Дегтярев-Плаза», а далее шел номер моего мобильного телефона. Жозефина приподнялась на локтях.

— У вас есть мелкая проблема? Вы убили жену? У вас есть крупная проблема? Вы убили свекровь? Потеряли ключи от квартиры? Стали объектом шантажа? Приходите в «Дегтярев-Плаза». Мы вам поможем! Любая неприятность исчезнет, как...

Девушка отпустила шарик. Он небось по замыслу сценариста должен был воспарить к потолку. Но съемочная группа забыла, что в человеческих легких нет гелия. Красный шар лег рядом с Жозефиной.

И тут в комнату бодрой рысью внеслась наша апатичная пуделиха. Она побежала ко мне, по дороге задев лапой шарик. С оглушительным звуком он лопнул. Собака взвыла и описалась.

Жозефина опять приподнялась. Она сразу поняла, как использовать ситуацию.

— Вот так разорвутся ваши проблемы после того, как ими займется Александр Михайлович «Дегтярев-Плаза». Детективное агентство работает круглосуточно, без выходных и праздников. Ваши неприятности исчезнут, как воздушный шар.

— А вы описаетесь, как Черри, — тихо добавил Семен. — Вон какую лужу от страха бедолага напрудила.

— Снято! — закричал Энрике. — Гениально. Собаке отдельный респект. Кто ее научил?

— Конечно, я, — громко заявил полковник. — Кто еще в нашем доме способен на креатив?!

ГЛАВА 36

Прошел месяц. В четверг в нашем офисе собралась большая компания. Зинаида Львовна, бледная, похудевшая, но вполне бодрая, сидела слева от меня, справа расположился мрачный Илья, он постоянно вздыхал, наверное, еще не очень хорошо себя чувствовал. Павел постарался устроиться как можно дальше от родственников, он выбрал стул между Дегтяревым и Семеном.

— Все тут? — уточнил полковник.

— Да, — коротко ответила я.

Александр Михайлович удовлетворенно кивнул:

— Итак, господа. К нам обратился Павел Комаров. Сказал, что Зинаиде Львовне начала звонить пропавшая много лет назад внучка Варя. Сомнительно, что это на самом деле она. Кто-то, узнав о том, что случилось когда-то в семье Комаровых, решил поиздеваться над вами. Зинаида Львовна, можете детально рассказать историю исчезновения девочки?

— Так моя семья и так ее знает, — поморщилась пожилая дама. — Я уже один раз объясняла. Девочку увели из парка. Варя подбежала к педагогу со словами: «За мной пришла Настя». Мерзкая учительница не удосужилась посмотреть, правда ли за ней приехала мать, поверила Варе. Разрешила ей уйти. Все! Надо было добиться суда над бабой. Но у меня тогда ни моральных сил, ни физических на это не нашлось.

— Странно, что дочь звала мать Настей, — заметил Семен.

Зинаида Львовна сморщилась так, словно хлебнула лимонного сока с уксусом.

— О покойных плохо не говорят.

— А вы просто правду расскажите, — попросила я.

Комарова опустила голову.

— Анастасия очень заботилась о своей внешности. Постоянно бегала по спа-салонам, косметологам. Пробовала все, что можно: уколы, лазер, шлифовку, маски, кремы. Огромное количество денег уходило у невестки на поддержание тела. Вот о душе она не думала. Гневливая была, истеричная. Чуть что не так, по всему дому ее визг раздавался. Вечно придиралась к Илюше. Он терпел закидоны жены стоически, но манипуляторша умела вызвать супруга на скандал. Она, как пианист, нажимала на разные клавиши, Илья повышал голос. Вот тогда Настя затыкалась, ходила с обиженным видом, плакала. Илюша бежал ей за подарком, чувствовал свою несуществующую вину. А супруга прямо расцветала: добилась своего, довела Илью до стресса. Настя питалась отрицательными эмоциями. Она была вампиром.

Зинаида Львовна повернулась к сыну.

— Думаю, тебе неприятно все это слушать, но из песни слов не выкинешь. Жену ты себе выбрал недостойную. Я прекрасно понимала: Анастасии только деньги нужны. Более ничто и никто. А ты голову потерял. Совсем молодым решил в семейную телегу впрячься, разумного материнского совета, естественно, не послушал.

Голос Зинаиды окреп.

— Илья на сына постоянно злится. Не нравится ему, что я внука люблю, а Паша меня обожает!

Я молча слушала Комарову. Большинство из нас занимаются самообманом. Женщине, у которой неэмоциональный супруг, скупой на ласку, надо найти колодец, из которого она сможет зачерпнуть хоть немного любви. И таким источником становятся дети и внуки.

Зинаида тем временем продолжала выплескивать свои претензии к Илье: дома его не бывает, а если пришел, к матери не заглянет, устроится в гостиной у телевизора. Не защитил кандидатскую диссертацию, чем ранил мать на всю жизнь. Вот у ее подруг у одной прекрасная дочь, у другой сын — все они получили научные звания. Они молодцы, а Илья! Только плакать остается с таким сыном. Просто так, без повода, он никогда не сделает подарка: цветы, конфеты, милые мелочи Илья матери не дарит. В театр, консерваторию не приглашает. Неблагодарность — вот основное качество Ильи. Она его воспитывала после смерти отца, в голодную для семьи годину на нескольких службах погибала, чтобы мальчик ни в чем не нуждался, а он, когда вырос, лишний раз ее не поцелует!

Зинаида схватила со стола салфетку и промокнула глаза.

— Вы несправедливы, — не выдержала я, — Илья еще школьником работать пошел, заботился о вас!

Комарова застонала так, словно у нее заболели разом все зубы.

— Он сидел в ларьке! Торговал пивом! А дети моих подруг защищали диссертации. Когда подруги начинают хвастаться успехами своих отпрысков, я сижу красная от стыда. У них-то счастье! А мне что сказать? Илья — торгаш, поэтому он остался неучем?

Полковник поднял руку.

— Позиция госпожи Комаровой мне понятна. Но вопрос был не об отношении Зинаиды Львовны к сыну. Почему Варя звала мать Настей?

— Невестка очень хотела оставаться вечно юной, — съязвила свекровь.

— Когда родилась дочка, Анастасия была еще молодой, — сказал Собачкин.

Зина махнула рукой.

— Дети быстро растут. Варя получилась крупная, в пять лет выглядела на семь, в первом классе ей десять давали. А у Насти был бзик, она боялась, что стареет, и постоянно спрашивала:

— Я не толстая? Не старая? Морщины под глазами заметны?

Соберутся они с Варей в магазин, мать нарядится под девочку. Платьишко куцее, короче некуда, еще сантиметр от юбки отрежь, и будет как лифчик. Волосы завьет, лицо тоном заштукатурит, издали ей и впрямь года двадцать три — двадцать четыре дашь. Но ей хотелось, чтобы ее все за восемнадцатилетнюю принимали. А рядом идет Варя, давно не младенец, кричит:

— Мама!

Ну как тут прикинешься юной! Не получается! Анастасия с рождения говорила Варюше:

— Обращайся ко мне по имени, Настя. Не мамкай. Не в деревне живем.

Глупо и наивно. Зряшная надежда, что ее примут за девушку. Для кого она старалась? Уж точно не для мужа. Тот прекрасно знал, сколько лет Насте.

— Одно недоразумение выяснилось, — сказал полковник. — А что произошло с вашей дочкой, сестрой Ильи?

Зинаида закрыла лицо ладонями.

— Иногда людям выпадают очень тяжелые испытания. Алина! Моя боль! Крошечка! Она умерла. Давно. Еще в младенчестве.

— У вас есть свидетельство о ее смерти? — уточнил Собачкин.

— Естественно, — кивнула Комарова.

— Где вы похоронили дочь? — не отставал Сеня.

— На кладбище, — всхлипнула Зинаида, — вернее, в колумбарии. Горстка пепла — это все, что осталось от моей девочки!

— Она была зарегистрирована на вашего мужа? — уточнил Кузя. — Имя у нее какое?

— А на кого же еще? — возмутилась Комарова. — Алина Павловна Комарова. Скончалась восьмого августа. Похоронена одиннадцатого. Все как положено у православных людей, на третий день.

— Да тут есть какая-то странность, — вздохнул Кузя. — Понимаете, каждая смерть непременно регистрируется в загсе.

— Конечно, — кивнула Комарова.

— Но в книге записей актов гражданского состояния нет никакого упоминания об Алине Павловне Комаровой, — удивился наш компьютерный ас. — Поэтому я и интересуюсь, вдруг девочку записали на какое-то другое имя? Дома ее звали Алиной, а в метрике она Александра, так порой случается. Вы не говорили нам ранее о кончине ребенка.

— Зачем? — всхлипнула Комарова. — Много лет прошло.

— Я не смог отыскать никаких упоминаний о том, что у вас была дочь, — вздохнул Кузя.

— Бред! — разозлилась Зинаида. — Впрочем, бывают ошибки.

— Только не в загсе, — заметил Сеня.

— Нерадивых работников везде много, — отрезала Комарова. — По телевизору недавно рассказывали о мужчине, которого компьютер случайно определил в покойники. Бедняга почти год потратил, доказывая, что он жив.

— Но нет и сведений о кремации малышки, — воскликнул Кузя. — Это тоже чья-то расхлябанность?

— Что же еще? — покраснела Зинаида.

— Много странностей вокруг бедной Алины, — подвел итог Дегтярев, — и уж совсем удивительно, что для урны было куплено место в Подмосковье. Отчего прах не остался в столице?

— На то была воля отца Алины, моего мужа Павла Ильича, — сказала Зинаида. — Он очень переживал! Заработал сердечный приступ. Супруг заявил: «Алина упокоится там, где я хочу». Разве можно спорить в таком случае? Вскоре он умер.

— Жаль его, — воскликнул Сеня, — и вас тоже.

— Зинаида Львовна, вам известен Евгений Радов? — перебил Собачкина Дегтярев.

Комарова наморщила лоб.

— Радов, Радов... что-то... да, вроде слышала...

— Известный художник, — уточнил полковник.

— А-а-а, — протянула Зинаида Львовна, — когда-то, очень давно, я посещала его выставки. Да! Точно. Он жив? Совсем старый, наверное.

— Евгений Никитич вашего возраста, — уточнил Александр Михайлович, — до сих пор активно работает, продает картины, не бедствует. Живописец долго жил холостяком, родственники опасались, что он так и скончается без жены и детей. Но в конце концов Евгений остепенился, нашел себе прекрасную любящую супругу, та родила ему сына Германа. Мальчик скоро окончит школу. Жаль, что у него диабет, и, возможно, у сына живописца могут быть еще очень серьезные неполадки со здоровьем.

— Зачем мне знать подробности биографии малознакомого человека? — взвилась Зинаида Львовна. — Какое отношение этот разговор имеет к тому, что некая дрянь звонит мне, прикидываясь Варечкой?

— Самое прямое, — ответил Александр Михайлович. — Вам нравились картины Евгения Радова?

— Уж не помню, наверное, да, раз я бегала их смотреть, — пожала плечами Зинаида.

Семен вышел из комнаты.

— Куда он направился? — неожиданно занервничала Комарова.

— В туалет, скорее всего, — равнодушно ответил Кузя.

— Хотите чаю, кофе? — предложила я.

— Простой воды без газа, — потребовала клиентка.

Я налила в стакан минералки и подала матери Ильи, сидевшего молча.

И тут в офис вернулся Семен, за ним, прихрамывая, шел стройный седой мужчина в дорогом костюме.

ГЛАВА 37

— Прошу любить и жаловать, — сказал Собачкин, — перед вами Евгений Никитич Радов. Зинаида Львовна!

— Что? — процедила сквозь зубы Комарова.

— Вам нечего сказать художнику? — вкрадчиво спросил Сеня.

Зинаида шумно вздохнула:

— Рада встрече. У вас прекрасные картины.

— Мои работы тебе и впрямь нравились, — сказал художник. — А вот насчет радости от нашего свидания сегодня ты, как водится, соврала, — пробасил Евгений, — отлично умеешь прикидываться бедной козой, благородной бабушкой, безутешной вдовой.

Зинаида прищурилась:

— Ваш тон, однако...

Радов рассмеялся:

— Хватит. Они все знают. А то, о чем не догадались, я им сообщил.

— Мерзавец, — ахнула Зинаида, и ее лицо стало злым.

— Вот вам истинная Комарова, — сказал Радов, — без своей всегдашней сахарной глазури. Селедка в натуральном виде. Зина умеет держать себя в руках, ее трудно из себя вывести. Но еще сложнее понять, какова Комарова на самом деле. Признаюсь, меня она сначала вокруг пальца обвела. Но потом характер, как бутон, раскрылся, стало понятно: у Зиночки есть две страсти. Одна, вполне объяснимая, ею почти поголовно весь человеческий род страдает, называется алчность. Зинаида обожает шуршащие купюры. А вторая страсть — секс. И тут она, ребята, была вне конкуренции! Уж поверьте мне.

— Заткнись, — сквозь зубы процедила Комарова. — Господа, я понятия не имею, какие глупости сообщил вам сей господин, но все это неправда! Он болен! Мозг у него отказывает! Я с ним никогда никаких дел не имела.

— Совсем завралась, — рассмеялся Евгений. — Мы познакомились на выставке. Я, студент художественного вуза, смог добиться размещения своих картин на выставке «Москва — лучший город мира». Основная масса художников, чтобы подольститься к властям, изобразила Красную площадь с Мавзолеем Ленина, памятник вождю, ну и тому подобное. А я, наивный зеленый горошек, написал композиции из жизни арбатских переулков. Понятное дело, пролетел мимо всех наград, расстроился, но виду не подал, встал около своих работ, размышляю: «Чем они плохи? С точки зрения техники к ним не придраться, есть настроение. Что не так?» Последний вопрос я бессознательно задал вслух, его услышал наш профессор Валентин Петрович, подошел к картинам.

— М-да. В чем смысл твоих работ?

Я начал объяснять:

— Хотел, чтобы люди вспомнили о прежних временах, полюбили простые радости...

Валентин Петрович внимательно меня слушал, потом высказался:

— Радов, ты желторотый щегол. Отставь свои романтические картинки. Хотя, признаю, они хороши. Но ты с ними никогда не пробьешься. Ни похвалить, ни поругать тебя не за что. А хула, мой друг, мигом привлекает внимание. Лучше писать уродцев, чем пейзажи. Страшилищ хаять все начнут, мигом прославишься. Хочешь квартиру большую, машину, дачу?

— Кто же откажется от такого? — засмеялся я.

— Так вот, ежели у тебя есть жадность и желание по-быстрому выдвинуться, а страшилищ писать очень трудно, изображай светлые лики наших советских вождей, — менторски завел педагог. — Строительство железной дороги изобрази. Сталевара. Швею. Шофера. Рабочий класс и колхозников. Заработаешь имя, блага сами в рот упадут. Сидя в новой просторной квартире, зная о «Волге» в гараже, приезжая на свою дачу, скажешь мне мысленно за добрый совет спасибо. А потом можешь писать романтичные холсты про старую Москву. Только подучиться надо. Эти полотна щенком намалеваны, к технике замечаний не сделаю, но и сердца в них не вложено, души нет.

И он ушел. Я стою, голова кружится. Валентин Петрович большой вес имел. Мог художника из мрака к солнцу поднять, а мог и, наоборот, в болоте утопить своими рецензиями. Злой, ехидный, но очень талантливый дядька. Все знали, что он по происхождению князь Трубецкой. И порода в нем за версту чувствовалась. Стоял я в остолбенении, вдруг голос, очень приятный, за спиной произносит:

— Мне ваши полотна очень нравятся.

Я обернулся и увидел девушку.

Евгений усмехнулся:

— Грешен. Падок на лесть, люблю похвалы. Даже сейчас, когда все звания-награды собрал, болезненно реагирую на критику. А уж в те далекие времена я нуждался в восхищении больше Нарцисса.

Понятное дело, я заговорил с незнакомкой, пригласил ее в парк погулять, купил мороженое. Нехитрые такие развлечения советских лет для бедных студентов. Я был нищий, но с квартирой, что по тем временам необычайная редкость. И не абы какая однушка была у меня, а просторная трешка. Мне она от крестного досталась, ветерана войны, генерала, уважаемого человека. Он одиноким был, без семьи, всегда говорил: «Влюбишься непременно, от чувств жениться задумаешь. И что? У супруги мама-папа, братья-сестры, родня всякая. Ребенка она родит, все бабы на младенцах свихнуты. Опомниться не успеешь, как превратишься в ломового жеребца, попрешь семьищу на плечах, да еще тещу на закорки взвалишь. Работать будешь с утра до ночи, на себя денег не хватит, весь доход чужие голодные рты сожрут. Женек! Не спеши себе на спину груз взваливать, не валяй дурака. Погуляй вволю». А потом его болезнь в кровать уложила, ухаживать за ним было некому. Я у него поселился. Матвей Иванович решил крестника за помощь отблагодарить, прописал у себя, потом пай кооперативной квартиры на меня перевел. Наследников у него не было, не отдавать же кооператив государству. И стал я обладателем королевских апартаментов. Один в трех комнатах! Мать меня не хотела отпускать в Москву, справедливо полагала, что сын-студент без присмотра в отрыв уйдет. Она предложила хоромы сдавать, давила на меня. Мама умеет даже сейчас на своем настоять, а тогда и подавно. Но у Ани, моей сестры, возникла аллергия на запах краски, рисовал-то я дома. И я получил «добро» на переезд в столицу. К чему мой долгий рассказ? Не устраивались мы с Зиной в подъезде на последнем этаже на подоконнике. В комфорте в постели время проводили. Не подумайте, что я соблазнил невинную девушку. У любовницы опыт был. С кем она ранее время проводила? Не знаю. Не спрашивал, не интересовало меня это. В постели Зина ни с кем не сравнима. Огонь! Ни до нее, ни после не встречал никогда никого даже отдаленно так любящего секс, как Зинаида. Она о себе ничего не рассказывала, а я не расспрашивал. И в мою жизнь любовница не лезла, не интересовалась: что с кем у меня до нее было. Я ей сразу честно сказал: «Женитьба в мои планы не входит». Она улыбнулась: «Наши желания совпадают. Я тебя как мужа не рассматриваю». Я в те годы был беден, полагал, что и у Зины пустой карман. Она всегда была скромно одета, часто в одной и той же одежде появлялась. Отношения без обязательств нас устраивали. Страстные любовники, мы стали еще и друзьями. Бегали в кино, гуляли, часто и долго беседовали на кухне. Я понял, что мы очень похожи. Если бы я родился девушкой, быть бы мне как Зина. Года полтора у нас все вертелось, потом Зина сказала:

— Женек! Я замужем. Супруг намного меня старше. Богат. В загс я с ним пошла по голому расчету: не хотелось прозябать в нищете. Павел Ильич хотел семейного уюта, вкусной домашней еды, жены, которая ему мать заменит. И я прекрасно с этой ролью справляюсь. Все вокруг считают, что я от супруга без ума. Меня отговаривали за старика идти, да я внушила окружающим, что обожаю его. Расписалась и не прогадала. Павел Ильич меня со всех сторон устраивает: уважает, не жадный, добрый. Все замечательно. Кроме одного! Муж в силу своего возраста не очень силен в постели. Он мне признался, что даже в юности ему один раз в месяц с головой хватало. Ну а мне надо каждый день, да побольше. Еще один момент. Дети. Я от супруга никак не беременею. А нужны наследники. Потому что если их нет, то мне как вдове по завещанию почти ничего не отойдет. Павел отдаст все своей крестной дочери. Я понятия не имела, что он так чадолюбив. Супруг никогда о продолжении рода не намекал. Как я все узнала? Случайно. У Павла был гипертонический криз, он испугался, вызвал на дом юриста, тот приехал, а я пошла в это время в аптеку. Спустилась на первый этаж, смотрю, в ящике газеты, решила проверить, нет ли там квитанции, Павел перевода ждал. Открыла сумку, хотела ключ взять, ба! Нет его. Пошла назад, открыла дверь, слышу громкие голоса. Муж, зная, что я отсутствую, не стесняясь, все с законником обсуждал. Я решила родить двух детей. Почему не одного? Единственный наследник — это риск. Вдруг с ним что плохое случится? И все, я останусь на бобах.

Евгений прервал рассказ, стал пить воду из стакана. В комнате повисла ледяная тишина, ее нарушил голос Павла:

— Ну бабулек, ты ваще супер! Правильно поступила! О себе в первую очередь думать надо.

Зинаида Львовна встала.

— Я больше не собираюсь...

— Мама, лучше сядь, — скомандовал Илья.

— Как ты со мной разговариваешь! — возмутилась Зинаида.

— Спокойно и доходчиво, — хмыкнул сын, — совет даю: останься. Если уйдешь, разговор не прекратится, ты не сможешь в нем участвовать. Оболгут тебя, наметут мусора, а ты не скажешь правды, потому что уйдешь.

Комарова молча пошла к двери.

— Если ты покинешь кабинет, я не стану давать тебе денег, живи на одну пенсию в городской квартире, сама за нее плати, — отрезал сын.

Мать остановилась.

— Ты отвратителен! Шантажист!

Илья молчал. Зинаида вернулась и села в кресло.

Евгений кивнул:

— Аргумент про деньги с Зинаидой всегда срабатывает. В общем, в тот же день она беседу завершила словами: «Я беременна, четвертый месяц».

ГЛАВА 38

Художник вновь наполнил стакан водой из бутылки.

— Я сначала растерялся, Зина поняла мои чувства: «Павел считает, что ребенок его. Никаких обязательств на тебя появление младенца не накладывает. Я пропаду на некоторое время. Потом вернусь, все пойдет по-старому».

Евгений потер ладонью лоб.

— Ну я тогда был не особенно умен. Подумал, что ребенка любовница на мужа оформит. Мне какая печаль? Хочется ей рожать? Да пожалуйста! Зина, как и обещала, исчезла ненадолго, потом все у нас по-прежнему пошло.

— Если я правильно поняла, то Илья — ваш сын? — уточнила я.

— Да, — согласился Евгений. — Павел умер, так и не узнав, что сын не от него, а от любовника. Не уникальная ситуация. Некоторые дамочки одновременно и с мужем спят, и с любовником, потом младенца на супруга записывают, и о'кей. Сами не знают, от кого ребенок. Сейчас, правда, анализ ДНК можно сделать. Да большинство мужчин женам доверяют. Им и в голову не придет, что баба налево бегает. Устрой мне какая-то другая женщина такой перформанс, не видать бы ей меня никогда. Но Зина — особый человек в моей жизни, второго такого нет. Поэтому я просто ждал ее. Пару раз попытался с другими бабами переспать. По сравнению с Зинулей они куклами тряпичными показались. И я, как монах, стал женщин чураться. Когда Зина ко мне вернулась, я спросил:

— Кто родился?

— Мальчик, — коротко ответила она и закрыла тему.

Никогда Зина о сыне в моем присутствии не говорила, фото не показывала, словно и нет его. Все вернулось на круги своя. Жили мы так некоторое время, она опять забеременела, сказала:

— Помнишь, я говорила, что хочу иметь двух детей?

Я кивнул:
— Пожалуйста.

Не испытывал ни малейшего волнения, понимал: любовница никогда мне на плечи детей не взвалит. Вообще не нервничал. И все прошло, как в первый раз. Вскоре после рождения дочери Зина ко мне вернулась. Мы опять хорошо зажили.

— Вы встречались со своими детьми? — спросил Сеня.

— Никогда, — возразил Евгений. — Илья в сад ходил. Он там целый день проводил. Зина наняла Антонину, простую тетку без образования, но добрую и работящую. Сняла ей квартирку, хотя жила женщина неподалеку, тоже в центре, но в подвале, а там сыро, темно было. Алина с ней постоянно находилась, мать дочь только навещала. Илья со своей матерью жил, но, если Зине было надо, он у няни спал. Так уж получилось, что Тоню я ей порекомендовал. Мне ее посоветовал приятель, сказал:

— Образования у нее никакого нет. Но она очень аккуратная. Честная. Ничего не сопрет. Отправишь ее в магазин, сдачу до копеечки принесет.

Я Тоню на работу взял и не пожалел. Приходила она два раза в неделю, молчаливая, за каждой пылинкой гонялась. Квартиру до блеска начищала. С трудом отучил ее стрелки на джинсах заглаживать. Готовила просто, но вкусно. И стоила три копейки. Один раз мне Зинаида пожаловалась, что без домработницы осталась, я ей предложил Антонину. Так она и Комаровой понравилась, потом Зина ее няней сделала. Ко мне

Антонина ходить перестала. Ну все у нас было хорошо! Прямо прекрасно.

Однажды муж Зины уехал в Карловы Вары. Илья был в лагере. Я пришел к Зинаиде домой, мы чай пили, вдруг Тоня звонит, у домашнего телефона динамик был мощный, я услышал:

— Скорей! Помогите, Алине очень плохо, у нее судороги.

— Сейчас приду, — пообещала Зина и начала одеваться.

Я тоже стал натягивать брюки.

— Ты куда? — изумилась Зина. — Дети исключительно мои. Тебя они не касаются. Я обещала никогда не грузить тебя своими проблемами и не собираюсь нарушать слово.

— Не могу тебя одну ночью отпустить, — возразил я.

И мы вместе пошли к няне. Я стоял в прихожей, ждал, когда Зина выйдет, чтобы домой ее отправить. Потом «Скорая» примчалась. Тревожно как-то стало. Доктор громко говорил, я все слышал:

— Вероятен полиомиелит, — вещал эскулап.

Евгений опять потер лоб.

— Алину увезли в клинику, мы ехали за «Скорой» на машине.

И вот тогда я, сидя за рулем, рассказал Зине про то, какой недуг существует в моей семье.

— То есть раньше вы ей о том, что страдаете фибродисплазией, не говорили? — спросил Дегтярев.

— Я не страдаю от нее, — заявил Евгений, — только слегка прихрамываю.

— Почему вы не предупредили Зинаиду, что она может родить больного ребенка? — спросила я.

Евгений отвернулся к стене.

— Сказать правду трудно, но я попробую. Любовница не советовалась со мной на предмет зачатия, сообщила об этом постфактум, уже беременев. Четыре месяца было плоду. Аборт делать было поздно. Зачем ее пугать? Не вся моя родня больна. Илья родился здоровым. Ну и если совсем честно... Привык я к Зине, дорожил нашими встречами. Испугался, что она узнает о болезни, и конец нашим отношениям.

— Как она отреагировала? — спросила я.

— Ничего не сказала, — вздохнул Евгений, — в детской больнице сама пошла к врачу, я остался в машине. Вернулась спокойная, объяснила:

— У Алины нет ничего страшного, правда, высокая температура, за сорок. Грипп. У детей в этом случае возможны разные реакции, судороги часто бывают. Что же касается твоей болезни, то никто не может предугадать, разовьется она у дочки или нет. Как правило, она проявляется до трех лет. Хотя по-всякому бывает. Я сижу на ящике с динамитом. Двое детей с ужасной генетикой. Поехали домой.

Вскоре я уехал по делам в Питер, перед вылетом назад в Москву звякнул Зине, сказал, что возвращаюсь в районе девятнадцати часов. Так и получилось. Вошел в квартиру... Коляска стоит! В ней спит ребенок. Письмо на консоли лежит. Зинаида в нем объяснила, что она обещала не обременять меня хлопотами о детях. Но теперь все изменилось, поскольку я скрыл информацию. У нее нет сил, чтобы поднимать девочку, которая, скорее всего, заболеет, судороги плохой симптом. Поэтому она отдает ее мне. Навсегда. Я волен делать с ребенком что угодно. Комарову не волнует судьба малышки. Она решила воспитывать одного Илью.

К посланию прилагалось свидетельство о смерти Алины Павловны Комаровой. Как и где Зина его добыла? Понятия не имею.

— Куда вы дели девочку? — задал вопрос Сеня.

Художник на секунду закрыл глаза.

— Сначала я стал Зине звонить, она трубку не брала. Полетел к ней домой. Дверь она не открывала, в окнах света нет. Смылась куда-то. Звякнул Антонине, спросил:

— Илья у тебя?

Она ответила:

— Нет. И Алиночка тоже не со мной.

Слышу, она всхлипывает, ну и спросил, почему она слезы льет. Девка только сильнее заплакала. Я понял, что ее Зина выгнала, приказала ее дом за километр обходить, со съемной квартиры съехать, в свой подвал возвращаться. Я решил Тоню успокоить:

— Не рыдай! Хорошая домработница всегда в цене, найдешь место, где больше, чем у Зины, получать будешь.

Антонина носом зашмыгала.

— Не по деньгам я убиваюсь. Алиночку жалко. Она мне прямо как родная. Да и есть родная, я заботилась о малышке почти с рождения. Зинаиде Львовне дочка не нужна. Что теперь с Алиной будет? Комарова ей другую няньку наймет, вдруг та крошечку обижать станет. Вот бы она мне ее отдала. Уж я девоньку так люблю!

И меня осенило, я велел ей:

— Приходи ко мне, получишь свою Алину.

— Вы отдали младенца Антонине Марусевой? — уточнил Дегтярев.

— Ну да, — ответил Евгений, — не себе же ее оставлять. Сейчас я примерный отец, люблю детей, племянников, даже чужие младенцы мне не противны. А в те годы семью заводить не хотел. Алина на свет появилась безо всякого моего желания. Зинаида сама все решила, обещала не вешать на меня ребенка. И нате вам! Получите!

— Сам виноват, — не замедлила огрызнуться Комарова, — надо было предупредить меня о генетической болезни.

— Антонина пообещала прийти часам к девяти вечера, она, оказывается, должна была у кого-то квартиру убрать, — как ни в чем не бывало продолжал художник. — Я весь на мыло изошел с Алиной. Помнится, подумал, что дети — это мрак и ужас! Никогда своих не заведу. Девчонка постоянно орала, срала, писалась, воняла. Когда она уснула, у меня праздник наступил. Потом Антонина принеслась, схватила малышку, укорила меня:

— Она вся мокрая. Вы ее кормили?

Я ответил:

— Не умею я за детьми ухаживать. И учиться этому не намерен. У меня груди нет, чтобы девчонку выкармливать!

Марусева грустно сказала:

— Ее мать никогда не кормила. Алина искусственница, ест кефир, творог с молочной кухни, кашу. Можно у вас полотенце одно взять? Потом новое куплю, вам отдам. Нельзя ребенка мокрым на улицу нести, заболеет.

Я рукой махнул.

— Конечно! Не возвращай ничего. Только увези крикунью.

Антонина стащила с малышки ползунки, побежала в кладовку, а я увидел на ноге Алины толстый уродливый шрам, он опоясывал щиколотку. Спросил у Тони:

— Это откуда?

Та прошептала:

— Я заболела, грипп подцепила. Неделю не могла работать. Алина была дома с матерью, потому что заразиться могла. К Зинаиде пришла подруга с сыном. Мальчика без присмотра оставили, он бегал везде, нашел на кухне пустую консервную банку и засунул в нее ногу девочки. Ребенку три года, за ним следить надо было, а его мать с Зинаидой болтала. Алина спала, когда мальчишка безобразничал, не проснулась. Очнулась через несколько часов, зарыдала. Гости уже ушли. Зинаида подошла к кровати, одеяло сдернула. А нога в банке! Снять она ее не смогла, ножка опухла сильно. Пришлось ехать в больницу, чтобы ее снять. Остался шрам.

Потом Тоня мне вопрос задала:

— Вдруг Зинаида Алиночку назад затребует?

Я ее успокоил:

— Этого не случится.

И показал ей свидетельство о смерти. Марусева побледнела.

— Ужас! Как же я ее в школу пристрою? Только хотела документами ребенка поинтересоваться, и тут такое!

Евгений потер лоб.

— Я ей велел: увози свое сокровище. Сделаю ребенку новые документы.

Александр Михайлович кашлянул:

— Как вы решили проблему?

— У меня была тогда знакомая, чиновница в Минздраве на высоком посту. Муж ее мне портрет жены заказал к юбилею свадьбы. Я его с натуры писал, ну и сами понимаете! Пару месяцев у нас с дамой под хвостом жгло, потом утихло. А добрые отношения сохранились. Я ей позвонил, попросил помочь. Рассказал отредактированную правду: одна моя любовница, не сообщив мне о беременности, родила и почти через год плод страсти, дочь в коляске, у моей квартиры бросила. К младенцу прилагалось свидетельство о смерти. Я нашел девочке приемных родителей. Но как им «мертвое» дитя отдать? «Сделай метрику». И она добыла документ. Вроде там было имя Варвара или Вера. Отчество и фамилию я забыл.

А вскоре Тоня мне сказала, что Павел Ильич умер, не пережил «смерти» дочери. Ей кто-то из их дома сообщил.

— Как складывались ваши дальнейшие отношения с Зинаидой? — поинтересовался Кузя.

Художник отвернулся к окну.

ГЛАВА 39

— Вы не простой человек, — начала я. — Не работаете на железной дороге или в каменоломне, не сортируете мусор. Пишете картины. Почему у вас такие грязные руки?

Евгений не обиделся.

— Как вы правильно заметили, я живописец. Меня еще в самом начале карьеры не устраивало качество красок. В студенческие годы педагог научил меня, как самому готовить краски. С тех пор я сам составляю наполнитель палитры. Не стану вас грузить подробностями, объясню лишь: чтобы краска «ожила», заиграла, ее надо вымесить руками. Не ложкой, не деревянной лопаткой, только своими пальцами. На кистях моих рук не грязь, это въевшаяся краска, отмыть ее невозможно, но мне она совсем не мешает.

— Именно по этой примете мы вас и нашли, — сказала я. — Значит, несмотря на то что отношения прервались примерно десять лет тому назад, Зинаида Львовна все-таки вас нашла?

— Жизнь вынудила ее тогда вспомнить обо мне, — подтвердил живописец, — и прийти на свидание. Да не один раз.

— Что? — воскликнула Комарова. — Да я тебя сто лет не видела!

— Да ладно, — снисходительно произнес Евгений, — имей мужество признать — ты проиграла.

— Он врет! — закричала Зинаида.

— Госпожа Комарова, зачем так негодовать? — завел полковник. — Вы хоть спросите, о какой встрече говорит Радов. Возможно, вы просто случайно в кафе столкнулись.

— Нет, — разозлилась Зина, — я не сталкивалась с ним.

— Ты позвонила мне днем на городскую квартиру, — методично завел художник, — прошептала: «Узнаешь? Это я! Где мы можем встретиться? Срочно». Я занервничал: «Где хочешь». Зина спросила:

— Что ты собираешься делать?

— Сейчас еду в Колтыково, — сообщил я. — Ты меня случайно в городе поймала, давай пересечемся в кафе. Дома ремонт.

Зина примчалась на машине, сама за рулем. Я восхитился, она прекрасно выглядела, намного моложе своего возраста.

— Врун! — не сдалась Комарова.

— Хочешь сказать, что не умеешь управлять автомобилем? — усмехнулся художник. — Наличие прав легко проверить.

— Я давно их получила, — не стала отрицать дама, — и не считаю свой возраст помехой для управления легковушкой. Я паркуюсь лучше некоторых мужчин, вежлива на дороге, и зрение у меня прекрасное. Но последний раз я видела тебя... уж и не помню когда, много лет назад.

Евгений развел руками.

— Могу я доказать, что она в Колтыково прилетела? Нет. Зинаида одно говорит, я другое, но вы уж меня выслушайте до конца.

Илья вынул из кармана блистер, выщелкнул таблетку и отправил в рот, потом пояснил:

— Голова заболела. От стресса.

— Нервничаете? — задал, на мой взгляд, не очень уместный вопрос Собачкин. — Не знали, кто ваш родной отец?

— Всегда считал папой Павла Ильича, — спокойно пояснил бизнесмен, — но сейчас мне многое стало понятно.

— Что именно? — поинтересовался Дегтярев.

— Отношение матери ко мне, — пояснил Илья, — некоторые женщины вообще не любят детей, и им не следует обзаводиться потомством. Ничего плохого в этом нет. Наоборот, это похвально. Потенциальная мать реально оценивает себя, знает: младенец, детсадовец, школьник, подросток, короче, ее растущее дитя никогда не станет любимым. И принимает честное решение: я живу одна, не хочу делать ни в чем не повинное существо несчастным. Но в нашем обществе отсутствие детей считается пороком. Раз не родила, то больна. Люди вокруг все добрые-предобрые, на работе будут говорить: «Ой, ой, как же ты без ребенка», подруги запричитают: «Бедняжечка, у тебя нет лялечки». Если соврать, что есть проблема со здоровьем, начнут телефоны докторов и знахарей навязывать. Зажалеют до обморока! Не всякая такой прессинг выдержит, в конце концов рявкнет:

— Отстаньте! Здорова я, как корова. Просто не хочу детей!

И всеобщая жалость мигом превратится в осуждение! Она не желает детей? Да женщина ли перед нами? Монстр! Чудовище! Может забеременеть и не использует эту возможность! Другие мечтают о кровиночке, но не получается у них, бегают по врачам, многократно ЭКО делают, терпят муки, и все безрезультатно. А она!.. Подлая тварь!

Не желая стать объектом нападок, в конце концов убежденная сторонница бездетности производит на свет ребенка. Кое-кто рожает из материальных соображений: богатый муж требует продолжателя рода, если его не будет, последует развод. Кое-кто отправляется в роддом потому, что по глупости пропустила все сроки прерывания беременности. И дети, которые родились не от горячего желания стать матерью, а из других побуждений, всегда оказываются несчастными. Почему? Они раздражают мать, которая видит в них только доку́ку, помеху ее привычному образу жизни. Мамаша срывает зло на малыше, требует от него идеального поведения, говорит: «Хочу гордиться тобой, а нечем. Ты двоечник! Вот у соседки дочь отличница!» Если она говорит эти слова, сыну или дочери надо задуматься: а любит ли она меня? Скорей всего, нет. Настоящая мать тоже переживает за отметки, хочет, чтобы ребенок поступил в вуз, и надоедает замечаниями: «Надень немедленно шапку!» Но она никогда не будет ставить своей кровиночке кого-то из других детей в пример, потому что в ней живет уверенность: мой Ваня лучше всех, просто ему математика не дается. Настоящая мать не хочет какого-то другого ребенка вместо своей Тани. Она Таню обожает, что не мешает ей порой наказывать девочку. В качестве примера для подростка такая женщина выберет какого-нибудь героя, главное действующее лицо книги, но никак не одноклассника. Последний же может упоминаться исключительно в таком контексте: «Ну посмотри на Петю! Курит, ругается матом, злой мальчик. Мой совет, держись от него подальше, Петр тебе запросто гадость сделает».

Илья посмотрел на Зинаиду.

— Только сейчас я понял, почему всю жизнь ты меня тиранишь, предъявляешь мне претензии, находишь во мне дурные качества, не замечаешь хороших. Я никогда не был тебе нужен. Наследство Павла Ильича — вот причина моего рождения. Мама, мне жаль тебя, ты вообще не знаешь, что такое настоящая любовь.

По лицу Зинаиды растеклись красные пятна.

— Яйца курицу не учат!

— Дайте договорить, — попросил Евгений.

— Более не намерена участвовать в этом паноптикуме! — взвизгнула Зинаида и встала. — Илья постоянно зол на меня! До сих пор забыть не может, как я умоляла его учиться, а не пивом торговать, семью позорить. У других дети кандидатские защитили! А у меня кто? Все он врет! И Евгений брешет! До свидания. Далее беседуйте одни.

— Зинаида Львовна, — мягко сказал Дегтярев. — Я уже один раз вам объяснил: если вы покинете офис, Евгений все равно расскажет вашу историю. Но вы потеряете возможность объяснить, где ложь, а где правда. Потому что вас в момент беседы не будет!

Пожилая дама вернулась на место.

— Меня отсюда увезут в реанимацию! Тут не пойми что творится. Шабаш!

Евгений потер затылок.

— Зина, ты никогда не была дурой. За каким чертом ты обратилась к детективам? Думала, что они просто вычислят бабу, которая устроила тебе террор? Не предполагала, что ищейки кучу навоза раскопают. Слушай, это как козла в огород пустить и попросить его только один вилок съесть. Не получится так! Сожрет бородатый кочаны подчистую, да еще дерьма навалит. Как тебе эта глупость на ум взбрела?

— Я к ним не обращалась, — заорала Зина, — сами полезли!

— Нас Павел попросил, я уже говорил об этом, — напомнил полковник.

Бабка метнула на внука убийственный взгляд.

— Потом побеседуем.

— Он врет, — завел недоросль, — я не виноват. Остался один, отец с матерью усвистали, тебя увезли. Дарья предложила мне пожить у них.

Я обомлела. Ну и ну. Да мажор сам сел в мою машину, не сказав, куда его везти, а потом оказалось, что он решил поселиться в Ложкине!

— Полковник ко мне примотался, — стонал «Митрофанушка», — расспрашивал, приставал, требовал по сто раз одно и то же дудеть. Я устал, голова болела, сил не было. А он какую-то бумагу на стол хлоп! «Павел, вы хотите бесплатно узнать, кто довел Зинаиду Львовну до больницы? Если да, поставьте здесь свою подпись». Я его спросил:

— Если черкану фамилию, могу идти спать?

Дегтярев заверил:

— Конечно.

Ну я и нарисовал подпись.

Я постаралась не смотреть на толстяка.

Еще в тот день, когда Александр Михайлович сообщил, что детективов агентства «Тюх» нанял Павел, я поняла: полковник не может жить без работы, вот он и нашел себе дело.

— Это отвратительно! — взвилась Комарова. — Вы обманули ребенка.

— И правда выплыла, — хмыкнул художник. — Я продолжу рассказ.

ГЛАВА 40

Евгений вздохнул.

— Зинаида мне сообщила, что Илья вырос совершенно здоровым. И внук Павел — крепкий мальчик. Комарова много прочитала про болезнь Мюнхеймера, знала, что семейный недуг Радовых может вылезти в любом поколении, поэтому она в детстве внимательно следила за Пашей. А тот рос шаловливым ребенком. Зина с немалым удивлением говорила мне:

— Забавный, умненький, говорить начал в два года с небольшим, читать рано научился. Он мне очень нравится. Ласковый, не то что Илья. Тот вечно был букой, а Павлуша постоянно обнимал-целовал меня.

Илья поморщился, но ничего не сказал, а художник продолжал. Я внимательно слушала его рассказ.

Когда родилась Варя, Зинаида слегка успокоилась. Она поняла: у Ильи и Насти рождаются здоровые дети. Появление девочки не вызвало у Зинаиды восторга, но и ужаса, как при ожидании Павла, она не испытывала.

Варя первые пять лет казалась нормальным ребенком. Вот только была неуклюжая, косолапая, постоянно падала. А уж сколько всего малышка в доме перебила, и не сосчитать. Господь не одарил ее симпатичной внешностью. Вот Паша был красавчиком, все, кто видел его впервые, восклицали:

— На редкость хорошенький мальчик! Ангел!

Варя таких эмоций не вызывала. Личико ей досталось не самое красивое, волосы жидкие, зубы торчали в разные стороны. Будем откровенны, малышка выглядела не принцессой, а свинопасом. И умом она похвастаться не могла. К внучке Зина ни капли любви не испытывала, Варя ей откровенно не нравилась. Страшная и глупенькая, она никак не могла научиться в шесть лет буквы в слова складывать. Вот Паша в четыре года сам научился бегло читать. В сентябре, когда девочку отдали в подготовительный класс, она стала прихрамывать, жаловаться на боль в левой ступне. Настя решила, что дочери не подходят туфли с узким носом, купила другие. Варя снова повеселела. Но у Зинаиды екнуло сердце, она приехала к Евгению с требованием:

— У тебя определенно есть врач, к которому ты сам ходишь. Дай его телефон, покажу Варьку специалисту.

Художник, конечно, поделился телефоном. Через десять дней ему снова позвонила бывшая любовница и еле слышно произнесла:

— Ты еще любишь устраивать розыгрыши? Есть дома парик, борода? Раньше ты держал такую хрень.

— Я остепенился, но накладки есть, — рассмеялся Радов, — сын в театральном кружке занимается, для него их припас. А что?

— Нацепи фальшивую бороду, парик, бейсболку, темные очки на нос, — продолжала Зина, — к тебе приедет на моей машине мужик. В Колтыкове есть пустынное место?

— На пустыре, где помойка, на опушке леса, — ответил Евгений.

— Когда он из Москвы уедет, сообщу, — сказала Зина, — приди заранее к свалке.

Я схватила со стола бутылку с водой, а художник говорил дальше.

Евгений уже стоял, когда приехал автомобиль Комаровой. Радов хотел подойти к нему, и тут зазвонил мобильный, номер которого он дал Зине.

Она спросила:

— Прикатил?

— Да, — ответил бывший любовник.

— В машине девочка. Молча подойди, возьми ее и унеси в лес. Пройди подальше, чтобы мужик тебя не видел. Положи одеяло с ребенком на землю и дождись, когда мужик уедет. Выйди к помойке, там появится бежевый седан. Я буду за рулем.

Евгений на секунду прервал рассказ, потом поморщился:

— Ну прямо шпионские страсти. Действо походило на глупый сериал. Наверное, следовало сказать: «Не знаю, что ты затеяла, но не желаю в этом участвовать» — и быстро уйти.

А Зина вдруг сказала:

— Женек! Вспомни, как нам хорошо было вместе. Я тебя любила. Ты единственный мужчина, который завоевал мое сердце. Да, я разозлилась, что ты про болезнь не рассказал. Но потом долго ждала твоего звонка. Самой звякнуть гордость мешала. Жень! Я попала в ужасное положение, помоги мне, любимый, пожалуйста. Без тебя с бедой мне не справиться. Плохо все, очень плохо.

И я пошел к машине. Чувство к Зине давно испарилось. Но она особенная женщина в моей жизни. И даже спустя десятилетия после разрыва отношений оказалось, что Зинаида имеет надо мной власть. Я сделал все, как она велела. Ребенок был полностью завернут в одеяло, лежал на заднем сиденье. Я вытащил его, пошел в лес, и тут край пледа, который прикрывал голову ребенка, упал. Я увидел лицо, бледное до синевы: губы серые, глаза полуоткрыты, нос заострился. Жуткий вид! За спиной раздался шум мотора, я уже шел между деревьями, поэтому обернулся и увидел, что малолитражка Зинаиды умчалась. Отнес ношу в лес, положил на землю. Почему-то с той минуты, как лицо неизвестного малыша увидел, я испытал жуткий животный страх. Слышу, автомобиль подъехал, вернулся на опушку, бежевый седан стоит. Передняя пассажирская дверь открылась. Я сел в салон и незамедлительно спросил:

— Что на этот раз? К чему этот спектакль с незнакомым мужиком?

— Врач, которого ты мне посоветовал, считает, что у девочки ваша семейная болезнь, — мрачно сказала Зина, которая сидела за рулем, — это не лечится. Но он предложил отвезти ее сегодня к какому-то доктору на внутренние инъекции.

— Знаю этого специалиста, его зовут Вениамин Михайлович, — кивнул Евгений, — он принимает в квартире, которую оборудовал как кабинет. Сам к нему несколько раз в году хожу. Фиброплазмоз не лечится, но Вениамин делает какие-то капельницы, от них самочувствие улучшается, боль отступает.

Зинаида поморщилась:

— Да уж! Прекрасное лекарство. Вениамин Михайлович назначил первую процедуру. Я ему объяснила, что родители о недуге девочки ничего не знают. Но она же все мигом им растреплет. Доктор возразил: «Нет. Вы ей скажите, что отправились в магазин. Вот вам таблетка, бросьте ее в колу, угостите малышку, та мигом заснет. И несколько часов не проснется. Привезете ее, позвоните, я спущусь, возьму девочку, поставлю капельницу и верну ее в машину. Вы поедете в торговый центр и остановитесь там на парковке. Когда ребенок очнется, объясните: «Ты в пробке заснула, я не хотела тебя будить, пошли за игрушкой». Она не узнает, что ей капельницу ставили. Не волнуйтесь. Это отработанная методика». Ну и...

Зинаида нахмурилась.

— Она умерла. Я сидела около часа на парковке, потом решила взглянуть, как там на заднем сиденье Варя. Она лежала, завернутая в плед. И я поняла — она не дышит. Скончалась.

Евгений вздрогнул.

— Я ошалел. Девочка мертва, а бабушка спокойна, как удав. Зинаида, как и раньше, сразу мои мысли считала.

— Мне что, орать надо, рвать на себе волосы, истерить? Какой в этом смысл? Варя от этого не оживет! Я позвонила доктору, сказала ему:

— Варя умерла. Что делать?

Он молча трубку бросил и больше ее не брал. Я даже растерялась. Потом мозг включила. Если я отвезу тело домой, как объяснить родителям кончину дочери? Рассказать про капельницу? Но тогда придется им сообщить, что Илья не от Павла! Совсем нет желания вытаскивать на свет ту историю. Что обо мне люди подумают? Не сообщать про капельницу? Но тело внучки отправят на вскрытие. Не знаю, какие лекарства ей ввели. Сделают анализ крови, увидят след от укола. Врач обещал ввести иглу в ступню между пальцами. Пояснил: «Туда редко заглядывают». Но полицейского патологоанатома не обманешь. Он сразу поймет — капельницу ставили. И как объяснить, по какой причине я ездила с Варей на процедуру? У меня в горле пересохло, а в машине, как назло, воды нет. Пошла на улицу, спустилась в подземный переход, подхожу к ларьку, там баба сидит. Купила бутылку, а пробка не отвинчивается. Сил нет. Попросила продавщицу:

— Откройте, пожалуйста.

Та мигом справилась и спросила:

— Что-то случилось? Вы прямо синяя. Если вам плохо, заходите в мою будку, посидите.

А я неожиданно для себя сказала:

— Да уж! Случилось! И такое, что я и не знаю, кто мне помочь может.

Торговка голос понизила:

— Видите слева от моего магазинчика мужик стоит? Он за деньги все-все сделает. Что хотите. Знаю его, не сомневайтесь, он точно поможет и трепаться не будет!..

Я хорошо помнила рассказ мошенника Гайкина о том, как он, безработный, нищий, от полной безнадежности дал объявление в бесплатную газету, а потом стоял целыми днями в подземном переходе, поджидая хоть какого-либо клиента. Афанасий был готов на все, но к нему никто не обращался. Гайкина пожалела продавщица из ларька, стала покупать ему еду. Значит, это она отправила к аферисту Зинаиду. Наверное, торговка рассчитывала, что мужик оценит ее заботу и у них вспыхнет любовь. Некоторые женщины готовы отдать себя кому угодно, так они устали от одиночества. Гайкин сделал все, что велела Зина, отвез ребенка в Колтыково, но в переход не вернулся, попал под машину. Отношений, на которые рассчитывала продавщица, не случилось.

Я вздохнула и опять стала слушать рассказ Евгения. А тот говорил и говорил:

— Зинаида вроде хладнокровно события излагала, но я-то ее хорошо знаю, сразу понял: бывшая любовница на грани срыва. Находись она в спокойном состоянии, никогда бы всю правду не выложила. А тут Зина проявила совершенно не свойственную ей откровенность. Сообщила, как отошла от ларька в другой конец перехода, купила там шаль, темные очки, парик, красную губную помаду. Все вещи ужасного качества, китайский ширпотреб. Да Зине главное было внешность изменить. Она натянула парик, замоталась в платок, нацепила на нос очки, губы намазала и вернулась к тому месту, где мужчина стоял. Сказала ему:

— Хотите заработать?

Тот обрадовался:

— Да.

Объяснив Гайкину, что и как ему нужно сделать, и вручив задаток, Комарова ушла. Машина с мертвой Варей осталась на парковке. А Зина помчалась домой. В гараже стоял бежевый седан Насти. Илья купил недавно жене новый джип, а старую машину пока не успел продать. Зинаида села за руль, приехала на парковку у магазина и, не выходя наружу, стала ждать Гайкина. Тот не подвел, появился в указанный срок и поехал. Зина двинулась за ним. Она очень предусмотрительна и осторожна. Ей и в голову не пришло бы связаться с незнакомцем. Но в создавшейся ситуации другого выхода не было.

Мне вдруг стало жалко Зину.

— Наверное, она побоялась вести машину, на заднем сиденье которой лежала мертвая внучка. Могла от стресса не справиться с управлением, перепутать педали, попасть в аварию.

Евгений усмехнулся:

— Я вас умоляю! Экая наивность! Она просто не хотела, чтобы кто-то посторонний увидел ее за рулем. Небось боялась, что могут заметить, как она труп доставила в Колтыково. Сколько лет прошло, а ее слова мне как огнем в мозгу выжгло. «Из-за тебя все неприятности. Не сообщил о своем недуге, не предупредил, когда я забеременела.

Расхлебывай теперь кашу, которую заварил. Закопай тело!»

Евгений замолчал.

— Прямо так и высказалась? — уточнил полковник, потом уперся взглядом в Зинаиду Львовну. — По-прежнему будете отрицать, что встречались с любовником после разрыва отношений? Несколько десятилетий не виделись? Имейте в виду, Гайкина Афанасия, того самого человека, который привез мертвую девочку в Колтыково, мы нашли.

Комарова набрала полную грудь воздуха.

— Я думала только о своей семье.

— В случае с Алиной я еще могу понять вашу мотивацию, — сказал Сеня, — Павел Ильич узнал бы о генетическом заболевании, удивился бы и сделал анализ крови детей. И рухнула бы сытная жизнь жены-обманщицы. Но с Варей-то почему вы так поступили? Тайком повезли ее на какой-то укол! Отчего не рассказали правду сыну? Ваш супруг давно умер.

— Беспокоилась о счастье сына, — пафосно заявила Зинаида, — боялась его напугать, как ему жить с мыслью о том, что вот-вот к нему недуг придет.

Илья поморщился:

— Не надо лгать. Мать, ты прекрасно понимала: если у Вари обнаружится генетическое заболевание, то мы начнем ходить с ребенком по врачам, делать кучу анализов. И выяснится правда: Павел Ильич — не мой отец. Вот ты и решила сама заняться проблемой. У тебя в голове не мысли о моем благополучии вертелись. Как обычно, ты думала: что люди скажут? Что подумает Лида? Мать, ты больная на всю голову! Хоть выяснила, почему умерла моя дочь? Причину ее смерти?

— Не знаю, — пробормотала Зинаида, — велела Евгению похоронить Варю и уехала. Я набирала номер врача, но тот не отвечал. На звонок дверь не открыл.

— Знахарь исчез, — подтвердил Евгений, — я тоже пытался его найти. Безрезультатно. Мобильный твердил: этот номер не существует. Квартира была заперта.

— Наверное, от его капельницы у ребенка случился анафилактический шок, — подал голос Леонид, который до сих пор сидел молча. — Как я понял, перед процедурой Варе сделали сильную седацию в таблетках. Малышка заснула и не проснулась, это бывает даже со взрослыми. А с детьми должны работать исключительно педиатры. Обычный врач может ошибиться, рассчитывая дозу лекарства. Лекарь один в своем кабинете находился? Или еще кто-то был? Медсестра?

— Кроме него, я никого не видела, — сказала Зинаида, — не предполагала, что такой ужас случится, хотела как лучше. Честное слово.

Илья вдруг рассмеялся в голос:

— Честное слово! Мать! Да ты всю жизнь врала. Сейчас утверждала: «Не встречалась с Радовым после того, как мы с ним разорвали отношения». И что? Разве это правда?

— Можно я спрошу? — жалобно проныл Паша.

Отец повернулся к сыну.

— Ну?

— Па! Я понял, почему бабушка избавилась от твоей сестры Алины! Она хотела наследство получить, боялась, что муж узнает, что дети не от него.

— Верно, сынок, — неожиданно ласково подтвердил Илья.

— А Варю-то почему она в больницу не отвезла?

Илья прищурился:

— А что соседи скажут? Что в клинике подумают? Я узнаю, что мой отец — не Павел. Вдруг я на мать разозлюсь, вон ее выставлю? Мамаша-то меня грызла, постоянно твердила, какие у других хорошие дети, в институт поступили, а я неудачник, пивом торгую. А я, Павлик, изо всех сил старался из дерьма выплыть, думал: отец умер, надо маме обеспечить безбедную жизнь. Обеспечил. И что, она стала добрее? Оценила меня? Ха! Видел бы ты ее рожу на нашей с Настей свадьбе. Зинаида пришла в бриллиантах, в новом платье, прическа-макияж из дорогого салона. И сидит с кривой мордой, глаза закатывает, вздыхает. Мои друзья к ней с поздравлениями, она в ответ цедит сквозь зубы: «Благодарю вас!» А потом я услышал слова Лиды, обращенные к моей матери:

— Купеческая вульгарная церемония. Противно тут находиться. Хвалятся деньгами в то время, когда мой зять без работы остался и мне приходится дочери помогать. Стыдно так себя вести.

И что маменька? Ответила подружке: «Пошла вон отсюда, не смей на моего сына мусор мести»? Как бы не так. Она запричитала:

— Лидочка, ты права! Новорусское хамство. Очень тебя прошу, никому ни во дворе, ни нашим с тобой общим знакомым не говори, что за непотребство устроил Илья. Я со стыда сгорю.

Лидия ей:

— Зинуля, я сейф. Да и осуждать Илью не стоит. У него нет высшего образования, он кандидатскую, как мой зять, не защитил.

Мать всхлипнула:

— Твоя правда!

И так она всю жизнь себя ведет. А вдруг я узнаю, что мамахен, которая всегда зудела: жить надо так, чтобы перед людьми не было стыдно, — эта праведная женщина на самом деле шлюха, жадная до денег? Как я поступлю, когда мамашкины тайны всплывут? Вдруг выставлю ее из своего дома, припомню ей, очень положительной, все свои обиды, обзову б... и под зад коленом. Как ей жить потом? Ой, как перед соседями нехорошо получится! Вот такие у нее мысли в голове кипели! Поэтому она несчастную девочку к знахарю потащила, а потом, как падаль, в лесу закопать велела. Небось радовалась, что все ей с рук сошло. Да зря. Много лет назад нарубила дров из жадности, а костер-то спустя годы вспыхнул. Рано или поздно любая правда из подвала на свет вылезет.

— Куда вы дели труп девочки? — спросил у Евгения Дегтярев.

— Похоронил в лесу, как Зина велела, — мрачно ответил художник, — не спрашивайте где. Не помню. Зашел подальше в чащу, положил ее под дерево, завалил хворостом и ушел. Закопать не мог, лопаты при себе не было. Действовал как в тумане.

— Жесть, — выпалил Кузя. — Почему вы на это согласились?

Радов опустил голову.

— Испугался, что Зинаида моей семье расскажет про то, как отдала мне Алину. О том, что Варя — моя внучка. Жена — очень хороший человек, добрый, честный. Она мне перед свадьбой сказала:

— У меня был в юности любовник, я хотела выйти за него замуж. Но незадолго до росписи у меня умер отец. Жених понял: я теперь бедная, без влиятельных родственников — и сбежал. А я пошла к ведьме и наколдовала ему всяких неприятностей. Вот такая у меня есть неприглядная тайна. Теперь ты о своих говори. Не хочу, чтобы у нас были секреты друг от друга. Может, у тебя дети на стороне есть!

Я ей ответил:

— Гулял в темную голову, женщин, как окурки, отбрасывал. Под венец никого не звал, отцом никогда не был. Полюбил только тебя.

Про Зину промолчал. Если бы супруга услышала про Илью и Алину, то не знаю, что бы она сделала. Испугался я. Струсил. И едва не умер в том лесу от ужаса. Заблудился, бродил, сам не знаю, как вышел к станции. Парик, бороду в чаще бросил. Едва живой домой вернулся.

Я ощутила приступ тошноты.

— Не могу подобрать слова, чтобы охарактеризовать поведение Комаровой.

— Вы еще не все услышали! — произнес Евгений.

— Есть продолжение этой истории? — уточнил Александр Михайлович.

ГЛАВА 41

— Ну да, — кивнул Евгений, — рассказываю дальше. Невестка Зинаиде с самого начала не понравилась. Свекровь решила, что девка к деньгам ее сына подбирается, ни ума, ни красоты, ни воспитания у нее нет. Родители умерли, надо ей как-то свою жизнь устроить. А Илья уже зарабатывать начал, у него в карманах зашуршало. Сын дурак, сколько мать ему ни объясняла, он не желал с нищенкой порвать.

Илья усмехнулся:

— Это правда. Мать так мне мозг промывала, а я полюбил Настю с первого взгляда. Она сразу показалась мне родной. Модельной внешности и энциклопедического ума от невесты я не требовал. Мать мне истерику закатила, когда услышала, что я приведу в дом девушку, чтобы с ней познакомить. У нее уже была другая кандидатура из богатой, чиновной семьи. Ох, как мать разозлилась! С первой встречи дала Насте понять, кто в доме хозяйка. А уж когда она узнала, что Настя беременна, тут такое началось! Пристала с ножом к горлу: делай аборт. Танком на меня поехала, шипела:

— Бесконтрольно только обезьяны размножаются. Человечество придумало средства предохранения. Или ты о них не слышал? Поживи сначала с бабой лет пять, проверь, как она к тебе относится, подумай: по какой причине замуж за тебя вышла? Из-за денег? Почему Настя так быстро родить решила? Зачем ей ребенок?

Я попытался матери объяснить:

— Мы хотим малыша, который нашим дорогим сыном или дочкой станет. Любим друг друга и детей любим.

Мать плечом дернула:

— Глупости! Настя с тобой разведется, когда поймет, что денег у тебя меньше, чем она рассчитывала. А ты, дурак, долгие годы ей алименты платить будешь. Впредь покупай презервативы, это дешевле, чем чадо содержать.

Наш разговор прервал звонок в дверь, пришла Лида, подруга мамаши. Мать рот открыла, а я ей шепнул:

— Не говори гадостей про Настю. Что про тебя соседи подумают? Они-то с невестками дружат.

У Зины рот, как чемодан, захлопнулся, потом открылся, и оттуда полилось: «Лидочка, у нас такое счастье, Настенька, жена Илюши, беременна».

— Мне Зинаида Львовна по-другому историю вашей женитьбы рассказывала, — вздохнула я.

— Не сомневался в этом, — фыркнул Илья. — Брехня, Зина прекрасная актриса. По ней Голливуд плачет.

— Эй, бабушка! — подал голос Паша. — Ты настаивала, чтобы мама сделала аборт? Хотела меня убить?

— Не слушай вранье, — отрезала Зинаида.

— Правда, правда, мать настаивала на аборте, — повторил бизнесмен, — но мы отказались.

На людях-то она говорила, что рада стать бабушкой. Она произносила это с таким пылом, что даже я поверил, что про аборт мамаша ляпнула от неожиданности. Она и меня обвела вокруг пальца. Но когда Настю увозили в роддом, иллюзия исчезла. Жена споткнулась о ковер, чуть не упала. Мать прошептала: «Жаль, что не плюхнулась на пузо, не придавила своего ублюдка!»

— Неправда! — зашипела Зинаида Львовна. — Да, она чуть не рухнула, но тебя в тот момент в квартире не было. Во дворе у машины ты стоял. У меня прекрасная память! Лгун!

Илья положил ногу на ногу.

— Я не говорил, что сам это слышал. Настя твои слова мне передала.

— Интриганка, дрянь, врунья, — заорала пожилая дама, потом повернулась к полковнику: — Вы правы, нельзя покидать эту комнату. Такого напридумывают!

— А когда Павел на свет появился, она его года через три полюбила, — добавил Илья, — странной, истеричной любовью. Все ему разрешала, покупала, разбаловала парня, превратила его в барчука.

— Сам мог сына воспитывать, — огрызнулась мать, — но тебя никогда дома не было!

— Налейте мне чаю, — неожиданно приказал Павел, — горячего и крепкого. Не делайте его похожим на мочу!

Мне не понравился повелительный тон мажора, поэтому я не сдержалась, отреагировала резко:

— На кухонном столе стоит чайник, там же лежат пакетики. Брось один в кружку и залей кипятком. Здесь прислуги нет.

— Я не привык на кухне возиться, для этого баб нанимают, — схамил Павел.

Я замерла, потом уже другим тоном спросила:

— Ты никогда сам не готовишь чай?

— Вот еще! — фыркнул мажор.

— Когда я приехала к Зинаиде Львовне за своим телефоном, — произнесла я, — она предложила мне выпить чаю. Ты вызвался его сделать, принес в комнату поднос. На нем были всякие сладости, заварочный чайник и две уже наполненные чашки. Подчеркиваю: полные чая! Одну ты поставил перед бабушкой, другую передо мной. Зинаида живо выпила свою порцию. Потом мы беседовали с полчаса. Ты без устали спорил с бабушкой, уличал ее во лжи, откровенно хамил, потом ушел. А Зинаиде Львовне позвонила «Варя». Хозяйка очень занервничала, я заметила это и начала ее расспрашивать. И она вдруг рассказала мне о похищении внучки. Тогда я подумала, что у пожилой дамы просто сдали нервы, поэтому она разоткровенничалась. Но сейчас понимаю, она не собиралась выкладывать незнакомой женщине сию историю. Почему Зинаида так поступила, Павел?

— Я тут при чем? — отмахнулся мажор. — Я ушел из комнаты.

— Что ты подлил бабушке в чай? — спросила я. — Да не ври. Ты же говоришь только правду!

— Чего она мне зудела: «Твой преподаватель глупость придумал», — занудил студент. — «Перестань вести себя как дурак. Все лгут. Это признак хорошего воспитания. Я никогда не скажу то, что может другого задеть!»

— Да ну? — рассмеялся Илья. — Мать, ты неверно себя оцениваешь.

— Что ты подлил бабушке в чай? — повторила я вопрос.

— Сыворотку правды, — признался внук, — хотел, чтобы она вам сказала: Дарья тупая, телефон бросила. И страшная! Пусть выскажется и от меня отстанет.

— С ума сойти! — воскликнула я. — Где ты взял эту дрянь?

— В Интернете, — пояснил мажор, — это разработка ЦРУ. Ее курьер принес за пять минут до вашего приезда, удачно получилось. Я хотел, чтобы бабка дома правду рубить начала. Но она вам в морду высказалась, круче вышло.

— Какой состав лекарства? — поинтересовался Дегтярев.

— Оно мне надо знать? — усмехнулся недоросль. — Обещали, что из человека правда польется. Я сидел и ждал, но ничего не происходило. Ну и ушел.

— Так называемые сыворотки правды существуют в действительности, — вздохнул Леня, — их вводят внутривенно. Эффект почти мгновенный. Про пилюли я не слышал. Но, наверное, они существуют, только срабатывают не сразу и не оказывают сильного действия. Зинаида Львовна рассказала про похищение Вари, и только. Уж не знаю, пилюля ее к этому подтолкнула или она так сильно разнервничалась, что отпустила на время тормоза. Уколы сыворотки правды пагубно влияют на здоровье человека. Описаны случаи, когда люди после них впадали в состояние, похожее на паралич.

— Так вот почему Комаровой стало плохо! — сообразила я.

— Мерзавец! — взвилась Зинаида.

— А ты зануда, — не остался в долгу внучок.

Я поняла, что сейчас начнется привычный для семьи Комаровых скандал, и сказала:

— Извините, Евгений, вам не дали договорить.

— Все нормально, — спокойно отреагировал художник, — я начал с того, что Зинаида терпеть не могла невестку. Сомнительно, что она вообще кого-либо по-настоящему любить способна, без пользы для себя. После смерти Вари мы долго не виделись. И вдруг! В сентябре прошлого года звонит Комарова. Я заколебался, брать ли трубку. Вдруг Зине опять кого-то закопать надо? А трубка верещала безостановочно. Я решил, что она меня все равно достанет, и ответил. Зина было очень возбуждена, мне стало понятно, что у нее случилось нечто из ряда вон, я ей очень нужен, она хотела приехать в Колтыково. Пришлось притормозить Комарову, объяснить, что я живу в Москве, можем встретиться в кафе, там есть отдельные кабинеты, поговорим без чужих глаз и ушей. И что мне сообщила Зина? Настя была не особенно хороша собой, с годами она, несмотря на деньги мужа, симпатичнее не стала, да еще начала прихрамывать. Не сильно, но заметно. Врач посоветовал таблетки от артрита, стельки в обувь. Насте стало легче. Утром Зина услышала из спальни невестки громкий вскрик, потом плач. Свекровь вошла, поняла, что звук идет из ванной, и без всякого стеснения, забыв постучать, распахнула дверь. Настя, абсолютно голая, стояла, положив одну ногу на рукомойник. По ноге текла кровь. Судя по тому, что в правой руке невестка держала бритву, она решила избавиться от нежелательных волос и порезалась. Дома Анастасия всегда ходила в спортивных костюмах, и вообще брюки она любила больше, чем платья, юбки практически не носила. Зинаида, давно жившая с невесткой в одном доме, никогда не видела у нее открытые ступни и щиколотки. Они были спрятаны под домашними штанами и носками, которые Настя постоянно натягивала. Да и тапочки у нее высокие, как ботинки. Если же надо было куда-то пойти в лодочках на каблуке, невестка непременно натягивала такие колготки, которые ехидный ведущий телепрограммы «Модный приговор» Александр Васильев называет «трупьи». Цвет у них серо-коричневый, противный, но жена Ильи предпочитает их. К чему этот долгий рассказ о нарядах Насти? Хочу объяснить, по какой причине Зинаида никогда не видела щиколоток невестки. Ну и совсем обнаженной она ее не наблюдала, мало кто из женщин станет разгуливать голышом перед матерью мужа даже при очень хороших с ней отношениях.

Увидев, что в ее ванную без спроса влез враг, Настя ойкнула и схватила полотенце, но Зина уже успела заметить у нее на попе большую, размером с кофейное блюдце, родинку. Комарова опешила, у Алины была такая же. Потом ее взгляд упал на ногу, по которой текла кровь. Зинаида обомлела и показала пальцем на щиколотку:

— Что это?

— Я порезалась, — ответила Настя, — закричала от неожиданности, больно очень.

— Что у тебя на щиколотке? — перебила ее Зина. — Шрам?

Анастасия кивнула.

— Он, как браслет, опоясывает ногу. Уродство ужасное. Толстый, келоидный рубец. Убрать его невозможно! Поэтому я всегда хожу в носках, брюках или непрозрачных колготках.

— Где ты его заработала? — оборвала невестку Зина.

— Не знаю, — прошептала Анастасия, — шрам всегда был, сколько себя помню. Сначала я жила с мамой, отца не помню совсем, да и мать смутно. У нас вроде квартира необычная была, окно под потолком. Вот и все, что я знаю о родительском очаге. Потом меня отправили в детдом, там объяснили, что мама умерла. Дети дразнили меня из-за шрама, говорили: «Ей ногу трамваем отрезали, пришили чужую, поэтому Варька косолапая, как медведь». Меня тогда звали Варей. Фамилии не помню. Я очень переживала, прятала от всех ножку. Затем меня удочерили. Поменяли имя, я превратилась в Анастасию Сергеевну Журкину. Жили мы небогато, но счастливо. Когда мне исполнилось восемнадцать, родителей сбил грузовик, за рулем сидел пьяный водитель. Целый год я плакала, потом встретилась с Ильей.

— Родимое пятно на заднице у тебя тоже с рождения? — уточнила Зина.

— Конечно, — удивилась Настя, — оно, как и шрам, со мной было всегда.

Евгений показал на кофемашину.

— Налейте чашечку.

Я встала, пошла к шкафчику за посудой, а художник продолжал:

— Зину прямо трясло! Она кричала: «Настя — это Алина! Илья женат на родной сестре».

Бизнесмен молча закрыл глаза, но его отец не утихал.

— Зинаида потребовала от меня ответа: куда я дел ребенка, которого она мне в коляске привезла и кинула. Я сказал честно: ее взяла няня Алины. Больше ничего не знаю. И тут она зашипела:

— Мерзавец! Ты виноват!

Прекрасно! И в чем же?

На мою голову рухнула лавина обвинений: это я нашел родителей, которых машина сбила, хотел, чтобы девчонка выросла и отомстила родной матери, вышла замуж за брата.

Одно предположение глупее другого, все мерзкие. Я не выдержал, встал:

— Прощай! Надеюсь, мы больше никогда не встретимся.

Она закричала:

— Ты решил разрушить мою жизнь! Не дай бог у Павла стартует фибродисплазия. Сделают генетический анализ ему, родителям. И что? Установят, что отец и мать — родные брат с сестрой! Начнут выяснять, как это случилось.

Признаюсь, я сам опешил от такой шутки судьбы. Ну как это могло произойти? В многомиллионном мегаполисе у Насти-Алины и Ильи были минимальные шансы на знакомство. Однако получите!

— Мы столкнулись на рынке, — вдруг вступил в беседу Илья, — я решил расширяться, искал место под магазин, выбрал площадку.

Она мне по всем параметрам подходила, но в администрации сказали, что территорию зарезервировала девушка, правда, пока не оплатила, денег у нее нет, ищет. Я упросил дать ее адрес, решил уговорить ее уступить мне участок. Приехал в убогую пятиэтажку, позвонил, открыла не очень приметная шатенка, но прямо такая родная-родная, что захотелось ее обнять, расцеловать. Впервые я такие чувства испытал.

ГЛАВА 42

Илья замолчал. Евгений развел руками.

— Кровь заговорила! Парень решил, что влюбился с первого взгляда, а на самом деле сердцем к родной сестре потянулся.

— Мы очень похожи оказались, — перебил Илья, — пойдем в кафе, одно блюдо выбираем. Отправились ей платье покупать, сразу за голубое схватились. Что мне нравилось, то и Насте было по сердцу. Что она ни скажет, будто мои мысли цитирует. Я поэтому жениться поспешил, боялся, вдруг кто другой ее уведет. И предположить не мог, что мы ближайшая родня. В доме ни отец, ни мать никогда не говорили про мою сестру, не упоминали о ней. Даже Лида, подруга Зинаиды, молчала. Я просто в шоке сейчас от этого известия.

Илья замолчал.

— Если у вас сложились столь близкие отношения с супругой, то почему вы с ней повздорили? — спросила я.

Илья оттянул воротник водолазки.

— Настя сошла с ума! Начиная с осени прошлого года она очень странно себя вела. Всегда тихая супруга стала скандалить, капризничать, на все обижаться. Я решил, что она переживает из-за своей нереализованности. Ломал голову, как ей помочь, чтобы не сложилось впечатления, что я автор ее успеха. Ну и додумался, позвонил приятелю Никите Сорокину. Он, кстати, из бывших полицейских.

— Знаю его, — кивнул Дегтярев, — умный, честный мужик.

— Мы с ним сделали так, что Настя поверила, будто она прекрасный дизайнер домашней обуви. Очень воодушевилась. Самое забавное, что после публикации в соцсетях, что Анастасия Комарова получила премию, к ней в инстаграм стали сыпаться заказы от населения. Жена прямо летала, я радовался, скандалы прекратились. Зато Настя стала себя плохо чувствовать: то у нее голова заболит, то нога, то спина. Потом мать и Павел довели меня до истерики. Я примчался домой, Настя спрашивает:

— Что случилось? Зинаида Львовна звонила, она очень расстроена. У нее денег нет, она в клинике.

Я сказал жене:

— Конец нашему совместному проживанию с ней и Павлом. Собирайся, поехали.

Настя встала.

— Вещей сколько брать?

Понимаете, почему я ее любил? Другая на месте Анастасии крыльями захлопала бы, начала вопросы задавать: куда, зачем, почему? А она сразу за чемодан. Я ее привез в снятый дом, не сказал, что это мое убежище, соврал, что неделю назад только его оплатил. Мы решили чаю попить. Настя из сумки банку вынула.

— Хочешь попробовать? Твоя мать его где-то купила, сама пить не стала, не понравился ей, а для меня ничего вкуснее нет.

Я понюхал и отказался, сделал себе кофе. И мы мирно обсудили ситуацию. Жена плакала, говорила:

— Паша должен с нами остаться.

Я ее успокаивал:

— Ему полезно немного самому о себе позаботиться. Некоторое время поживет обычной жизнью, в голове у недоросля просветлеет, начнет ценить, что имеет.

Настя сквозь слезы:

— Ладно. Пойду спальню посмотрю.

Я обрадовался. Жена все время чай пила, от него сильный аромат шел, не противный, нет, но у меня от него голова кружилась. В любое другое время я мог бы спокойно сказать:

— Слушай, перестань чай без конца пить, уже литра два уговорила, меня запах раздражает.

Но в тот день я молчал, понимал: Настя нервы успокаивает. Может, минут пятнадцать-двадцать она отсутствовала. Я поднялся наверх, зашел в комнату, Настя стояла спиной к двери, обернулась... Поверьте, я многое повидал, кто бизнес с нуля поднимал, меня поймет, но никогда никого не боялся. А тут от вида любимой жены меня оторопь взяла. Лицо у Насти было серое, губы синие. Глаза! Зрачков нет, просто голубая радужка!

И гримаса. Супруга на меня посмотрела и давай спальню крушить. Откуда у нее только силы взялись?! Я пытался ее остановить, она меня так двинула, что я улетел в библиотеку. Сел, не знаю, что делать. Потом наступила тишина. Настя вышла, в руке кинжал, улыбается, подошла к пустому креслу. Хрясь, хрясь ножом по подушкам, и убежала в спальню, нож на пол бросила, я его взял и в кресле, где сидел, спрятал.

Настя через пару минут вернулась, ко мне бросилась, мы стали драться, она кинжал нашла, я его отнимать стал, весь порезался. И вдруг жена села, словно из нее злобу выпустили, растерянно так спросила:

— Что случилось? Почему у тебя рука в крови?

Я испугался, решил, что она окончательно ума лишилась. И не нашел ничего лучше, чем сказать:

— Давай завтра в кино сходим?

Она кивнула:

— Да, да! Сейчас только чаю выпью, — и понеслась босиком вниз по лестнице, тапки у кресла бросила.

Мы с Семеном переглянулись. Правильно представляли ситуацию, только не думали, что Настя спускалась в кухню. Думали, что она сидела в библиотеке и совсем озверела.

— Я пошел в другую спальню, куда жена не заглядывала, — говорил Илья, — встал у окна в ванной. Голова пустая, будто барабан. И вдруг что-то меня в спину толкнуло, больно. Свет в доме погас. Я открыл глаза, по моим расчетам, минут пять прошло. Лежу в кровати, весь в трубках. Никак понять не мог: где я? Потом, конечно, мне все объяснили. Вот только до сих пор не знаю, что с Настей стряслось. Мы мирно беседовали. И вдруг такое!

Дегтярев уставился на Комарову.

— Перестаньте меня глазами буравить, — возмутилась Зинаида.

— Жду, когда вы объясните, что было во вкусном чае, который вы принесли для Насти, — сказал полковник. — Где вы его покупали?

— Уж не помню, — пробормотала Комарова, — в магазине.

— Нет, — резко остановил ее Александр Михайлович, — вы ходили в особую группу «Школы аромата». Зачем?

— Там составляют эксклюзивные духи... — завела мать Ильи.

— Перестаньте врать, — поморщился Кузя, — вы умный человек, определенно понимаете: если информацией владеют два человека, то о ней непременно узнают все остальные. Список преподавателей учебного заведения — не тайна. Мы побеседовали с ними, в частности с Евгением Калининым, который сообщил, что вы его попросили создать парфюм, который изгонит невестку. Химик сказал, что на это его знаний недостаточно. Но он может предложить чай, который превратит молодую женщину в агрессивную истеричку. Та начнет скандалить, муж с ней разведется. И вы согласились. Один из основных компонентов чая — Бурманджа. Калинин мог легко взять его в «Школе аромата». Растение там используют на занятиях с ВИП-группой. Где Марфа его берет, преподаватель не знает.

Илья прищурился.

— Мать, ты решила отравить Настю?

— Нет, нет, — замахала руками Зина, — никогда. Но нельзя же было допустить, чтобы вы и дальше жили вместе. Это ужасно! Вдруг люди узнают, что вы брат и сестра! Катастрофа! В меня пальцем тыкать будут! Позор!!! Я подумала: Анастасия начнет закатывать истерики, вы станете скандалить, разведетесь, ужас закончится.

— Мать, весь «ужас», который у нас случился, устроила ты, — произнес Илья, — кошмар начался в тот день, когда ты решила забеременеть от Евгения, не предупредив его о своем намерении. Тебе надо было сказать любовнику, что ты его выбрала донором.

— Я бы сразу сообщил о нашей семейной болезни, — воскликнул Радов.

— А где мне искать нового отца детям? — вопросила Зина. — Время шло, я не молодела. Муж уже не мальчик, он постоянно от секса увиливал. Потяну еще полгода, и Павел вообще не захочет меня! А наследство...

— Бабушка, ты монстр! — выкрикнул Паша. — Меня тошнит.

— Заткнись! — воскликнула Комарова. — Кто мне гадость в чай налил?

Студент вскочил и убежал.

Зинаида схватилась за грудь.

— Больно.

— Перестань, — поморщился Илья, — не верю.

— Нет сил, — прошептала Комарова и упала на диван.

— Мать, прекрати, — потребовал бизнесмен.

Леня подошел к даме.

— Она не притворяется, Даша, вызывай «Скорую», я пока сделаю укол. Хорошо, что тревожный чемоданчик при мне.

Когда Зинаиду Львовну унесли в белый микроавтобус и тот двинулся к выезду из поселка, Сеня мрачно произнес:

— Мы так и не узнали, кто звонил Комаровой, прикидываясь Варей. И зачем это делали.

— Это уже не важно, — отмахнулся Илья, садясь за руль своего джипа. — Евгений, я могу довезти вас до метро, до дома не доставлю, поеду к матери в клинику.

— Спасибо, — ответил художник и устроился рядом с водителем.

— Очень благодарен вам за работу, — сказал мне Комаров, — я оплатил чек. Деньги, наверное, уже на вашем счету. Ну, погнали.

— Странно, — сказала я, провожая глазами внедорожник.

— Что не так? — спросил Кузя.

— Думала, что Евгений на машине, — объяснила я, — а он пешком. Как же Радов сюда приехал?

Кузя хитро улыбнулся.

— Дашута, иногда мы с тобой мыслим одинаково. Поэтому я совершил некий шахер-махер с Ильей!

— Что? — не понял полковник.

— Шахер-махер, — повторил наш компьютерный ас, — так говорила моя бабушка, когда я подростком что-нибудь вытворял. Ну, например, в десятом классе начислил ей пенсию двадцать пять миллионов рублей. Залез куда надо, чики-брики... Но я сглупил. Надо было добавить старушке пару тысяч. Но все решили, что это глюк. А бабуля поняла, кто постарался, и наподдала мне.

— Отличная история, — похвалил Сеня, — ты сейчас отправил на счет Ильи парочку миллиардов?

— Нет. Кое-что получше сделал, — ухмыльнулся Кузя. — Надеюсь, мы получим ответы на оставшиеся вопросы. Пошли в офис к моему ноутбуку.

ГЛАВА 43

— Что мы тут делаем? — спросил Сеня. — На экране карта, музыка звучит. И какой-то еще шум слышен.

— Верно, — улыбнулся Кузя, — я увидел в окно, что Евгений и Илья приехали на одной машине. Комаров привез художника, высадил его, уехал и через пять минут вернулся. Мне это, как и Даше, показалось странным. Они что, близко знакомы? Конечно, возможно, Илья ехал мимо, увидел, что у Евгения сломался автомобиль, и подобрал его. Но давайте вспомним, что мы ни разу их всех вместе не собирали. Илья до сегодняшнего дня правды не знал. Мы-то в курсе всего были, участники сегодняшней беседы нам свои истории рассказали, но других не слышали. Илья и Евгений раньше не встречались, сомнительно, что бизнесмен подобрал бы на шоссе незнакомца. Так почему они вместе заявились? Евгений соврал: «Я такси взял до Ложкина». О! Я молодец! Они ведут себя так, как я и предполагал. Видите?

Кузя показал пальцем на экран.

— Красная точка — это машина Ильи. Комаров решил припарковаться у ресторана «Фиш и Фишка». Он тут рядом. Самое дорогое заведение в околотке. Я немного поработал с их пиджаками, прицепил «болтуна». Отличная вещь Интернет! Сейчас услышим, о чем они говорить будут.

— Сядем в отдельном кабинете, — предложил баритон.

— Это Илья, — обрадовался Кузя, — хвалите меня, хвалите! Я сообразил, что они решат пожрать вместе, обсудить итоги нашего разговора.

— Мне все равно, — ответил другой мужской голос.

— Евгений говорит, — восхитилась я, — далеко зашел прогресс. Так хорошо слышно, словно под столом у них сижу.

Минут пять мужчины выбирали еду, потом Евгений спросил:

— Ну, ты доволен?

— Да. Спасибо тебе, — ответил Илья.

— За что?

— Когда Зинаида поняла, что Настя на самом деле моя сестра Алина, она приехала к тебе и устроила скандал. А ты позвонил мне. Прости, не могу называть тебя отцом.

— Я им никогда и не был.

— Но ты мой отец. Спасибо, что предложил встретиться и рассказал мне всю правду. Мать молчала. Она решила, что мне незачем знать истину, лучше Настю с ума свести. Не могу жену Алиной называть. Тебе воду с газом?

— Лучше без.

Послышалосьльканье, потом голос Евгения:

— Да. Зинаида — мастер нестандартных решений. Как ты раздобыл телефон покойной Марусевой? Как смог выяснить, какой номер у нее был?

Раздалось звяканье.

— Я выяснил, что Марусева умерла, — ответил Илья. — И тут меня осенило, что нельзя Зинаиду оставить безнаказанной. Нельзя. Мне тогда и в голову не пришло, что она Настю травить будет. Подумал: вот же ...! Все знает, а молчит. Брат спит с сестрой, а мамаша ведет себя как ни в чем не бывало. Она кто? Чудовище! И как я должен поступить? Обратиться в полицию? Поехать к Никите? Но не готов я столь жуткими тайнами делиться. И что Сорокин сделает? Зинаиду никто не накажет, потому что никто ничего не докажет.

— Стихами говоришь.

— Скоро соловьем запою.

— Чей салат «Дальний Восток»? — спросил звонкий голос.

— Мой, — ответил Евгений, — м-да. Крабов могли бы и побольше положить. Так что с телефоном?

— План у меня в голове сложился. Не накажу мать, так напугаю, из равновесия выведу. Поехал на телефонную станцию. Купил номер Марусевой.

— Тебе его продали? Он же к квартире привязан, небось давно у других числится.

— На минус первом этаже после Марусевой никто не живет. Не поверишь, номер до сих пор за покойной Антониной числился.

— Его не отключили?

— Отключили, отправили в запасник. Там он мирно меня ждал. Обычная история. Мужик на телефонной станции, который все устроил, объяснил: когда хозяин умирает, родственники должны заявление написать, попросить владельца номера поменять, им может стать тот, кто остался жить в квартире или по наследству ее получил. Но на самом деле так редко поступают. Трубка на бабушку оформлена, в ее апартаментах уже правнучка командует, а телефон по-прежнему за покойной числится. Иногда про номера забывают, в особенности если жилье пустует. Телефон Марусевой никому не отдали. Я его получил, оплатил счет вперед, потом сделал мобильным.

— Это можно?

— Для денег преграды нет.

— Понятно.

— И позвонил ей десятого октября. В день смерти моей дочери Вари. Павел у меня ...! И ...! Но я его люблю, поэтому и злюсь на ...! И девочку любил! Зина ее убила! ...! ...!

— На, выпей!

— Я за рулем!

— Сам сяду. Хотя меня в страховке нет.

— Да положить на нее! Твое здоровье!

— Сам ей звонил?

— А кто еще?

— Голос был женский.

— Аха-ха! Это как два пальца ...! Программа специальная есть! Ею дети балуются!

— Я с компьютером на «вы».

— А я на «ты».

— Здорово. Молодец. Но зачем ты ей звонил?

— Не ясно? Пусть подергается, гадает: откуда Варя ее телефон взяла? Трясется в ожидании, что внучка домой вернется.

— Понятно.

— Я Зину ненавижу.

— Ясно. У тебя телефон звонит.

— Алло! Да! Именно я. Слушаю! Говорите! Кто? Так! А-а-а! Ну и слава богу!

— Что случилось?

— Зина умерла в «Скорой». Инфаркт. Так ей и надо. Так ей и надо!

— Успокойся, парень!

— Так ей и надо! За все! Меня совесть не мучает. Да, я ей звонил! Да, хотел довести до истерики. Надеялся, что в ней человек проснется, она нам с Настей все расскажет.

— Она знала?

— Настя?

— Да.

— А с чего, по-твоему, она дом Синевой разгромила? Я ей правду сказал! А детективам об этом не сообщил. Пошли они на... Согласился с ними на беседу, потому что хотел матери нагадить. Надоела она мне! ...! Настя дара речи лишилась, потом чаю успокаивающего, который ей Зинка дала, заварила и давай его пить. Кружку, вторую, третью, пятую... и с катушек слетела. Я не виноват. Я хотел, хотел...

Послышался кашель.

— Девушка, несите счет! — крикнул Евгений.

— А горячее? — спросила официантка.

— Оплачу все, сами съешьте. Бутылку коньяка только возьму. Вот. Сдачи не надо, пошли, мальчик.

— Я не виноват.

— Конечно, нет.

— Я хотел, чтобы Зинке стало больно.

— Тише, тише.

— Я не виноват. Хотел, чтобы ей стало больно, как мне!

— Садись в машину, я сам поведу.

— Я не виноват.

— Все хорошо, на вот, глотни прямо из горла.

— Я не виноват...

— Мальчик мой, все уладится, все будет хорошо.

Я молча смотрела на экран, красная точка быстро ползла по карте, вот машина выехала на шоссе, покатила в сторону Москвы. Компьютер замолчал.

— Все, — подвел итог Кузя, — «болтун» так далеко не берет. Ну, все ясно?

— Да, — сказала я, — вопросов более нет.

— Многие люди покупают годовые абонементы, — вдруг сказал Сеня.

Сначала я удивилась, с какой стати Собачкин ни к селу ни к городу произнес эту фразу. Потом подумала, что Семен просто хочет отвлечь нас от мрачных мыслей, и подхватила беседу.

— Да. Сама приобрела такой в фитнес, это очень удобно. И дешевле выходит, чем каждый месяц платить.

— Что произойдет, когда срок абонемента истечет? — поинтересовался Сеня.

— Ничего, — удивилась я, — надо или новый купить, или больше не посещать занятия.

— Как это повлияет на твою судьбу? — не утихал Собачкин.

Я пожала плечами.

— Стану жить, как жила. Никаких глобальных изменений не произойдет. Просто отпадет необходимость ездить в зал. В остальном все будет по-прежнему. Почему ты задаешь странные вопросы?

Собачкин отвернулся к окну.

— Наша милейшая Зинаида Львовна заказала годовой абонемент. Только не в фитнес, а на тот свет.

— Годовой абонемент на тот свет? — переспросил Дегтярев. — Это как?

В разговор неожиданно вступил Кузя:

— Зинаида не хотела, чтобы ее жизнь изменилась. Вот она и взяла у нечистой силы годовой абонемент на тот свет. Вручила его дочке Алине и отправила ее в далекое путешествие. Год прошел, абонемент закончился, для Зинаиды ничего не изменилось. Она как жила, так и живет. Отдать девочку Евгению — почти стопроцентно погубить ее. Но Алине повезло, ее годовой абонемент закончился, а она не умерла. Зина долго жила как хотела, ничего у нее не менялось. И своей внучке Варе Зина тоже заказала годовой абонемент на тот свет. А потом из ада позвонили и напомнили: «Зинаида Львовна, вы брали авансом два годовых абонемента на тот свет. Теперь пора платить за них». Мораль: не дари никому годовой абонемент на тот свет, очень дорого за него потом придется платить тебе, и никому, кроме тебя.

Я молча посмотрела на Дегтярева, Александр Михайлович так же молча смотрел на меня.

ЭПИЛОГ

В середине апреля около полуночи дверь в мою спальню открылась и ударилась о стену. Я, игравшая на айпаде в замечательную бродилку «Спаси принцессу», предназначенную для девочек семилетнего возраста, напряглась.

— Кто там?

Раздалось пыхтение, сопение, и перед моими глазами предстал полковник.

— Ты это видела? — заорал он, тряся планшетником.

— Что? — не поняла я.

— Восторг! — завопил Дегтярев и сунул мне айпад.

Ничего не понимая, я уставилась на экран, там появилось веселое лицо известного всей стране телеведущего Алексея Балахова. Он заговорил:

— Сегодня мы подводим итоги конкурса «Видео без предела». Напоминаю, что до нашего короткого перерыва вы смотрели ролики, которые заняли третье и второе места. А сейчас — победитель. Улетный рекламный креатив. Лично я голосовал за него руками, ногами и всеми остальными частями тела. Итак! Детективное агентство «Тюх» — «Дегтярев-Плаза».

Зал взорвался смехом.

Ведущий развел руками.

— Я тут ни при чем. Они сами так назвались. Внимание на экран.

Зазвучала музыка, которая сразу показалась мне знакомой. Я не обладаю стопроцентным слухом, пою как глухой медведь. Но через некоторое время даже я сообразила — это песня из популярного телесериала «Следствие ведут знатоки». В советские годы в часы его показа улицы пустели. «Наша служба и опасна, и трудна... и на первый взгляд как будто не видна...» Там дальше были слова: «Если кто-то кое-где у нас порой честно жить не хочет...» Кто-то... кое-где... порой... Создатели многосерийной ленты подчеркивали, что все советские люди честные, не воруют, не выносят с завода детали, не бьют жен-детей, не убивают себе подобных. Но вот, к сожалению, «кто-то кое-где порой» все-таки может стащить из родной бухгалтерии деревянные счеты!

— Смотри внимательно! — буркнул полковник. — Начинается Отелло с Гамлетом!

На экране возник Дегтярев, он шел с лопатой на плече по дорожке к гостевому дому.

— Мы это не снимали, — удивилась я.

— Энрике с Амалией приехали, когда я один был, и попросили кое-что еще доснять, — зашипел толстяк. — Не болтай! Просто наслаждайся.

Картинка сменилась. Теперь Александр Михайлович, одетый в красный спортивный костюм, поднимал над головой сумку, из которой торчала голова Хуча.

— Что это? — опешила я.

— Я уже сказал, — зарычал Александр Михайлович, — без вас снимали.

— Штаны с курткой, — удивилась я. — Где ты взял их? Вроде я видела когда-то такие.

— Кое у кого совсем нет памяти, — фыркнул полковник, — не узнала свой подарок мне на Новый год.

Я открыла рот. Я купила Дегтяреву эту жуткую шмотку? Цвета огнетушителя, который сошел с ума? Да еще размера на три, а то и на четыре меньше, чем нужно? Александр Михайлович похож в костюме на помидор... Нет, нет, тот круглый со всех сторон, а полковник сверху квадратный, снизу треугольный, а посередине похож на дом со здоровенным балконом. Балконом служит живот. В каком состоянии я приобрела сие одеяние? Зачем? Полковник и занятия фитнесом несовместимы.

Не успел в моей голове сформироваться последний вопрос, как Дегтярев дал на него ответ:

— В тысяча девятьсот девяносто восьмом году ты положила под елку для меня костюм. Может, попьешь таблетки, хорошие очень, я забыл, как они называются. Оживляют память. Вот я, в отличие от тебя, прекрасно помню, что и когда тебе покупал.

Конечно, толстяк не забывает про свои подарки, и я о них помню, потому что Дегтярев преподносит их раз в десять лет и всегда вручает загодя. В прошлом году он неожиданно притащил мне пакет с надписью «Супермаркет для всех» и сказал:

— Вот, купил тебе приятный сюрприз к Рождеству.

Я проглотила фразу: «Так его же празднуют в начале января, а сейчас сентябрь» — и вытащила фигурку деревянной птицы, на которой была надпись: «Хорошего Нового года от Каркуши».

— Эй, ты не довольна? — рассердился полковник. — Почему молчишь?

Я судорожно пыталась вспомнить: есть ли в восточном календаре год вороны и не он ли грядет, потом ответила:

— Просто я от восторга онемела.

А теперь скажите, можно ли забыть о таком подарке? Да никогда. Про Каркушу я помню, а вот о том, как купила полковнику спортивный костюм, намертво забыла. И, наверное, несколько десятилетий тому назад он так не обтягивал бравого борца с преступностью. В те годы Александр Михайлович был стройнее. На кипарис он никогда не походил, но еще не обзавелся животом.

— Зачем ты посадил Хуча в сумку и поднимаешь-опускаешь его? — полюбопытствовала я.

— Это идея Энрике, — честно ответил Дегтярев, — юмор. Я тренируюсь, а Хуч — гантели. Весело! Смешно получилось. Показывает меня с лучшей стороны. Я спортсмен, это нравится мужчинам. Хозяйственный, подметаю двор. Это по вкусу женщинам. Мы охватили всех.

Я хотела сказать, что герой ролика шел не с метлой, а с лопатой, но тут из планшета раздался громовой смех публики, экран демонстрировал появление в офисе девиц-красавиц. Ролик завершился художественным падением всех участников сцены и раздавленным воздушным шариком. На экране появилась надпись: «Мегакрутое агентство «Тюх» — «Дегтярев-Плаза». Ждем вас в любое время дня и ночи. Работаем круглосуточно». Ниже шел номер телефона. Он показался мне знакомым. Я прочитала его раз, второй, третий... И чуть не упала с кровати.

— Это же мой мобильный!

— А чей еще? — мигом закипел полковник. — Я руковожу агентством, не имею времени на болтовню с теми, кто трезвонит. Семен, Кузя, Леня тоже по горло заняты. А ты, Дарья, беззаботная птичка. Не отвлекайся, смотри, сейчас будет самое главное!

На экране снова появился веселый, как котенок, Балахов.

— Уважаемое агентство «Тюх» — «Дегтярев-Плаза», приглашаю владельца принять участие в нашем эфире. Вам вручат премию «Самое смешное видео». Огромная просьба лично от меня: наденьте свой замечательный костюм и принесите собаку. Мы с вами свяжемся.

Зал опять начал хохотать.

— Слышала, да? Поняла? — ликовал полковник. — Никогда не хотел славы, но вот она! Мне плевать на известность, но народ посмотрит и валом к нам попрет. Через пару месяцев мы станем круче «Пинкертона» и всех остальных. А кто нашел клипчатников? Кто все придумал? Кто? Ответ один! Я! Я гений!

Восхваляя свой ум и сообразительность, полковник умчался, забыв свой планшетник. Я же пребывала в растерянности. Сказать толстяку правду? Объяснить ему, что премию он получил за самое дурацкое видео? И как отговорить Александра Михайловича идти в студию, нарядившись в спортивный костюм, который ему уже лет десять как мал? Как объяснить ему, что не нужно брать с собой Хучика?

Послышался топот, в моей спальне снова появился Дегтярев, он схватил айпад, который я положила на тумбочку, и пропыхтел:

— Так и знал, что ты забудешь мне его отдать.

Я кашлянула:

— Не ходи на шоу.

— Вот еще!

— Хотя бы не надевай костюм.

— Почему?

— Он тебе мал!

Александр Михайлович опешил:

— Брюки и куртка на мне болтаются! Разве ты не заметила, что я похудел на полкило? Вечно ты придираешься.

Счастливый обладатель премии в очередной раз покинул мою комнату.

Я потушила свет. Нет, полковника нельзя отговорить. Более не стану беседовать о его участии в шоу Балахова. И по поводу потери им веса промолчу, не скажу ему правду. Какую? Килограмм, который Дегтярев, просидев на диете целых два часа, потерял, далеко не ушел, он терпеливо поджидает хозяина в холодильнике.

● Белочка
во сне и наяву

ГЛАВА 1

Не стоит унывать, когда вам на голову градом сыплются мелкие неприятности. Значит, жизнь разменяла на них какую-то одну большую беду...

Я посмотрела на неработающую СВЧ-печь. Правило трех гадостей, как всегда, сработало безотказно. Что это такое? Поясню на собственном примере. Если, встав утром с постели, вы наступили на мирно спящую на коврике мопсиху, а та от неожиданности и возмущения напрудила огромную лужу, то это первый пинок от богини неудачи, за которым непременно должны последовать еще два. Как только случится третья засада, можно спокойно выдохнуть — на сегодня все. Но завтра вы снова можете споткнуться о похрапывающую на паласе собачку, упасть на нее, а она... Думаю, не стоит продолжать, всем все понятно. Итак, лужу, сделанную десять минут назад Фирой, я уже убрала. А вот теперь сломалась СВЧ-печка. Что же будет, так сказать, на третье? И тут ожила трубка домашнего телефона.

— Можно госпожу Краузе? — спросил приятный мужской голос.

Я удивилась, ведь до сих пор нашей няне никто не звонил, и крикнула:

— Роза Леопольдовна, вас к телефону!

— Меня? — переспросила она, вплывая на кухню. — Кто?

— Он не представился, — ответила я и ушла в ванную.

Минут через десять в дверь раздался стук.

— Сейчас выйду! — откликнулась я. — Кто там такой нетерпеливый? Егор, ты?

— Нет, — неожиданно ответила Краузе. — Простите, Лампа, у нас форс-мажор.

Забыв накрасить второй глаз, я выскочила в коридор.

— В чем дело?

Няня смутилась.

— Простите, мне нужно отлучиться, срочно. Давайте считать сегодняшний день моим выходным? Хотя нет, в связи с внезапностью просьбы лучше приравняем его к трем свободным, в этом месяце я больше отдыхать не буду. Хорошо?

— Ладно, — растерянно согласилась я. — Может, вам нужны деньги?

— Спасибо, нет.

— Какая-нибудь помощь требуется?

— Все в полном порядке, — быстро заверила няня, — просто мне надо отбежать ненадолго. Извините, Лампа, вам придется самой отвести Кису в детский центр. А я ее оттуда заберу.

— Попрошу Егора по дороге в школу забросить сестру в садик, — ответила я. — Мне на работу надо.

— Вы забыли? — удивилась Роза Леопольдовна. — В стране майские праздники, сегодня в пять утра Егорушка с классом улетел на неделю в Италию.

Мне стало стыдно, и я укорила себя: да уж, Евлампия Андреевна, отличная из тебя родительница получилась, мальчик ушел из дома на рассвете, а приемная мать даже не пошевелилась.

— Егор решил вас не будить, — продолжала Краузе. — И завтракать не стал, сказал: «Пусть Лампа спокойно спит, не надо шуметь, я поем в самолете».

Я открыла было рот, чтобы поинтересоваться, как он решил добираться до аэропорта «Шереметьево», но няня опередила меня, пояснив:

— За мальчиком отец его одноклассника Васи Рогова заехал. Вы же знаете Егорушку, он самостоятельный[1].

— Это точно, — пробормотала я, кляня свою забывчивость. — Подчас даже излишне независим, считает себя взрослым мужчиной. Хорошо, я доставлю Кису в центр.

— Сегодня там праздник, посвященный Первомаю, — предупредила Краузе.

— Ага, — кивнула я. — Надо принести воспитательницам торт?

— Нет, нет, — возразила Роза Леопольдовна, — деньги на десерт и небольшие презенты родители сдавали еще в начале апреля. Пожалуйста, будьте аккуратны с белкой.

— С кем? — не сообразила я.

— Кисонька, подойди сюда... — позвала няня.

---

[1] О том, как в семье Евлампии появились дети, Егор и Киса, рассказывается в книге Дарьи Донцовой «Добрый доктор Айбандит», издательство «Эксмо».

Раздалось бодрое цоканье коготков по полу — первыми на зов явились мопсихи. Они сели у ног Краузе и задрали складчатые морды. В больших выпуклых глазах собак явственно читались все их мысли: «Зачем зовут девочку? Ее, наверное, угостят печеньем. А нам достанется? Хотя мы скромные, подберем и крошки, которые уронит малышка. А вот когда Лампа и Роза отвернутся, отнимем у нее бисквит».

— Солнышко, ты где? Иди к нам, — повторила няня.

— Хвост застрял, — пропищала в ответ Киса, — зацепился... Все, оторвала.

В конце длинного коридора показалась маленькая фигурка и стала медленно приближаться. Девочка выглядела как-то странно — казалась слишком толстой, на голове у нее появились большие, торчащие вверх треугольные уши, а из-за спины выглядывало нечто рыжее, клокастое, изогнутое. И что за наряд на ней? Комбинезон, сшитый мехом наружу? Зачем она его надела в начале мая?

Крошка наконец подошла к нам, и я не удержала возгласа:

— Чудовищно!

— Это костюм белки, мы с трудом его раздобыли, — сказала Роза Леопольдовна. — Я уже говорила, что в детском центре праздник, дети специально к Первомаю поставили спектакль «Маша и три медведя».

— Я бельчонок Марфа! — гордо заявила Киса. — Вон какие зубы! Они не настоящие, зато торчат далеко. Видишь?

— Разве в этой сказке есть грызун? — стараясь не расхохотаться во весь голос, спросила я.

Киса ответила:

— Там еще зайчик, петушок, мышка, собачка...

— Ты случайно не перепутала ее с «Репкой»? — перебила я девочку. — Хотя вроде заяц и петух репу из грядки не тащили.

Киса, не ответив, продолжала перечислять действующих лиц спектакля:

— А еще жираф, слон, обезьянка...

Роза Леопольдовна поправила пышный хвост, торчавший за спиной подопечной.

— Где твой рюкзачок?

— Сейчас принесу, — деловито сообщила Киса и удалилась.

Няня с укоризной посмотрела на меня.

— Дорогая Лампа, нам очень повезло с детским центром «Счастливая звезда». Его можно посещать не каждый день, а когда хочется, он работает без праздников и выходных. Там отличные воспитатели, приятные детки, интересные занятия, а главное, девочка в этом садике не болеет. И она очень гордится ролью белки, выучила стишок. Вы уж не обращайте внимания на сценарий, постановщикам пришлось ввести в сказку побольше персонажей, чтобы каждый ребенок оказался занят.

Я начала оправдываться:

— Я просто так спросила. Подумала, может, я забыла сказку про Машу и медведей, вроде в ней только девочка и мишки.

Роза посмотрела на часы.

— Вам пора, а то опоздаете, представление начнется в десять.

Когда я, одетая, причесанная, с сумкой в руке вошла в холл, Киса, по-прежнему в образе белки, смирно сидела на стуле.

— А где няня? — спросила я.
— Ушла, — ответила девочка.
— Давай снимем костюмчик, — сказала я.

Входная дверь приоткрылась, в щели показалась голова Розы Леопольдовны:

— Совсем забыла предупредить! Наряд белки не стаскивайте, потом не наденете, это очень трудно. Пусть Киса так идет. После представления ее воспитательница переоденет, обычные вещи в рюкзачке.

— Хорошо, — кивнула я.
— Центр недалеко, — тараторила Краузе, — прогуляйтесь пешочком, а то в машине хвост помнете. Я его тщательно расчесала, распушила. На улице тепло, наряд из искусственного меха, девочка не простудится.

Роза Леопольдовна исчезла.

Я взяла малышку за руку.

— Ну, потопали. И правда, как бы не опоздать.

На улице никто из прохожих не показывал на нас пальцем, и мы с Кисой спокойно спустились в подземный переход, благополучно очутились на другой стороне проспекта, свернули налево и через пару секунд дошли до магазинчика с вывеской «Ваш личный гастроном». Я не люблю эту торговую точку, открытую круглосуточно. Там работает отдел с подозрительно дешевым алкоголем, и у определенной категории граждан он очень популярен именно из-за низких цен на спиртное. Вот и сейчас на ступеньках стоял помятый мужичонка, явно поджидая, когда начнут торговать водкой и можно будет разжиться бутылочкой. Нам с Кисой предстояло пройти мимо мини-маркета, повернуть направо и пройти еще метров триста до калитки детского центра.

Мы приблизились к мужику, а тот вдруг вытаращил глаза, перекрестился и прошептал:

— Она существует... — Затем стал тихо оседать на грязную лестницу.

— Вам плохо? — испугалась я.

— Изыди, сатана... — прошептал дядька. — Сгинь, рассыпься...

Киса начала пританцовывать на месте, разводя в стороны руки-лапы, потом громко завела:

— Хорошо живет на свете белка, ух! Оттого поет она эту песню вслух!

Я невольно усмехнулась. Тот, кто написал сценарий к детскому празднику, не очень-то был озабочен такой ерундой, как авторское право, и преспокойно переделал песенку из культового мультфильма[1].

— Помогите, — посинел алкоголик, — умираю. Прощайте, люди, она пришла.

— Ага, допился, скотина, до белочки! — заорал за моей спиной пронзительный голос.

Я обернулась и увидела растрепанную тетку в засаленном, линялом, некогда розовом стега-

---

[1] «Винни-Пух и все-все-все». Песня медвежонка: «Хорошо живет на свете Винни-Пух, оттого поет он эти песни вслух». — *(Прим. автора.)*

ном халате и стоптанных тапочках в виде кошек.

— Катька, помираю, — прошептал пьянчужка, — доктора вызови.

— Скалкой тебе по лбу! — взвилась баба. И оглушительно чихнув, продолжала вопить: — Только отвернулась, а он из дома сиганул, последние рубли из коробки упер! Глянула в окно — где мое сокровище? Где Колька? У чертова магазина топчется! Да чтоб тебя подняло, подбросило и о землю шмякнуло!

— Катя, Катя, ты ее видишь? — слабым голосом прошептал Николай.

Екатерина подбоченилась.

— Кого? Белку? Рыжую с хвостом? Нет тут никого!

Мужичонка закрыл глаза, улегся на ступеньки и замер.

— Ну, спасибо тебе, — с чувством сказала баба, оборачиваясь ко мне. — Напугала идиота насмерть, так ему и надо. Сто разов ему твердила: допьешься до белочки, помрешь в одночасье, как шурин. А мой благоверный в ответ: «Санек запойный был, вот его шиза и убила. Ко мне белка не придет, потому что я по чуть-чуть употребляю, не более пол-литра в день». Прям повезло, что вы мимо шли, прям радостно. Чего рекламируете? Орешки? Конфеты?

Я схватила Кису за лохматую лапу, пошла вперед и обернулась. Николай по-прежнему лежал без движения, супруга пинала его ногой.

— Екатерина, вы бы вызвали врача, — попыталась я ее образумить, — похоже, человеку плохо.

— Да че с ним сделается? — огрызнулась добрая женушка. — Всю ночь где-то шатался, с друганами квасил, утром приперся, деньги схапал и опять за водярой намылился. Если кому тут и худо, так это мне. Прикидывается урод, изображает, что помирает. А вот мне и впрямь худо. Спину второй день ломит, словно палкой побили, аппетит пропал, в глаза как будто песку натрусили, голова на части разваливается, всю ночь меня в ознобе трясло, а сейчас жарко стало. Из-за муженька, идиота, и заболела, температура от нервов, которые этот алкаш истрепал, поднялась. Да чтоб ты сдох, гад! Двадцать пять лет живу с иродом, сил уж нет терпеть. Ненавижу его!

— Так разведитесь, — не выдержала я.

— Ишь ты какая! — заголосила баба. — А квартира? Мебель? Дачный участок? Машина? Все ж делить придется! Колька свою половину живо профукает и ко мне назад заявится голым. Ну уж нет, лучше подожду, пока он, как шурин, до могилы допьется. И детям отец нужен, их у нас трое. Слышь, ты заработать хочешь? Оставь свой телефончик. Я бабам про белку расскажу, тебя все приглашать станут. Мужиков пугать надо. Вон как Колька тихо лежит, даже про бутылку не вспоминает. Любо-дорого посмотреть.

Я потащила Кису вперед, а в спину летел визгливый голос:

— Эй! Куда? Заработаете хорошо!

— Почему дядя испугался? — спросила Киса, когда мы очутились в детском центре.

У меня нашелся подходящий ответ:

— Он никогда не видел живых белок, только на картинках в книжках.

— И в зоопарк не ходил? — удивилась малышка. Я поправила пышный беличий хвост.

— Некогда ему, работы много.

— Как у тебя, — подытожила девочка, — и у Макса. Когда он домой прилетит?

— Через три недели, — вздохнула я. — Привезёт всем из Германии подарки.

— Ой, какой роскошный наряд! — восхитилась воспитательница Валентина Васильевна, появляясь в раздевалке. — Кто его тебе сшил?

Киса запрыгала.

— Егор в Интернете купил, там все продается. Ля-ля-ля...

Весело напевая, Киса убежала в группу.

— Ох уж эти современные дети... — вздохнула Валентина Васильевна. — Ничем их не удивишь, про компьютер и Интернет с пеленок знают. Идите скорее в зал, а то вам места не хватит, родителей много.

— Я не планировала остаться, — честно призналась я, — мне на работу надо.

Воспитательница понизила голос:

— Евлампия Андреевна, представляете, как Кисе будет обидно? Ко всем детям родственники пришли, а к ней нет. Девочка старалась, учила стихи, у нее ответственная роль.

— Пора начинать, — громовым басом произнесла, входя в раздевалку, преподавательница физкультуры Анна Семеновна. — Иди, Валя, садись за фортепьяно. Здравствуйте, Лампа. Что, вам негде сесть? Сейчас табуретку принесем.

Я во все глаза уставилась на стокилограммовую женщину. Как-то она странно сегодня нарядилась: коротенькое розовое платье фасона «бэби-долл», с торчащей колоколом пышной юбочкой и рукавчиками-фонариками, белые гольфы с кисточками и капроновый голубой бант в выкрашенных в баклажановый цвет волосах.

— Рита, принеси в зал стулья! — крикнула, обернувшись, Анна. — Ой, кажется, на спине лиф лопнул... Валя, глянь, пожалуйста.

— Полный порядок, — заверила коллега. — Но ты на всякий случай не очень активно двигайся.

— Красивый наряд, только слегка вам мал, — пробормотала я.

— Большего размера в прокате не было, — улыбнулась Аня. — Я сегодня исполняю роль девочки Маши, а наш сторож Василий Петрович — медведица.

— Ну да, ну да, — забубнила я себе под нос.

— Все девочки в центре хотели получить роль главной героини, — пояснила Валентина. — Маша одна, а желающих ее играть двадцать человек, думали, думали, как их не обидеть, и решили: Машенькой будет Анна, тогда никаких конфликтов, слез и зависти не возникнет.

— А мальчики, надо так понимать, рвались изображать медведицу, — улыбнулась я.

— Наоборот, — возразила Аня, — никто не хотел, она же сердитая. Пришлось привлекать Василия. А ее медвежата вредные ябеды, поэтому их мы вообще вычеркнули. Вместо них у нас белые лебеди, которые Машу спасают и уносят в корзинке.

Я опешила. Интересно, где креативные педагоги-писательницы разыскали плетеную емкость, куда поместится пышнотелая Анна Семеновна? Взяли напрокат гондолу, которую подвешивают к гигантским воздушным шарам?

Из коридора раздалось дребезжание.

— Первый звонок! — засуетилась «Машенька» и умчалась.

Валентина Васильевна сложила ладони домиком:

— Лампа, дорогая, спектакль длится всего полчаса! Поддержите Кису!

— Хорошо, — согласилась я и направилась в зал.

ГЛАВА 2

Представление действительно закончилось быстро, но после него пришлось переодевать Кису. Покинула детский центр я лишь в одиннадцать и побежала на парковку за своей машиной, одновременно пытаясь связаться с Ниной Феликсовной Зуевой. Как назло, та не снимала трубку. Я уже хотела положить телефон в карман, но он вдруг зазвонил, и на дисплее высветилось «Вадим». Меня разыскивал сын Нины.

— Ты где? — забыв поздороваться, спросил он.

— В пробке застряла, — жалобно соврала я.

— На дорогах беда, — посетовал парень. — Ладно, дуй прямо к заказчику, не заезжай в офис. Улица Новодальская, дом шесть. Успеешь к половине двенадцатого?

— Мчусь во весь опор, — пообещала я, радуясь тому, что нахожусь совсем рядом. До Новодальской мне пять минут езды.

— Поскольку нам заранее поговорить не удалось, попробую объяснить по телефону, что от нас хочет заказчик... — начал Вадик. Но в ту же секунду я услышала равнодушный механический голос, сообщивший, что «абонент находится вне зоны действия сети». Вадим попал в «яму» мобильной связи.

— Вот она! Держи ее! — неожиданно заголосил пронзительный дискант. — Ходит с белкой, людей насмерть запугивает. Арестуйте ее! Пусть нам лечение оплачивает. Эй, тебе говорю, тормози, блин!

Я остановилась у ступеней гастронома, на которых, подбоченясь, стояла Екатерина, жена алкоголика, испугавшегося Кисы в костюме белочки. У тротуара была припаркована полицейская машина, а рядом с теткой топтался толстый опер с безнадежно унылым выражением лица.

— Вы ко мне обращаетесь? — посмотрела я на бабу в халате.

— К тебе, тварь! — завизжала Катерина. — Гони деньги прямо сейчас. Мне надо медсестрам заплатить, нянькам, врачам да еще жрачку в палату таскать. Откуда у меня средства? Муж пьянчуга убогий, чтоб он сдох поскорей, а дома трое детишек по лавкам! Зато ты по улицам рассекаешь с кожаной торбой через плечо, какой у меня даже для праздника нет. И в туфлях на красной подметке. Я телевизор смотрю, знаю, сколько такие стоят. Обокрали Россию, жируют на наши народные деньги!

Я растерялась и попятилась. Весной и осенью у психически больных людей начинается обострение. Похоже, багровая от злости мадам не приняла сегодня свои таблетки.

— Гадина! — завопила Екатерина. И бросилась на меня, попыталась вырвать из моих рук сумку, которую Макс привез мне из Америки.

— Гражданка, прекратите, соблюдайте тишину и порядок, — устало произнес полицейский, хватая хулиганку за локти. Затем повернул голову ко мне: — А вы, гражданка, знаете эту гражданку?

— Она моего мужика белкой насмерть пуганула! — еще громче заголосила супруга алкаша.

— Гражданочка, прикусите язык, — рассвирепел страж порядка.

Куда там! Катерина продолжала орать, перемежая каждую фразу ругательствами, в том числе и матерными. Наконец я поняла, что произошло.

Когда мы с Кисой ушли в садик, «добрая» жена перестала пинать ногами своего неподвижно лежащего благоверного, наклонилась над ним, чтобы надавать пощечин, и обнаружила, что тот вроде и не дышит. С криком «Убили!» Екатерина кинулась в супермаркет, продавцы вызвали «Скорую» и полицию. На удивление, обе службы прикатили через пять минут, и выяснилось, что Николай жив, но у него случился сердечный приступ. Молодой врач, видимо только-только получивший диплом, сказал:

— У больного на лице застыло выражение ужаса. А от страха даже совершенно здоровый человек может умереть. Кто-нибудь недавно напугал его?

Катерина моментально вспомнила про нас с Кисой. И вот теперь злобная баба желает, чтобы я прямо сию минуту достала из сумки миллион рублей наличными и отдала ей на лечение любимого супруга и прокорм трех деток, младший из которых сейчас служит в армии.

— Если вы посадите Екатерину в свою машину, то я объясню вам, о какой белке идет речь, — пообещала я полицейскому.

— Серега! — заорал тот. — Хорош кофе пить, помоги!

Из служебного автомобиля высунулся молодой парень:

— Чего делать надо, Виктор Михайлович?

— Забери гражданку и запиши ее показания, — велел старший коллега. — А вы, гражданка, повторите свои претензии ответственному сотруднику, их надо зафиксировать для дальнейшего хода следствия. Понятно, гражданка?

— С места не сдвинусь, пока она мне не заплатит, — уперлась Екатерина.

Открыв сумку, я показала скандалистке ее содержимое.

— Миллион занимает довольно много места, это десять пачек по сто тысяч, даже в самых крупных купюрах получится внушительная куча ассигнаций. Смотрите, у меня с собой ничего подобного нет!

— Если ваши слова, гражданка, не записать, то они просто бла-бла, — подхватил Виктор Михайлович. — Их к делу не пришьешь. А коли на бумаге будут, тогда это документ. Ступайте в машину, гражданка!

Екатерина неожиданно притихла, сделала пару шагов в сторону бело-синего «Форда». Но обернулась и прошипела:

— Кабы ты на месте расплатилась, дешевле бы обошлось. А по суду я с тебя десять «лимонов» срежу. Лишила семью кормильца, стерва! — И она потрусила к полицейской машине.

Я достала из сумочки служебное удостоверение, паспорт и быстро рассказала Виктору Михайловичу о празднике в детском садике, о Кисе в костюме белочки и нашей встрече с алкоголиком и его «любящей» супругой.

— Шизеет народ от Интернета, — сделал вывод страж порядка, — мозг от излучения гибнет. А ты что, из наших? Ушла в коммерческую структуру? Хорошо платят?

— Не жалуюсь, — улыбнулась я. — Но прежде не имела отношения к правоохранительным органам, по образованию я музыкант, когда-то в оркестре на арфе играла. Неужели будете заводить дело о белке?

— Ты в другом мире служишь, — устало произнес Виктор Михайлович, — а у нас теперь дурдом. Гайки закрутили, резьбу сорвали, денег платят пшик, а требуют столько, что пожрать некогда. Нынче на любой пук гражданина велено оперативно реагировать. Вон вчера вызвали на квартиру... Там коммуналка, двое соседей. У одного из клетки морская свинка удрала и второго укусила. Раньше я бы дураков успокоил, пожурил, лекцию на тему «Давайте жить дружно» прочитал и мирно уехал. А сейчас что? Пиши, Виктор Михайлович, гору бумаг!

— Дело о морской свинке? — захихикала я. — Прикольно. Кого к суду привлекут?

— Вообще-то за животное хозяин отвечает, — хмуро пояснил полицейский. — Но я выкрутился, указал в документе: «В домашних условиях содержится дикое животное, которое, по своей глупости, является недрессируемым. Злого умысла в произошедшем укушении не просматривается и нет мотива». Ты мне оставь свои координаты, могут понадобиться. Мы с Серегой сейчас эту бабень утихомирить попытаемся, но если она в раж войдет, придется тебя вызывать, показания записывать.

Я протянула ему визитку:

— Звоните в любое время.

Виктор Михайлович кашлянул и привычно произнес:

— Можете быть свободны, гражданка.

Я быстро пошла вперед. Но вдруг услышала:

— Евлампия! — И обернулась.

— У вас в конторе новых сотрудников, часом, не ищут? — поинтересовался полицейский.

— Пока нет, — ответила я.

— Жаль, — расстроился Виктор Михайлович. — Мигом бы работу поменял. Жена запилила, шубу ей охота и сумку вроде твоей.

Решив ничего больше не говорить, я побежала на стоянку.

К дому на Новодальской мне удалось подъехать на минуту раньше Вадима.

— Молодец, не опоздала, — похвалил меня Зуев. — Сейчас мама подкатит, вместе пойдем к заказчику. Зовут его Герман Фомин. Бизнесмен, торгует то ли рыбой, то ли мясом, в общем, продуктами. В деньгах не стеснен, решил изменить дизайн гостиной. Наша задача расспросить мужика и понять, чего конкретно он хочет. А вот и мама.

Сверкающая лакированными белыми боками дорогая иномарка лихо вкатила во двор, повернула налево и — тюкнулась бампером в ободранный мусорный контейнер. Водительская дверца открылась, показалась одна стройная женская ножка в элегантной туфельке на высоком спицеобразном каблуке, потом вторая, затем появился подол ярко-синего легкого пальто...

— Нина, ты стукнула своей машиной, только вчера пригнанной из салона, помойку! — простонал Вадим.

— А что ей сделается? — изумилась его мать. — Бак старый, ржавый, на ладан дышит, его небось мусорщик каждый день своим грузовиком пинает. Я до него чуть-чуть дотронулась. Думаешь, надо пойти в ДЭЗ и оставить там денег на ремонт контейнера?

Вадик махнул рукой.

— Лучше направимся к заказчику.

ГЛАВА 3

Наверное, пришла пора объяснить, каким образом я стала сотрудником дизайнерского бюро Нины Феликсовны Зуевой.

Не так давно я, поддавшись на уговоры своей подруги Иры Звягиной, дала согласие поучаствовать в одном телешоу[1]. Что из этого полу-

---

[1] Ситуация, о которой вспоминает Лампа, описана в книге Дарьи Донцовой «Огнетушитель Прометея», издательство «Эксмо».

чилось, рассказывать не хочется, но в процессе подготовки к съемкам я познакомилась с милой женщиной-костюмером Еленой Гвоздевой. Недавно Лена приехала поздно вечером ко мне домой и попросила помочь, как она сказала, «интеллигентной девушке, которая оказалась в беде». Сначала Леночка упорно не называла имени бедняжки, говорила о ней в третьем лице, но потом расплакалась и выложила всю правду.

...У Гвоздевой есть дочка, обожаемая Настенька. Матерью Лена стала, едва окончив школу, и хотя родители с пеной у рта уговаривали ее отказаться от ребенка, забрала его домой. Семья Гвоздевых жила в крошечной «трешке». В одной комнате ютились старшая сестра Лены с мужем и сынишкой, во второй проживали бабушка с дедушкой, а Елена обитала вместе с родителями в третьей. Кухня у них была пятиметровая, санузел совмещенный, прихожая отсутствовала, ее заменял тридцатисантиметровый коридорчик и холл размером с десертную тарелку, куда выходят двери всех комнат. Понимаете, как Гвоздевы обрадовались появлению в их рядах нового члена семьи, постоянно, днем и ночью, отчаянно орущего?

Выстроившись, как немецкие псы-рыцари, «свиньей», родичи пошли в атаку на вчерашнюю школьницу. Они говорили о необходимости получить высшее образование, о тесноте жилья и больших расходах, связанных с воспитанием чада, об отсутствии у Леночки работы, о диабете бабушки, гипертонии дедушки, вечных скандалах в семье старшей сестры и в один голос твердили:

— Девочке будет лучше в приюте, ее оттуда непременно возьмут обеспеченные люди. А ты, став постарше, выйдешь замуж и родишь себе в законном браке другого ребеночка. Не надо воспитывать ублюдка, которого по глупости произвела на свет невесть от кого.

Бедная Лена пару месяцев молча слушала эти песни, а потом взорвалась и высказала близким все, что думала. Мол, диабет у бабушки от бесконечного обжорства, гипертонию дедушка заработал запоями, с мужем сестра живет плохо, потому что она по характеру шотландская волынка — нудит с утра до вечера, а квартира у них маленькая из-за отца, просадившего в игральных автоматах деньги, вырученные от продажи жилплощади его покойной матери, на которые Гвоздевы планировали расшириться. Младенец не виноват в несчастьях семьи.

Разразился феерический скандал, в процессе которого мать прокляла дочь, а отец вышвырнул Лену на улицу вместе с отчаянно вопящим кульком, выкрикнув на прощание доброе напутствие:

— Сдохнешь под забором, домой не возвращайся!

Но Леночка не умерла. Она, правда, так и не получила высшее образование, но вышла удачно замуж за Никиту Мельникова. Супруг работал на телевидении и пристроил туда же жену костюмером. Никита любил крохотную Настеньку, баловал своих женщин, но, к сожалению, будучи на тридцать лет старше Лены, умер на седьмом году брака. В наследство Лене достались две квартиры и небольшая дачка. Гвоздева после похорон Никиты не впала в уныние, стала пахать на нескольких программах, пыталась заработать, где могла, обеспечивала любимую дочку, возила ее на море, покупала ей одежду, красивые игрушки, считала Настю лучшим ребенком на свете, а когда та перешла в пятый класс, начала собирать деньги на ее высшее образование. Лене самой не удалось получить диплом, но ее любимая Настюша обязательно должна поступить в институт. Годы, когда дочка ходила в школу, были для Гвоздевой, несмотря на материальные трудности, очень счастливыми. А потом богиня судьбы, видимо, решила: хватит приносить Елене пирожные со взбитыми сливками на блюдечке, надо добавить к ним немного сапожного крема...

Елена прервала рассказ, достала из портмоне фото и положила на стол.

— Смотри, это Настюша, снимок сделан пару месяцев назад. Правда, она на редкость хороша собой?

— Красавица, — покривила я душой, разглядывая самое заурядное лицо и думая, что девушка с такой внешностью сольется с толпой.

Гвоздева погладила фото рукой и продолжила свою историю.

...В шестнадцать лет Настя связалась с плохой компанией и пошла по кривой дорожке. Слава богу, девочка не пристрастилась ни к алкоголю, ни к наркотикам, не стала проституткой, не заболела СПИДом. Она просто влюбилась в красавца цыгана Костю Леонова, промышлявшего воровством, привела парня в родной дом и стала его верной помощницей.

Бедная Лена, больше всего на свете не хотевшая походить на свою мать, некогда вытурившую ее из дома, вытерпела все: приезд к ней в квартиру табора, Костю, разгуливавшего по квартире почти голым, вечно пустую коробочку в комоде, куда костюмерша аккуратно складывала заработанные деньги, табачный дым, плотной завесой висевший теперь в «двушке», истеричные вопли Насти: «Мама, ты обязана подружиться с Костей! Мне плохо оттого, что два дорогих мне человека не могут найти общий язык!»

Сцепив зубы, Лена говорила себе: «У девочки любовь. Но через пару лет чувство пройдет, и все изменится. Если я сейчас буду протестовать, скажу: «Настя, это моя квартира, пусть твой хахаль ведет себя прилично», она оскорбится и наши отношения станут враждебными. Ничего, потерплю, зато дочка будет любить меня по-настоящему».

Может, так бы оно и было. Но однажды Настя не вернулась домой, а вскоре Гвоздевой позвонили из полиции и сообщили об аресте ее дочери. Та пыталась вынести из бутика дорогую одежду, «забыв» заплатить за нее на кассе.

Едва за Настей захлопнулась дверь камеры следственного изолятора, Костя испарился. Покидая квартиру Лены, цыган прихватил не только свое имущество, однако Гвоздева не расстроилась, лишившись любимых вещей. Она решила: слава богу, мерзкий мужик исчез, теперь Настя узнает ему цену, и все будет хорошо. Надо только нанять ушлого адвоката, чтобы вызволить дочь из беды, и забыть этот кошмар.

К сожалению, Настеньке на момент кражи уже исполнилось восемнадцать. Юрист, которого посоветовали Лене приятельницы, оказался неопытным, а судья вела себя на процессе как злобный, давно не кормленный носорог. Наивная мать полагала, что Настю освободят прямо в зале суда. Ну разве вина девочки так уж велика? Она никого не убила, не ранила, не изнасиловала, не нападала на людей с ножом, просто, надев на себя неоплаченные шмотки, попыталась выскользнуть на улицу. За это не следует сажать за решетку, хватит штрафа и общественных работ. Ну пусть Насте прикажут год бесплатно убирать тот бутик, она тут же возьмется за тряпку. Девушка давно раскаялась, горько рыдает на скамье подсудимых и на все вопросы отвечает фразами:

— Ой, простите меня, я больше никогда не буду! Никогда! Никогда! Я не хотела! Я случайно!

Лена была совершенно уверена, что после оглашения приговора увезет дочку домой. Даже купила обожаемый Настюшей торт «Полет» и поставила его в холодильник. Поэтому после слов судьи: «Приговаривается к четырем годам лишения свободы...» — Гвоздева онемела.

Настенька закричала:

— Мама! Помоги! Сделай что-нибудь, иначе я повешусь!

А Лена не могла даже моргнуть. Четыре года? За попытку унести джинсы и топик? Такое возможно?

Настя отсидела не весь срок, ее выпустили по УДО[1]. Дочь вернулась домой, и у Лены при взгляде на нее сжималось сердце. Веселая, активная, энергичная, шебутная Настенька превратилась в молчаливое, испуганное существо, покорно произносящее: «Как хочешь, мама, так и сделаю».

Мать упросила дочь поступить на заочное отделение факультета журналистики и сказала ей:

— Никому не рассказывай о том, что сидела, начинай жизнь с чистого листа, учись, получай диплом.

— Как хочешь, мама, так я и сделаю, — стандартно отреагировала Анастасия.

Костюмерша надеялась, что Настюша заведет хороших друзей, оживет, снова научится смеяться. Но дочка никуда из дома не выходила. Лишь раз в неделю ездила в институт, сдавала выполненное задание. Все остальное время она сидела в квартире.

«Ей надо пойти на работу», — решила Лена и попыталась пристроить дочку на свой телеканал администратором. Но в отделе кадров, увидев отметку об условно-досрочном освобождении, мигом соврали: «У нас вакансий нет».

Не взяли Настю и в риелторское агентство, страховую компанию, косметическую фирму, рас-

---

[1] У с л о в н о - д о с р о ч н о е о с в о б о ж д е н и е — лица, совершившие преступления небольшой и средней тяжести (верхний предел срока заключения 5 лет), могут выйти на волю, отсидев не менее 1/3 срока; если преступление тяжкое — отбыть следует не менее половины срока, а при особо тяжком — 2/3.

пространяющую товар через сеть агентов. Мать почти впала в отчаяние. И тут вдруг в одно из шоу, где Лена работает костюмершей, в качестве гостьи пришла известная правозащитница, основатель и руководитель фонда «Новая жизнь» Нина Феликсовна Зуева.

Она была очень откровенна с ведущим, рассказала свою биографию:

— Когда мне исполнилось восемнадцать лет, я тяжело заболела туберкулезом, непонятно где подцепив заразу, и попала сначала в больницу, потом в санаторий. В общей сложности период лечения длился около двух лет. В палате я познакомилась с Наташей, бывшей заключенной. Мы были почти ровесницы, но как разнились наши судьбы! Ната по глупости утащила у женщины кошелек, за что ей дали восемь лет. На зоне девушка заразилась палочкой Коха и была отправлена в больницу. После выписки из санатория мы с Наташей продолжали дружить, и я знала, как тяжело ей приходится: своей квартиры нет, нигде бывшую зэчку на работу не принимают... Наташа пыталась выжить, а потом сломалась и покончила с собой. Я же поклялась, что в память о ней буду помогать самым отверженным гражданам страны. Почти десять лет назад я организовала фонд, который поддерживает заключенных, вышедших на свободу. К сожалению, мы не можем протянуть руку помощи всем, наши возможности пока ограниченны, сейчас принимаем к себе только тех, у кого нет родственников и жилья. Кроме того, человек должен сам хотеть изменить свою судьбу и быть готовым много работать и упорно учиться.

Те, кто попадает под эгиду фонда, получают комнату в доме Доброй Надежды, так мы называем наше общежитие, работу, питание, одежду, а в перспективе, если попечительский совет увидит, что человек действительно покончил с криминальным прошлым, готов к нормальной самостоятельной жизни, стремится стать достойным членом общества, у него появится шанс получить с нашей помощью свою квартиру.

Лена выслушала выступление Зуевой, подождала, пока она отправится в гримерку переодеваться, и бросилась за ней.

ГЛАВА 4

Зуева оказалась сострадательной женщиной. Выслушав рыдающую Лену, она сказала:

— Очень хочу вам помочь. И могла бы взять Настю на работу в свое дизайнерское бюро, у нас как раз вчера освободилась ставка, сотрудница уехала с мужем на ПМЖ в США. Но вот места в общежитии нет, у нас полный комплект постояльцев. Фонд существует на пожертвования и на то, что мы с моим сыном Вадимом зарабатываем. По счастью, нам от родственников достались две большие квартиры на одной лестничной клетке, их мы и превратили в дом Доброй Надежды для бывших заключенных. Хочется помочь всем, но мы можем принять лишь ограниченное число женщин и мужчин. Для вашей Анастасии уголка сейчас не найдется.

— И не надо! — закричала Гвоздева. — Дочка живет дома, у нее есть собственная комната.

И кормить, одевать ее нет необходимости. Настенька не станет для вас обузой, ей лишь требуется работа.

Нина Феликсовна нахмурилась:

— Елена, основное правило нашего фонда — помогать тем, у кого нет любящих родственников, средств к существованию и жилья. Анастасия же находится в не столь бедственном положении. Если мы возьмем вашу дочь под опеку, кто-то из нуждающихся останется на улице.

— Мама, — сказал вдруг присутствовавший при беседе Вадим, — давай один раз изменим своим правилам. Пусть Настя проработает год в нашем дизайн-бюро секретарем. Там как раз есть место. Потом ты дашь ей рекомендацию, и Гвоздеву без проблем примут на службу в какую-нибудь контору. Молодой девушке трудно начать карьеру, кадровики не хотят брать людей без опыта, да еще после отсидки.

Елена упала на колени.

— Нина Феликсовна, всю жизнь за вас молиться буду, помогите!

— Что вы делаете? Встаньте скорей, — испугалась Зуева, — нельзя ни перед кем ползать на коленях, это унижает. Ладно, сделаем исключение, пусть Настя завтра к десяти утра приходит в офис, она принята на службу. Но ей, несмотря на особое положение, придется выполнять наши требования — помогать по хозяйству в общежитии, не курить, не употреблять алкоголь, заниматься самообразованием. Мы тщательно воспитываем тех, за кого несем ответственность. И вот еще что: на квартиру Гвоздева претендовать не сможет.

— Настюша вас никогда не подведет, — всхлипнула Лена. — Дай вам бог здоровья и удачи!

Работа оказалась несложной, а Зуевы совсем не вредными начальниками. Платили, правда, копейки. Но Лена без устали твердила дочери:

— Тебе сейчас нужно заслужить хорошую характеристику, через год-полтора ты перейдешь на другую работу, будешь получать нормальные деньги.

И Настенька старалась. Она попросила мать купить ей книг по оформлению интерьеров, тщательно проштудировала их, говорила о том, как интересно помогать людям делать их дома красивыми и уютными. А самое главное — стала снова улыбаться.

Лена радовалась, что дочь ожила, не возражала, когда она затеяла перестановку в квартире и сшила новые занавески. Старшая Гвоздева опять стала счастливой. Но, видно, богиня судьбы за что-то крепко осерчала на нее.

В начале апреля Настя пришла домой притихшая, отказалась от ужина, а потом сказала:

— Я больше не хочу работать с Зуевыми.

— Почему? — поразилась мать.

— Мало платят, обязанностей много, а Нина с Вадимом ни черта в оформлении интерьера не смыслят, — перечислила свои претензии Анастасия. — Я прочитала кучу книг и сейчас понимаю: Зуевы клиентам глупости говорят. Ты бы видела, какую жуткую мебель в их мастерской бывшие зэки мастерят. Знаешь, что они делают? Берут на фабрике диван или кресла по дешевке, обтягивают их новой тканью, слегка изменяют форму, скажем, поролона насуют в спинку, и впаривают клиентам как изделие штучной, ручной работы. Или стол обдерут и заново красками распишут. Жуть черная!

— Не всем по карману из Италии эксклюзив заказывать, — встала на защиту Нины Феликсовны Лена. — Кому-то нравится и по карману то, что предлагают Зуевы. Вадим и Нина святые! Надеюсь, ты не сказала людям, которые тебе в трудную минуту руку помощи протянули, того, что мне? И нельзя бросать работу, не найдя новое место.

— Я открою свое агентство, — заявила вдруг Настя. — Да, да, прямо сейчас начну искать помещение для офиса. Главное, чтобы оно находилось на северо-западе Москвы, лучше всего на Ленинградском или Волоколамском шоссе или на прилегающей к ним улице. Ну-ка...

Девушка бросилась к ноутбуку, постучала по клавиатуре и воскликнула:

— Да тут уйма предложений! Мне понадобится месяц на организацию. Мама, не нервничай, клиенты тучами потянутся. Ты уйдешь из телецентра, станешь мне помогать.

Лена всегда поощряла любые инициативы дочери, но тогда решила спустить неразумное дитятко с небес на землю:

— Солнышко, любой бизнес требует первоначального капитала. Придется вложить немалые деньги, и лишь потом проект, вероятно, станет приносить прибыль. Где найти средства?

— Это ерунда, — отмахнулась Настя и, напевая веселую мелодию, продолжила рыться в Интернете.

Елена посмотрела на оживленную дочь и проглотила замечания, так и рвущиеся на язык. Настенька очень увлечена своей идеей и пусть разрабатывает ее. Конечно, денег на старт проекта у Гвоздевых нет, но должна же быть у человека мечта. Это прекрасно, что Анастасия полна планов и желаний. Слава богу, девочка окончательно оправилась после пребывания на зоне...

Вскоре Настя огорошила мать сообщением:

— Я нашла прекрасное помещение в подходящем месте. Внесу задаток, чтобы его другим не сдали.

— Настя, где ты возьмешь нужную сумму? — испугалась Елена.

— Кредит оформлю, — засмеялась дочка. — Ни о чем не волнуйся. Я не маленькая.

А спустя два дня после той беседы к Гвоздевым явилась полиция и арестовала Настю по подозрению в воровстве. Выяснилось, что у Нины Феликсовны пропало очень дорогое старинное кольцо, доставшееся ей от прабабушки. Лена бросилась к Зуевой, и та рассказала, как развивались события.

В пятницу Нина Феликсовна вместе со своей знакомой Валей Колиной собиралась отправиться в Большой на балет. Зуева мечтала попасть в отремонтированное помещение любимого театра, но достать билеты на вечер ей не удалось, пришлось довольствоваться дневным представлением. А в десять утра ей, уже одетой для посещения спектакля, пришлось заскочить в общежитие, оттуда позвонила управляющая Лариса Малкина и сообщила:

— У нас форс-мажор, Кирилл Найденов напился. Не знаю, что делать. Он буянит, скандалит. Полицию вызывать боюсь, он же по УДО вышел.

Зуевой пришлось самой ехать в дом Доброй Надежды. Сын Вадим отправился, как назло, на швейную фабрику, где фонду обещали бесплатно отдать бракованные полотенца.

Найденов действительно был мертвецки пьян. Но парень не бушевал, лежал трупом, так ему было плохо. Зуева велела Ларисе подождать, пока подопечный протрезвеет, и объяснить ему, что он налился водкой в последний раз.

— Сейчас ограничимся устным порицанием, — решила Нина Феликсовна, — но если сей «гнилой фрукт» опять схватится за бутылку, исключим его из программы. Сотрудники фонда никогда не станут тратить время, деньги и силы на человека, который не желает использовать предоставленный ему шанс.

— Надеюсь, Найденов быстро оклемается, я сделала ему отрезвляющий коктейль. — Малкина взяла со стола литровую стеклянную кружку.

— Что это? — спросила Зуева. — Цвет какой-то странный, бордово-фиолетовый. Кирилл не отравится?

— Тут одни полезные составляющие, — заверила Лариса. — Смесь томатного и свекольного соков с огуречным рассолом, перец черный, чили, уорчестерский соус, горчица и хрен. Это мертвого на ноги поставит. Сейчас попробую его напоить...

Малкина сделала пару шагов, поскользнулась на влажном, только что протертом ею же полу и шлепнулась, не выпуская из рук кружку с питьем. Содержимое выплеснулось основательнице фонда прямо на грудь. Зуевой пришлось идти в душ. В театр она так и не попала — ехать домой переодеваться времени не осталось.

Нина Феликсовна выстирала одежду, увидела, что та безнадежно испорчена, попросила у Ларисы халат и завернулась в него. Домой Зуева отправилась ближе к вечеру. Как вы догадываетесь, настроение у нее было совсем не радужное.

Только на следующий день в районе полудня благотворительница сообразила, что при ней нет драгоценного кольца. Она позвонила Малкиной и попросила:

— Сходи в санузел и забери мой перстень.

Зуева, не раз забывавшая на полке у рукомойника кольцо и всегда получавшая его обратно, ни на секунду не усомнилась, что оно мирно лежит у зеркала. Но Лариса тут же ответила:

— Прости, я сегодня многократно заходила в ванную и не видела там перстня.

Зуева вновь не забеспокоилась:

— Поищи как следует и спроси у ребят, кто-то мою цацку унес и сберег.

Поговорив с Малкиной, она поехала по делам. День выдался хлопотным, времени на повторный звонок Ларисе не нашлось. Около семи вечера Нина Феликсовна прибыла в общежитие и ахнула — там находились двое полицейских. Оказывается, Лариса обыскала ванную, опросила подопечных, не обнаружила кольца и вызвала полицию. Подозрение пало на Настю. Почему? Давайте узнаем, как разворачивались события.

Накануне дня, когда Нина Феликсовна не смогла попасть в театр, Малкина заявила Гвоздевой и Найденову, что им завтра предстоит мыть в общежитии окна, а остальной народ сразу после работы отправится в цирк. Узнав о таком решении Ларисы, Настя не скрыла своего недовольства:

— Зачем мне полировать стекла, когда другие будут веселиться? Я здесь не живу.

— Потому что ты тоже участница программы и должна подчиняться общим правилам, — разъяснила Малкина.

В назначенный день в полдень Гвоздева пришла в дом Доброй Надежды. Представьте ее негодование, когда она увидела, что Найденов, который должен был работать в мужских спальнях, напился и вырубился. Выходит, ей надо пахать одной? Но делать нечего, Настя взялась за тряпки и до вечера исправно отмывала стекла от грязи. В какой комнате она находилась в тот момент, когда к пьяному Кириллу примчалась Нина Феликсовна, ни Лариса, ни Зуева не знали.

А теперь начинается самое интересное.

Глава фонда уехала домой в половине четвертого. В девятнадцать часов хмурая Настя отчиталась управляющей о проделанной работе и мрачно спросила:

— Можно душ принять? Я вспотела как Жучка.

Лариса ответила:

— Да, конечно. Ступай в ванную, чистые полотенца в шкафу в коридоре.

В половине восьмого Настя, неожиданно повеселевшая, с улыбкой на лице подошла к Малкиной и сказала:

— Ну, я потопала.

— Конечно, — кивнула Лариса, — отдыхай.

В начале девятого Кирилла опять стошнило, управляющая в очередной раз понесла в санузел испачканный таз. И она отлично помнит, что никакого кольца ни на раковине, ни на стеклянной полочке над ней не было. Обитатели общежития вернулись из цирка около двадцати трех. Ну и кто попал под подозрение? Ясное дело, Настя. Потому что остальные жильцы квартиры были в цирке. В доме Доброй Надежды находились Зуева, Малкина, Найденов и Гвоздева. Кирилл лежал мертвецки пьяным. А управляющая отлично помнила, какой злой была Анастасия, уходя в ванную, и какой веселой она оттуда выпорхнула. Поэтому Лариса, не посоветовавшись с Ниной Феликсовной, вызвала полицию. Парни в форме неожиданно проявили оперативность, быстренько разослали по скупкам описание пропавшей драгоценности. Далее события развивались со скоростью лавины, сходящей с гор.

Вскоре раздался звонок от Марианны Гаджиевой, владелицы небольшого ломбарда. Она сообщила, что указанное колечко вчера вечером ей сдала... Анастасия Гвоздева. Она предъявила паспорт с московской регистрацией, получила деньги и ушла. Проверка тут же выявила, что девушка ранее привлекалась за кражу вещей из бутика и была освобождена по УДО. У полицейских отпали последние сомнения, Гвоздеву задержали.

Настя не стала отрицать, что посещала скупку. Но утверждала, будто выиграла кольцо у наперсточника, который стоял на первом этаже торгового центра, расположенного у метро. Мол, она шла к станции, ее остановил очень симпатичный черноволосый и темноглазый парень с небольшой бородкой и усами, наговорил ей комплиментов, пригласил в кафе, работавшее в магазине. Он ее словно загипнотизировал, Анастасия вошла в холл универмага, и тогда новый знакомый предложил ей сыграть в наперстки. Он шепнул:

— На кону дорогое кольцо, я никогда не проигрываю. Но ты попробуй, вдруг, ослепленный твоей красотой, я ошибусь. Ты прекрасна, как Шахерезада!

Настя поняла, что очень понравилась парню. Красавец, в свою очередь, произвел впечатление на нее. Короче, девушка согласилась. А потом наперсточник глазами показал ей на перевернутый вверх дном стакан, под которым лежал выигрыш.

— Да ты еще и счастливая! — засмеялся он, когда Гвоздева взяла перстень. — Видишь вон там вывеску: «Ломбард»? Иди туда, за кольцо много денег дадут. Что ты завтра вечером делать собираешься? Приглашаю тебя в кино.

Анастасия поспешила в ломбард, думая, что получила в подарок бижутерию максимум тысячи за три. Но симпатичная женщина в скупке сразу выдала ей аж двадцать пять тысяч рублей.

Впрочем, если знать, что реальная стоимость перстня никак не меньше пары миллионов, то Гаджиева вовсе не альтруистка. Итог этой истории: Настя в СИЗО, в ее виновности никто не сомневается, будет суд, девушку заставят досиживать старый срок и еще навесят новый.

ГЛАВА 5

— Зачем ты ко мне пришла? — спросила я у Елены, когда та завершила свой рассказ.

— Настенька не крала колечко, — заплакала костюмерша, — ее подставили.

Мне стало безмерно жаль Гвоздеву. Тяжело осознавать, что твой любимый ребенок не хочет жить честно. Но, наверное, когда-нибудь нужно снять розовые очки.

— Кто и по какой причине мог навредить Насте? — поинтересовалась я.

Лена навалилась грудью на стол и зашептала:

— Не знаю. Мне разрешили недолго поговорить с дочкой, и я поняла, что она не врет. Настюша спросила: «Мама, зачем бы мне показывать в ломбарде свой паспорт? Я же не дура, отлично понимаю, что украденное будут искать, вызовут полицию, а та первым делом к барыгам обратится. Я на зоне сидела. Знаешь, сколько таких историй наслушалась? В Москве полно людей, которые у тебя любую вещь возьмут и никаких вопросов не зададут, документы не спросят. А Нина Феликсовна сто раз перстень на полочке бросала. Пойдет руки мыть, снимет его и забудет. Кто-нибудь кольцо найдет и Ларисе отдаст. Я сама несколько раз колечко Малкиной приносила. С чего бы мне его сейчас красть? Я совсем идиотка, что ли?» Тогда я попросила дочку поклясться моим здоровьем, что она ни при чем. И Настена сказала: «Чтоб тебя парализовало, если я вру. Чтоб мне следующие тридцать лет с ложечки тебя кормить и в памперсы одевать». Лампа, помоги! Пожалуйста, спаси Настеньку!

— Странная история, — пробормотала я. — Понимаешь, наперсточники никогда не проигрывают, это фокусники с чрезвычайно ловкими руками.

— Моя доченька красавица! — воскликнула костюмерша. — Я же тебе объяснила, Настя понравилась мужчине, он и решил ей подарок сделать.

— Леночка, украшение стоит миллионы, — напомнила я, — такое на кон не ставят.

Гвоздева схватила меня за руки.

— Помнишь, я говорила тебе про цыгана Костю? Который мою девочку на кривую дорожку сбил? Настюша рассказала, что он ювелирку воровал, но цены ей не знал, подчас дорогущий браслет за пару сотен скупщику отдавал. Вот, смотри, у меня с собой фото Зуевой с перстнем на руке, я взяла его из журнала. Ну и как он тебе?

— Я плохо разбираюсь в стоимости украшений, — призналась я. — А по снимку тем более трудно определить цену. Но если камень в середине настоящий бриллиант, то изделие очень дорогое.

— Правда, брюлик на горный хрусталь похож? — наседала Елена.

— Хм, если ориентироваться по иллюстрации в гламурном издании, то да, — осторожно согласилась я.

— Ага! — заликовала костюмерша. — Откуда простому мошеннику знать, как выглядит истинный алмаз? Наверняка наперсточник подумал, что в его жадные руки попала бижутерия, и решил использовать кольцо, чтобы подкатиться к юной красавице. Все эти Махмуды такие.

— Ты знаешь этого типа? — удивилась я.

Елена потерла виски пальцами.

— Конечно, нет.

— Назвала его сейчас по имени, — сказала я.

Гвоздева махнула рукой:

— Да просто вырвалось. Настена упомянула, что тот парень не русский — волосы темные, кожа смуглая.

Я отвернулась от нее и включила чайник.

История все больше и больше смахивает на беззастенчивую ложь. Ладно, с натяжкой можно предположить, что малограмотный наперсточник принял раритетный бриллиант за искусно сделанный страз и решил привлечь к себе внимание Насти. Вот только ее никак нельзя назвать суперкрасавицей. На фотографии, которую Лена в начале нашей беседы выложила на стол, запечатлена самая обычная москвичка с круглыми глазами, носом-картошкой и тонкими губами. И маленький нюанс — парень родом с Востока или с Кавказских гор никогда не примет за юную красавицу девушку, разменявшую двадцать первый год. А Настя выглядит даже чуть старше своего возраста. Ладно, пусть ловкорукий мошенник любит девиц типа Насти и ни черта не смыслит в драгоценных камнях. Но как к нему попало кольцо Зуевой, а?

Лена раскрыла сумку и выложила на стол пачку денег. Далеко не новые тысячные купюры были любовно сложены и перетянуты розовой детской махрушкой.

— Ира Звягина сказала, что ты лучший детектив России, за какое сложное дело ни возьмешься — размотаешь. Не из милости тебя работать прошу. Здесь шестьдесят три тысячи, я их на поездку в Турцию копила.

У меня защемило сердце, и одновременно я разозлилась на Иру. Ну вот зачем она обнадежила Лену? Я ничем не смогу ей помочь. Ведь даже пасхальному зайчику понятно, что Настя сперла кольцо Зуевой, а теперь, пытаясь оправдаться, придумывает охотничьи байки.

— Настюша поклялась моим здоровьем, — твердила костюмерша, — значит, не врет. Девочку впутали в ужасную историю. Пожалуйста, помоги!

Я старалась не смотреть гостье в глаза. Мне-то отлично известно: некоторые люди готовы родную мать продать, чтобы не нести ответственность за совершенное преступление.

Гвоздева взяла деньги и стащила с пачки махрушку.

— Если этого мало, скажи, сколько надо, я займу. Видишь, не тоненькой резиночкой пачку перетянула, она может купюру разорвать, взяла детскую, потолще, от нее ассигнации не мнутся.

Я откашлялась.

— Лучше пригласи опытного адвоката.

— Не доверяю я им, — отрезала Елена. — Один раз уже обратилась к законнику, и Насте не несправедливый приговор вынесли. Ты моя последняя надежда. Ирка так сказала: «Проси Романову, в ноги ей кланяйся, руки целуй, хороший гонорар предлагай. Если она возьмется, спасет Настю».

Мне захотелось убить Звягину. А Гвоздева тем временем методично считала купюры.

— Одна тысяча, две, три... восемь... пятнадцать... двадцать...

С каждым ее словом мне делалось все гаже и гаже.

— Вот, ровно шестьдесят три, — объявила Лена. Вновь перетянула пачку резинкой и положила около моей чашки. — Расписки не надо.

Мой взгляд упал на потрепанную махрушку, на замусоленные купюры... и я внезапно согласилась:

— Хорошо.

— Господи, ты услышал мои молитвы! — со слезами на глазах воскликнула Гвоздева. — Настеньку освободят.

Я опомнилась.

— Лена, давай с тобой так договоримся. Денег за работу я не возьму, близким знакомым помогаю бесплатно.

— Нет, нет, — возразила Лена, — ты частный детектив, а я клиент.

— Оплаты не надо, — повторила я, — но есть одно условие. Я постараюсь выяснить, кто совершил кражу. А ты спокойно выслушаешь мой отчет. Но если твоя дочь все же замешана в этой некрасивой истории, ты должна принять горькую истину.

Лена улыбнулась.

— Настюшу оклеветали, материнское сердце не обманешь.

— Хорошо, кабы так, — пробурчала я себе под нос, мечтая стукнуть Звягину чем-нибудь тяжелым.

После ухода Гвоздевой я задумалась: как же ей помочь? С чего начать расследование?

Собственно, заняться им возможность есть. Макс улетел в командировку, все заботы о Кисе лежат на плечах Розы Леопольдовны, Егор с классом отправился на майские праздники в Италию. У меня образовалась уйма свободного времени. Что ж, пожалуй, для начала надо сходить в торговый центр, где, по словам Насти, на редкость щедрый и любвеобильный наперсточник подарил ей кольцо.

На первом этаже огромного здания располагались рыночные ряды. Я внимательно осмотрелась, увидела тетушку в белом халате, перед которой на прилавке лежали маленькие пачки макарон, подошла к ней и спросила:

— Почем «спагетти»?

— Двести рублей, — заявила продавщица.

— Ну и цена! — поразилась я. — То-то к вам никто не подходит.

— Хозяин жлоб, — рассердилась женщина. — Ваще от жадности одурел! Сколько разов говорила ему: «Сбавь цену, не проси столько, сейчас килограмм хорошей лапши можно за пятьдесят тугриков купить, а у тебя в пачке сто грамм». Нет, уперся рогом.

— Серая она какая-то, — закапризничала я, — похоже, не из твердых сортов пшеницы. Кто производитель? Италия?

Торговка прищурилась.

— Дерьмалия. Нанял шеф каких-то гастарбайтерш, они машинку вроде мясорубки крутят, потом колбаски нарезают, сушат, а два мужика их в целлофан закатывают. Не бери, еще отравишься.

— Здорово вы свой товар рекламируете, — развеселилась я. — Вам от владельца свечного заводика не влетит?

— Где ты тут свечи видишь? — не оценила мою шутку тетка. — Сегодня последний день кукую. Объявил жадобина с утра, что теперь продавцам за смену меньше платить будет. Ну я и решила: получи, фашист, гранату, уйду от гада. А за сегодняшний день выручки ему не видать. Всем правду про его, прости господи, продукцию расскажу. Хочешь нормальные спагетти? Рули в супермаркет, там Италию возьмешь, а не говно-лапшу.

— Спасибо за совет, — улыбнулась я. — Желаю вам побыстрее найти хорошую работу.

— И тебе денег побольше, — не осталась в долгу тетка.

— Вы каждый день здесь стоите? — поинтересовалась я.

— Целый год тут торчала без выходных и праздников, — пожаловалась продавщица.

— У моей сестры здесь не так давно наперсточник большую сумму выманил, — вздохнула я. — Не знаете, где этот гад стоит? Хочется ему пару ласковых слов сказать.

— Тю! — всплеснула руками торговка. И вдруг заорала: — Саша, Саша, Саша!

— Ну и что тебе надо? — сильно растягивая гласные, спросил, подходя к нам, красивый черноволосый парень, одетый в короткую черную кожаную куртку, обтягивающие джинсы и лаковые узконосые ботинки. — Чего вопишь? Кто обидел?

— Зря Заур тебя смотрящим на первой этаж поставил, — не утихала тетка. — Вот при Димке порядок был железный. А у тебя наперсточники орудуют.

— Нет такого! — вскипел Саша. — Я их близко сюда не подпускаю, чтобы покупателей нам не отпугивали.

— Вот у нее кидалы деньги выманили, — показала на меня пальцем бабенка.

Саша нахмурился.

А я завела свою историю, придумывая на ходу:

— Сестра всю получку проиграла, в больницу на нервной почве попала. Хороший у нас с ней праздник получился, ничего не купить!

Парень спросил:

— Где он стоял? Как выглядел?

— На первом этаже неподалеку от ломбарда, кавказец, — отрапортовала я.

Саша неожиданно обиделся:

— Почему сразу Кавказ, а? Если волосы черные, глаза карие, то сразу наш? Может, он таджик-урюк-узбек или еврей? А?

Я изобразила негодование:

— Мне национальность и гражданство мошенника без разницы, пусть он даже из Гондураса. Денег жалко.

— Зачем твоя сестра играла? — напал на меня Саша. — Шла бы мимо!

— А зачем у тебя тут наперстки? — налетела на парня торговка. — Димка с отребьем не корешился, поганой метлой вон их гнал. И лотерейщиков тоже. А ты в доле с уродами.

— Вай, женщина! Прикуси язык! — разозлился Саша. — Иначе с этого места к туалету уедешь!

— Да хоть ваще к унитазу поставь, — захохотала баба. — Напугал до смерти, ща зарыдаю. Видела я того наперсточника, не хотела только говорить, не люблю в чужие дела лезть. Да, похоже, день у меня сегодня такой правдивый. Кантовался мужик вон там, около Алиски, которая сахарной ватой торгует. Зараза жуткая, есть ее, вату то бишь, стремно, враз желудок отвалится. Чернявенький такой, из ваших, лет ему немного. Ну, может, двадцать с небольшим. Я еще удивилась, чего он под закрытие припер. Встал в районе половины восьмого, когда народа совсем нет. Распрекрасно я его запомнила, потому что Димка давным-давно этих гадов со стаканами выпер. Года три ни один из хитроруких сюда не заглядывал. А тут гляжу, приперся со столиком. Ну, думаю, новый смотрящий или пофигист, или свой интерес имеет. Сначала, значит, разрешил сученышу пару часов до закрытия пошакалить, а там и с утра пустит. Чего ты буркала выпучил? Решил, что жизнь удалась? Можно химичить? Слышала я, как Заур нового смотрящего щучил, говорил тебе: «Чтоб на моей территории никакого криминала! Если кто кошелек сопрет, с тебя спрошу. Лотерейщиков, наперсточников, шваль всякую близко сюда не подпускать!» И не пугай меня плохим местом, я сегодня тут последний день. А тебе Заур глаза на ж... переставит.

— Эй, замолчи, женщина, а? — ожил Саша. — Впервые про стаканы слышу!

— Ах ты жук! — зачастила тетка. — Врун!

ГЛАВА 6

Пока голосистая торговка отчитывала местного «смотрящего», я бочком отошла и приблизилась к симпатичной девушке, стоявшей у прозрачного куба, в котором готовилась сахарная вата.

— Вам большую порцию? — весело спросила она.

— В детстве я очень это лакомство любила, — улыбнулась я. — Им в Феодосии, куда мы с мамой летом ездили, на каждом углу торговали. Но сейчас не съем ни кусочка, очень уж сладкое.

— Взрослые редко берут, — согласилась продавщица, — в основном дети хватают.

— Алиска, разменяй пять тысяч! — закричали слева.

— Откуда у меня такие деньги утром в будний день? — заорала в ответ девушка. — Спроси у Светки.

— Скажите, пожалуйста, вы тут недавно наперсточника случайно не видели? — спросила я.

— А что? — в свою очередь поинтересовалась Алиса.

— Моя сестра у него всю зарплату просадила, — горестно «призналась» я. — Полиция ничего предпринимать не хочет.

— А ты, значит, сама решила у мужика бабки отбить? — хмыкнула девушка.

— Просто хочу в глаза мерзавцу глянуть и спросить, не стыдно ему у матери-одиночки деньги отнимать. Теперь нам с мужем придется кормить родственников, — заныла я.

Алиса сдвинула брови.

— Во здорово! На будущее имей в виду: наперсточники никогда одни не работают, их всегда прикрывают. Начнешь скандалить, тебе живо лещей насуют. Хорошо свою сестру знаешь?

— Конечно, — заверила я.

— Небось она младше тебя лет этак на семь, — сочувственно сказала Алиска. — В детстве родители заставляли тебя ей уступать, заботиться о сестренке, а сейчас ты ей помогаешь, из всяких бед выручаешь, деньжат подбрасываешь. Как же, она ведь Крошечка-Хаврошечка, наивная, добрая, ее вечно обманывают. Так?

— Ну, — протянула я, — ты как в воду глядишь.

— Да у меня такая же ботва, — махнула рукой Алиса. — Родители над Сонькой трясутся, а мне мозг выедают: почему мало зарабатываешь, Софьюшке надо хорошо одеваться, она у нас невеста... Врет твоя сестра, не оставляла она здесь получку!

Я от удивления открыла рот, а Алиса еще больше ажитировалась:

— Здесь наперстки не крутят. У нас за порядок отвечает Заур, а он всю шелупонь прогнал, ни лотерейщиков, ни лохотронщиков, никого на них похожего нет. Сестрица твоя свою зарплату прогуляла или купила себе чего. Потом сообразила — жить-то не на что, вот и стала на жалость давить: ах-ах, я, бедняжечка, попала в лапы к мошеннику. Сонька такое тоже проделывала.

— Женщина, которая торгует макаронами, сказала, что не так давно около сахарной ваты стоял мошенник со стаканами, — выложила я главный козырь.

— Наташка у нас все знает, жаль, неточно, — фыркнула Алиса. — Ну, был парень, симпатичный, но он никого не обманывал.

— Кроме моей сестры, — напомнила я.

— А твоя сестра такая невзрачненькая, лицо словно ластиком стерто?

Я сделала вид, что обиделась:

— Зато она умная.

Алиса захлопнула пластиковую дверцу своей чудо-машины.

— Я еще удивилась — сама на моль похожа, а красивого мужика захомутала. Ох, от него такими духами веяло! Аромат волшебный, я никогда такой раньше не нюхала. Прямо гипноз, а не парфюм, голову кружил, одурманивал, хотелось за парнем побежать и все, что он попросит, сделать. Ладно, слушай, как дело было. Подошел он ко мне и говорит: «Ты не возражаешь, если я около тебя ненадолго встану?» Я на него посмотрела и поняла: сейчас влюблюсь. Обожаю таких мужиков — смуглый, темноволосый, глаза чернющие, бородка, усы. Мачо! Да еще эти его духи... В общем, голова у меня закружилась, еле ответила: «Устраивайся. А ты чем торгуешь?» Он заулыбался, кошелек достал, протянул мне три тысячи и предложил: «Сбегай в кафе, попей чайку, поешь пирожных. Мне надо с одним человеком тут поговорить. Будь другом! Сдачу себе оставь». Я сначала расстроилась. Значит, думаю, совсем парню не понравилась. Потом решила: деньги-то хорошие, отчего не зарулить в забегаловку. Вон она, видишь? Окна огромные, отлично и улицу, и галерею торгового центра видно. Села, смотрю. Брюнет к метро выскочил, кого-то ждет. Минут десять там топтался, а потом к девушке подошел, заулыбался, заговорил. Слов я не слышала, но по лицам парочки поняла — комплиментами красавец сыплет. Спустя короткое время они в центр зашли, а там уже разложенный стол стоял. Я так удивилась! Чего такой парень в малосимпатичной девчонке нашел? Ни кожи у нее, ни рожи, ни фигуры, ни одежды модной, ни прически суперской. Не скажу, что уродина, такая, как все, ничего примечательного...

— Тетенька, дайте одну порцию, — пропищал рядом детский голосок.

Алиса умолкла, нажала на красную кнопку, и агрегат ожил.

— Смотри, как он ее вытягивает! — обрадовался маленький мальчик, толкая приятеля. — И наматывает!

Продавщица улыбнулась, вынула готовую вату, отдала ее юным покупателям. Затем снова повернулась ко мне и продолжила рассказ. Слушая ее, я будто видела перед собой «картинку»...

Молодой мужчина, постоянно улыбаясь, завертел по столу неизвестно откуда взявшиеся пластиковые стаканы. Продавщица сахарной ваты, сидя в кафе, удивилась: что за представление? А девушка вдруг захлопала в ладоши. Черноволосый парень протянул ей что-то, они оживленно поговорили, затем наперсточник показал рукой в сторону расположенного рядом ломбарда. Девица, одетая в дешевое ярко-розовое пальто с вышивкой, явно сшитое на коленке трудолюбивыми вьетнамцами в каком-нибудь подвале, быстро пошла в скупку.

Сгоравшая от любопытства Алиса решила во что бы то ни стало выяснить у наперсточника, что он затеял, и вышла из кафе. Но незнакомец оказался проворнее. Когда продавщица вернулась к своему автомату, ни столика, ни красавца парня там уже не было.

Раздосадованная Алиса начала глазеть по сторонам. Наступил вечер, основные покупатели сахарной ваты — дети младшего школьного возраста — уже сидели по домам, поэтому она просто ждала, когда можно будет уйти. Дверь скупки распахнулась, оттуда вышла та самая девушка в розовом пальто. Крепко прижимая к груди сумочку, она поравнялась с Алисой. Та получила возможность хорошо рассмотреть блеклое личико, которое несколько оживило выражение бесконечного счастья. Девица прошла мимо и вышла на улицу. Алиса в большое окно-витрину видела, как незнакомка села в маршрутное такси и укатила...

Алиса уперла руку в бок и завершила свой рассказ вопросом:

— Сообразила, да?

— Нет, — прикинулась я дурочкой.

— В ломбарде украшения продают, — снисходительно пояснила Алиса. — Хозяйка там Марианна. Болтают, что она краденое скупала. Вроде милая, но норовила у тебя хорошую вещь за рубль взять, а потом ценник с кучей нулей к ней привесить и дурачкам впарить. Вот муж ее, Хамид, другой. Интеллигентный, тихий, из семьи врачей.

Как такого угораздило у Гаджиевых зятем стать? Хамид на ювелира учился, может любое украшение починить, оно станет как новое. А еще заказы берет на кольца-браслеты. Целый день согнувшись сидит, не пьет, не курит. Ой, он такой артист! Если кто из посторонних в ломбард заходит, прикидывается кем-то вроде Джамшута из «Нашей Раши». Смотрела эту программу?

— Нет, — ответила я, — но слышала о ней.

— Очень прикольная, — захихикала Алиса. — И, похоже, твоя сестра, как Хамид, любит комедию ломать. Не платила она наперсточнику, я хорошо из кафе видела, что девчонка свою сумку не открывала, на плече та у нее висела. А вот парень ей чего-то дал, только я не разглядела что. Фокус со стаканчиками я не поняла. За фигом наперсточник тут встал? Но уверена, моль в розовом пальто в скупке себе украшение приобрела. Видела бы ты, как она к груди сумчонку прижимала, когда к выходу спешила. За полкилометра ясно, что ценное несет. Вернешься домой, скажи ей: «Лишних денег в запасе не имею. Говоришь, тебя мошенник вокруг пальца обвел? Ну так продай серьги или браслет, которые в ломбарде купила».

— Спасибо, — поблагодарила я Алису и двинулась в скупку.

В маленькой, ярко освещенной комнатке за длинным прилавком расположился мужчина. Одни очки сидели у него на носу, вторые держались на макушке. Услышав дребезжание дверного колокольчика, он отложил кольцо и с сильным характерным акцентом произнес:

— Добрый утро, дарагая! Что хочешь?

— Говорят, у вас тут можно приобрести красивые украшения, — сказала я.

— Канечна! Сматри витрин, — дружелюбно предложил скупщик. — Золото, бриллианты, антиквариат!

— Дорого очень, — вздохнула я, рассматривая ценники со внушительными цифрами. — Мне не по карману.

Ювелир встал, взял со стола большой ящик и поставил его на полированную доску.

— Зачем расстраиваешься? Выбирай, дарагая, Хамид не обманщик. Тут не бриллианты, а стекло, но подружкам скажешь, что настоящий камень, они поверят сразу. Две вещи возьмешь — скидка!

— А где Марианна? — поинтересовалась я.

— Какая Марианна? Зачем Марианна? — зачастил Хамид. — Не знаю Марианну!

— Я заходила сюда раньше, тут женщина сидела, называлась хозяйкой, — придумала я. — Она обещала мне брошь отложить.

— Ах, Марианна... — протянул Хамид. — Нет ее, дарагая! Уехала она, теперь я тут хозяин.

Не успел он произнести последние слова, как дверь лавчонки распахнулась, на пороге возникла худая горбоносая женщина во всем черном и сразу закричала:

— Собачий сын! Не будет тебе счастья! Убил мою дочь! Сидишь теперь в магазине? Сдохни на месте!

В руках тетки неожиданно оказалась бутылка. Незнакомка размахнулась, швырнула ее в Хамида, повернулась и опрометью кинулась наружу. Я, испугавшись до крайности, тоже вылетела из лавки, ожидая, что скупка сейчас взлетит на воздух. Но ничего не произошло, зато Хамид, который появился через мгновение в дверях, выглядел и пах не самым лучшим образом. Из моей груди вырвался вздох облегчения — в бутылке был не коктейль Молотова[1], а фекалии. Конечно, неприятно, если тебя обливают жидким дерьмом, но, согласитесь, это лучше, чем взорваться. Во всем плохом надо искать нечто хорошее.

Выкрикивая что-то на непонятном мне языке, Хамид догнал тетку и, схватив ее за плечи, начал трясти. Я бросилась к молча наблюдающей за происходящим Алисе с криком:

— Позовите охрану!

Она посмотрела влево.

— Уже бегут. Чего Фатима сделала?

— Швырнула в ювелира склянку с дерьмом, — пояснила я.

— Во дает! — восхитилась Алиса. — Небось Фатима решила, что Хамид ее дочь Марианну убил.

— Хозяйку скупки лишили жизни? — изумилась я. — Когда? Ты мне ни слова об этом не сказала.

— Позавчера, — пояснила Алиса, наблюдая, как парни в черных кожаных куртках оттаскивают Хамида от женщины. — Любят наши люди при виде кавказцев скривиться и зашипеть: «Понаехали в столицу из аула!» Гаджиевы в столице сто лет живут. Ты сама откуда?

---

[1] Коктейль Молотова — самодельная бомба с зажигательной смесью.

— Москвичка, — ответила я, — родилась тут.

— Я тоже, — сказала Алиса. — Торговый центр возвели в середине девяностых, мне лет десять тогда было. Раньше на этом месте две убогие трехэтажки стояли. Хозяин будущего магазина их расселил. Мы с мамой однушку получили, а Гаджиевы на той же лестничной клетке «трешку» огребли. Наши сплетничали, что дядя Ибрагим, отец Марианны, муж Фатимы, дальний родственник человеку, которому молл принадлежит, поэтому Гаджиевым такая хорошая жилплощадь досталась. Но мы с мамой и однокомнатной квартирке радовались. Она большая, кухня просторная, и есть гардеробная-шестиметровка, пусть и без окна. Я там себе кровать поставила, отдельная спальня у меня получилась. Дядя Ибрагим хороший был человек, он всю жизнь у народа ювелирку, столовые приборы под залог брал. Не жадничал, не вредничал, его любили. Семьи вокруг бедные, мужики все пьющие, бабы вечно к Ибрагиму носились. Сдадут серебро, потом выкупят, опять сдадут. Когда ростовщик умер, Марианна в его лавке стала хозяйкой. Это года три-четыре назад случилось. Гаджиевы уже помещение в торговом центре имели, официально ломбард открыли. Дочь не в отца пошла, она никому, даже старым знакомым, послабления не давала, жестко бизнес вела. Много о ней нехороших сплетен ходило, кое-кто вообще такие гадости говорил...

Алиса понизила голос:

— Ну, вроде Марианна с отцом ругалась, упрекала его, что он вечно людям льготы дает, долго залог назад ждет, деньги теряет. Зарима, она под Гаджиевыми живет, по секрету моей маме нашептала, что однажды вечером от них жуткие вопли неслись. А потом что-то упало, и тишина наступила. К утру «Скорая» приехала, врачи смерть Ибрагима констатировали, вроде инфаркт его разбил. Но Заримка уверена, что Марианна отцу на тот свет отправиться помогла. Бешеный характер у бабы был, как у Фатимы. Вечно Марианкина мать на всех орет, может с кулаками кинуться. Хамида она ненавидит, упрекает, мол, на ее дочери из расчета женился. А та в него влюбилась, как кошка. Другая бы мать радовалась, что Марианна от супруга без ума и он тоже ее обожает... Вот Ибрагим к Хамиду хорошо относился, потому что тот очень талантливый ювелир. Ему в прошлом году Заур на свадьбу дочери комплект заказал, чтобы как у царицы был. Хамид в музей сходил, книгу там с фотографиями купил и такое сделал, что Зауровы гости чуть не умерли. Все решили: у невесты настоящий антиквариат из экспозиции. А это копии, хотя тоже очень недешевые. Хамид талантливый, свою работу обожает, поэтому Ибрагим его и нахваливал. А Фатима про зятя ни разу доброго слова не сказала, иначе как оборванцем его не обзывала. Ее старшая дочь вышла замуж за сына богачей, да только ничего путного не получилось. Давно это было, я ее совсем не помню. Мама рассказывала, какой скандал случился, все еще в бараках жили, об отдельных квартирах и не мечтали. Ибрагим-то деньги всегда имел, но при коммунистах нищим прикидывался, чтобы его за ростовщичество не посадили. В общем, посватался к дочке скупщика хороший парень из приличной семьи, а Фатима ей даже думать о нем запретила, жених был не их веры, а наш, русский, с крестом на шее. Но старшая дочь оказалась непокорной, расписалась без родительского согласия. И Фатима ее прокляла, вон выгнала, больше с дочкой никогда не виделась. Вот какой у тетки характер. Но сейчас я ее осудить не могу. Марианка только-только умерла, положено горевать, а вдовец с утра ломбард открыл и сидит, насвистывает. Я прямо офигела, когда утром увидела, как он чапает, словно ничего не случилось. Отпустил Ису, тот всегда по ночам дежурит, и с ювелиркой, как обычно, ковыряется. Ясное дело, Фатима взбесилась.

— А что произошло с Марианной? — проявила я любопытство.

— Тетенька, продайте нам вату, — снова прервал наш разговор детский голос.

Алиса запустила свой агрегат.

— Точно не знаю. Кто говорит, инфаркт, кто болтает про инсульт, а некоторые считают, что Марианку за вредность убили.

— Последнее навряд ли, — усомнилась я, — тогда бы тут сейчас полиция работала.

Алиса вручила растрепанные розовые комья двум подпрыгивающим от нетерпения девочкам и криво усмехнулась:

— У нас здесь территория Шакирова, его законы, его суд. Самого хозяина не видим, Заур с делами управляется, а он с полицией о чем угодно договорится. Главное, чтобы бизнес вертелся и покупатели косяком тянулись. Сейчас Заур Фатиме с Хамидом объяснит, как вести себя надо, и опять все тихо будет! Наши никогда к властям не обращаются. Какой от них толк? Вот Заур справедливый, он и защитит, и накажет.

ГЛАВА 7

История с наперсточником насторожила меня. Как вы объясните появление таинственного мошенника, который поджидал у метро именно Анастасию? И, главное, каким образом к нему попало кольцо Нины Феликсовны? Откуда симпатичный молодой человек мог узнать, когда Настя Груздева пойдет из общежития бывших зэков домой?

Ответ на последний вопрос нашелся сразу: кто-то предупредил красавчика. И, скорей всего, информатор — один из подопечных Зуевых. Да, все жильцы дома Доброй Надежды находились в цирке, но то, что Анастасия не пойдет на представление, а останется мыть окна, было известно заранее. Может, в общежитии помимо Ларисы Малкиной, пьяного Кирилла Найденова и Насти находился еще кто-то? Вдруг один из бывших уголовников тайком удрал с представления и незаметно вошел в дом? Что, если вся история придумана для того, чтобы подвести под монастырь Настю? Но зачем преступнику нужно отправлять девушку за решетку? Она его обидела? Унизила? Узнала его тайну и грозила ее разболтать? И почему кольцо? Проще украсть деньги, вытащить из сумки Нины Феликсовны кошелек. Откуда вор мог знать, что Зуева оставит на рукомойнике фамильную драгоценность?

Я вздохнула. На этот вопрос вроде тоже есть ответ: благотворительница, по словам Лены, постоянно бросала перстень на полочке. И он к ней всегда благополучно возвращался. Что же случилось на этот раз? Отчего украшение не отдали владелице? Как оно попало к наперсточнику? Стоп, я начинаю ходить по кругу. Что произошло с Марианной? Скупщица сообщила в полицию о сданном в ее ломбард украшении, можно сказать, «утопила» Настю и скоропостижно умерла. Вся история выглядит очень странно. Вдруг Лена права и ее дочь ни в чем не виновата, она жертва чужого хитроумия? Но кто мог желать девушке зла?

Поняв, что мне надо поговорить с подопечными Нины Феликсовны и с ее верной помощницей Ларисой Малкиной, я призадумалась, как изыскать такую возможность. Появиться в фонде под своим именем нельзя. Едва я покажу служебное удостоверение, как все сотрудники и обитатели дома Доброй Надежды мигом узнают, что к ним явился детектив, а тот, кто помогал «наперсточнику», затаится и заметет все следы. У Макса на службе состоит Володя Анисимов, который очень быстро изготовит вам любые документы и составит новую биографию. Конечно, если вы попытаетесь ввести в заблуждение серьезную организацию, захотите, например, устроиться по фальшивому паспорту в Гознак, то вас живо разоблачат, но у кадровика в обычной фирме вопросов не возникнет. Вот только мне абсолютно не с руки обращаться к Володе, который не особенно жалует меня и непременно скажет: «А Макс в курсе твоего расследования? Нет? Извини, без приказа босса я даже не чихну».

Минут пятнадцать я пыталась сообразить, как лучше решить проблему. Потом меня осенило — Офелия Бурмакина! Фели — жена очень обеспеченного человека, она занимается благотворительностью и не любит посещать светские мероприятия, фотографии Бурмакиной никогда не мелькают в глянце.

Я тут же позвонила Офелии, объяснила суть вопроса, и та сказала:

— Я знакома с Ниной Феликсовной, мы встречались на балу для меценатов, который устраивал мой муж перед Новым годом. Очень приятная дама. Не волнуйся, я все организую.

Она звякнула Зуевой и сказала ей:

— У меня есть двоюродная сестра, Леночка Романова, прекрасный, добрый, но очень наивный, не от мира сего человек. Сколько раз ее обманывали, невозможно сосчитать. Лена склонна всегда верить людям, а те, узнав о нашем родстве, используют ее, чтобы проникнуть к нам в дом, познакомиться с элитой делового мира России. Нина Феликсовна, буду откровенна, мне нужно, чтобы моя родственница работала в таком месте, где нет подлецов и негодяев, размер зарплаты не принципиален. Ленуся живет с нами. Нет ли в вашем фонде месточка для моей сестрички?

— Даже если б его не было, все равно мы бы изыскали возможность приголубить Елену, — заверила Нина Феликсовна. — Мы буквально на днях рассчитали девушку, которая работала помощником-секретарем в нашем дизайн-бюро. Много денег мы не платим, зато обещаем интересную, творческую работу. Еще Лена, если захочет, может помогать нашим подопечным, стать правой рукой Ларисы Малкиной. Вы же знаете Ларису, супругу Вениамина Константиновича?

— Лично нет, но слышала, что она занимается благотворительностью. Не напоказ, а на самом деле, — ответила Офелия.

— Да, Лара не из тех, кто любит покрасоваться с бокалом шампанского в руке на вечеринках под лозунгом «Поможем гигантским дельфинам пустыни Сахара». Малкина настоящая труженица, не боится черновой работы, — отметила Зуева. — Пусть Леночка завтра в девять утра приезжает в наш с Вадимом офис. Офелия, вы в курсе, что мы занимаемся париями, людьми, которых общество не принимает, даем шанс бывшим заключенным. Елена... э... она...

— Прекрасный, сострадательный человек, который, как Малкина, не боится трудной работы, — заверила Офелия.

— Очень рады будем видеть ее, — воскликнула основательница фонда.

После того как Фели передала мне содержание беседы, я поблагодарила ее:

— Спасибо! Что бы я без тебя делала!

— Да, хорошо иметь умную и расторопную подругу, — согласилась Офелия. — А еще я необыкновенно предусмотрительная. Предупредила Зуеву: «Двоюродную сестру все зовут Лампой. Прозвище она получила за веселый характер. В ее присутствии становится светлее, словно лампочка в комнате зажигается». Я подумала, что ты рано или поздно забудешь и брякнешь кому-нибудь в присутствии Зуевых: «Обращайтесь ко мне просто Лампа», вот и приготовила объяснение на этот случай.

— Ты гениальна! — воскликнула я.

* * *

Первая моя встреча с Ниной Феликсовной и Вадимом прошла без всяких осложнений. Сегодня меня впервые взяли к заказчику, а после этого предстоит отправиться в общежитие бывших зэков, где меня познакомят с Малкиной и обитателями дома Доброй Надежды.

— Ну и дверь у него, — покачала головой Зуева, увидев створку из натурального дерева, утыканную шипами.

Я осторожно потрогала одну железку.

— Об этот шип легко пораниться. На мой взгляд, нельзя так украшать дверь, кто-нибудь может пострадать.

Вадим нажал на звонок.

— Да уж! Выглядит неприветливо.

Дверь бесшумно открылась.

— Входите, — прошелестела худенькая женщина в платье цвета линялой мыши, — Герман Евсеевич в кабинете.

Я начала снимать туфли.

— Не надо, — остановила меня домработница, — ступайте так.

— Нанесу вам грязи, — смутилась я.

— Вымыть полы нетрудно, — еле слышно возразила горничная. — Герман Евсеевич не любит, когда мастера босиком ходят, он брезгливый.

— Каролина! Кто пришел? — крикнул из глубины апартаментов визгливый тенор.

— Специалисты по интерьеру, дизайнеры, — ответила прислуга. — Сейчас я их к вам...

— Молчать, дура! — заорал тот же голос. — А эти пусть идут в каминную.

— Пожалуйста, налево по коридору, — предложила Каролина, — теперь прямо...

— Сколько тут квадратных метров? — поинтересовался Вадим.

— Тысяча, — шепотом уточнила горничная. — Герман Евсеевич любит простор.

Мы вошли в огромный зал, и я вздрогнула. Одну стену занимает гигантский камин, в котором можно жечь нераспиленные бревна, а на остальных тут и там развешаны головы несчастных погибших животных. Окна здесь круглые и расположены в беспорядке в самых неожиданных местах — два под потолком, одно почти у пола, три на разных уровнях, между останками антилоп, зебры и прочих невинно убиенных животных.

— Господин Фомин охотник? — предположила Нина Феликсовна.

— Да, — кивнула Каролина. — Он меткий стрелок, недавно убил слона, но его пока не вывесили, он в работе у таксидермиста.

— А еще хозяин любитель рыбок! — воскликнула я. — Смотрите, какой красивый аквариум. Можно поближе подойти?

Не дожидаясь разрешения, я приблизилась к стеклянному кубу и удивилась.

— А зачем в воде зеркала?

Вадим сел в кресло.

— Вот уж в чем не смыслю, так это в содержании всяких там гуппи.

— Наверное, для красоты, — предположила Нина Феликсовна. — Или, может, рыбкам нравится на себя любоваться.

— У нас не рыбки, а две черепашки, — еле слышно сказала Каролина.

— Ой, правда! Такие милые! — восхитилась я.

— Лампочка, посмотрите, камин отделан перламутром, — позвала меня Зуева.

Я подошла к Нине Феликсовне.

— Действительно, это не пластик. Ну и ну! Интересно, сколько стоит такая облицовка?

— Эй, дура! А ну, поди сюда! — завизжали из коридора.

Горничная стала меньше ростом.

— Разрешите покинуть вас?

— Конечно, милая, — улыбнулся Вадим. — Не волнуйтесь, мы никуда не торопимся.

— Герман Евсеевич не любит, когда мастера остаются без присмотра, — прошелестела домработница, — в доме исключительно ценные вещи. Влетит мне, что ушла! Но ведь он зовет?

— Нельзя одновременно находиться в двух местах, — сказала Нина Феликсовна. — Идите, дорогая, мы не умыкнем чужое добро.

— В частных квартирах ничего не тырим, прем раритеты только в музеях, — добавил с усмешкой Вадим.

Каролина выскользнула в коридор. Нина Феликсовна сложила руки на груди и обвела взглядом каминную. Вадим принялся чесать шею, руки. Я еще вчера поняла, что у Зуева проблемы с кожей. Правда, лицо у него чистое, но под подбородком начинается цепь неровных пятен, которая уходит под рубашку, и на тыльной части ладоней видны те же отметины.

— Перестань! — приказала сыну Нина Феликсовна. — Не веди себя как блохастая собака. Лампа, не бойтесь, у Вадика просто аллергия на пыль. А в этом помещении ее предостаточно.

Я ответила:

— Я не принадлежу к числу людей, которые, поздоровавшись с кем-либо за руку, тут же достают антибактериальный гель. Хотите таблетку? У меня есть с собой антигистаминный препарат. Иногда я начинаю чихать и кашлять, но пока не выяснила, на что мой организм столь бурно реагирует.

Вадим вытащил из кармана дозатор и пару раз прыснул себе в рот.

— Вам плохо? — испугалась я. — Может, лучше на улицу выйти? Здесь ужасно пахнет, и, несмотря на то что потолок высокий, кажется, что он вот-вот на голову упадет.

Вадим спрятал лекарство.

— Представляю, как великий и ужасный Герман Евсеевич обрадуется, когда увидит на полу мой хладный труп. Готов спорить, что любезный хозяин отдаст его чучельнику, и вскоре головушка дизайнера повиснет вон на той стене между кабаном и жирафом. Представляешь, Нина, входишь ты сюда с новыми занавесками, а я на тебя смотрю стеклянными глазами!

Зуева, пропустив слова сына мимо ушей, повторила сказанную мной фразу.

— Кажется, потолок на голову падает? Лампа, у вас повышенная чувствительность. Некоторые цвета, например красный, вызывают...

Договорить Нина Феликсовна не успела, в каминную влетел тщедушный подросток, который, видимо желая понравиться девочкам из класса, выкрасил волосы в ослепительно белый цвет. Сначала я подумала, что это сын истребителя четвероногих, но потом поняла: мальчик одет в очень дорогой, сшитый на заказ костюм, манжеты его рубашки застегнуты запонками с крупными бриллиантами, на ногах у него ботинки из натуральной кожи змеи, на запястье болтаются золотые часы размером с будильник, который в детстве поднимал меня в школу. От подростка разило дорогим парфюмом и сигарами. Он завизжал:

— Вы экстрасенсы, которые переоборудуют квартиры?

И до меня дошло — перед нами сам хозяин, великий и ужасный Герман Евсеевич Фомин.

ГЛАВА 8

— Нет, мы не лечим карму пиявками и не исправляем энергетику, — спокойно ответила Нина Феликсовна. — Мы дизайнеры, наша задача сделать интерьер дома уютным, комфортным, подобрать драпировки, обои, мебель, ковры. Никакой мистики, все очень просто.

— Как ни назови, один хрен, — резюмировал хозяин. — Каролина, дура, где мой чай? Я опять задыхаюсь! Скорей! Пить!

Горничная вбежала, неся на золотом подносе литровую кружку синего цвета.

— Сколько тебя, идиотку, ждать? — в очередной раз схамил Герман Евсеевич. Затем плюхнулся в кресло, отхлебнул из посудины и стал громко вещать: — Я построил квартиру, обставил, украсил, бабла вкачал в интерьер немерено, приобрел все самое лучшее, шикарное. Люстры из Италии, мебель американская, камин немецкий, ничего российского, все из экологически чистых материалов, а я задыхаюсь в этой комнате. Воздух, как кисель, в легкие не втекает!

— Понимаю вас, — с сочувствием произнес Вадим, почесывая руку.

— Нет, тебе не понять! — внезапно разозлился Герман Евсеевич, вскочил и забегал по гостиной. — Камин стоил пятьдесят тысяч евро, люстра тридцать. Обои из древнего папируса. Мне обещали, что они погасят все плохие волны. И где эффект? Паркет из бивней мамонта. Поставщик клялся, что при ходьбе я с каждым шагом буду оздоравливаться. И почему мне так тошно?

Нина Феликсовна откашлялась.

— Разрешите объяснить. Жить на кладбище некомфортно. Думаю, в гостиной всегда холодно. Так?

— Аж озноб до костей пробирает, — прошептала Каролина. — Сыро тут. Разведешь огонь, а он не греет, впустую горит.

— Кто тебе рот открыть разрешил? — изумился хозяин. — А ну, заткнулась! Кругом воры, обманщики, мерзость, гадость. Эй, что у тебя на руке?

Домработница растопырила пальцы.

— Ничего.

— Да не к тебе, идиотке, обращаюсь! — гаркнул «вежливый» хозяин и подошел к Зуевой. — Покажи кольцо!

Нина Феликсовна вытянула вперед руку.

— Неплохая вещичка, — процедил Фомин. — У меня такой нет. Продай. Хочу.

— Вы носите женские украшения? — удивился Вадим.

— Нет, — отрезал хозяин.

— Зачем тогда вам этот перстень? — не утихал парень.

— Не люблю, когда у меня чего-то нет, а у тебя это хорошее и дорогое есть, — объяснил нувориш.

— Кольцо фамильная ценность, — объяснила Зуева. — Передается из поколения в поколение. Я от него не откажусь ни за какие деньги.

— Чушь! — выпалил Фомин. — Я предложу миллион баксов, так еще упрашивать будешь, чтобы взял твою хреновину.

— Давайте попробуем для начала поменять занавески, — перевела разговор на другую тему Зуева. — Здесь станет светлее и тогда...

Герман вскочил, подбежал к стене, на которой висела здоровенная морда носорога, и затопал ногами:

— Не хочу света! Мне нужен кислород! Душно тут.

— Может, открыть окна? — не выдержала я. — Устроить сквозняк?

— Московский воздух отнюдь не целебен, — хмыкнул Вадим.

Фомин замер, открыл рот, но не успел произнести ни звука. Огромная коричнево-серая голова с рогом на носу сорвалась со стены, упала прямо на тщедушного бизнесмена и погребла его под собой.

В каминной повисла тишина. Потом Вадим выпалил:

— Ох и ни фига себе!

Нина Феликсовна подбежала к останкам носорога и крикнула:

— Вы живы?

— Бу-бу-бу-бу, — донеслось из-под чучела.

— Вроде он реагирует на раздражитель, — обрадовался Вадим. — Ну-ка, секундочку...

Зуев несколько раз попытался приподнять то, что осталось от представителя африканской фауны, потом отошел назад.

— Тяжелая штука. Скажите, Каролина, у вас в доме есть домкрат?

— Надо у шофера спросить, — прошелестела домработница.

— Дура! — вдруг четко прозвучало из-под морды носорога. — Водитель поехал по делам, домкрат в машине.

Каролина мелкими шажочками подобралась к жуткой морде.

— Герман Евсеевич, вы в порядке?

— Не надейся, кретинка, — донеслось в ответ. — Дай пить! Живо!

Горничная убежала.

— Немедленно достаньте меня отсюда, — потребовал Фомин, — хватит по сторонам пялиться.

— Мы думаем, как лучше это сделать, — ответил Вадим. — О, кочерга! Ее можно использовать как рычаг.

— Не тронь! — взвизгнул Герман Евсеевич. — Это непростая вещь, из золота с гравировкой. Погнешь, сломаешь — не расплатишься. Моя кочерга единственная во всем мире, второй такой ни у кого нет.

— Вроде золото плавится при не слишком высокой температуре, — засомневалась я. — Как ею угли мешать?

— Кто тебе сказал, что моим элитным аксессуаром можно в грязи копаться? — возмутился хозяин. — Она для шикарности интерьера, чтобы гостей от зависти пропоносило. Дайте пить! Где эта дура?

— Бегу, Герман Евсеевич, — запыхавшись, выпалила домработница. — Вот морсик, ваш любимый, клубничный. Подать?

— Идиотка, — привычно отреагировал шеф. — Я от жажды засохну, пока до чьего-то деревянного мозга дойдет, что делать надо. Не дрыхни, дура!

Каролина присела на корточки и начала осторожно наливать красную жидкость в приоткрытую пасть носорога.

— Чтоб тебя разорвало! — взвыла голова. — Прекрати!

— Так я пить вам даю, — растерялась Каролина.

— Куда льешь морс? — возмутился труп носорога.

— В рот, — пролепетала горничная.

— Чей? — допытывался Герман Евсеевич.

— Ваш, — еле слышно ответила затюканная прислуга.

— Дура! Там носорожья пасть! — заверещал босс. — Мне через ноздри капай. Усекла, балда?

— Простите, Герман Евсеевич, — прошептала Каролина, — я никогда этим не занималась. А где у вас нос?

— На лице, идиотка!

Горничная совсем сникла.

— Но я вашего личика не вижу.

Нина Феликсовна отняла у бедняжки кружку.

— Господин Фомин имеет в виду орган дыхания чучела. Хотя я ляпнула феноменальную глупость. Тот, кто умер, не дышит. В доме есть соломинки для коктейля?

Каролина выпрямилась.

— Вам с позолотой, со стразами от Сваровски или с ручной китайской росписью?

— Без разницы, — ответила Зуева, — главное, чтобы через нее жидкость протекала. Лучше простую, которой все пользуются, — одноразовую пластиковую трубочку, желательно большого диаметра. Такие к смузи подают.

— У нас нет ничего обычного, — пояснила Каролина, — все по спецзаказу.

— Ну раз так, несите, что есть, — согласилась Нина Феликсовна. — И еще лист бумаги, предпочтительно жесткой. Туалетная или салфетка не подойдут.

Домработница в мгновение ока притащила требуемое, Зуева осторожно вставила одну соломинку в ноздрю чучела, оторвала кусок белого листа, скрутила воронку, воткнула ее в трубочку и начала аккуратно лить туда клубничный морс.

Вадим вынул телефон.

— Женя, где наши строители? А в офисе кто-нибудь есть? Да нам надо носорога поднять. Настоящего. Нет, не шучу, реальный зверь. Вернее, его голова. Нет, это очень долго. Сейчас попробуем сами сообразить.

— Можно зацепить за рог ремень, — предложила Каролина. — У Германа Евсеевича есть очень длинный и крепкий пояс из кожи каракуцы. А потом мы все потянем за него и приподнимем мордочку. Я очень сильная, честное слово. Сейчас принесу.

Мне стало интересно, что за зверь такой каракуца, но в данной ситуации я предпочла промолчать.

— Разговорилась, дура, — вякнул носорог и закашлялся.

— Вы лучше молча пейте, — посоветовала Нина Феликсовна, — а то захлебнетесь.

— Так чего пить-то? — пропищали в ответ.

Зуева замерла.

— Морс. Я лью его вам в ноздрю. То есть не вам, но вы меня поняли.

— Ничего тут нет, ни капли! — взвизгнул хозяин дома.

Зуева уставилась на пустую емкость.

— Куда же морс подевался?

— Красивый у вас аквариум, — похвалил Вадим, подходя к большому стеклянному кубу в углу комнаты. — Тоже спецзаказ?

— Подхалимы подарили, — ответил владелец хором. — Думали, я им за эту хрень тендер на поставку выиграть помогу. Со мной такие штучки не проходят. Даешь взятку? Возьму. А потом — дулю тебе! Ваще не помню, кто эту ерундовину припер. Мне вечно все приносят и задарма отдают.

Из носорожьей пасти понеслось хрипение, перешедшее в кваканье.

— Вам плохо? — встревожилась я.

— Нет, Герман Евсеевич смеются, — успокоила меня прибежавшая Каролина, — у них прекрасное настроение. Вот ремешок. Его сделали из каракуцы!

— Это кто такой? — не выдержала я.

Каролина затеребила пояс.

— Когда американский космонавт вернулся с Луны, в его корабле обнаружили невиданную зверушку. Откуда она взялась, никому не ведомо. Может, инопланетяне подсунули? Когда каракуцы умер, из него сделали ремень. Герман Евсеевич его у одного коллекционера купил, тот ему эту историю и рассказал.

— Понятно, — пробормотала я. — Надеюсь, он на самом деле прочный. А куда его привязывать?

— За рог, — посоветовала Нина Феликсовна.

— Думаю, лучше морским узлом завязать, — пробормотал Вадим, по-прежнему стоя возле черепах.

Я прищурилась. Мне показалось или в воде неожиданно вспыхнула лампа?

— Вам наш аквариум понравился? — спросила домработница.

— Из всей обстановки комнаты это единственная позитивная вещь, — ответила Зуева. — Светлое пятно на кладбище. Этот куб с водой я бы оставила, а остальное поменяла, иначе Герман Евсеевич в один далеко не прекрасный день на самом деле задохнется. Существуют исследования, доказывающие, что на состояние нашего здоровья влияет не только качество материалов, использованных при оформлении интерьера, но и то...

— Черепашек привезла фирма, — перебив Нину, зачастила Каролина. — Приехали парни в белых комбинезонах, и раз, раз — готово. Германа Евсеевича дома не было, они мне сказали, что доставили ему подарок от партнера по бизнесу. Я им имена дала. Вот та, черненькая, мальчик Роберт.

— Роберт? — удивленно переспросила Нина Феликсовна.

— А другая, серенькая, Джульетта. Роберт и Джульетта, ну прямо по кинофильму. Смотрели? Они там все умерли. Как жаль! — неожиданно разговорилась Каролина.

— Не позорься, дура, — вякнула голова, — заткнись, деревня. Не Робертом парня из фильма звали, а Романом.

Каролина прикрыла рот рукой.

— Давайте потянем, — предложил Вадим, — я встану первым.

Все мы выстроились цепочкой и ухватились за темно-коричневую полоску кожи.

— Раз, два, три-и-и! — скомандовал Зуев.

Я что есть силы дернула ремень, послышался странный звук, голова приподнялась, Герман Евсеевич с юркостью ящерицы выполз на свободу, но встать не успел. Рог, к которому Вадим примотал пояс, вылетел из крепления. Зуев не смог удержаться на ногах и шлепнулся на спину, за ним, как костяшки домино, рухнули Нина Феликсовна, я и Каролина. Морда носорога грохнулась опять о пол и развалилась на несколько частей.

— Что это? — завопил Герман Евсеевич, отползая в сторону. — Почему она внутри серая? У носорогов такой череп, да?

В эту поистине драматическую секунду у меня зазвонил телефон. Я села, вытащила трубку из кармана и шепнула:

— Алло.

— Простите, что беспокою во время работы, но я хотела вас успокоить. Я вернулась домой, заберу Кису вовремя, — сообщила Роза Леопольдовна и отсоединилась.

— Она сделана вроде из бетона, но, конечно, это не бетон, — сказал Вадим, поднявшись на ноги и подойдя к обломкам чучела. — Это не настоящий носорог. Имитация. Хорошая работа, обтянута, наверное, искусственной кожей. Где заказывали?

— Надо же! — восхитилась Нина Феликсовна и закашлялась. — Даже я голову за настоящую приняла. Действительно, это не бетон, какая-то другая смесь. Фу! Теперь понятно, почему хозяин задыхается, похоже, материал токсичен. У вас только носорог фейковый или еще такие среди чучел есть? Надо их срочно убрать, этак вы астму заработаете.

— Или сердечный приступ, — отчаянно чихая, добавил Вадим. — Каролина, можно проветрить помещение? Лучше устроить сквозняк, он цементную, или уж не знаю, как ее назвать правильно, пыль выдует.

Домработница не ответила, уставилась на хозяина и неожиданно громко воскликнула:

— Герман Евсеевич! Вы убили этого носорога?

— У кого-то есть сомнения? — огрызнулся хозяин. — Прямо в лоб ему стрелой из арбалета угодил.

— Навряд ли, — засмеялся Зуев. — Мне еще ни разу не встречалось зверье из строительных смесей. Вас обманули: сделали не чучело, а имитацию. Думаю, цена этой головы, учитывая материал, э... тысяч двадцать. Рублей. Дешевая вещь. И не особенно крепкая. Видите, легко раскололась, развалилась на части. Наверное, когда головища со стены шлепнулась, она слегка треснула, а потом, лишившись рога, еще раз о пол грохнулась — и кирдык котенку.

— Как это вы не заметили подделку? — уколола заказчика Нина Феликсовна.

— Не стоит упрекать Германа Евсеевича, — остановил ее сын. — Головенка висела высоко, фальшак прекрасного качества, мы, глядя на него вблизи, тоже не поняли, что к чему.

Я решила высказать свое мнение:

— Конечно, потому что понятия не имеем, как на самом деле выглядит африканское животное. Я сама никогда его не гладила, видела исключительно по телевизору.

— Хорошо, что головешка внутри полая, — не успокаивался Вадим. — Герману Евсеевичу удивительно повезло. Стой он на десять сантиметров левее или правее, мог бы и погибнуть.

— Это настоящий носорог, — побагровел Фомин. — Его мне прислали после сафари. Таксидермист был из Японии! Денег взял гору!

— Маловероятно, — снова возразил Вадим. — Посмотрите сами, на полу нет ничего похожего на кости животного.

— Это какая-то строительная смесь, — протянула Нина Феликсовна. — Мы дома не строим, только интерьерами занимаемся. Вы спросите у профессионального прораба, сейчас придумана масса новых материалов. Если вам интересно выяснить, из чего подделка, могу пригласить эксперта, он...

— Чучельник был из Токио! Что я, дурак? Узкоглазый, по-русски ни бе ни ме, все время кланялся. — Герман Евсеевич затопал ногами. — Зверюгу я сам убил! Из арбалета! Прямо между глаз попал!

Зуева наклонилась и начала ощупывать руины морды.

— Столько обманщиков кругом, — посетовал Вадим. — Что касается граждан Страны восходящего солнца, зайдите в любой ресторан, специализирующийся на суши, вас там будут обслуживать черноволосые, улыбчивые, плохо говорящие на русском языке самураи, да только они в действительности буряты. Ох и дурят нечестные люди наш народ!

— Герман Евсеевич, гляньте, у него нет следа от раны, — вставила свои пять копеек Нина Феликсовна. — Не знаю, можно ли гигантское животное лишить жизни с помощью стрелы, но хоть какая-то дырка от наконечника должна остаться.

Я положила свой телефон на пол, оперлась рукой о паркет и наконец-то встала.

— А можно на вашу золотую кочергу посмотреть? — спросила вдруг основательница фонда и по совместительству дизайнер. — Если она из какого-то дешевого сплава, то тоже может быть причиной вашего удушья.

— Да-да, давайте проверим все предметы, — засуетился Вадим.

— Вон! — завизжал Герман Евсеевич.

— Бога ради, не нервничайте, посмотрите на черепашек, они успокаивают, — предложила Нина Феликсовна. — Конечно, неприятно услышать, что вы стали жертвой нечестных людей, но сейчас речь идет о вашем здоровье. Надо убрать из квартиры то, что провоцирует у вас проблемы с дыханием, все вещи, сделанные из ядовитых материалов. Мы вам советуем пригласить специалистов с хорошей аппаратурой. На всякий случай пусть захватят и счетчик Гейгера.

— Мерзавцы! — заорал хозяин, швыряя в Зуеву пустую кружку из-под морса. — Гады ползучие! Прочь из моего эксклюзивного дома!

ГЛАВА 9

— Много у вас таких клиентов? — спросила я у Вадима, когда мы вышли во двор.

— Встречаются иногда скандалисты, — улыбнулся Зуев.

— Люди не виноваты, — встала на защиту заказчиков Нина Феликсовна. — Они дом построили или квартиру отремонтировали, вот и подорвали нервную систему. Увы, ни большие деньги, ни громкая фамилия не уберегут вас от нечестного прораба. Вадик, помнишь Сидорова?

— Его забудешь!.. — усмехнулся тот. — Известный телеведущий, кумир миллионов, а его ободрали как липку. Мы пришли к Сидорову обсуждать мебель и ахнули, глядя на жутко покрашенные, все в разводах, стены. Хозяину же внушили, что это венецианская штукатурка, якобы самый модный и дорогой тип чистовой отделки. Но Герман Евсеевич — это нечто! Бедная Каролина, угораздило же ее устроиться на службу к этому чудовищу.

— Поехали в общежитие, — велела Нина Феликсовна. — Денек сегодня неудачно начался, надеюсь, закончится приятным сюрпризом.

— Скорее всего, правило трех неприятностей в вашем случае не сработает, — улыбнулась я.

— Что это такое? — заинтересовался Вадим.

— Если утром случается некая незадача, то за сутки непременно произойдут еще две, — пояснила я.

— Чушь! — отрезала мадам Зуева, садясь за руль. — Во что веришь и чего боишься, то с тобой и происходит. Стопроцентно. Мысли материальны, так что не приманивай к себе глупости. Точка.

Она резко захлопнула дверь, белая иномарка взвыла мотором — и, вместо того чтобы поехать назад, рванулась вперед, вновь стукнув бампером мусорный бак.

Вадим закатил глаза.

— Мама!

Нина Феликсовна высунулась в открытое окно.

— Что там такое?

— Ты снова стукнула помойку, — пояснил сын.

— Нехорошо вышло, — пригорюнилась дама.

— Да уж, — согласился Вадик, — автомобиль только что из салона.

— Думаешь, надо дать денег ДЭЗу на ремонт бачка? — снова, как прежде, осведомилась Зуева.

— Не стоит, — отмахнулся сын.

— Вот и чудненько, — обрадовалась Нина Феликсовна, развернулась и понеслась.

— Мама за рулем тридцать лет, — вздохнул Вадим, — но, видно, водить машину — не ее предназначение.

* * *

Общежитие оказалось двумя большими квартирами, объединенными в единую систему.

— Ларочка, не сочти за труд, покажи нашей новой помощнице Лампе помещение, — попросила Нина Феликсовна. — Устала я что-то.

Вадим выпучил глаза, поднял руки, скрючил пальцы и завыл:

— Герман Евсеевич вампир, питается чужой энергией! Он высасывает из дизайнеров жизненную силу!

Зуева поморщилась:

— Перестань. Терпеть не могу, когда несут ерунду.

— Но ты же не можешь отрицать, что существуют люди, в присутствии которых становится плохо, — обратилась к Зуевой Лариса. — Вроде человек прекрасно воспитан, вежлив, улыбается, а от него прямо отталкивает. И силы уходят после общения с ним.

— Давайте перестанем идиотничать, — остановила Малкину Нина Феликсовна. — Лара, введи Лампу в курс дела.

— Какое интересное имя, — настороженно сказала управляющая.

— На самом деле нашу новую помощницу зовут Елена Романова, — поспешила уточнить Зуева. — Она двоюродная сестра Офелии Бурмакиной. Фели мне домашнее прозвище ее и сообщила. А мне оно так понравилось! Очень нежно звучит — Лампочка... Пойду умоюсь, может, туман в мозгу рассеется.

— Анюта! — крикнула Лариса, взглянув на дверь.

В комнату вошла светловолосая девушка в джинсах и выжидательно посмотрела на Малкину.

— Сделай Нине Феликсовне кофе, — попросила ее Лариса.

— Так... — протянул Зуев, — хорошо быть начальницей! И кофе тебе предложат, и конфеты, и сгущенку с повидлом. А мы с Лампой простые наемные лошади, нам даже водички студеной из колодца не нальют. Ступайте, ишаки, хлебайте из лужи, становитесь козлятами.

Анюта ойкнула и попятилась.

— Он шутит, — успокоила ее управляющая. — Свари всем кофеек и угости булочками.

Аня кивнула и ушла.

— Никак Нюта к хохмам Вадика не привыкнет, — пояснила Лариса. — Нет у нее никакого чувства юмора, все серьезно воспринимает.

— Кто сказал, что я шучу? — заерничал Зуев. — Я серьезен, как хирург.

— Да ну тебя, — махнула рукой Лариса. — Пошли, Лампочка, покажу наши владения. Ничего, что я на «ты»?

— Наоборот, я неуютно себя ощущаю, если мне выкают, — откликнулась я.

— Вот тут женщины устроились, — объясняла Малкина, сворачивая в коридор, — их сейчас трое: Кира, Надежда и Анюта. У нас самообслуживание, ни поваров, ни уборщиц, ни прачек нет. Сами готовим-убираем-стираем. Обитатели сдают часть зарплаты на еду и оплату коммунальных услуг. Сегодня Нюта на кухне дежурит.

— Я думала, что бывшие заключенные содержатся бесплатно, — удивилась я.

Лариса понизила голос:

— Это развращает. Человек привыкает к тому, что в холодильнике еда из воздуха возникает, а за свет-газ добрые дяди-тети платят, и усваивает: он может ничего не делать, жизнь и так удалась. Конечно, мы много вкладываем в общежитие, покупаем подопечным одежду, обувь, но Нина, и я с ней совершенно солидарна, считает, что надо не пойманную рыбку человеку давать, а вручить ему удочку и научить пользоваться ею. Твое отношение к вопросу?

— Согласна, — кивнула я. — Но, наверное, не так просто воспитывать и образовывать взрослых людей.

Лариса пожала плечами:

— А что легко? Нина не берется за запущенные случаи, не принимает тех, у кого восемь-десять ходок и песня: «Я ни в чем не виноват, сидел из-за полицейского произвола». Главное условие, при котором человек может попасть под нашу опеку, — это осознание своей вины, честное признание: «Да, я оступился. Был дураком. Больше никогда так не поступлю». Условия у нас хорошие, все возможности для самореализации предоставлены. Вот гостиная, она общая. Смотри, тут телевизор, игровая приставка, компьютер, библиотека. Днем здесь никого нет, а вечером многие посидеть перед теликом любят.

Лариса распахнула дверь, я увидела длинный полукруглый диван и сладко похрапывающего на нем мужчину в спортивном костюме.

— Кажется, кто-то есть, — пробормотала я.

— Найденов! — с возмущением воскликнула Малкина. — Как это понимать?

Спящий перестал храпеть, резко сел, пошатнулся, оперся рукой о подушки, заморгал и выдавил из себя:

— Здрасте, Лариса Евгеньевна.

— Просто отлично! — взвилась Малкина. — Ты почему тут дрыхнешь? Общая комната не спальня!

— Телик глядел, голова кружиться стала, — пожаловался Найденов, — вот и решил отдохнуть.

Лариса подошла к дивану и потянула носом.

— Пил?

— Да вы что! — возмутился Кирилл. — Я не враг себе! Водку даже не понюхаю. Все зло от нее, я из-за ханки на зону загремел. Сейчас даже смотреть на окаянную не могу.

— Хотелось бы верить, — сурово сказала Малкина. — Но помню, как кое-кто недавно до свинского состояния наклюкался. Учти, Найденов, тебя простили в первый и последний раз. Сделай вывод и берись за ум. Не вздумай более спиртное употреблять.

Кирилл размашисто перекрестился:

— Чес слово, ни разу в винный отдел после освобождения не заглянул. Не интересует меня алкоголь. Все, отрезано! Лариса Евгеньевна, вы же знаете, я запойным никогда не был, на зону по дури угодил. Подбили друзья-товарищи с ними Новый год отметить...

— Можешь не продолжать, — остановила его Лариса. — Знаю, знаю, закончился для тебя праздник в СИЗО. Не ври, Найденов. Если ты такой непримиримый противник выпивки, то почему недавно в невменяемом состоянии сюда заявился?

— Неправда! — возмутился Кирилл. — Не приходил я выпимши!

Лариса всплеснула руками:

— Ушам своим не верю... Да я собственными руками тазы с твоей блевотиной таскала! Совсем совесть потерял? Ох, зря тебя Нина Феликсовна простила, не осознал ты всю мерзость своего поведения.

Дверь в гостиную открылась, на пороге появился стройный симпатичный блондин с голубыми глазами и весело воскликнул:

— Привет, мам! Пришел тебе помочь.

Лариса повернулась ко мне:

— Знакомься. Мой сын Миша.

— Очень приятно. Лампа, — представилась я.

— Красивое у вас имя, — вежливо произнес юноша.

— Лампочка новая помощница Нины, — объяснила Малкина.

— Здорово! — обрадовался Михаил и вздернул подбородок. — Надеюсь, вам понравится работать с Зуевой и Вадиком, они замечательные.

Я улыбнулась. Какой красивый у Ларисы сын — словно ожившая фотография из модного журнала. Наверное, за ним толпой бегают влюбленные девушки. Во внешности парня есть лишь один крохотный дефект — темное родимое пятно, довольно большое, неровное, ниже уха под челюстью, там, где начинается шея.

— Подождешь меня тут? — спросила Малкина. — Я отлучусь на пару минут.

Я не успела согласиться, а управляющая уже выскользнула в коридор.

ГЛАВА 10

— Вечно женщины не дослушают, не поймут, обозлятся и тебя обвиноватят, — с обидой произнес Кирилл. — Не приходил я пьяным.

— Я незнакома с ситуацией, но слышала, что вы находились в нетрезвом состоянии, — возразила я. — Лучше извиниться и больше не прикасаться к спиртному.

— Не приходил я пьяным, — с упорством, достойным лучшего применения, повторил Найденов. — Я дома нажрался.

Мне стало смешно.

— Думаю, Лариса еще больше рассердится, когда услышит ваше оправдание. Разве можно приносить в общежитие спиртное? Да, если придираться к словам, то Малкина ошибается, вы не приползли поддатым с улицы, а налились водкой в своей комнате. Но разве это делает вас героем?

— И ханку я не покупал, — снова заспорил Кирилл. — Все наши в тот день в цирк намылились, а мне выпало окна мыть, и я хотел побыстрее отделаться да к телику сесть, кинушку смотреть. С утра умылся, кофе на кухне попил. Ларисы Евгеньевны там не было, не знаю, куда она подевалась. Может, еще не пришла? Я в свою комнату вернулся. Ба! На столе поллитровка стоит, руки тянет и просит: «Выпей меня, Кирюша, отдохни, устал ты!»

— Надо же, какая настойчивая бутылка, — стараясь не рассмеяться, восхитилась я. — Решила пожертвовать своим содержимым ради вас!

— Я ее просто посмотреть взял, — бубнил Кирилл, — из интереса. Никогда раньше такую не пробовал, называется «Жидкое золото». Водка не белая и не прозрачная, а желтая, внутри вроде как блестки плавают. Пить я не собирался, только понюхал. Запах не сивушный, значит, хорошей очистки продукт. И, видать, не дешевый. Но мыслей прикладываться я не имел. Гляжу, а справа стоит тарелка, и на ней хлебушек черный, огурчик солененький, сало тоненько нарезанное, розовое такое, с прожилочками, чесночка долька... Кто ж тут удержится? Я бутерброд сделал, откусил, сижу, жую, на «Жидкое золото» смотрю и говорю себе:

«Кирюха, даже не думай, не подводи Нину Феликсовну, она тебя из навоза вытащила. Ступай окна мыть». Потом глаза открываю, Лариса Евгеньевна в комнате стоит, чего-то бубнит, слов не разобрать. А мне плохо! В общем, паленая водка была. Бутылка красивая, а содержимое фальшак. Сейчас такие мастера есть! Гонят в подвале табуретовку, разливают и с магазином договариваются. Пустые бутылки у бомжей и пьяниц скупают, старух нанимают, те на улицах порожнюю посуду собирают. Никогда мне раньше так хреново не было. Ну помаешься с похмелья денек, поправишь здоровье пивком — и снова веселый огурец. Вот уж сколько времени прошло, а меня все еще колбасит! Желудок болит, голова ноет. Точно, фальшаком траванулся. И не виноват я ни в чем, бутылка сама ко мне в комнату забрела.

— Вместе с закуской, — хмыкнула я.

— Точно, — подтвердил Найденов. — Они всегда ходят парой, водяра и жрачка. И пить не хотел, из интереса бутылевич в руках подержал.

Кирилл икнул:

— О черт! Говорю же, живот до сих пор плохой, а башка дурная, кружится.

Я развернулась и быстро вышла из комнаты. Интересно, на что рассчитывает взрослый мужик, рассказывая о пришедшей к нему в гости бутылке с водкой, которая нежно попросила ее выпить? Кстати, куда подевалась Лариса? И еще один вопрос — где тут туалет?

Сделав несколько шагов по коридору, я увидела узкую дверь, на ней табличку с изображением дамы, толкнула ее и вошла внутрь. Очутившись в темноте, я пошарила рукой по стене, наткнулась на выключатель... Под потолком вспыхнула не очень яркая лампа.

— Мама, — донесся до ушей мужской голос, — ну пожалуйста!

— Ты поклялся, что прошлый раз был последним, — ответил ему женский.

Я приблизилась к унитазу. Помещение туалета крошечное, вероятно, раньше санузел в квартире был совмещенным, а потом его разделили гипсокартонной стенкой. Даже в собственной квартире не очень удобно иметь совмещенный туалет, а уж в общежитии это невозможно. Но неужели Малкина не знает, что тот, кто вошел в сортир, услышит беседу в ванной?

— Мама, мне так надо! — канючил Миша. — Пожалуйста, очень прошу, выручи!

Раздался шлепок, потом шепот Ларисы:

— Тсс, пошли в машину.

За стенкой стало тихо. Когда спустя пять минут я вышла в коридор, там было пусто. Я живу в больших апартаментах и очень хорошо знаю: если сидишь в гостиной, то можешь и не услышать, как кто-то ходит по кухне или одевается в холле. И когда дверь в мою спальню плотно закрыта, ни один звук из детских комнат туда не проникнет. Общежитие же переделано из двух квартир, поэтому напоминает лабиринт. Зуева капитально преобразовала помещение, перенесла стены. Вероятно, в тот день, когда Настя мыла окна, кроме нее, Ларисы, Нины Феликсовны и пьяного Найденова, здесь находился еще кто-то, но его просто не заметили. Вот сейчас в доме Доброй Надежды есть люди, но мне кажется, будто никого нет.

— Эй, ты новенькая? — прошептали из полутьмы. — Иди сюда. Давай, не тормози!

Я пошла на зов и увидела девушку лет двадцати пяти, которая выглядывала из двери.

— Медленно тащишься, — укорила она меня, — заруливай.

Я молча вошла в комнату, окинула взглядом узкую кровать, шкаф-купе, тумбочку, подоконник, на котором в беспорядке лежали всякие мелочи, и не удержалась от восклицания:

— Тесно-то как!

Девица села на кровать.

— Нина восемнадцатиметровку перегородила, получилось две норы. Мне повезло, досталась часть с окном, а у Надежды темень.

— Думается, лучше в тесноте, но одной, чем в большой комнате вдвоем, — улыбнулась я.

— Ну да мне после барака, где сорок баб жило, везде хорошо, — сказала девушка. — Я Кира. А ты новенькая?

— Можно и так сказать. Лампа, — представилась я.

— Прикольно, — хихикнула Кира. — А полностью как?

— Ев... — начала было я и тут же поправилась: — Елена, но все зовут меня Лампой.

За стеной послышался стук, потом кашель. Кира прижала палец к губам и чуть громче спросила:

— Надюха, ты куда бегала?

— Спасибо Нине, — ответил хрипловатый голос, — устроила нам сегодня выходной. Я носилась в торговый центр, хотела губную помаду купить, но не нашла нужную. А сейчас я на Тверскую поеду, погуляю, в магазины загляну. На улице потеплело, надену вместо пальто куртку. Ариведерчи, бамбино!

Вновь послышался стук.

— Вот как у нас, — скривилась Кира. — Чихну, а Надюха «Будь здорова!» говорит. Слушай, ты подъемные все истратила?

— Подъемные? — повторила я.

Кира, забыв снять тапки, закинула ноги на кровать.

— Зуева всем в первый день прибытия денег дает, аж пять тысяч, и сладенько поет: «Это на первое время. Небольшой подарок от фонда. Купи себе что-нибудь». Но ты не думай, Нинка совсем даже не добрая. «Пятак» вроде теста, пройдет денек, тебя ласково спросят: «Лампа, куда тыщи потратила?» Если книгу приобрела, очень хорошо, десять очков в плюс. Туфли купила и сказала: «Хочется на новой работе прилично выглядеть» — тоже неплохо, получишь пять звездочек. Но коли ты их прожрала в кафе, упадешь в рейтинге ниже подвала.

— О каких звездочках идет речь? — растерялась я.

Кира стала накручивать на палец прядь волос.

— Тебе еще не рассказали?

— Нет, — ответила я.

— И про главную заманухе не сообщили? — обрадовалась девушка. — Ну, круто! Слушай сюда. Ты даешь мне тысячу рублей. Встретимся через сорок минут в торговом центре у метро, в кафетерии на первом этаже. Кофе за твой счет. И жвачка тоже.

— Жвачка? — опять не поняла я.

Кира помахала рукой.

— Ау! Ты откуда? Из Эскимосии приехала?

— Нет, я родилась в Москве.

— И про «бабл-гам» не слышала? — развеселилась собеседница.

— Конечно, я знаю про жевательную резинку, — ответила я. — Просто не сообразила, зачем она к капучино. Лучше по пирожному съесть. И с какой радости мне с тобой деньгами делиться?

Кира встала с кровати.

— Если ты меня угостишь, отказываться от куска торта не стану. Жвачка понадобится, чтобы запах эспрессо отбить. Нам не разрешают пить кофе. Нарушишь правило — опять же очутишься на нулевой отметке.

— Какой нулевой отметке? — переспросила я. — И что плохого в кофе? Это же не наркотик.

Кира подняла руку.

— А вот за это ты тысячу и заплатишь — за ответы на вопросы. Я тебе расскажу про местные порядки, растолкую, как себя вести надо. Инфа стоит денег. Ну, корешимся? О'кей?

— Согласна, — кивнула я, касаясь ладони Киры. — Через сорок минут встречаемся. Но вдруг мне не разрешат выйти?

— Тогда примени уловку номер пять. Спроси у Ларки: «Где тут можно тетрадь потолще купить? Хочу дневник вести, свои мысли и чувства описывать. Мне так психотерапевт Регина, с которой перед приездом сюда беседовала, посоветовала». Ларка тут же скажет: «Ступай в торговый центр, найдешь там любые тетради». А сейчас топай в гостиную. На стене напротив телика доска есть, полюбуйся на нее. И учти, мы с тобой не трындели. Ваще пока не знакомы.

Я вернулась в гостиную. Кирилла на диване уже не было, а в указанном Кирой месте действительно висел стенд с листом ватмана. В правой его части были написаны имена: Антон, Борис, Кирилл, Леонид, Анюта, Кира, Надежда. После имени моей новой знакомой шла тщательно замазанная графа. Скорей всего, там раньше было имя «Настя».

— Прости, пожалуйста, — затараторила Лариса, вбегая в комнату, — похоже, мне пора таблетки от маразма принимать. Забыла про тебя! Вспомнила, что не проверила, отправилась ли Анюта в прачечную... Мы ведь постельное белье стираем не здесь, а в торговом центре, где можно машину арендовать, дешевле выходит, чем дома свою крутить...

— Все в порядке, — остановила я управляющую, — я отдохнула. А почему обитатели общежития днем дома?

— Так сегодня суббота, — сказала Малкина, — и праздник.

— Нина Феликсовна и Вадим ездили к заказчику, — продолжила я, вспомнив, но ничего не сказала про детский центр, куда можно отвести ребенка и в воскресенье, и даже первого января. — Многие сейчас работают без выходных.

— Согласна, — кивнула Лариса. — Вот, например, я с утра до ночи тут скачу, иногда устаю как собака. Но разве общежитие без присмотра оставишь? Только чуть вожжи отпустишь, косяки начинаются. Анюта сегодня дежурная. Она еду приготовила, решила чаю попить и кружку разбила. Не вспомни я про белье, осталось бы оно нестираным. Вроде все наши жильцы взрослые люди, но за каждым глаз да глаз нужен. Что же касается выходных... Все, кроме Анюты, которая в парикмахерской уборщицей работает и на стилиста учится, трудятся в мастерской при дизайн-бюро Зуевых. Мужчины под руководством опытных мастеров собирают для клиентов Нины мебель, осветительные приборы, обучаются хорошей профессии. Женщины шьют занавески, мастерят всякие мелочи, Потом, когда подопечные нас покидают, Нина Феликсовна их на работу устраивает. Зуева считает, что человек должен работать не покладая рук, но и отдыхать ему необходимо. Поэтому выходной день — это святое. Хотя длинных майских и новогодних каникул мы не устраиваем, ни к чему они нам.

— Зачем эта доска? — перевела я разговор на другую тему.

Лариса засмеялась.

— Борьба за супернаграду. Мы одновременно берем под свою опеку группу бывших зэков и держим их тут два года. Так, чтобы один у нас поселился в июне, а другой через полгода, не бывает. Каждый день люди получают баллы. Учитывается все, хорошее и плохое. Смотри, например, Анюта. Вчера всем выдали зарплату, так она безо всякого нажима со стороны решила побаловать товарищей кексами. За свой счет купила продукты, испекла маффины и к ужину подала. Другой пример, Надя. На свою получку она приобрела себе парфюм. Я вечером учуяла от Надежды запах духов и поинтересовалась: «Приятный аромат, скажи название». Надя давай юлить, но в конце концов назвала марку. Я забеспокоилась, совсем ведь не дешевая покупка, и стала допрашивать красотку, откуда у нее деньги. Тогда Надя призналась, что почти всю зарплату в магазине оставила. А сегодня еще собралась за губной помадой идти. То есть ничего Надюша себе на жизнь не отложила, опять занимать будет. Итог: Кузнецова получила плюс тридцать баллов, а у Арсеньевой пятьдесят отняли.

— Никогда не ходила в детский сад, но слышала, что там малышам за примерное поведение золотые звездочки раздают, — улыбнулась я. — Крошки за них борются.

Лариса поправила покосившуюся доску.

— Смешно, конечно, со взрослыми как с ребятишками из ясельной группы обращаться, но каким-то образом их же надо воспитывать? Что делать, если родители горькую пили и ничего хорошего отпрыскам не привили? Вот мы и стараемся. Через год Анюта, Надя и остальные улетят из гнезда, набравшись ума-разума. На их место придут другие, мы начнем процесс шлифовки характеров заново. Бывают, естественно, неприятности. Вот Найденов не так давно наклюкался. Но от таких вещей застраховаться невозможно. Кирилл раньше выпить любил, из-за пристрастия к водке на зону попал, но он клялся Нине Феликсовне, что навсегда завязал. Надеюсь, рецидив одноразовый и больше он не сорвется. А такого, чтобы люди снова под суд угодили, ранее у нас не случалось. Но, увы, на днях сюда полиция приезжала. Видишь вымаранное имя? До сих пор не могу от шока отойти. Нина Феликсовна по доброте душевной взяла в фонд Анастасию, нарушила ради нее все наши правила. У Гвоздевой мать есть, квартира приличная, не нуждалась она, только на работу бывшую зэчку никуда не брали...

Малкина отошла от доски.

— Говорить неприятно. Отблагодарила Настя Зуеву по полной программе, обокрала ее.

— Вот негодяйка! — возмутилась я. — Кошелек утащила?

На лице Ларисы появилось выражение брезгливости.

— Давай потом расскажу? Сейчас нет желания мерзавку вспоминать. Хочешь пообедать?

Я демонстративно взглянула на часы.

— Прости, мне надо ехать домой. Нина Феликсовна сказала, что сегодня я ей больше не нужна. Ты меня отпустишь?

Лариса взяла пульт от телевизора.

— Лампочка, я не имею ни малейшего права тебя задерживать. Работа в фонде благотворительная, денег за нее не платят. Ты вообще можешь здесь не показываться. Нина Феликсовна не обидится, она прекрасно понимает, что не всем хочется общаться с бывшими преступниками. Тебя приняли на работу в дизайнерское бюро Зуевой, а не служащей в фонд.

ГЛАВА 11

Едва я вошла в кафетерий, как Кира, сидевшая за угловым столиком, крикнула:

— Эй, я туточки! Заказала два пирожных и капучино. Любишь тирамису?

— Спасибо, съем с удовольствием, — сказала я, отодвигая стул.

С лица Киры исчезла улыбка.

— Платишь ты.

— Помню, — подтвердила я, — не беспокойся. Я и тысячу принесла.

— Клади в ладонь! — хищно воскликнула она, протягивая руку.

— Сначала стулья, потом деньги, — вспомнила я всеми любимый роман Ильфа и Петрова.

Кира отломила ложечкой кусочек тирамису.

— Ну, слушай. Думаешь, тебе повезло? Поселилась забесплатно, станут тебя кормить, дадут работу, а через два года ты получишь собственную однушку?

— Так обещали, — подтвердила я.

— Три ха-ха! — с набитым ртом произнесла собеседница. — Красивые слова, не более. Сначала про работу. Мне, когда я в дом Доброй Надежды приехала, посоветоваться не с кем было, не нашлось рядом какой-нибудь доброй Киры, поэтому на вопросы Нинки: «Где ты работать хочешь? Может, мечтаешь о какой-то профессии?» — я по глупости ляпнула: «Вот бы на телик попасть, новости читать или про погоду рассказывать. Суперкруто!» Надюха тогда сказала: «В детстве я хотела великим хирургом стать». Анютка же заявила: «Мне высшего образования не надо. Лучше на парикмахера выучиться. На зоне я всех девочек стригла-причесывала, даже жена начальника меня к себе звала». Зуева нас выслушала и с улыбочкой на землю опустила: «Кира и Надя, вам лучше руку на шитье занавесок набить, без куска хлеба не останетесь, будете работать в моей мастерской. Анюту я устрою в парикмахерский салон и на курсы, у нее правильная мечта, она не витает в облаках». Я до сих пор жалею, что разоткровенничалась, следовало в маникюрши проситься или косметологи. Поэтому ты, когда Нинка про твою будущую профессию речь заведет, говори чего попроще, но такое, чтобы не в мастерской пахать, там от скуки сдохнуть можно. В балерины не просись, иначе будешь шторы с утра до ночи гладить.

Я отхлебнула кофе.

— Я не рассчитываю на должность президента.

Кира покосилась на мою порцию торта.

— Понятно. Но ведь все-таки хочется денег побольше, а хлопот поменьше.

— Ничего, можно и утюгом помахать. Главное, своя квартира появится! — воскликнула я.

Кира оторвалась от капучино.

— Вот-вот, мы добрались до сладкого. Жилье на всех одно.

Я отодвинула чашку.

— В смысле? После того, как мы дом Доброй Надежды покинем, будем жить вместе?

Кира постучала себя кулаком по лбу.

— Лампа, у тебя кукушка улетела? Доску в гостиной изучила? Когда двухлетний курс нашего обтесывания закончится, Нинка баллы подсчитает. Зуева все ватманские листы соберет за двадцать четыре месяца и еще дневники возьмет.

— Какие? — удивилась я.

Кира повертела в руках пустую тарелочку из-под тирамису.

— Ты как ваще собеседование с Региной прошла? Ничего не запомнила! С тобой же после того, как в фонд отобрали, психолог разговаривала.

— Я очень радовалась своей удаче, вполуха мозгокопателя слушала, — нашла я ответ.

— Дура ты! — укорила меня Кира. — С первого дня в фонде надо дневник вести, записывать в него свои мысли, рассказывать о чувствах. Подробно. Фразы типа «встала, умылась, пошла на работу, вернулась, поела, заснула» не прокатят. Вернее, они не понравятся Нинке. Если ты намерена отжать квартирку, сочиняй роман. «Утром проснулась в хорошем настроении, потому что вспомнила про работу. Как мне нравится кроить занавески! Я приношу людям радость, бегу на службу в полном счастье». И прочие бла-бла, и ля-ля, и сюси-пуси...

— Никогда еще не видела человека, который в шесть утра несется в ванную, напевая: «Ура, я спешу в офис!» — захихикала я. — Такое возможно?

— Если грибочками из ведьминого леса поужинать, то, вероятно, да, — хохотнула Кира. — Но не вздумай в тетрадке правду писать. Нинка всем внушает: «Дневник только для вас, открывайте на его страницах душу, не бойтесь, никто, кроме хозяина, записи читать не будет». На протяжении всего срока пребывания в доме Доброй Надежды будешь слышать: «Дневничок заполняешь? Не забывай про него! Это приказ психолога. Он для твоего же блага». А через два года другую песню от Зуевой услышишь: «Несите, голубчики, свое творчество». Если ты накосячила, вообще страницы не заполняла или гадостей там понаписала, помаши однушке ручкой. Но даже если в тетрадке сплошные сладкие слюни, радоваться рано. Нинка подсчитает очки, положительные и отрицательные, произведет вычитание и в конце концов объявит победителя. А им будет тот, кто Зуевой больше всех задницу лизал. Сразу надо понять: жить здесь намного хуже, чем в заключении. На зоне откровенная ненависть, но и дружба завязывается настоящая. Тычет охрана кулаком под ребра? Ну так конвойные родными и не прикидываются. А у Зуевой ложь кругом, улыбочки фальшивые, вроде любовь и забота, но все совсем не так.

— Зачем ты тогда согласилась в программе «Жизнь заново» участвовать? — задала я напрашивающийся вопрос.

— Не знала, куда после освобождения податься. Ни жилья своего, ни родственников, — тоскливо произнесла Кира.

— Значит, жилплощадь получит лучший из коллектива, а его выбирает Нина? — подытожила я.

— Еще и Лариса поучаствует, — зло добавила Кира.

— Малкина тебе не нравится, — сообразила я.

Собеседница начала ложечкой соскребать со стенок чашки молочную пену.

— Держись от Ларки подальше. Хотя к тебе она особо не пристанет. Малкина молодых ненавидит. Настя вот поплатилась за свою наивность.

Мне стало душно.

— Анастасия? Это ее имя на доске вымарали? А что она натворила?

Кира подперла кулаком щеку.

— Гвоздевой уже не шестнадцать лет, но она щенок глупый и веселый. Не понимаю, как Настюха не повзрослела после отсидки. Мне первых двух дней в СИЗО хватило, чтобы попрощаться с детством! Мачеха меня за решетку запихнула, очень ей хотелось от падчерицы избавиться, вот и накатала заявление, что я у нее из комода отложенные на покупку квартиры деньги сперла.

— А ты их не брала? — сразу отреагировала я.

Кира помрачнела, вздохнула.

— Очень платье новое захотелось... У подружки свадьба намечалась, все наши готовились, наряды им родители покупали. Я тогда училась на первом курсе техникума, стипендию не получала, потому что зимнюю сессию на тройки сдала, но подрабатывала на кассе в «Быстроцыпе», да только мачеха зарплату отбирала.

— И твой отец это позволял? — возмутилась я.

— Видно, ты в хорошей семье росла, раз такой вопрос задаешь, — отметила Кира. — Моему папане я была по барабану, главное — бутылку получить. Мачеха ему с радостью пойло покупала, ждала, когда муженек помрет, а ей с сыночком наша квартира достанется. Я ей мешала, потому как тоже наследница. Да, вытащила я из ее тайника денег себе на туфли и платье. А она написала, что исчезли полтора миллиона. Но столько налички в ящике не было. Я объяснить пыталась: там лежало всего сто тысяч. Откуда у бабы такое нереальное бабло? Но меня слушать не стали, впаяли четыре года. Папашка, пока я в бараке гнила, помер, квадратные метры мачехе и сводному брату отошли. Все, как задумывалось, у Галины Михайловны получилось.

— Так за что Настю из общежития выгнали? — вернула я Киру к основной теме беседы.

Она нахохлилась.

— Для начала пойми: Анастасия дура.

— Очень уж резко ты о ней говоришь, — поморщилась я. — Вы чего-то не поделили?

Кира чихнула, а я вдруг ощутила, как по спине пробежал озноб и почему-то закружилась голова.

— Как назвать взрослого человека, который верит в выигрыш? — спросила Кира. — Настька была азартная без меры — покупала лотерейные билеты, вечно у нее из карманов бумажки разноцветные вываливались. Увидит где объяву вроде «Поучаствуй в конкурсе, получи приз», моментально пойдет и будет мячики в плюшевые игрушки кидать, кольца на бутылки набрасывать. Она даже в телелотереи, которые идут по кабельному каналу, ввязывалась, хотя ежу понятно, что это чистый обман. Я ее один раз спросила: «Не жалко бабки на ветер пускать?» А она надулась: «Ты ничего не понимаешь! Стопудово выиграю миллион, просто пока мне не везет». Ага, как же, миллион! Два или три! Анекдот! Ее тут все за азартность ругали. И Лариса, и Нина. Сейчас небось в СИЗО в лотерее «Бинго для зэков» участвует. Прямо ребенок глупый, наивняк. Но не злая и не подлая. Все считают, что она сперла кольцо у Зуевой, в скупку отнесла, и ее поймали. А я думаю, не могла Настюха так поступить. Она очень боялась опять под замком очутиться, прямо трясло ее от одной мысли об этом. Нинка свой перстень гребаный то на кухне швырнет, то в туалете оставит.

Настя несколько раз его приносила Ларке и со словами: «Вот, нашла» — отдавала. Чего ж ее в апреле-то переглючило? Нечистое дело!

— Вероятно, Анюта, Надя или Кирилл решили утопить конкурентку, — подначила я собеседницу.

Кира облизала чайную ложку.

— Знаешь, почему я с Настей скорешилась? Она в забеге на квартиру не участвовала. В общежитии не спала, дома жила, а работала в дизайнерском бюро. Зуева обещала ее на декоратора интерьеров выучить. Настюха никому из местных дорогу не перебегала.

— Но на доске ее имя было, — не успокаивалась я.

— Так она сама попросила. Говорю же, ребенок по уму. Просто нравилось Настене положительные баллы получать, — улыбнулась Кира, — не наигралась в детстве. И дневник она честно вела. Говорила мне: «Права психолог, напишешь все, что на душе накипело, и словно освобождаешься».

— Ясно... — протянула я. — А чего ты от меня хочешь? Неужели за тысячу рублей всего проинструктировала? И нелогично как-то сопернице помогать. Вдруг я от твоей науки поумнею и квартирку у тебя из-под носа уведу?

ГЛАВА 12

Кира оперлась локтями о стол.

— Мужикам, которые сейчас у нас поселились, жилье не светит. Они столько накосячили, что давно по баллам в минусе. Надька вечно с Ниной Феликсовной спорит. Характер у Арсеньевой дурацкий — понимает ведь, что прав другой человек, но никогда этого не признает, до посинения свою точку зрения отстаивать будет. Анюту у нас за дурочку считают. Она и правда туповатая, все всерьез воспринимает, на шутки не реагирует. А у меня одни плюсы. Кто главный претендент на квартиру?

— Ты, — вздохнула я.

— Молодец! — улыбнулась Кира. — Тебя только взяли, а через двенадцать месяцев на жилье рассчитывать нельзя. Небось придется тебе в фонде три года торчать, в общаге маяться больше других, раз не со всеми пришла. И вот тогда, наверное, однушка в твои руки обвалится.

Я приподняла брови, а Кира заговорила еще быстрее:

— Смотри. Будущей весной наша смена уметется, появится другая. Новенькие местных порядков не знают, наделают глупостей, наполучают минусов. А ты староходка, понимаешь, как себя вести, выбьешься в старосты, станешь правой рукой Лариски и — хоп, въедешь в однушку. За собственное жилье можно три года перед Зуевой и Малкиной дрессированную обезьянку поизображать.

— М-м-м... — неопределенно промычала я. — А кто сейчас у вас староста?

— Ты на нее смотришь, — гордо заявила Кира. — Звание старшей дают на месяц, потом Зуева опять решает, кто выше других стать достоин. Я уже в одиннадцатый раз выделяюсь. Неделю назад Нинка сказала: «Может, нам ввести должность «почетный бригадир»? Отдать ее навсегда Кире, а из остальных членов коллектива выбирать старосту?» Вроде пошутила она, все засмеялись, но я поняла, Зуева всерьез высказалась, считает меня лучшей. Короче, предлагаю тебе выгодную сделку. Ты будешь под моим крылом, я прикрываю тебя, советую, как поступать, предупреждаю о возможных неприятностях. А ты мне не гадишь, на скандалы не вызываешь, Ларке дерьмо про меня в уши не шепчешь. Если на конфликт пойдешь — проиграешь, я сделаю так, что через год ты в жопе окажешься. Придет новая группа, а Романова со счетом минус пятьсот. Они с нуля за однушкой бежать будут, тебе же до их стартовой отметки подниматься придется. Выбирай: мы друзья или враги? И последнее. Если кто начнет предлагать с ним корешиться, против меня дружить, ты подумай, что тебе выгодней. О'кей?

— Откуда ты знаешь про то, что Нина Феликсовна потребует дневники на проверку?

— Какая тебе разница, где я рыбку выудила, главное, что ее принесла и на блюде тебе подала, косточки вынула, — ушла от прямого ответа Кира. — Так как? Дружим?

Я кивнула.

В глазах Виноградовой вспыхнуло торжество.

— Молодец! Теперь расслабься, будешь жить как у Христа за пазухой. Так моя бабушка говорить любила. Ну все, побегу назад. Да и ты не задерживайся. Стоп! Первый совет. Чапай в продуктовый магазин и купи готовое слоеное тесто. Бери российское, оно дешевле импортного, а по качеству ничем от него не отличается. Еще возьми банку апельсинового джема — и назад скачками. Как вернешься, подходи к Ларке, глазки в пол и нуди: «Извините, простите, я еще ваши правила не выучила. Будет ли уместно «треугольнички» для всех к ужину испечь? Хочется народ угостить, отметить первый день на новом месте». Сразу хорошее впечатление произведешь: и не жадная, и экономная. Торт новенькая покупать не стала, он дорогой, решила собственными ручками десерт приготовить, значит, трудолюбивая. Плюс пятьдесят тебе обеспечено.

— Спасибо, — улыбнулась я.

Кира встала.

— Держись меня, я не подведу.

После того как Виноградова ушла, я решила позвонить Лене Гвоздевой и попросить ее найти дневник дочери. Некрасиво, конечно, читать чужие записи, но, учитывая обстоятельства, навряд ли Анастасия обидится на меня.

Я открыла сумку и вытащила айпад. Подняла красную обложку планшетника, замерцал экран. Я покосилась на возникшую картинку и испугалась. Мои черепашки! Со вчерашнего вечера я не прикасалась к чуду электронной техники, и сейчас в городе царит хаос. Водокачка горит, аэродром зарос травой, центральные улицы полны мусора, закрылись школы... Слава богу, хоть завод по производству бомб исправно производит оружие...

Ой, извините, пожалуйста! Прочитав предыдущий абзац, вы небось решили, что госпожа Романова тронулась умом. Нет, я нормальный человек. Просто Макс подарил мне на день рождения айпад, Егор открыл мне мир компьютерных игрушек, и я стихийно превратилась в геймера. Теперь перед сном телевизор не смотрю, не читаю, а с азартом сражаюсь с зомби или оборотнями, ищу разные предметы, брожу по замкам, заброшенным домам, отыскиваю ключи к сундукам, решаю головоломки. В последнее время меня захватила градостроительская игра под названием «Танк-кабриолет». Сначала я из яиц вырастила черепашек, потом построила для них большое поселение и управляю им. Надолго оставить город без внимания нельзя, в нем начинают происходить катаклизмы — все рушится, откуда-то появляется танк без крыши и принимается давить дома и несчастных жителей. Надо постоянно следить за жизнью в Черепахвилле, выращивать в инкубаторах новых граждан, чинить сломанное и порушенное... А вот и танк! Ну, погоди!

Я начала расправляться с врагом, одержала убедительную победу, закрыла планшетник и призадумалась: зачем я полезла в сумку? Что хотела взять? Телефон!!!

Я стала копаться в замшевой торбочке, но мобильный никак не попадался под руку. Пришлось вывалить на столик все содержимое ридикюля. Однако сотового среди массы мелочей не нашлось. Не было трубки и в кармане курточки. Подгоняемая нерадостными мыслями, я поспешила в машину, тщательно осмотрела салон и даже, что очень глупо, засунула нос в багажник. Потом села на водительское сиденье и пригорюнилась — похоже, я потеряла дорогой сенсорный аппарат. Макс никогда не будет ругать меня за ротозейство, просто принесет новую трубку, но в старой много фотографий, контактов знакомых...

Сообразив, что лишилась снимков мопсих Муси и Фиры, я чуть не зарыдала. Но потом вспомнила, что телефон синхронизировался с айпадом, значит, мой архив цел, слегка успокоилась и стала думать, где могла посеять мобильник. Когда я в последний раз с кем-то разговаривала? В квартире у Германа Евсеевича! Мне позвонила Роза Леопольдовна и сообщила, что вернулась домой, беседа заняла пару секунд... И куда я потом дела телефончик? Думай, Лампа!

Я напрягла память. Вот мы входим в огромный холл, я вешаю курточку на крючок, оставляю сумку на столе, но перед тем как расстаться с ней, вынимаю сотовый и кладу его в карман. Нина Феликсовна и Вадим пообщались с Германом, на него свалилась голова носорога, все стали ее поднимать, дернули за ремень и плюхнулись на пол. Именно в тот момент и звякнула няня. Я, сидя на полу, пообщалась с Краузе. Затем, положив телефон на пол, встала... А куда делась трубка?

Я быстро завела мотор, поехала по проспекту и притормозила у светофора. Лампа, ты растеряха! Оставила мобильник в гостиной, забыла его поднять! Никакой радости от новой встречи с Германом Евсеевичем я не испытаю, но ведь надо вернуть свою собственность. Может, попросить у Вадима номер Фомина, звякнуть ему, спросить, есть ли кто-нибудь дома?

Красный свет сменился зеленым, я нажала на газ. Лучше приехать к миллионеру без предупреждения, а то еще я услышу ругань.

Украшенная железными шипами дверь неожиданно оказалась незапертой. Я вошла в холл и крикнула:

— Каролина!

Послышались торопливые шаги.

— Пожалуйста, не пугайтесь, — сказала я, — это Лампа Романова. Я была у вас сегодня утром и забыла свой мобильный в гостиной.

— Здравствуй, Лампа Романова, — произнес знакомый мужской голос.

Я попятилась.

— Стоять! — скомандовал тот же бас. — Что ты тут делаешь?

— Ну... — пробормотала я, глядя, как ко мне приближается Костя Рыков, друг Макса и начальник особой структуры, занимающейся раскрытием опасных преступлений. — Э... я потеряла тут телефон... Вернее, оставила его на полу в каминной...

— Очень интересно, — заявил Рыков. — Зачем же ты трубку на пол кинула?

Я набрала полную грудь воздуха и выпалила на одном дыхании:

— Голова упала и погребла под собой Германа Евсеевича, домработница предложила привязать к его рогу ремень, мы потянули за пояс и свалились, а мне позвонила Краузе...

— У Фомина был рог? — с абсолютно серьезным лицом поинтересовался Костя. — И разве в доме есть прислуга?

Я перевела дух.

— Рог торчал из морды африканского трофея.

— Константин Львович, вы куда подевались? — крикнул еще один хорошо знакомый голос, на сей раз женский.

В холле показалась руководитель группы экспертов Зинаида Богатырева в белом одноразовом костюме.

— Я в прихожей, — пояснил Рыков, — иди сюда.

— О! Лампа! Привет. Что ты тут забыла? — осведомилась Зина. — Не смей ходить по квартире без бахил, надень перчатки и ничего не трогай, иначе я замучаюсь твои следы от других отделять. Аквариум у них находится в жутком месте, аж мороз по коже пробирает. И как люди в таких комнатах живут? Пахнет тленом, пылью, еще не пойми чем, к тому же головы эти несчастные, просто бр-р-р...

— Где нам лучше с Лампуделем поговорить, чтобы твоим ребятам не мешать? — как-то слишком нежно прокурлыкал Костя.

Зиночка хмыкнула.

— Чем меньше посторонних на месте преступления, тем лучше. Видишь дверь? Там типа гостевая, туда, по словам жены Фомина, вообще никто не ходит, и я ей верю, слой пыли с метр на мебели лежит. Вот зачем километровую квартиру покупать, если вас здесь живет всего двое и друзей ты звать не собираешься?

— Давай, пошли, — приказал мне Рыков.

— Место преступления? — ахнула я. — Что случилось?

— Будешь продолжать изображать, что явилась за якобы забытой трубкой? — ехидно спросил Константин.

Я повернулась к эксперту:

— Зиночка, в гостиной должен быть на полу мобильник, он в чехле в виде мопса, будь добра принеси его мне.

Богатырева покрутила пальцем у виска:

— Ау, Романова! Все найденное на месте преступления оформляется и...

— Но это же мой сотовый! — возмутилась я. — Ты его не один раз видела, спрашивала, где я такой прикольный чехольчик раздобыла. Отчего вредничаешь?

Зинаида покосилась на Рыкова.

— Некогда мне с вами песни петь. Дел полно.

— Двигай в гостевую, — повторил Костя.

Я пошла за Рыковым, оглянулась, посмотрела на не сдвинувшуюся с места Зинаиду и как бы между прочим обронила:

— Вчера Оля Теленкова привезла мне из Франции крем для лица. Четыре упаковки.

— Тот самый? — оживилась Зина. — В черной банке? Он супер! Кожа такая бархатистая от него делается. Жаль, в Москве он не продается.

Я кивнула и поспешила за Костей.

— Выкладывай, что тебе тут понадобилось, — с легким раздражением потребовал Рыков. — Знаю, Макса нет в России. Будешь врать, сразу ему звякну и расскажу, чем ты в отсутствие мужа занимаешься.

— Ни в чем плохом я не замечена! — возмутилась я. — Просто устроилась на работу в агентство, которое занимается интерьерами. Контора принадлежит Нине Феликсовне и Вадиму Зуевым. Сегодня их пригласил Герман Евсеевич. Он отчего-то задыхался в каминной и решил поменять там обстановку. Мы приехали, поняли, что в отделке использовались токсичные материалы, попытались объяснить хозяину, мол, необходимо тщательно проверить все предметы, находящиеся в гостиной, но Фомин рассвирепел, закричал, что в его квартире сплошной эксклюзив из золота с драгоценными камнями, и выгнал нас. Герман на редкость грубый человек, мне было очень жаль его домработницу Каролину. Наверное, ей некуда идти, раз она соглашается терпеть такое отношение.

— Каролина Яновна Фомина жена покойного, — сказал Костя.

— Кто? — подскочила я. — Ты уверен? Он к бедняжке иначе как «дура» или «идиотка» не обращался, орал на нее, буквально вытирал о нее ноги, да еще при посторонних, и... Погоди, кто покойный? Герман умер?

— На все твои вопросы ответ «да», — сказал Рыков. — Каролина законная супруга Фомина, а он лежит в каминной с проломленным черепом. В доме никого, кроме них, нет, домработницу бизнесмен не держал, требовал, чтобы жена сама следила за хозяйством. Похоже, он ненавидел женщин, в особенности тех, кто имел несчастье сходить с ним под венец. Каролина его третья супруга, две первые покончили с собой. Одна выбросилась из окна, вторая отравилась.

— Надеюсь, Каролина догадалась позвать адвоката? — воскликнула я. — Непременно расскажу ему, как Фомин унижал ее. Несчастная подняла руку на мучителя от полнейшего отчаяния.

— Кто тебе сказал, что Каролина убила Германа? — удивился Рыков.

Я осеклась.

— А разве нет? Ты упомянул про разбитую голову.

— Верно, — согласился Рыков. — Пока точная причина смерти не установлена, но, по предположению Зинаиды, у Германа Евсеевича стало плохо с сердцем, он упал и ударился виском о подставку, на которой висят кочерга, совок и другие прибамбасы для камина. А теперь расскажи откровенно, зачем ты явилась к Фомину.

— Ни слова лжи в моем рассказе не было, — отрезала я. — Спроси у Зуевой, она подтвердит, что...

Дальнейшие слова застряли в горле. Ох, не следовало мне так упорно упоминать Нину Феликсовну. Если Рыков начнет задавать ей вопросы, он выяснит, что для нее я Елена Романова, двоюродная сестра Офелии Бурмакиной, и вот тогда мне мало не покажется.

Рыков хлопнул ладонью по подлокотнику кресла:

— Карты на стол!

— Ладно, — вздохнула я. — Но сначала скажи, когда и кто вызвал вас.

— Звонок из дома Фомина поступил около трех часов дня, — ответил Костя. — О смерти Германа Евсеевича сообщила жена.

— Откуда Каролина узнала ваш телефон? — прикинулась я дурочкой. — Ты с ней знаком?

— Нет, она набрала ноль два, — попался на удочку приятель.

Я показала на большие напольные часы, мирно тикающие в углу.

— Сейчас начало седьмого, по квартире разгуливают эксперты, похоже, твоя бригада прибыла сюда часа полтора назад. Или два.

— И что? — пожал плечами Константин.

— В Москве пробки, — промурлыкала я, — от твоей работы до дома Фомина по пустой дороге минут сорок. Но мой навигатор был сплошь красным, когда я рулила сюда, так что, думаю, вам пришлось потратить на поездку около двух часов. Не сходится время. Каролина вызвала патруль, полицейские небось не шибко спешили, сам знаешь, как люди с «земли» на труп выезжают. Они не суетятся, ведь мертвец никуда не убежит. Они должны были появиться ближе к ужину. И с какой бы стати им звать на обычный случай суперспецов? Сами бы разобрались с Фоминым, ничего особенного не произошло. Но сейчас тут твоя бригада, что удивительно. Как вы так быстро сюда прискакали?

— Ничего странного, — возразил Костя, — дежурный сразу нас известил. И есть такая штука, называется спецсигнал. Слышала о нем?

— А как же. На крыше машины «люстра» мерцает, или фонарь, сирена воет, из матюгальника голос орет: «Подали направо, пропустить немедленно», стробоскопы из бампера светом бьют, — перечислила я. — Полная дискотека!

— Примерно так, — согласился Рыков. — Мы никогда не тащимся часами по пробкам. А почему тебя так волнует вопрос времени?

— А почему вы примчались с шумом и свистом на самое заурядное происшествие? — в тон

Косте спросила я. — Отчего дежурный на пульте, услышав о мужчине, который попросту упал и разбил голову, соединил Каролину не с парнями из местного отделения, а побеспокоил самого Рыкова?

Константин секунду с интересом рассматривал меня, потом откашлялся:

— Хватит идиотничать. Мы не чужие друг другу люди. Рассказывай, что происходит.

— Ты первый, — уперлась я. — Или сыграем в камень, ножницы, бумагу? Ой, совсем забыла! Вы вроде с Машей в начале июня едете отдыхать в Италию?

— И что? — напрягся Рыков. — Билеты уже в кармане, гостиница заказана.

— Кота Вильгельма и собаку Джулию, как всегда, к нам на передержку отдать собираешься? — иезуитски улыбаясь, осведомилась я. — Не знаю, не знаю, может, и не получится. Вдруг Киса испугается чужих животных? Девочка маленькая, я опасаюсь за ее психику.

— Вилю и Джулю испугается? — возмутился Константин. — Да они по характеру пуховые подушки.

— Не знаю, не знаю... — тянула я.

Дверь в комнату приоткрылась, появилась Богатырева.

— Держи свой сотовый.

— Спасибо, Зинуля, — обрадовалась я. — Одна банка крема твоя.

— Супер! — обрадовалась эксперт и испарилась.

— По-моему, проделанный тобой трюк называется шантажом, — процедил Рыков.

Я скромно потупилась.

— Просто я умею договариваться с людьми и знаю, что в гостинице для животных никто Джульке и Вильгельму на диванах валяться не разрешит и играть с ними не станет. Наверное, нехорошо быть такой любопытной, но объясни, зачем ты тут?

— Ладно, — сдался приятель. — Слушай.

ГЛАВА 13

Два года назад от сердечного приступа умер известный спортсмен Федор Сухов. Поскольку из жизни неожиданно ушел кумир миллионов, выяснять, что случилось с тридцативосьмилетним мужчиной, велели Рыкову. Костя пообщался с женой и дочкой покойного, поговорил с его коллегами по команде, с членами их семей и выяснил, что красавчик Сухов, чьи снимки украшали все глянцевые журналы, был отнюдь не милым человеком.

Федя ни в грош не ставил свою супругу и ребенка, требовал от них полнейшего подчинения и моментально распускал руки, если они нерасторопно исполняли его приказы. Кроме того, Федор обладал взрывным, гневливым характером, мог обидеться на косой взгляд и подраться с человеком без всякого повода. Несколько раз Сухова задерживали сотрудники ГАИ. Хоккеист считал, что для звезд спорта не существует дорожных правил, запросто разворачивался через две сплошные линии, катил с ветерком по встречке, парковался на пешеходном переходе или тротуаре. Если кто-то из прохожих или водителей пытался сделать лихачу замечание, Федор хватал бейсбольную биту и начинал военные действия. Один раз он подрался с дорожными полицейскими, выбил им зубы.

Это происшествие могло ой как плохо закончиться для Сухова, но родной клуб выручил звезду из беды. Ему все сходило с рук. Жена молча сносила побои, потому что боялась остаться одна с ребенком, а родители и тесть с тещей прощали его хамство из материальных соображений — бешеный Сухов был не жаден, щедрой рукой давал старикам деньги, покупал супруге соболиные шубы и бриллианты. Товарищи по команде тоже терпели выходки Феди, ведь если он стоял в воротах, размочить счет не удавалось никому, шайбы прилипали к вратарю, как мелкие гвоздики на сильный магнит.

Руководство клуба журило хулигана, но всегда безропотно раскошеливалось, чтобы вытащить Сухова из очередного скандала. А потом случилась большая беда.

Федор купил новый спортивный автомобиль и, как всегда, со значительным превышением скорости полетел по дороге. В результате не справился с управлением и выехал на автобусную остановку. Троих людей, ожидавших маршрутку, он ранил, а сорокапятилетнего мужчину убил на месте.

Поднялся невероятный шум, и снова владельцы команды спасли голкипера. В прессе обнародовали медицинское заключение о состоянии здоровья Сухова. Доктора, в чьей компетенции сомневаться не приходилось, сообщали, что у хоккеиста случился микроинсульт, он потерял сознание, значит, произошла трагедия, винить в которой некого.

Все проблемы можно уладить с помощью денег. Маленькие незадачи устраняются с помощью маленьких сумм, большие — с помощью больших. Сколько заплатил клуб, чтобы голкипера не судили, неизвестно, но даже ребенку понятно: раскошелиться спортивным боссам пришлось изрядно. Они организовали похороны жертвы, выдали щедрую компенсацию его семье, спонсировали лечение раненых, подкупили журналистов, чтобы те пели нужные песни. В общем, скандал затоптали. Но, похоже, Федору наконец-то влетело по-настоящему, потому что тот стал вести себя тихо, более за руль не садился, ездил с шофером.

А вскоре хоккеист скоропостижно скончался. Поскольку в смерти голкипера не просматривалось ни малейшего криминала, Рыков спокойно оформлял бумаги, чтобы отправить их в архив. И тут ему позвонили с сообщением — из квартиры Сухова только что вызвали полицию, там произошла драка, ранена Галина, вдова вратаря.

Костя моментально поехал по знакомому адресу и побеседовал с женщиной. Та попросила не беспокоиться, сказала, что хотела помыть большой аквариум, но не справилась, разбила его, сильно поранилась, и дочь позвонила в «Скорую». А уж медики, не разобравшись в случившемся, сообщили полиции о драке.

— У нас все хорошо, — говорила Галя, придерживая забинтованную руку. — Скажи, доченька!

— Да, мама, — всхлипывала пятнадцатилетняя девочка, — мы никогда не ссоримся.

Приехавшая вместе с Рыковым Зинаида под предлогом проверки, хорошо ли муниципальные медики обработали рану, попросила разрешения взглянуть на порез. А потом шепнула коллеге:

— Она врет. Такое увечье можно получить лишь в случае нападения. Кто-то располосовал Галине руку осколком стекла.

Константин насел на вдову, та разрыдалась и наконец сказала правду. Сегодня она решила вынести из дома вещи покойного мужа, сложила несколько тюков. А потом вошла в гостиную, где дочка Лиза смотрела телевизор, и поинтересовалась:

— Никому из твоих одноклассников аквариум не нужен?

— Вроде нет, — удивилась девочка. — А почему ты спрашиваешь?

— Хочу отдать это уродство, — хмуро ответила мать. — Стоит, мешает...

— Это мой аквариум! — неожиданно обиделась Лиза.

— С каких пор? — рассердилась Галина, у которой выдался сложный день. — Его твоему отцу подарили фанаты.

Слово за слово, мать и дочь повздорили, наговорили друг другу много гадостей, Галина не сдержалась, отвесила девчонке оплеуху, а та толкнула ее. Галя пошатнулась, чтобы удержаться на ногах, уцепилась за пустой стеклянный куб и обвалила его. Раздался грохот.

— Ты разбила последний подарок, который папа мне сделал! — заорала Лиза и кинулась к матери. — Ты этот аквариум сразу невзлюбила! Ты вообще не любила ни папу, ни его товарищей, ни фанатов! Как только он умер, ты в тот же вечер черепашек из аквариума достала и куда-то дела, а мне сказала, что они убежали, и воду слила, и растения выкинула. Теперь вот нарочно аквариум разбила. Я тебя ненавижу! Ты все, что с моим папулей связано, уничтожаешь!

Продолжая обвинять мать, Елизавета схватила острый осколок стекла и сильно порезала Галине руку. Когда из нее хлынула кровь, Лиза очнулась, зарыдала еще горше, бросилась звонить в «Скорую». Сейчас, когда мама под нажимом Рыкова выложила правду, Лиза безостановочно повторяла:

— Не знаю, что со мной приключилось. В голове помутилось, ничего не помню.

— Пожалуйста, не поднимайте шума, — умоляла Галя. — С Лизонькой такое впервые, она очень тяжело переживает смерть отца. Федор жестоко обращался с нами, но Елизавета его, несмотря ни на что, обожала.

— Пусть она посидит в своей комнате, — попросил Костя.

Когда Лиза убежала, Зинаида сказала:

— Законы генетики никто не отменял, вам надо обратить пристальное внимание на поведение дочери, иначе, боюсь, вы получите второго Федора Сухова. Аквариум был пустой?

— Да, — кивнула Галина. — Когда муж умер, его обитатели передохли, я воду слила, а сам аквариум унести только сегодня собралась.

Костя благополучно забыл о происшествии. Спустя месяцев семь ему поручили разобраться с кончиной семнадцатилетнего Игоря, сына известного художника Елизария Шлыкова. Одиннадцатиклассник скончался от сердечного приступа.

Когда Рыков приехал в квартиру, безутешные родители плакали в столовой, а тело парнишки лежало в гостиной. По полу были разбросаны осколки аквариума, там же ползали две черепашки. Рядом с трупом валялся сачок. Похоже, подросток перед смертью возился с живущими в воде тортиллами.

Рыков побеседовал с художником, хотел поговорить с его женой, но тут Костю отозвала в сторону пожилая домработница и сказала:

— Фаина сначала Зою, жену Елизария, убила, ну да ту совсем не жалко, а потом мачеха от Игорька избавилась. Чушь врачи несут. Разве может семнадцатилетний мальчик от инфаркта помереть?

Костя начал расспрашивать старушку и узнал много интересного о семье Шлыковых. Елизарий был женат дважды. Первый брак он заключил в сорок лет, взяв в супруги восемнадцатилетнюю Зоеньку. Судя по всему, она не особенно любила мужа, происходила из бедной семьи, хотела материального благополучия, поэтому обменяла свою красоту и молодость на деньги и положение в обществе. Вначале Зоя вела себя тихо, пыталась быть примерной женой, родила сына. А потом понеслась душа в рай. Игорьку едва исполнилось три месяца, когда его мамочка впервые пришла домой в нетрезвом состоянии.

Елизарий любил Зою, не хотел разрушать семью. Он много раз помещал жену в разные клиники и в конце концов добился успеха. Молодая женщина перестала прикладываться к бутылке и целых полгода вела правильный образ жизни. Шлыков от радости преподнес церкви, куда ходил молиться к иконе «Неупиваемая чаша», дорогой презент — купил местному священнику праздничную ризу. Вот только зря любимый живописец советской политической элиты ликовал. Зоя просто сменила одну зависимость на другую. Вскоре Елизарий понял: да, супруга теперь не дружит с бутылкой, она увлеклась таблетками.

ГЛАВА 14

Последующие годы были посвящены борьбе с наркотиками. Шлыков, успешный модный живописец, имел возможность лечить жену в любой заграничной клинике. Зоя летала в Америку, Швейцарию, Германию, проходила курс реабилитации, возвращалась в Москву, некоторое время не прикасалась к стимуляторам, но потом опять садилась на наркотики, и все начиналось заново. Так длилось не один год. В конце концов Елизарий сдался. Он завел любовницу Фаину, поселил ее в своем доме, но открыто с ней нигде не появлялся, а если кто-то из приятелей заглядывал к художнику в гости, представлял Фаю своей дальней родственницей, которая помогает вести хозяйство. Да только все поняли, что молодая женщина — гражданская жена живописца, и удивлялись: неужели той приятно обитать под одной крышей с Зоей, которая стала почти сумасшедшей.

Спустя пять лет Фаина родила дочь. На крестины сбежалась куча народа — всем хотелось посмотреть, как же поведет себя Елизарий. Представляете оторопь заклятых друзей художника, когда в соборе они увидели мать с новорожденной, Игоря, самого Шлыкова и... Зою в светлом платье. Законная супруга казалась совершенно нормальной, вела себя адекватно, здраво беседовала с участниками церемонии и, что окончательно ввергло присутствующих в изумление, стала крестной матерью малышки.

Пока священник вопрошал, отрекается ли новорожденная от дьявола, а Зоя старательно повторяла за нее: «Отрекаюсь», народ перешептывался.

На банкете самозабвенная сплетница Галина Михайловна Андреева с гадкой улыбкой на старческих, намазанных ярко-фиолетовой помадой губах спросила у законной жены:

— Зоенька, ты в курсе, кто отец очаровательной малышки, дочки... э... дальней родственницы твоего мужа?

Шлыкова без особых эмоций ответила:

— Какой-то гастарбайтер, то ли таджик, то ли украинец. Прости, Галя, мне подробности неинтересны, без разницы, с кем бедная приживалка спит.

Раздался звон — Фаина, обносившая гостей холодцом и совершенно точно слышавшая слова Зои, уронила фарфоровое блюдо с закуской.

Когда незаконнорожденной очаровательной Варечке исполнился годик, случилась трагедия. Фаина пригласила помыть окна в доме молодую семейную пару. Зоя в тот период находилась в очередном наркотическом угаре, лежала в своей спальне на третьем этаже, а утром ей предстояло улететь в Швейцарию на реабилитацию.

Естественно, мойщикам докладывать о состоянии хозяйки не стали. Их просто предупредили, что на последнем этаже они должны вымыть окна лишь в библиотеке. За наемными рабочими приглядывала верная пожилая домработница Елизария. В какой-то момент она отлучилась, а мойщик пошел в ванную на второй этаж, чтобы поменять воду в ведре. Никто не знал, что случилось в библиотеке, но когда прислуга вернулась, она обнаружила там Зою, которая хохотала, показывая на пустое окно. Несчастную мойщицу нашли в саду с переломом шеи.

Скольких усилий стоило Елизарию отмазать жену от ареста! Муж погибшей женщины был настроен решительно, на все предложения Шлыкова взять у него компенсацию и не поднимать шума он отвечал:

— Нет. Сумасшедшая баба, убившая мою несчастную Таню, должна сидеть в тюрьме.

Шлыков нанял ораву адвокатов, а также по душам побеседовал со следователем, который занимался этим делом. И в конце концов смерть бедняжки Татьяны была признана результатом несчастного случая.

— Зоя вошла в комнату уже после того, как мойщица, поскользнувшись, упала, — заявил адвокат. — Смеялась она от шока, это истерическая реакция. В тот день у Шлыковой была высокая температура, она подцепила грипп, пила сильный антивирусный препарат, потому выглядела странно. Ни о каком приеме наркотиков речи не идет, Зоя не употребляет стимуляторы. Вот справка из диспансера о том, что она никогда не состояла на учете и не лечилась в московских наркологических клиниках.

Зоя осталась на свободе с незапятнанной биографией, и ее в очередной раз отправили за границу. Поправив здоровье, наркоманка вернулась в Москву и вскоре умерла от сердечного приступа. Не надо осуждать Елизария за то, что тот через неделю после похорон пошел с Фаиной в загс. Он тихо расписался с гражданской женой прямо в день подачи заявления и, вероятно, решил, что теперь-то будет жить счастливо. И вот — внезапная смерть Игоря.

— Это дело рук Фаины, — завершила рассказ пожилая горничная. — Сначала она Зойку извела, когда поняла, что иначе настоящей хозяйкой в доме не станет, а теперь и от Игорька избавилась. Зачем ей иметь перед глазами постоянное напоминание о первой жене своего супруга? У Файки собственная кровиночка подрастает. Хозяин уже не молод, случись с ним беда, наследство с его сыном делить придется. Так она торопилась от мальчика избавиться, что долго ждать не стала. Зою десять дней как похоронили, а сегодня Игорек умер. Арестуйте Файку! Меня дома не было, когда парень умер, Елизария тоже, вдвоем мачеха с пасынком остались. Утром, когда я уходила, Игоряша здоровый был, веселый. А вернулась — он в гостиной лежит, аквариум разбит, Фаина душ принимает. Я бросилась врачей вызывать, баба из ванной вышла и давай кричать: «О! Умер! Горе!»

Теперь говорит, что волосы долго красила, не слышала ничего, не видела, как мальчик скончался. Не верю я ей! Не верю, и все! Не бывает инфарктов у детей!

Рыков-то знал, что и подросток может умереть от сердечного приступа, но выслушал пожилую домработницу, не перебивая. А после того как тело Игоря увезли в морг, попытался побеседовать с Елизарием. Но тот лишь повторял:

— Гримаса судьбы. Зоя очень любила сына. Она его к себе забрала почти сразу после своей смерти.

Присутствовавший при разговоре врач, близкий друг Шлыкова, не выдержал и воскликнул:

— Елизарий, перестань! Зоя отвратительно относилась и к тебе, и к мальчику. Хватит представлять ее невинным ангелом. Твоя первая жена безобразная алкоголичка, наркоманка, всю жизнь думала лишь о собственных удовольствиях, Игоря растила Анна Семеновна. Понимаю, ты сейчас разбит горем, но попытайся нормально поговорить с полицией. Надо, чтобы представители правопорядка сделали свою работу и уехали. Фаина еле на ногах держится, подумай о ней.

— Зоя была прекрасным человеком, — зарыдал художник.

— Хоть мне-то это не говори! — вскипел врач. — Забыл, кто ее в поездках сопровождал? Не на шопинг твоя супруга каталась, на детокс-процедуры летала!

Но Елизарий словно не слышал друга.

— Зоя прекрасная мать, верная жена. Она сейчас в раю. Не могла без Игорька, вот и взяла его к себе. Сама у аквариума скончалась, и мальчик так же ушел. Одна любовь — одна смерть.

Костя насторожился.

— Зоя умерла дома?

— Да, — неохотно подтвердила Фаина. — Упала в гостиной, сердце у нее остановилось. Оно и понятно при таком-то образе жизни.

— В той же комнате, где сегодня скончался Игорь? — уточнил Константин.

— Да, — снова подтвердила Фаина. — Смерть Зои никого не удивила, наоборот, все поражались, что она, учитывая некоторые ее особенности, так долго протянула. Сначала алкоголем увлекалась, потом на разные таблетки и порошки перешла... Похоже, сердечно-сосудистая система у нее из нержавейки была, но в конце концов даже железо ломается.

— Игорь, судя по сачку, собирался чистить аквариум, — продолжал Рыков. — Кстати, очень уж он у вас большой был.

— Мне его поклонница подарила, — подал голос Елизарий. — Сюрприз сделала. Приезжаю вечером домой, иду в гостиную, а там стоит стеклянный ящик. Помнится, я поинтересовался у домработницы, откуда он взялся. Та в ответ: «Приехали парни в белых комбинезонах, притащили эту красоту, сказали, все оплачено, доставка на сегодня заказана. Я подумала, вы Игорю подарок сделать хотели или сами черепашками заинтересовались. Доставщики мне письмо дали. Вот, держите».

Я взял у нее заклеенный конверт, вскрыл его и прочитал текст, напечатанный на принтере:

«Многоуважаемый Елизарий! Примите сей дар от пожилой дамы, которая влюблена в ваше великое творчество. Картины Шлыкова исцеляют людей, привносят в их души мир и покой...» Ну и так далее, полностью послание не помню. Подношение меня не удивило, я часто получаю презенты от экзальтированных людей. Обычно это коробки конфет и бутылки коньяка, но подчас встречаются экзотические подарки. Однажды мне подарили двух куриц, а незадолго до второй женитьбы я стал обладателем ковра, на котором алели вытканные слова «Шлыков forever». Поэтому, повторяю, аквариум меня не удивил. Черепашки, снующие в воде, очаровали и Зою, она постоянно любовалась ими.

Рыков молча слушал Шлыкова, вспомнил вдруг смерть хоккеиста Федора Сухова, и его охватило беспокойство. Хотя, будучи опытным сотрудником полиции, он понимал, что в жизни может случиться всякое.

Давным-давно, еще служа в районном отделении, Костя прибыл по вызову на труп самоубийцы, спрыгнувшего с пятнадцатого этажа дома во двор. Никаких сложностей в деле не обнаружилось, парень сам шагнул вниз, имелась свидетельница происшествия Марина Клокова. Женщина пребывала в шоке — она шла к подъезду, и вдруг прямо к ее ногам рухнуло тело.

Через пару дней Рыков снова приехал в ту же башню, на сей раз там случилось убийство. Ситуация была простой, как лежавшая на полу кухни чугунная сковородка. Глава семьи, полагая, что жена находится в командировке, привел в дом любовницу, коллегу по работе, а супруга возьми да и вернись раньше времени. Разъяренная тетка схватила сковороду, опустила ее на голову изменщика и бросилась к подружке, живущей рядом. Конечно, Рыков отправился побеседовать с соседкой убийцы. А ею оказалась та самая Марина Клокова, свидетельница по ранее возбужденному делу.

Не прошло и трех дней, как Костя вновь попал в злополучный дом и опять в связи со смертью человека — пожилая женщина, упав в ванной, получила черепно-мозговую травму. Хозяйка отправилась принимать душ в тот момент, когда ее домработница готовила ужин.

Когда Костя увидел, кто хлопочет у плиты, он опешил. А Марина Клокова воскликнула:

— Только не смейтесь, это снова я!

Согласитесь, такие совпадения большая редкость. Если два человека погибают при сходных обстоятельствах, это всегда настораживает полицию.

И вот, слушая художника Шлыкова, Рыков призадумался. Ему вспомнились подробности предыдущего дела. Ведь незадолго до кончины Сухов тоже получил в подарок от фанатов аквариум, который доставили парни в белых комбинезонах. А скончался Федор от сердечного приступа около стеклянного ящика с водой. Теперь вот оказалось, что тело Зои обнаружили в гостиной, где находился аквариум, подаренный Елизарию неизвестной поклонницей. И опять же презент доставили рабочие в белых комбинезонах. А спустя короткий срок после похорон наркоманки на тот свет отправился ее сын, который вроде бы пытался выловить черепашек из воды. У одиннадцатиклассника, как у матери и у хоккеиста, отказало сердце.

Рыков почесал в затылке и пошел докладывать начальству о странных совпадениях. На дворе стоял конец ноября. Большой босс не слишком обрадовался сообщению Кости и сурово произнес:

— Аквариум, черепашки, парни в белой одежде... Давай еще побалакаем о мужиках, которые на дорогах битами орудуют, и посчитаем, что все нападения связаны между собой. Орудие-то одно — палка. Не ерунди, или хочешь нам под конец года отчетность испортить? Решил лишить всех премии к Новому году? Какое заключение сделал эксперт о смерти жены Шлыкова?

— Острое нарушение сердечной деятельности. Зоя была алкоголичка и наркоманка, — ответил Константин.

— Во зажигала! — хмыкнул шеф. — Неудивительно, что в лучший мир отъехала, странно, что так долго прожила. А ее сын? Какое у Зинаиды мнение?

— Обширный инфаркт, — пояснил Рыков. — В период активного роста организма он может случиться у подростка. Игорь увлекался компьютерами, день и ночь просиживал у монитора, почти не двигался, а чтобы не засыпать на уроках, литрами глотал энергетические напитки.

— И чего ты хочешь? — разозлился начальник. — Ступай себе мимо. Не подкладывай всем подлянку под елку.

ГЛАВА 15

Константин постарался выбросить из головы мысли о Сухове, Зое и Игоре Шлыковых. Спокойно трудился, не вспоминая о сходстве их смерти до нынешней зимы, до момента, когда приехал по вызову в дом Альбины Георгиевны Федякиной, известной актрисы. Семидесятилетняя женщина, несмотря на свой возраст, активно и много работала: вела теле- и радиопрограммы, снималась в сериалах, участвовала во всяких мероприятиях, но вдруг скоропостижно скончалась в своей квартире.

На пороге просторных апартаментов Рыкова встретили Раиса и Иван, дочь и внук артистки.

— Мама не очень хорошо себя чувствовала, — сказала Рая. — Она нервничала, ей не дали роль в очередном телемыле.

— Мать, замолчи! — перебил хмурый Иван. — Бабушка из-за пустяков не переживала, не болтай ерунды. В прошлом году она бежала марафон в Нью-Йорке. Понимаете, в какой физической форме была бабуля? Сначала летела фиг знает сколько часов, потом по улицам неслась. У нее сердце железное было. С чего бы ей помирать? Не слушайте маму, она всю жизнь за бабушкиной спиной, домохозяйка без образования.

Под аккомпанемент этих речей Костя дошел до комнаты, где находилось тело, попросил родственников не сопровождать его далее и вошел в просторную гостиную. Зинаида, сидевшая около трупа на корточках, встала и велела:

— Пошли на кухню.

— Зачем? — удивился Костя.

— Покажу кое-что интересное, — пообещала эксперт.

Первое, что увидел Рыков, была трехлитровая банка, в которой плавали две черепашки.

— А в помойке гора осколков, какие-то другие части от разбитого аквариума, растения, — сказала Богатырева. — Ковер в гостиной, где лежит актриса, влажный, но не мокрый, на него попало немного воды.

Рыков вернулся в комнату и спросил у Раисы с Иваном:

— У вас был аквариум?

И в ответ услышал от дочери покойной знакомую историю о двух парнях в белых комбинезонах и бейсболках, которые принесли подарок от фанатки актрисы. Черепашки очень понравились Федякиной. Сегодня Рая пошла в магазин, а ее мать собиралась кормить пресмыкающихся. Вернувшись домой, дочь нашла Альбину Георгиевну на полу бездыханной.

— А почему аквариум разбит? — допытывался Костя. — Где он стоял?

— На столе, — смущенно пояснила Раиса. — Я кинулась к мамочке, задела его, у стола отвалилась ножка. Я все убрала, неудобно было оставлять беспорядок, «Скорая» приедет, что люди обо мне подумают?

И Рыков снова пошел к начальству. Но на сей раз категорично заявил:

— Это не совпадение. Думаю, смерть Сухова, Шлыковой, ее сына и пожилой актрисы насильственная, удачно замаскированная под естественную. И какую-то роль в их кончине играет аквариум.

— Жертвы попили водички и умерли? — хмыкнул босс.

— Вроде того, — в тон ему ответил Костя. — Думаю, нельзя оставлять случившееся без внимания.

— Рассказывай в деталях, — приказал начальник.

Вот так Рыков и начал искать человека, которого его сотрудники прозвали Ихтиандром.

Вскоре на руках у Константина оказалась таблица, в которой учитывалась вся известная информация о погибших, и сразу стало ясно, что покойные, исключая мальчика Игоря, не очень хорошие люди. Сухов буян, убивший человека на остановке, Зоя наркоманка, вытолкнувшая из окна несчастную уборщицу, а Федякина всю жизнь затевала интриги в театре, сталкивала лбами коллег и, будучи замужем за известным режиссером, руководителем одной из киностудий, вела себя как императрица. Ни один из артистов не мог получить значимую роль в каком-нибудь фильме, если его кандидатуру не одобряла Альбина. В советские годы Федякина была всемогущей, но сейчас, когда количество выпускаемых сериалов и так называемого «большого метра» стало превышать число зрителей, а муж-режиссер скончался, спеси у дамы поубавилось, однако она все равно славилась тем, что могла разрушить любую удачно складывающуюся карьеру. Одной из последних жертв Федякиной стала Оксана Постникова, успех к которой пришел только в сорок пять лет.

Постникова прозябала в провинциальном театре, играла там роли третьего плана и не рвалась в лидеры. Считала, что ее поезд безвозвратно ушел, режиссеры любят молодых, красивых и стройных актрис, а полным, неюным особам с заурядной внешностью предстоит изображать на сцене горничных с бессмертной фразой: «Кушать подано». И повторять бы Оксане эти слова до пенсии, но тут в небольшой городок прибыли теледеятели из Москвы, снимавшие сериал о крикливой семейке. В очередном сезоне главные герои с детьми заявлялись на летние каникулы в провинциальный город к дальней родственнице тете Нюре. Первоначально изображать эту самую Нюру предложили известной актрисе. Та согласилась, но, когда съемки стартовали, позвонила режиссеру и нагло соврала, что заболела. Лицедейка ушла к другому режиссеру, который взял ее на более заметную роль.

Почти сразу после того, как постановщик, услышав отказ, швырнул мобильник на землю, ему доложили, что в городишке есть театр, весь творческий состав которого пребывает в отпуске, на месте лишь одна никому не нужная неудачница.

— Тащите любую бабу, способную сказать на камеру пять фраз! — заорал взвинченный донельзя режиссер. — Хоть на улице кого-нибудь схватите!

Вот так на съемочной площадке появилась Постникова.

Через неделю роль тети Нюры была спешно дописана и превратилась почти в центральную. Оксана великолепно изобразила взбалмошную бабенку и покорила всех членов группы своим неконфликтным характером, а также умением печь пирожки. Постниковой предложили сниматься в следующем сезоне, и не имеющая семьи актриса с радостью перебралась в Москву. Через несколько лет она стала очень востребованной. Ее снимки замелькали в глянце, актриса ездила на фестивали, получала награды и с наивной откровенностью признавалась журналистам:

— Я совершенно счастлива.

Два года назад по закулисью змеями поползли слухи о том, что сильно похудевшая в последнее время Постникова вовсе не сидит на диете, а больна СПИДом. Сплетню тут же подхватили в Интернете. А потом скандальный телеведущий и автор программы «Бредни недели» позвал актрису к себе на эфир и без стеснения спросил:

— Откройте тайну, вы страдаете синдромом иммунодефицита?

— Конечно, нет! — возмутилась Оксана. — Где я могла бы подцепить эту болезнь? По мужикам не таскаюсь, с наркоманами не общаюсь, мне не переливали кровь, даже зубы в последнее время лечить не ходила. Кто-то запустил гадкую сплетню, вокруг много завистников, не все спокойно могут пережить чужой успех.

И тут ведущий выложил козырь:

— Говорят, вы до приезда в Москву снимались в порнофильмах, поэтому теперь начались проблемы со здоровьем.

Постникова тут же покинула студию, пообещав подать в суд на устроителей шоу.

На следующий день в Сети появился ролик, якобы снятый тайком десять лет назад во время съемок фильма категории «Только для взрослых». Человек, разместивший его на ютубе, предлагал посмотреть, как «зажигает» Оксана. За день лента набрала огромное количество просмотров и стала мегахитом. Постникова потребовала убрать «кино», отнесла заявление в суд и начала бегать по телепрограммам, объясняя:

— На экране не я, а женщина, очень на меня похожая. Специально подобрали такую, чтобы опорочить мое имя. Присмотритесь, у порноактрисы на пояснице крупная родинка. Могу показать свою спину, чтобы все убедились — у меня такой отметины нет.

Лучше бы Оксане не оправдываться! Потому что те, кто не заходит на ютуб, после этих выступлений мигом туда кинулись.

В конце концов суд встал на сторону актрисы, было признано, что в порнухе принимала участие дамочка, имеющая сходство с Постниковой. Но сколько уже раз наши люди любовались на скабрезные записи, где главными героями в разное время был человек, смахивающий на одного важного чиновника, мужчина, здорово напоминавший пафосного тележурналиста, и некий немолодой дядечка — просто копия писателя-сатирика! О решении суда сообщили вскользь, и информация прошла незамеченной, а вот если кликнуть в Интернете на фамилию Постникова, то сразу вываливалась куча ссылок вроде «голая Оксана».

Все бы ничего, как известно, плохого пиара не бывает, пусть говорят что угодно, лишь бы о тебе не забывали. Но известие о СПИДе пугало людей, актрисе перестали звонить ассистенты режиссеров, занимающиеся подбором артистов, ей прекратили присылать приглашения на разные мероприятия. А когда Постникова сама попыталась напроситься в качестве члена жюри на пятисортный фестиваль в городе Кирдыкс, организаторы сделали вид, что не заметили ее письма. Если уж с тобой не хотят иметь дело даже в Кирдыксе, то дела совсем плохи. За четыре месяца до смерти Федякиной Оксана покончила с собой, оставив пространное письмо, в котором обвинила Альбину Георгиевну в организованной против нее травле.

«Федякина хотела стать звездой сериала «Вот такие домохозяйки», — сообщила Оксана, — но ей отказали из-за возраста. Альбина подняла скандал, а заодно пообещала фильму наикрутейшую рекламу, если роль дадут ей, нашептала, что тогда ее внук Иван, опытный хакер, устроит бум в Интернете, и все ринутся смотреть сериал. Но Федякина ничего не добилась и решила отомстить, когда мне предложили столь желанную для нее роль. Она меня терпеть не может еще и за то, что я дружила с ее дочкой. Мы с Раисой познакомились на юбилее Альбины Георгиевны три года назад, и я стала единственным близким ей человеком. С Раей в семье обращались ужасно. Альбина превратила дочь в прислугу, не разрешила ей получить высшее образование, приставила к кастрюлям и венику, разрушила ее брак, а своему внуку с детства твердила: «Твоя мать полная идиотка». Я же внушала Раечке, что она может уйти от тех, кто ее гнобит, переехать ко мне. И Раиса была готова сделать отважный шаг. Альбина поняла, что под моим влиянием безропотная рабыня становится человеком, и задумала жестокую месть. Это Федякина распустила ложь про СПИД, она довела меня до смерти».

Иван, студент мехмата, категорически отрицал, что занимается разбоем в Сети, повторял:

— Бабушка понятия не имела, что такое Интернет. Когда я ей показывал фотки на айпаде, она слюнила палец перед тем, как «перелистнуть» экран...

Рыков прервал рассказ и посмотрел на меня.

— И ты велел своим немедленно собрать сведения о всех неожиданных смертях, когда рядом с трупом был аквариум, — догадалась я.

— Типа того, — подтвердил Костя. — Пока сюда ехал, посмотрел кое-какие материалы по Герману Евсеевичу Фомину. Его смерть укладывается в общую картину! Сейчас расскажу подробнее.

Бизнесмен характеризуется как очень грубый, злой, вспыльчивый человек. Я уже говорил, что две его жены покончили с собой. На третью, Каролину, он постоянно кричал. Майю, единственную дочку, которую та ему родила, терпеть не мог. Попрекал ребенка едой, игрушками, одеждой — всем, что девочке покупала мать. Но этой зимой во время школьных каникул отец неожиданно изменился, стал ласковым. И даже, купив «ледянку», вызвался погулять с дочерью, отправился с ней на горку. Домой он пришел поздно, причем один. По его словам, Майечка в тот момент, когда он на пять минут отошел за сигаретами, вскарабкалась на самую высокую гору, с которой он запретил ей спускаться. Когда Фомин вернулся к замерзшей реке, крутой берег которой был превращен в место для катания, Майечка уже умерла. Оказывается, восьмилетняя девочка помчалась вниз на металлическом кругляше, подаренном ей отцом. Железяка завертелась с бешеной скоростью, Майя, забывшая пристегнуться ремнем, не удержалась, вывалилась и ударилась головой о лед. Врачам «Скорой помощи», спешно примчавшимся на вызов, осталось лишь развести руками и в очередной раз сказать: «Родители, не покупайте детям опасные «ледянки» и не оставляйте их без присмотра».

Каролина не обвинила мужа в убийстве. Но неожиданно из Киева прилетела Кристина, ее сестра, вот она бросилась в полицию и сказала:

— Фомин бы никогда не пошел в ларек за куревом. Ему сигареты доставляют из-за границы, российские Герман называет сухим навозом. И почему он вдруг полюбил Майю? Орал раньше Каролине: «Сдай ребенка в интернат! Девочка слишком много ест-пьет!» Он прежде шпынял дочку по каждому поводу, а тут вдруг принес проклятую железку и предложил Майе погулять? Неспроста это!

Но свидетели, коих на горках оказалось немало, дружно повторяли одно:

— Девочка села в «тазик» сама, без принуждения, отца рядом не было, он отошел, предупредил малышку: «Без меня не катайся, это опасно». Но та не послушалась.

Никаких претензий к Герману Евсеевичу у полицейских не возникло. Ну да, он подарил Майе самую большую и быструю «ледянку», предназначенную для взрослых людей. Ремень безопасности у этих «санок» имеет сложную застежку, девочка с ней не справилась. Но ведь это не преступление — купить дочери то, что продается в магазине? И Майя не послушалась отца, решила скатиться со склона в его отсутствие, да еще полезла на такую горку, откуда съезжали только взрослые парни.

Но тетя погибшей все эти аргументы игнорировала:

— Фомин знал, что Майя упрямая, и если ей сказать: «Постой тихо, не ходи туда, я запрещаю», она непременно поступит наоборот, — твердила Кристина. — Это чистой воды провокация. Он ей нарочно подарил опасную вещь, а потом буквально подтолкнул к отвесному спуску своим предостережением.

Герман Евсеевич не реагировал на обвинения Кристины, его жена тоже молчала. И тетя несчастной малышки улетела домой, ничего не добившись.

— История с аквариумом Фомина под стать другим, — завершил рассказ Костя. — Парни в белых комбинезонах принесли аквариум в подарок от одного из его партнеров по бизнесу, сейчас он разбит.

— Ты бы проверил фирмы, которые торгуют рыбками-черепахами, — посоветовала я. — У кого из них работают доставщики в белых костюмах?

— Таких нет, — грустно ответил Рыков. — Большинство услуг оказывается крохотными предприятиями, в них трудятся семьями: муж, жена, взрослые дети. Одни оборудуют стеклянные кубы, другие их чистят, лечат рыбешек, черепашек и прочих гадов, которых любители покупают. Форму мелкие предприниматели не носят, когда возятся в грязи, надевают халаты. На рынке есть парочка монстров, крупных фирм, у них сеть магазинов по всей стране и куча наемных работников, которые приедут к клиенту в любое время суток, чтобы оборудовать аквариум его мечты. Кто платит деньги, тот и заказывает музыку. Но у акул аквариумного бизнеса работники одеты не в белое, у одних темно-зеленые комбинезоны, у других бордовые. Я все рассказал, теперь твой черед.

И мне пришлось сообщить Рыкову про Настю Гвоздеву и про благотворительный проект Нины Феликсовны Зуевой.

ГЛАВА 16

Домой я приехала, устав, как охотничья собака. Тихо открыла дверь и прошмыгнула в свою ванную. Очень хотелось постоять под душем, а потом в тишине попить чаю и поиграть в «Танк-кабриолет». Но пустить воду не удалось — у смесителя отсутствовал рычаг, при помощи которого включается «лейка». Я накинула халат, высунулась в коридор и крикнула:

— Роза Леопольдовна!

— Аюшки? — отозвалась Краузе, появляясь из кухни. — Что случилось?

Я показала на смеситель.

— Хотела влезть под душ, но не смогла переключить воду. Куда-то исчез предназначенный для этого рычажок.

Краузе кашлянула и крикнула:

— Мирон, иди сюда!

Я удивилась и покрепче завязала халат. Мирон? Кто это такой? Что делает у нас в доме?

В коридоре показался высокий худой парень лет двадцати трех. Он молча подошел к нам и замер.

— Знакомься, перед тобой Лампа, хозяйка квартиры, — представила меня Краузе.

Молодой человек кивнул и не издал ни звука.

— У нас сломалась СВЧ-печка, — затараторила Роза Леопольдовна, — а без нее очень неудобно, отвыкли мы греть еду на плите. Я решила вызвать мастера. Мирон сейчас пытается привести прибор в порядок.

— Прекрасная идея, — одобрила я. — Но как переключатель на душе связан с кухней?

— У мастера не оказалось при себе всех нужных деталей, — зачирикала Краузе, — ехать за ними уже поздно, магазины закрываются, вот молодой человек и решил использовать подручные средства. Мирон, я правильно суть вопроса Евлампии Андреевне объясняю?

Парень кивнул. Я не поверила своим ушам.

— Вы открутили деталь смесителя и засунули ее в СВЧ-печку?! Полагаете, что она от такой рокировки заработает?

— Нет. Да, — приятным тенором ответил юноша.

— Он хочет объяснить, что не заталкивал часть от душа в прибор. И кухонная техника скоро заработает. Так, Мирон? — перевела слова ремонтника Краузе.

Мастер кивнул. Я печально вздохнула. Похоже, «лейка» сегодня не заработает... Затем решила уточнить, как будут развиваться события дальше.

— Завтра вы приобретете необходимые винтики-шпунтики, и душ снова заработает, так?

— Нет. Да, — вымолвил Мирон.

Я покосилась на Розу Леопольдовну.

— Он имеет в виду, что ничего покупать не придется, а печка запашет, как новая, — расшифровала его ответ няня.

Я попыталась до конца прояснить ситуацию:

— Ага. Но так не получится. Если переключатель для душа из моей ванной теперь засунут куда-то, то я лишаюсь душа. Коли переключатель возвращается на свое законное место, тогда, увы и ах, негде будет разогревать еду. Придется приобрести запчасть либо для душа, либо для бесперебойной работы СВЧ-печи. Иначе никак.

Мирон развернулся и молча ушел.

— Откуда он взялся? — поразилась я. — Странный какой.

— Великолепный специалист! — с жаром воскликнула Роза Леопольдовна. — Его мои знакомые посоветовали, справляется с любой поломкой.

— Он способен произнести что-нибудь, кроме «да» и «нет»? — хмыкнула я.

— Малоразговорчивость лучше болтливости, — отрезала Краузе.

— Совершенно с вами согласна, — сказала я, — но иногда без слов не обойтись.

Послышались шаги, перед нами снова возник Мирон, в руках он нес полиэтиленовый пакет. Подойдя ко мне, парень спросил:

— Душ в порядок привести?

— Ну спасибо! — обрадовалась я. — Прекрасная идея, не люблю лежать в ванне, а очень хочется помыться. Долго вам копошиться?

— Вообще-то вы можете в санузле Макса ополоснуться, — предложила Роза Леопольдовна.

— Придется тащить туда кучу вещей: гель, шампунь, кремы, полотенца, — начала перечислять я. — У Макса банные простыни жесткие, а мне нравятся мягкие. Нет уж, лучше я подожду.

— Зачем время попусту терять? Я помогу вам, — предложила Краузе.

Минут через двадцать я, завернувшись в халат, подошла к зеркалу и вспомнила, что оставила расческу в своей ванной. Макс всегда причесывается жесткой массажной щеткой, мне такая совершенно не подходит, придется выходить растрепой. Или высушить волосы так? Они у меня короткие. Если поворошить их руками, то получится модный беспорядок. Ну и куда муж спрятал фен?

Я открыла шкафчик, порылась в нем, не нашла прибор, осмотрелась, зачем-то заглянула за стенку из непрозрачного стекла, отгораживающую унитаз от ванны, и опешила.

У Макса в туалете стоит оборудование, стилизованное под старину. Сливной бачок находится под потолком, сбоку свисает длинная цепочка, к которой привязана ручка в виде гирьки, дернешь за нее, и вода спускается. Так вот, сейчас цепь с гирей отсутствовала.

Пару секунд я постояла в задумчивости, потом, забыв про фен и мокрые волосы, выскочила в коридор и закричала:

— Кто испортил бачок Макса?

Из моей ванной высунулась Краузе.

— Простите, Лампа, что вы имеете в виду? У Максима есть какой-то бачок?

— Да! — разозлилась я. — Он с его помощью смывает воду в унитазе.

Роза Леопольдовна сложила губы трубочкой.

— А-а-а, вы имели в виду унитаз.

— Ну конечно, — фыркнула я. — А вы о чем подумали?

— Когда я услышала про бачок Макса, подумала, что он носит его при себе, — принялась занудничать Краузе.

Я довольно бесцеремонно отодвинула няню, вошла в свою ванную и обратилась к Мирону:

— Это вы поработали в другом санузле?

Мастер, склонившийся над раковиной, выпрямился.

— Вода. Течет.

Я посмотрела на смеситель для душа, и слова застряли в горле. Вместо рычага к нему была сверху прикреплена... крышка от кастрюльки, в которой кто-то просверлил круглую дырочку, а потом продел в нее ту самую цепочку от бачка. Ее второй конец был привязан к зубной щетке, торчащей из стакана.

— Душ, — выдал Мирон, — течет.

Очевидно, от удивления я стала разговаривать с парнем в его стиле:

— Как?

— Хорошо, — похвастался Мирон.
— Покажи! — потребовала я.

Мастер вынул щетку из стакана. Через секунду послышался шум — вода во все стороны забила из «лейки».

— Вот! — довольно произнес Мирон и вернул щетку на место.

Лейка заткнулась.

— Ой, как оригинально! — захлопала в ладоши Роза Леопольдовна. — Ни у кого ничего подобного не видела. Все приятели Максима от зависти умрут. В особенности Константин, который у себя ремонт в стиле «умный дом» никак не завершит. В прошлый свой приход жаловался мне, что электрик провода неправильно проложил, и теперь, когда у Кости автоматически зажигается свет в коридоре, в холодильнике отключается морозильник.

— Реле, — многозначительно произнес Мирон, — клинит его.

Я оперлась руками о мойдодыр. Рыков давно пытается превратить свою стандартную двушку в корабль инопланетян, напичканный техническими новшествами, но поскольку ремонт ему делают не марсиане, а простые гастарбайтеры, то постоянно случаются сюрпризы вроде неработающего холодильника. Следовало бы посочувствовать Косте, однако я столько раз советовала ему наплевать на автоматическое включение света и чайника в тот момент, когда он, вернувшись с работы, открывает входную дверь, и просила забыть о самонаполняющейся ванне. Тем не менее Рыков не слушает мои советы, поэтому мне его не жаль. А сейчас меня гораздо больше заботил собственный душ, а не ремонт у приятеля.

— Какой напор воды! — восхищалась Краузе. — Какая она чистая, прямо хрустальная, хлоркой совсем не пахнет!

Я с удивлением посмотрела на няню.

— Качество воды никак не может измениться из-за отсутствия родного рычага смесителя. Вопрос: чем мне чистить зубы?

— Обычно, — ответил Мирон, — попробуйте.

Я выхватила у парня из рук свою щетку, поднесла ее ко рту, сделала несколько движений справа налево, остановилась и ехидно спросила:

— Слышали? Кроме того, что мне не нравится использовать аксессуар, к которому примотана цепочка от сливного бачка, возникла еще одна проблема: душ включается и выключается синхронно с моими движениями.

— Да ну? — прикинулась удивленной Краузе. — Правда?

Я отвела руку влево, крышка кастрюли приподнялась, в ванну ударила струя из крана. Когда же моя рука переместилась вправо, вода полилась из душа.

— Немедленно верните все отвинченные запчасти на их законные места, — строго приказала я Мирону.

Парень пригладил торчавшие дыбом волосы и неожиданно разразился пространной речью:

— В СВЧ-печке сломался магнетрон, это главный элемент, без него микроволновка просто бесполезный ящик. Она встроенная, висит над рабочей панелью. Это удобно, место экономится. Но такой вариант дороже остальных. Примерно десять тысяч, да?

— Не знаю, — честно ответила я. — Когда я переехала жить к Максу, печка тут уже была, а во время ремонта мы ее менять не стали. Зачем выбрасывать то, что прекрасно работает?

Мирон вытащил из кармана странный предмет, смахивающий на губную гармошку, и начал тыкать в него пальцем, продолжая безостановочно говорить:

— Не по-хозяйски расшвыриваться деньгами. Вы же их не в огороде выращиваете, а зарабатываете. Вот давайте подсчитаем. Если пойдем в магазин за новой микроволновкой, отдадим в кассу десятку, плюс мастеру двушку за установку. Итого, двенадцать тысяч.

— Что-то вы за установку микроволновки в шкаф слишком много хотите, — не согласилась я. — За две тысячи можно еще одну печь купить.

Мирон оторвал взгляд от «гармошки».

— Прейскурант такой. Чем дороже вещь, тем больше вы отсчитываете за ее подключение. Запомнили цифру? За новую — двенадцать. Если станем чинить старую, то понадобится магнетрон, а он в этой модели тянет на девять тысчонок, плюс четыре мастеру за возню и три за установку. Итого, восемнадцать.

— Стоп! — скомандовала я. — Неверно посчитали. Пятнадцать.

Краузе кашлянула:

— Неудобно вас поправлять, но семнадцать.

Мирон потряс странным предметом с кнопками, постучал по нему пальцем и заявил:

— Шестнадцать, я не туда нажал. Тут есть небольшой дефект, надо клавиши иначе расположить.

— Шестнадцать? — переспросила я. — Реанимировать старое дороже, чем приобрести новое?

— Ой, как невыгодно! — закудахтала Роза Леопольдовна.

— Минуточку. Новую микроволновку мастер установит в шкаф за две тысячи? — поинтересовалась я у Мирона.

— Прейскурант, — напомнил парень.

— Тогда почему за возвращение на место старого прибора вы насчитали три? — наседала я.

— Так поломанную печку вынуть надо, демонтировать, — пояснил мастер. — Каждая операция оплачивается.

— Ваши услуги стоят запредельно, — топнула я ногой. — К моей соседке в понедельник приходил мастер подключать стиральную и посудомоечную машины, он за все попросил семьсот рублей.

— Шарашкина контора. Не механик, — отрезал Мирон, снова перешедший на телеграфный стиль общения.

— Вы сейчас про Светлану из девяносто третьей говорите? — повернулась ко мне Краузе и прищурилась. — К ней сегодня днем аварийка приезжала. Я как раз домой шла, смотрю, желтый фургон стоит, а Светлана вся в слезах. Включила она всю свою новую технику одновременно, и через десять минут у нее в унитазе трусики вперемежку с чайными ложками всплыли.

— О! Дешево и плохо, — назидательно произнес Мирон. — Можно вообще бесплатно, тогда супер.

— Дармовой сыр бывает исключительно в мышеловке, простите за банальное замечание, — возразила я.

Мирон опять начал терзать штуку, служившую ему калькулятором.

— Чтобы вам не платить за ремонт, надо поступить просто. Берем рычаг от душа, помещаем его в холодильник вместо... Давайте не буду мучить вас техническими подробностями, а? Выскажусь кратко: рычаг в морозильник вместо детали охладителя, ту в стиралку, взамен пары хреновин из машинки, которые вмонтируем в кофеварку, из нее добудем...

У меня закружилась голова.

— Лучше сразу скажите, что получится в результате ваших манипуляций.

— Работает все. Бесплатно. Ничего не покупаем, обходимся домашними средствами, — отрапортовал Мирон.

— Но мне не нравится чистить зубы щеткой с примотанной цепочкой от бачка унитаза, — закапризничала я.

— Лампа, отчего бы вам не купить новую щеточку? — пропела Краузе. — Елена Малышева, моя самая любимая телеведущая, постоянно повторяет: если в шестьдесят лет вы чистите зубы все той же щеткой, которую подарила вам в два годика любимая бабушка, то вы полный идиот.

— Сомневаюсь, что интеллигентная Малышева выразилась подобным образом, — буркнула я.

— Нет! — возразил Мирон. — В магазин ходить не надо. Сейчас.

Парень быстро ушел.

— Правда он милый? — заулыбалась Краузе. — Положительный, спокойный, не рвач, клиентов на деньги не разводит. Очень хорошо, что я позвала его, да?

По счастью, именно в этот момент в ванной снова материализовался мастер с чайной ложкой в руке.

— Вот. Тратиться глупо. Замена, — сказал он.

— Никогда в жизни не чистила зубы столовым прибором. И не хочу начинать! — решительно заявила я.

Мирон молча отвязал цепочку от щетки, примотал ее к ложечке, поместил последнюю в стакан и отошел в сторону.

— Супер! — зааплодировала Краузе.

— Ушел работать, — вымолвил мастер и был таков.

— Лампа, время позднее, давайте оставим Мирона ночевать, — предложила няня. — Он без машины, пешком передвигается. Места у нас много, зато завтра он начнет ремонт спозаранку.

— Ладно, — согласилась я. — Но тогда утром я сама отвезу Кису в детский центр.

— Зачем вам беспокоиться? — удивилась Краузе. — Это моя работа. Сегодня случился форс-мажор, и я вас затруднила. Более это не повторится.

— Не хочу, чтобы человек, которого я сегодня впервые увидела, оставался в квартире один, — пояснила я. — Еще мопсов обидит!

— У него прекрасные рекомендации, — возразила Краузе, — от уважаемых людей. И Мирон обожает собак. В детстве он хотел стать ветеринаром.

— Да пусть хоть сам папа римский за него поручится, но Мирон тут без присмотра находиться не должен, — не дрогнула я.

Роза Леопольдовна нахмурилась.

— Надо хлеб завтра купить, молоко...

Я решила ни за что не сдавать позиции:

— Отлично, давайте список. Вручу девочку воспитательницам и зайду в супермаркет.

ГЛАВА 17

Утром меня разбудило тихое позвякивание. Я приоткрыла глаза и увидела мопсиху Фиру, которая пристроилась около моего плеча. Поняв, что я проснулась, собачка села, и мне стало видно, что ее шею вместо привычного ошейника с медальоном обвивает полоска кожи с многочисленными маленькими бубенчиками. Я надела халат и поспешила на кухню. Роза Леопольдовна, тихо напевая себе под нос, помешивала геркулесовую кашу, предназначенную Кисе на завтрак.

— Что вы надели на Фиру? — спросила я.

Краузе вздрогнула, взвизгнула и выронила из руки... вилку.

Я наклонилась, подняла ее и положила на мойку со словами:

— Думаю, ложкой мешать все же удобнее.

— Вы меня испугали, — выдохнула Роза Леопольдовна. — Прямо сердце остановилось, чуть не умерла от страха, дышать перестала.

Я удивилась — с чего бы Краузе так пугаться? Ну да, подошла я тихо. Так ведь я никогда не топаю. И ранее няня не отличалась боязливостью. Но я не стала изумляться вслух, а повторила вопрос:

— Что вы надели на Фиру?

Краузе с шумом вздохнула.

— Не узнали? Это часть маскарадного костюма Арлекина, который Егор на Новый год надевал, у него был пояс с бубенцами. Мирону понадобился кусок кожи, он порылся в чулане и надел на мопсиху новый ремешок.

— Ага. А зачем Мирону собачий ошейник? — допытывалась я.

— Ремонт, — загадочно ответила Краузе, вытащила из ящика нож и начала методично помешивать им кашу.

— Ложки тоже понадобились мастеру? — догадалась я.

— Временно, — поспешила объяснить няня, прикрывая кастрюльку десертной тарелкой, — всего на пару часов.

— Значит, крышка все еще заменяет рычаг смесителя, — пробормотала я.

— Вы не забудете купить хлеб и молоко? — ловко переехала на другую тему Роза Леопольдовна.

— Отведу Кису в садик и принесу продукты, — пообещала я. Затем подошла к кофемашине, увидела, что на ней сверху лежит одна из гантелей Макса, и воскликнув: «Ну как только она сюда попала?» — сняла железку.

В ту же секунду аппарат зашипел, заиграл разноцветными огоньками, из двух «носиков» полилась жидкость интенсивно голубого цвета и повалил пар.

— С ума сойти! — закричала я. — Что ваш Мирон сотворил с кофеваркой? Мне так хотелось капучино...

Няня живо выхватила у меня гантель и вернула ее на прежнее место. Машинка икнула, чихнула, вздрогнула, перестала шипеть и изображать новогоднюю елку. Из кранов потекло нечто тягучее и красное.

— Чуть промахнулась, — прошептала Краузе и поправила гантель, — надо немного левее. Давайте чашечку.

— Не собираюсь пробовать сей странный напиток, — возразила я. — Чем ваш креативный Мирон заменил кофейные зерна? Содержимым туалетного утенка? Ополаскивателем для белья?

Няня замахала руками.

— Упаси господь! Он же не сумасшедший! В контейнер засыпан самый лучший эфиопский кофе. Просто после того, как мастер вытащил из машинки... э... забыла, как называется, такую пимпочку никелированную, она начала варить еще и кисель.

— Что? — попятилась я. — Роза Леопольдовна, я никогда не ругаю тех, кто помогает мне по хозяйству. Ни разу не отчитала домработницу Анжелу.

— А следовало бы! — перебила няня. И тут же наябедничала: — Анжела убийца кашемировых свитеров, она их так стирать ухитряется, что вещи потом лишь мопсихе Мусе впору.

— Верно, — вздохнула я. — Но Анжи это не из вредности или желания досадить хозяевам делает, сама очень расстраивается, когда очередной пуловер становится частью собачьего гардероба. И потом, мопсихам нужны зимние вещи. Кстати, у Анжелы эти казусы давно не происходят. И портила она лишь старые свитера. А вот кофемашинка новая, еще трех месяцев не проработала, стоила очень дорого, и класть в нее ягоды и фрукты нельзя. Если Мирон решил использовать аппарат в качестве соковыжималки, которая потребовалась ему для ремонта ракеты, на которой он собрался полететь на Луну, то...

— Нет, нет, — зачастила няня, — кофеварка сама! Мы с Мироном даже не прикасались ни к клубнике, ни к черной смородине, да и не сезон еще для них. Удивительный эффект получился! Если слева на машинке лежит гиря, то варится ягодный напиток двух сортов. А стоит чуть правее утяжелитель поместить, получается кофе. Вот смотрите!

Роза Леопольдовна чуть толкнула гантель и быстро подставила чашку. Из носиков полились коричневые струи. Няня подождала, пока чашка заполнится, и подала ее мне:

— Попробуйте, получается намного лучше, чем раньше.

Я осторожно пригубила напиток, затем осушила чашечку.

— Ага! Понравилось! — ликовала Краузе. — А теперь киселек.

Роза Леопольдовна подвинула гантель влево, и в подсунутый ею стакан потекло нечто розово-синее.

— Не хочу, — отказалась я.

— Один глоточек, — принялась упрашивать Краузе.

Кляня свою глупую сговорчивость, я лизнула странную жидкость и поразилась:

— Ягодный шербет, похоже, клубнично-сливовый.

— А вы не верили, — засмеялась Краузе. — Честное слово, машинка сама это готовит.

Мне надоело слушать глупости.

— Роза Леопольдовна! Когда я вернусь из магазина с продуктами, в квартире не должно даже запаха Мирона остаться. Заплатите ему за работу и проститесь с ним навсегда. Я сама приглашу специалиста по починке СВЧ-печки.

— Но как же так, Мирон...

— Все! — остановила я няню. — Мое решение окончательное и обжалованию не подлежит. Киса, мы уходим в садик!

* * *

Отведя девочку в группу, я пошла в тот самый супермаркет, на крыльце которого стало плохо алкоголику, увидевшему Кису в костюме белочки. Да, я не люблю этот магазин, торгующий подозрительно дешевым спиртным, но в другой времени идти нет. Слегка запыхавшись, я поднялась по ступенькам лестницы, приблизилась к витрине и, чтобы перевести дух, на секунду остановилась. В то же мгновение луч солнца упал на стекло, отразился от него и почти ослепил меня. Я вскрикнула и закрыла глаза. Потом открыла их, увидела, как на меня из окна лезет черный мохнатый оборотень, закричала, попятилась, внезапно потеряла опору под ногами, скатилась по ступенькам вниз, больно ударилась спиной об асфальт и осталась лежать, боясь пошевелиться.

— Господи, еще одна убилась! — заголосили сверху. — Женщина, вы живы? Ответьте скорей!

Я пошевелила ногами, оперлась ладонью об асфальт и медленно поднялась.

— Слава богу, она цела! — заверещал другой голос. — Не волнуйтесь, мы вас сейчас почистим...

— Чайком напоим...

— Все ваши покупки получите сегодня в нашем супермаркете бесплатно...

— Навсегда дадим скидочную десятипроцентную карту...

Я с трудом выпрямилась и увидела двух полных пергидрольных блондинок с тщательно завитыми кудряшками и с макияжем, которому мог бы позавидовать индейский вождь «Чингачгук — боевой раскрас».

— Солнцем ослепило? — спросила одна.

Я кивнула.

— Да, прямо в глаза ударило. А потом из витрины чудовище полезло.

— Слышишь, Валюха, — всплеснула руками одна из женщин. — Может, хоть теперь он эту хрень уберет!

— Да разве дурака переубедишь? — ответила вторая. — Зря ты, Маруся, надеешься!

— Вчера мужик в обморок хлопнулся, сегодня женщина! — продолжала возмущаться Мария.

— Помер он, — мрачно уточнила Валентина, — если ты говоришь про того, что у двери рухнул. Знала я его хорошо, постоянный клиент моего винно-водочного отдела, каждый день за бутылкой приходил. Если Марат эту гадость из витрины не уберет, все покупатели на тот свет откинутся. Пойдемте, девушка, мы вам чайку нальем!

— Спасибо, но что-то уже не хочется идти в магазин, — призналась я. — Кто у вас там за стеклом живет?

Валя взяла меня под руку.

— Не бойтесь, это эффект зеркала. Мне зять объяснил, а он в технике понимает. Надо его попросту убрать, и больше неприятностей не будет. Давайте мы вам все объясним.

— И покупочки бесплатно получите, — подхватила Маруся. — Шагайте вверх. Раз-два, правой-левой...

Продавщицы взяли меня под руки и втащили вверх по ступенькам.

— Видите, какой у нас оригинальный дизайн витрины? А почему? — спросила Мария. — Зимой на соседней улице открылся супермаркет...

— Скажешь тоже! — фыркнула, перебив ее, коллега. — Грязная лавка с тухлыми продуктами, а не супермаркет. Владелец цену на товары ниже плинтуса опустил, а народ у нас глупый, валит туда. Нет бы спросить, чегой-то консервы у вас в два раза дешевле, чем у всех?

— Навряд ли людям захочется услышать правду, — сказала Валентина. — И никто им ее не сообщит, не признается, что банки давно некондиция, закатали их еще до войны с немцами. Но покупатели от нас в дешевую точку перекинулись.

У меня наконец-то перестала кружиться голова. Но колени и локти продолжали ныть, поэтому я стояла не двигаясь и слушала болтовню продавщиц. И в конце концов поняла, что пугаться было нечего, все оказалось очень просто и совсем не страшно.

ГЛАВА 18

Хозяин магазинчика с дешевой выпивкой сообразил, что теряет клиентов, и решил вернуть сбежавших назад. Я бы на его месте пересмотрела ценовую политику, перестала накручивать к оптовой цене пятьсот процентов. Но он сделал ставку на рекламу и дизайн, пригласил художника, который креативно оформил витрину.

Раньше в ней незатейливо стояли образцы продуктов, которые предлагал мини-маркет. Теперь же за стеклом оборудовали спальню, разместили кровать, трюмо с трехстворчатым зеркалом, тумбочку и стеллаж. На кровать посадили манекен в пеньюаре, кукла держит в руке чашку. Там и сям по комнате разбросаны упаковки с кофе, круассанами, сыром, колбасой, сосисками и прочей снедью. Над всей экспозицией гордо реет плакат с надписью: «У нас есть все для завтрака аристократов. Заходите скорей, почувствуйте, что жизнь удалась». А как апофеоз дизайнер-выдумщик соорудил вращающуюся конструкцию. Из стены торчит полка, она медленно двигается по довольно широкой дуге, то приближаясь к стеклу, то отъезжая от него подальше. На ней сидит здоровенная плюшевая игрушка — кот размером со среднюю собаку. Он сделан с пугающей натуральностью и выглядит совсем не добрым и не ласковым — скалит зубы, сердито щурится. Кроме злобного Барсика-гиганта, на полке находится пакет с кормом и флажок, сообщавший: «Товары для зверей тут».

Думаю, не стоит спрашивать, почему оформитель витрины решил, что во время приема утреннего кофе настоящая аристократка должна находиться в спальне, где на полу валяются продукты, а в воздухе плавают монстр-мутант — кот-переросток — и его еда. У дизайнеров свой взгляд на творчество.

Сколько денег хозяин магазина отстегнул на эту «красоту», продавщицы не знали, но ожидаемого эффекта не получилось. Народ не побежал стремглав к прилавкам, зимой и ранней весной торговля шла вяло. А в середине апреля, когда на сером, затянутом тучами небе уставшей от снегопадов Москвы наконец-то стало проглядывать долгожданное солнышко, у входа в магазин начало твориться черт-те что. Сперва упала в обморок пенсионерка, через день ходившая сюда за кефиром. Бабку быстро привели в чувство, а она зарыдала и воскликнула:

— Никогда больше сюда не загляну, лучше пойду на соседнюю улицу! У вас из витрины сатана выскакивает!

Мария и Валя решили, что у старушки приступ маразма, напоили ее чаем и отпустили домой.

Через неделю у витрины свалилась молодая женщина, которая тоже, придя в себя, закричала про монстра, вылезающего из окна.

Маруся и Валентина насторожились.

И когда у входа заорал от ужаса мужик, сразу кинулись на улицу. Дядька устоял на ногах, но показывал рукой на витрину и талдычил:

— Жуткая зверюга! Ну ваще! Прогоните ее! Уберите!

Поскольку неприятности с людьми происходили примерно в одно время — утром вскоре после открытия торговой точки, продавщицы решили сами встать снаружи у огромного окна и посмотреть, что же такое происходит, отчего клиенты в ужасе отсюда бегут. Женщинам было немного страшно, поэтому они попросили поучаствовать в акции Алексея, любовника Вали, механика по профессии.

Несколько дней в Москве накрапывал дождь, все трое изрядно вымокли, ничего страшного не увидели, решили, что у покупателей массовая шизофрения, и сняли наблюдение. В понедельник над столицей засияло солнце, и рядом с композицией «Завтрак аристократки» рухнула девочка-школьница, сообщившая потом о лохматом орке, который хотел утянуть ее в Мордор.

Что такое Мордор и кто такие орки, торговки понятия не имели, но их осенило: покупатели сходят с ума в ясный день, а когда небо хмурится, ничего подобного не случается. Мария с Валей дождались хорошей погоды и отправились на охоту за монстром. Алексей, которого они опять пригласили с собой, сказал:

— Да нет там никого, успокойтесь!

Но он ошибался. Не успели дамы расположиться у витрины, как им в глаза ударил ослепительный, обжигающий свет, а затем появилась страшная морда с оскаленными зубами. Тетки заорали и кинулись назад в магазин. Слава богу, Алексей находился рядом, и он, человек с техническим образованием, не верящий ни в зомби, ни в монстров, сообразил, что же на самом деле происходит.

В определенный час утром луч солнца попадал на трюмо, отражался от зеркальной поверхности и, если в тот момент у витрины оказывался человек, слепил его. Тот закрывал глаза, спустя пару секунд открывал их и видел оскаленную морду кота, которого полка медленно приближала вплотную к стеклу. Игрушка, как уже говорилось, была огромной и отнюдь не милой. У полуослепшего от солнца человека складывалось впечатление, что на него надвигается чудовище. Ну а уж на кого, по мнению пострадавших, оно походило, зависело от их возраста и образования. Старухе почудился сатана, подростку — орк, алкоголику, которого ранее испугала Киса в костюме белки, небось привиделось нечто до такой степени страшное, что у него случился инфаркт, я решила, что стану жертвой оборотня. Похоже, мне нельзя смотреть на ночь ужастики.

— Мы сказали хозяину, что надо переделать витрину, пока на нас в суд не подали. А он ответил: «Еще чего! Кучу денег в дизайн угрохал. Ничего слушать не желаю!» — причитала Маруся. — Уволимся мы отсюда на фиг. Вы как, оклемались?

— Уже нормально, — ответила я, — но в магазин заходить не хочется. Можете вынести мне пакет молока и нарезной батон? Вот деньги.

— Покупка за счет заведения! — воскликнула Валя и юркнула в дверь.

* * *

К офису Зуевых я подъехала с небольшим опозданием и приготовилась извиняться перед Ниной Феликсовной, но, к моему удивлению, дверь конторы оказалась запертой. Я посмотрела на часы, вернулась в машину и, не спуская глаз с входной двери, позвонила Елене.

— Что-то разузнала? — воскликнула Гвоздева, забыв поздороваться.

— Настя вела дневник. Где он? — спросила я.

— Ты ошибаешься, девочка не любит писать, — возразила Лена. — Ее даже в школе нельзя было заставить упражнение по русскому сделать или сочинение накропать.

— Тем не менее существует тетрадка, с которой Анастасия делилась своими мыслями, поищи ее, — попросила я. — Думаю, у нее в комнате есть тайник. Посмотри под матрасом, в шкафу, на полках с бельем-чулками, выдвинь самый нижний ящик стола, пошарь под ковром.

— Разберу комнату на молекулы, — пообещала Лена. — Но ты не права. Настена из-под палки за ручку берется.

— Ноутбук! — осенило меня. — У нее же есть компьютер?

— А как же. Я подарила ей на день рождения самый навороченный, — похвасталась Елена.

— Поройся в нем, — сказала я. — Хотя мне говорили про обычную тетрадь. Но, может, Настя печатала текст и сохраняла его в электронном виде? Умеешь обращаться с чудом техники?

— Я что, похожа на двухсотлетнюю бабку, которая боится электричества? — обиделась Гвоздева. — Я активный пользователь и с компом на «ты».

— Молодец, действуй, — скомандовала я.

Отсоединившись, я посмотрела на часы. Интересно, куда подевались Зуевы?

Мобильный зазвонил, я увидела на экране надпись «Вадим» и обрадовалась. Наверное, сейчас услышу сообщение о том, что дизайнеры застряли в пробке.

— Лампа, ты где? — спросил парень.

— Около офиса, — смиренно ответила я, — приехала к началу рабочего дня.

— У нас тут форс-мажор, — без привычного оптимизма произнес Вадим. — Анюта пропала.

— Кто? — не поняла я.

— Одна из тех, кто находится под эгидой фонда. Аня Кузнецова не пришла вчера в указанное время в общежитие, — пояснил сын Нины Феликсовны. — Для бывших заключенных введен «комендантский час» — ровно в двадцать тридцать они должны вернуться домой, а еще обязательно смотреть программу «Время». Анюта не появилась.

— В советские годы у нас в симфоническом оркестре раз в неделю устраивали так называемую политинформацию, — невежливо перебила я Вадима. — Оркестранты усаживались в кабинете, а один из членов коллектива докладывал, что случилось в мире и стране. Хорошо помню, что на всем земном шаре постоянно происходили несчастья: войны, ураганы, засуха, наводнение, голод, а в СССР все было распрекрасно.

Присутствующие просто умирали от скуки. Наверное, Анюте надоел «ужастик» под названием «новости», вот она и решила скосячить.

Вадим кашлянул.

— Нина Феликсовна считает, и я с ней совершенно солидарен, что человек должен быть социально активным и заботиться не только о себе. У наших подопечных мир сужен до сугубо личных дел, вращается исключительно вокруг их собственной персоны, у них нет семей, не развито чувство ответственности за другого человека и отсутствует интерес к общественной жизни. Поэтому мы стараемся их расшевелить, воспитать, велим смотреть программу «Время», чтобы подопечные знали, чем живет Россия. Еще поощряем милосердие. Анюта ездила в дом престарелых, помогала старикам. Кузнецова хороший человек, мы с мамой за нее спокойны. Она никогда не нарушает режим, мечтает о крепкой семье, детях, одновременно учится и работает. Но вчера не явилась к ужину и не ночевала дома. Мы пытаемся выяснить, куда делась девушка. Мама едет в общежитие, я уже тут.

— Сейчас я тоже прикачу, — пообещала я. Затем включила громкую связь, поставила телефон в держатель и, заводя мотор, спросила: — У Ани есть подруги?

— Не знаю, — раздалось в ответ. — Может, в салоне, где она работает?

— Позвоните туда, — посоветовала я. — Вероятно, там знают, где Кузнецова. Предположим, сотрудницы парикмахерской вчера отправились погулять, погода-то хорошая, неожиданно теплая для Москвы, впереди несколько праздничных дней... Ну, глотнула Анюта шампанского, забыла про комендантский час, с кем не случается, и сейчас мирно спит у кого-то в квартире. Проснется и бросится к телефону.

— Ты гений! — воскликнул Вадим. — Почему мы не подумали о таком развитии событий? Спасибо.

Телефон замолчал, потом из него вдруг послышался шорох, попискивание и совершенно неожиданно раздался незнакомый женский голос:

— Вадик?

— Доброе утро, Регина, — ответил Зуев.

— В семь часов мне звонила обеспокоенная Нина, она тревожится за твое здоровье.

— У мамы нет ни малейшего повода для волнения.

Я поняла, что моя трубка после разговора с Зуевым не отключилась и теперь транслирует через громкую связь чужую беседу. Почему это случилось, непонятно, я впервые столкнулась с таким явлением и решила как можно быстрее отсоединиться. Я потянулась к держателю, взяла мобильный, и в этот момент впереди идущая машина резко затормозила. Меня нельзя назвать самым умелым водителем, передний и задний бамперы моей «букашки» могут рассказать парочку печальных историй, но сегодня я оказалась на высоте. Схватила руль обеими руками, крутанула его, нажала на газ, и моя таратайка, благополучно избежав столкновения, полетела вперед в скоростном ряду, куда я без особой необходимости стараюсь не соваться. Из груди вырвался стон: фу, Лампудель, ты просто молодец!

Вот только чтобы осуществить маневр, пришлось выпустить из рук сотовый. Он отлетел под сиденье, а остановиться и поднять его я не могу — еду по третьему транспортному кольцу, не имею возможности временно припарковаться, вот и приходится невольно слушать чужой разговор.

— Нина говорит, что пятна на руках не прошли.

— Ну да, — неохотно подтвердил Вадим. — Вчера в районе обеда, как всегда после приема лекарства, они поблекли, но сегодня утром начали зудеть снова.

— Нехорошо. Мама беспокоится.

— Наверное, надо еще раз...

— Нет! Лекарство нельзя принимать бесконтрольно и часто. Только под моим наблюдением. Немедленно приезжай.

— Не могу, у нас форс-мажор, пропала одна из воспитанниц.

— Вадим, бросай все. Через полчаса жду тебя.

— Но дела совсем не так плохи, Регина. Я держусь.

— Вадик! Сейчас же! Ты понимаешь, что может случиться, если ты будешь применять лекарство сам? Если тебе плевать на себя, подумай о матери, которая без памяти любит тебя и готова ради сына на безумные поступки.

— Иногда мне кажется, что лучше сдохнуть! — вдруг с яростью выпалил Зуев. — Подчас сил нет терпеть. Ну почему это происходит со мной? Чем я провинился?

— Господь всем дает крест по силам.

— Лучше б я родился без рук или ног, чем с такой хренью.

— Вадюша, ты впервые пришел ко мне на прием в возрасте пятнадцати лет, так?

— Да, прежде мама пыталась сама с моей хворью справиться, но не сумела.

— Нина прекрасный человек, но она не врач и не психолог, а мы с тобой хорошо знаем, что твоя болезнь тесно связана с душевным состоянием. Начинаешь нервничать — результат плачевный. Вспомни, кого я увидела в своем кабинете первый раз?

— Лучше забыть тот год навсегда.

— Нет, Вадюша, это нужно хранить в памяти, чтобы понимать, какой огромный путь ты прошел. Сейчас мы контролируем болезнь, она более не рушится тебе на голову как удар молнии, ты не теряешься, готов к приступу, заранее чувствуешь его приближение и знаешь, что после приема лекарства тебе станет лучше. С шестнадцати лет у тебя ни разу не было припадка на глазах у посторонних. Мы нащупали кнопку управления болезнью, теперь не она твой хозяин, а ты ее властелин.

— Но все равно я нездоров.

— Да, Вадюша, я спорить не буду. Но ты теперь не озлоблен на весь свет из-за небольшой неприятности...

— Хороша небольшая неприятность!

— СПИД, онкология, лихорадка Эбола, врожденные генетические уродства... Хочешь, продолжу список? Благодари бога, что ничего из перечисленного не имеет к тебе отношения. Да, именно небольшая неприятность. Во всяком случае, не полный паралич или опухоль мозга.

— Ну, если воспринимать проблему так... Вот только на свете много совсем здоровых людей. Почему я не в их числе?

— Вадюша, не смотри на тех, кому лучше, чем тебе, обрати внимание на других, которым хуже, и поймешь, что счастлив. И потом, что значит «совсем здоровые люди»? Ты ведь не видишь, какие у них под одеждой рубцы, язвы и раны, не знаешь, что за душевные проблемы их терзают. Кстати, наверняка многие смотрят на тебя и желчью от зависти исходят: черт побери, повезло парню — мать его обожает, он имеет прекрасную работу, обеспечен, нравится женщинам, но не женат, не обременен нудными семейными обязанностями. Дорогой, я чувствую, что у тебя ослабли ноги, срочно приезжай.

— Может, завтра?

— Сегодня! Сейчас! Ты опять чувствуешь приближение приступа, и мне это не нравится. У нас только что завершился один припадок, теперь должен последовать длительный период ремиссии. А у тебя вновь по рукам поползли пятна.

— Нет, не могу ехать к тебе, мама очень нервничает из-за пропавшей воспитанницы. Знаешь же, как она к бывшим зэкам относится, пестует их, словно младенцев. И мне сейчас уже лучше, пятна не такие яркие. Ночью съел таблетку, и они почти перестали чесаться.

— Вадик, ты пил лекарство! Принял его самостоятельно! Не поставил в известность ни меня, ни Нину!

— А-а-а... Я понял, чего ты так испугалась и почему меня к себе зазываешь. Успокойся, я проглотил всего лишь таблетку диазолина.

— Что?

— Диазолин, — повторил Зуев, — такие круглые пилюли, я нашел их в аптечке и съел. Потом добавил еще две таблетки анальгина и одну аспирина. Можешь мне не верить, но состояние рук стало намного лучше.

— Обалдеть! Анальгин вообще нельзя принимать, а уж в комбинации с аспирином тем более. Диазолин имеет массу побочных эффектов...

— Но мне это помогло! Извини, я должен помочь маме. Сделай одолжение, не ябедничай ей, не свисти в уши об обострении моей «небольшой неприятности». А я обещаю в ближайшие дни явиться к тебе за клизмой для мозга. До свидания.

Из-под сиденья понеслись частые гудки, потом наступила тишина.

Я повернула налево и очутилась неподалеку от дома Доброй Надежды. Похоже, у Вадима эпилепсия, которая вызывает не только приступы, но и кожные высыпания. Когда мы находились в квартире Германа Евсеевича, Зуев постоянно чесал кисти рук, покрытые красными пятнами. Вот бедняга! Что бы там ни внушала ему врач, сколько бы она ни твердила про находящуюся под контролем «небольшую неприятность», эпилепсия — тяжелое бремя для больного и его родственников.

ГЛАВА 19

Через пару часов я, радуясь тому, что большинство москвичей отправилось в праздники на дачи жарить шашлыки и весело проводить время, вышла из машины и позвонила в дверь. Открывать не спешили, я стояла и наслаждалась солнышком. Где я нахожусь? Около дома престарелых.

Приехав в общежитие, я застала Нину Феликсовну, Ларису и всех жильцов в состоянии крайнего нервного возбуждения. Анюта так и не появилась, ее сотовый телефон оказался выключен. Кстати, староста Кира, поняв, что ее новая знакомая не участница программы «Жизнь заново», приглашенная вместо арестованной Насти, а служащая фонда, жутко испугалась. Я даже, улучив момент, шепнула ей на ухо:

— Все в порядке. Никому и никогда не расскажу о нашей беседе в кафетерии.

Но, похоже, Киру мои слова не успокоили. Она постоянно пила воду, вытирала салфеткой лоб и выглядела не лучшим образом. Правда, никто не обратил внимания на состояние старосты, все были озабочены пропажей Анюты и на разные лады повторяли вопрос: что делать?

— Надо позвонить в полицию, — пискнула Надежда. — Человек пропал, его обязаны искать.

— Не стоит пока вмешивать в это официальных лиц, — возразила Нина Феликсовна. — У нас уже произошла скверная история с Анастасией, которая вновь очутилась на нарах. Не надо привлекать к фонду внимание журналистов.

— Мама права, лучше попробуем сами поискать девушку, — предложил Вадик. — Вот только не знаю, с чего начать. На работе понятия не имеют, куда подевалась уборщица, говорят, она ни с кем не дружила, после смены сразу домой неслась. Кто-нибудь знает, у Анюты были подруги?

— Нам нельзя приводить сюда гостей, — напомнила Надя.

— Правилами запрещено, — подхватил незнакомый мне мужчина лет сорока.

— Верно, Леня, — кивнул Зуев. — Но, может, вы слышали ее беседы по телефону? Или видели ее с кем-нибудь на улице?

Еще один неизвестный мне парень поднял руку.

— Говори, Антон, — обрадовался Вадим.

— Мы с Борисом перед Новым годом зашли в торговый центр и столкнулись с Нютой, — промямлил Антон. — Она маленькие свечки покупала. Верно, Боб?

— Угу, — пробурчал с дивана Борис. — А потом их всем первого января раздала.

— Спасибо, Антоша, — вздохнул Вадик.

— В магазине она не одна была, — добавил Борис, — с Настей. Ну, с той, что кольцо сперла.

— Ясно, — протянул Зуев. — Сейчас эта информация нам не поможет.

— Настька с Нютой делали вид, будто друг другу посторонние, — подала голос Кира, — но они дружили. Точно знаю, только не спрашивайте откуда. Хитрые они очень, не хотели почему-то, чтобы мы об их дружбе проведали. Я ничего об этом Ларисе Евгеньевне раньше не говорила, ведь корешиться-то не запрещено.

— Конечно, нет! — нервно воскликнула Малкина. — Наоборот, хорошо, когда у членов коллектива добрые отношения, вовсе не нужно их маскировать.

— Не знаю, — ответила Кира.

— Надо обзвонить больницы и морги, — посоветовал Кирилл. — Вдруг Нюта под машину попала? В новостях все время сообщают про уродов, которые, напившись, садятся за руль и давят прохожих.

— Всем повезло, что у тебя автомобиля нет, — съязвила Кира, в очередной раз делая большой глоток воды.

— Намекаешь, что я алкоголик? — взвился Найденов.

— А то нет? — прищурилась староста, использовавшая, похоже, любую возможность, чтобы понизить рейтинг других обитателей дома Доброй Надежды.

— Я не пью, — разозлился Кирилл. — Сто раз говорил, бутылка с этикеткой «Жидкое золото» сама у меня в комнате объявилась. Промежду прочим, я видел вчера в супермаркете в торговом центре эту водку, она стоит бешеных денег! Интересно, кто ее мне подарил?

— Надежда и Кира сейчас возьмут телефоны и начнут методично обзванивать медицинские учреждения, — пресекла разгорающийся скандал Нина Феликсовна.

Потом вопросительно посмотрела на сына:

— Что еще?

— Не знаю, — растерялся Вадик, — у меня нет опыта в поиске пропавших.

— Можно выяснить, не покупала ли Аня билет на поезд или самолет, — смущенно предложил Антон.

— Хорошая идея, — одобрил Вадик. — Но как нам ее осуществить?

— Нужно посмотреть, на месте ли паспорт Анюты, — подала голос Надежда. — Ведь без него билет не продадут.

— Сходи быстренько в ее комнату, — скомандовала Нина Феликсовна и посмотрела на Киру. — А ты начинай звонить в клиники.

Надя и староста ушли. Я подняла руку.

— Разрешите? Вчера был выходной. Кто-нибудь знает, какие планы строила Анюта?

— Она собиралась около пяти посетить дом престарелых, — ответила Лариса. — Ее воспитывала бабушка, очень хороший человек, но она умерла, когда Ане исполнилось тринадцать. Кузнецовой комфортно с пожилыми людьми, поэтому она ездит навещать брошенных стариков. Вчера Нюта спросила: «Можно я один раз опоздаю к ужину? В интернате накануне Дня Победы устраивают в восемь вечера концерт, приедут артисты, пенсионерам раздадут подарки, все готовятся к празднику. Я обещала нескольких старушек причесать». Аня успешно учится на стилиста-парикмахера, ловко управляется с феном и ножницами, всех наших стрижет. Я ей ответила: «Ради такого случая я сделаю исключение, но в одиннадцать тебе следует быть дома». Сама я ушла в девять сорок пять, Анюта еще не вернулась.

— Ваши подопечные на ночь остаются одни? — спросила я.

— Здесь не тюрьма, — вздохнул Вадим, — все они свободные люди, уже понесли наказание за совершенное преступление. Мы помогаем участникам проекта реабилитироваться, даем путевку в новую жизнь, обучаем, как пользоваться свободой. Да, у нас есть определенные правила, но никто не заставляет им подчиняться, человек сам делает выбор. А мы вправе попросить отсюда того, кто мешает остальным. Никакой охраны в общежитии нет.

— Следовательно, ваши постояльцы после того, как управляющая уезжает домой, могут улизнуть, — резюмировала я. — Или у входа висит камера?

Нина Феликсовна резко выпрямилась.

— Мы не ведем видеонаблюдение, не обижаем людей подозрительностью. Доверие воспитывает намного лучше, чем постоянный неусыпный контроль.

Борис крякнул и отвернулся.

— Вы хотели что-то сказать? — спросила я.

— Ну... э... типа... ваще... нехорошо стучать на своих... — начал заикаться тот.

— Нюта не пойми куда подевалась, поэтому, если знаешь что-либо, говори! — рассердилась Зуева.

Борис насупился.

— Нюта... того... э... ну...

— Уходила поздно вечером, — помогла я страдальцу.

— Да, — с облегчением подтвердил тот, — иногда. Зимой часто, а в последнее время нет.

Моя комната первая от входа, Анюта тихо уходила, да я все равно слышал, как ключ в замке поворачивается, стены тут никакие.

— Почему ты ничего мне не сказал? — закричала Лариса.

— Так своих сдавать нехорошо, — промямлил Борис.

— Очень хочется тебе по затылку врезать! — вспыхнула Малкина.

Борис, который, как мне показалось, собирался еще что-то сказать, втянул голову в плечи и затих.

— Сейчас важно понять, что случилось с Анютой, со все прочим потом разберетесь, — остановила я разошедшуюся управляющую. — Значит, девушка не вернулась из дома престарелых... Вы уверены, что она туда ездила? После сообщения Бориса светлый образ Кузнецовой несколько потускнел.

— Тут как раз все без обмана. Мне звонила Лилия Афанасьевна, заведующая дома престарелых, и выражала благодарность, хвалила девушку, — ответила Лариса.

Я встала.

— Давайте я съезжу в интернат и попробую узнать, что случилось. Порасспрашиваю персонал, может, кто-то в курсе, когда Анюта уехала, куда она подалась? Вероятно, кто-то из обитателей дома престарелых владеет какой-нибудь информацией о Кузнецовой.

— Пожалуйста, Лампочка, если не трудно! — взмолилась Нина Феликсовна. — Крайне нежелательно привлекать к нашей проблеме полицию.

— Только пусть Лариса созвонится с заведующей и предупредит о моем визите, — предусмотрительно попросила я.

И вот сейчас я топчусь на пороге интерната и жду, когда меня впустят внутрь.

ГЛАВА 20

Дверь распахнулась. Симпатичная, но излишне полная женщина с рукой на перевязи спросила:

— Вы Елена Романова, к которой надо обращаться Лампа?

— Она самая, — улыбнулась я.

— Думала, Лариса Евгеньевна шутит насчет Лампы. Проходите, я Лилия Афанасьевна. Поговорим в кабинете, он слева, за гостиной, там никто нам не помешает. Что случилось? — без пауз произнесла заведующая.

— Вы знаете Анюту Кузнецову? — спросила я, очутившись в комнате, сплошь забитой книгами.

Женщина села в кресло.

— Конечно. Устраивайтесь на диване. Он старый, выглядит не ахти, денег-то нам на новую мебель не выделяют, кому бедные старики нужны, но чистый и удобный. А почему спрашиваете про Нюту?

— Вчера она причесывала ваших обитательниц на праздник... — начала я. Однако меня остановил возглас хозяйки кабинета:

— Нет, никаких увеселений пока не затевалось! А вот десятого мая приедут шефы. Нас патронирует кондитерская фабрика, денег, правда, не дают, привозят пару раз в год конфеты. Это, конечно, неплохо, но у нас контингент пожилой, у одного диабет, у другого холестерин высокий, у третьего с желудком беда, не полезно им сладкое. Лучше б постельное белье подарили или наборчики бабушкам и дедушкам косметические вручили — мыло, шампунь, одеколон. Но мы не привередливы, берем, что предлагают. И десятого получим очередные презенты. Еще детский ансамбль прибудет, организуем песни-танцы, кино покажем хорошее про войну, но не трагедию, а старую советскую комедию. Анюта к нам вчера не приезжала, был не ее день. Кузнецова зимой появлялась как по часам, в пятницу и среду. Замечательная девушка, для каждого доброе слово найдет, веселая. Как зайдет в интернат, так словно солнышко засияет. Ее здесь все обожают. Не скрою, сначала я настороженно отнеслась к просьбе Нины Феликсовны, чтобы одна из ее подопечных у нас на благотворительной основе работала, книги вслух старикам читала. Все-таки бывшая заключенная, я подумала, еще украдет чего. Золота, бриллиантов тут ни у кого нет, но есть милые сердцу мелочи и кое-какие денежки, от пенсии сэкономленные. Но едва Анюта появилась, я сразу поняла: она прекрасный человек. Мы ее с радостью встречаем. Но, знаете, Кузнецова о нас забыла. Последний раз появлялась здесь в апреле. Я пятнадцатого уехала отдыхать, вернулась позавчера, стала заместительницу расспрашивать, что да как, она и пробросила в разговоре, что Анечка к нам давно не заглядывала. Но я не встревожилась, девушка молодая, работающая, забот много.

— Можете узнать у своей коллеги, когда она видела Кузнецову? — спросила я.

— Вера улетела в Турцию, мы с ней по очереди отпуск гуляем. Телефон она отключает, не хочет большой счет оплачивать, — пробормотала заведующая. Затем встрепенулась: — О! Дмитрий Александрович точно знает, пойдемте к нему! Потапову семьдесят два года, он очень плохо видит, но голова светлее, чем у молодых. Его сюда сын сдал, не ладил с отцом. Хотя не пойму почему. Дмитрий Александрович замечательный человек. Столько интересного знает, заслушаешься его рассказами. Не капризный, не вредный, не грубиян. Думаю, дело в жилплощади. Надоело невестке Потапова в одной комнате с супругом и ребенком жить, вот и подбила муженька отвезти отца в интернат. Дескать, нет у них возможности обеспечить человеку с ослабленным зрением должный уход.

— Я думала, у вас только одинокие старики, — удивилась я, идя по длинному коридору.

Лилия Афанасьевна махнула рукой.

— Почти у всех есть дети, внуки. Но они о своих предках заботиться не желают, забыли их. Дмитрий Александрович, к вам можно?

— Заходи, Лилечка, — ответил из-за двери совсем не старческий голос, — дома я, на танцы не пошел.

Мы с хозяйкой интерната втиснулись в крохотную комнатенку размером с домик дядюшки Тыквы, который спасал мальчика-луковку[1].

---

[1] *Джанни Родари.* «Приключения Чиполлино».

— Что за красавица с тобой пришла? — поинтересовался мужчина, сидевший у крохотного стола спиной к двери. — Никогда она у нас не бывала.

— Меня зовут Лампа, — представилась я. — А как вы догадались, что Лилия Афанасьевна не одна?

Потапов обернулся.

— Вижу плохо, но слышу хорошо. И нюх как у собаки. Духами запахло, дорогими. Наши девчушки-щебетуньи такими не пользуются, не по карману им элитная парфюмерия. Одна купит себе пузырек, вторая позавидует и назавтра таким же обзаведется. Старый, что малый... Между прочим, я могу и внешность вашу описать. Хотите? Вы худенькая, невысокая, волосы светлые, да?

— Угадали, — подтвердила я. — Здорово.

— Дмитрий Александрович, когда к нам Анюта последний раз заглядывала? — задала вопрос заведующая.

Улыбка с лица старика сползла.

— Что-то случилось?

— Лилия Афанасьевна, срочно подойдите к телефону! — заорали вдруг из коридора.

— Извините, я сейчас вернусь, — сказала заведующая и убежала.

Я решила начать беседу заново:

— Меня зовут Лампа, я работаю в благотворительном фонде «Жизнь заново». Анюта, наверное, рассказывала вам, что временно...

— Она мне много чего говорила, — перебил хозяин комнаты. — Но с вами я разговаривать буду лишь после того, как ответ на свой вопрос получу. Что случилось?

— Вы только не волнуйтесь, — попросила я.

— Здорово! — нахмурился пенсионер. — После таких слов всем понятно, что надо за сердечные капли хвататься. Давай, Лампа, не томи, я не кисейная барышня, в обморок не грохнусь, хотя считаю девочку своей внучкой. Ну, выкладывай!

— Анюта вчера не пришла ночевать, — после небольшой паузы сказала я. — Соврала Ларисе, управляющей общежитием, что едет сюда на праздник, опоздает к ужину, и пропала. А сейчас я узнала, что она тут не появлялась с середины апреля. Нина Феликсовна, основательница фонда, не хочет пока привлекать к поискам Ани полицию. Если вам что-либо известно о Нюте, пожалуйста, расскажите!

Дмитрий Александрович неожиданно встал, сделал шаг и положил руку мне на плечо.

— Ты явно не злой человек.

— Вы это на ощупь определили? — улыбнулась я.

— Да, — серьезно ответил собеседник. — От плохого человека у меня в ладонях покалывание начинается, кончики пальцев холодеют, такое ощущение, словно под кожей газированная вода бегает. А если в человеке мерзости нет, то от него ровное тепло исходит, и на душе спокойствие. Я всегда, еще с молодости, знал, что за человек рядом со мной, стоило лишь за руку с ним поздороваться. Очень мне это в работе помогало. Ладно, слушай. Анюта на самом деле не Анюта. Она прямо обомлела, когда поняла, что я ее раскусил. Потом мы по душам поговорили, я тайну сохранить пообещал и не выдавал девочку. А она повторяла: «Дядя Митя, я тебя отсюда обязательно заберу. Потерпи немного, мне надо год у Зуевой отпахать, заслужить хорошую характеристику, потом на нормальную работу устроюсь, большой оклад получать буду, и уедешь ты в нашу квартиру. Мама у меня замечательная, она тебе понравится».

— Мама? — подскочила я. — Кузнецова же круглая сирота!

— Экая ты невнимательная... — попенял собеседник. — Сказал же, не Анюта она.

Мне захотелось, как маленькому ребенку, засучить от нетерпения ногами.

— А кто?

— Настя Гвоздева, — заявил старик.

— Ох и ни фига себе! — выпалила я. — Ой, простите за такое выражение. Зачем Анастасия прикидывалась Кузнецовой?

Потапов засмеялся:

— А то ты молодой не была и от любви голову не теряла. Девочка влюбилась в парня, и ей, конечно, хотелось с ним погулять, помиловаться. Но в вашем фонде порядки драконовские — в полдевятого изволь домой явиться, телевизор смотреть, новости узнавать. Настя объяснила, что Нина Феликсовна таким образом бывших зэков перевоспитывает. Ну не дура ли она? В наше время, если хочешь, чтобы человек чего плохого не сделал, выброси из дома зомби-ящик. В новостях один черный негатив, в фильмах сплошное насилие. И бывшего сидельца просмотром программ не переделаешь. Я тебе по своему опыту скажу:

бывает, что оступился человек, наглупил.

Например, как Настя. Кипели в ней подростковые гормоны, да еще подружки подначили, в уши дудели: «Не сможешь ничего в магазине спереть, не из нашей ты компании. Мы-то давно бесплатно одеваемся, а ты боишься от юбки мамашиной отцепиться». Ну и решила глупышка им доказать, какая она взрослая. И чем это закончилось? Анастасия ни слова про тех девчонок ни на следствии, ни на суде не сказала, ничего им за подстрекательство не было, но никто из них Гвоздевой ни слова поддержки на зону не написал. Не преступница Настена, просто дурочка. И сполна за свою глупость расплатилась. Таких, как она, много, они потом всю жизнь боятся опять на зоне оказаться, стыдятся прошлого, в другой город уезжают, там новую жизнь начинают. Из них хорошие жены, матери и работницы получаются. Но бывают и другие. Настюха зимой статью из журнала мне читала, там одна известная актриса, кретинка видно, рассказала со смешком, как в студенчестве вместе с однокурсницами в гастрономах продукты, а на рынках одежду воровала. Одна торговку отвлекала, две другие вещи с прилавка тырили. Несколько лет так промышляли. И ведь теоретическую базу под свое воровство бабенка подвела: мол, была очень бедной, хотелось кушать и одеваться так, как у них в институте дети богатых людей наряжались. Ну и кто она после этого? Преступница. Просто ей повезло, что не поймали за руку. И ведь не раскаивается артистка в содеянном, не стыдится, наоборот, хвастается удалью, да еще своим интервью молодых современных глупышек на нарушение закона толкает. Прочитает какая-нибудь Таня ее признания и подумает: совсем не стыдно грабежом заниматься, вон звезда экрана не один год этим промышляла, а теперь по красным дорожкам ходит. Вот такие, как эта актриска, неисправимы. Думаю, она и сейчас может что-то спереть, но теперь ей и так деньги большие платят. А кабы баба их не зарабатывала? Такую приговори программу «Время» смотреть, заставь ее в монастырь пойти, толку не будет. Она смирение изобразит, а душа гнилой останется. Еще встречаются от рождения кривые людишки, про них народ пословицу сложил: сколько волка ни корми, он все в лес смотрит. Понимаешь, куда я клоню? Анастасии и ей подобным милосердный фонд без надобности, такие и без него исправятся. Остальным же ваша «Жизнь заново» как дохлой черепахе горчичник, хоть весь панцирь обклей, не оживет.

— Простите, Дмитрий Александрович, кем вы до пенсии работали? — спросила я.

— Следователем, — ответил старик. — Особых чинов-званий не получил, всю жизнь в одном отделении на «земле» отпахал, стажа у меня столько, сколько иные не живут, людей насквозь видеть научился. Сейчас-то глаза плохие, но внутреннему зрению ничто не мешает.

— Давайте поговорим откровенно, — попросила я.

— Давно пора, — кивнул Потапов. — Что с Настей? Чего тебе надо? Ты кто? Песню про фонд больше не пой, фальшивые ноты издаешь.

Я сделала глубокий вдох.

— Особой лжи я не сказала, действительно принята на работу в агентство по оформлению интерьера, которое принадлежит благотворительнице Зуевой. Но на самом деле меня попросила о помощи Лена Гвоздева, мать Насти...

Когда я наконец завершила рассказ, старик сказал:

— Ладно. Теперь мой черед. Я над твоей историей поразмышляю, ты над моей подумаешь, авось вместе дотумкаем, как девочку из беды вызволить. Не верю, что Настюха кольцо унесла, не могла она так поступить.

— Согласна с вами, — сказала я.

— Слушай внимательно, — велел старик.

ГЛАВА 21

Настенька некоторое время прикидывалась Анютой, но потом не выдержала и открыла дяде Мите правду.

Аня Кузнецова влюбилась, у нее роман с хорошим парнем. Он москвич, живет вместе с мамой в просторной квартире. Отец парня богат, ворочает серьезным бизнесом, но у него отвратительный характер. Малик, таково имя этого парня, и его мать вынуждены выпрашивать у олигарха копейки. А тот считает, что все вокруг только и мечтают, как бы откусить жирный кусок от его денег, поэтому тщательно прячет капиталы в зарубежных банках. Он с удовольствием бы не давал ни супруге, ни единственному сыну вообще ни рубля, но побаивается злоязычной прессы, поэтому кое-что подбрасывает им. Мать Малика обязана работать и вносить зарплату в общую копилку. Сам Малик пока учится в институте, но папенька уже приготовил ему должность в одной из своих фирм, и, понятное дело, заработок сына тоже осядет в кассе семьи. Нищей невестке, к тому же девушке, у которой за плечами срок, никто из родителей не обрадуется. Она по возрасту немного старше их сына. Малик и Анюта вынуждены скрывать свои отношения. Хранить тайну им придется до того момента, когда парень получит диплом. Вот тогда они снимут комнату, поженятся и станут жить, как хотят.

— Пусть отец подавится своими капиталами, заберет деньги с собой на тот свет, сожжет их или раздаст бедным, мне плевать на его миллиарды, — говорил Малик любимой. — Сами прорвемся.

Анюту нищая жизнь не пугает, она готова обедать раз в неделю, лишь бы только находиться рядом с любимым.

Почему бы влюбленным прямо сейчас не оформить отношения и не поселиться вместе? Малик учится в коммерческом вузе. Стоит ли говорить, кто оплачивает курс наук? Если отец обозлится, то моментально перекроет денежный кран, и тогда прощай диплом юриста и место работы с высоким заработком.

Малик сказал Анюте:

— Давай сцепим зубы и потерпим. Как только я получу высшее образование и устроюсь на достойную службу, мы сразу поженимся.

Есть еще один нюанс. Фонд «Жизнь заново» не обманывает своих подопечных, они реально могут получить квартиру, но она одна, а претендентов на нее много. Чтобы стать счастливым обладателем квадратных метров, нужно победить соперников в честной борьбе. Жюри, состоящее из Ларисы, Нины Феликсовны и Вадима, учитывает все хорошие и плохие поступки бывших зэков. Анюта мечтает об уютной однушке, поэтому старается угодить вышеназванным.

Но ей и сейчас хочется побыть с Маликом наедине. И как осуществить это желание? Управляющая педантично отмечает время, когда она уходит из дома и возвращается после работы. С понедельника по пятницу включительно Анюта работает в салоне уборщицей, а в среду и пятницу еще учится в колледже на стилиста-парикмахера. Цирюльня, где служит Аня, открыта до восьми вечера, остается всего полчаса, чтобы успеть к комендантскому часу. Правда, парикмахерская находится рядом с домом в огромном торговом центре, Анюта бежит домой пешком, не зависит от транспорта. Но сколько дней в неделю у нее остается на встречу с Маликом? Так бывает у всех, кто работает, скажете вы. Суббота и воскресенье. Вот только участникам программы реабилитации нельзя исчезнуть на все выходные. И Лариса всегда, когда человек возвращается домой, устраивает допрос, задает кучу вопросов: где был, что делал, с кем встречался. Анюте, чтобы сбегать на свидание, приходилось всякий раз что-то придумывать. Девушка врала про посещение музеев и очень боялась, что Малкина заподозрит неладное.

Несмотря на все трудности, первые два месяца после знакомства влюбленные проводили выходные вместе. А потом Малика отправили на практику в юридическую контору, прикрепили к пожилому адвокату, который решил, что студент — его личная прислуга. И теперь молодой человек вынужден выполнять разную работу для противного старика — убирать квартиру, таскаться с ним по магазинам. На общение с Анютой времени почти не остается.

В декабре, когда адвокат велел Малику в очередной уик-энд сопровождать его в Питер, куда юрист направлялся, чтобы навестить свою внучку, Нюта не выдержала и сказала любимому:

— Откажись от поездки. Объясни идиоту, что в обязанности практиканта не входит таскать чемоданы.

Малик грустно улыбнулся.

— Стажировка закончится в июне, за нее ставят отметку. Если это «неуд», студента не допускают к сессии. Старшекурсники меня предупредили, что мой адвокат натуральная гадина, тем, кто устраивает бунт на корабле и говорит: «Я вам не слуга», он рисует двойки. Потом бедолагам приходится чуть ли не на коленях перед мерзавцем ползать, чтобы он сменил гнев на милость, пахать на него до августа и сдавать экзамены-зачеты в конце лета. А мой отец, когда я поступал на первый курс, сказал: «Если я увижу в зачетке хоть одну тройку, не стану оплачивать обучение. Не намерен выбрасывать деньги на ветер». Представляешь, как отреагирует папенька, если я принесу «лебедя» за практику? Придется помучиться до июня, не так уж и долго.

В январе влюбленным удалось побыть наедине всего два раза. Даже на эсэмэски, которыми

Анюта засыпала Малика, тот не всегда мог ответить — законник требовал, чтобы практикант отключал в момент пребывания с ним мобильный. Анюта очень тосковала. И вдруг судьба сделала ей подарок.

Однажды вечером Лариса спросила:

— Кто хочет заняться благотворительностью — ходить в дом престарелых, навещать живущих там пенсионеров? Дело несложное, надо читать им вслух книги, беседовать с бабушками-дедушками, гулять с ними в хорошую погоду в парке.

У Анюты в голове мигом сложился план, и она тут же откликнулась:

— Я пойду! Могу начать прямо завтра!

— Молодец, — похвалила ее Малкина.

Дальше, наверное, объяснять не стоит. Нюта получила возможность убегать в выходные дни в любое время, сказав Ларисе: «Я еду в интернат». Теперь в субботу и воскресенье она сидела в общежитии, ожидая эсэмэски от Малика, а получив ее, мгновенно срывалась и уносилась к любимому. Малкина не беспокоилась по поводу отлучек подопечной. На доске у Кузнецовой появлялись положительные баллы, девушка весело проводила время с любимым. Все шло прекрасно. А в интернат вместо нее ездила Настя, с которой Анюта подружилась и открыла ей свою главную тайну.

Дмитрий Александрович замолчал, потом сказал:

— Малик не православное имя, наверное, парень мусульманин.

— Какая разница, кто он по вероисповеданию? — вздохнула я. — Настя, случайно, не называла фамилию жениха Кузнецовой? Или его отчество, год рождения?

— И еще адрес прописки, — хмыкнул старик. — Нет, она знала только имя. А по моему опыту, если пропала женщина, то в первую очередь подозревай ее мужа, сожителя и родных. Кто громче всех плачет-убивается, в полицию носится, кулаком по столу стучит, требуя, чтобы ему о ходе поисков рассказали, тот подозреваемый номер один. А у Кузнецовой никого, кроме жениха, нет. Ставим галочку против его имени. Теперь дальше. Маликом назовут православного мальчика? Маловероятно. Хотя сейчас все возможно. Но давай считать, что парень родом из Средней Азии или с Кавказа. И что нам о нем известно? Возраст — лет двадцать, Нюта его старше на пару годков. Живет он с отцом-матерью. Батюшка богат и деспотичен, сынок от него материально и морально зависим. Бизнесмен, если верить словам Малика, жаден до безобразия, заставляет супругу работать, отбирает у нее получку. Молодой человек ждет получения диплома, устройства на работу, а потом они с Анютой поженятся. Ты в такую «лапшу» веришь?

— Полагаете, что парень морочил Кузнецовой голову? — спросила я.

— Послушать женщин, так все мужики радиоуправляемые машины, — усмехнулся бывший следователь. — Нажали им на одно место, и помчится автомобиль в нужном направлении. Не спорю, иногда простая тактика срабатывает. А сильный пол рассуждает иначе — спой бабе любого возраста песню с припевом: «Ты у меня одна, самая дорогая, обожаемая, мы поженимся, станем жить счастливо, умрем в один день», — так она ради тебя в огонь прыгнет. И ведь это срабатывает! Но у парня очень быстро вопрос возникает: как ему от той, что из-за него в костер сигать готова, избавиться?

— Вам кажется, что Малик, получив от Анюты все, чего ему хотелось, потерял к ней интерес? — уточнила я.

— А ты вспомни, как, по словам Насти, развивались их отношения, — оживился собеседник. — Два месяца полнейшей любви и частых встреч. Это Малик за ней ходил, ждал, когда крепость падет. Потом добился своего, и сразу начались проблемы со свиданиями — Малика на практику отправили, руководитель сволочью оказался, гнобит юношу, а тот молча терпит ради любимой, жаждет получить диплом, работу, чтобы потом свадебку сыграть. Да просто Малик, если таково его настоящее имя, от девчонки избавиться решил. Прямо послать ее куда подальше опасался, скандал ему не нужен, вот и начал понижать градус отношений. Рассчитывает, что «любимая» сама поймет: сорвалась рыбка с крючка. Обидится красна девица и оставит его в покое. Если у нашего ферта отец и в самом деле деспотичный олигарх, разве он потерпит в своей семье такую невестку, как Нюта? И Малик это прекрасно понимает. Никуда парень от папаши не денется, у восточных людей принято родителей почитать, слушаться их, и браки по расчету у них дело обычное. Малик просто забавлялся с наивной дурочкой.

Дмитрий Александрович секунду помолчал.

— Есть второй вариант. Жених из самой простой среды, денег у его родителей нет, живет в коммуналке. Или он и вовсе гастарбайтер. Понравилась Малику Анюта, вот он и придумал сказку про папины миллиарды. Девушки нынче расчетливые, первым делом не в душу к мужику, а в кошелек заглядывают. А чтобы объяснить отсутствие пафосного автомобиля, шикарной одежды и платиновой кредитки, сложил юноша сказочку о родителе-деспоте и скряге. Как ни поворачивай, в какую сторону ни верти эту историю, дурно она пахнет. Найдешь Малика, узнаешь, где Анюта. Можно, конечно, предположить, что девочка стала жертвой грабителя, насильника или пьяного урода, но чутье мне подсказывает — надо сосредоточиться на любовнике.

— Ваши слова «стала жертвой» звучат пугающе, — поежилась я. — Может, Нюта... ну...

— Что? — перебил меня Дмитрий Александрович. — Пошла в гости, там напилась и заснула? На часы глянь! Из любого похмелья уже восстать пора. И ни одной подруги, с которой загулять можно, у Кузнецовой нет. Она только с Настей тесно общалась. Девушки свои отношения посторонним не демонстрировали. Если им по душам поговорить хотелось, в торговом центре встречались. Там на последнем этаже, где мебелью торгуют, народа почти нет, можно сесть в кресла и болтать, продавцы никого не гонят. Настя говорила, что в общежитии есть староста Кира, которая на все пойдет, чтобы квартиру заполучить. Интриганка, постоянно обитателей дома лбами сталкивает, чтобы те скандалили и замечания получали.

— Да уж, — протянула я, вспомнив свой разговор с Кирой, — оборотистая особа.

— Поэтому девушки и не желали о своей дружбе распространяться, — продолжал Дмитрий Александрович. — Настя очень хотела, чтобы квартира Анюте досталась. Сама Гвоздева тоже бы от личной жилплощади не отказалась, она же с мамой живет. Но Анастасия в забеге за квадратными метрами не участвовала. А что, если историю с Анютой замутила Кира? И Настю подставила, устранила конкурентку. Гвоздева теперь в тюрьме, меньше ртов у тарелки с кашей.

— Так вы сами только что сказали: Гвоздевой «однушка» никак достаться не может, она вне игры, — напомнила я.

— А может, не в жилплощади дело? — азартно предположил собеседник. — Вдруг Настя про Киру нечто нехорошее узнала и языка не удержала, шепнула старосте: «Ты потише себя веди, не придирайся ко мне. Знаю всю правду про тебя»? Вот та и приняла меры. Кира понимает, что своя квартира для бедной, недавно откинувшейся с кичмана[1] зэчки недостижимая мечта. Ипотеку ей никто не даст, а о том, что можно самой на жилье заработать, даже речи не идет. Увидела Кира

---

[1] Кич, кича, кичман, кичеван — тюрьма, СИЗО, колония (криминальный сленг).

кольцо на рукомойнике и поняла: вот он, шанс «похоронить» конкурентку. А когда Анастасию из игры вышибла, за Анюту взялась.

ГЛАВА 22

Дмитрий Александрович встал и начал ходить по крохотной комнатушке, два шага вперед, три назад и наоборот.

— Теперь давай вспомним про водку. Кирилл клялся, что он ее не покупал!

Я поморщилась.

— Навряд ли стоит верить его россказням.

Потапов остановился.

— Почему нет? Бутылка с этикеткой «Жидкое золото» штука дорогая, подопечному фонда никак не по карману. Откуда она в спальне Кирилла взялась? Кто-то все хитро рассчитал. Обнаружь мужичок обычную чекушку, может, и удержался бы от искушения. Ан нет, перед глазами нечто недоступное оказалось, заманчивое, вот у Найденова стоп-кран и отказал. Короче, соблазнили его. И тот, кто это сделал, хорошо бывшего уголовника знал, рассчитывал, что тот к ханке потянется, и не ошибся.

— Зачем кому-то Найденова спаивать? — не поняла я.

— Ну ты же сама про окна говорила, — удивился старик. — Народ в цирк отправился, а ему и Насте выпало стекла мыть. О том, что Нина Феликсовна кольцо постоянно в санузле забывает и не сразу о нем вспоминает, известно всем. Верно?

Я кивнула.

— Отлично! — обрадовался старик. — Значит, если подстроить так, что Зуева испачкает руки, то она отправится их мыть и, с большой долей вероятности, бросит перстень на полочке. Есть возражения?

— Пока все логично, — согласилась я.

Дмитрий Александрович сел на кровать.

— Преступнику надо было взять колечко и передать его парню, который изображал наперсточника. А тот с шутками-прибаутками «проигрывает» Насте ювелирку. Ну-ка, вспоминай, что про Настю староста говорила — азартная она, вечно лотерейные билеты покупает, ее за это ругают. Разве такая мимо столика с наперстками пройдет? И небось парень был симпатичный, начал комплименты девушке говорить.

— Алиса, продавщица сахарной ваты, которой наперсточник дал денег на кофе с пирожными, видела, как он разговаривал с Настей, а та смеялась. Мошенник был хорош собой, улыбался и сразу понравился торговке. И у него, по словам все той же Алисы, был потрясающий парфюм, она никогда ранее такого волшебного аромата не нюхала. Так и сказала мне: «Прямо отходить от красавчика не хотелось. Не одеколон, а чистый гипноз».

— Вот-вот, — сказал Дмитрий Александрович. — И что же дальше? Аферист вручает Насте перстень и советует ей обратиться в скупку. Говорит, что там работает Марианна, которая даст хорошую сумму, остальные обманут. Гвоздевой не нужна цацка, а вот деньги требуются. Сколько стоит колечко, девушка не представляет, сумма в двадцать пять тысяч кажется ей огромной. В полном восторге она уносится домой, а в общежитии вскорости поднимается шухер. Вызывают полицию, которая действует стандартно — рассылает запрос по ломбардам. И Марианна прибегает с перстнем. Западня захлопнулась, мышь за решеткой. Кошка празднует победу.

— В вашей версии есть дыры, — пробормотала я.

— Говори, — велел Потапов.

— Анастасия видела кольцо на пальце Нины Феликсовны. Зуева постоянно носит дорогое фамильное украшение, считает его талисманом. Почему девушка не узнала вещь, врученную ей наперсточником?

Бывший следователь усмехнулся:

— Есть у меня ответ. Но сначала, будь добра, опиши ювелирку. Ты же ею тоже любовалась, перстенек у Зуевой при себе.

Я напрягла память.

— Сверкает красиво.

— Так, — улыбнулся старик.

— Такая модель называется «малинка» — горка из камушков, самый большой посередине.

— Замечательно. Оправа желтая или белая? Сколько бриллиантов?

Я закусила губу.

— Не помню.

— Ты же видела кольцо! — напомнил бывший следователь.

— Но не держала его в руках, — принялась я оправдываться, — не имела возможности изучить перстень детально. Ладно, я поняла ход ваших мыслей. Анастасия не узнала колечко, потому что все «малинки» похожи одна на другую. Нет, они разные по чистоте, количеству камней, оправе, но дизайн один.

Старик почесал подбородок.

— Учти еще психологический момент. Анастасия в курсе, что собственность Зуевой очень дорогая. И Гвоздева не дура, чтобы думать, будто наперсточник дал ей раритетный перстень. Она считала, что стала обладательницей бижутерии, за которую может получить, скажем, тысячи три. Но в скупке ей дают аж двадцать пять.

— А потом скупщица скоропостижно умирает от сердечного приступа! — подпрыгнула я.

Дмитрий Александрович обхватил руками колено.

— Именно! Очень настораживающее событие. В деле участвовало несколько человек, разыгравших спектакль, цель которого запихнуть Гвоздеву за решетку. Кириллу водку подсунули, чтобы нейтрализовать его, ведь он мог пойти в ванную сразу после Зуевой, найти кольцо и помешать афере. Или случайно увидеть Киру, которая тайком вернулась домой и ждала в своей комнате, пока Нина Феликсовна пойдет мыть руки.

— Думаете, это староста сбежала из цирка? — предположила я.

— А ты порасспрашивай тех, кто туда ходил, — посоветовал Потапов, — разузнай, вместе ли они сидели. Иногда, если большая компания, кому-то приходится устраиваться в другом ряду. Представление в двух действиях, плюс антракт.

Кира вполне могла вместе со всеми войти в зал, а потом убежать и вернуться к завершению шоу. Такая на все ради квартиры пойдет.

— А перерыв? — напомнила я. — Остальные могли заметить, что старосты нет.

— И что? — не сдался дядя Митя. — Легко ответить: пошла в сортир, а там очередь, простояла до начала второго отделения. Или...

Дмитрий Александрович притих.

— Вам пришла в голову интересная мысль? Говорите скорей! — занервничала я.

— Иногда прямо кино придумывается, — медленно произнес Потапов. — По молодости я версии строил и сам себе говорил: «Алло, Дмитрий, экую ты загогулину вывернул. Забудь! Не бывает в жизни такого, не фантазируй». А потом я из щенка волкодавом стал и понял: того, что в жизни случается, ни один Достоевский не выдумает. Надо учитывать любой вариант. Настя в СИЗО, Анюта исчезла, скупщица Марианна скоропостижно скончалась. Что с парнем, который наперсточника изображал, мы не знаем, но вдруг и с ним несчастье произошло? Может, все это связано с Маликом? Нюта рассказала жениху, что ей помогает Настя, которая знает об их отношениях. А Малику Аня надоела, он от нее уже избавиться хотел. Вдруг Анюта потребовала срочно устроить свадьбу? Забеременела и...

В моем кармане запищал мобильный.

— Отвечай, не стесняйся, — разрешил Дмитрий Александрович.

Я вынула трубку, увидела, что меня разыскивает Вадим, и сказала:

— Слушаю.

— Ты где? — глухо спросил Зуев.

— В доме престарелых, — сообщила я чистую правду.

— Вежливо закругляй там разговор и возвращайся, — велел Вадик.

— Но я пока не узнала, куда подевалась Анюта, — возразила я.

— Она нашлась, — безо всякой радости в голосе сообщил Зуев. — В морге при одной из больниц. Анюту в клинику сегодня рано утром доставила «Скорая», которую вызвал какой-то прохожий, нашедший девушку на улице в бессознательном состоянии. Окровавленная одежда навела его на мысль о ранении. Бедняжку доставили в приемный покой еще живой, она не сказала ни слова, была прооперирована, но умерла в реанимации.

— На нее напали... — прошептала я.

— Нет, — отмел мое предположение Вадим, — криминальный аборт. Пока никаких подробностей не выяснили, но в том, что Кузнецова побывала в руках подпольной акушерки, врачи не сомневаются. Доктор, который ее оперировал, полагает, что срок беременности был примерно пятнадцать-шестнадцать недель. Пожалуйста, возвращайся в дом Доброй Надежды, мы тут все в растерянности, мама вообще в шоке.

Я положила сотовый в карман и пересказала Дмитрию Александровичу разговор с Зуевым.

— Аборт разрешен до двенадцати недель, — поморщился старик, — пятнадцать-шестнадцать слишком большой срок. Давным-давно, еще в советские времена, я один подпольный родильный дом накрыл. Но тогда никаких особых противозачаточных средств не было. Сейчас же в аптеках полный выбор, покупай, что нравится. Почему у некоторых баб голова напрочь отсутствует?

Я решила защитить Анюту:

— Может, она специально забеременела. Подумала, что родит ребенка, сына, Малик тогда на ней точно женится.

— Ничего хорошего из брака по залету никогда не получается, — отрубил старик. — Короче, надо прощелыгу искать. Договорю, что из-за звонка не успел. Малик мог избавиться от Насти, которая про его отношения с Анютой знала, и от самой «невесты». Теперь он главный подозреваемый. Но не забывай, что Кира тоже как-то в этой истории замешана, ей квартирку заполучить охота.

* * *

Попрощавшись с Дмитрием Александровичем, я поспешила в общежитие. Хотела выехать на третье транспортное кольцо, предусмотрительно глянула на навигатор, увидела, что предполагаемый путь почти весь отмечен красным цветом, и свернула направо. Отлично знаю про небольшую улочку, не отмеченную на карте. Это даже не улица, а цепь сквозных дворов, по которым можно объехать значительный кусок затора. И, похоже, кроме меня никто этот хитрый путь пока не разведал.

Радуясь своему недюжинному уму и завидной сообразительности, я докатила до неожиданно возникшего на пути шлагбаума. Ага, понятно, жители одного из домов решили закрыть свой двор. Не расстроившись, я повернула налево, направо... и там увидела новое заграждение. Решила не сдаваться, покатила вперед и — уперлась в табличку «одностороннее движение». Встречное! Ну почему знак надо вешать исключительно там, где он уже начинает работать? Отчего не предупредить человека заранее, чтобы он мог подыскать альтернативный маршрут? Ладно, на сей философский вопрос ответа нет, лучше подумаю, как отсюда выбираться. Район хорошо мне знаком, тут неподалеку находится музыкальная школа, куда я ходила в детстве.

Лучше всего ехать вперед, куда ни в коем случае нельзя. Если я сверну направо, то вскоре вновь окажусь около третьего транспортного кольца, на которое соваться не стоит. Пришло же ГАИ в голову водрузить здесь знак! А что, если...

Я огляделась по сторонам. Никого. В самом центре Москвы есть тихие уголки, где кажется, будто на дворе все еще семидесятые годы прошлого века, а не современная действительность, когда от машин деваться некуда. И сейчас я как раз оказалась в таком патриархальном местечке. Вокруг дома старой постройки, некогда с коммунальными, а теперь с фешенебельными дорогими квартирами. Здания сохранили прежний внешний вид, но внутри перестроены, и в каждом теперь есть подземная парковка. Насколько хватало взгляда, не видно ни одной современной многоэтажной постройки, ни кафе, ни магазинов. Трудно поверить, что отсюда рукой подать до одной из самых безумных, ни днем ни ночью не спящей транспортной артерии столицы.

Эх, рискну! Похоже, здесь нет камер, и мне не придет счет за наглое нарушение правил. Впрочем, я же могу сейчас развернуться и поехать задом. Если моя «букашка» поползет по улочке багажником вперед и попадется на глаза невесть откуда появившемуся гаишнику, я всегда могу сказать: «Проскочила нужный дом, вот и пячусь. Покажите пункт в правилах дорожного движения, запрещающий такую езду. Капот машины смотрит в разрешенном направлении!»

Я осторожно начала перемещаться по улочке с односторонним движением, без устали нахваливая себя. Вот какая Лампа умная и сообразительная, другая бы сейчас плелась в стаде машин! Ай да Лампуша, ай да молодец! А еще я красавица, мне очень идет эта ярко-голубая курточка...

Я на секунду посмотрела на себя в зеркальце, прикрепленное к торпеде. Да, я аккуратный водитель, поэтому никогда во время управления автомобилем не вытаскиваю из сумки пудреницу, чтобы накрасить губы. Нет, я не из тех блондинок, которые забывают о собственной безопасности и о тех, кто рядом, поэтому и прикрепила над радио зеркальце, его и использую для того, чтобы поправить макияж. Нет, я сегодня просто чудесно выгляжу! Ой, зеркало! Надо срочно позвонить Косте Рыкову. Мне в голову пришла гениальная мысль.

Я схватила телефон. Надеюсь, приятель в зоне доступности.

— Рыков! — гаркнул друг мужа.

— Разве можно так орать? — укорила я его. — Чуть не оглохла! Слушай, я вот тут подумала...

— Что ты сделала? — перебил Константин.

— Напрягла мозг! — рассердилась я. — Вспомнила про твои аквариумы и спросила себя: зачем там зеркала?

— Для рыб, наверное, — вздохнул Рыков. — У меня в детстве жили попугаи, они обожали на себя любоваться. Может, и с карасями так же?

— Слушай внимательно! Недавно я очень испугалась около витрины одного магазина... — зачастила я.

Рыков выслушал историю про Кису, наряженную белкой, про алкоголика Николая, солнечный луч, отражавшийся в трюмо, установленном в витрине, плюшевого кота-монстра и удивился:

— Ну и что?

— Люди сначала зажмуривались, потом пугались и падали в обморок, — продолжала я. — От страха человек может умереть. Пьяница Николай так испугался «белочки», что заработал обширный инфаркт и скончался. Что, если зеркала в аквариумах оказались не случайно? Они расположены так, чтобы свет ослепил человека, а потом из воды выскочило страшилище, и владелец мини-моря отбрасывал коньки.

— Интересно, — процедил Костя. — Оригинально и свежо. А где лох-несское чудище прячется? Тихо сидит и ждет, когда жертва подойдет? Извини, Лампудель, меня начальство вызывает.

Давай позднее побалакаем. Мне сейчас не до глупостей!

Рыков отсоединился.

Я хотела вернуть телефон в держатель, но не успела. Раздался звук удара, меня толкнуло вперед и тут же мотнуло назад.

Мгновенно нажав на тормоз, я выключила мотор, приоткрыла дверцу и выглянула наружу. На секунду мне показалось, что я въехала в темную, не пойми откуда взявшуюся поперек переулка стену. Потом пришла мысль, что столкновение произошло с нереально огромным внедорожником. Я вылезла из машины и замерла. Нет, это невозможно! Перед моими глазами громоздится зелено-серо-коричневый монстр. Вместо колес у него гусеницы, окон нет, спереди торчит длинный ствол, из которого должны вылетать снаряды. Ну и ну! Компьютерная игра, которой я так увлеклась в последнее время, неожиданно стала реальностью. Я «поцеловалась» с танком!

ГЛАВА 23

Люк на башне боевой машины открылся, и из него показался круглолицый паренек со щеками, усеянными веснушками.

— Спросить хочу, — крикнул он.

— Что вас интересует? — перебила я танкиста. — Как проехать на Берлин? Так вы слегка сбились с дороги!

— Не сердитесь, — закончил водитель, — я не нарочно ведь. И ехал в направлении, предписанном знаком, а вы задничали.

Я хотела сказать, что глагол «задничать» восхитителен, только такого в русском языке нет, однако промолчала, вытащила мобильный и сосредоточилась на беседе с ГАИ.

— Девятая, слушаю, — деловито откликнулся женский голос.

— Добрый день, я попала в ДТП.

— Опишите, что случилось, — без особых эмоций велела диспетчер.

— На меня наехал танк, — чувствуя себя полной идиоткой, сказала я.

— Что вы имеете в виду? Уточните марку машины и ее номер, — потребовала дежурная.

Я прикрыла рукой трубку и обратилась к водителю, по-прежнему смотревшему из люка:

— Как называется то, на чем ты ездишь?

Парень ответил, и я эхом повторила:

— БМП три эм.

— «БМВ» трешка? — неправильно поняли на том конце.

— Нет, — поправила я, — БМП.

— Расшифруйте! — приказала диспетчер.

Я опять обратилась к водителю:

— Просят назвать вашу машину полностью.

— Боевая машина пехоты три модернизированная, — отрапортовал танкист.

Я передала эти слова дежурной.

— Девушка, — устало сказала та, — ваш телефон у меня определился.

— Конечно, а как иначе? — удивилась я.

— Думала, вы не знаете, что мы выясняем номер звонившего за секунду. Ваши действия могут считаться хулиганскими. Больше так не поступайте, — велела диспетчер.

Из трубки полетели гудки. Сотрудница полиции была очень вежливой, но не поверила мне.

— Алло, — закричал конопатый юноша в свой телефон. — Кто это? Бабуся, привет! Не доехал до тебя, у меня нештатная ситуация. Где я? На Второй Алехинской. Ну да, около дома тети Клары. Не знаю пока.

Он сунул трубку в карман, посмотрел на меня, но сказать ничего не успел.

— Бурундучок! — закричали сверху.

Мы с танкистом одновременно задрали головы. На балконе дома, около которого мы столкнулись, стояла полная дама, облаченная в брючный костюм пронзительно оранжевого цвета.

— Бурундучок! — повторила она. — Только что дедушка позвонил, сказал, что ты тут стоишь, к ним не успеваешь. Поднимайся скорей, я вас всех чаем напою! Мальчики с тобой?

— Да! — заорали из танка. — Уже бежим.

Я хихикнула. Забавное прозвище у парнишки. Интересно, как бы отреагировала диспетчер, услыхав, что ДТП устроил бурундучок на танке?

— Молчать, — скомандовал своим пассажирам Бурундучок. — Тетя Клара, я не могу зайти.

Дама перегнулась через перила.

— Почему?

— В меня тетка въехала, — пояснил парень.

— Это вы в меня вломились! — возмутилась я.

— Я двигался по правилам, — покраснел Бурундучок, — а кое-кто задом перся.

Я подошла вплотную к железной громадине.

— И что? Никто не запрещает пятиться.

Вот только, когда катишь назад, плохо видно дорогу. А вы ехали вперед. Почему были неосторожны? Решили, раз у вас танк, то можно малолитражки давить?

— У меня не танк, — возразил водитель, — а БМП три эм.

— Какая разница, — отмахнулась я, — на гусеницах, здоровенный и с пушкой.

— Большая! — возмутился парень. — БМП три эм — российская боевая бронированная гусеничная машина, предназначенная для транспортировки личного состава к переднему краю, повышения его мобильности...

— Зачем вы моего племянника подбили? — закричал за спиной женский голос.

Я обернулась, увидела рядом все ту же пожилую даму, только на сей раз она держала в руке скалку.

— Зачем вы моего племянника подбили? — повторила дама. — Внука любимой сестры в аварийную ситуацию заманили! Может, даже ранили! Теперь Бурундучок с ребятами нормально после репетиции парада не поест, голодными в часть уедут.

Репетиция парада! Вот откуда взялся танк!

— Тетя Клара, я цел и невредим, — сказал веснушчатый парень, соскакивая на землю.

— И мы не пострадали, — хором подтвердили двое других, вылезших наружу вслед за ним.

— Спасибо тебе, Господи... — перекрестилась тетя Клара. — Пошли, покушаете.

— Все в порядке, кроме моей машины! — воскликнула я. — Никто никуда не уйдет, нужно дождаться ГАИ.

— Мальчикам надо хорошо питаться, — накинулась на меня тетя Клара, — у них времени на глупости нет.

Мне стало смешно. Если рассказать кому, что со мной стряслось, никто не поверит, сразу скажут: танк не имеет права раскатывать по Москве. Если он побывал на репетиции парада, то должен в колонне ехать назад в свою часть. Но вот же он, железный, с гусеницами!

— Тетенька, — басом сказал один из парней, — ГАИ вам не поможет. Мы не гражданский автомобиль, у нас своя военная автоинспекция.

— Значит, вызову ее, — пригрозила я.

— Так зря время потратите, — продолжил юноша, — вы-то обычный автомобилист, вас ГАИ обслуживает.

— Отлично! Позову ВАИ и дорожных полицейских, — решила я.

— Они между собой никогда не договорятся, — неожиданно сказала тетя Клара. — Поверьте, гражданка, я знаю, о чем говорю, всю жизнь с танкистом прожила, шагала с ним от звания к званию, от должности к должности, от солдата до генерала. Если ВАИ с ГАИ встретятся, ничего хорошего из этого не получится.

— И что делать, если в багажник моей машины въехал танк? — расстроилась я.

— У Бурундучка не танк, а БМП три эм, — поправила тетя Клара. — Ох уж эти гражданские, очевидного не замечают. Чего вы так переживаете? Машина на ходу, надо только бампер сменить.

— Отлично понимаю, что погнули только бампер, — вздохнула я, — мотор-то спереди.

Бурундучок захихикал.

— Ничего веселого не вижу, — возмутилась я. — Если не оформить правильно аварию, страховая компания не оплатит мне ремонт.

Тетя Клара всплеснула руками.

— Так весь сыр-бор из-за денег!

— Думаете, я просто люблю торчать посреди улицы? — язвительно осведомилась я. — Между прочим, у меня полно дел.

— А мы не можем здесь задерживаться, — занервничал Бурундучок. — Нас Петр Михайлович под честное слово отпустил из-за бабулиных пирожков — я пообещал их ему привезти. И что вышло? Еду себе тихонько, а тут вы... Бумс!

— Занятная история, но все наоборот! — рассердилась я. — Катит себе по Москве танк, и бабах, въезжает в бампер моей «букашки»!

— У меня не танк, а БМП три эм, — опять поправил парень.

— Раз с гусеницами, то танк, — уперлась я.

— Значит, по-вашему, дятел боевая машина? — вдруг спросил один из до сих пор молчавших парней. — Птичка тоже с гусеницами, она их из коры выковыривает.

У меня после этого глупого заявления от негодования пропал голос.

— Стоп! — гаркнула тетя Клара. — Личному составу молчать! Стоять смирно! Слушать мою команду!

Юноши замерли, а пожилая дама вытащила из кармана мобильный:

— Алло! Будьте любезны Роджера. Ну да, кролика, именно его.

Я заморгала. Кролик Роджер? Герой популярного мультфильма?

Тетя Клара тем временем продолжала весело чирикать:

— Роджи, выручай. Тут Бурундучок...

Объяснив собеседнику ситуацию, дама спрятала телефон.

— Сейчас сюда приедет мой сын. Он починит вашу машину абсолютно бесплатно за один день, она будет лучше новой. А теперь Бурундучок отгонит ваше авто в наш двор. Дайте ему ключи, и все пошли пить чай. Кролику понадобится примерно полчаса.

В голосе тети Клары звучали металлические нотки. Было понятно, что жена генерала-танкиста привыкла командовать и не будет слушать ни малейших возражений. Я протянула парню связку и пошла за пенсионеркой.

— Как вас зовут? — осведомилась та. — Я, как вы уже поняли, тетя Клара.

— Лампа, — представилась я.

— Вы шутите? — подняла бровь она.

— По паспорту Евлампия, — улыбнулась я.

— Впервые встречаю человека со столь необычным именем, — поразилась генеральша.

Я хотела было сказать, что, называя внучатого племянника Бурундучком, а сына Кроликом Роджером, не стоит удивляться имени Лампа, но промолчала.

Мы поднялись на второй этаж (лифт дама проигнорировала), тетя Клара зажгла свет, и я ахнула:

— Какая красота!

— Это вы еще кабинет моего покойного мужа не видели, — гордо заявила хозяйка. — Сейчас покажу настоящую красоту.

— Надо же, стены холла превращены в аквариумы... — пробормотала я, следуя за хозяйкой в глубь бесконечной квартиры. — Ой, у вас рыбки и в коридорах живут...

— Вот, любуйтесь! — торжественно произнесла тетя Клара, распахивая двустворчатую дверь.

— Ну и ну! — ахнула я. — Здесь настоящий океанариум!

— Небольшой, — уточнила хозяйка, — мини-вариант. Валерий Павлович, мой муж, мечтал стать ихтиологом, но его отец, крутого нрава человек, видел своего сына только военным. Спорить с Павлом Валерьевичем было бессмысленным делом. И надо еще знать, что на протяжении веков мужчины рода Вельяминовых служили царю и Отечеству в армии. На Валерии генетика споткнулась, у мальчика возникла тяга, нет, страсть к обитателям морей и океанов. Конечно же, Павел Валерьевич отправил отпрыска в военное училище. Мой свекор был авторитарен, но совсем не жесток и не глуп, против аквариумов в доме не возражал, понимал, совсем уж закручивать гайки нельзя. Валерий Павлович все свободное время отдавал любимому хобби. Сам сконструировал, как он говорил, «мини Атлантический океан в одной отдельно взятой московской квартире». Сейчас-то есть агенты, к которым обращаешься, и они привезут из любой страны что угодно. А в советские времена ой как не просто было. Наш сын созданием микроморей не увлекается, но после кончины отца Кролик дает мне деньги на содержание водной системы. Ухаживать за домашним океанариумом довольно сложно и весьма дорого. Но я пока держусь, никого не продала, хотя некоторые коллекционеры рыб мне телефон оборвали. Думали, вдова после поминок поспешит избавиться от хлопотного дела. Одного они не учли: за годы жизни с Валерием Павловичем я сама его хобби прониклась. Хотя можно ли это назвать увлечением? Скорей уж вторая профессия.

ГЛАВА 24

Я пошла вдоль стены.

— Какая красота! Ни разу в жизни не видела вон тех, фиолетовых. И желтых, и пестрых тоже... Если честно, я совсем не разбираюсь в рыбках, знаю лишь о неонах и гуппи.

— Никогда не поздно учиться, — улыбнулась тетя Клара. — Лично я до свадьбы окуня от кита не отличала.

— Черепашки! — восхитилась я, дойдя до угла. — Наверное, очень дорогие, раз одни в большом аквариуме живут.

— Они не одни, — улыбнулась дама, — там полно морского народца, но вы его не видите. Слышали о медузах?

— Конечно, — кивнула я. — В детстве ездила с мамой на море, и иногда, после шторма, у берега появлялись такие противные полупрозрачные твари. На ощупь они смахивали на студень. Брр! Некоторые жглись, как крапива.

— Медузы бывают разными, среди них встречаются крайне ядовитые, — тоном профессора, читающего лекцию первокурсникам, завела хозяйка. — Например, ируканджи. Ее открыл в середине пятидесятых годов прошлого века Гюго Флекер и назвал в честь австралийского племени ируканджи. Это беспозвоночное крохотное, почти невидимое, но если ужалит человека, то вызовет тахикардию, отек легких, сильные боли во всем теле, а иногда и смерть. Еще страшнее кубомедуза, которую называют морской осой, от ее ожога человек погибает за две-три минуты. Она прозрачная, в воде незаметна. Очень опасное, коварное беспозвоночное. Медузы вовсе не «куски студня», а охотники. Кое-кто из исследователей считает, что морская оса мыслит и намеренно жалит человека. Ну а теперь внимательно присмотритесь, кто там есть еще, кроме черепашек? Кстати, пресмыкающиеся, которых вы видите, единственные животные, на которых не действует яд медуз. Почему — никто не знает. И кого сейчас вы обнаружили?

— Вы про этот аквариум говорите? Самый последний в ряду? — удивилась я. — Но в нем никого нет!

— Чистая вода? — прищурилась дама.

— Ну да, — кивнула я, — ни одной рыбешки, одни растения.

Тетя Клара нажала на красную кнопку в стене, послышался тихий щелчок, появилось нечто похожее на микроскоп, этакая лупа, висящая на гибком проводе.

— Посмотрите в электронный увеличитель, — предложила хозяйка.

Я приникла к окуляру.

— Ой! Там плавают крохотные зонтики, три штуки... нет, четыре, пять... Да их много! Кто это?

— Миниатюрные медузы, которые по своей ядовитости хуже морской осы, — гордо заявила дама.

Я выпрямилась.

— Родственницы той, самой опасной?

— Вероятно, — согласилась тетя Клара. — Но те, что в данный момент у вас перед глазами, уникальны. Валерий Павлович всю жизнь пытался их найти. Муж полагал, что крошки обитают в районе городка Коктебельск. Не путайте с Коктебелем. Прекрасное курортное место, море, фрукты, горы, но народ избегает Коктебельска, у него дурная слава, там часто погибают купальщики. Они либо тонут, либо у них уже на суше случается сердечный приступ. И с этим местом связана семейная трагедия моего мужа. В тысяча девятьсот сорок девятом году мой свекор Павел Валерьевич поехал отдыхать вместе со своей женой и тринадцатилетним сыном Валерием, моим будущим мужем. У них были путевки в военный санаторий, по тем временам роскошное место...

Я внимательно слушала даму и узнала весьма занимательную историю.

...Глава семьи не любил сидеть на пляже, поэтому объездил с родными все окрестности. Однажды Вельяминовых занесло в Коктебельск[1].

Стоял жаркий день. Путешествовали они на рейсовом автобусе, поэтому подросток Валера, когда увидел море, сразу стал проситься поплавать. Родители, Павел и Татьяна, нашли пляж и удивились — песчаный берег оказался пуст. И это в июле, когда побережье заполнено отдыхающими. Вельяминовы решили, что им просто повезло, а Валерий помчался в кусты — мальчику захотелось в туалет. Татьяна скинула платье, под которое предусмотрительно надела купальник, и тут ее окликнул местный житель, старик, который шел по песку, держа в руках корзину.

— Не лезь в воду! — заорал он. — Уходите прочь!

— С какой стати? — возмутился Павел.

— Там смерть! — завыл пенсионер. — Вы умрете! Убирайтесь, пока целы!

— Да он сумасшедший, — засмеялась Татьяна и побежала к воде. — Валера, догоняй...

Мальчик, успевший выбежать из кустов, ринулся было за мамой, однако старик ловко выставил вперед ногу, и подросток, споткнувшись о нее, упал. Павел бросился на помощь к сыну, а дед так и вцепился в паренька:

---

[1] Небольшой городок на берегу моря существует в реальности. И действительно, иногда к нему подплывают очень ядовитые медузы. Но настоящее название населенного пункта другое.

— Не пущу мальчонку на смерть!

Неизвестно, сколько бы времени продолжалась потасовка, но старик неожиданно закричал:

— Женщине плохо! Говорил же! Предупреждал!

Павел повернулся в сторону моря и увидел, что Татьяна падает на песок у кромки воды, согнувшись пополам. Вельяминов ринулся к жене, понял, что она успела окунуться, но что-то, скорей всего приступ какой-то болезни, заставил Таню выйти на берег.

Дед тряхнул Валерия за плечо.

— Вон там дом с синей крышей. Беги туда скорей, зови Степана, он врач.

Мальчик бросился за доктором, а сумасшедший приблизился к Павлу и тихо произнес:

— Она уже умерла. Все сразу погибают.

После того как тело Татьяны увезли в морг, доктор Степан, которого привел Валера, рассказал Вельяминовым, что этот прекрасный пустынный пляж местные зовут Воротами ада и никогда тут не купаются.

По легенде, в незапамятные времена дочь здешнего царя прекрасная Ахмети влюбилась в простого рыбака. Государь велел убить юношу и бросить его тело в море. Ахмети, решив от горя покончить с собой, залезла на самую высокую скалу, где собиралась выпить яд, а потом бездыханной свалиться в воду, чтобы оказаться в одной могиле с возлюбленным. Но когда красавица поднесла ко рту отраву, мимо нее пролетела птица, задела ее крылом, и Ахмети уронила яд. Прыгнуть вниз живой она побоялась, вернулась во дворец, где умерла от тоски. С той поры каждый год в середине июля призрак царевны приходит на вершину горы и плачет, ее слезы превращаются в смертельную отраву, падают в воду и убивают все живое в море.

Можно было бы посчитать эту историю красивой сказкой, но аборигены видят, как каждым летом в июле в живописной бухте умирают люди, которые, не обращая внимания на предостережение, лезут в воду. Почему-то именно в середине лета море убивает купальщиков, а в мае, июне, августе тут плавать безопасно. Только в период с двенадцатого по двадцать шестое число седьмого месяца года в воду заходить нельзя. Но коренные обитатели Коктебельска предпочитают не рисковать и обходят очаровательную бухту по широкой дуге весь сезон, тут никто никогда не плещется в море.

Доктор Степан помог Вельяминовым, пригрел Павла и Валеру в своем доме. Скорбное событие, гибель Татьяны, положило начало дружбе мужчин, которая потом длилась всю жизнь. Именно Степан заразил Вельяминова-младшего любовью к морским обитателям, показал подростку, как сделать собственный аквариум.

Врач с конца двадцатых годов пытался понять, почему вода, омывающая пляж, возле которого стоит его дом, регулярно становится смертельно опасной. В 1941 году началась война, Степану стало не до научных изысканий. К изучению акватории Ворот ада он вернулся лишь в начале пятидесятых, но до истины докопался лишь незадолго до своей смерти, только в 85-м, уже будучи очень пожилым человеком. Валерий Павлович, на тот момент хорошо зарабатывавший и тоже желавший узнать, отчего скончалась его мама, подарил Степану дорогой микроскоп. И врач наконец увидел в июльской морской воде то, что не позволяла заметить простая увеличительная аппаратура, — крохотных медуз. Мало того, что они маленькие, так еще и голубовато-прозрачные. Чтобы разглядеть этих беспозвоночных, совершенно неразличимых в морской воде, требовалась техника нового поколения.

Почему эти твари появляются именно возле Коктебельска, по какой причине посещают прибрежную зону всего на семь-десять дней в году, никому до сих пор не ясно. Остался без ответа и вопрос, по какой причине на телах погибших нет ни малейших следов от ожогов. Та же морская оса оставляет ужасные раны. Степан назвал неизвестных науке обитателей моря именем главной героини легенды, царской дочери Ахмети, и начал писать статью в научный журнал, намереваясь поделиться своим открытием с научной общественностью. Но, увы, работа осталась незаконченной, врач умер, завещав свой дом в бухте Валерию.

Валерий Павлович был кадровым военным на большой должности, в стране началась перестройка, грянули гражданская война, голод, разгул бандитизма, время никак не располагало к изучению медуз. Короче, Вельяминов не мог завершить начатое старым другом. Заняться изысканиями генерал сумел лишь в нулевых, когда повесил мундир в шкаф. Валерий Павлович упорно пытался разгадать загадку, держал медуз Ахмети в особом аквариуме и, соблюдая все меры предосторожности, изучал их. Но, увы, так и не понял, что привлекает прозрачных убийц в Коктебельск. Зато он выяснил, что солнечный и вообще любой яркий свет злит Ахмети, они от его лучей делаются особенно агрессивными. А вот в сумраке морские киллеры засыпают.

— Опасно держать таких существ дома, — поежилась я.

— Вовсе нет, — возразила хозяйка необыкновенной квартиры. — Медузы находятся в надежно закрытом аквариуме.

— А если он разобьется? — спросила я.

Вельяминова кивнула.

— Правильный вопрос. Именно его я задала мужу, когда он привез домой первую партию Ахмети. Валерий Павлович объяснил: «Если стекло лопнет и вода выльется на пол, медузы немедленно погибнут, проживут лишь секунду». Помнится, я ему возразила: «Но ведь на полу может образоваться лужа, в которой хоть одна медуза останется живой. И как потом убирать комнату, чтобы не отравиться?» Но у супруга на все мои вопросы имелись ответы. «Нет, милая, — успокоил меня он, — слой воды, в которой Ахмети может существовать, должен быть не менее тридцати сантиметров. Если воды меньше, медуза почему-то умирает. И вот странность — раствор, в котором она гибнет, не становится ядовитым. Теоретически, если ты лежишь на песочке у кромки моря, где глубина с ширину ладони, даже стадо Ахмети тебе не навредит, они никогда не приближаются вплотную к берегу. Мне очень хочется понять, почему эти твари погибают на мелководье, по какой причине теряют ядовитость после смерти, чего ради приплывают именно к Коктебельску и отчего на телах погибших людей не остается следов от ожогов. Есть и еще интересный факт. Ахмети уничтожают рыб, наверное, вредят многим морским жителям, но есть маленькие черепашки, с которыми от встречи со смертоносными медузами ничего плохого не происходит».

Вдова генерала отошла от аквариума.

— Валерий Павлович не нашел ответа ни на один вопрос.

— Черепашки... — пробормотала я, вспоминая рассказ Кости Рыкова о странной смерти хоккеиста Сухова, жены и сына художника Шлыкова, пожилой актрисы Альбины Федякиной. Противный миллиардер Фомин тоже получил в подарок стеклянный куб с водой. — У всех были аквариумы, в них ползали маленькие черепахи, а их владельцы скончались.

— Кто умер? — не поняла тетя Клара.

Я быстро прикусила язык. Ну, Лампа, ты даешь! Сейчас вдова генерала забросает меня множеством вопросов.

— Мама опять рассказывает о чудо-медузе? — раздался вдруг рядом веселый мужской голос.

Я повернула голову и не удержала возгласа:

— Кролик Роджер!

— Мы знакомы? — удивился мужчина.

— Нет, — пробормотала я, ругая себя за неуместное восклицание.

— Тогда как вы догадались, кто перед вами? — удивился вновь прибывший.

Я начала глупо улыбаться. Похоже, он никогда не видел свое изображение в зеркале, иначе б не задал этого вопроса. У сына Клары раскосые глаза, слегка приплюснутый нос, два крупных верхних передних зуба, а еще у него длинные острые уши и задорно-хулиганистая улыбка героя мультика.

— Дорогой, я сто раз сказала Лампе, что сейчас приедет Кролик Роджер и вмиг починит ее машину, — ответила Клара.

— Вмиг не получится, я не стану обещать несбыточное, — деловито уточнил сын хозяйки. — Но через два дня я верну машину в полном порядке. Я уже осмотрел пострадавшую, выглядит она не особенно хорошо, но жить будет.

— Спасибо! — обрадовалась я. — Только мне как-то неудобно обременять вас. Я не привыкла эксплуатировать людей.

Вельяминов скосил глаза на мать и стал еще больше похож на зайца.

— Давайте посмотрим в корень вопроса. Это вы просили отрихтовать своего коня? Нет, Клара. Значит, эксплуататор в данном случае не вы, Лампа, а моя мама.

— Откуда вы знаете, как меня зовут? — удивилась я.

— У вас на шее висит бейджик с фотографией и именем, — сказал Роджер.

Голос его был настолько уверенным, что я провела рукой по груди и пробормотала:

— Ничего нет у меня на шее.

— Опять ты за свое, — укорила сына Клара. — Доктор наук, профессор, без пяти минут академик, а постоянно над людьми подтруниваешь. Лампа, я совершенно уверена, что ваше имя назвал Роджеру Бурундучок.

В моем кармане запищал мобильный.

— Простите, — пробормотала я, — мне нужно ответить, это с работы. Алло...

— Ты где? — спросил Вадим.

— Извини, я попала в аварию.

— Жива? — поинтересовался Зуев.

Хороший вопрос! Навряд ли труп отреагировал бы на вызов.

— Сама даже не поцарапана, — отрапортовала я, — чего нельзя сказать о моей машине.

— Что случилось? — спросил Вадик. — Тебе нужна помощь?

— На меня наехал танк, — выпалила я.

— БМП три эм, — тут же поправила тетя Клара.

— Кто? — воскликнул Зуев.

— Танк, вернее, БМП три эм, — уточнила я. — Ехала задом, а он передом, вот и поцеловались. Бурундучок сказал, что ГАИ вызывать бессмысленно, они аварию оформлять не станут, потому что один из участников ДТП военный, а у них своя дорожная полиция. Приехал Кролик Роджер, он обещает починить мою «букашку» за пару дней. Сейчас поймаю такси и прикачу в общежитие.

— Бурундук объяснил про ВАИ? — уточнил Вадик. — И прибыл Кролик Роджер?

— Да, — весело подтвердила я, — Бурундучок сидел за рулем танка.

— У БМП три эм нет руля, там два рычага управления, — вновь подала голос Клара. — Баранка есть у бронетранспортера, потому что БТР с колесами. Ох уж эти гражданские! Надо же, руль у танка... Хорошо, не сказала, что он с крыльями.

— Да неважно, за чем сидел Бурундучок, за рулем или рычагами, — отмахнулась я, — главное, он шофер.

— Механик-водитель, — педантично поправила генеральская вдова.

— Мама, предлагаю дать Лампе спокойно поговорить, — вмешался в разговор сын.

— Спасибо, Кролик Роджер, — поблагодарила я.

— С кем ты там параллельно со мной беседуешь и где находишься? — спросил Вадик.

— Я благодарила Кролика, — пояснила я. — Ой, вы на белые брюки пятно посадили...

— Где? — забеспокоился Роджер.

— На правой коленке, — уточнила я. И вновь заговорила в трубку: — Я нахожусь в невероятной комнате, здесь стены...

— Лампа, милая, сделай одолжение, дай трубку этому зайцу, — попросил Зуев.

Я, очевидно, заразилась от Клары, потому что немедленно поправила Вадика:

— Он Кролик Роджер, из мультика.

— Хорошо, дорогая, просто протяни длинноухому телефон.

Я пожала плечами, но выполнила просьбу, сказав сыну Клары:

— Вадим зачем-то хочет с вами побеседовать.

Роджер взял трубку, через секунду засмеялся и вышел с ней в коридор.

— Это твой супруг? — почему-то шепотом спросила Клара.

— Нет, работодатель, — пояснила я.

— Ты замужем? — полюбопытствовала она.

— Да, — подтвердила я. — Но Макс сейчас в командировке.

— Вот жалость, — тихо сказала Клара, — всякий раз, когда попадается симпатичная приятная девушка, она оказывается уже пристроенной. Этак Кролик никогда не женится. Не везет ему в личной жизни. Думаю, Регина навсегда у моего сына отбила охоту в загс идти. Это бывшая супруга Роджера. Красивая была, только я, как первый раз ее увидела, сразу Валерию Павловичу сказала: «Вот помяни мое слово, не сложится у них семья». Ну и что получилось? Развелись через семь лет. Муж мне всегда говорил: «Регина хороший человек, настоящий врач и очень порядочная женщина». Что правда, то правда, специалист Реги прекрасный, за своих душевнобольных горой стоит. Она психиатр. Ночью позвонят — с кровати сорвется и на помощь бросится. Готова ради пациентов в огонь прыгнуть. На все пойдет, лишь бы вытянуть человека из недуга. Вот какова Реги.

Рассказчица ненадолго примолкла, а я ждала продолжения, думая о том, как причудливы бывают повороты судьбы. Вот не поехала бы я по улице с односторонним движением, не узнала бы подробности о враче Регине, о которой не раз уже слышала.

— Мы редко вместе обедали, и всякий раз во время семейных сборищ непременно раздавался звонок, невестка тут же убегала. Ее даже не останавливало то, что у Кролика или у меня день рождения. Плевать на нас, мы здоровые, а где-то ее ждет больной. Но когда мой муж слег, я оценила Регину по достоинству. Она не должна была работать с Валерием Павловичем, у супруга не было проблем с психикой. Но Реги-то считает, что все недуги от головы. Поэтому нашла нам прекрасных врачей по профилю заболевания и стала пользовать тестя как психотерапевт. Доктора считали, что жить Валере осталось три, от силы четыре месяца, невестка продержала его два года. Вот такой она человек! Но больные Регине нужнее, чем здоровые. Кролик от нее постоянно слышал: «Извини, сегодня я приду поздно, у N. обострение». Или: «В отпуск вместе поехать не получится, К. в фазе возбуждения». О чужих она как мать родная заботится, муж же вечно где-то на задворках. Разве это правильно? Я ее не понимала, но уважала за талант. Реги такое придумывала, чтобы пациенту помочь! Для нее нет никаких преград. Если она кого спасти решила, сама умрет, а опекаемого к жизни вернет. Регина иногда к нам заглядывает, с Кроликом до сих пор общается. Валерий Павлович ее любовью к ихтиологии заразил, завещал невестке домик в Коктебельске, просил с медузами Ахмети разобраться.

Приходит она, постоит тут и всегда говорит: «Мой аквариум жалок по сравнению с тем, что организовал отец Кролика. Жаль, что люди не видят этой красоты. У вас намного интереснее, чем в каком-нибудь океанариуме».

ГЛАВА 25

— Как вас на самом деле зовут? — спросила я у Кролика, когда мы сели в его машину, которая, к моему удивлению, оказалась двухдверной малолитражкой ярко-красного цвета.

— Павел, — представился Роджер, — отец назвал меня в честь деда, но благодаря маме я иначе как на Кролика не откликаюсь. Недавно подписывал финансовые документы, и меня кто-то отвлек, вошел в кабинет. Я с человеком разговаривал, а одновременно на бумаге расписывался. После обеда прибегает главбух, кладет на стол стопку договоров и шипит: «Это как понимать?» Я на листы глянул: на первых стоит «П. Вельяминов», а где-то с седьмого документа в графе для подписи генерального директора аккуратно написано: «Кролик Роджер».

— Прикольно, — засмеялась я, — то-то ваш бухгалтер обрадовался.

— Да, — улыбнулся Павел, — случаются казусы. Вот сейчас Вадим, ваш начальник, решил, что вас забрали в психушку. Стресс у сотрудницы от ДТП случился, несет чушь про Бурундука за рулем танка, про странные стены и белые брюки Кролика. Он подумал, что его подчиненная находится в особом помещении, обитом мягким материалом, а Роджер — это доктор. В общем-то, он логично рассуждал — раз белые брюки, значит, врач. Хотя моя бывшая жена, сейчас она психотерапевт, а раньше работала дерматологом, никогда в профодежде не ходит, считает, что халат или другая униформа нервирует пациентов.

— Клара упомянула, что ее невестка психиатр, — зачем-то сказала я.

— Мама путает душеведов с психиатрами, — пояснил Роджер.

Болтая ни о чем, мы подъехали к общежитию, и Кролик протянул мне ключи.

— Берите, пользуйтесь.

— Простите? — не поняла я.

— Не ходить же вам несколько дней пешком, — хмыкнул Павел. — В метро очень много народа, а московские такси и маршрутки кажутся мне небезопасными.

— Спасибо, но я не могу оставить вас без колес, — начала сопротивляться я. — Муж сейчас в командировке, я возьму его машину.

Кролик положил ключи мне на колени.

— Даже самому любящему супругу не очень понравится, если жена, угодившая в аварию, взяла его «коня». Кстати, на чем ездит ваш супруг?

— У него большой внедорожник американского производства, собран по спецзаказу, в Россию такие не поставляют. Макс не любитель понтов, — объяснила я, — но у него работа, которая требует мобильного офиса с особой аппаратурой.

— И вы справитесь с управлением данного средства передвижения? — усмехнулся Кролик.

Я приуныла.

— Не уверена.

— Вот поэтому берите привычную вам малолитражку, — сказал спутник. — Машинка не моя, сам я тоже езжу на джипе, правда на обычном паркетнике. Двухдверка ранее принадлежала моей жене, я подарил ей машину незадолго до развода. Регина очень щепетильна и после разрыва отношений вернула ее, а я решил авто не продавать — Клара через месяц получит права. Только ничего сейчас не говорите про возраст моей матери. Она человек, которому всегда двадцать. В общем, забирайте ключи. Я пытаюсь свою карму улучшить хорошими поступком, а вы не даете. Придется мне карму в химчистку из-за вас сдавать. Дорого это, однако.

Я поняла, что отказываться не стоит.

— Спасибо. А как вы назад поедете?

— Уже сбросил эсэмэску с адресом, сейчас сюда шофер подкатит. Ему ехать минут десять, моя контора здесь неподалеку, — пояснил Павел. — Держите визитку. Нет, погодите, напишу еще свой мобильный. Если понадоблюсь, звоните на него.

Я полезла в сумочку за своей карточкой. Мы еще немного поговорили о том, какие автомобили лучше покупать женщинам, пока поблизости не раздался короткий гудок.

— Олег приехал, — обрадовался Кролик. И, попрощавшись, поспешил к большому черному внедорожнику.

Я хотела двинуться в сторону подъезда, но тут из дверей вышел Вадим. Увидел меня, сделал пару шагов, потом окинул взглядом красную машину. На лице Зуева появилось хорошо читаемое удивление, но он не поинтересовался, где я раздобыла новые колеса, а задал другой вопрос:

— Как самочувствие?

— Вполне бодрое, — ответила я. — А ты куда?

— Забыл в бардачке сигареты. Подожди, сейчас возьму, и вместе поднимемся, — попросил Вадим. — Мама в шоке. Слишком много неприятностей за столь короткое время. Сначала Анастасию ловят на воровстве, теперь вот смерть Анюты. И ведь никто даже не заподозрил, что она беременна. Привет, Миша.

— Ага, — откликнулся сын Малкиной, подходя к нам. — Чего вы такие мрачные?

— Анюта умерла, — мрачно пояснил Вадим, открывая дверцу своей иномарки.

— Блин, она же молодая... — опешил Михаил. — На здоровье не жаловалась, могла спокойно килограмм шашлыка съесть и не чихнуть.

— Не от всех болезней человек аппетита лишается, — пробормотала я.

— Нюта была беременна, — пояснил Вадим, доставая из бардачка сигареты, — сделала на большом сроке криминальный аборт и погибла.

— Бли-и-ин... — повторил Миша. — Вот дура! А кто отец ребенка?

Вадим направился к подъезду.

— Это мы сейчас и пытаемся выяснить. Но Анюта тщательно хранила тайну, ни с кем из товарищей по фонду не поделилась.

— Я узнала кое-что интересное в доме престарелых, расскажу, когда поднимемся. Хочу, чтобы

Нина Феликсовна и Лариса тоже услышали, — сказала я.

— Так неизвестно, кто сделал Анюте ребенка? — вновь проявил любопытство Малкин, идя рядом с нами к лифту.

— Пока нет, — вздохнул Вадик. — Лариса сейчас ее комнату обыскивает, надеется хоть что-нибудь отыскать. Может, письмо от парня, подарок какой-нибудь с надписью «Целую, твой Иван». На мой взгляд, бессмысленное занятие.

— Почему? — не согласился Миша. — Если парень отправил девчонку на аборт при большом сроке, то он преступник.

— Ты к матери? — спросил Зуев. — Или просто мимо шел?

— Да вот, услышал о кончине Нюты и решил помочь, чем смогу, — ответил сын Малкиной, входя в лифт и нажимая на кнопку.

Кабина медленно поползла вверх, мы молчали.

— Нет, — вдруг возразил Михаилу Зуев. — Анюта вполне могла сама принять решение, не сказать о нем своему мужчине. Тот мог не знать об операции.

— Очень трудно доказать, что парень заставил подружку пойти на аборт, — вмешалась я. — Хороший адвокат живо отмажет его. Вот врач или акушерка должны быть наказаны. Надеюсь, их вычислят.

— Мама не хочет шума, — покачал головой Вадим, открывая квартиру, — и не намерена обращаться в полицию, это плохо скажется на репутации фонда. Участница реабилитационной программы погибла от криминального аборта! Не очень красивая реклама.

Я вошла в темную прихожую и заметила:

— Боюсь, в данном случае желание Нины Феликсовны никакой роли не играет.

Миша зажег свет.

— Почему? У наших знакомых из дома пропала дорогая картина работы всемирно известного художника, но они не позвали ищеек, потому что догадались — полотно сперла их дочь, та еще конфетка. Не сажать же члена семьи в тюрьму? Воровку отправили в Англию, в учебное заведение с очень строгими правилами, решили сами ее перевоспитать.

Я сказала:

— Здесь другая ситуация. Если вас обокрали, то вам решать, бежать или нет в отделение. Но если в приемный покой любой клиники, муниципальной или коммерческой, поступает человек со следами криминального аборта, то доктора обязаны известить полицию. Понимаешь? Обязаны! Иначе они становятся соучастниками преступления.

Михаил неожиданно рассмеялся.

— Ты сказала «человек со следами криминального аборта», а надо было — «женщина». Женщина — не человек. В том смысле...

— Сколько можно ходить за куревом? — нервно воскликнула Лариса, выскакивая в коридор. — Миша, а ты что тут делаешь? Почему не в институте?

— Мама, в стране майские праздники, — напомнил парень, — и у вас случилась беда, я хочу помочь, потому и приехал.

— Выяснилось что-то? — спросил Вадим.

Малкина покачала головой.

— Комната Анюты выглядит так, словно подготовлена к обыску. Везде идеальный порядок, ничего лишнего, никаких записей, кроме дневника. Но в нем нет ничего о личной жизни и любовных переживаниях. Кузнецова не пропускала ни одного дня, всегда делала заметки, только они касаются работы или взаимоотношений с товарищами по дому Доброй Надежды. Вот, слушайте!

Малкина раскрыла тетрадь, которую держала в руках.

— «Двадцатое апреля. Сегодня ведущий стилист Лёня показал мне, как надо делать укладку, — не зачесывать волосы в одну сторону, а постоянно менять направление, потом раздуть их феном и оформить завиток. В колледже преподаватели говорят иное. Но я верю Лёне, у него крутые прически получаются. Хотелось бы мне хоть чуть-чуть быть на него похожей. Пока у меня не очень выходит, но я не сдамся, добьюсь своего. Нина Феликсовна и Лариса Евгеньевна еще будут гордиться мной. Непременно выиграю конкурс Всемирного парикмахерского искусства и подарю им «Золотые ножницы». Зуева и Малкина дали мне шанс стать хорошим человеком. Я никогда не должна это забывать».

Я постаралась не измениться в лице. Видимо, не одна хитрюга Кира в курсе, что Нина Феликсовна может потребовать дневники для тщательного изучения. Анюта понимала — личные записи могут легко перестать быть таковыми, тщательно обдумывала каждое слово и беззастенчиво льстила Зуевой и Малкиной.

— «Двадцать первое апреля, — продолжала управляющая. — Сегодня утром Надя попросила у меня туфли. Темно-красные лодочки, которые я купила в середине месяца. У Нади на работе праздник, ей хочется выглядеть нарядной, платье у нее есть, а приличной обуви не имеется. Сначала я хотела отказать. У Надежды зарплата на три тысячи больше, чем у меня. Почему я могу собрать на выходные шпильки, а она нет? Да потому, что я очень аккуратна с деньгами, все не трачу, откладываю. Надюша же, как получит аванс, летит в кафе или в кино. Погуляет два-три раза, прокутит все и сидит потом без копейки, клянчит у всех в долг. Я себе в удовольствиях отказываю, зато с новыми туфлями. Но потом я подумала, что жадничать нехорошо, Надя моя подруга. И отдала ей лодочки. Надо бороться с жабой».

Лариса перевела дух.

— Ну и остальное в подобном роде. Ни одного намека на роман. А ведь в апреле она уже была беременна. Вот какая скрытная! Казалась простушкой с распахнутой душой, ан нет, неверное о ней мы мнение составили.

Управляющая приложила пальцы к вискам:

— Господи, голова сейчас лопнет. Звонили из полиции, просили Нину Феликсовну завтра подъехать. И что ей там сказать? Она же ничегошеньки не знает! Понятия об аборте не имела.

— Я знаю имя любовника Анюты, — объявила я.

— Кто он? — в один голос спросили Миша и его мать.

Я поспешила вперед по коридору, говоря на ходу:

— Пошли в гостиную, лучше сразу всем рассказать.

ГЛАВА 26

Едва я произнесла имя Малик, как Лариса ахнула:

— Я же просила! Умоляла!

Нина Феликсовна с изумлением посмотрела на управляющую.

— Ты о чем, Лара?

Малкина, чье лицо покрылось красными пятнами, вздрогнула и выбежала из комнаты.

— Пойду, посмотрю, что с мамой, — буркнул Миша и выскочил за ней.

— А где Регина? — вдруг спросил Вадим.

— Думаешь, ее надо позвать? Вообще-то это хорошая идея Реги позвонить, — засуетилась основательница фонда.

Вадик подошел к окну и выглянул во двор.

— Я думал, она уже здесь.

— С чего тебе это пришло в голову? — удивилась Нина Феликсовна.

— Увидел ее машину во дворе, — пояснил сын. — Точно помню, что она на этой двухдверке каталась, номер стремный — шестьсот шестьдесят шесть. Я, когда впервые увидел его, не удержался и спросил: «Не боишься с числом дьявола разъезжать?»

— Можешь не говорить, что она ответила. Регина не верит в приметы.

— Вроде она тачку бывшему мужу отдала, — бубнил Зуев. — Щепетильная очень, все подарки супруга при разводе ему вернула.

Я решила прояснить ситуацию:

— Вы сейчас случайно не о психотерапевте Регине речь ведете? Не о женщине, которая была замужем за Павлом Вельяминовым?

— Да, — удивился Вадик. — Откуда ты знаешь?

Я приблизилась к Зуевым.

— Так это он дал мне на время «колеса». Я попала в аварию на улице, где живет Клара, мать Павла, бывшая свекровь Регины...

Пока я описывала детали дорожного происшествия, Нина Феликсовна стояла молча, а Вадим, почесывая кисти рук, постоянно вставлял комментарии типа: «Ну надо же!», «Вот это совпадение!».

— Ты решил, что я с ума сошла, попросил дать Кролику трубку и не понял, кто с тобой беседует? — улыбнулась я. — Неужели не знал, что у мужа Регины смешное прозвище?

Вадик спрятал руки в карманы брюк.

— Нет. Я с Павлом никогда не общался. Мы лично не знакомы, и в гостях у Регины я не бывал, у нас отношения врач — пациент. Она никогда о своей частной жизни не рассказывает, я о ней как о человеке ничего не знаю. Про развод и подарки я случайно услышал — раздевался в прихожей, а она по телефону говорила. Сколько же лет я к Регине хожу?

— Давно, дорогой, — остановила сына Нина Феликсовна. — Лампа, милая, вы же не подумали, что мой сын сумасшедший?

— Конечно, нет, — ответила я. — Мне известна разница между психиатром и психотерапевтом.

Зуева села в кресло.

— К сожалению, в России многие люди считают, что эти специалисты оба занимаются душевнобольными. Регина не сразу увлеклась психотерапией, по образованию она дерматолог. У Вадима в детстве началось непонятное заболевание, совершенно не заразное, — кожа рук покрывалась пятнами и отчаянно зудела. Врачи поставили диагноз нейродермит. Чем мы только не лечились! Мази, таблетки, уколы, лечебные ванны, народные средства... Ничто не помогало. В конце концов, уж не помню как, мы попали к Регине, и она справилась с недугом, сама приготовила какое-то лекарство. Вадик стал его принимать, и мы забыли о болезни. Потом Регина выучилась на психолога, сменила специализацию, но Вадим до сих пор обращается к ней как к дерматологу. Сыну скоро двадцать три стукнет, значит, мы знакомы с Реги почти девять лет. Я ее очень люблю. Удивительный врач, тонко чувствующий пациентов. Сейчас она изредка бесплатно консультирует подопечных фонда.

Послышались шаркающие шаги, в комнату вошла Лариса. За ней Михаил.

— Тебе плохо? — забеспокоилась Нина Феликсовна. — Лицо осунулось.

— Почему вы убежали, когда услышали имя Малик? — задала я вопрос.

Малкина опустилась на диван.

— У метро работает большой торговый центр, там сплошь продавцы из ближнего зарубежья, в основном кавказцы и выходцы из Средней Азии. Не хочу ничего плохого о них сказать, с покупателями они приветливы, услужливы, цены не задирают...

— Раньше там пройти страшно было, — перебив ее, скривилась Зуева. — Стояли полосатые палатки с барахлом и гнилыми фруктами. Идешь мимо — держи сумку обеими руками, а лучше спрячь под пальто. А в начале нулевых, как этот центр возвели, порядок воцарился.

— Сейчас в магазине благодать, — кивнула Лариса. — Но там работает много молодых парней. Кровь у них восточная, горячая, комплименты говорят, как стихи читают. В прошлом году зимой, где-то в декабре, прибегает Анюта домой раскрасневшаяся, глаза горят. На кухню пошла, песню под нос мурлычет. Я поинтересовалась, что за радость у нее случилась, она и разоткровенничалась. Месяц назад Аня познакомилась с юношей. Часто проходила мимо его лавки, а торговец все красивые слова говорил, потом предложил туфли купить, сделал большую скидку. А сегодня в кино пригласил. Я как услышала, за голову схватилась, велела ей больше по центру не шляться, у метро не задерживаться, сразу домой идти. Объяснила: мусульманин никогда на православной не женится. Даже если сам захочет девушку в загс отвести, его семья воспротивится. Уж я-то точно знаю. У меня подруга познакомилась с таджиком, причем не с каким-нибудь строителем,

а с кандидатом наук, который в Москве 553
родился, вырос, тут воспитывался-учился.
И то у них ничего не получилось. Как только родители сообразили, что сын им собрался русскую невестку привести, тут же деду в кишлак сообщили. Старик приехал и свадьбу порушил. Я это все девчонке рассказала, и вроде Анюта поняла. А я за ней на всякий случай пристально следить стала. Она домой не опаздывала, по телефону ни с кем не секретничала, в выходные только в дом престарелых ездила... Обманула, выходит, меня. Я во всем виновата!

— Ты ни при чем, — начала утешать управляющую Нина Феликсовна. — Мы все проморгали. И я, и Вадик. Анюта нас перехитрила.

— Если Кузнецова влюбилась в парня, который работает в торговом центре, его можно найти, — вставила свое слово я.

— Как? — повернулся ко мне Михаил.

— Надо спросить у местного смотрителя за порядком, кто такой Малик, — ответила я, — думаю, он подскажет.

— Никогда, — возразил Зуев. — Члены диаспоры друг друга не сдают, так что на это не стоит рассчитывать.

— Вадик прав, — подхватил Миша. — У нас в институте есть парень из Средней Азии, и я давно заметил: что бы ни случилось, они любые проблемы внутри землячества решают.

Лариса зарыдала.

— Плохо объяснила наивной девчонке, что ее ждет! Всего один раз отчитала ее! Конечно, Нюте хотелось любви...

Михаил привычно вздернул подбородок, и я удивилась. Куда подевалось большое родимое пятно с неровными краями? Вроде оно было у парня слева под нижней челюстью. Сейчас кожа совершенно чистая. Наверное, у него не было никаких отметин, он просто чем-то испачкался, а я приняла грязь за родинку.

Михаил обнял мать.

— Успокойся, мама, она сама виновата. Между прочим, не маленькая неопытная девочка, на зоне сидела.

— Не трогай меня! — взвизгнула Малкина. — Прав был...

Не договорив фразы, управляющая вскочила и выбежала вон. Молодой человек растерянно посмотрел на нас.

— Мама слишком близко принимает к сердцу чужие проблемы. А зачем вам искать любовника Анюты? Хотите наказать его? Но ведь не он ей аборт делал. И Кузнецова вполне взрослая, имела право спать с кем хочет. Какие претензии можно тому чучмеку предъявить? Встретились двое, завели отношения, потом их разорвали. Ну и что?

Нина Феликсовна остановилась на пороге.

— Ты прав. Малику нам нечего предъявить, а Анюте уже не помочь. Но посмотри на ситуацию с другой стороны. Наш фонд! Мы делаем благое дело, помогаем отверженным членам общества, кому мало кто готов подставить плечо. Люди настроены по отношению к бывшим зэкам агрессивно. Когда мы только затеяли ремонт в этих квартирах, сюда начали ходить жильцы, что живут снизу и сверху, жаловались на шум.

Мы спокойно объясняли: работы ведутся исключительно в разрешенное время, в праздничные, выходные дни стоит тишина, по вечерам тоже. Но соседи злились, говорили о маленьких детях, которым после обеда невозможно заснуть. Мы пошли им навстречу, перестали долбить стены с четырнадцати до шестнадцати, и вроде конфликт утих. А через неделю появились другие скандалисты. Выяснилось, что у них бабушка любит прилечь с семнадцати до девятнадцати. Вот тогда у нас лопнуло терпение, и мы отменили «тихий час». Тут и началось! Приехала полиция, потребовала разрешение от БТИ на переделку помещений. А у нас все бумаги на руках, целая папка документов с грифом «Фонд «Жизнь заново». Кто-то из отделения, подозреваю участковый, рассказал жильцам, что на пятом этаже поселятся бывшие зэки. Трудно передать, что мы вытерпели от обитателей дома. На нас ополчились все. Сюда приезжали журналисты и писали потом жуткие статьи, меня обзывали последними словами, прокалывали шины у автомобиля, один раз подожгли дверь. Я сама пошла к начальнику отделения и жестко с ним побеседовала. Он сначала нес чушь, а потом прямо сказал: «Мне такой контингент на участке не нужен!»

Нина Феликсовна прислонилась спиной к косяку.

— Сейчас, когда фонд существует не первый год, страсти вроде поутихли, война из горячей стадии перешла в холодную. Мы построили во дворе детскую площадку и помогаем кое-кому из жильцов, патронируем двух одиноких бабушек —

убираем им квартиры, приносим продукты, возим их к врачам. Но и полицейские, и жители следят за нами неусыпно. Любая неприятность, которая происходит в доме Доброй Надежды, — это повод поднять кампанию в прессе и добиться, чтобы нас отсюда выселили. Четыре года назад одна из подопечных, Галя Майорова, полезла менять лампочку в люстре, встала не на стремянку, а на табуретку, та пошатнулась, женщина упала и сломала ногу. Естественно, управляющая, тогда еще не Лариса, а Валя, вызвала «Скорую». Не успели Майорову увезти в больницу, как к нам прибыл патруль. Добрые люди сообщили, что в квартире произошла драка с поножовщиной, бывшие зэки перепились, подрались, поубивали друг друга...

Нина Феликсовна закашлялась.

— Мама, пожалуйста, не нервничай, — попросил Вадим, — все уладится.

Зуева сделала несколько глубоких вдохов.

— Я хочу объяснить и Лампе, и Михаилу, и вообще всем свою позицию. Анюту не вернуть. Я не уверена, что кончина бывшей уголовницы сильно обеспокоит полицейских и они, засучив рукава, бросятся искать врача, который из корысти фактически убил молодую женщину. Но в том, что смерть бедняжки будет использована, чтобы опорочить фонд, не сомневаюсь. Придумают, будто у нас тут публичный дом, подпольный абортарий... Поэтому я очень хочу найти этого Малика, а потом сообщить дознавателям: произошла личная трагедия, к работе программы по реабилитации бывших зэков она отношения не имеет, просто Анюта Кузнецова влюбилась в мерзавца, который не захотел на ней жениться, вот вам его данные, допросите негодяя. Ну прямо как сглазил нас кто! Сначала Анастасия, теперь Нюта... И зачем только Лариса подняла шум вокруг кражи кольца?

Нина Феликсовна махнула рукой и ушла.

Вадим посмотрел на меня.

— Мама очень расстроена. Фонд — дело всей ее жизни. Она постоянно ищет благотворителей, но большинству из тех, кто может внести хорошие деньги, хочется пиара, шума в прессе. Никто не любит тихо выписать солидную сумму и анонимно отдать ее нуждающимся. Нет, устраивают светское мероприятие, ну, допустим, вечер «Помогаем больным детям-сиротам». Знаешь, как все организуется? Сейчас объясню.

ГЛАВА 27

Зуев начал ходить по комнате.

— Устраивается аукцион в дорогом ресторане, куда приглашаются пресса и богатые люди вперемежку с так называемыми звездами. Последние рисуют картины, расписывают глиняные фигурки, а их поделки выставляются на торги. Олигархи приобретают работы певцов-артистов-скоморохов, и в конце аукциона ведущий радостно вопит: «Мы собрали для бедных деток два миллиона рублей». Все аплодируют, журналисты в восторге — они сделали кучу фото. Потом фуршет и концерт, в котором участвуют все те же селебрити. На следующий день газеты, радио и телевидение сообщают о собранной сумме в своих публикациях-программах, называют фамилии благотворителей. Через две-три недели появляются глянцевые журналы с той же информацией, а пресс-секретари всех участников действа по каждому поводу и без оного повторяют: «Мы занимаемся благотворительностью. Вот недавно пожертвовали два миллиона для больных деток». Но на самом-то деле несчастным сиротам достались копейки, потому что из собранных денег заплатили за аренду ресторана, за фуршет, организацию аукциона, плюс гонорар ведущего и зарплата сотрудников милосердной организации, коим нет числа. Вот так-то! А мама ничего подобного не затевает, она просто добывает средства, где может. И у нас мало кто получает зарплату. Собственно говоря, одна Лариса.

— Еще она, — ткнул в меня пальцем Михаил.

— Лампа работает в нашем бюро по оформлению интерьеров на ставке секретаря, — возразил ему Зуев. — А твоя мать управляющая домом Доброй Надежды, ей платят из средств проекта «Жизнь заново».

Я удивилась. Вроде Лариса жена очень богатого бизнесмена, по какой причине она берет деньги у Нины Феликсовны? Навряд ли Зуева может платить большую сумму. До сих пор я считала, что супруга олигарха работает из милосердных побуждений.

— Хотя не знаю, останется ли она у нас, — неожиданно закончил Вадим.

— Что ты имеешь в виду? — встрепенулся Миша.

Вадим отошел к двери.

— Только пока ничего не говори матери. Моя мать еще не приняла окончательного решения, но обескуражена тем, что Лариса Евгеньевна заявила полицейским о пропаже перстня, не поставив ее в известность о своих намерениях.

— А как она должна была поступить? — вскипел Миша. — Исчезла дорогая вещь, антикварная, сразу стало понятно: спер ее кто-то из своих!

Вадим, промолчав, отвернулся.

— Вот она, ваша благодарность! — продолжал возмущаться парень. — Да если б не мамины оперативность и настойчивость, не видать бы Нине Феликсовне своего кольца — скупка могла его продать. Да ей надо сто раз спасибо сказать, а не дуть губу! Ну все, я ухожу!

Михаил выскочил из комнаты, не забыв хорошенько хлопнуть дверью.

— Моя мать сторонник мирного урегулирования конфликтов, — устало произнес, глядя на меня, Вадим и опять стал чесать кисти рук, покрывшиеся красными пятнами. — Поэтому всегда твердит: «Сами разберемся, нельзя, чтобы вокруг фонда роились нехорошие слухи. То, что случилось в общежитии, должно оставаться за крепко запертыми дверьми». А тут она на следующий день после кражи перстня приезжает в дом Доброй Надежды, чтобы собрать всех участников проекта в гостиной, поговорить с ними... Понимаете, мама, несмотря на возраст, сохранила детскую наивность, она хотела сказать подопечным, что того, кто польстился на ее собственность, не накажет, нужно лишь отдать кольцо. Причем совсем необязательно прилюдно признаваться в краже, можно положить перстень назад на рукомойник. Мама решила спокойно, без шума разрулить ситуацию. И что увидела у подъезда? Полицейскую машину, соседей с горящими глазами. А в квартире опера уже допрашивали жильцов. Лариса не посоветовалась с мамой, не сказала ей о своих намерениях. Кстати, на вопрос, по какой причине она так поступила, Малкина отреагировала так же, как ее сын сейчас, зашумела: «Колечко раритетное, бешеных денег стоит! Надо было действовать оперативно, иначе его продадут, и оно с концами пропадет!» Лампа, ты где-то испачкала пальцы, они в черных пятнах.

Я посмотрела на руку.

— Ой, правда. Пойду вымою.

* * *

Первым, на что натолкнулся мой взгляд, когда я подошла к раковине, оказалось большое кольцо, так и кричавшее о своей непомерной цене. В оправе из платины красовался крупный, причудливо ограненный бриллиант, вокруг него сверкала россыпь мелких камушков. Нина Феликсовна опять забыла свое украшение в санузле. Я бы на месте Зуевой не носила каждый день доставшееся по наследству кольцо, а, памятуя о своей привычке бросать раритет где попало, спрятала его в сейф.

Тщательно вымыв руки, я поискала полотенце или сушку, не нашла ни того ни другого и потрясла кистями. Потом взяла колечко, а оно неожиданно выскользнуло из влажных пальцев и упало на никелированную мусорницу, закрытую крышкой.

Я нагнулась, подняла талисман Зуевой и ойкнула — перстень больно уколол палец. Мне пришлось снова вернуть его на полочку и сунуть руку под холодную воду. Из крохотной, едва заметной ранки неожиданно долго сочилась кровь, но в конце концов я ее остановила, закрутила кран и с запозданием удивилась: чем же я так глубоко порезала палец? Неужели перстнем? Вот уж странность! Надо пристально изучить его...

Не понадобилось много времени, чтобы разглядеть: от самого крупного бриллианта отлетел кусочек, образовались острые, как бритвы, края.

Я присела около мусорного ведра, осторожно поводила ладонью по крышке и нащупала крохотный осколок. Я наконец поняла, в чем дело, и пошла искать Вадима. А когда обнаружила его на кухне общежития, тихо сказала:

— Нам с твоей мамой необходимо поговорить без посторонних. Сейчас я попрощаюсь и сделаю вид, что уезжаю домой. Вы поступите точно так же. Встретимся в кафе «Лаванда». Сразу предупреждаю — новость не из приятных.

Надо отдать должное Вадиму, он не стал задавать вопросов, а молча кивнул.

* * *

Нина Феликсовна, узнав, что произошло с ее талисманом, заметно растерялась.

— Настоящий бриллиант не мог разбиться, упав с небольшой высоты. Даже если камень и попал на железную крышку, он должен был остаться целым.

— Я тоже так думаю, — кивнула я. — Но я не считаю себя экспертом по ювелирке. Когда полиция вернула перстень, вам ничего не показалось странным?

— Да вроде нет, — пробормотала Зуева. — Вот здесь у одного мелкого камушка есть небольшой дефект. Это точно моя вещь! И на пальце так же сидит.

— Вы уверены, что семейная драгоценность не бижутерия? — после небольшого колебания поинтересовалась я.

— Кольцо подарок, его мой прадедушка преподнес жене на первую годовщину брака, — вспыхнула Нина Феликсовна. — В тот век, да еще в том обществе, к которому принадлежал дворянин и богатый землевладелец Зуев, было не принято выдавать страз за алмаз чистой воды.

— Бриллиант могли подменить позднее, — не уступала я, — всякое случается. Вы когда-нибудь оценивали перстень?

Зуева посмотрела на Вадима.

— Я родила ребенка вне брака и всегда сама несла за него ответственность. Биологический отец моего сына испарился, когда узнал, что я беременна. Конечно, у меня возникали финансовые трудности, но я их успешно преодолевала. Когда Вадик стал старшеклассником, я решила открыть собственное дело и основала дизайн-бюро.

— До этого мама работала художником на кондитерской фабрике, рисовала этикетки для конфет, — пояснил Вадим.

Нина Феликсовна улыбнулась.

— Бьюсь об заклад, ты ела сладости, для которых я придумала обертку. Мне нравилась моя работа, но предприятие захирело, и нужно было уходить, пока оно окончательно не развалилось и не погребло сотрудников под обломками. Тогда я отнесла все полученные от мамы украшения к ювелиру, старому другу семьи. Яков Аронович назвал мне их примерную стоимость, помог найти покупателей. Одним словом, в мое дизайнерское агентство вложены средства от продажи семейных реликвий. Единственное, что я не отдала, — вот это кольцо.

— Значит, в начале нулевых о фейке речи не было, — подвела я итог.

Вадим вынул телефон и набрал какой-то номер.

— Добрый вечер, дядя Яша. Извините, я знаю, вы не любите, когда вас вечером беспокоят, но нам очень срочно, прямо сейчас, необходима ваша помощь. Можно мы приедем? Я, мама и одна милая женщина, наша сотрудница.

Зуев положил трубку в карман и встал.

— Давайте сначала выясним, подлинный ли бриллиант в оправе. Может, зря переживаем и строим догадки, вдруг камень от старости стал хрупким.

— Разве такое возможно? — удивилась я.

Нина Феликсовна тоже поднялась.

— Понятия не имею. Вадик прав, поехали к Михельсону.

* * *

Когда очень пожилой, прямо-таки дряхлый ювелир, внимательно осмотрев изделие, положил его на обитый черным бархатом подносик и выключил микроскоп, я по выражению лица Якова Ароновича поняла, что сейчас услышу.

— Прекрасно, даже, я бы сказал, гениально исполненная подделка, — закряхтел старик. — Работал уникальный мастер. Хотел бы я с ним познакомиться, никогда не встречал ничего похожего. Нина, деточка, я чудесно помню твое кольцо. Как все изделия, оно имело ряд индивидуальных особенностей, присущих только ему.

Яков Аронович чуть опустил морщинистые веки и стал до изумления похож на черепаху. Думаю, умей это пресмыкающееся разговаривать, оно бы произносило фразы с теми же интонациями, что и Михельсон.

— Некоторые дамы тайком от семьи продают «золотой запас», потому что муж дает им мало денег, а хочется пошиковать. Навидался я разных копий, но эта великолепна, то есть она сама по себе произведение искусства. Ты, деточка, судя по твоему лицу, не заметила подмены?

— Нет, Яков Аронович, — через силу произнесла Нина.

— И ни один обычный человек никогда бы не понял, что перед ним стекляшка! Надо быть Михельсоном, чтобы в этом разобраться, — медленно вещал ювелир. — Можешь познакомить меня с мастером?

Зуева отвернулась и промолчала, а Вадим пробормотал:

— Дядя Яша, мы его не знаем.

— Если когда-нибудь повстречаетесь, передайте респект от самого Михельсона, — прокряхтел старик.

ГЛАВА 28

— Вы понимаете, что в фонде творятся странные дела? — спросила я у Нины Феликсовны, когда мы вышли на парковку. — Смотрите, что происходит. Сначала Настя, которая твердо решила более никогда в жизни не попадать на зону, якобы крадет колечко. Кирилл, поклявшийся даже не смотреть на водку, напивается, можно сказать, вусмерть. А под занавес Анюта умирает от криминального аборта. У вас раньше бывали подобные неприятности?

— Никогда, — ответила Нина Феликсовна. — Давайте сядем в мою машину и попытаемся решить, как нам действовать.

— И еще Герман Евсеевич Фомин умер, — вздохнула я. — Хоть он и не бывший заключенный, но ваш клиент.

— О чем ты говоришь? — опешила Нина Феликсовна.

— Простите, забыла поставить вас в известность, — опомнилась я и поведала, как поехала выручать свой забытый в квартире миллиардера мобильный.

Правда, мой рассказ отнюдь не изобиловал подробностями, я сообщила лишь о том, что наткнулась в доме на полицейских и была огорошена известием о кончине хозяина и тем, что Каролина оказалась законной женой Фомина.

— Какое отношение к нам имеет Фомин? — нервно перебил меня Вадим. — Мы просто приехали к нему как дизайнеры, нанятые переделывать кладбище, которое этот хам именовал гостиной.

— Странно, что столько негативного произошло за короткий срок, — вздохнула я.

— А не надо болтать глупости! — неожиданно вспылил Зуев.

— Успокойся, милый, — попросила мать. — Лампочка просто хочет помочь. Мы все нервничаем, не следует кричать.

— Прости, Лампа, — буркнул Вадим, — не хотел тебя обидеть. У нас черная полоса, но она закончится. Надо просто пережить череду неприятностей.

Меня покоробили последние слова Вадика. Ведь смерть Нюты нельзя назвать просто неприятностью. Впрочем, кончину Германа Евсеевича, каким бы он ни был мерзавцем, тоже.

Вадим взял мать под руку.

— Мы сильные, выдержим. И не с таким справлялись.

— Верно, — вздохнула Нина Феликсовна и взяла зазвонивший мобильный.

Похоже, на том конце оказался человек с неприятным известием, потому что Зуева изменилась в лице, выскочила из автомобиля и отошла в сторону.

Когда она, завершив беседу, вернулась в салон, сын поинтересовался:

— Кто звонил? Ты, кажется, здорово разнервничалась. Что-то про Анюту?

— Чистая ерунда, — хриплым голосом ответила Нина Феликсовна. — Я сдала в химчистку дорогое платье, а сейчас оттуда позвонили с извинениями. Они, видите ли, пересыпали какого-то реагента и прожгли дыру.

— А-а-а... — обрадовался Вадик. — Забудь, новое купишь.

— Пару дней назад я не обратила бы ни малейшего внимания на это происшествие, но сейчас любая мелочь из колеи выбивает, — передернулась Нина.

— У тебя нервы расшатались, — поставил диагноз Вадим. — Попей успокаивающий чай.

— Вернусь домой и заварю, — пообещала мать. — Это я из-за смерти Нюты окончательно самообладание потеряла. Да и сообщение о подделке кольца больно ранило.

Но я почему-то не поверила Зуевой. Подумала, что платье тут, скорее всего, ни при чем, хозяйке фонда явно сказали какую-то гадость, а она не хочет о ней говорить. Я решила продолжить беседу:

— Вероятно, вы кого-то обидели, и теперь этот человек мстит, хочет разрушить самое дорогое, что у вас есть, — ваш фонд.

— Я всегда считал себя самым ценным для мамы, — без тени улыбки произнес Вадим.

— Думаю, ты прав, — согласилась я. — Но, похоже, неизвестное лицо пытается навредить дому Доброй Надежды. Возможно, на, так сказать, кастинге будущих подопечных кто-то, получив от вас отказ, разозлился, проявил агрессию. Вспомните, не было чего-нибудь подобного?

Зуева вытащила из держателя на торпеде бутылку минералки и начала откручивать пробку.

— Мы связаны с сотрудником федеральной службы исполнения наказаний Натальей Кругловой. Она порядочная, ответственная и добросердечная женщина, подбирает кандидатуры для программы «Жизнь заново». Мы ей верим. Наталья напрямую общается с начальниками колоний и ни разу не прислала нам рецидивиста с двадцатью ходками. Фонд берет под свою эгиду оступившихся, таких, например, как Настя. Украла девушка по глупости одежду, чистосердечно раскаялась, больше никогда не притронется к чужому. Мы не устраиваем кастингов, никому не говорим: «Вы нам не подходите», работаем с теми, кого присылает Круглова. Ты вот видела Киру, Кирилла, Анюту, Антона, Бориса, Надю, Леонида. Разве они похожи на бандитов?

— Нет, — признала я.

— Все они хорошие люди, которым просто требуется правильное воспитание, — продолжила Нина Феликсовна. — Подопечные фонда работают в наших мастерских, делают мебель по заказам клиентов. Как только человек попадает к нам, мы у него спрашиваем: «Есть мечта о профессии?» Анюта сразу ответила: «Да. Хочу стать стилистом». И мы пристроили ее в салон, правда, пока уборщицей. Но, собственно, все ученики стартуют с малопрестижной должности, мастерами делаются не сразу. Кроме того, Кузнецова за наш счет обучалась в колледже, где готовят парикмахеров. Остальным было все равно, кем быть, поэтому они работают на производстве при дизайн-бюро. Надя и Кира шьют занавески, мужчины изготавливают мебель и прочие предметы интерьера. Кирилл, например, мастерит замечательные настольные лампы, торшеры, люстры. У него настоящий талант. Покажешь Найденову картинку в журнале, и он ее до мельчайших деталей повторит. Да и сам на выдумку горазд.

Я решила остановить благотворительницу, которая явно смотрела на участников проекта сквозь розовые очки.

— Хорошо, будем считать, что обитатели общежития ни при чем. А сотрудники? Вы кого-то увольняли со скандалом?

Вадим, глядя на мать, обронил:

— Валентина...

Я моментально встрепенулась.

— Кто она такая?

Нина Феликсовна сделала несколько жадных глотков прямо из бутылки.

— Ратмина Валя работала у нас до Ларисы. Хорошая, покладистая, положительная сотрудница, но мне пришлось ее уволить.

— Почему? — удивилась я.

— Да... так, — загадочно ответила Зуева.

— Вы же не хотите, чтобы в доме Доброй Надежды произошла еще одна трагедия? — воскликнула я. — Вдруг Ратмина затаила злобу на хозяйку, выставившую ее вон?

— Вполне возможно, — встал на мою сторону Вадим. — Валентина маме неоднократно звонила и все чего-то требовала.

— Нет, нет! — горячо возразила Нина Феликсовна. — Валя очень расстроилась, просила найти ей новое место, одолжить денег на жизнь. Я в конце концов пристроил её к одной из своих бывших клиенток, та директор школы. Валечка преподает домоводство, она прекрасный человек.

— Не пойму, зачем вы уволили хорошую сотрудницу? От добра добра не ищут, — усиленно нажимала я на болевую точку.

Зуева нехотя призналась:

— Меня очень попросили взять на ее место Ларису. Ради интересов фонда пришлось согласиться.

— Ничего не понимаю! — воскликнула я. — Малкина жена богатого человека, зачем ей занимать хлопотную должность управляющей, получать небольшую зарплату...

— У Лары оклад четыреста тысяч, — перебила меня Нина Феликсовна.

— Сколько? — ахнула я. — Ну и ну!

— Мама, расскажи правду, — потребовал Вадим.

— Вениамин Константинович убедительно просил меня держать язык за зубами, — возразила Зуева.

— Ну, тогда я сам, — заявил Вадик. — Надо же понять, что происходит в общежитии. И вдруг удастся вернуть настоящее кольцо?

Я хотела сказать, что последнее маловероятно, но промолчала.

— Мама знает Вениамина Малкина много лет, он когда-то был директором кондитерской фабрики, где она работала художником... — заговорил Зуев.

— Домами мы не дружили, — перебила его мать, — но по службе плотно общались. Вениамин крайне порядочный человек. Я знала, что у него есть жена и маленький сын, но никогда не видела ни ее, ни мальчика. Малкин раньше меня покинул производство, занялся бизнесом, не имеющим никакого отношения к сладостям, и враз разбогател. Однако нос не задрал, старых приятелей не забывал. Он меня регулярно поздравлял с Новым годом, с днем рождения, Пасхой, Рождеством, а я звонила в праздники ему. Вот такие отношения, добрые, дружеские, но без лишней откровенности и панибратства.

Я старалась не пропустить ни слова из рассказа Нины Феликсовны.

...Некоторое время назад Вениамин Константинович попросил старую знакомую встретиться с ним в ресторане. Слегка удивленная, Зуева приехала в указанное место и услышала от Малкина весьма грустную историю.

— Лариса обманула меня, — сказал бизнесмен. — Не спрашивай, что случилось. Правду рассказать не могу, а врать не хочу. Жить с Ларой более не могу, но и развестись не имею права. В молодости ради того, чтобы выйти за меня замуж, Лариса разорвала отношения с отцом и матерью, родные выгнали ее на улицу.

— Почему? — удивилась Нина. — Ты не пьяница, не маргинал, из хорошей семьи, москвич.

Чем так не угодил тестю с тещей? Разве плохо иметь в зятьях директора фабрики, а теперь богатого бизнесмена?

— Когда мы шли в загс, я был обычным парнем, не имел ни денег, ни должности. Насчет моих папы с мамой ты права, они были врачами, хорошо зарабатывали и встретили Лару с распростертыми объятиями. А вот ее родня... На самом деле Лариса по паспорту Лейла, она из семьи, где исповедуют ислам. Правда, тесть и своячениица нормальные люди. Когда я пришел просить руки Лары, ее отец не обрадовался, но и агрессии не выказал, а Мухаджафида так любила свою сестру, что сразу закричала: «Как я счастлива! Лейла невеста!» Но мать у них — это нечто. Она закатила скандал, каких я никогда ни до, ни после не слышал. Стала гнать нас вон, схватила Коран, выставила его перед собой, кричит что-то по-своему... Лейла на улицу кинулась, я за ней. Смотрю, она рыдает: «Мама меня на священной книге прокляла, не будет нам счастья. Она у Аллаха попросила, чтобы у нас чудовища рождались». Еле-еле ее успокоил. Вот такая история. Лейлу все стали звать Ларисой Евгеньевной. Я никогда не забуду, через что Лара прошла, поэтому заявление о разводе в загс не понесу. Как уже говорил, не имею морального права на это. Мы просто разъедемся, я отдам Ларисе нашу старую квартиру. А еще есть сложности с бизнесом — много всего оформлено на жену. Она об этом не знает и знать не должна. Развод мне невыгоден. И я надеюсь, что когда-нибудь мы помиримся, если Лара выполнит мое условие.

— А Миша? — воскликнула Нина. — Как ты объяснишь мальчику положение вещей?

— Ему не пять и не десять лет, — угрюмо ответил Вениамин, — здоровенный лоб вымахал. Переживет!

— Ребенку нужны родители, — не успокаивалась Нина.

— Никто их у Михаила не отнимает, — рассердился Малкин. — Он останется с Ларой. Да и я ведь не умер! Можешь мне помочь?

— Постараюсь, — поспешно ответила Нина, которая с трудом удержала любопытство, не стала спрашивать, о каком-таком условии упомянул бывший директор.

Вениамин изложил проблему, и Зуева впала в изумление. Что же натворила Лариса на бог весть каком году брака, если супруг решил поступить с ней таким образом?

— Развода не будет, но я на нее крепко зол. Голая в мой дом пришла и голая уйдет, — в сердцах заявил бизнесмен. — Никаких алиментов платить ей не стану, все подарки она дома оставит, возьмет лишь чемодан со шмотками. Ни машины, ни шуб, ни алмазов, ничего не получит.

— Веня, а ведь твоя жена имеет право на половину имущества, — напомнила Нина. — Лариса наймет адвоката и отсудит ей причитающееся.

— Нет! — отрубил Малкин. — Потому что тогда я открою рот и расскажу, из-за чего наша семья рухнула. А этого Лариса пуще смерти боится.

— Как же она жить будет? — пробормотала Нина. — Профессии не имеет, только хозяйство вела и воспитывала сына.

— Вот-вот, Макаренко из нее знатный... — почему-то еще сильнее разозлился Вениамин. — А как остальные женщины? Что, все на шее богатых мужей едут? Нет, многие работают.

— Кто возьмет Ларису на службу? — Нина все пыталась смягчить Малкина. — Ни опыта, ни высшего образования у нее нет. И возраст средний.

Вениамин Константинович хмыкнул:

— Вот поэтому я к тебе и обратился. Прошу, забери бабу к себе.

— Но у меня в дизайн-бюро свободных ставок нет, — возразила другу Зуева. — Сейчас нелучшие времена, мы работаем с Вадимом вдвоем, без помощников. А мои подопечные в мастерских получают крошечную зарплату.

— Сделай ее управляющей общежития, — нашел выход из положения Малкин.

— Так ведь там есть Валентина, — не согласилась основательница фонда. — И если я скажу, сколько она получает, ты от смеха скончаешься. Говорю же, у нас трудные времена. Раньше нашей организации помогал банкир Алексеев, а теперь он в Англию на ПМЖ уехал, и стало совсем плохо, еле-еле выживаем. Непонятно, что будет с квартирой, которая лучшему воспитаннику обещана, без Алексеева нам ее не купить.

— Если вместо Валентины ты возьмешь Ларису, я поддержу вас материально, — внезапно сказал Вениамин. — Наймешь себе помощницу, своим подопечным зарплату повысишь. Деньги за Ларкину работу буду давать я сам — четыреста тысяч в месяц.

Зуева потеряла дар речи, а Малкин продолжал:

— Жаль мне Ларку. И прожитые годы со счета не сбросишь.

— Зачем тогда выгонять жену, отняв у нее драгоценности, машину и прочее? — пробормотала Нина. — Одной рукой отнимаешь, другой даешь?

— Ларка имела намного больше, чем четыре сотни в месяц, — огрызнулся Малкин, — тратила сколько хотела, я ее не контролировал и не ограничивал. А теперь придется ей пахать и бюджет рассчитывать. Захочет машину купить? Пусть копит. Пожелает у теплого моря отдохнуть? Ну так ей самой придется о путевке думать, нельзя войти к мужу в кабинет и ножкой топнуть: «Хотим с Михаилом на следующей неделе улететь на Мальдивы, арендуй для нас виллу». Фиг ей, а не экзотические острова! Но голодать я ее не заставлю. Только ты не рассказывай, что Ларисина зарплата от меня, не хочу, чтобы она думала, будто наш разъезд — спектакль, поставленный мною. Нет, все очень серьезно. Или она сделает, как я ей велю, или пусть сама выживает.

— Веня, ни один человек не поверит, что управляющая общежитием может иметь такую ставку, — резонно заметила Нина.

Бизнесмен поморщился.

— Не волнуйся, вопросов Лариса задавать не станет. Она давно от простой жизни оторвалась, подруг не имеет, а среди наших общих знакомых все равны в финансовом отношении. Ларка в курсе, что наш управляющий Бартон, англичанин, имеет оклад в фунтах, эквивалентный полумиллиону рублей...

Нина Феликсовна прервала рассказ и опять схватилась за бутылку с водой.

— И вы уволили Валентину, — завершила я историю.

— Можешь считать меня подлой бабой, — мрачно отозвалась Зуева, — но да, я пожертвовала Ратминой, чтобы вытащить дом Доброй Надежды из финансовой ямы. Малкин ни разу меня не подвел, деньги от него поступают регулярно, и он нам понемногу увеличивает дотацию. А вот жене зарплату не повышает. Понимаешь, в каком неприятном положении я очутилась? Лара меня очень подвела, подняла ненужный шум, а мы могли разобраться по-тихому. Очень хочется указать Малкиной на дверь, но я не могу этого сделать, потому что лишусь помощи Вениамина Константиновича. У меня сейчас отвратительное чувство! Надеюсь, оно скоро пройдет.

— В истории с вашим кольцом много странного. Для начала вам надо побеседовать с Валентиной, — предложила я. — Позвоните ей, договоритесь о встрече на завтра.

Основательница фонда взяла трубку, пояснив:

— В записной книжке есть ее номер. Правда, я не общалась с Ратминой несколько лет.

— Давай, мама, — подстегнул ее сын. — Не думаю, что Валя сменила квартиру. Если же номер недействителен, то можно попросить...

— Алло! — воскликнула Зуева, не дав Вадиму закончить фразу. — Прошу прощения за поздний звонок. Позовите, пожалуйста, Валентину. Да, да, Ратмину. Что вы говорите! Когда? Господи, она же не пожилая женщина... А-а-а, понятно, извините.

— Умерла? — спросила я, увидев, как изменилось лицо Нины Феликсовны. — Давно? Какова причина смерти?

— Два с половиной года назад, онкология в запущенной форме, — хмуро ответила Зуева. — Ее сестра мне ответила. Неужели болезнь из-за увольнения началась? Ну вот, значит, Валя ни малейшего отношения к истории с кольцом не имеет. Господи, мне еще хуже стало!

Я схватила Зуеву за руку.

— Знаете, что особенно странно? Марианна, владелица скупки, приобрела у Насти кольцо, выдала ей двадцать пять тысяч. Неужели она не поняла, что перед ней подделка? Хорошая, качественная, но бижутерия? Когда вы забирали кольцо, вас не предупредили, что это фейк?

— Нет, — покачала головой Нина Феликсовна. — Следователь тогда еще сказал, что это улика и кольцо должно до суда где-то там у них лежать, но в отделении ремонт, полный беспорядок, поэтому перстень, вещь очень дорогую, отдают мне из опасения, вдруг он пропадет. Велел его на заседание суда принести, как улику.

— Возможно, Марианна, сообразив, какая ценность попала в ее руки, заказала подделку и подменила мамино украшение? — предположил Вадим.

Я посмотрела на часы.

— Думаю, у нее на это не было времени. За пару часов копию такого качества, чтобы удивить Михельсона, не состряпать. Настя могла получить фейк от наперсточника.

— И мошенник отправил ее в ломбард? — засмеялся Вадим. — С какой целью? Наверняка ведь понимал: девушке там вмиг объяснят, что у нее в руках ерунда.

— Которая тем не менее стоит немало, — вздохнула Нина Феликсовна. — Чем больше думаю об этой истории, тем меньше она мне нравится и тем запутаннее кажется.

— Странно... Зачем была затеяна столь сложная махинация, каков ее смысл? — принялась я рассуждать вслух. — Посадить Настю? Опорочить фонд? Сделать гадость госпоже Зуевой? Или есть еще какая-то причина, о которой мы пока не догадываемся? Как только поймем мотив, станет ясно, в каком направлении искать злоумышленника. Нина Феликсовна, можно я завтра приду в дизайн-бюро попозже? Хочу зайти в скупку и поговорить со вдовцом, мужем покойной Марианны. Вероятно, он что-то знает и испугается, когда увидит: я в курсе, что кольцо поддельное.

— Да, конечно, — ответила Зуева, — спасибо за помощь.

— Ты говоришь прямо как полицейский, — протянул Вадим.

Я сообразила, что совершила ошибку, проявив чрезмерную активность, и постаралась исправить положение:

— Не имею ни малейшего отношения к профессиональным сыщикам, просто обожаю детективы, перечитала все книги Смоляковой.

— Фу, гадость! — скривился Вадим.

— Не нравится, не бери в руки ее произведения, — вдруг резко осадила сына родительница. — Отлично тебя, Лампа, понимаю, сама фанатка творчества Милады, у меня дома три шкафа забиты ее книгами.

— Господи, мама! Лучше никому этого не рассказывай! — закатил глаза Вадим. — Хуже только признаться, что ходишь на концерты Макса Попова и рыдаешь, когда певца, наряженного в белые лосины, в украшенной цветами люльке с потолка спускают. Цирк прямо!

— Кстати о цирке. Вы случайно не расспрашивали тех, кто ходил на представление, где они сидели? — заволновалась я. — Мог кто-то из них, например Кира, незаметно уехать?

— Нет, — ответила Нина, — билеты были во втором ряду, очень хорошие места, все рядом, напротив занавеса, откуда выходят артисты. Обычно если билеты бесплатные, то дают такие кресла, куда люди садиться не хотят, за колонной, например, или совсем сбоку. А нашим повезло. И никто не исчезал даже на короткое время, в антракте они гурьбой за мороженым ходили, в туалет ни один не отлучался, домой возвращались сплоченной компанией.

Попрощавшись с Зуевыми, я пересела в свою машину. Неожиданно ощутила озноб, поставила кондиционер на двадцать восемь градусов, выехала на проспект и позвонила Косте.

— Что случилось? — спросил Рыков.

— Почему ты сразу думаешь о каких-то происшествиях? Может, я звякнула просто так, узнать, что ты поделываешь, — укорила я приятеля.

— Вспомнить не могу, когда мне звонили просто так, с желанием узнать, чего я поделываю, — отбил подачу Рыков.

— У меня есть интересное соображение по поводу аквариумщика, — сообщила я.

— Значит, версию о лох-несском чудовище, которое живет в воде и любуется на себя в зеркало, ты отбросила? — серьезно поинтересовался Костя. Но потом все же засмеялся.

— Ничего смешного нет, — обиделась я. — Другой бы спасибо сказал за помощь. Ты слышал о медузах?

— Даже видел их, — удивился Рыков. — Противные создания, скользкие, на желе смахивают.

Я решила блеснуть знаниями, полученными от тети Клары, и рассказала обируканджи, морской осе и Ахмети.

— Думаешь, кто-то посылает кандидату на тот свет аквариум с ядовитыми обитателями? — с явным недоверием спросил Костя.

— Да, — подтвердила я. — Помнишь, у всех там плавали не рыбки, а маленькие черепашки? А они единственные, на кого не действует яд медуз. Другие бы обитатели аквариума быстро умерли. Это объясняет наличие черепах у всех погибших.

— Ну... — протянул Рыков. — Бред, конечно, прямо сюжет для Смоляковой.

— Далась вам всем Милада! — обозлилась я. — Отстаньте от писательницы, я читаю ее с восторгом.

— Это чувствуется, — хмыкнул Константин.

— Ты не мог понять, зачем был нужен аквариум, — продолжала я, — вот объяснение: это орудие убийства. Жертвы погибают от инфаркта, который вызван ядом Ахмети. Смерть выглядит естественной.

Рыков решил разбить мою теорию:

— И почему же Зинаида не нашла следов яда?

— Да потому, что надо знать, что искать, — ответил издалека голос Богатыревой. — А я понятия не имела о морских гадах. Это раз. А теперь два: токсикологию не делали, так как никто не приказывал. Ты бы лучше не придирался к Лампе, а проверил ее предположение. В любом бреде может скрываться рациональное зерно.

— Ты включил громкую связь! — воскликнула я.

— Ага, — подтвердила Зина, — не ошибаешься. Жаль, Лампудель, не видела ты рожу Кости, не наблюдала, с каким видом он тебя слушал. На лице большими буквами написано: ну и хрень баба несет! А мне твои мысли интересными кажутся. Костя!

— А? — отозвался Рыков. — Я думаю.

— Очень полезное занятие, — язвительно завершила я беседу. — На мыслительную деятельность организм тратит больше калорий, чем на физическую. Ты наконец сможешь влезть в джинсы, которые я тебе на Новый год подарила.

ГЛАВА 29

На кухне, на рабочей поверхности, лежала вынутая со своего законного места развинченная СВЧ-печка.

— Вы нашли другого мастера? — обрадовалась я, наблюдая, как Роза Леопольдовна насыпает заварку в какую-то изогнутую металлическую трубку.

— Да, да, да, — быстро заговорила Краузе, — лучший специалист в Москве, обещал, что микроволновка станет как новенькая. Но чинить ее придется долго, за один день он не успел.

Я подошла к Краузе.

— Не беда, пусть работает сколько надо. А что это у вас такое?

Няня закрутила непонятную штуку и пустилась в объяснения:

— Вот вы отругали Мирона, а он сделал восхитительную заварочницу, вроде бомбочки. Внизу у нее дырочки, сверху насыпаешь любимый чаек и плотно закрываешь. Потом...

Краузе зацепила изогнутый конец железки за край кружки и налила туда кипяток.

— Ждем пару минут и вкушаем напиток, равного которому нет на свете.

— Прямо так? — усмехнулась я. — Вроде сейчас вы использовали нашу обычную заварку, не элитную.

— Все дело в заварочнице, она придает чайному листу аромат неземной красоты, — объявила Краузе.

— И где Мирон разжился крючком? — поинтересовалась я, решив не обращать внимания на сомнительного свойства оборот — «аромат неземной красоты».

— В часах, которые стоят в кабинете, — выпалила няня и ойкнула.

— Что? — подпрыгнула я. — Парень сломал наши куранты?

Краузе открыла было рот, и тут по квартире поплыл мелодичный звон, потом раздался торжественный бой.

— Слышите? — воспряла духом няня. — Часики вполне живы.

Я побежала в кабинет Макса, посмотрела на роскошный резной деревянный корпус, где медленно двигался маятник, и взвизгнула:

— Мама!

— Лампа, дорогая, пожалуйста, тише, — попросила вошедшая следом няня, — вы разбудите Кису.

Но у меня уже и так пропал голос. Онемев, я смотрела на две цепи из ярко-желтого металла, на которых вместо привычных блестящих гирь были подвешены мопсихи Фира и Муся. Черная собака покачивалась справа, бежевая слева. Их выпуклые глаза, не моргая, смотрели на меня, передние лапки были сложены на груди, задние безвольно вытянулись.

— Евлампия Андреевна, вы в порядке? — испугалась Краузе. — Скажите словечко. Только не громко, а то девочка, не дай бог, проснется. Потом ее уложить будет трудно, Киса по брату скучает...

Из моего горла вырвался всхлип, потом вопль:
— А-а-а-а-а!

Часы, наверное испугавшись изданного мною звука, начали бить еще раз. Затем совершенно неожиданно запели низким хриплым басом: «Если б я был султан, я б имел трех жен...»

Из коридора послышался быстрый топот. В кабинет влетела Киса, одетая в розовую пижамку с принтами в виде Микки Мауса, и громко чихнула.

— Будь здорова, детка, — ласково сказала Роза Леопольдовна. — Проснулась? Пошли в кроватку.

— Утро? — спросила Киса.

— Нет, солнышко, ночь, — закудахтала Краузе.

— А-а-а-а! — заорала я опять. — А-а-а-а!

Девочка подошла ко мне.

— Лампа кричит?

Я, по-прежнему глядевшая на удушенных мопсих, изо всех сил пыталась справиться с нахлынувшими эмоциями. Мои любимые собачки, мои милые щенята! Я убью этого Мирона!

— Нет, котеночек, Евлампия Андреевна поет от радости, у нее хорошее настроение, — засуетилась Краузе.

Ко мне внезапно вернулся голос:

— Немедленно уведите ребенка из кабинета! Кисе нельзя видеть это!

— Хочу видеть, — тут же заявила малышка.

Я быстро загородила собой часы.

Няня взяла воспитанницу за руку.

— Что плохого в часах?

— Там... вместо гирь... мопсы, — прохрипела я.

— Правильно, — удивленно посмотрела на меня Роза Леопольдовна. — О-о-о! Поняла! Вы решили, что Мирон без спроса взял игрушки Кисы и теперь она расстроится, увидев, что Муся и Фира к цепочкам привязаны? Ну так не беспокойтесь, девочка сама мастеру их отдала.

Меня стало подташнивать.

— К-кого? — шепотом выдавила я из себя.

— Плюшевых мопсов, — удивилась Роза Леопольдовна. — Или я вас неправильно поняла?

Я развернулась и так стремительно приблизилась к стеклу, за которым двигался маятник, что впечаталась лбом в него.

— Осторожнее! — предостерегла Краузе. — Если колотиться в корпус часов, можно ход сбить.

Я потерла ладонью голову.

— Так они не живые...

Роза Леопольдовна подняла Кису.

— Конечно, нет.

— А выглядят как настоящие, — никак не могла прийти в себя я.

— Немецкое качество, от германской фирмы, — одобрительно заметила няня. — Подарок Егора. Это он сестренке собачек преподнес, чтобы она в его отсутствие не тосковала. Киса их назвала Муся и Фира. От настоящих не отличить.

Раздалось цоканье, в кабинет медленно втянулись зевающие мопсихи. Я прислонилась к стене и стала ждать, когда сердце перестанет биться о ребра.

— Спокойной ночи, — прощебетала Киса и помахала мне ручонкой. — День прошел, иду ко сну, крепко глазки я сомкну, Боже, взгляд твоих очей над кроваткой будь моей. Хороший стишок?

— Очень, — похвалила Роза Леопольдовна и увела девочку.

Муся и Фира плюхнулись на ковер и захрапели. Я посмотрела на их плюшевых собратьев, пошла на кухню, увидела чашку, полную крепко заваренного чая, решила вытащить самодеятельную железную «эгоистку», схватилась за нее пальцами и вскрикнула. Несмотря на то что Краузе довольно давно налила в кружку кипяток, «заварочница» оказалась раскаленной. Г-образный крючок выпал из руки, разбил чашку, осколки и жидкость брызнули в разные стороны.

— Ой-ой, — запричитала вошедшая Краузе, — жаль кружечку! Ее Егор мне на Восьмое марта подарил!

Я, с трудом сохраняя спокойствие, пошла к двери, бормоча на ходу:

— Найдите Мирона, пусть приедет и вернет статус-кво.

— Кого? — жалобно уточнила няня.

— Вызовите парня, желательно поскорей, сама ему все объясню, — сказала я и выскочила в коридор.

Моя мама, если маленькая Фрося[1] начинала на кого-то злиться, всегда говорила:

— Милая, чем сильнее ты сердишься на человека, тем приветливее и спокойнее надо с ним разговаривать.

---

[1] При рождении главной героине книги дали имя Ефросинья. Как она стала Евлампией, рассказывается в романе Дарьи Донцовой «Маникюр для покойника», издательство «Эксмо».

И теперь я, если впадаю в ярость, нежно улыбаюсь и становлюсь похожа на медовый пряник, щедро облитый шоколадной глазурью. Но вы даже представить себе не можете, как мне хотелось сейчас заорать, затопать ногами, схватить сковородку и треснуть Мирона по затылку.

Чуть не задохнувшись от возмущения, я бросилась в спальню, прямо в одежде плюхнулась на кровать, вытянулась и попыталась успокоиться. Постель неожиданно слегка покачнулась. Сначала я подумала, что мне показалось, но потом, сменив позу, я поняла: кровать действительно по непонятной причине потеряла устойчивость.

Полная ужасных предчувствий, я сползла с нее, встала на колени и посмотрела на ножки семейного ложа. Передние оказались на своих местах, а вот вместо задних я увидела два желтых цилиндра. Это были гири от напольных часов.

— Роза Леопольдовна! — заорала я.

— Господи, пожар? — испуганно спросила Краузе, вбегая в спальню. — Горим?

Я молча показала пальцем в пол.

— Видите?

— Паркет, — недоуменно констатировала Краузе. — И коврик.

— Ноги, — только и сумела произнести я.

Няня живо нагнулась, потрогала меня за лодыжки и запричитала:

— Вас парализовало, да?

Моя злость в одночасье испарилась, мне стало смешно. Ну да, парализовало, и я не могу встать с четверенек.

— Лампа кричит? — спросила Киса, входя в спальню.

Роза Леопольдовна выпрямилась.

— Деточка, ты опять проснулась. Не волнуйся, Евлампия Андреевна снова поет.

Я захихикала. Ну да, правильно, госпожу Романову парализовало, она вскочила с кровати и, переполненная счастьем от случившегося, запела во всю мощь легких. Если человек лишается двигательной активности, он всегда так поступает.

— Как холодильник и часики? — обрадовалась девочка.

Я проглотила подкатывающий к горлу смех.

— Киса, ты о чем?

Малышка села на пол.

— Часы поют. Ля-ля-ля-ля.

— Точно, — вспомнила я, — про султана с женами. А вот репертуар холодильника я пока не знаю. Надо пойти послушать.

— Вы куда? — пискнула няня.

Я пожала плечами:

— На кухню. Или холодильник уже не там стоит?

На Розу Леопольдовну напал приступ кашля. А я, подгоняемая дурными предчувствиями, ринулась на кухню, распахнула здоровенный холодильный шкаф, увидела внутри вместо множества полок одну, на ней нечто, напоминающее ярко-красную батарею, и услышала приятный женский голос:

— В Москве час ночи.

Затем зазвучала песня: «Опять от меня сбежала последняя электричка...»

Я захлопнула дверцу, тут же открыла ее и услышала: «По шпалам, опять по шпалам иду домой по привычке...»

Похоже, я уже привыкла к странным сюрпризам, потому что не засучила ногами от негодования, а просто спросила:

— И где теперь продукты?

— Они временно во втором холодильнике, — тут же подсказала Краузе.

— Что же находится в этом?

— Деталь из оранжереи, — шепотом возвестила няня.

— У нас в квартире появилось место для выращивания цветов? — пискнула я.

— Овощей, — уточнила няня.

— Так значит, не оранжерея, а парник, — поправила я.

— Верно, — согласилась Краузе. И пояснила: — Ночь на дворе, вот ум за разум и заходит.

— Если память мне не изменяет, парника, где зреют помидоры и прочее, у нас тоже нет, как и оранжереи, — продолжала я.

— Мирон невероятно добрый, поэтому решил абсолютно бесплатно помочь Наине Иосифовне из двадцать пятой квартиры. У нее сломалась посудомойка, — еле слышно залепетала няня, — для реанимации машинки нужен обогреватель старой конструкции. Таковой обнаружился у Марии Алексеевны из пятьдесят второй. Его перед тем, как разбирать, надо охладить. У Наины холодильник крохотный...

Я потрясла головой:

— Стоп! Я не имею права запрещать Мирону обслуживать клиентов, но он не должен превращать нашу квартиру в свою мастерскую. Завтра сей фрукт обязан приехать с утра и сделать в нашей квартире все, как было до его появления. А сейчас я иду спать в свободную гостевую.

— Нет! — вдруг закричала няня. — Туда нельзя!

Киса, задремавшая в кресле, открыла глаза.

— Лампа поет?

— Нет, солнышко, — ответила я, — теперь няня радует нас вокалом.

— От счастья? — уточнила, зевая, девочка.

— Конечно, — успокоила я ее и повернулась к Краузе: — Что не так с гостевой?

— Я... я... Я там сегодня видела мышь, — выпалила няня. И развела руки в стороны: — Вот такую.

Я двинулась в сторону коридора.

— Судя по размерам, это был ирландский волкодав. Я не боюсь ни собак, ни грызунов, думаю, из всех представителей фауны нужно опасаться только хомо сапиенс, он один убивает не из чувства голода, а от коварства и жестокости. Спокойной ночи.

Роза Леопольдовна, проявив несвойственную ей прыть, обогнала меня, подскочила к двери, приоткрыла ее и громко сказала:

— Эй, мыши, быстро прячьтесь!

Я отодвинула совсем ополоумевшую няню, вошла в комнату и стала озираться. На первый взгляд интерьер выглядел обычно.

— Порядок, — обрадовалась Краузе, — ложитесь в кроватку. Киса, тебе тоже надо спать.

Я села на край матраса, попрыгала на нем, потом легла, замерла и расслабилась. Фу! Бесконечный день закончился. Глаза закрылись, мне стало тепло, ноги-руки потяжелели...

Внезапно я уловила тихий шорох и чуть-чуть приподняла веки. Из большого шкафа, сопя, как обычно, вышла Фира. Что-то в облике мопсихи показалось мне странным — она была слишком большой и передвигалась как-то неловко. Мопсиха обошла кровать, встала на задние лапы, передними схватила вторую подушку, опустилась на пол и, держа ее в зубах, потопала к двери. Я даже не успела удивиться. Фира исчезла в коридоре. Последнее, что я увидела, оказались домашние тапочки Макса на задних лапах мопсихи.

ГЛАВА 30

Утром я вошла в лифт, не уставая удивляться. Надо же, какой дурацкий сон мне привиделся — гигантская Фира, вылезающая из шкафа, а потом берущая передними лапами подушку с кровати и в зубах несущая ее из комнаты. Если б существовал конкурс самых нелепых видений, мои могли бы получить Гран-при. А тапочки на задних лапах? Вот откуда мое подсознание вытащило сей образ? Как бы дедушка Фрейд истолковал его?

— Привет, Лампа, — окликнул меня Гена, сосед с двенадцатого этажа, стоявший в кабине лифта.

— Доброе утро, — улыбнулась я. Привычным жестом потянулась к кнопке с цифрой «1» и замерла. Вместо нее торчала пробка от винной бутылки.

— Прикольно, да? — заржал Гена. — Интересно, кто у нас такой шутничок? И ведь работает!

Сосед ткнул пальцем в пробку, лифт сдвинул двери и пополз вниз.

— Затычками все кнопки заменил, пятнадцать штук воткнул, — комментировал ситуацию Гена. — Гляди, Лампа, человек в расходах не стесняется. Пробочки, все как одна, от «Шато Экрю». Ты в курсе, сколько один бутылевич стоит?

Я кивнула:

— Да. Но никогда в Москве это вино не покупаю. Считаю аморальным пить то, за что просят более трех тысяч. Тем более мне отлично известно, что во Франции «Шато Экрю» стоит тридцать евро. В прошлом году мы с Максом были в гостях у наших друзей-парижан, купили в подарок такую бутылку и получили выговор. Пьер с Мари сказали, что продавать вино дороже десяти евро — это грабеж. Представляю их вытянутые лица при виде наших цен.

— Как парень это сделал, а? — не утихал Геннадий, разглядывая «кнопки». — Такой рукастый!

Кабина затормозила. Я вышла первая и понеслась на парковку. Ох, похоже, я знаю этого рукастого парня. Надеюсь, он не будет разбирать окна на лестнице и заменять стекла мыльными пузырями?

В торговом центре, куда я приехала, Хамид сидел на месте и возился с каким-то ювелирным изделием.

— Доброе утро, — поздоровалась я.

— Что хочешь? Выбирай, дарагая, — с сильным акцентом произнес хозяин, откладывая лупу. — У меня товар на любой вкус.

— Можете посмотреть одно колечко? — скромно потупилась я. — С брильянтами.

— Канечна! Вынымай! — согласился хозяин.

Я положила на прилавок лжеталисман Зуевой. Хамид уставился на перстень.

— Знакомая вещица? — вкрадчиво поинтересовалась я.

— Нэт, — живо соврал ювелир. — Откуда мне его знать?

Я усмехнулась:

— Вы выпали из образа. Последняя фраза из лексикона продавца с Привоза, известного рынка в Одессе, вам она несвойственна.

— Говоришь что? Не понимай тебя, — прикинулся полным идиотом скупщик.

Я достала рабочее удостоверение, которое мне выдал Макс. Не раскрывая его, положила на прилавок и сказала:

— Ваша покойная жена Марианна принесла этот фейк в полицию и сказала, что приобрела перстень за двадцать пять тысяч у Анастасии Гвоздевой. На основании заявления гражданки Гаджиевой Настю задержали, она сейчас содержится в СИЗО, а ее мать рыдает от горя.

— Ничего не знай, — продолжил ломать комедию Хамид. — Мой жена умер.

Я облокотилась на прилавок.

— Отлично понимаю, что судьба Анастасии вам безразлична. Но подумайте о себе. В полиции не стали заморачиваться, экспертизу, подтверждающую подлинность перстня, не проводили. Да и понятно почему. Марианна сказала парням в форме: «Изделие дорогое, но я никогда не даю больших сумм сдатчику. Делаю человеку предложение, если он не соглашается, мы расстаемся без слез». А Лариса Малкина, заявившая о пропаже раритета, подтвердила, что это тот перстень и есть. В отделении эксперта-ювелира нет, надо кого-то приглашать, платить за консультацию, бюджет же у полицейских маленький, дело о краже пустяковое... Короче, все, даже настоящая владелица кольца, не усомнились в его подлинности. Один Михельсон сразу заявил: «Подделка исключительного качества, очень хочется познакомиться с мастером, пожать ему руку».

Хамид забыл о притворстве:

— Вы про Якова Ароновича говорите?

— Да, — подтвердила я.

— Он еще жив? — поразился ювелир. — Великий человек! Преподавал в институте, где я учился. Очень приятно слышать его благожелательный отз...

Окончание фразы замерло на языке Хамида, он стал медленно краснеть.

— Пожалуйста, только не говорите: «Вай, жэнщин, я ничего не знай», — поморщилась я. — Вы же москвич, родились в столице, разговариваете без всякого акцента, воспитывались в интеллигентной семье, родители были врачами.

— Кто вам рассказал? — надулся Хамид.

— А разве это секрет? — в свою очередь спросила я. — Перестаньте кривляться. Видите удостоверение? Я работаю не в обычном отделении, а в серьезной конторе. Понимаете, к чему я веду? Одним словом, у вас большие неприятности. Перстень фальшивый. Где настоящий? Не знаю, какие отношения связывали вас с супругой, но хоть капля жалости к жене должна остаться в вашем сердце. Вполне вероятно, что Марианну убили из-за поддельной драгоценности.

— Нет, — отмел это предположение Хамид, — у нее случился инфаркт, есть заключение врача.

Я убрала документ в сумку.

— Вскрытие трупа, полагаю, не проводили. Вы слышали об эксгумации?

— Не будет моего согласия на это варварство! — вскипел Хамид. — Нельзя покойную тревожить!

— Не хочется вас разочаровывать, но эксгумация проводится исключительно по постановлению следователя, ничьи желания при этом не учитываются, — жестко заявила я. — И чем активнее родственник выступает против изъятия тела из могилы, тем бо́льшие подозрения он вызывает у полиции. А вот если вы честно расскажете, что к чему...

Хамид ссутулился.

— Так и знал, что это плохо закончится! Но разве жене со свояченицей что-то объяснишь? Марианна считала себя виновной, хотя на самом деле сволочь в семье Фатима. Вы ее видели — теща моя, она в меня бутылку с дерьмом швырнула. Во какая! Мужа схоронила, одну дочь тоже, вторую вон выгнала, знать о ней даже сейчас, когда совсем одна осталась, не желает. Вы не думайте, что я бесчувственное бревно, — жена умерла, а вдовец в лавке сидит, деньги зарабатывает. Вчера Заур заходил, местный управляющий, с укором мне сказал: «Фатима сумасшедшая, я ей внушение сделал, больше к тебе не явится, скандал не затеет. Но ты лучше ступай домой, погорюй, никуда выручка не денется, успеешь деньги заработать. Я с тебя в знак сочувствия арендную плату за май не возьму». Он ушел, а я ему вслед смотрю и думаю: как объяснить, что мне дома хуже? Там повсюду вещи Марианны, ее запах остался, автоответчик голосом жены говорит, а я запись убрать не могу, все кажется, этим ее окончательно с лица земли сотру. И я ведь ради Марианны на аферу согласился, обещание молчать дал. Хотя предупреждал ее: «Ничего хорошего из этой затеи не выйдет. Сестричка твоя своего сыночка в очередной раз выручит, а тот окончательно обнаглеет и в новую историю, еще хуже, вляпается. В бабушку принц пошел, вылитая Фатима, думает исключительно о себе».

Хамид встал, подошел к двери и повернул наружу табличку со словом «Закрыто». Я села на стул у прилавка.

— Кто такой принц?

— Племянник Марианны, — пояснил ювелир. — Только мальчишка на свет появился, как мать с теткой затвердили: «Принц настоящий! Хорош собой, умен, великолепен!» Что получится из ребенка, которому с пеленок внушают: ты наш бог, ты безо всяких изъянов, как ни поступишь, все правильно? Не зря парня Маликом назвали.

Я подпрыгнула.

— Малик?

Хамид не заметил моей эмоциональной реакции.

— Имя есть такое мусульманское, в переводе означает царь, владыка, властелин. Иногда в семье рождаются подряд девочки, три или четыре, и вдруг долгожданный сын. Вот его скорей всего Маликом назовут. Но и у русских это имя есть, правда сейчас уже не употребляется. А вот в девятнадцатом веке в деревнях часто встречалось. Истолковывается как младший сын, от слова «мал» происходит.

— Малик ваш родственник... — не веря своей удаче, сказала я.

— Свояченица влюбилась в русского, — начал излагать семейную историю Хамид. — Марианна знала, что у сестры роман, и разболтала матери. Фатима разъярилась и выгнала младшую дочь вон. Мы тогда еще с женой не познакомились, но мне рассказывали, как моя будущая теща по улице бежала и орала: «Опозорила весь род! Связалась с неверным! Забросать тебя камнями! Отдать собакам!» Ее только мулла смог остановить. Велел замолчать, приказал домой идти и постараться с дочкой отношения восстановить. Умный мулла был, образованный, не чета Фатиме. Но она его не послушалась. Вычеркнула из своей жизни младшую дочь навсегда. А у Марианны комплекс вины появился, поскольку именно она матери про роман сестрички с русским растрепала. Я жене сто раз говорил: все равно бы правда наружу вылезла, скандал так и так случился бы. Ну, чуть позже разыгрался б, суть же дела не меняется. Нет, супруга старалась сестренке угодить во всем, тайком к ней бегала. А уж перед Маликом прямо на коленях ползала. Своих детей нам завести не удалось, вот Марианна и нашла себе царя. Но только парень уродился настоящим бесом.

Хамид стиснул кулаки, сел напротив меня и заговорил без остановки.

ГЛАВА 31

Психологи в один голос твердят: ребенок должен чувствовать свою защищенность и значимость для семьи, хвалите его, ободряйте, никогда не бейте, не пугайте, объясняйте его ошибки, не повышая голоса. Малик полной чашей получил от матери и тетки любви. Отец его редко бывал дома, поднимал бизнес. Когда «принцу» исполнилось три года, папаша неожиданно очень быстро разбогател, и с той поры Малик ни в чем не знал отказа. Внешне он уродился в отца — светлые волосы, голубые глаза. А вот характер получил от никогда не виденной им бабушки Фатимы. Мог вспылить на ровном месте, наорать, кидался с кулаками на прислугу, один раз швырнул в горничную, которая замешкалась подать барчуку кофе, чайник с кипятком. Девушка получила ожоги, но жаловаться никуда не стала, потому что хозяйка оплатила лечение и выдала домработнице большую сумму денег. Принцу на момент происшествия было пять лет, и с тех пор мать постоянно расстегивала кошелек, чтобы купировать банкнотами разгорающиеся скандалы. Мужу она ничего не рассказывала, а тот не контролировал расходы супруги, денег в семье куры не клевали. Ну, купила жена себе сто пятьдесят восьмую шубу или двухсотые серьги с бриллиантами, пусть радуется, он еще заработает.

Когда Малик пошел в школу и на него стали каждый день жаловаться учителя, мать разозлилась, побежала к директору, заговорила о травле ребенка. Но после беседы с ним притихла, забрала своего принца на домашнее обучение, наняла ему педагогов, выписала из Англии гувернера.

За два года наемный воспитатель смог обтесать мальчика. Малик вновь пошел в гимназию, даже начал прилично учиться, перестал капризничать, драться, превратился в вежливого, воспитанного подростка. Под присмотром профессионального гувернера ему явно было лучше, чем с матерью.

Когда Малику стукнуло пятнадцать, англичанин улетел на родину, и вновь начались проблемы. Нет, по части умения себя подать и нравиться окружающим Малику теперь не было равных, он очаровывал всех, кто оказывался рядом. Но это-то и было самой большой неприятностью. Девочки в прямом смысле слова дрались за внимание красивого, богатого, воспитанного, веселого, прекрасно одетого и щедрого юноши. Сначала мать только улыбалась, извлекая из карманов школьной формы сына бесконечные записки с нарисованными сердечками. Но потом ей попался пакетик с презервативом, и она бросилась к старшей сестре с извечным вопросом:

— Что делать?

Марианна не усмотрела в ситуации ничего тревожного и в свою очередь поинтересовалась:

— А что такого случилось? Мальчик вырос, это естественный процесс. Он еще по современным меркам поздно начал. Нет повода для беспокойства, у нас ведь не девочка, которая может забеременеть бог весть от кого. Я бы на твоем месте радовалась, узнав, что Малик пользуется презервативами, значит, имеет на плечах голову, не сделает тебя рано бабушкой.

Сказала и словно сглазила. Через месяц после этого разговора отец семейства приехал домой взбешенным и налетел на сына:

— Какого черта? Знаешь, что мой шофер Виктор сегодня рассказал?

— Нет, папа, — как всегда почтительно ответил подросток.

Отец застучал кулаком по столу.

— Его дочь Катя беременна от тебя, девке вот-вот рожать! Наглец водитель потребовал играть свадьбу, иначе грозится пойти в «Желтуху» и рассказать журналистам, как ты совратил его дочь. Девчонке тринадцать лет!

Мать схватилась за сердце. А Малик захныкал:

— Она сама меня соблазнила, Катя со всей школой переспала. И у нее триппер.

У матери началась истерика:

— Принц, ты болен?

— Не знаю, — пробормотал подросток и зарыдал.

Жена налетела на мужа:

— Немедленно прими меры! Шлюха заразила ребенка! Малик наивный мальчик, он влюбился.

— Да, — всхлипнул принц, — она меня в гости позвала и вдруг разделась. Ой, у меня так там болит... Пописать не могу...

— Вот только скандала мне сейчас, когда я баллотируюсь в Думу, не хватает! — заорал отец.

— Хоть раз в жизни забудь о работе и карьере, помоги своему единственному сыну! — закричала мать. — Или ты его не любишь?

Короче, родитель все организовал. Триппер благополучно вылечили, Кате оплатили роды, ребенка отдали на усыновление приличным людям, юную мамашу отправили учиться в колледж за границу, семье водителя купили квартиру, машину. И отец с матерью вздохнули спокойно.

— Пообещай, что больше не будешь делать глупости, — потребовал от сына отец.

— Прости, папа, никогда! — заверил Малик. — Спасибо тебе.

Но не прошло и трех месяцев, как отцу негодяя позвонили из дорожной полиции. Оказалось, что неделю назад принадлежавший бизнесмену «Бентли» сбил на пешеходном переходе женщину.

— Машина принадлежит вам? — сурово спросили из трубки, назвав номер иномарки.

— Да, — подтвердил бизнесмен, — но я никогда сам не сажусь за руль, езжу с шофером. Когда случилось ДТП?

— В два часа ночи двадцать второго мая, — уточнил полицейский.

— Я ездил в Питер на «Сапсане», водитель был со мной, «Бентли» стоял в гараже, — ответил хозяин иномарки.

— Приезжайте, кое-что вам покажем, — пообещал гаишник.

Назад бизнесмен вернулся багровым от гнева. Камера запечатлела момент наезда на женщину, и было видно, что за рулем сидит Малик, а рядом с ним какая-то девочка.

Снова разразился скандал. И опять жена упросила мужа залить пламя из денежного брандспойта. Пострадавшей оплатили лечение, купили квартиру, машину, гаишникам преподнесли пухлые конверты и, убедившись, что все тихо, выдохнули с облегчением. Правда, вскоре потерпевшая умерла от инфаркта, но это уже не имело отношения к их недорослю.

— Веди себя прилично! — снова велел Малику отец.

— Конечно, папа. Я так виноват, прости, если сможешь, — потупился принц.

— Хочется верить, что две неприятности тебя научат, — вздохнул бизнесмен.

Ох, зря он надеялся на лучшее!

В конце августа Малика обвинили в изнасиловании. Заявление написала его однокурсница. Девушка явилась в полицию, прошла все медицинские освидетельствования, продемонстрировала характерные ссадины, раны, и за Маликом приехали хмурые оперативники.

— Папа, я не виноват! — зарыдал сын. — Наташа сама хотела, ей восемнадцать лет, она не маленькая и не невинная девушка, переспала со всеми ребятами в институте, даже с преподавателями. У меня она спросила: «Надеюсь, мы поженимся?» Я ответил: «Нет, я не готов пока к свадьбе». Тогда Наташа пообещала: «Ну, ты меня на всю жизнь запомнишь...» Все подстроено!

Справедливости ради надо заметить, что репутация пострадавшей действительно была с червоточинкой. Но это никак не умаляло вины принца. Если мужчина купил проститутку, а та отказалась исполнять его особые желания и была взята силой, то теоретически «ночная бабочка» имеет полное право пойти в полицию. Если секс случился без согласия женщины, это считается изнасилованием, независимо от того, кем она работает. Даже муж, силой заставляющий законную жену ублажать его, может схлопотать немаленький срок. Штамп в паспорте не делает женщину рабой супруга.

Мать Малика опять стала требовать от мужа поскорей разрулить ситуацию. Но тот сердито произнес:

— Один раз я вытащил дурака из дерьма, считал, что он совершил глупость. Второй — испытал к сыну жалость. Теперь дело еще хуже. Чем больше парню помогаешь, тем гаже он становится. Я в его возрасте учился, а по вечерам вагоны разгружал. Мне некогда было о пакостях думать. Все. Пусть теперь сам разбирается.

— Малик не виноват, что у него богатые родители, — заплакала жена. — Ты хочешь заставить ребенка таскать тяжести? У самого не было счастливого детства, и у сына его отнять решил?

— Детство? — заорал муж. — Да Малик здоровенный лоб! А на уме одни гулянки!

Кипя от негодования, отец отправился в отделение на очередной разговор. А следователь во время беседы неожиданно сказал:

— Жаль вашего парнишку, с зоны он к вам живым не вернется. Хотите, расскажу, что матерые уголовники с теми, кто за изнасилование осужден, делают?

После общения в отделении бизнесмен прямиком порулил в банк. Да, он был донельзя зол на сына, но совершенно не хотел лишаться единственного ребенка.

Наталье купили квартиру, машину, дали большую сумму денег, следователя тоже не оставили в обиде. Короче, затоптали беду, выдохнули и стали жить спокойно. Но отец строго предупредил отпрыска:

— Запомни, это последний раз, когда я тебя от тюрьмы избавил. Бог троицу любит, а четверку считает дурой. Усек?

— Прости, папа, — простонал Малик, — я очень виноват, я семейное несчастье. Мне так стыдно!

После того как отец ушел, мать стала утешать сыночка:

— Принц, умоляю, если случится неприятность, сразу звони мне. Не убегай, не прячься, а иди к матери. Видишь, как отец обозлился? А ведь этого могло не быть, узнай я о произошедшем раньше него. Забеременела девочка? Экая беда! Не надо было ждать, пока у малолетней шлюхи живот на нос полезет, я бы живо ее на аборт оттащила. Взял машину и не смог объехать идиотку, которая под колеса кинулась? А мать на что? И истории с изнасилованием могло не случиться, хитрее надо быть. Спросила мерзавка про женитьбу? Кивай, улыбайся и набирай мой номер. Понял, милый?

— Спасибо, мамочка, — сказал Малик. — Ты одна меня любишь, отец сына терпеть не может, и это ранит мое сердце.

— Нет, дорогой, папа тебя обожает, — утешала недоросля родительница, — просто он тебе немного завидует. Ведь сам никогда не был так красив, как ты, и первую половину жизни провел в нищете. Иногда они с матерью собирали на помойке бутылки, сдавали их и покупали продукты.

— Фу, ну и гадость, — поморщился Малик. — Отец хочет, чтобы я тоже по бачкам шарился?

— Упаси бог, никогда! — всплеснула руками мать. — Ты сделай правильные выводы и всегда сразу ставь меня в известность о случившемся.

После этого разговора, при котором присутствовала и его тетка Марианна, Малик не перестал жить как хотел. Но при любой «плохой погоде» он несся к маме, а та разгоняла тучи с помощью денег из семейной кассы. Ничего не подозревавший отец иногда говорил жене:

— Вроде сын за ум взялся, больше не хулиганит. Но почему я его дома по вечерам не вижу?

— У мальчика практика, — врала супруга, прекрасно знавшая, что отпрыск веселится в ночном клубе. — Загружают детей в институте по полной программе, вздохнуть не дают.

Пару лет Малик жил в свое удовольствие. А потом во время очередного ночного загула затащил в туалет какую-то новую знакомую и занялся с ней сексом. Партнерша не проявляла недовольства, не сопротивлялась, но в сортир в самый интересный момент вошел жених отвязной девицы. Увидев картину маслом, он выхватил травматический пистолет, выстрелил в Малика и промахнулся. Принц не растерялся, отобрал у взбешенного парня оружие, выпалил в него и попал прямо в глаз. Молодой человек умер на месте.

ГЛАВА 32

Лучше не говорить, сколько денег потребовал от матери убийцы владелец увеселительного заведения, который брался вытащить Малика из беды. А она не могла снять столь огромные деньги со счета. Ведь щедрый муж, заметив исчезновение такой суммы, удивится и непременно спросит: «Милая, куда делись деньги? Что ты приобрела на них?»

Словами о покупке очередной шубы в данной ситуации не отделаться. Но дамочка нашла выход из положения. Она взяла несколько украшений, подаренных супругом, встретилась с Марианной, обе сестрицы примчались к Хамиду и потребовали:

— Живо сделай копии и найди покупателя на настоящие драгоценности.

Мать и тетка Малика не придумали ничего оригинального. У некоторых женушек олигархов в коробках, обитых бархатом, лежат имитации, а подлинные драгоценности давно ими проданы, чтобы купить молодому, но нищему любовнику машину, квартиру, часы с турбийоном.

Хамид не особенно обрадовался и попытался сопротивляться:

— Сколько можно покрывать парня? Уже второго человека он лишил жизни.

— Не смей врать! — взвилась мать Малика. — Мой сын не серийный убийца, в клубе произошел несчастный случай.

— А женщина, которую твой любимец на пешеходном переходе сшиб? — напомнил ювелир. — О ней забыла?

— Та сама под колеса кинулась, — возмутилась невестка. — К тому же умерла она не от наезда, а уже выписавшись из клиники, дома от инфаркта.

— Малик нам как сын, — зарыдала Марианна, умоляюще глядя на мужа.

— Упаси Аллах от подобных деток, — пробурчал себе под нос Хамид и сел за работу. А позже и покупателей на настоящие ожерелья и серьги нашел.

Мать откупила сына от тюрьмы, выдохнула и снова успокоилась. Но разве можно мирно заснуть около гранаты с вынутой чекой?

Месяца через три после удачно проведенной операции по замене драгоценностей на фейки случилась беда. Бизнесмен решил сделать любимой жене подарок ко дню рождения — заказать для нее браслет, который станет дополнением к уже имеющемуся у нее комплекту колье плюс серьги.

Муж любил делать сюрпризы, поэтому он, не предупредив жену, взял украшения и отвез мастеру, чтобы тот подобрал камни. Наверное, не стоит в деталях живописать, что сказал клиенту ювелир. Прямо от него тот поехал в банк и велел предоставить ему выписки со счетов супруги...

Хамид на мгновение умолк. Потом опустил глаза и продолжил:

— ...Отец понял, что сын не взялся за ум, просто жена, став хитрее шакала, обманывала его, тайком тратила средства, покрывая Малика. И тогда бизнесмен решил: она отправляет парня в Питер. Там Малик живет один. Работает, учится, пытается стать человеком. Мать с ним не встречается. Ей в месяц выдается фиксированная сумма, и точка. Вернуться домой Малик может через десять лет, когда действительно возьмется за ум и добьется чего-то в жизни. Если жена не согласна с этими условиями, муж ее выгонит.

И что вы думаете? В ответ на это предложение олигарх услышал категорическое «нет» от своей законной половины. Женщина знала, как муж ее любит, и думала, что тот просто ее пугает.

А бизнесмен молча ушел и в тот же день приказал начальнику своей охраны, служившему боссу верой и правдой более двадцати лет:

— Увези мою жену и гаденыша-сыночка в нашу старую квартиру на Сущевском Валу, из которой мы выехали, когда я только начал зарабатывать. Взять с собой они могут два чемодана с личными вещами. Все. Если супруга будет настаивать на встрече со мной, я с ней поговорю, но не сейчас, а месяцев через шесть, а пока не могу на нее смотреть. Я согласен простить многое, и не в пущенных на ветер деньгах дело. Жена не один год обманывала меня. С вруньей я жить не могу, но и развода ей никогда не дам. Предложил ей шанс исправить положение, и она свой выбор сделала. Точка.

— А парню что сказать? — спросил секьюрити.

— Какому? — спросил олигарх.

— Вашему сыну, — уточнил главный охранник.

Хозяин, не изменившись в лице, ответил:

— У меня нет детей.

Верный служащий досконально выполнил приказ, но, поскольку недолюбливал хозяйку, не отказал себе в удовольствии пересказать ей свою беседу с шефом в мельчайших подробностях. Та в слезах позвонила Марианне и закричала:

— Что мне делать? Помоги! Мы с Маликом теперь нищие!

Марианна с Хамидом приехали на новое место жительства сестры и племянника. Ювелир оглядел жилплощадь и старательно скрыл злорадство. По его мнению, бизнесмен поступил совершенно правильно. Пусть избалованный принц с мамашей поживут на одну зарплату в двухкомнатной квартирке с видом на Савеловский вокзал, поездят на метро, вот тогда небось в их тупые головы залетят простые мысли: нельзя вести себя так, как тебе заблагорассудится, за все плохое надо расплачиваться.

Для Малика наступил черный период. Из престижного института, обучение в котором стоило немалых денег, ему пришлось уйти. Мать извернулась и пристроила чадо в затрапезное учебное заведение, где в аудиториях сидели одни девочки из простых семей. О ночных клубах парню пришлось забыть, о походах в ресторан тоже. Как, впрочем, и о поездках в разные страны. У Малика теперь не было ни платиновой кредитки, ни наличных денег. Но работать он по-прежнему не хотел, клянчил рубли у матери, а та, вместо того чтобы велеть сыну самому зарабатывать, безропотно расстегивала кошелек. Да только у нее самой там лежали жалкие, на взгляд барчука, копейки.

Спустя полгода после перехода Малика в другой вуз к матери примчалась разъяренная родительница его однокурсницы и закричала:

— Ваш сынок задурил голову моей доченьке, обещал на ней жениться, а сейчас в кусты! Гостевал у нас в доме, ел, пил, большие деньги в долг взял, не вернул, а теперь с другой гуляет. Вот скотина! Такой зять нашей семье не нужен, пусть вон катится! Но отдайте нам деньги!

Мать пообещала разобраться.

— Мама, не надо верить всякой брехне, — спокойно ответил на ее вопросы Малик. — Ничего я ни у кого не брал. Не волнуйся, в суд никто не пойдет. Есть у дураков моя расписка? То-то и оно. Соврать можно что угодно. Я не виноват, что на меня девчонки вешаются...

Хамид остановился, покашлял. Подняв на меня глаза, спросил:

— Знаете, чего я не понимаю: почему свояченица всегда верит сыну? Ее постоянно беспокоили разные люди, говорили, что Малик взял у них в долг, а он уверял: все врут. Потом он взял большой кредит в банке, выплачивать его, естественно, не стал, все возвращала мать. Через некоторое время гаденыш отправился в автосалон и купил там машину в рассрочку. Догадайтесь с трех раз, кому предстояло вносить в кассу деньги? Сестра жены принеслась к нам, попросила помочь, но мы не смогли найти такую сумму. Тогда она обратилась к мужу, пожаловалась на тяжелое финансовое положение, а тот ответил: «Как только мерзавец покинет Москву и ты прекратишь с ним общаться, сможешь вернуться домой и жить по-прежнему».

Хамид снова перевел дух и заговорил. Я молча слушала ювелира.

...Сестра Марианны оказалась в глубокой яме, продать ей, кроме квартиры, было нечего. Слава богу, она не совершила этой глупости, иначе бы стала бомжихой. И вдруг она успокоилась, перестала жаловаться на звонки из банков, повеселела и похвасталась родственникам:

— Малик нашел очень хорошо оплачиваемую работу. Теперь у нас все прекрасно.

Марианна наконец-то перестала плакать и пачками глотать успокоительные таблетки. А вот Хамиду почему-то стало тревожно. Но он решил ничего не говорить жене о своих ощущениях.

Некоторое время ювелир жил более или менее спокойно. Хотя чувствовал: что-то тут не так. Ведь когда все затихает? Правильно, перед бурей.

Буря грянула в начале весны, и сперва Хамид не понял, что она подлетела к его дому. В марте Марианна попросила его сделать по фотографии копию очень дорогого кольца. Заказ его не удивил, ювелир уже выполнял фейки, поэтому в очередной раз засел за работу. Прекрасный мастер, но никудышный бизнесмен, он жалел всех, кто вынужден сдавать в ломбард свои украшения, поэтому скупкой руководила Марианна. Муж не спорил с ней по деловым вопросам. Да и по бытовым тоже не возникал, в их семье лидером была жена.

Готовое изделия Хамид вручил супруге и забыл об этом. Представьте его удивление, когда в конце апреля он, купив ежедневную газету «Сплетник», увидел в ней фото того самого перстня (то ли настоящего, то ли копии, по снимку не разобрать) и статью, повествующую о фонде «Жизнь заново», Насте Гвоздевой и краже. Заканчивалась заметка фразой: «Благодаря честности хозяйки ломбарда Марианны Г. баснословно дорогая вещь вернулась к законной владелице. А у нас возник вопрос: неужели госпоже Зуевой, трепетно относящейся к отбросам общества и пригревшей под своим крылом опасных преступников, не ясно, что вор должен сидеть в тюрьме?»

Хамид потребовал от жены объяснений. Как Марианна ни увиливала, он не отстал от нее и в конце концов узнал, что придумали сестры.

Оказывается, Малик в очередной раз влип в неприятность — затеял роман с девятиклассницей Светой. Девочка, воспользовавшись тем, что родители укатили на дачу, позвала его в гости, парочка весело развлекалась в постели. А потом парень, хорошенько выпив, решил сделать клубнику фламбэ. Малик облил ягоды спиртом, поджег и — уронил миску. Итог: целиком выгоревшая квартира. Слава богу, школьница осталась жива. Ясное дело, родители требуют солидную сумму на восстановление жилья. Если Малик ее не заплатит, то окажется на нарах, потому что предки любвеобильной девятиклассницы посадят его за совращение несовершеннолетней. Правда, знакомая ситуация? Малик в похожую попадает не первый раз. Хотя ранее чужих квартир он не поджигал.

Марианна с сестрой кинулись спасать своего принца. Но где им взять столько денег? И у матери мерзавца родился иезуитский план. Работает она управляющей общежитием фонда «Жизнь заново», а хозяйка благотворительного заведения, Нина Феликсовна Зуева, всегда носит очень дорогое кольцо, которое часто забывает в ванной, когда моет руки...

— Лариса? — перебив ювелира, ахнула я. — Хамид, сестру вашей жены так зовут?

— Вообще-то она Лейла Ибрагимовна Гаджиева, — ответил собеседник, — но когда Фатима выгнала дочь, та вышла замуж за Вениамина Константиновича и стала Ларисой Евгеньевной

Малкиной. А сына Малика по документам сделала Михаилом. Сказала, что ему с русским именем будет проще жить. Сама-то звала его по-восточному, правда, не при посторонних, а только дома. Кстати, имя моей жены тоже не Марианна, она Мухаджафида, это в честь бабушки. Имя старинное, сейчас редко используемое и труднопроизносимое даже для меня, поэтому все, кроме Фатимы, звали ее Марианной.

Я изо всех сил пыталась сохранить спокойствие, а Хамид говорил и говорил. Видно, у него наболело на душе, он просто больше не мог молчать.

...Сестры придумали такой план. Когда глава фонда в очередной раз оставит кольцо на умывальнике, Лариса не вернет его, а Зуева, как обычно, забыв об украшении, уедет домой. Но просто украсть собственность владельца фонда нельзя — хоть Нина Феликсовна и твердит, что никогда не надо вмешивать в дела фонда полицию, лишившись перстенька стоимостью в несколько миллионов, она может поднять шум, и начнется расследование. Значит, нужно сделать так, чтобы в воровстве обвинили кого угодно, только не их с Мишей.

И Лариса придумала, как поступить. Для начала она сфотографировала перстень со всех сторон, а Марианна велела Хамиду сделать копию. Пока ни о чем не подозревающий ювелир исправно трудился, Лариса упросила погорельцев дать ей несколько недель на сбор необходимой суммы и принялась действовать. Она приобрела билеты в цирк, соврав всем, что получила для фонда бесплатные контрамарки.

— Вот почему бывшие зэки сидели все вместе на хороших местах, — пробормотала я себе под нос.

Хамид не обратил внимания на мои слова, продолжал дальше.

...Роль воровки предназначалась Насте. Почему? Ну, во-первых, девушка не расстилалась ковром перед Ларисой, не пыталась ей угодить, как другие. А во-вторых...

В начале зимы Лара случайно подслушала разговор своего обожаемого сыночка с Гвоздевой.

Миша говорил:

— И когда ты со мной в кафе пойдешь?

— Не надейся, — ответила Анастасия, — мне перцы, подобные тебе, не нравятся.

— Брось прикидываться, иди сюда, — скомандовал парень и попытался обнять девушку.

Та развернулась, отвесила наглецу затрещину и сердито сказала:

— Отвали! Или еще раз вмазать? Убери свои липкие лапы! Ты мне отвратителен! Только подойди ближе чем на десять метров, костей не соберешь!

— Уж и пошутить нельзя... Дура ты, юмора не понимаешь, — прошипел Михаил.

Настя молча ушла. А Лариса пришла в негодование: «Вот мерзавка! Посмела ударить моего сыночка!»

Она отчитала сына, приказала тому и думать забыть о девушках, живущих в доме Доброй Надежды. Но когда встал вопрос, кого обвинить в краже перстня, сразу решила: Гвоздеву.

Настал назначенный день. Все, кроме Кирилла и Насти, уехали в цирк. Найденову и Гвоздевой было велено мыть окна. Чтобы Кирилл не помешал спектаклю (вдруг случайно зайдет в санузел, увидит перстень и возьмет его), Лара купила бутылку дорогой водки, поставила ее, пока Найденов умывался, на стол в его спальне и там же разместила закуску. Управляющая надеялась, что попавший на зону из-за пьянства мужик не удержится и напьется.

Была еще одна причина, по которой Кириллу надлежало надраться. Накануне дня «Ч» Нина Феликсовна совершенно неожиданно сказала Ларе:

— Завтра днем я иду в театр. Вадик уехал по делам, мне одной скучно, надо развлечься.

Малкина перепугалась. Весь ее замечательный план может пойти прахом, а времени на организацию нового «шоу» нет. Все уже готово — Марианна договорилась с Зауром, тот разрешил на час поставить в торговом центре столик, за которым будет стоять парень, прикидывающийся наперсточником. Сестра наплела смотрящему душещипательную историю: племянник хочет сделать предложение весьма капризной девчонке, а та обожает сюрпризы, розыгрыши, живет неподалеку от магазина, каждый день заглядывает в него. Влюбленный юноша решил надеть парик, приклеить бороду и сделать вид, что крутит стаканы. Под одним из них будет колечко с бриллиантом.

Девушка «выиграет», и тут наперсточник сбросит накладные волосы... Заур, выслушав Марианну, рассмеялся: «Веселый у тебя родственник. Хорошо, пусть стоит. Один час». Однако если Зуева не появится в общежитии из-за посещения театра, то как заполучить ее кольцо?

Лариса расстроилась, но вдруг поняла, что все поправимо.

Утром она позвонила хозяйке и воскликнула:
— Пожалуйста, приезжай скорей! Не знаю, что делать. Кирилл напился, буянит, кричит...

Нина Феликсовна бросилась в дом Доброй Надежды и обнаружила Кирилла в отключке. Правда, тот вел себя тихо, а Малкина стояла около подопечного с отрезвляющим коктейлем в руке. В процессе разговора содержимое стакана «случайно» выплеснулось на платье Зуевой. Дальше понятно: глава фонда пошла в ванную отмываться, забыла перстень и, очень расстроенная тем, что не попала в театр, уехала домой, как всегда не вспомнив о семейной реликвии.

Анастасия же драила окна в дальнем конце огромной квартиры. Девушка злилась на управляющую, которая лишила ее похода в цирк, и, наверное, поэтому предпочла не показываться на глаза начальству. Весь спектакль разыгрывался в присутствии Гвоздевой в общежитии, но без ее прямого участия. Лариса пару раз громко сообщила Нине Феликсовне о том, что Настя здесь и из-за пьянства напарника вынуждена одна протирать окна.

Только Зуева отбыла восвояси, как Малкина звякнула Михаилу, а потом передала сыну кольцо.

Парень натянул парик, прикрыл голубые глаза темно-коричневыми линзами, приклеил небольшую бородку и изобразил наперсточника. Свою светлую кожу он еще с вечера намазал автозагаром и сейчас походил на выходца с Кавказа. Настя не узнала его, обрадовалась удаче, затем по совету мошенника пошла в ломбард.

ГЛАВА 33

Хамид умолк, а я вздохнула.

Вот теперь получены ответы на все вопросы. Понятно, откуда взялась бутылка водки и почему Кирилл упорно повторял, что «она сама пришла». Настя раньше уже находила кольцо, но всегда отдавала его Малкиной, и теперь ясно, по какой причине вдруг «поступила нечестно» — Гвоздева не брала украшения, его унесла Лариса. Я могу уже объяснить, с какой стати управляющая, зная о категорическом нежелании Зуевой вмешивать в дела фонда полицию, не оповестив Нину Феликсовну, позвонила в отделение, — милейшая Лариса хотела, чтобы все узнали о пропаже драгоценности и быстро ее нашли, а Настю, посмевшую отвесить оплеуху любимому сыночку, отправили опять на зону. Нашелся ответ и на вопрос, как перстень попал к наперсточнику. А если бы полиция не проявила расторопность, Марианна сама бы отправилась в отделение со словами: «Люди говорят, что у богатой женщины, которая о зэках заботится, пропало дорогое украшение. Посмотрите, не это ли? Ее сдала...» Ну, и так далее.

У меня закружилась голова. Минуточку, значит, Малик это Михаил... Вот кто отец ребенка несчастной Анюты!

В памяти неожиданно всплыла картина. Мы с Вадимом стоим у подъезда общежития. К нам подходит сын Малкиной, узнает о смерти Анюты и восклицает:

— Она же была здоровая, могла килограмм шашлыка зараз съесть!

Наверное, мне следовало тогда насторожиться, подумать, откуда Мише известно, сколько шашлыка могла слопать Анюта. Говорить об этом мог лишь тот, кто выезжал с ней на природу. Я должна была спросить у Вадима, устраивают ли для подопечных пикники, но меня что-то отвлекло, я забыла о случайно оброненных Михаилом словах, а вот сейчас вспомнила. Нечестному человеку надо уметь держать язык за зубами, его может выдать даже невинная фраза про мясо на шампуре. И темное пятно у красавчика под ухом вовсе не родимое пятно — он смывал специальным мылом автозагар, и небольшой участок кожи остался нетронутым.

И ведь был еще один косяк, допущенный юношей. Помните, я столкнулась с танком, потом поднялась в квартиру к тете Кларе, увидела аквариумы, восхитилась их обитателями, а затем поехала в дом Доброй Надежды на машине бывшей жены Кролика Регины? Припарковавшись у подъезда, я увидела, как из него вышел Вадим, который забыл в своем автомобиле сигареты, мы остановились, начали разговаривать, и тут к нам подошел Миша. Малкин от нас с Зуевым узнал о том, что произошло с Кузнецовой, и казался ошеломленным. Минут пять мы втроем обсуждали трагедию, затем Вадим спросил его:

— А ты к матери или просто мимо шел?

— Да вот услышал о кончине Нюты и поспешил помочь, чем смогу, — ответил тот.

Тогда я не заострила внимания на его словах, а теперь возник вопрос. Если до встречи со мной и Вадиком Михаил не знал о смерти девушки, как он мог бросить все дела и помчаться в общежитие, чтобы оказать поддержку его обитателям? Или он уже знал о случившейся беде? Зачем тогда соврал нам? Ему следовало сказать честно: мама позвонила и обо всем рассказала. Но нет же, парень сначала изобразил потрясение от услышанной новости, а затем ляпнул про помощь. Как всем известно, маленькая ложь порождает большое недоумение. Вот почему Миша так упорно пытался выяснить, догадываемся ли мы, с кем встречалась Анюта, что нашли в ее спальне, интересовался: «Любовник будет считаться преступником?»

Еще он не сдержал эмоций и налетел на Вадима, когда тот с упреком сказал, зачем, мол, Малкина вызвала полицию.

А сама управляющая, услышав от меня доклад о рассказе бывшего следователя Дмитрия Александровича и узнав, что любовника Анюты звали Маликом, вскрикнула:

— Я же просила! Умоляла!

Потом отпихнула Мишу, обнявшего ее, и сказала:

— Не трогай меня. Прав был... — И тут же, не договорив фразы, убежала.

Присутствующие решили, что Лариса очень переживает из-за Кузнецовой, к тому же Михаил сказал об излишней эмоциональности матери. А сама Малкина, вернувшись, объяснила, что имела в виду, произнося «я же просила». Анюта, оказывается, понравилась какому-то торговцу.

Не стоит сейчас вспоминать вранье управляющей. Просто она услышала от меня имя Малик, сразу поняла, о ком идет речь, и потеряла самообладание. Думаю, она хотела сказать что-то вроде: «Я же просила, умоляла тебя, Миша, никогда не заводить отношений с девушками из дома Доброй Надежды. Но на тебя слова не действуют. Отойди, не трогай меня. Прав был твой отец, когда предупреждал, что ты неисправим...»

Я схватилась за голову, растерявшись от лавины открытий.

— Вам плохо? — испугался, воззрившись на меня, Хамид. — Сидите с таким странным лицом.

— Нет, со мной все нормально, — откликнулась я. — Но почему вы молчали? Неужели не понимали, что ни в чем не повинная девушка оказалась под замком, что ее осудят, отправят на зону?

Ювелир сник.

— Марианна велела мне рта не открывать. Мы с ней очень сильно тогда поругались. Я впервые на жену накричал, запретил ей общаться с Ларисой, приказал Михаила в гости не приводить. Ребром вопрос поставил: или я, или твои родственнички. Марианна крикнула: «Разводимся!» Никогда мы так отношения не выясняли. Я потом заснуть не мог, сидел в гостиной на диване, слышал, как жена по квартире ходит, плачет, но не вышел, утешать ее не стал. Хотел показать, что на уступки не пойду, не желаю более ни Ларису, ни ее сына-подлеца видеть. А утром Марианна умерла. Доктор все спрашивал: «Не пережила ли она стресс? Может, ее кто напугал, расстроил?»

Хамид опустил голову на грудь.

— Вы ни в чем не виноваты, — пробормотала я.

Ювелир резко встал.

— Мою жену убил наш скандал. Но ссору спровоцировали ее сестра и племянник, они должны ответить за кончину Марианны, поэтому я и рассказал вам правду. Арестуйте их за мошенничество. Супруги нет в живых, меня никто не остановит, я все свои слова где угодно подтвержу — в кабинете у следователя, в суде. Только пусть их накажут за мое вдовство.

Выйдя от Хамида, я позвонила Константину, надеясь, что тот отзовется. Богиня удачи оказалась на моей стороне.

— Рыков, — прозвучало из трубки.

— Костик, послушай...

— Лох-несское чудовище и медузы-человекоубийцы больше не являются основными подозреваемыми? — перебил меня приятель. — Возникла новая захватывающая версия? Из недр земли вылез гигантский червь и стал поедать москвичей? Или с Ваганьковского кладбища сбежали зомби? На столицу со стороны Арктики надвигается армия саблезубых мамонтов?

Мне стало обидно.

— Я знаю, ты не любишь меня и полагаешь, что я дура. Наверное, не стоило звонить тебе и рассказывать про зеркала в аквариуме, про пьяницу, который испугался Кисы в костюме белки, и про медуз Ахмети. Прости, более никогда не буду лезть в чужие дела. Но, если можешь, помоги мне сейчас. Я знаю, кто подставил Настю, и очень боюсь, что преступники скроются.

— Лампудель, да я к тебе прекрасно отношусь, — смущенно забормотал Константин. — И всегда считал тебя хорошим работником, поэтому и подтруниваю. Над идиотом не шутят, юморить можно только с равным себе, иначе это издевательство. Давай встретимся. Представляешь, у меня выходной. Вот удивление, да?

Я не поверила своим ушам.

— Ты собрался потратить драгоценное свободное время на мои проблемы?

— Должен же я доказать, что твои слова про мое плохое отношение к тебе полнейшая чушь. Где встречаемся? — деловито спросил Костя.

* * *

После того как я рассказала о том, что узнала, и поделилась своими соображениями, Константин позвонил Малкиной.

— Лариса Евгеньевна, делом Анны Кузнецовой теперь занимаюсь я, — заявил он. — Возникла настоятельная необходимость задать всем, кто бывает или живет в общежитии фонда «Жизнь заново», вопросы. Можете подъехать?

— Куда? — поинтересовалась управляющая.

— Прямо сейчас в мой офис, — сказал Рыков.

— Сегодня же праздник, — попыталась отбиться Лара.

— Только не для нас, — отрезал Константин. — Полагаю, вы заинтересованы в скорейшей поимке врача, который лишил жизни молодую девушку?

— Ладно, — сдалась Малкина, — говорите адрес.

Следователь продиктовал название улицы, номер дома и предупредил:

— Возьмите с Михаилом паспорта, у нас пропускная система.

— Так вам и мой сын нужен? — занервничала управляющая. — Мальчик ничего не знает, он редко ко мне на работу заглядывает, не помню, когда в последний раз был, в марте или феврале.

— И все же пусть молодой человек придет, — не дрогнул Рыков. — Жду вас вдвоем.

— Вот вруньи, — поморщилась я, когда Рыков отсоединился. — Ее Миша постоянно в общежитии топчется.

— Мы тоже хороши, — улыбнулся Костя. — Никакого дела у меня нет, я по Кузнецовой не работаю. Пошли, выпьем кофе. Потом посажу тебя у монитора...

Спустя некоторое время я заметила, устраиваясь перед экраном:

— Как далеко зашел прогресс. Зеркала, картины и прочие прибамбасы, позволяющие незримо присутствовать при допросе, теперь ушли в прошлое. Нынче век камер.

— К сожалению, не везде, — вздохнул Рыков. — Нас пока хорошо финансируют, но о технике, которой Макс набил лаборатории, рабочие кабинеты и допросные в своем здании, нам остается только мечтать. Зина Богатырева побывала в гостях у своего коллеги, вашего Вали Сотникова, и теперь высасывает начальству мозг, ноет, как ребенок под Новый год: «У Валентина есть чудо-спектрометр и гениальные анализаторы. Купите и нам такие! Купите, купите, купите...»

— Да, Макс очень много денег вкладывает в оборудование, — гордо подтвердила я. — И зарплата у его сотрудников достойная. Ну все, иди встречай сладкую парочку в кабинете.

— Не заскучаешь? — спросил Костя.

— В сумке у меня айпад, а в него закачана бродилка «Танк-кабриолет», — пояснила я, — поиграю в тишине.

— Танк-кабриолет? — рассмеялся Рыков. — Сколько тебе лет?

— Четырнадцать, — тут же ответила я.

Константин цокнул языком.

— Ну надо же, уже выросла, а я думал, тебе только двенадцать. Танк-кабриолет... С ума сойти! Неужели такая ерунда тебя интересует?

— Ты просто никогда не пробовал играть, — оживилась я. — Там надо выращивать черепашек и...

Костя погладил меня по голове и посоветовал:

— Зая, ты поосторожнее с черепахами. И не балуйся в отсутствие взрослых, а то не получишь мороженое.

Наконец он ушел, и я открыла айпад.

К тому моменту, когда Лариса и Рыков вошли в комнату для допросов, мне удалось спасти от безжалостного танка много маленьких черепашек.

— Садитесь, пожалуйста, — предложил Константин. — А где Михаил?

— В праздничные дни у студентов нет занятий, мальчик уехал с однокурсниками за город, — пояснила Малкина. — Дозвониться на дачу проблематично, стационарного телефона там нет, а мобильный не берет. Миша непременно придет к вам в первый же рабочий день.

— Хорошо, — согласился Константин, — тогда пока мы с вами побеседуем. Вы знакомы с ювелиром по имени Хамид?

— Нет. А кто это? — глупо соврала Лариса.

Рыков поднял бровь.

— Странно. Думал, вы дружите с мужем своей сестры Марианны. Теперь, правда, Хамид стал вдовцом.

Малкина быстро заморгала и стала выкручиваться.

— Ах, Хами! Ну да, конечно, мы поддерживаем отношения, но не близкие, общаемся редко, формально. Понимаете...

Управляющая начала в подробностях рассказывать, как Фатима выгнала ее из дома. Ложь она ловко перемешивала с правдой, сказала, что пошла в загс уже беременной от Вениамина, а Марианна встала на сторону матери.

Я откинулась на спинку кресла и принялась покачиваться, ожидая, когда Малкина перестанет врать. Интересно, сколько времени ей понадобится, чтобы понять: с Рыковым шутки плохи, за его приветливостью скрывается жесткий профессионал, которого ой как трудно ей будет обвести вокруг пальца.

Почти час Лариса пыталась водить Костю за нос. Потом расплакалась и простонала:

— Чего вы от меня хотите?

— Теперь выслушайте меня, а затем я отвечу на ваш вопрос, — спокойно произнес Константин.

ГЛАВА 34

Когда Рыков завершил рассказ, Лариса, сильно побледнев, воскликнула:

— Все это неправда!

— Хамид уже дал показания, — напомнил Рыков. — У вас с сыном получается букет статей. Кража и мошенничество лет на семь потянут.

— Вы с ума сошли? — ахнула Малкина. — Мальчик тут ни при чем!

Рыков усмехнулся:

— Лариса Евгеньевна, это неправильная тактика. Михаил виновен не в одном преступлении, но он сможет облегчить свою участь, если даст координаты подпольного акушера, который убил Анну.

— Миша ничего не знает, — отрезала мать. — Записывайте мои слова...

— Вы не можете давать показания за сына, — остановил ее Рыков. — Мне необходимо переговорить с Михаилом лично.

— Он придет с адвокатом, — пообещала Малкина. — Найму этого... ну... который постоянно в телевизоре сидит...

— Зацепин, — подсказал Рыков.

— Точно! — обрадовалась Лариса.

— Опытный юрист, знающий, — согласился Костя. — Но он не ведет уголовные дела, занимается исключительно бракоразводными процессами.

— Найду такого, как Зацепин, и он Мишу от вас оградит, — перебила его Малкина.

— Дорогое удовольствие, — пробормотал Рыков. Затем мягко сказал: — Лариса Евгеньевна, разрешите дать вам совет. Адвокаты бесплатно не работают. Вернее, вы можете получить защитника от государства, но, думаю, он будет либо очень молодым и неопытным, либо не слишком знающим специалистом. Увы, это так. А услуги известного законника придется оплачивать независимо от исхода его работы. Поверьте, я часто вижу людей, которых адвокаты раздели и ничего не дали взамен. Сейчас, когда приведут Михаила...

— Что значит «приведут Михаила»? — взвизгнула Лариса.

— За вашим сыном отправились наши сотрудники, — не моргнув глазом, соврал Рыков. — Когда парня доставят в мой кабинет, ни о какой явке с повинной, а она всегда учитывается судом, речи уже не будет. В городе пробки, даже машине со спецсигналом придется долго добираться по переулкам, забитым автомобилями. Хотите кофе? У нас он противный, из автомата, но все же лучше, чем ничего. Кстати, телефон у вас с собой?

Ох, я не имею права этого делать, но мне вас так жалко...

Константин понизил голос:

— Я отправлюсь за кофе, а вы, пока никого в допросной нет, посоветуйте Мише приехать самому. Этот поступок облегчит его положение. Я вам очень сочувствую, но мне придется вскоре доложить начальству о ходе нашей беседы. Шеф, как бы помягче выразиться, человек суровый, и у него есть дочь возраста Анны. Понимаете? Он прикажет перекрыть вокзалы, аэропорты, автостанции, все выезды из Москвы, разослать паспортные данные и фото. Если Михаил попытается скрыться, его задержат на раз-два.

Я поморщилась. Костя явно перегнул палку. Отлично понимаю его план — испугать Ларису, чтобы та во избежание крупных неприятностей велела Мише немедленно приехать к Рыкову. Но кто же поверит, что ради поимки подпольного гинеколога всю Москву поставят на уши?

Меня вдруг затрясло в ознобе.

— Сейчас еще можно исправить положение, — мурлыкал Константин. — Явка с повинной, чистосердечное признание, рассказ о том, как он участвовал в обмане...

Я вздохнула. Нет, Лариса не попадется на эту удочку. А у меня нет ни одной неопровержимой улики, только догадки да предположения. Что же касается показаний Хамида, то хороший адвокат тут же скажет: «У вдовца плохие отношения со своячeницей, он винит ее в смерти своей жены, считает, что инфаркт у Марианны произошел из-за скандала, спровоцированного отвратительным поведением Михаила. О похищении кольца и подставе Анастасии Гвоздевой ювелир знает со слов жены, это ненадежный свидетель. И можно ли доверять человеку, который не впервые делает копии чужих драгоценностей, не спрашивая у жены, зачем те ей нужны? У скольких людей Марианна украла дорогие вещи, заменив их фальшивками?»

Внезапно я почувствовала усталость, почему-то мне захотелось плакать. Зато прошел озноб.

— Когда вам надо идти к шефу? — еле слышно спросила Лариса.

— Вот-вот, — вздохнул Костя. — Поэтому я и спросил про кофе.

— Значит, если Миша вовремя не появится у вас, его объявят в розыск? — стараясь казаться спокойной, спросила Лариса.

— Думаю, да, — не моргнув глазом, солгал Рыков.

Малкина выпрямилась, вздернула подбородок и решительно сказала:

— Вы оставляете Михаила в покое, а я рассказываю о преступниках, которые вот уже на протяжении многих лет убивают людей. Без меня вам их никогда не поймать. С виду они добропорядочные граждане, отец и дочь, а в действительности отправили на тот свет не один десяток несчастных. Идите и скажите шефу, что Малкина предлагает обмен: она с сыном остаются на свободе, а следствие получает имена опаснейших преступников.

— Мне нужна хоть какая-то информация, чтобы с ней пойти к начальству, — сухо сказал Рыков.

— Я дала вам сведения: убийцы — отец и дочь, — не дрогнула Малкина.

— Этого недостаточно, — уперся Костя. — Имя, фамилия?

— Но я же не дура, чтобы ответить на этот вопрос, — резонно заметила Лариса. — Сначала дайте обещание отпустить нас, потом узнаете подробности. Скажите начальству, что Миша и я не совершили ничего ужасного. Ну да, вам хочется наказать акушера. Но Миша тут вообще ни при чем. Анюта оказалась хитрой жабой! Да, девица забеременела от моего сына, этого я не отрицаю.

— И правильно делаете, — сказал Константин. — Думаю, вы понимаете, что в нашем распоряжении есть биологический материал для определения ДНК. Доказать, что ребенок от Михаила, не составит труда.

— Нюта сначала понравилась мальчику, — продолжала Лариса, — но потом оказалось, что у нее мерзейший характер. Она только прикидывалась невинной овечкой, а в действительности была алчной мерзавкой. Стала качать права, требовать от Мишеньки дорогих подарков, вознамерилась выйти за него замуж, давила на мальчика. Миша понял, что Кузнецова обычная хищница, и разорвал с ней отношения. Анюта вроде от него отстала, а потом, ба-бах, заявила: «Я беременна. Аборт делать поздно. Рожу младенца, твой отец нас всю жизнь содержать будет. Дрогнет сердце олигарха при виде внука!» Михаил никому не рассказывал о том, как поступил мой муж, — выгнал из дома меня и сына, чтобы не тратить на нас деньги. Но тут мальчику пришлось откровенно объяснить стерве: «Мой отец негодяй, мы с мамой от него ушли. Появление на свет младенца только разозлит папашу. Подумай и поступи правильно». Все. Больше он с ней не разговаривал.

Мне, слушавшей эти откровения, стало противно. Принято считать, что о покойных нельзя говорить ничего, кроме хорошего. А Малкина мало того что говорит мерзости об Анюте, так они еще ни на йоту не соответствуют действительности. Девушка не могла шантажировать парня, не тот у нее характер.

— Узнав о смерти Кузнецовой, я осмотрела ее комнату, — как ни в чем не бывало продолжала управляющая. — И поняла: девка собирала деньги. Миша мне признался, что Нюта как-то обмолвилась, мол, она верит в приметы, знает: подвенечное платье невесте дарят родители, а когда отца с матерью нет, девушке нужно самой позаботиться о наряде, ведь если его купит будущий муж, счастья в браке не жди. И эта идиотка копила деньги на белый прикид! Так вот, ее заветная коробка оказалась пустой. А под подушкой я обнаружила газету с обведенным карандашом объявлением «Аборты на любом сроке». Не требовалось большого ума, чтобы понять: Кузнецова сообразила, что Мишу ей на себе не женить, ребенка олигарху не удастся подсунуть, Вениамин не придет в восторг при виде внука, поэтому она взяла заначку и кинулась избавляться от плода. И в чем тут вина Миши? Сын вообще ничего не знал об операции, врача не искал, в больницу мерзавку не отвозил.

Мне захотелось отвесить Ларисе пощечину, она же не утихала:

— А в отношении Гвоздевой все было шуткой. Подумаешь, подсунули ей колечко.

— Шуткой? — перебил Малкину Константин. — Вы украли вещь, которая стоит громадных денег, подставили Настю, она сейчас в СИЗО. Или вы забыли?

Лариса сообразила, что ляпнула глупость.

— Ладно, ладно, я не о том хотела сказать. Кто вам нужнее, горе-акушер или маньяки-убийцы? Готова биться об заклад, что вы даже не подозревали о двух преступниках, которые действуют очень хитро. Смерть всех их жертв выглядит естественной. Знаете почему? Аквариум!

Рыков резко встал.

— Аквариум, в котором живут рыбы?

— Да, — подтвердила Лариса. — Но больше я ничего не скажу, пока сюда не придет ваш начальник.

Костя нажал на кнопку в столешнице: дверь в допросную распахнулась, появился незнакомый мне парень в джинсах.

— Федор, позовите сюда шефа, — приказал следователь, — Ефима Борисовича Озерова.

Я, не менее Кости ошарашенная словом «аквариум», великолепно знала, что Ефим — заместитель Рыкова. Незнакомый мне Федор оказался человеком сообразительным, мигом понял, что следователь затеял какую-то игру. И, сказав: «Есть!», быстро ушел.

Мне стало душно, заломило виски и захотелось спать. Усилием воли я сбросила сонливость и, сняв шерстяной пуловер, осталась в майке.

Не прошло и десяти минут, как в допросную вплыл Ефим. И я, несмотря на напряженность обстановки, не смогла сдержать улыбки. Обычно Фима носит мятую рубашку и жеваные брюки — Озеров никогда не заморачивается своим внешним видом. Но сейчас передо мной предстал человек в дорогом, идеально отглаженном костюме, к которому прилагались светлая сорочка и галстук, на ногах у него сверкали шикарные ботинки, а на запястье поблескивали часы. Почему-то мигом становилось понятно — их купили за большие деньги. У Макса в агентстве есть огромная гардеробная, в которой сотруднику, отправляющемуся на оперативное задание, подберут соответствующий наряд, превратят его в кого угодно, от бомжа до миллиардера. Неужели и у Рыкова тоже есть костюмерная?

— Извините, Ефим Борисович, что отвлек вас, — смиренно произнес Костя, — но тут такое дело... Аквариум.

Озеров, на лице которого не дрогнул ни один мускул, сел за стол.

— Для рыб? Ну и что?

— Лариса Евгеньевна уверяет, что может назвать нам имена серийных убийц, но в обмен просит иммунитет в отношении себя и сына. Малкины, совершив мошеннические действия, украли очень дорогое кольцо, — пояснил Рыков.

— А при чем тут аквариум? — с хорошо разыгранным недоумением спросил «шеф».

Костя посмотрел на Ларису.

— Вам слово.

— Я уже сказала его — аквариум, — отчеканила управляющая. — Давайте договариваться.

Ефим заявил:

— Нет, так дело не пойдет. Вы сообщаете, что знаете, а мы решаем, стоит ли ваша информация того, о чем вы просите.

— Нашли дуру! — фыркнула Лариса. — Я вам принесу на блюдечке десерт, вы его сожрете, оближнетесь и посадите моего сына?

Озеров встал.

— Времени на пустое бла-бла у меня нет.

— Вам тогда никогда не поймать наемных убийц, — занервничала Малкина. — Аквариум! Вот где собака зарыта!

«Босс» криво ухмыльнулся:

— Скорей уж утоплена... Костя, у тебя есть хоть одно дело, где идет речь об аквариумах?

— Нет, Ефим Борисович, — почтительно заверил Рыков.

— Ну и я о них не слышал, — пожал плечами Озеров и пошел к двери.

— Стойте! — закричала Лариса. — Хорошо, я все расскажу. Но вы потом точно оставите в покое Мишу и меня?

Озеров вернулся к столу и сел.

— Начинайте.

Меня опять бросило в жар. Я впилась глазами в монитор и превратилась в слух.

ГЛАВА 35

После того как Вениамин Константинович выставил вон жену, обманывавшую его не один год, для Ларисы и Миши наступили черные дни. Малкина, не приученная работать и не умеющая считать деньги, была вынуждена наняться на работу и жестко контролировать семейный бюджет. Она лишилась возможности ездить на шопинг в Европу, посещать лучшие курорты мира и чувствовала себя нищей. Но хуже всего ей становилось от осознания того, что Миша не может вести привычный образ жизни. Парень ушел из достойного вуза в помоечный институт, лишился дорогой машины и летом задыхался в грязной, душной Москве, а не жил в доме Вениамина в Испании или на роскошной вилле на Мальдивах.

Лариса пыталась порадовать сына, но что она могла купить на зарплату управляющей, какие-то жалкие четыреста тысяч? Прежде-то отдавала такие деньги за платье или сумку, отправляла покупку домой и спокойно продолжала поход по бутикам. И Малкина, от всей души жалевшая Мишу, залезла в долги...

Вот она, слепая, глупая материнская любовь. Даже сейчас, когда всем понятно, что Михаил отъявленный мерзавец, Лариса пытается представить сыночка в наилучшем свете. Но Хамид рассказал мне, как Михаил постоянно клянчил у матери деньги, а когда сообразил — кошелек у нее теперь не тот, что раньше, стал брать кредиты, расплачиваться за которые сам не собирался.

Малкина тем временем продолжала рассказ.

...Размер зарплаты не увеличивался, а долги росли, словно снежный ком. Как вылезти из западни, Лариса не знала, у нее начались бессонница, мигрень, к глазам постоянно подкатывали слезы, от любого, пусть даже справедливого, замечания Нины Феликсовны начиналась паника. В душе Ларисы укоренился страх — вдруг Зуева выгонит ее с работы, как тогда жить?

Однажды Малкина не выдержала, разрыдалась на глазах у одной знакомой, а та порекомендовала ей обратиться к психотерапевту.

— Не для меня такое удовольствие, — отмахнулась управляющая. — Визиты к этим специалистам дорого стоят.

— Марина, к которой я тебя отправляю, прекрасный, добросердечный человек, — заверила дама. — Знаю ее не один год, она никогда не обдирает клиентов и ведет бесплатные группы. Хочешь, я поговорю с ней, и ты попадешь в такой коллектив?

— Выворачивать прилюдно душу? Нет уж, увольте, — отвергла предложение Лариса.

— Все-таки съезди, посмотри, как происходит общение в группе. Вдруг понравится? Насильно тебя никто не заставит откровенничать. Если почувствуешь дискомфорт, сразу уйдешь и более там не появишься, — уговаривала ее приятельница.

Лариса послушалась совета и неожиданно поняла, что во время занятия ей стало легче. Малкина стала посещать психотерапевта, душевное состояние ее улучшилось.

Однажды после занятий на нее напала страшная сонливость. Еле-еле она добрела до ванной, чтобы умыться холодной водой. Думала, нехитрая процедура вернет ей бодрость, но стало только хуже, из ванной она выползла с трудом. Понимая, что домой ей никак не доехать, Малкина решила попросить помощи у Марины. Вошла в кабинет психотерапевта и увидела, что той на месте нет.

Квартира, где врач занималась с бесплатной группой, явно была нежилая, арендованная для работы. Лариса, цепляясь за стены, обошла все комнаты, кухню и никого не обнаружила. Очевидно, душевед не заметила занятого санузла и ушла, полагая, что вся группа разбрелась по домам.

Замок на двери был из тех, что защелкиваются сами, и Малкина могла спокойно открыть его и уйти, захлопнув за собой створку. Но ее просто валил с ног сон. Лариса добралась до самой маленькой комнаты, где стоял диван и никогда не бывали пациенты, упала на него и погрузилась в сон.

Разбудили ее громкие голоса. В первое мгновение Ларисе показалось, что она дома, а кто-то стоит над ней и говорит, говорит, говорит... Но уже через секунду она окончательно проснулась, хотела встать, пойти к Марине, извиниться за то, что без спроса прилегла, но ноги не слушались, ее охватила слабость. А голоса за стеной все звучали. Лариса невольно прислушалась к ним и замерла — Марина и какая-то девушка весьма откровенно обсуждали невероятные вещи. Психотерапевт, совершенно уверенная, что посторонних здесь нет, проводила индивидуальный сеанс терапии, а посетительница, не сомневавшаяся, что ее откровения слышит только врач, изливала душу.

Так о чем секретничали Марина и пациентка?

Девушка, которую душевед называла Аней, жаловалась на затрудненность дыхания, на то, что ей в последнее время неожиданно сделалось резко хуже, приступы удушья повторяются чаще и чаще, сопровождаются тошнотой, ознобом.

— Большой трагедии в этом нет, — проворковала Марина, выслушав бедняжку. — У тебя уже бывали рецидивы, и мы с ними успешно боролись. Ну-ка, скажи, что лучше всего тебе помогает?

— Сеанс глубоких воспоминаний, — ответила Аня.

— Начнем, — обрадовалась психотерапевт. — Смотри сюда внимательно. Ты чувствуешь тяжесть в руках, пальцы делаются горячими, мягкими...

Лариса, тоже слушавшая врача, чуть снова не уснула, но поборола сонливость.

— Рассказывай, — вдруг велела Марина.

— Мне четырнадцать лет, на дворе июль, я за городом. Еду на мотоцикле, — уже другим голосом завела Аня. — Папа только что подарил мне его на день рождения, потому что я так просила скутер, что у меня случился очередной приступ. Мне было очень плохо, припадки происходили по семь-восемь раз в день, кололи много лекарств, от них болел желудок, тошнило постоянно, я не могла есть, спать... Еду, и вдруг на дорогу выскакивает мальчик. О-о-о-о! Я его сбиваю! Он умер! Бегу домой, дача в двух шагах. Я дышу, мне хорошо, ничего не болит. Я здорова-а-а! Я не больна-а-а! Вот оно, счастье!

Лариса боялась пошевелиться и слушала, затаив дыхание.

Случайно сбив подростка, Аня кинулась к отцу, а тот спрятал труп. Паренек, убитый девочкой, происходил из неблагополучной семьи, в свои тринадцать лет прикладывался к бутылке, занимался воровством. Исчезновения паренька сразу не заметили, его вечно пьяная мать не побежала в полицию, учителя тоже не забеспокоились — лето, каникулы. Осенью подростка тоже искать не стали — взрослые решили, что хулиган подался в бега, и быстро забыли про него.

А вот Аня после того случая спонтанно выздоровела. У нее, с раннего детства мучившейся странной болезнью (какой именно, врачи так и не установили), прекратились приступы удушья, перестала подскакивать температура и исчезла тошнота. Девочка поправилась, округлилась, повеселела и ощутила неведомое ранее счастье. Было ли ей жаль того мальчика? Ну, немного да, но ведь он сам виноват — напился и выскочил прямо под колеса ее мотоцикла. Не очень сильные муки совести были утоплены в океане радости от неожиданного избавления от болезни. Тем, кто не страдал так, как Аня, не терпел с малолетства бесконечные походы по врачам, уколы, процедуры, не жил в вечных ограничениях, не соблюдал жесткую диету, не понять ее. Она впервые попробовала мороженое — спустя полгода после того, как приступы удушья ее покинули. Папа все не мог поверить в чудесное выздоровление и по-прежнему ограничивал дочь в еде.

А еще Аня обзавелась друзьями. И когда на следующее лето опять прикатила на дачу, решила оторваться по полной: купание в реке, прогулки до полуночи. Хотелось попробовать все, чего она была лишена ранее.

Второго июля один из новых приятелей девочки, Саша Кутузов, должен был праздновать день рождения. Его родители решили устроить пикник на берегу местной речки.

А двадцать пятого июня ночью у Ани случился приступ удушья, на следующий день он повторился. Девочка с ужасом поняла: болезнь вернулась, она просто устроила передышку, показала, как прекрасно жить здоровой, а теперь снова набросилась на свою несчастную жертву.

Анечка решила ничего не рассказывать папе, прекрасно понимая, что тот моментально потащит дочь по врачам, начнется новый виток лечения, и, конечно же, ее не пустят на день рождения Саши. А ведь туда придет мальчик, который так нравился ей.

Второго июля Ане стало совсем плохо, но она мужественно отправилась на пикник. Представляете, каких усилий ей стоило скрыть от бдительного отца правду?

На берегу реки озноб отпустил Аню, наоборот, ей стало нестерпимо жарко. А тут как раз гости бросились купаться, и Аня полезла в воду со всеми. Кстати, единственным видом спорта, которым она занималась с детства, было плавание. Врачи полагали, что движение в воде снимет мышечный спазм и разовьет легкие. И действительно, в бассейне девочка всегда испытывала облегчение. Она научилась прекрасно плавать, надолго задерживать дыхание, открывать под водой глаза.

Прыгнув в реку, Аня нырнула, слегка расслабилась и обрадовалась. Ура! Боль в груди прошла! И тут перед ее глазами забултыхались две ноги, кто-то из ребят пытался стоять «солдатиком» в воде. Она схватила человека за лодыжки, резко дернула его вниз и стала изо всех сил удерживать. Неизвестный, которого Аня пыталась утопить, вырывался, но у нее в руках появилась нечеловеческая сила, и в конце концов Аня почувствовала — жертва более не сражается на свою жизнь. Ее охватило неописуемое счастье, она разжала пальцы, хотела вынырнуть — и не смогла, потеряла сознание.

Слава богу, родители Саши оказались бдительными людьми. Кутузовы-старшие заметили, что купальщиков стало меньше, кинулись в реку, спасли гостью и своего сына. Никто не понял, что на именинника напали. Правда, тот твердил:

— Анька вцепилась в мои щиколотки, не отпускала.

Но взрослые решили, что девочка начала тонуть первой и схватилась за Сашу, чтобы спастись. Все сочли, что это был несчастный случай.

Все, кроме отца Анечки, который дома спросил:

— Ты хотела убить Сашу?

Врать ему дочка не могла и, разрыдавшись, призналась:

— Да. Подумала, если он умрет, я опять выздоровею. И мне стало так хорошо, когда я поняла, что он идет ко дну! Папа, я не задыхаюсь, я снова в порядке. Я убийца, да? Преступница?

— Нет, милая, — ответил отец, — ты просто несчастный больной ребенок. Ни о чем не тревожься, я найду человека, который сможет разобраться в возникшей проблеме.

И через месяц Аня оказалась на приеме у Марины.

Психотерапевт каждый день выслушивает от своих пациентов разные истории, подчас жестокие и страшные, поэтому ее не испугал рассказ юной клиентки. Марина спокойно объяснила девочке:

— Человеческая психика способна на многое. В учебниках описаны случаи, когда женщины, чтобы достать из развалин дома своих детей, голыми руками расшвыривали бетонные блоки. Стресс может сделать нас силачами, неуязвимыми, одарить сверхспособностями. В твоем случае он вернул тебе здоровье. Но этого хватило на год. Болезнь вернулась, и твой мозг решил побороть ее уже один раз испытанным способом. И ведь это помогло, ты опять исцелилась.

— Саша остался жив, — напомнила Аня.

— Но ты, держа его под водой, об этом не знала, — справедливо заметила Марина.

— И что нам теперь делать? — воскликнул отец.

— Подумаем и непременно найдем решение, — пообещала психотерапевт.

ГЛАВА 36

Врачи бывают разные: профессиональные и не очень, сострадательные и жестокие, злые и добрые, равнодушные и готовые помочь пациенту. А бывают такие, как Марина.

Слушая рассказ Ларисы, я вспоминала слова тети Клары о Регине, ее бывшей невестке. Брак Кролика Роджера лопнул из-за того, что его жена целиком и полностью отдавала себя своим подопечным.

«Она готова за своими больными в огонь прыгнуть, — говорила Клара, — ради тех, кто нуждается в помощи, голыми ногами по битому стеклу пойдет. Полное растворение в чужой беде и готовность на любой шаг, чтобы вытащить человека из пропасти недуга. Вот какова Реги».

Понимаете, что психолог, подобный Регине, никогда не сообщит в полицию ничего о своих пациентах? Скорей уж он сам нарушит ради спасения подопечного закон. Наверное, Марина относилась к своим клиентам так же, как бывшая жена Павла. Она придумала, как помочь Ане, посоветовав ее отцу:

— Когда начнется очередной рецидив, ваша дочь должна опять убить человека. Похоже, это лучшее лекарство для нее.

— Вы с ума сошли! — взвился тот. — А если ее поймают? И где гарантии, что Анечку не станет мучить совесть? Она и так очень переживает из-за того, что пыталась лишить жизни Сашу.

Психотерапевт повернулась к девочке:

— Но смерть паренька, сбитого мотоциклом, оставила тебя равнодушной. Почему?

— Он же плохой — воровал вещи, деньги, пил водку, настоящий преступник, — объяснила Аня. — Разве о таких жалеют? Их надо навсегда сажать в тюрьму.

— Вот, — с удовлетворением отметила душевед, — ключ найден. Существуют люди-монстры. Я сталкиваюсь с женами, которых бьют мужья, слышу от пациентов про родственников, которые их унижают, втаптывают в грязь, доводят до мыслей о самоубийстве. Муж-алкоголик одной моей подопечной убил соседа и заставил супругу, с которой обращался крайне жестоко, помогать ему прятать труп. Женщина из страха перед ним не могла возражать. Теперь она ходит в мою бесплатную группу, потому что пыталась покончить с собой. Если злобный человек исчезнет с лица земли, кому от этого плохо? А? Ответь, Аня.

— Никому, — убежденно заявила девочка.

— Вот именно, — кивнула Марина. — Зато мир станет чище, кое-кто из моих пациентов счастливее, Анечка здоровее.

— Но как мы их... того... — прозаикался отец.

— Подумаем, — ответила психотерапевт.

Через неделю она вновь встретилась с ним и спросила:

— Где можно сделать аквариум?

— Понятия не имею, но, думаю, есть такие места. А зачем? — удивился он...

Мне внезапно стало так плохо, что зазвенело в ушах. Пол начал покачиваться, стены кренились. Я попыталась встать, не смогла и пискнула:

— Помогите!

Но никто из сидевших в допросной комнате не услышал меня. Я предприняла еще одну попытку подняться, оперлась руками о стол, но они подломились в локтях, я упала на столешницу и больно стукнулась лбом, в голове стоял гул. Голос Ларисы звучал с паузами:

— Ездили в Коктебельск... приносили в подарок... их было много... я потребовала деньги и получила их...

Потом кто-то набросил на мою голову темное одеяло. Свет померк, и наступила блаженная тишина.

* * *

— Евлампия Андреевна, как вы? — спросил из мрака нежный голос.

Затем что-то влажное, мягкое, но не противное пробежало по моему лицу.

Я открыла глаза, увидела симпатичную девушку, поняла, что лежу на кровати в незнакомом месте. Хотела спросить, где я нахожусь, но вместо этого неожиданно для себя произнесла:

— Пахнет жареной картошкой.

Не успела фраза слететь с языка, как мне нестерпимо захотелось есть, желудок просто скрючило от голода.

— Ой, как здорово! — обрадовалась незнакомка. — Вы идете на поправку. Ваш супруг очень обрадуется, он сегодня уже второй раз приезжает.

— Не может быть, — удивилась я. — Он же в командировке, за границей.

— Нет, нет, находится здесь, — возразила девушка и отошла от кровати.

Я посмотрела на ее костюм светло-зеленого цвета, отдаленно напоминающий пижаму, и лишь тогда догадалась:

— Я в больнице. Что со мной?

— Грипп, — пояснила медсестра. — Вас привезли с температурой сорок три дня назад. Давайте знакомиться, меня зовут Рита.

Я попробовала сесть.

— Очень приятно, Лампа.

— На мой взгляд, лучше бы нам встретиться в другом месте, — засмеялась Маргарита.

— Верно, — согласилась я и удивилась. — Столько времени я находилась без сознания?

— Нет, вы приходили в себя, даже что-то говорили, но не помните об этом, у нас вы третий день, — пояснила медсестра. — Грипп коварное заболевание, развивается быстро, инкубационный период короткий, стартует бурно. Кашля, насморка сначала нет, просто кости ломит, голова болит, спать очень хочется, сил нет. Потом — вжик, температура за пару часов до сорока подскакивает. Вас кто-то заразил.

Мне сразу вспомнилась жена алкоголика, который испугался Кисы. Тетка, безостановочно ругая, а потом пиная упавшего мужа, повторяла: «Ишь, прикидывается, урод! Изображает, что ему дурно! Ой, худо мне... Спину второй день словно палкой побили, аппетит пропал, в глаза как песку натрусили, голова на части разваливается!

Всю ночь в ознобе трясло, а сейчас жарко стало, сил нет терпеть. Из-за тебя, идиота, я заболела! Температура у меня от нервов, которые муж-алкаш истрепал, поднялась! Да чтоб ты сдох, ирод!»

Дверь палаты приоткрылась, в щель просунулась голова Кости, он шепотом спросил:

— Рита, как Лампа?

— Говорите громко, очнулась ваша жена, — радостно сообщила медсестра, направляясь к выходу. — Пообщайтесь, но недолго, нельзя Евлампию Андреевну утомлять. Сбегаю пока в столовую, принесу ей поесть. Прекрасно, что аппетит появился.

Я помахала Рыкову рукой.

— Привет.

— Ну ты и напугала нас! — воскликнул Константин. — Вошли с Ефимом в комнату, а Лампудель без сознания. Сначала сами пытались тебя в чувство привести, потом «Скорую» вызвали.

Я сумела сесть.

— Значит, ты мой муж?

Рыков смутился.

— У них тут драконовские порядки, никого из посторонних в палату не пускают, исключительно близких. Я знаю, Макс в командировке, помочь тебе некому, вот и соврал. Слушай, может, мне уйти? Ты, наверное, спать хочешь?

— За три дня выспалась на год вперед, — заверила я. — Знаешь, что мне сейчас нужно? От чего я сразу поправлюсь?

— Говори, все куплю, — пообещал Рыков. — Насчет денег не переживай, потом с Макса тройную цену сдеру. Так за чем бежать? Фрукты? Пирожные? Икра?

— Никуда бежать не надо, расскажи, чем закончилась ваша беседа с Ларисой, — попросила я. — А то у меня ощущение, что я долго читала увлекательный детектив, никак не могла понять, кто преступник, а когда добралась почти до самого конца, где должно быть названо имя убийцы, вырубилась.

— На каком моменте тебя унесло? — спросил Рыков.

— Марина спросила, где делают аквариумы, — уточнила я.

— Ну ладно, слушай, — пробурчал Рыков. — Но если увижу, что тебе плохо, сразу уйду.

— От твоего рассказа мне станет только лучше, — пообещала я.

— Эта психотерапевт, похоже, сама на всю голову больная, — неожиданно разозлился Рыков. — Именно она была генератором идей и подыскивала среди своих пациентов несчастных, которых истязали и мучили родственники, заказчиков убийств. Марина планомерно и осторожно подводила людей к мысли о физическом устранении мучителя, обещала, что его смерть окажется быстрой, безболезненной и совершенно естественной, и строго предупреждала: «Ни в коем случае не опускайте руки в воду в аквариуме. И не подпускайте никого к нему. После того как негодяй уйдет в мир иной, вам нужно, соблюдая осторожность и надев плотные, длиной выше локтя резиновые перчатки, слить всю воду в унитаз, тщательно промыть аквариум, наполнить его свежей отстоянной водой, запустить туда черепашек и лишь после этого вызвать полицию. Или можно разбить его, представив дело так, что он разлетелся на осколки случайно». Хоккеиста Федора Сухова заказала жена Галина. Актрису Альбину Георгиевну Федякину — ее дочь Раиса, которую лицедейка сделала своей домашней рабыней, не дав получить образование и выйти замуж. От Германа Евсеевича Фомина решила избавиться супруга Каролина. Она не простила ему смерть дочки Майи.

— Вот тебе и забитая покорная рабыня! — не выдержала я.

— Каролина, как и все остальные заказчики, являлась пациенткой психотерапевта, — не обращая внимания на мои слова, продолжал Костя. — Посещала группу и Фаина, любовница художника Елизария Шлыкова. Ей надоело жить в доме на птичьих правах рядом с законной женой живописца, которая сначала была алкоголичкой, а потом стала наркоманкой и не собиралась умирать, чтобы освободить место для Фаи. Но этот случай выбивается из общего ряда, потому что любовнице, кроме самой Зои, очень мешал еще ее сын. Смерть Игоря не планировалась, но Фаина хотела, чтобы в их с Елизарием семье остался лишь один ребенок, дочь, которую родила она. Поэтому Фая, смекнув, что вода в аквариуме отравлена, не стала ее сливать. Малышка тогда жила с няней на даче, опасаться, что она полезет ручонками в воду, не приходилось, а сам художник не проявлял ни малейшего интереса к черепашкам. Фаина через пару дней после кончины Зои попросила

Игоря помыть аквариум, сказала: «Вижу, ты очень переживаешь из-за мамы, отвлекись на простое дело». Вот только «добрая» мачеха «забыла» сказать мальчику про перчатки. И она, конечно, слишком поторопилась избавиться от Игоря. Чтобы не вызвать подозрений, следовало отсрочить его смерть, однако Фаина подумала, что яд потеряет силу, она ведь ничего не знала про медуз Ахмети, вот и рискнула.

— Извини, — остановила я Костю, — получается, что Аня сама не лишала людей жизни, но ей делалось лучше. Почему?

Костя кивнул:

— Хороший вопрос, мы тоже его задали. Психотерапевт понимала, что непосредственное участие в убийстве опасно. Во-первых, больного могут поймать. Кроме того, его психика начнет меняться отнюдь не в лучшую сторону. Поэтому врач внушила Анюте, что главное — это момент подготовки, планирования. И его специально растягивали. Сначала сообща выбирали жертву, думали, под каким предлогом ей вручить аквариум. Кстати, пару раз случались обломы, некоторые люди не принимали подарки, но тех, кто брал презент, было подавляющее большинство. Потом оборудовали аквариум. На дно его, если умереть предстояло женщине, бросали ювелирное изделие: кольцо, браслет, кулон. А для мужчин в ход шли золотые монеты. Вот для чего внутри были установлены зеркала. Сначала «дом» черепашек ничем не отличался от обычного аквариума, затем включалась особая подсветка, лучи отражались от зеркал и концентрировались на драгоценности, вещица начинала ярко блестеть. Как ты поступишь, увидев на дне колечко или монету? Вот я сразу же засуну руку в воду. Ну, и завершающий момент — двое «рабочих», в белых комбинезонах, в бейсболках, козырьки которых закрывают почти пол-лица, вкатывали на специальной тележке аквариум в дом жертвы. В него уже была налита вода, в ней плавали черепашки и Ахмети. Так вот, «приманку» бросали в аквариум, когда тот устанавливался в доме жертвы, и делала это Анюта, для нее это действие и являлось убийством. Психолог знала, что «лекарства» хватает на год, и спустя шесть месяцев после смерти одной жертвы начинала готовить следующее убийство. Большая роль отводилась и заказчикам. Им надлежало объяснить жертве, откуда взялся аквариум. И люди, желавшие избавиться от своих мучителей, проявляли креативность. Одна тетушка соврала, что выиграла его в лотерею, Сухова придумала фанатов, Каролина — подхалимов-подчиненных. А еще им нужно было не спускать с аквариума глаз, чтобы никто другой не пострадал. И все заказчики прекрасно справлялись с задачей.

— И каков сейчас возраст больной? — прошептала я.

— Двадцать три года, — после паузы ответил Костя.

— Сколько же народа эта троица лишила жизни? — ахнула я. — Неужели ни психотерапевта, ни папу с девочкой не мучило раскаянье?

— Нет, они считали, что убирают мерзавцев и негодяев, делают мир чище, помогают тем, кого долго мучили и унижали, — ответил Рыков. — Наемными киллерами себя не считают, потому что не брали денег. А убитых ими людей много. Сначала болезнь возвращалась через год, потом срок ремиссии стал сокращаться: десять месяцев, семь...

— Вот чудовища! — воскликнула я. — Аню и ее отца необходимо поместить в спецбольницу. Марине тоже не помешает отправиться туда. Или в тюрьму. Надеюсь, вы всех задержали? Лариса назвала фамилии, адреса?

— Нина Феликсовна и ее сын Вадим, ты с ними знакома, — неожиданно резко сменил тему беседы Костя.

— Верно, — удивилась я, — ты же знаешь про мою работу в дизайн-бюро Зуевых. Но при чем тут они?

— Ты не поняла, — пробормотал Рыков. — Лариса рассказала нам правду об аквариумах, но решила подстраховаться и назвала имена придуманных персонажей. Кто на самом деле герои истории, мы узнали лишь после того, как Малкина получила гарантии неприкосновенности Михаила и своей собственной. Не было ни девочки Ани, ни ее отца, ни психолога Марины. Есть Вадим, который болен с детства, Нина Феликсовна и психотерапевт Регина. Но все озвученное ранее — правда. Надо лишь заменить «Аню» на «Вадима», «отца» на «мать», а «Марину» на «Регину». Аквариум с черепашками переодетые Зуевы притаскивали под видом рабочих в отсутствие жертвы и потом приходили в дом человека, которого собирались убить, уже как дизайнеры. Ведь чтобы «лекарство», так Регина называла убийство, сработало, Вадику требовалось непременно самому познакомиться с тем, кто отправится на тот свет.

Я на секунду перестала слушать Костю. Так вот о каком «лекарстве» говорили Вадим и Регина, когда я, уронив свой телефон в машине, стала невольной свидетельницей их беседы. Вот почему так испугалась психотерапевт, услышав от парня, что ему не стало лучше и он принял лекарство. Регина подумала, что ее подопечный убил кого-то сам, а на самом деле Вадик просто проглотил таблетки анальгина, аспирина и препарат от аллергии. Зуев на моих глазах постоянно почесывал кисти рук, покрытые красными пятнами, и на шее у него были отметины, и в горло он себе при мне из дозатора прыскал. Парень явно испытывал дискомфорт во всем теле.

— И, как ты понимаешь, заказчик ничего не знал про Нину Феликсовну и ее сына, он имел дело исключительно с Региной, — продолжал Рыков. — А та, рассказав об аквариуме, приказывала: «На следующий день после того, как установят его, к вам приедет пара дизайнеров. Во время их визита обязательно должен присутствовать тот, кто вас обижает. Придумайте что-нибудь, например, что вы хотите поменять занавески, проконсультироваться по поводу предстоящего ремонта. Сделайте что угодно, но все должно быть так, как я говорю. Иначе ничего не выйдет». И тот, кто хотел убить родственника, выполнял эти условия. С Фоминым получилось легко, он сам, решив изменить интерьер гостиной, приказал Каролине найти специалистов. Но и с остальными сложностей не возникло. Во время визита Вадим подходил к аквариуму и незаметно включал его внутреннее освещение, я тебе о нем уже рассказывал. Дальше оставалось только ждать, когда обреченный на смерть увидит кольцо или монету.

Я поежилась. Отлично помню, как стояла в каминной у Германа Евсеевича, а Зуев приблизился к аквариуму с черепашками и замер около него. Я удивилась тогда — вода неожиданно стала более светлой, словно внутри зажглась лампа. Я подумала, что это иллюзия, но сейчас понимаю: мне ничего не привиделось, Зуев привел «оружие» в боевую готовность. Тетя Клара обронила вскользь, что Ахмети от яркого света становятся особенно агрессивными, в полутьме же могут впасть в дрему. Вот еще одно объяснение зеркалам в воде — они не только выделяли кольцо или монету, но с их помощью злили медуз. Я-то полагала, что Нина Феликсовна с сыном пришли на дом к клиенту, чтобы изменить интерьер, а на самом деле наблюдала, как происходит последняя подготовка к убийству.

— Сами аквариумы собирали в мастерской Зуевой бывшие зэки. Мужчины ни о чем не догадывались, они полагали, что выполняют заказы клиентов Нины Феликсовны, — рассказывал далее Костя. — Между прочим, у Зуевых много обычной работы, их бюро пользуется популярностью, глава фирмы выручает хорошие деньги и больше половины доходов вкладывает в свой фонд. Они с Вадимом на самом деле занимаются благотворительностью, искренне хотят помочь изгоям общества, не жалеют сил и денег на реабилитацию заключенных, которые после освобождения никому не нужны, не имеют ни родственников, ни жилья.

— И как милосердие уживается с убийствами? — воскликнула я.

Константин развел руками.

— Темна вода в болоте, но еще чернее закоулки человеческой души. Нина Феликсовна и Вадим считают, что помогли людям, и не отрицают применения жестоких мер. Но ведь и хирург, вырезая опухоль, использует острый скальпель! Зуевы не брали платы с заказчиков убийств, мать с сыном делали свою «работу», проявляя, по их мнению, милосердие.

— Деньги! — воскликнула я. — В разговоре со мной Хамид упомянул, что Лариса неожиданно нашла какой-то источник дохода и перестала клянчить их у сестры. А Нине Феликсовне один раз в моем присутствии кто-то позвонил по телефону. Мы тогда сидели в машине, Зуева быстро вышла на улицу. А когда вернулась в салон, сильно переменилась в лице, было видно, ей очень неприятен состоявшийся разговор. Готова спорить, что Малкина шантажировала Нину Феликсовну. Она подслушала сеанс гипноза, во время которого Вадим вспоминал все, узнала его голос и решила поживиться.

— Я тебе завидую, — неожиданно произнес Рыков. — Не имея никаких фактов, ты вдруг гениально догадываешься о развитии событий. Ну почему ты решила, что Зуеву шантажировал вымогатель? Ее мог расстроить кто угодно.

— Не знаю, — растерялась я, — просто мне вдруг так показалось.

— Вот поэтому я тебе и завидую, — повторил Костя. — У меня обостренной чуйки нет. А жаль! Ты права, Малкина решила погреться у чужого костра. Голос пациента Регины показался ей знакомым, а когда врач обратилась к нему по имени, Лара сразу поняла, кто за стеной. После завершения сеанса Регина сказала Вадиму: «Сделай одолжение, подвези меня домой, машину пришлось в сервис сдать, какая-то фигня со сцеплением случилась». — «Нет проблем, только выходим прямо сейчас, — ответил Зуев, — я тороплюсь по делам». — «Мне собраться — только сумку взять, бежим». Психотерапевт и пациент ушли. Лариса подождала немного и тоже покинула квартиру, захлопнув дверь.

— Однако психолог весьма беспечна, — осудила я Регину. — Как можно не заметить в своей квартире постороннего человека?

— Скажи, когда ты приходишь домой, непременно пробегаешь по всем жилым и нежилым помещениям, чтобы проверить, не затаился ли там кто? — улыбнулся Костя.

— Нет. Но ведь у нас не собираются на занятия группы посторонних, — возразила я.

— А гости большими компаниями бывают? — не успокаивался приятель.

— Конечно, — подтвердила я.

— И после того как они расходятся, ты, вооружившись фонарем, бегаешь по дому? — спросил Костя.

— Ну, нет, — признала я.

— Регине и в голову не пришло, что в маленькой комнате кто-то есть, — продолжал Рыков. — Это помещение она специально оборудовала для подслушивания и редко использовала.

— Прости, — не поняла я, — для чего?

Константин встал и подошел к окну.

— К Регине иногда приходят на индивидуальные сеансы подростки, она в некоторых случаях сажает в той комнатке их родителей, чтобы они могли слышать откровения своих чад.

— Вот безобразие! — возмутилась я. — Разве это этично?

— Давай не будем сейчас обсуждать вопросы этики, — поморщился Рыков. — Нам важно, что Регина так поступала. Других людей она в то помещение никогда не приглашала. Понятно теперь, почему Лариса прекрасно слышала весь сеанс воспоминаний? По дороге домой Малкина сообразила: вот он, выход из финансового тупика. Лариса купила мобильный, несколько дешевых симок и стала шантажировать Нину Феликсовну. Зуева не рискнула рассказать сыну о вымогательнице, испугалась, что Вадик разволнуется и у него начнется обострение. С Региной она тоже не поделилась, подумала, что та испугается и перестанет подыскивать заказчиков. И как тогда помогать сыночку? Она предпочла платить Ларисе.

— Жаль, что вы предоставили Малкиной иммунитет! — взвилась я.

Рыков крякнул:

— Договор есть договор.

— Надеюсь, Зуевы задержаны, — спросила я.

Константин кивнул.

— Вадим сейчас в больнице при СИЗО, ему плохо. Все тело, кроме лица, покрыто сыпью, озноб, температура, тошнота.

— Какова дальнейшая судьба убийцы? — не успокаивалась я.

Константин сел на кровать.

— Сначала будет следствие, потом суд. Одно знаю точно, никто Зуевых и Регину на свободе не оставит. Им предстоит психиатрическая экспертиза. Лично мне кажется, что у этой троицы кукушка навсегда улетела, но вердикт вынесут доктора. С какой стороны ни крути, все плохо: то ли они на зоне, то ли на лечении в больнице тюремного типа. Анастасия Гвоздева в скором времени вернется домой. Фонд «Жизнь заново» прекратил свое существование, но Нина Феликсовна оформила генеральную доверенность на Киру, старосту общежития. Зуева разрешила бывшим зэкам жить в доме Доброй Надежды столько, сколько те пожелают, а Киру просит следить за порядком. Четыре комнаты, в которых жили она сама и Вадим, велено сдать, а на вырученные деньги оплачивать коммунальные счета общежития, делать мелкий ремонт и так далее.

— Просто танк-кабриолет какой-то, — пробормотала я. И, увидев удивленное лицо Рыкова, пояснила: — Этот персонаж компьютерной игры не существует в действительности. Ну согласись, боевая машина с раздвижной крышей — невероятная вещь. Но танк уничтожает черепашек, всех, кроме тех, у кого нет своего домика. Злобная махина не трогает бездомных, она их жалеет. На мой взгляд, Зуева походит на придуманный танк-кабриолет. Жестокая серийная убийца, до безумия обожающая своего сына и истово заботящаяся о бывших зэках. Я и не думала, что на свете есть люди, в душах которых сочетаются бескрайнее милосердие и отъявленная жестокость вперемешку с хитростью и болезненной фантазией.

ЭПИЛОГ

Домой я вернулась через два дня. Обняла суетящихся и пищащих от радости Фиру с Мусей, расцеловала Кису, выслушала от Розы Леопольдовны кучу советов, как надо себя вести женщине, которая болела гриппом, и наконец-то прошла на кухню. Первое, что бросилось в глаза, — находящаяся на своем месте старая СВЧ-печка.

— Вы нашли мастера, который починил микроволновку? — обрадовалась я.

— Да, да, — засуетилась Роза Леопольдовна. — Прекрасный, можно сказать великий, специалист!

— Сейчас проверю, как она работает, — сказала я и нажала на клавишу, которая открывает духовку.

Но вопреки ожиданию стеклянная дверца не распахнулась, зато неожиданно вспыхнула голубым светом, по кухне полетел быстрый говорок Андрея Балахова: «С вами шоу "Болтаем о разном". Напоминаю, сегодня в нашей студии мать шестерых детей, которая убила своего любовника...»

Я оторопела, потом, по-детски показывая пальцем на ведущего, воскликнула:

— Печка показывает первый канал телевидения!

— Правда, здорово? — захлопала в ладоши Краузе. — Теперь можно готовить и любоваться Андрюшей. Обожаю его! У вас почему-то не было телика на кухне.

Я пришла в себя:

— Он мне здесь не нужен. А вот СВЧ-печь необходима. Роза Леопольдовна, признавайтесь, это работа Мирона? Парень до сих пор здесь? Вот почему вы не хотели, чтобы я спала в маленькой гостиной, там устроился безумный Самоделкин! Хотя юношу лучше назвать Переделкиным. И собака Фира, стягивающая передними лапами с кровати подушку, мне не приснилась — из шкафа, думая, что я крепко сплю, вылез Мирон. Вот почему на задних лапах мопсихи были домашние тапочки! Я только задремала, в комнате стоял полумрак, мне в голову не могло прийти, что вы, несмотря на мой категорический запрет, оставите горе-мастера в доме, вот я и подумала, что вижу сон про огромную Фиру...

— Лампа, дорогая, умоляю, не сердитесь, — всхлипнула Краузе. — Помните, я внезапно попросила у вас выходной? Ну, вам еще пришлось вести Кису, одетую белкой, в детский центр.

Я кивнула.

— Мирон позвонил с вокзала. Он не москвич, растерялся в огромном городе, не знал, куда идти, очень нервничал, — продолжала Роза. — Пришлось срочно бежать его встречать. Мирон прекрасный человек, умный, достойный, интеллигентный, ближе, чем он, у меня никого нет. И ему негде жить. Умоляю! Мы попали в ужасное положение!

Дверка СВЧ-печки мигнула, на экране вместо

Балахова появилась молодая неулыбчивая женщина и произнесла:

— Новости из мира науки. Сегодня днем в приемный покой госпиталя имени Розова доставили доктора наук, профессора Павла Вельяминова.

— Кролик! — воскликнула я.

— Простите? — осеклась Краузе. — Так вот, Мирон...

Но я не слушала Розу Леопольдовну, полностью переключив внимание на СВЧ-печку.

— Директора НИИ по изучению проблем современности обнаружил случайный прохожий. Вельяминов находился в не принадлежащей ему малолитражной машине ярко-голубого цвета с белой крышей. Сейчас полиция разыскивает владельца автомобиля.

Я приоткрыла рот. Это же моя «букашка»! Роджер вчера звонил мне, извинялся за задержку с ремонтом, пообещал сегодня поздно вечером, около двадцати трех часов, пригнать отремонтированную машину к моему дому.

— На переднем сиденье лежала предсмертная записка, — вещала диктор, — но полиция не объясняет, почему блестящий ученый с мировым именем решился на суицид. Благодаря бдительности прохожего Вельяминов не успел скончаться. Сейчас врачи борются за его жизнь...

Экран опять мигнул.

— И вы решили зарезать любовника! — закричал Балахов. — Разве такое поведение — пример для ваших шести детей?

СВЧ-печка вновь начала демонстрировать Первый канал. Я быстро пошла к двери — надо срочно ехать к тете Кларе, ей сейчас очень плохо. Кролик Роджер хотел убить себя? Невозможно! Это ошибка!

— Можно? — услышала я голос Розы Леопольдовны.

Я притормозила и обернулась.

— Можно Мирон тут останется? — воскликнула Краузе.

— В нашей квартире? — уточнила я.

Краузе кивнула. Я набрала полную грудь воздуха.

— Нет. Насколько я знаю, у вас есть своя жилплощадь. Если хотите помочь парню, которому негде устроиться на ночлег в Москве, то пригласите его к себе, а не подбрасывайте Мирона, как кукушонка, в чужое уютное гнездышко.

— Я уже объяснила, Мирон самый близкий мне человек, — застонала няня. — Мы с ним жили в агрессивной среде, мне удалось сбежать, я уехала в Москву. А Мирона заперли, привязали на цепь, но он сумел-таки удрать. Его ищут. Могут найти меня, я ведь официально зарегистрирована в столице. Придут в мою квартиру, найдут Мирона... Давайте я все вам расскажу подробно? — всхлипнула Роза Леопольдовна.

Я вернулась к столу и села.

— Хорошо. Только сейчас мне надо отъехать. Вернусь поздно, вашу историю выслушаю утром. Мирону на самом деле грозит опасность?

Краузе закивала.

— Тогда пусть ночует в маленькой гостиной, — приняла я решение.

Роза Леопольдовна зарыдала.

— Спасибо!!!

— Но это не означает, что ваш сын может заниматься ремонтом нашей бытовой техники, — предостерегла ее я, слушая, как СВЧ-печка голосом Балахова повествует о любовных переживаниях матери многочисленного семейства.

— Кто? — спросила няня.

— Я догадалась, что Мирон ваш любимый сын, — улыбнулась я.

— Нет, нет, он мой муж, — возразила Краузе.

Я икнула и временно онемела. Потом разразилась бурной речью:

— Мне следовало раньше догадаться! Когда я рассердилась на то, что мастер соорудил мопсихам странные ошейники, вы воскликнули: «Он обожает собак. В детстве хотел стать ветеринаром». Мне бы удивиться, ну откуда Роза Леопольдовна знает о таких подробностях из жизни человека, который пришел чинить микроволновку! Но я вовремя не среагировала. Мирон ваш муж?!

— Да, — подтвердила Роза Леопольдовна. — А что?

Я растянула губы в фальшивой улыбке. Не отвечать же честно на вопрос няни: странно, когда мужчина годится своей супруге во внуки.

— У нас огромная любовь, — продолжала Краузе, — я могу поделиться с вами своим опытом, рассказать, как внести побольше страсти в семейные отношения.

Я снова улыбнулась. Теперь уже искренне. Как внести побольше страсти в семейные отношения? Ну, это просто. Начните ремонт в квартире и в течение года каждый день точно будете страстно выяснять отношения с мужем.

СОДЕРЖАНИЕ

ГОДОВОЙ АБОНЕМЕНТ НА ТОТ СВЕТ 5

БЕЛОЧКА ВО СНЕ И НАЯВУ 317

Все права защищены. Книга или любая ее часть не может быть скопирована, воспроизведена в электронной или механической форме, в виде фотокопии, записи в память ЭВМ, репродукции или каким-либо иным способом, а также использована в любой информационной системе без получения разрешения от издателя. Копирование, воспроизведение и иное использование книги или ее части без согласия издателя является незаконным и влечет уголовную, административную и гражданскую ответственность.

Литературно-художественное издание

Донцова Дарья Аркадьевна

**ГОДОВОЙ АБОНЕМЕНТ НА ТОТ СВЕТ
БЕЛОЧКА ВО СНЕ И НАЯВУ**

Ответственный редактор *О. Дышева*
Художественный редактор *В. Щербаков*
Технический редактор *Н. Духанина*
Компьютерная верстка *Е. Беликовой*
Корректор *Н. Яснева*

**Страна происхождения: Российская Федерация
Шығарылған елі: Ресей Федерациясы**

Оформление серии художника *В. Щербакова*
Иллюстрация художника *В. Остапенко*

ООО «Издательство «Эксмо»
123308, Россия, город Москва, улица Зорге, дом 1, строение 1, этаж 20, каб. 2013.
Тел.: 8 (495) 411-68-86.
Home page: www.eksmo.ru E-mail: info@eksmo.ru
Өндіруші: «ЭКСМО» АҚБ Баспасы,
123308, Ресей, қала Мәскеу, Зорге көшесі, 1 үй, 1 ғимарат, 20 қабат, офис 2013 ж.
Тел.: 8 (495) 411-68-86.
Home page: www.eksmo.ru E-mail: info@eksmo.ru
Тауар белгісі: «Эксмо»

Интернет-магазин : www.book24.ru

Интернет-магазин : www.book24.kz
Интернет-дүкен : www.book24.kz

Импортёр в Республику Казахстан ТОО «РДЦ-Алматы».
Қазақстан Республикасындағы импорттаушы «РДЦ-Алматы» ЖШС.
Дистрибьютор и представитель по приему претензий на продукцию,
в Республике Казахстан: ТОО «РДЦ-Алматы»
Қазақстан Республикасында дистрибьютор және өнім бойынша арыз-талаптарды
қабылдаушының өкілі «РДЦ-Алматы» ЖШС,
Алматы қ., Домбровский көш., 3«а», литер Б, офис 1.
Тел.: 8 (727) 251-59-90/91/92; E-mail: RDC-Almaty@eksmo.kz
Өнімнің жарамдылық мерзімі шектелмеген.
Сертификация туралы ақпарат сайтта: www.eksmo.ru/certification

Сведения о подтверждении соответствия издания согласно законодательству РФ
о техническом регулировании можно получить на сайте Издательства «Эксмо»
www.eksmo.ru/certification
Өндірген мемлекет: Ресей. Сертификация қарастырылмаған

16+

Дата изготовления / Подписано в печать 16.12.2021.
Формат 70x90^1/$_{32}$. Гарнитура «Newton». Печать офсетная.
Усл. печ. л. 24,5. Тираж 3000 экз. Заказ Э-13377.
Отпечатано в типографии ООО «КПК ПС».
420044, Россия, г. Казань, пр. Ямашева, д. 36Б.

Москва. ООО «Торговый Дом «Эксмо»
Адрес: 123308, г. Москва, ул. Зорге, д. 1, строение 1.
Телефон: +7 (495) 411-50-74. **E-mail:** reception@eksmo-sale.ru

По вопросам приобретения книг «Эксмо» зарубежными оптовыми
покупателями обращаться в отдел зарубежных продаж ТД «Эксмо»
E-mail: international@eksmo-sale.ru

*International Sales: International wholesale customers should contact
Foreign Sales Department of Trading House «Eksmo» for their orders.*
international@eksmo-sale.ru

По вопросам заказа книг корпоративным клиентам, в том числе в специальном
оформлении, обращаться по тел.: +7 (495) 411-68-59, доб. 2261.
E-mail: **ivanova.ey@eksmo.ru**

Оптовая торговля бумажно-беловыми
и канцелярскими товарами для школы и офиса «Канц-Эксмо»:
Компания «Канц-Эксмо»: 142702, Московская обл., Ленинский р-н, г. Видное-2,
Белокаменное ш., д. 1, а/я 5. Тел./факс: +7 (495) 745-28-87 (многоканальный).
e-mail: kanc@eksmo-sale.ru, сайт: www.kanc-eksmo.ru

Филиал «Торгового Дома «Эксмо» в Нижнем Новгороде
Адрес: 603094, г. Нижний Новгород, улица Карпинского, д. 29, бизнес-парк «Грин Плаза»
Телефон: +7 (831) 216-15-91 (92, 93, 94). **E-mail:** reception@eksmonn.ru

Филиал ООО «Издательство «Эксмо» в г. Санкт-Петербурге
Адрес: 192029, г. Санкт-Петербург, пр. Обуховской обороны, д. 84, лит. «Е»
Телефон: +7 (812) 365-46-03 / 04. **E-mail:** server@szko.ru

Филиал ООО «Издательство «Эксмо» в г. Екатеринбурге
Адрес: 620024, г. Екатеринбург, ул. Новинская, д. 2щ
Телефон: +7 (343) 272-72-01 (02/03/04/05/06/08)

Филиал ООО «Издательство «Эксмо» в г. Самаре
Адрес: 443052, г. Самара, пр-т Кирова, д. 75/1, лит. «Е»
Телефон: +7 (846) 207-55-50. **E-mail:** RDC-samara@mail.ru

Филиал ООО «Издательство «Эксмо» в г. Ростове-на-Дону
Адрес: 344023, г. Ростов-на-Дону, ул. Страны Советов, 44А
Телефон: +7(863) 303-62-10. **E-mail:** info@rnd.eksmo.ru

Филиал ООО «Издательство «Эксмо» в г. Новосибирске
Адрес: 630015, г. Новосибирск, Комбинатский пер., д. 3
Телефон: +7(383) 289-91-42. E-mail: eksmo-nsk@yandex.ru

Обособленное подразделение в г. Хабаровске
Фактический адрес: 680000, г. Хабаровск, ул. Фрунзе, 22, оф. 703
Почтовый адрес: 680020, г. Хабаровск, А/Я 1006
Телефон: (4212) 910-120, 910-211. **E-mail:** eksmo-khv@mail.ru

Филиал ООО «Издательство «Эксмо» в г. Тюмени
Центр оптово-розничных продаж Cash&Carry в г. Тюмени
Адрес: 625022, г. Тюмень, ул. Пермякова, 1а, 2 этаж. ТЦ «Перестрой-ка»
Ежедневно с 9.00 до 20.00. Телефон: 8 (3452) 21-53-96

Республика Беларусь: ООО «ЭКСМО АСТ Си энд Си»
Центр оптово-розничных продаж Cash&Carry в г. Минске
Адрес: 220014, Республика Беларусь, г. Минск, проспект Жукова, 44, пом. 1-17, ТЦ «Outleto»
Телефон: +375 17 251-40-23; +375 44 581-81-92
Режим работы: с 10.00 до 22.00. **E-mail:** exmoast@yandex.by

Казахстан: «РДЦ Алматы»
Адрес: 050039, г. Алматы, ул. Домбровского, 3А
Телефон: +7 (727) 251-58-12, 251-59-90 (91,92,99). **E-mail:** RDC-Almaty@eksmo.kz

Украина: ООО «Форс Украина»
Адрес: 04073, г. Киев, ул. Вербовая, 17а
Телефон: +38 (044) 290-99-44, (067) 536-33-22. **E-mail:** sales@forsukraine.com

Полный ассортимент продукции ООО «Издательство «Эксмо» можно приобрести в книжных
магазинах «Читай-город» и заказать в интернет-магазине: www.chitai-gorod.ru.
Телефон единой справочной службы: 8 (800) 444-8-444. Звонок по России бесплатный.

Интернет-магазин ООО «Издательство «Эксмо»
www.book24.ru
Розничная продажа книг с доставкой по всему миру.
Тел.: +7 (495) 745-89-14. E-mail: **imarket@eksmo-sale.ru**

В электронном виде книги издательства вы можете купить на www.litres.ru

ЛитРес:
один клик до книг

ЧИТАЙ-ГОРОД

book24.ru — Официальный интернет-магазин издательской группы "ЭКСМО-АСТ"

ПРИСОЕДИНЯЙТЕСЬ К НАМ!

eksmo.ru

МЫ В СОЦСЕТЯХ:
- eksmolive
- eksmo
- eksmolive
- eksmo.ru
- eksmo_live
- eksmo_live

ISBN 978-5-04-161091-3

Дарья Донцова

- ★ Лауреат премии «Писатель года»
- ★ Лауреат премии «Бестселлер года» (учреждена газетой «Книжное обозрение»)
- ★ Лауреат премии Торгового дома «Библио-Глобус» в номинациях «Автор года» и «Имя года»
- ★ Лауреат ежегодного открытого конкурса «Книга года» (Министерства по делам печати, телерадиовещания и средств массовой коммуникации России) в номинации «Бестселлер года»
- ★ В честь Дарьи Донцовой заложена звезда на литературной Площади звезд в Москве на Страстном бульваре
- ★ В 2005 году Дарье Донцовой был вручен Орден Петра Великого 1-й степени с лентой за большой личный вклад и выдающиеся заслуги в области литературы
- ★ В 2006, 2007, 2008, 2009, 2010, 2011, 2012, 2013, 2014, 2015, 2016, 2017, 2018, 2019 годах по данным опросов ВЦИОМ признавалась «Писателем года»
- ★ В феврале 2009 года занесена в Книгу Рекордов России как самый плодовитый автор детективных романов (100 детективов за 10 лет)
- ★ В марте 2018 года вышел в свет 200-й детектив Дарьи Донцовой
- ★ В декабре 2019 года исполнилось 20 лет сериалу «Любительница частного сыска Даша Васильева»

Дарья ДОНЦОВА
Я ОЧЕНЬ ХОЧУ ЖИТЬ
Мой личный опыт

Эта книга о силе. Силе, которая на самом деле есть в каждом человеке, столкнувшемся в своей жизни с онкологическими заболеваниями. Эта книга о человеке, который победил, выстоял, выжил! И – о человеке, которого любит и знает вся страна и который своим примером каждый день доказывает, что рак молочной железы в современном мире – просто одна из болезней, а далеко не приговор.

www.eksmo.ru

2013-104

Дарья Донцова
Сказки Прекрасной Долины

- Хозяин Чёрного Озера
- Амулет добра
- Красный камень Макормы
- Волшебный эликсир
- Лекарство от добрословия
- Башня желаний
- Когда гаснет фонарик
- Дорога из мармелада
- Замок злых мыслей
- Страна чудес
- Великие хранители
- Деревня драконов
- Город врушей
- Тайна бульдога Именалия